西方文学经典
从古希腊到当代

王 钢 主编

商务印书馆
创于1897 The Commercial Press

图书在版编目(CIP)数据

西方文学经典：从古希腊到当代 / 王钢主编. —北京：商务印书馆，2022
　ISBN 978-7-100-21194-9

Ⅰ.①西… Ⅱ.①王… Ⅲ.①外国文学－文学欣赏－高等学校－教材 Ⅳ.①I106

中国版本图书馆CIP数据核字(2022)第086502号

权利保留，侵权必究。

西方文学经典：从古希腊到当代
王　钢　主编

商 务 印 书 馆 出 版
(北京王府井大街36号　邮政编码 100710)
商 务 印 书 馆 发 行
三河市尚艺印装有限公司印刷
ISBN 978 - 7 - 100 - 21194 - 9

2022年9月第1版　　　开本 640×960　1/16
2022年9月第1次印刷　　印张 24
定价：98.00元

吉林省教育厅"十三五"社会科学规划重点项目：
"美国南方文艺复兴文学经典的圣经文化诗学阐释"
（JJKH20180799SK）

吉林省高等教育教学改革专项：
"新文科理念下高校外国文学课程改革的守正与创新研究"
（JLJY202272119446）

吉林师范大学教材出版基金资助

主编：王钢

副主编：肖丰　夏艳

撰稿人（按章节先后顺序）：

导论　王钢

第一章　王钢　遇美娜

第二章　肖丰

第三章　肖丰

第四章　夏艳　肖丰（第一节：夏艳，肖丰，王钢；第二节：夏艳；第三节：夏艳，肖丰）

第五章　王钢　夏艳（第一节：王钢，遇美娜；第二至第三节：夏艳，王钢）

第六章　王钢　肖丰（第一节：王钢，遇美娜；第二至第三节及第五至第八节：肖丰，王钢；第四节和第九节：王钢）

第七章　王钢（第一节：王钢，遇美娜；第二节：张天歌，遇美娜，王钢）

第八章　王钢（第一至第三节及第五至第七节：王钢；第四节：刘默，王钢）

第九章　王钢（第一节：王钢，苗迪；第二至第四节：王钢）

第十章　王钢　刘爽（第一至第二节及第四至第五节：王钢，刘爽；第三节：王钢，姚斌洁）

第十一章　王钢　季宛茹（第一节：遇美娜，王钢；第二至第五节：季宛茹，王钢；第六节：张天歌，王钢）

主要参考书目　王钢

目　录

导　论 1

第一章　古希腊罗马文学 12
第一节　古希腊罗马的原欲文化 12
第二节　荷马史诗 20
第三节　古希腊悲剧 27

第二章　中世纪欧洲文学 35
第一节　中世纪的宗教与世俗文化 35
第二节　但丁的《神曲》 42

第三章　文艺复兴时期的欧洲文学 50
第一节　人文主义思想与"人"的解放 50
第二节　拉伯雷的《巨人传》 59
第三节　塞万提斯的《堂吉诃德》 66
第四节　莎士比亚的《哈姆莱特》 74

第四章　18世纪欧洲启蒙文学 83
第一节　启蒙理性与资产阶级人文理想 83
第二节　卢梭的《新爱洛伊丝》 92
第三节　歌德的《浮士德》 98

第五章　19世纪浪漫主义文学 108
第一节　浪漫主义是文学中的自由主义 108

第二节　拜伦的《唐璜》...115

　　第三节　雨果的《巴黎圣母院》...122

第六章　19世纪现实主义文学...130

　　第一节　按照生活的本来面貌再现生活.................................130

　　第二节　巴尔扎克的《高老头》...140

　　第三节　福楼拜的《包法利夫人》......................................146

　　第四节　哈代的《德伯家的苔丝》......................................154

　　第五节　普希金的《叶甫盖尼·奥涅金》...............................161

　　第六节　陀思妥耶夫斯基的《罪与罚》.................................168

　　第七节　列夫·托尔斯泰的《安娜·卡列尼娜》......................178

　　第八节　易卜生的《玩偶之家》...185

　　第九节　马克·吐温的《哈克贝利·费恩历险记》...................191

第七章　19世纪自然主义、前期象征主义和唯美主义文学................197

　　第一节　为本能而艺术还是为艺术而艺术..............................197

　　第二节　波德莱尔的《恶之花》...203

第八章　20世纪现代主义文学...210

　　第一节　异化的世界与人的存在价值的新探索.......................210

　　第二节　托·斯·艾略特的《荒原》...................................217

　　第三节　卡夫卡的《城堡》..222

　　第四节　弗吉尼亚·伍尔夫的《达洛维夫人》........................230

　　第五节　乔伊斯的《尤利西斯》...236

　　第六节　普鲁斯特的《追忆似水年华》.................................243

　　第七节　福克纳的《喧哗与骚动》......................................252

第九章　20世纪后现代主义文学..262

　　第一节　碎片的拼接与人的本质的再审视..............................262

　　第二节　加缪的《鼠疫》...271

　　第三节　贝克特的《等待戈多》...278

第四节　凯鲁亚克的《在路上》..................................284

第十章　20世纪现实主义文学..................................291

　　第一节　复杂多元的现实镜像的艺术呈现..................................291

　　第二节　肖洛霍夫的《静静的顿河》..................................301

　　第三节　海明威的《老人与海》..................................309

　　第四节　帕斯捷尔纳克的《日瓦戈医生》..................................315

　　第五节　马尔克斯的《百年孤独》..................................323

第十一章　新世纪以来西方文学的发展..................................330

　　第一节　多元共生的西方文学发展新趋势..................................330

　　第二节　玛格丽特·阿特伍德的《盲刺客》..................................337

　　第三节　菲利普·罗斯的《垂死的肉身》..................................343

　　第四节　托妮·莫里森的《恩惠》..................................349

　　第五节　米兰·昆德拉的《庆祝无意义》..................................356

　　第六节　石黑一雄的《被掩埋的巨人》..................................362

主要参考书目..................................369

后　记..................................374

导 论

在现代英语中,"经典"主要涉及三个词汇：classic、canon 和 masterpiece。classic 来自拉丁语词根 classicus，是古罗马税收官用以区分税收等级的一个术语，后被引申用来评价作家的等级，逐渐成为"典范"（model）和"标准"（standard）的同义词。文艺复兴文学和 17 世纪欧洲古典主义文学都以推崇古希腊罗马作家为核心要义，故"古代的经典"观念得以进一步扩展。据《牛津英语大词典》（OED）的权威解释，classic 的现代词义主要包括：有价值的、公认的一流作家、艺术家、作曲家、作品或范例，尤其是指古希腊、拉丁作家或文学作品；希腊和拉丁文学学者；古典模式的跟随者以及古典风格的汇总等。[①] canon 源自希腊语，原意为"棍子"或"芦苇"，后演变出度量的工具和"规则"等词义，再引申为《圣经》等神圣真理文本，至 18 世纪逐步确立为文学经典之义。《牛津英语大词典》标注 canon 的词义主要包括基督教传教士的法律和政令，尤其是传教士委员会制定的规则；基本的法律、规则、原则以及基督教教堂正式采纳的圣经书籍；天才的经典作品。[②] 而 masterpiece 的主要词义则倾向于"杰作"。[③] 通过语义学内涵与外延的梳理和比较，可以看出"经

---

① 特朗博、史蒂文森编：《牛津英语大词典》简编本，上海：上海外语教育出版社，2004 年，第 420 页。

② 特朗博、史蒂文森编：《牛津英语大词典》简编本，上海：上海外语教育出版社，2004 年，第 335 页。

③ 特朗博、史蒂文森编：《牛津英语大词典》简编本，上海：上海外语教育出版社，2004 年，第 1715 页。

典"一词蕴含的基本语义要素：经典与文艺保持着密不可分的联系，其往往指向文艺的古典风范或传统品格，与欧美文学的古希腊罗马发源以及古希伯来文化发源紧密联系在一起；经典既是典范，也是规则，其存在着自身内在的价值标准，这在很大程度上决定了经典的归属。诚如当代美国学者大卫·丹穆若什所言，经典就是"具有超验性甚至奠基性价值的作品"。①

一

文学经典是如何形成的？其内在的价值和品质如何？对于这些基本问题，作家和思想家们曾展开过详尽而漫长的论争和讨论。

诗人托·斯·艾略特（也译作"T. S. 艾略特"。后同）曾撰写《什么是经典作品？》的长文来论述文学经典的内在诗学品质："假如我们能找到这样一个词，它能最充分地表现我所说的'经典'的含义，那就是成熟。……经典作品只可能出现在文明成熟的时候；语言及文学成熟的时候；它一定是成熟心智的产物。"②在艾略特看来，文明的成熟是经典形成的必备条件，是经典产生的温床，而这种成熟又往往会反映出生成经典的那个社会的成熟。"成熟的文学背后有一部历史：它不仅是一部编年史或是一大堆各式各样的手稿和作品，而是一种语言在自己的限度内实现自身潜力的过程。这一进程尽管是不自觉的，但却很有秩序。"③

除了"成熟性"，艾略特指出经典作品还必须具备"广涵性"和"普遍性"。所谓"广涵性"主要是指："经典作品必须在其形式许可范围内，尽可能地表现代表本民族性格的全部情感。它将尽可能完美地表现这些

---

① 大卫·丹穆若什：《什么是世界文学？》，查明建、宋明炜等译，北京：北京大学出版社，2014年，第18页。

② T. S. 艾略特：《什么是经典作品？》，王恩衷译，王恩衷编译：《艾略特诗学文集》，北京：国际文化出版公司，1989年，第190页。

③ T. S. 艾略特：《什么是经典作品？》，王恩衷译，王恩衷编译：《艾略特诗学文集》，北京：国际文化出版公司，1989年，第191页。

情感，并且将会具有最为广泛的吸引力：在它自己的人民中间，它将听到来自各个阶层、各种境况的人们的反响。"① 而作品一旦超出本国语言的"广涵性"而"相对于许多别国文学具有同样的重要性时"②，它便具有了"普遍性"。换言之，艾略特认为经典不仅是民族的、国别的，更为重要的是它必须超越民族和国家的界限而具有世界性价值。

如果说艾略特的经典论主要着眼于民族性、区域性和普遍性的标准的话，那么阿根廷当代作家博尔赫斯对文学经典标准的衡量则侧重于时间和读者的检验。博尔赫斯认为经典应是"世世代代的人出于不同理由，以先期的热情和神秘的忠诚阅读的书"。③ 在这里，"世世代代"很明显是一个时间标准，即文学经典要经受时间的考验。换句话说，流传不够久远的文学作品是不能成为经典的。关于经典的时间性，从古至今被普遍认同。塞缪尔·约翰逊在论及莎士比亚的历史价值时曾指出："我们不能盲目地轻信昔日的智慧要高于今日，或悲观地认定人类文明在不断倒退，并因此才尊崇存在时间悠久的作品；我们尊崇这些作品，是基于这两个广被认同、无可置疑的道理：人们知道得最久的东西，也是他们最常思量的；他们最常思量的东西，也是他们体悟最深的。"④ 在约翰逊看来，作品经过时间的锤炼被思量和体悟得越深刻，越有利于成为经典，而莎士比亚经典化的历史进程也验证了约翰逊的独到见解。美国当代学者爱德华·希尔斯则明确指出"经典"这一范畴本身就意味着"对文学作品长期以来做过的筛选和评价"，时间起到了至关重要的作用，进而形成"某

---

① T. S. 艾略特：《什么是经典作品？》，王恩衷译，王恩衷编译：《艾略特诗学文集》，北京：国际文化出版公司，1989年，第201页。

② T. S. 艾略特：《什么是经典作品？》，王恩衷译，王恩衷编译：《艾略特诗学文集》，北京：国际文化出版公司，1989年，第202页。

③ 博尔赫斯：《论古典》，王永年译，博尔赫斯：《博尔赫斯全集·散文卷》上册，王永年、徐鹤林等译，杭州：浙江文艺出版社，1999年，第511页。

④ 塞缪尔·约翰逊：《〈莎士比亚戏剧集〉序言（节选）》，塞缪尔·约翰逊：《饥渴的想象：约翰逊散文作品选》，叶丽贤译，北京：生活·读书·新知三联书店，2015年，第236页。

种类似于教规的准则"。① 而当代德国哲学家汉斯·伽达默尔更是干脆断言当代无经典可言,虽然这一论断未免带有武断之嫌,但足以充分说明时间的考验对于经典的必要性。而所谓"先期的热情和神秘的忠诚阅读"则涉及读者的欢迎和接受程度问题。关于读者在经典形成过程中所起的作用必须一分为二地加以看待。一方面读者对某部作品接受效果好、喜欢阅读肯定有利于该作品成为经典,但并不能据此认为凡是受读者欢迎的作品都是经典作品。通过对读者接受理论的反思可知,读者的盲目性、随意性和不可靠性早已被证明是显而易见的事实,而影响读者选择标准的因素也纷繁复杂。

如果说艾略特、博尔赫斯的观点代表作家心目中的经典的话,那么哈罗德·布鲁姆、弗兰克·克默德等则集中代表了文艺理论家对这一问题的看法。

哈罗德·布鲁姆在《西方正典:伟大作家和不朽作品》一书中详细梳理了经典形成的历史背景、渊源及标准等问题。在哈罗德·布鲁姆看来,当下正在经历一个文字文化的显著衰落期,究其根本在于媒体的不断兴起,它既是文字衰落的症候,又是文字衰落的缘由。在此背景下,经典问题可以归结为"那些渴望读书者在世纪之末想看什么书"。② 换言之,在全球化和媒体化时代还有哪些文字作品被保留了下来,这些文字作品凭借什么品质被保留下来。由此思路,布鲁姆提出了他的经典观:一是原创性,"一切强有力的文学原创性都具有经典性"③;二是审美性,"只有审美的力量才能透入经典,而这力量又主要是一种混合力:娴熟的形象语言、原创性、认知能力以及丰富的词汇"④;三是记忆性,"认知不

---

① 爱德华·希尔斯:《论传统》,傅铿、吕乐译,上海:上海人民出版社,2009 年,第 166 页。

② 哈罗德·布鲁姆:《西方正典:伟大作家和不朽作品》,江宁康译,南京:译林出版社,2005 年,第 11 页。

③ 哈罗德·布鲁姆:《西方正典:伟大作家和不朽作品》,江宁康译,南京:译林出版社,2005 年,第 18 页。

④ 哈罗德·布鲁姆:《西方正典:伟大作家和不朽作品》,江宁康译,南京:译林出版社,2005 年,第 20 页。

能离开记忆而进行,经典是真正的记忆艺术,是文化思考的真正基础。简而言之,经典就是柏拉图和莎士比亚;它是个人思考的形象,不管是苏格拉底临死之际的思考还是哈姆莱特对未知国度的思考"[1];四是经典的复杂性和矛盾性,经典绝不是"一种统一体或稳定的结构",经典会存在消亡或不朽现象,这是复杂斗争的结果,"能成为经典的必定是社会关系复杂斗争中的幸存者,但这些社会关系无关乎阶级斗争。审美价值产生于文本之间的冲突:实际发生在读者身上,在语言之中,在课堂上,在社会论争之中"[2]。

哈罗德·布鲁姆以审美的创造性为基础和核心来诠释他心目中经典的标准,并指出这一创造过程既包含历史的传承和影响的焦虑,也包含真正意义的创新:"一位大作家,其内在性的深度就是一种力量,可以避开前人成就造成的重负,以免原创性的苗头刚刚展露就被摧毁。伟大的作品不是重写即为修正,因为它建构在某种为自我开辟空间的阅读之上,或者此种阅读会将旧作重新打开,给予我们新的痛苦经验。"[3]

哈罗德·布鲁姆的审美性经典标准在英国理论家弗兰克·克默德那里为"审美愉悦"所替代。在《愉悦与变革:经典的美学》一书中,克默德避开经典的意识形态的讨论,转而展示出一套与众不同的评价经典的术语,包括愉悦、变革及机遇。克默德指出,尽管愉悦和经典是一对不稳定的搭档,但他仍认为提供愉悦是经典的"必要条件"。克默德赞同捷克批评家扬·穆卡若夫斯基关于审美愉悦的基本看法和观念,强调其有趣并富于启发意义:"为了获得某种美学功能,作品必须能提供愉悦,而且它还必须是新的。穆卡若夫斯基认为这样的作品有价值是因为它们给予了个体某种愉悦;同时,它具有社会的价值是因为在严肃读者的反

---

[1] 哈罗德·布鲁姆:《西方正典:伟大作家和不朽作品》,江宁康译,南京:译林出版社,2005年,第25页。

[2] 哈罗德·布鲁姆:《西方正典:伟大作家和不朽作品》,江宁康译,南京:译林出版社,2005年,第27页。

[3] 哈罗德·布鲁姆:《西方正典:伟大作家和不朽作品》,江宁康译,南京:译林出版社,2005年,第8页。

应中有着共同的元素。"① 克默德接下来引述法国思想家罗兰·巴特的《文之悦》和英国浪漫主义诗人华兹华斯的诗歌观念来具体加以详细阐述并得出结论:"我们是'受自我的灵魂'所崇拜,因此,我们就能够宣称我们有能力赋予词语或音符或色块(都只是对象)以艺术的荣光。如果对象不能为我们提供愉悦,无论它有多可怕,多令人沮丧,我们也无法这样做。"②

克默德提出"愉悦"是经典的核心问题的同时,也指出变革同样是经典的核心。在克默德看来,变革是文本自身的需要,"因为仅仅那样就足以把它们从其他可能的命运——也就是说,最终成为垃圾的命运里拯救出来"。③ 他还结合文学艺术接受史中的但丁、波提切利、卡拉瓦乔和蒙特威尔第等作家和艺术家经过变革被重新认识和发掘的实例来强调经典正是在变革中形成的。克默德还进一步提出了经典变革的历史性问题,指出"经典的变革反映了我们自身和我们的文化的变化",在此意义上经典便转化成为"关于我们历史性的自我理解是如何形成、如何修正的记录"。④

除上述作家、文艺理论家的代表论述外,文学经典内在品质的讨论还广泛涉及经典与传统、经典与性别、经典与后殖民主义以及经典与西方马克思主义等话题。可以说,文学经典的论题俨然成为当今最为重要的"学术事业"之一。

二

尽管文学经典本身与关于文学经典的讨论一样复杂多变,但通过细

---

① 弗兰克·克默德等:《愉悦与变革:经典的美学》,罗伯特·奥尔特编,张广奎译,南京:译林出版社,2009年,第8—9页。
② 弗兰克·克默德等:《愉悦与变革:经典的美学》,罗伯特·奥尔特编,张广奎译,南京:译林出版社,2009年,第24页。
③ 弗兰克·克默德等:《愉悦与变革:经典的美学》,罗伯特·奥尔特编,张广奎译,南京:译林出版社,2009年,第27页。
④ 弗兰克·克默德等:《愉悦与变革:经典的美学》,罗伯特·奥尔特编,张广奎译,南京:译林出版社,2009年,第32页。

致梳理与检视,文学经典的内在品质还是可以被发现和衡量的。如果把这种内在品质归纳概括为"经典性"的话,那么至少应包含如下几个维度。

首先,经典反映特定的历史文化图景。

苏联艺术学家齐斯在《哲学思维和艺术创作》一书中曾明确指出,艺术世界图景的创造不是从某一个单独的艺术形象中产生的,而是在作为艺术概括的整体的个人意识和社会意识中形成的。也就是说,艺术图景既与作为创造主体的艺术家紧密联系,同时也离不开特定的历史文化环境。历史文化之于文学作品的影响机制基本体现于,特定历史文化语境中成就的作家是这一文化结构中的典型人格,代表着这一历史文化环境最为鲜明的特征。他既是该历史文化形态的高效塑造者,也是该历史文化形态的敏感传承者。文化图景在形成过程中经过了作为创作主体的艺术家的接受、过滤和整合等程序,从而使其具有明确的文化特性和作家本人的个性特征。在此意义上,作家创造的经典作品就是作家身处时代文化图景的艺术化折射。无论作家的对象是什么,他的价值立场和传达方式都必然要受到这个现实历史文化图景的制约,也必然要反映这一现实历史文化图景最为突出和典型的特征。社会历史文化结构的这种潜在的作用于文学的机制,决定了考察文学经典在很大程度上就是考察其赖以生成的历史文化语境和图景,二者相得益彰,融为一体,因为"伟大的诗人在写他自个儿的时候,就是在写他的时代"。[1]

其次,经典具有内涵的原创性和丰富性。

"经典的陌生性并不依赖大胆创新带来的冲击而存在,但是,任何一部要与传统做必胜的竞赛并加入经典的作品首先应该具有原创魅力。"[2] 在布鲁姆看来,经典的原创性首先来自它的陌生性,这是经典赢得历史地

---

[1] 托·斯·艾略特:《莎士比亚和塞内加的斯多葛主义》,方平译,陆建德主编:《传统与个人才能:艾略特文集·论文》,卞之琳、李赋宁等译,上海:上海译文出版社,2012年,第170页。

[2] 哈罗德·布鲁姆:《西方正典:伟大作家和不朽作品》,江宁康译,南京:译林出版社,2005年,第5页。

位的最为重要的标志之一。但这种陌生的原创并非凭空而来，而是一个克服传统的"影响的焦虑"的过程。文学是具有历史传承性及相互影响关系的，很难想象一个作家和艺术家在完全不吸收借鉴前人成就的情形下独立完成一种所谓"真正独立的创造"。在此意义上，文学传统对艺术家构筑经典的影响力和控制力不容小觑："诗人，任何艺术的艺术家，谁也不能单独具有他完全的意义。他的重要性以及我们对他的鉴赏，就是鉴赏他和以往诗人以及艺术家的关系。你不能把他单独评价，你得把他放在前人之间来对照，来比较。我认为这不仅是一个历史的批评原则，也是一个美学的批评原则。"[1] 传统之于文学经典是潜在的焦虑，是某种程度上难以逾越的文化约束力，但同时也是独创性的起点和动力。经典作家和经典作品往往能在传统的基础上生长、变异，结出崭新的创造果实。哈罗德·布鲁姆将此称为"创造性地误读前人文本"的过程："创造力强的作家不是选择前辈，而是为前辈所选，但他们有才气把先辈转化到自己的写作之中并使他们部分地成为想象性的存在。"[2]

再次，经典具有显著的超越品质和普适意义。

经典之所以成为经典，其重要的标志性特征就在于其对现实境界的巨大超越及其深邃的精神境界。这种对现实的超越，既包含内涵上的丰赡与独树一帜，也包括观察世界视角的独具一格，抑或是超越时间和空间的价值呈现及独特艺术手法的熟练运用。而经典的这种超越品质往往又与它的普适意义互为补充。莎士比亚和曹雪芹的作品堪称经典，主要因为它们揭示了"人性的丰富、复杂，和拥有对人类生存环境最深刻的认知"。[3] 文学经典展示人类生存和境遇的复杂性、困难性以及难以掌控性等正是通常所说的经典的普适意义，这种普适意义是人类经验世界的

---

[1] 托·斯·艾略特：《传统与个人才能》，卞之琳译，陆建德主编：《传统与个人才能：艾略特文集·论文》，卞之琳、李赋宁等译，上海：上海译文出版社，2012年，第3页。

[2] 哈罗德·布鲁姆：《西方正典：伟大作家和不朽作品》，江宁康译，南京：译林出版社，2005年，第8页。

[3] 刘再复：《什么是文学——文学常识二十二讲》，香港：三联书店（香港）有限公司，2015年，第47页。

内在图景与外在图景的全部价值反映,其中既包含人类体验的个别性,也包含共通性和不同文化价值尺度的认同性。

最后,经典具备在不同的语境和不同的研究群体中产生批评性反响和论争的特质。

"伟大的经典著作总是被以后的各个时代不断地丰富,在作品的周围形成一个光环,产生一种模糊的形象;这个光环可能是从作品自身散发出来的,也可能并不属于作品本身。这当中,'创造性的背离'和'弄假成真'的批评起了促进作用。"[1] 换言之,经典作品的丰富或与自身的内在价值有关,或与外在的批评认知紧密联系。一部经典作品无论如何都会引起批评界的注意,并由此产生批评性的论争,这是必然的反应。而无论是批评还是论争,都从某个角度说明该作品具备社会的或美学的价值,因此才进入批评家的视野之中。一般来说,严肃的批评家或学者不会对有价值的经典作品长期保持沉默。这也就意味着,衡量一部作品是否是经典,重要的指标之一就是考察其是否在本民族或他民族的文化语境中受到关注或引发一定程度的、或强或弱的批评性论争。而当一部作品长期未受关注或批评,评论家对其始终保持沉默,或根本为批评界所忽略,则可能表明该作品的价值有限,不具备经典的基本品质。当然,这里所说的引发批评和论争的时间跨度,在极个别的经典作品那里可能会相对比较长,并随着时代的变迁而发生价值声誉方面的沉浮,这都属于正常现象。

总之,文学经典是具有世界性品质的,它既观照时代,又超越时代;既立足本国本土,又超越民族、国家和语言的界限而具有普遍性的意义和价值;既是相对稳定的文本群体,又存在变动和历史衍化的可能。它在不同时代和不同语境中呈现出不同的评价标准、不同的内涵以及不同的表现形式,这一切都体现出文学经典变动不居、相对稳定的内在品质特征。

---

[1] 梅雷加利:《论文学接受》,冯汉津译,干永昌等选编:《比较文学研究译文集》,上海:上海译文出版社,1985年,第416页。

三

古希腊罗马文化传统和古希伯来-基督教文化传统是西方文学经典的两大源头,文学史上称之为"两希"传统。它们在西方文学经典漫长的历史流变和发展过程中呈现互补融合的态势,共同组成了西方文学经典的基本内核。

古希腊文化传统蕴藏着原始的"人"的观念,古希腊哲学家普罗泰戈拉的名言"人是万物的尺度"就是古希腊人强烈的个体人本意识的最好明证。古希腊文化重视人的个体价值的实现,强调人在自然和社会面前的主观能动性,主张在自由精神引导下的人的各种原始欲望的正当性。在这种文化传统中孕育、生长出来的古希腊文学也因此包含着根深蒂固的世俗人本观念。这种观念经由古罗马文学对后世西方文学经典的发展产生了重要而深远的影响。

古希伯来-基督教文化传统与古希腊罗马文化传统有所不同。如果说古希腊罗马文化传统重视的是"神化的人"和人的各种正常的欲望的话,那么古希伯来-基督教文化传统则更加重视"神"和人向神的提升。重视人的精神世界的建构,强调彼岸世界的追求,以及理性原则对人的欲望的限制,关注群体本位思想,崇尚自我牺牲和博爱宽容的精神,这一切构成了希伯来-基督教文化传统和价值观念的主导倾向。在此文化背景下,如果说古希腊罗马文学是"原欲"型的世俗人本文学的话,那么经由古希伯来-基督教文化传统发展而来的中世纪文学则是典型的宗教神本主义文学,其对后世西方文学同样也产生了不可估量的影响。

西方文学作为西方文化的一部分,其在内涵上承袭了"两希"文化传统的主导因子,经由古希腊罗马、中世纪、文艺复兴、启蒙主义、浪漫主义、现实主义、现代主义以及后现代主义等重要历史文化发展阶段,逐步形成了流派更迭、思潮相继、经典作家作品频出的发展模式。深入了解每一历史时期文学经典的形成机制、它们深邃的思想内涵和伟大的艺术成就不仅是一次向文学大师和他们的经典作品致敬的过程,同时也是完成一次自我内心世界净化与升华的伟大旅程,更是一次深入体会文学经典与时代同行同构的良好契机。诚如习近平主席所说:"古今中外,文艺无不遵循这样一条规律:因时而兴,乘势而变,随时代而行,与时代同频共振。在人类发展的每一个重大历史关头,文艺都能发时代之先声、开社会之先风、启智慧之先河,成为时代变迁和社会变革的先导。"[①]正是在这一总原则的指引下,本书踏上了由古希腊罗马直到当代的西方文学经典的追寻之路。

[①] 习近平:《习近平谈治国理政》第二卷,北京:外文出版社,2017年,第350页。

第一章 古希腊罗马文学

第一节 古希腊罗马的原欲文化

作为欧洲文明摇篮的古希腊罗马时代是欧洲历史上政治经济迅速发展、文化高度繁荣的时期。从氏族社会瓦解到奴隶社会形成，标志着西方最早的阶级社会诞生；奴隶主城邦制度促进了民主政治发展和文化繁荣，为近代西方民主政治的创立奠定最初基础；奴隶制工商业获得长足发展，奴隶成为财富主要来源；原欲文化观念渗透到西方文化的土壤中，对后世文学产生重要影响。

一、古希腊罗马时期社会发展与社会面貌

从社会形态演变角度看，古希腊罗马时期原始氏族社会逐渐解体，奴隶制社会形成，阶级与奴隶制关系开始进入历史视野。氏族社会各部落通过相互间的战争与掠夺增加财富，大量俘虏变为奴隶，成为部落酋长的私人财产。贫富不均使阶级逐渐形成，奴隶主阶级开始登上历史舞台。早在公元前12世纪至公元前8世纪，希腊原始社会已经开始向奴隶社会过渡。公元前8世纪至公元前6世纪，希腊氏族社会进一步解体，奴隶主城邦制度逐渐形成，原始血缘维系方式更迭为信仰维系方式，血缘纽带被城邦一体纽带所取代，个人意识觉醒，表现个体欲望与情感成为普遍要求。各部落神话逐渐体系化，最终形成以宙斯为首的奥林波斯神统，"多神论"成为宗教主要形态。较希腊稍晚，奴隶制度也在古罗马

形成。公元前 8 世纪至公元前 6 世纪古罗马原始公社开始解体，公元前 4 世纪末至公元前 2 世纪中叶，当希腊奴隶制社会衰落时，正是古罗马奴隶制社会发展时期，通过不断对外扩张，古罗马获得了大量的奴隶和财富。到公元 1 世纪至 2 世纪，古罗马达到奴隶制全盛时期。奴隶对自由的渴望、对命运的反抗与斗争使社会矛盾异常激化，引起了作家的同情与反思。对此，恩格斯评述道："没有奴隶制，就没有希腊国家，就没有希腊的艺术和科学；没有奴隶制，就没有罗马帝国。没有希腊文化和罗马帝国所奠定的基础，也就没有现代的欧洲。"[①]

从政治制度确立角度看，古希腊的城邦民主制度与古罗马的贵族共和政体、帝国制度虽然在一定程度上调和了阶级矛盾，但也潜伏着诸多隐患。公元前 8 世纪起，在希腊半岛、爱琴海诸岛以及小亚细亚沿岸开始形成国家，一二百年内，开始陆续出现村社结合而成的"城邦"。公元前 8 世纪中叶至公元前 6 世纪末，是历史上的大迁徙与海外殖民时代，随着人口增长，耕地不足，希腊几十个城邦又先后建立总数逾百的移民区。新兴工商业奴隶主阶级的崛起，使这些城邦最终确立奴隶主民主制度，债务奴隶制的废除，使民主政治高度发展，公民能够充分表达个体政治诉求。希波战争后，希腊进入黄金时代，形成以雅典为中心的政治、经济、文化的繁荣局面。城邦间的长期分立，加剧了政治经济发展的不平衡，导致内战爆发，最终使城邦民主制度走向衰亡。古罗马最初作为意大利的一个城邦，为调和阶级矛盾而建立贵族共和政体，但随着贵族与平民矛盾的日益尖锐，奴隶起义频繁发生，旧有共和政体被军事独裁所替代，开始进入屋大维统治的"奥古斯都时期"，这一阶段成为古罗马文化发展的黄金时代。公元 1—2 世纪，古罗马进入全盛的帝国时期，在专制独裁与僵化体制下，个体言论与思想受到严格控制，纵欲享乐、骄奢淫逸风气盛行，呈现消极颓废倾向。

从社会经济发展角度看，新兴工商业奴隶主阶级崛起，奴隶制工商

[①] 恩格斯：《反杜林论》，中共中央马恩列斯著作编译局编译：《马克思恩格斯选集》第 3 卷，北京：人民出版社，2012 年，第 561 页。

业迅猛发展，对外贸易繁荣。在古希腊罗马时期，就社会经济结构来看，农业是社会的经济支柱，工商业则处于次要地位。工商业之所以能够崛起，首先与自然资源的匮乏有很大关系，例如雅典人口众多，粮食不能自给，需要大量从外地购买，加上地理条件优越，使得工商业获得很大发展；其次，离不开宽松自由的社会环境的支持，在统治阶级自由放任的政策下，工商业者可以自由开拓市场；再次，工商业自由民强烈的参政意识为他们赢得了政治权利，民主政治与工商业经济相辅相成；最后，完善的民商法制度为工商业经济提供了保障，从这个意义上来说，古希腊罗马工商业经济推动了奴隶主民主政治的法治文明。

总之，在欧洲绝大部分地区还处于野蛮状态时，古希腊罗马社会率先进化发展，并且从一开始就达到相当的高度。古希腊罗马时期形成的政治文明、经济形态、人文精神等对近现代西方乃至世界都产生深远影响。根植于古希腊罗马文明土壤的原欲文化，为文学创作奠定了基本思想内核，与理性精神一起，构成西方文化精神的双重维度，其中蕴含的人文精神与人本意识成为后世西方人学思潮的开端。

二、原欲文化与西方人学思潮的开端

原欲文化在古希腊"天人之别"的传统、依山傍海的地理环境下产生，并在古罗马那里得到了继承与发展。正是从这个意义上来说，马克思称希腊人是"正常的儿童"[①]，希腊神话和史诗也随之成为最完美的人类童年的产物，具有永久的魅力。重视个体尊严与价值、肯定自然本性与原始欲望是原欲文化的本质特征，其具体表现在以下几个方面。

首先，对肉体的赞美与对情欲的热烈追求。人的发现首先是对自身肉体性存在的发现，从而完成屈从于战争需要到自主性认知的转换。对形体的推崇逐渐演变为对自身肉体性的注视与赞美，使得当时裸体体育

---

① 马克思：《〈政治经济学批判〉导言》，中共中央马恩列斯著作编译局编译：《马克思恩格斯选集》第 2 卷，北京：人民出版社，2012 年，第 712 页。

竞技蔚然成风。海洋民族较之内陆民族,想象力更加丰富,思维视野更加广阔,原始情欲也表现得更为充分。在古希腊罗马人的观念中,情欲是与生俱来的"万乐之源",神与英雄为所欲为、恣意纵情的行为,隐喻了对原始欲望充分实现的潜在冲动;同时情欲也是"万恶之源",无数神与英雄在追逐情欲中毁灭,在古罗马帝国后期,不加节制的纵欲享乐深化泛滥,腐朽颓废的风气最终导致帝国走向灭亡。古希腊罗马人明知毁灭却偏要追逐,表征了飞蛾扑火般的悲壮传统。

其次,在自然面前强烈的征服意识和自由观念。自然条件的恶劣以及海上贸易的危险,使人们产生对自然力未知的恐惧。在原始人看来,自然力是某种异己的、神秘的、超越一切的东西,因此他们"用想象和借助想象以征服自然力,支配自然力,把自然力加以形象化"[1],通过创造众多自然神祇以达到精神慰藉与心灵自由。神话是"通过人民的幻想用一种不自觉的艺术方式加工过的自然和社会形式本身"[2]。最初的宗教表现是反映自然现象、季节更换等的庆祝活动,人们在这种仪式活动中获得与自然融为一体的满足感,通过对自然现象的神秘式阐释获得掌握感。正如恩格斯所说:"一切宗教都不过是支配着人们日常生活的外部力量在人们头脑中的幻想的反映。"[3]

再次,对命运的不断抗争并力图战胜命运的主体精神与行动意识。由于土地贫瘠与战争残酷等现实原因,古希腊罗马人逐渐意识到寓于偶然之中的必然性束缚,他们将不能认识与理解的一切遭遇统归之于命运,使不合理的事物合理化。在他们看来,命运具有不可抗拒性和邪恶性,孤单的个体生命在命运的罗网中苦苦挣扎。但他们在命运面前并不完全屈从,而是积极与之抗争,明知不可为而为之。正是在这种自由意

---

[1] 马克思:《〈政治经济学批判〉导言》,中共中央马恩列斯著作编译局编译:《马克思恩格斯选集》第2卷,北京:人民出版社,2012年,第711页。

[2] 马克思:《〈政治经济学批判〉导言》,中共中央马恩列斯著作编译局编译:《马克思恩格斯选集》第2卷,北京:人民出版社,2012年,第711页。

[3] 恩格斯:《反杜林论》,中共中央马恩列斯著作编译局编译:《马克思恩格斯选集》第3卷,北京:人民出版社,2012年,第703页。

志与命运围困的斗争中，人类高扬了主体意识与理性精神，迸发出个体生命强劲耀眼的火花。史诗中的神与英雄全然不顾命运的安排并与之抗衡，体现了古希腊人对主体自由的捍卫；古罗马时期频繁的奴隶起义以及文学作品中曲折表达的争取自由的理想愿望，都体现了底层人民对命运的反抗意识。

最后，肯定现实生活与个体生命价值的世俗人本意识。长期战争与海上冒险等经验使古希腊罗马人感受到生存苦难与生命的脆弱，与其他民族相比，他们更重视世俗生活与物质享受，神话与史诗中宴饮、竞技与奏乐等娱乐活动频繁是对现实生活状态的反映。农业与渔业个体家庭生产方式以及工商业文明的个体经营，培养了希腊罗马人的独立精神与个人本位主义观念。特洛伊战争的起因以神话解释是象征财富与荣誉的"金苹果"和象征爱情的美女海伦之争，两者的实质是个人荣誉与尊严。史诗中神与英雄的行动大多不是从集体利益出发，而是出于个人利益。

古希腊罗马原欲文化蕴含着原始形态的"人"的观念，具有强烈的人本意识与人文精神特征，成为后世西方文学人学思潮的开端。随着认识与改造世界的能力增强，人对原始欲望的放纵、对内在生命力与自然本性的外现愈加强烈，自我发现也随之产生。公元前5世纪普罗泰戈拉的名言"人是万物的尺度"阐扬了人的主体地位，从此人作为抽象主体而存在。此后西方的人文主义、古典主义、启蒙主义等文学思潮，在深层次上始终贯穿和蕴含着浓厚的人学观念。

三、文学对古希腊罗马时期社会发展与社会面貌的回应

第一，奴隶主阶级成为文学创作主体，对奴隶社会发展面貌进行艺术化呈现，表现奴隶主生活情趣与贵族立场、讽刺贵族的堕落、表达对奴隶的同情与对奴隶制关系的反思，奴隶争取自由的思想愿望通过奴隶主文学曲折表达出来。

古希腊古风时期的抒情诗和寓言表现不同阶级立场的情感与思想。

萨福（公元前612？—？）是古希腊最杰出的女诗人，被柏拉图誉为"第十位文艺女神"。她的抒情诗大致作于公元前6世纪前后，以爱情为主要题材，配合音乐来歌唱和吟诵。《致阿佛洛狄忒》和《在我看来那人有如天神》描写贵族少女矛盾的恋爱心理与热恋感受；名作《致阿那克托里亚》将热烈如火的激情和沉痛婉转的哀怨之情表现得无以复加。她用各种不同的体裁写诗，她的诗作始终洋溢着鲜明的个性色彩，对同时代以及后世的文学家、诗人、学者影响巨大。阿尔凯奥斯（？—公元前570）的抒情诗表达忧国忧民的思想、乐观高昂的战斗情绪与纵情于酒的洒脱情怀。品达（公元前522？—前442）的诗作表现出泛希腊的爱国热情并进行道德教诲，歌颂希腊人在萨拉米战役中的胜利。《伊索寓言》相传为公元前6世纪一个名叫伊索的被释奴隶所作，反映了下层平民和奴隶的思想感情。《狼和小羊》将压迫者比作狼，谴责他们为非作歹的暴行，是对奴隶社会的深刻写照；《农夫与蛇》《龟兔赛跑》《乌鸦和狐狸》《狐狸和葡萄》等寓言故事总结了下层劳动人民的斗争经验和生活教训。

　　古罗马共和时期戏剧文学艺术再现和批判社会现象。普劳图斯（公元前254？—前184）改编希腊新戏剧再现罗马社会现实，《吹牛的军人》（公元前205）讲述一个雅典青年从军官手中夺回所爱的艺伎的故事，讽刺在侵略战争中自鸣得意的罗马军人；《俘虏》（公元前188？）通过一个奴隶冒险救主人的故事，反映出当时战俘被卖为奴隶的情景以及奴隶的悲惨处境。普劳图斯生动刻画了罗马社会的各类人物，描绘了一幅广阔的社会图景，奴隶在其剧作中占有特殊地位，反映出其民主倾向。泰伦斯（公元前190—前159）的喜剧《婆母》（公元前160）讲述一个家庭从引起纠纷到归于和好的故事，是对罗马奴隶制迅速发展、社会思想意识发生巨大变化的反映，集中刻画两代人新旧思想的矛盾冲突，主张宽容忍让，调和社会和家庭矛盾。

　　古罗马帝国时期讽刺文学与小说表达了奴隶主下层思想，揭露了社会现实。马希尔（40？—104？）的诗歌讽刺罗马社会的各种风习，对社会下层表示一定的同情，流露出感伤情绪。朱文纳尔（60？—127？）讽刺奴隶主贵族的门第观念，提出"道德是衡量高贵的唯一的、仅有的标准"。佩特罗乌尼斯（？—65？）的《萨蒂利孔》大致写于尼禄统治时期，描述了富豪如何通过卑劣手段致富，具有一定的揭露性与讽刺性。阿普列尤斯（125？—180？）的《变形记》（又名《金驴记》）创作于公元2世纪前后，被认为是欧洲最早的长篇小说雏形。作品以鲁巧变形后的经历与见闻为线索，揭露罗马社会道德败坏、人民遭难的现实，被称为"罗马外省的百科全书"。

第二，文学对社会政治和战争进行及时反映与反思，服务于政治现实的需要，甚至成为政治斗争与统治的工具。

古希腊古典时期的喜剧与演说词表达对内外战争的不同态度与反应。"喜剧之父"阿里斯托芬（公元前446？—前385？）是有着"强烈倾向的诗人"[①]，剧作《阿卡奈人》（公元前425）反对雅典与斯巴达的内战，目的在于扫除雅典公民的主战心理，号召订立和约。伊索克拉底（公元前436—前338）的演说词（公元前380）号召希腊城邦联合起来反对波斯。狄摩西尼（公元前383—前322）的演说词号召希腊城邦联合抵抗马其顿的菲利普二世，洋溢着忧国忧民的热情。

古罗马黄金时期的散文和诗歌同样反映当时的政治生活，表达对统治阶级的维护。西塞罗（公元前106—前43）的散文著作反映了共和国末期社会政治生活，描绘了各类政治人物。卢克莱修（公元前99？—前55？）的诗作反映了共和国末期民主派对贵族元老的反抗。这一时期维吉尔（公元前70—前19）、贺拉斯（公元前65—前8）以及奥维德（公元前43—公元18）三位诗人的成就最为突出，但他们的诗作大多是对政治的粉饰。维吉尔是古罗马最伟大的诗人，他的田园抒情诗《牧歌》（公元前42—前37）是对奥古斯都的期待和歌颂，赢得了屋大维的赏识；《农事诗》（公元前37—前30）是为适应屋大维的农业政策而作，分别写了农业、园艺、畜牧和养蜂；《埃涅阿斯记》（公元前30—前19）以神话方式描写罗马建国的历史，歌颂罗马祖先创业建国的伟大功绩，是欧洲

---

① 恩格斯：《恩格斯致明娜·考茨基》（1885年11月26日），中共中央马恩列斯著作编译局编译：《马克思恩格斯选集》第4卷，北京：人民出版社，2012年，第579页。

文学史上第一部文人史诗。虽然维吉尔的大部分诗作都是迎合屋大维的产物，但诗中不乏对劳动的同情和肯定，具有一定积极意义。贺拉斯的《歌集》共四卷，前三卷发表于公元前23年，第四卷发表于公元前13年，诗作适应屋大维整顿社会风尚的需要，批评当时道德败坏的社会现象。奥维德的长诗《变形记》（公元前8—前2）集流行于西方和近东地区的神话和趣闻于一体来展现光怪陆离的故事，同样暗含对凯撒和屋大维的歌颂。

第三，文学对原欲文化观念进行艺术呈现，重视个人尊严与价值，肯定人的自然本性和原始欲望，表达对自然与命运的强烈抗争意识。

对原欲文化观念艺术化表达最为充分的当属古希腊神话与传说。古希腊神话与传说最初见于荷马史诗以及公元前8世纪末至公元前7世纪初赫西俄德的《神谱》等典籍，之后又在古罗马诗作、历史著作、悲剧等体裁形式中得到不同程度的丰富和发展。庞杂的神与神话体系化过程在荷马时代始告完成，并形成了具有浓厚阶级色彩的新神谱系。古希腊人认为，新神谱系中的众神主要居住在奥林波斯山上，因此他们被称为"奥林波斯众神"，其中最为著名的是十二主神。尽管不同的神话故事版本对"奥林波斯"十二主神的说法不尽相同，但大体包括：众神之王宙斯、天后赫拉、智慧女神雅典娜、太阳神阿波罗、月神阿尔忒弥斯、爱神阿佛洛狄忒、海神波塞东、炉灶女神赫斯提亚、火神赫淮斯托斯、战神阿瑞斯、农神德墨忒尔、神使赫尔墨斯。

古希腊神话之所以具有无穷的魅力，主要是因为神人同形同性，神犹如人一般具有七情六欲，神的身上映射着希腊社会原始初民的欲望与情感，充满着人性的鲜明色彩，他们对情欲热烈追逐，引发诸多风流韵事。古希腊神话的这一追求与放纵原欲的特征集中体现在众神之王宙斯身上。作为雷电之神的宙斯同时也是生殖之神，他对无数女神以及凡间男女展开热烈追求，多次化作天鹅、牛、金雨等不同形态，只为接近欲望对象。他的四处风流猎艳常常招致妻子赫拉的嫉妒，在特洛伊战争中也曾因受赫拉诱惑而耽误了转变战机的时间。宙斯这个典型的原欲形象反映出古希腊初民对生殖和极强生命力的崇拜。

与神的故事相映生辉的则是英雄传说。英雄传说起源于希腊人的祖先崇拜，主要包括赫拉克勒斯的故事、伊阿宋的故事、俄狄浦斯的故事等。英雄是神人结合而生的结晶，他们英勇非凡，具有半人半神的特点。他们的故事往往受到人的神化因素作用的影响，展现人与自然、命运的斗争，借此肯定人自身的价值和力量，传达浓郁的希腊本土意识。

作为希腊艺术的源头，古希腊神话与传说具有奇幻烂漫的意境和深刻生动的人生哲理意蕴，被马克思盛赞为"不只是希腊艺术的武库，而且是它的土壤"。①

第二节　荷马史诗

《伊利亚特》（又译《伊利昂纪》）和《奥德赛》（又译《奥德修纪》）是古希腊两大史诗，相传为盲人歌手荷马所记录、整理，故合称"荷马史诗"。荷马史诗是古希腊叙事文学的辉煌之作，也是欧洲叙事诗的典范，代表古希腊文学的最高成就。

一、荷马的生平与主要作品

荷马（约公元前9世纪—公元前8世纪），传说为古希腊民间歌手。关于其出身究竟如何，具体生活于什么时代，以及详细的、有据可循的生活细节问题，至今仍没有确切的答案。

学术界一种观点认为荷马确有其人，根据史诗的方言特点推断其可能是小亚细亚爱奥尼亚人，有着非凡的想象力和艺术加工能力，其以文字的形式记录、整理了两部伟大的史诗作品。另一种观点认为荷马并非是一个真实存在的个体的人，而是古希腊特定区域对一类行吟诗人

---

① 马克思：《〈政治经济学批判〉导言》，中共中央马恩列斯著作编译局编译：《马克思恩格斯选集》第2卷，北京：人民出版社，2012年，第711页。

的总称。

关于荷马的样貌特征以及生活细节同样无确凿史料可考,可能与《奥德赛》中的行吟诗人谛摩多科斯相似:双目失明,带着竖琴在各地吟唱特洛伊战争的英雄事迹。而正是行吟经历使他能够广泛收集民间传说,并在此过程中不断进行加工整理,最终使史诗以文字的形式得以呈现。

关于荷马是如何以文字的形式记录整理两部史诗的,则更是没有定论和充分的文献资料,由此引发的一系列问题,如两部史诗是如何自然衔接在一起的,自然也就没有最终结论。

尽管关于荷马的生平经历由于历史年代久远等客观原因留存下来的很少,细节也相对比较模糊,但这并不妨碍当代读者领略两部史诗的艺术精神及其中所蕴含的希腊文化精髓。诚如英国学者吉尔伯特·默雷所说:"我们如果试图确定,古希腊文学开端之时,哪些诗是荷马的作品,那么答案必定是——一切都是'荷马'的,或'英雄的'。"[①]

二、荷马史诗的艺术成就

就目前荷马史诗的定本情况来看,两部史诗各分为二十四卷,分别由一万余行的六音步英雄诗体构成。史诗的上部《伊利亚特》以"阿喀琉斯的愤怒"为主线,讲述了古希腊人与特洛伊人之间长达十年的战争经历,气势恢宏磅礴,广泛反映了希腊当时的社会生活、宗教生活、生产贸易等活动,后来成为希腊城邦时期公民教育的重要材料。史诗的下部《奥德赛》以奥德修斯的海上冒险经历为主线,讲述了奥德修斯漂泊返乡并报复求婚人的故事。这是欧洲文学上第一部以个人遭遇为主要内容的作品,风格沉郁而充满智慧,后来成为文艺复兴和18世纪流浪汉小说及批判现实主义小说的先驱。马克思对两部史诗作品有过

---

① 吉尔伯特·默雷:《古希腊文学史》,孙席珍、蒋炳贤、郭智石译,上海:上海译文出版社,1988年,第8页。

高度评价,认为它们"仍然能够给我们以艺术享受,而且就某方面说还是一种规范和高不可及的范本"。① 具体到艺术成就主要表现在以下方面:

首先,历史映射与神话因素相结合。

一方面,史诗反映了自多利安人入侵到史诗形成这一时期希腊社会历史各方面的状况,堪称希腊人生活的"百科全书"。另一方面,史诗取材于早期古希腊神话和传说,对其进行想象加工,形成人神交混的史诗奇观。

在社会关系与斗争、经济生活方面,从《伊利亚特》与《奥德赛》的许多描写来看,荷马所处时代已开始形成阶级、私有制、奴隶制与父系家长制。《伊利亚特》中的部落首领拥有家奴以及更多的私人财产,特洛伊宫廷的女仆们在赫克托尔妻子的指挥下织布纺纱等,都是奴隶制萌芽与私有制出现的标志。在《奥德赛》中,奥德修斯的儿子特勒马科斯禁止母亲在男人面前发表意见,而母亲也完全遵从,这是典型父系家长制社会形态的表现。

在政治军事制度方面,当时的军事领袖由各部落酋长担任,虽然大权在握,却不能为所欲为。《伊利亚特》第二卷中描写了阿开奥斯人召开全营大会,许多大事须由全体士兵决定,这说明已初现对权力进行必要限制的考虑。

在宗教风俗方面,史诗具体描绘了各种祭祀仪式与经济活动过程。撒麦屑和分食祭肉的仪式场景频繁出现;帕特洛克罗斯葬礼上的丧葬竞技是古希腊文化的传统习俗,以表达对逝者的哀思和通达神灵的愿望。《奥德赛》中埃尔佩诺尔因醉酒从房顶摔落而死,在阴间哀求奥德修斯为自己举行葬礼,否则灵魂不得安息,这体现了古希腊人对葬礼的重视。赫淮斯托斯为阿喀琉斯锻造甲胄的描写,传达了劳动的喜悦,盾牌上展现的生产劳动的图画也历来为人所惊叹。

---

① 马克思:《〈政治经济学批判〉导言》,中共中央马恩列斯著作编译局编译:《马克思恩格斯选集》第 2 卷,北京:人民出版社,2012 年,第 711 页。

史诗在直接映射希腊社会生活的同时，还注入了神话因素来隐喻当时的希腊社会现状。

史诗在战争起因的解释上，讲述了"金苹果之争"。希腊英雄阿喀琉斯的父母举行盛大婚礼，遍邀天上诸神，唯独忘掉了"不和女神"厄里斯。结果在婚礼当天，"不和女神"厄里斯掷出了一只金苹果，上面写着"献给天上最美丽的女神"。天后赫拉、智慧女神雅典娜和爱与美之神阿佛洛狄忒为此发生了争执，最终"金苹果"经过帕里斯的裁决判给阿佛洛狄忒。表面上这是借助神话故事交代特洛伊战争的起因，但实质上这是讲述一场在神话外衣掩饰下的经济掠夺。迈锡尼时期希腊各部落都是通过战争来增加财富的，而特洛伊地处欧亚海陆交通要塞，繁荣富庶，因此被希腊人所觊觎。

史诗在战争过程的描述中，不断暗示以宙斯为首的奥林波斯新神谱系具有浓厚的阶级色彩，是母系社会过渡到父系社会的反映，宙斯在这里俨然是一个氏族首领的形象。具体到史诗的情节展现，神话因素更是随处可见。作为完美英雄代表的阿喀琉斯，仅仅因为被射中了脚后跟便死去，也是荷马在神话传说基础上创作的缘故。传说阿喀琉斯被浸冥河而刀枪不入，唯独遗漏了脚后跟，因此脚后跟是他全身唯一脆弱的地方。神在战争中左右着对战双方的胜负，他们经常为了所支持的一方而亲自参与战争，因此诸神间也难免大动干戈。他们甚至对战争的走向起到了决定性的作用，例如提丢斯为了儿子阿喀琉斯的安危曾向宙斯求情，使阿开奥斯人在一开始节节胜利；天后赫拉则设计诱惑宙斯，借此拖延时间，好让波塞冬趁机帮助阿开奥斯人，从而改变战争局面。正如史诗中所说："神要是公然去跟人作对，那是任何人都难以对付的"，战争的结果和双方英雄的命运全都掌握在诸神手中。但这并不意味着英雄们就甘愿如此，有时诸神也会被人间英雄打得落荒而逃，这时人的力量便凸显了出来，人得以"神化"。总体来看，荷马所处的时代仍然是以神话思维为主导，神的意志决定人间的一切。

其次，鲜明的人物形象高度体现了希腊的民族性。

俄国批评家别林斯基认为："长篇史诗的登场人物必须是民族精神的

十足的代表",主人公"通过自己的个性来表现出民族的全部充沛的力量,它的实质精神的全部诗意"。[①] 荷马史诗之所以被称为"英雄史诗",是因为其塑造了一系列生动鲜明的英雄形象。史诗通过这些英雄人物形象,体现着希腊民族的民族性,表达了强烈的民族认同感。

刚强勇猛、骁勇善战的英雄主义精神,是希腊民族性中最首要也是最突出的一点,这在《伊利亚特》对诸多英雄的描写中体现得最为明显。特洛伊战争双方的英雄大多是半人半神,一个个武艺高超,威武异常,而其中塑造得最为成功的英雄形象便是阿喀琉斯。史诗极力渲染他高大威武的形象,例如他在战场上一出现,雅典娜就在他头上聚起一堆金色的彩云;他的吼声惊天动地,足以吓跑敌人。阿喀琉斯在不同命运面前的抉择,最能体现他对战争的奋不顾身。神谕说他有两种命运:一种是待在家中过和平生活,幸福长寿;另一种是征战沙场,虽然能取得无限荣誉,但注定早死。他不顾母亲的警告,毫不犹豫地选择了后一条道路,为了民族挺身参战。作为希腊民族的完美代表,阿喀琉斯几乎具备了各种希腊品质,成为希腊人心中最为理想的英雄形象。他的两次愤怒是对个人尊严与荣誉的维护,体现了个人本位主义价值取向;不顾母亲的预言和劝阻,选择战死沙场的行为,反映了希腊人不消极屈从于命运,最大限度实现生命价值的人生观;死后成为地下统领,却认为"宁愿在世为奴,也不愿在地下统治亡灵",这种热爱现世生活、厌恶死后世界的思想也是典型希腊式的。同时,"阿喀琉斯的脚后跟"也透露出希腊人对自身民族性格的省察意识:将个人荣誉与尊严置于民族集体利益之上是有害的。而荷马对特洛伊英雄的赞颂,则在一定程度上体现出对希腊民族主义的超越。特洛伊英雄赫克托尔,和阿喀琉斯相比更具有悲剧色彩。他明知特洛伊要打败仗,城池将被摧毁,死后自己的妻儿将面临被奴役的命运,但仍愤然迎战。他和妻子安德洛玛克的辞别场面历来催人泪下。

[①] 别林斯基:《诗歌的分类和分科》,《别林斯基选集》第三卷,满涛译,上海:上海译文出版社,1980年,第46页。

如果说《伊利亚特》体现的是希腊民族英雄主义的情怀，那么《奥德赛》则突出体现了希腊民族性中对智慧的崇尚特征。史诗中的奥德修斯是一个足智多谋的政治家和领袖形象，他在十年漂泊的过程中，无数次战胜了各种艰险和困难；返乡后通过一系列的伪装，来考验妻儿、家仆以及父亲，则体现了他强烈的探察意识，反映了希腊人理性求证的思维方式。即使面对智慧女神雅典娜，他也通过编造谎言来试探。奥德修斯的妻子佩涅洛佩也同样具有这样的特点，当奥德修斯表明自己身份时，她充满疑虑，直到奥德修斯说出"婚床的秘密"，她才完全信任，这在一定程度上体现出了希腊民族认知范式中逻各斯的转向。

再次，高超的叙事艺术与布局谋篇方式。

史诗题材宏大，人物众多，却并不显得芜杂，这主要得益于高超的叙事艺术与布局谋篇方式。史诗将复杂多样的故事情节集中在一个人物、一个事件、一小段时间上，有详有略，有起有伏，达到极高的艺术水准。

在布局谋篇方面，两部史诗都涉及十年时间中所发生的故事，但荷马并没有从故事发生的一开始按时间先后顺序娓娓道来，而是采取了凝缩时间和空间的方式，集中讲述一个人物在一段时间中发生的某一中心事件，从而使史诗在整体上显现出"整一性"的结构原则。这种"整一性"的情节安排使叙述不枝不蔓，重点突出。《伊利亚特》围绕阿喀琉斯的两次愤怒展开事件和主题，将故事集中于战争的最后五十一天，并着力展现其中最为关键的二十天。《奥德赛》则围绕返乡这一行动，集中描写海上冒险经历中四十天的故事，又详细叙述其中最精彩的五天，并围绕着归家海上冒险和重新夺回王位两条线索交错展开。

史诗的叙事角度也别出心裁。诗人以旁观者角度叙述故事，显得真实可信；有时让人物作为亲历者追叙，则更显得惊心动魄。例如《奥德赛》中奥德修斯的历险并不是由诗人描写，而是通过他本人在酒宴上进行回忆讲述，讲到兴起时，甚至编造一些虚构的故事，充分调动对方的兴趣。这种编造虚假故事的叙述模式，宣告了虚拟化叙事的诞生，后世的剧作家与小说家们在一定程度上都沿袭了这种叙事样式。

最后，简明优美的语言与多种修辞手法的运用。

荷马史诗之所以在今天仍然能够给我们以艺术享受，还与其简明优美的语言以及比喻、象征等多种修辞手法的运用有关。

史诗主要使用爱奥尼亚方言，措辞精致，采用六音步长短短格诗体，没有尾韵，节奏感强，适合吟诵。受到民间说唱文学的影响，为方便记忆，史诗中还存在大量程式化用语与重复用词，如"有翼飞翔的话语""足智多谋的奥德修斯"等，虽然显得有些拖沓，但增强了节奏感，利于听众紧跟故事进展，丰富生活画面，给作品带来一种古朴优美的气息。

史诗在描述人物和事件时，使用了约八百个从日常生活和自然现象中选取出来的比喻，被誉为"荷马式比喻"。最为精彩的是明喻，如帕特洛克罗斯哭求阿喀琉斯出兵这个场景，被荷马形容为"抓住母亲裙角求抱的小姑娘"；心事重重的奥德修斯辗转反侧，夜不能寐，被形容为"像一条翻烤的大香肠"；阿波罗摧毁希腊士兵的围城，"像一个小男孩蹬翻一小座沙堆的城堡"，都极为生动有趣，从中体现出说者努力调动听者注意力和兴趣的意图。除明喻外，史诗的隐喻也极为形象生动，例如用"青铜的睡眠"形容被阿伽门农刺杀的敌将躺倒在地；把赫克托尔比作笼罩大地的"一朵战云"，突出了他的勇猛形象。

象征手法的运用在史诗中也很常见。史诗中出现很多所谓"不祥之兆"，比如赫克托尔的婴儿在见到父亲头上的战盔时尖声哭叫，预示着赫克托尔将会战死沙场。这种明知不可为而为之的抉择，更能突出赫克托尔的英雄风范，增添了悲剧色彩。史诗中多次出现的"苍鹰从头顶掠过"，象征着神意即将干预战事。这些象征手法的运用，拓宽了作品的想象空间，增添了耐人寻味的意趣。

总体来看，荷马史诗作为一部长篇巨作，在古希腊文学中占据核心地位，代表西方古代文明的辉煌成就，其特有的艺术魅力未因时代的变迁而消逝。荷马史诗对后世西方文学的影响极其深远，在莎士比亚的戏剧中、在爱尔兰小说家乔伊斯的笔下都留下了它的影子。荷马史诗取得的成就与影响怎样估计都不为过，正如恩格斯所说："荷马的史诗以及全部神话——这就是希腊人由野蛮时代带入文明时代的主要遗产"。[①]

第三节 古希腊悲剧

"悲剧"在希腊文原文中是"山羊之歌"之意,一说是因为酒神颂的合唱队披着山羊皮扮演角色,另一说是因为歌者在表演比赛中获胜的奖品是山羊。就起源来看,悲剧与希腊古老的民间酒神祭奠活动密切相关。它们大多取材于神话、传说以及史诗故事,着力表现人与命运的抗争,广泛涉及重大的社会、道德伦理问题,风格崇高、悲壮。公元前5世纪是希腊悲剧的鼎盛时期,在雅典活跃着许多悲剧诗人,埃斯库罗斯(公元前525—前456)、索福克勒斯(公元前496—前406)和欧里庇得斯(公元前485—前406)是其中最杰出的三位悲剧作家。

一、三大悲剧家的生平与主要作品

埃斯库罗斯被誉为"悲剧之父"。他出生于一个贵族家庭,这决定了他日后政治观的矛盾性。在公元前490—前479年期间,出于爱国热忱,他先后参加了波希战争中著名的马拉松战役、萨拉米战役和普拉泰亚战役,抵抗波斯的侵略。这些经历促使他的爱国热情空前高涨,鼓吹爱国主义思想、反对不义战争,这在其剧作中都有明显体现。据说埃斯库罗斯一生写过近八九十部悲剧,流传至今且保存完整的有七部:《乞援人》(公元前490)、《波斯人》(公元前472)、《七将攻忒拜》(公元前467)、《被缚的普罗米修斯》(公元前465)、《阿伽门农》(公元前458)、《奠酒人》(公元前458)、《报仇神》(公元前458),其中最后三部被称为《俄瑞斯忒斯》三连剧。

[①] 恩格斯:《家庭、私有制和国家的起源》,中共中央马恩列斯著作编译局编译:《马克思恩格斯选集》第4卷,北京:人民出版社,2012年,第34—35页。

索福克勒斯被誉为"戏剧艺术的荷马"。他生活在雅典奴隶民主制繁荣时期，早年和土地贵族寡头派领袖客蒙交往，后与工商业民族派领袖伯利克里交好，这段人生经历影响了他在剧作中的政治立场。索福克勒斯和希罗多德交情甚笃，时常借用其史料进行创作。他还结交过智者学派，和诡辩派哲人是朋友，所受思想的影响都反映在他的剧作创作中。据说索福克勒斯一生约创作出一百二十部悲剧，但流传至今且保存完整的只有七部：《埃阿斯》（公元前442）、《安提戈涅》（公元前441）、《俄狄浦斯王》（公元前431）、《厄勒克特拉》（公元前418）、《特拉基斯妇女》（公元前429）、《菲罗克忒忒斯》（公元前409）以及《俄狄浦斯在科罗诺斯》（公元前401）。

欧里庇得斯被誉为"戏剧舞台上的哲学家"。他生活在雅典奴隶社会民主制度衰落时期，曾长期服兵役，晚年又恰逢伯罗奔尼撒战争，因此反对侵略战争、反对雅典对盟邦的暴政、对神表示怀疑等思想在其剧作中都有所体现。他接受了自然哲学的"睿智"学说，喜欢研究人类心理、道德与行为，其剧作中的心理分析往往精彩独到。据说欧里庇得斯一生创作了九十多部戏剧，流传至今且保存完整的有十八部，主要包括《阿尔刻提斯》（公元前438）、《美狄亚》（公元前431）、《希波吕托斯》（公元前428）、《赫拉克勒斯的儿女》（公元前430）、《安德洛玛克》（公元前430）、《特洛亚妇女》（公元前415）、《伊菲革涅亚在陶洛人中》（公元前420—前412）、《海伦》（公元前412）、《腓尼基妇女》（公元前411）等。

二、古希腊悲剧的艺术成就

《被缚的普罗米修斯》《俄狄浦斯王》《美狄亚》分别是埃斯库罗斯、索福克勒斯和欧里庇得斯的代表作，它们体现了古希腊悲剧的最高艺术成就和创作典范。

《被缚的普罗米修斯》讲述了普罗米修斯反抗宙斯权威，为人类盗取天火的故事。《俄狄浦斯王》集中展示了俄狄浦斯"杀父娶母"，与命运相抗争并最终失败、自我流放的故事。《美狄亚》则讲述了英雄伊阿宋背叛家庭,最终招致妻子美狄亚残忍报复的故事。三部悲剧都取材于希腊神话与传说,各具思想倾向与艺术特色。《被缚的普罗米修斯》具有强烈的政治倾向性,马克思曾称赞普罗米修斯为"哲学日历中最高尚的圣者和殉道者"[①]。《俄狄浦斯王》集中展现人与命运的冲突主题,具有精巧的结构与错综的情节,通过一次次的发现与突转,将主人公俄狄浦斯推向绝境。《美狄亚》精彩独到的心理分析历来为批评家所称颂,其贴近生活现实的题材以及女性敢于争取与男性平等权利的思想获得了淋漓尽致的艺术化展现,堪称西方后世女性主义文学作品的源头,而其中"痴情女子负心汉"的故事原型也与世界各国文学中类似的故事形成相互映照的关系,具有鲜明的艺术典型价值。

纵观古希腊三大悲剧代表作的故事情节和思想倾向,其主要艺术成就表现在以下方面:

首先,对人与命运冲突的神秘呈现与哲理揭示。

古希腊悲剧中贯穿着命运观念,往往通过神谕来体现人物的厄运,渗透着命运变幻莫测的神秘因素。人的自由意志与不可抗拒的命运之间的冲突是悲剧创作的重要主题,表达了一种具有人生哲理意义的困惑与恐惧。在希腊悲剧中,命运往往被描述为一种无形的、神秘的、并带有不可捉摸的邪恶性的巨大力量。但剧作家的真正用意并非只是单纯地揭示命运的可怕和人在命运面前的软弱、无能和绝望感,相反,通过展现人物与命运的抗争,悲剧作家让读者体会出作为具有自由意志的人的不屈精神和"知其不可为而为之"的大无畏英雄气概,并由此体现人性的伟大和崇高。

在索福克勒斯的悲剧《俄狄浦斯王》中,当拉伊俄斯夫妇从神谕中得知儿子注定将弑父娶母时,为逃避这一悲剧命运,将尚在襁褓中的俄狄浦斯弃于荒野;被科林斯国王收养的俄狄浦斯,在偶然得知自己可怕

[①] 马克思:《德谟克利特的自然哲学和伊壁鸠鲁的自然哲学的差别》,中共中央马恩列斯著作编译局编译:《马克思恩格斯全集》第40卷,北京:人民出版社,1982年,第190页。

的命运时，也毅然选择离开父母，放弃王位继承权，踏上流浪之旅。无论是俄狄浦斯还是拉伊俄斯夫妇，都为了避免悲剧命运而做出了最大努力。但之后作为忒拜城国王的俄狄浦斯，为解除瘟疫，按照神谕，追查杀死老国王的凶手，然而追查出的事实却是，凶手正是十六年前的自己。俄狄浦斯和拉伊俄斯夫妇的命运最终还是应验了当初可怕的神谕，积极的抗争反而增添了悲剧色彩。主人公越是努力摆脱命运，越是陷入命运的罗网；越是想要为民除害，越是一步步走向自我毁灭。在索福克勒斯看来，命运不是具体的神，而是一种神秘的力量。作家通过俄狄浦斯的毁灭，证明了命运的不可抗拒，表达了对人的命运与存在的困惑，但所强调的是人的自由意志和反抗命运的刚毅精神。俄狄浦斯正是在这种竭力逃避命运、坚持追查真相的困兽犹斗的过程中，高扬了自由意志与理性精神，实现了人类自我认识的深化。无疑，俄狄浦斯的行为是悲壮的，因为他无辜地承受着命运的打击；俄狄浦斯又是高贵的，因为他面对不可改变的命运仍奋起抗争，捍卫了人的尊严与荣誉。

在神秘且不可抗拒的命运面前，有时连神祇也无能为力。在埃斯库罗斯的《被缚的普罗米修斯》中，万神之王宙斯将普罗米修斯绑在高加索的悬崖上，让其受尽折磨，不仅仅是为了惩罚他盗取天火的行为，更是想从他口中知道自己的命运，即自己将被谁取而代之；而普罗米修斯之所以坚守秘密，是因为支配一切的命运不容许他透露。普罗米修斯作为伟大的先知，唯独不能把握自己的命运，只能无奈接受。他感叹道："我既知道定数的力量不可抗拒，就得尽可能忍受着注定的命运。"在这里，命运更接近于神性，是一种不可逆转的必然性，它潜藏在神谕后，连神也无法抗拒，更何况是人了。人在与命运的冲突中不得不充满恐惧地向命运屈从。

如果说《俄狄浦斯王》肯定的是人对命运的抗争，《被缚的普罗米修斯》表现的是人对命运的妥协，那么《美狄亚》则揭示了人对命运的主宰。美狄亚大胆反抗丈夫伊阿宋的背叛、避免成为家庭牺牲品的行为，不仅害死了丈夫的新欢，更是在极端的复仇中牺牲了自己的两个儿子。她挣脱束缚，成为自己人生和命运的主宰。在这里，命运的神秘色彩已被剧作家扫除，没有了神谕与预兆。在剧作家看来，决定命运的不再是神明，而是个人的自由意志，这是具有颠覆性的哲理思索。

其次，人物形象具有鲜明政治倾向性与时代现实性。

希腊悲剧反映了古典时期平民与氏族贵族、奴隶主中寡头派与民主派的政治斗争，是雅典奴隶主民主政治的产物。悲剧中的人物形象具有鲜明的政治倾向性，代表了剧作家的政治立场。通过对剧中人物的遭遇与行动的描述，剧作家表达了对所处时代的风尚与现实问题的反思。

人物强烈的政治倾向性在《被缚的普罗米修斯》中体现得最为明显。恩格斯称埃斯库罗斯是与阿里斯托芬一样的有着"强烈倾向的诗人"。[①] 剧作家将寡头派与民主派的斗争表现为宙斯与普罗米修斯的冲突，以此来表明自己的民主立场，歌颂民主精神。宙斯在剧中是一个暴君形象，作为一个新得势的神，一方面他对昔日的战友普罗米修斯恩将仇报，采用最残忍的手段进行迫害；另一方面他迫害人类，引诱伊娥，使得她漂泊到海角天涯。埃斯库罗斯生活在雅典奴隶主民主制度形成时期，防止再有僭主出现，是当时的主要历史任务之一。因此，剧作家借宙斯这个形象来痛斥古希腊各城邦的僭主，表达对民主制度的拥护。而剧作中作为英雄的普罗米修斯的形象则彰显了民主派的不屈精神与自豪感。普罗米修斯同情人类的苦难，反抗宙斯的权威，即使受尽折磨也毫不妥协，这种崇高的英雄形象与理想精神着实令人感动。值得注意的是，普罗米修斯原本在赫西俄德的诗中是个背信弃义的小人，经过埃斯库罗斯的塑造，他成了一位大胆反抗权威、爱护人类的伟大的神，由此可见埃斯库罗斯塑造人物形象时的政治用心。马克思曾把剧作中普罗米修斯对赫尔墨斯说的"一句话告诉你，我憎恨所有的神"视作哲学用以敌视天地诸神的格言，由此可见普罗米修斯精神的政治影响之深刻。

《俄狄浦斯王》中的人物形象则反映了雅典奴隶主民主制繁荣时期人的力量与价值突现，理性被崇拜与弘扬，以及后期理性信仰幻灭的时代风尚。剧中主人公的性格是在具体行动和对照中逐渐展现的：一方面，

[①] 恩格斯：《恩格斯致明娜·考茨基》(1885年11月26日)，中共中央马恩列斯著作编译局编译：《马克思恩格斯选集》第4卷，北京：人民出版社，2012年，第579页。

俄狄浦斯作为理性精神的化身，他离家出走摆脱厄运的努力、破解斯芬克斯之谜的智慧、拒绝被邀回国的果断等都强烈地体现了当时强调人智与理性的核心价值观念；而在得知真相后，俄狄浦斯刺瞎双眼并自我放逐，则体现了他理智承担责任的悲壮。另一方面，当特瑞西阿斯暗示他是凶手时，他却指责对方诽谤，怀疑对方；当王后劝阻他进一步追查时，他又认为是自己卑贱的出身使她羞耻。这时，他性格中的偏激多疑、易怒专横等特点就暴露了出来。俄狄浦斯的这种非理性特点恰恰来自他对自身理性的坚信达到了固执的地步。索福克勒斯在创作该剧时，雅典盛世已过，民主政治危机四伏，战争频仍、社会动荡等因素都促使作家开始质疑理性的力量。他将这些社会现象的起因归结于命运的捉弄，表达了对社会现实无能为力的悲愤。通过悲剧的"升华"作用，剧作家使民众反思自身的存在，并进而关注城邦的未来，剧本和剧作家的时代现实指向由此得以凸显。

人物形象的时代现实性则主要彰显于戏剧《美狄亚》中。索福克勒斯曾指出，自己的人物是理想的，而欧里庇得斯的人物才是真实的。希腊悲剧到了欧里庇得斯的手里，标志着旧日英雄悲剧的结束，关注社会现实的倾向获得了前所未有的加强。欧里庇得斯所处的时代是充满矛盾、动荡不安的，潜伏的社会矛盾与危机暴露出来并日益尖锐化，雅典城邦最终走向了崩溃和灭亡。剧作家深刻体会到民主制的严重弊端以及种种不合理的社会现象与问题，并通过对剧中人物形象的塑造艺术化地表达出来。戏剧中的伊阿宋不再是神话中取回金羊毛的英雄，而是一个喜新厌旧、背信弃义、冷酷虚伪的小人。他将婚姻作为夺取权势和地位的手段，说明随着社会的贫富分化，家庭崩溃、道德败坏已成为必然。因此伊阿宋的堕落具有普遍意义，剧作家通过这一人物形象痛斥了当时男子的普遍不道德与自私自利。在欧里庇得斯的笔下，英雄神圣的外衣被无情地撕了下来。与伊阿宋的不完美形象对比，美狄亚是一个聪明果敢、富有强烈反抗意识的女性形象。剧作家通过对这一人物形象的塑造，反映了雅典家庭制度的不合理与男女地位的不平等。美狄亚为了爱情背叛父兄，随伊阿宋来到异国他乡，却陷入家庭的牢狱，成为伊阿宋野心的牺牲品。她杀害儿子表面上看是出于报复而做出的疯狂行为，实际上却是被不合理的男权社会逼迫使然。在氏族社会开始瓦解时期，女性的地位还是相当高的，然而随着私有财产的发展，婚姻制度逐渐固定为一夫一妻制。而一夫一妻制"成了只是对妇女而不是对男子的专偶制"[①]，在这种制度下，男性可以为所欲为，女性则须严守贞操，地位逐渐下降。剧作家将美狄亚塑造成为一个敢爱敢恨、忍辱负重的悲剧性人物形象，意在表明当时女性备受压抑的共性特征，而她对男权社会的叛离，更是在当时具有超越时代现实的非凡意义。也正是从这个角度来看，戏剧《美狄亚》的价值远远超出家庭悲剧的范畴。

最后，庄严崇高的风格与明晰简洁的语言。

古希腊悲剧取材于神话、英雄传说和史诗的特质决定了其反映的事件和情调都很严肃，剧作家通过对神话和英雄传说进行艺术化处理，来表达自己对现实问题的态度和看法。与庄严而崇高的风格相适应，悲剧的语言大多明晰简洁，十分自然，这也正是三大悲剧流传至今仍广受欢迎的重要原因。

从思想主题角度看，《被缚的普罗米修斯》中普罗米修斯是坚忍崇高的英雄形象，发出的是反抗命运与权威的自由呐喊。《俄狄浦斯王》重在突出主人公的英雄行为，对命运罗网下的悖谬抗争具有深沉的哲理思索。《美狄亚》则是一出颠覆与叛离的女性宣言，是对现实社会的严肃思考。这些剧作深刻的思想普遍决定了它们崇高的风格，雄浑严肃、节奏毫不拖沓、一气呵成、剧情扣人心弦等是它们共同的风格特征。

从语言文字角度看，《被缚的普罗米修斯》一改埃斯库罗斯其他剧作大多晦涩的文风，其文字简洁、语法简单，易于配合英雄形象的塑造与自由之声的呼喊。《俄狄浦斯王》的对话则显得利落紧凑，如俄狄浦斯与克瑞翁的谈话、俄狄浦斯与特瑞西阿斯的争吵等都安排得十分巧妙，紧密配合了戏剧深沉的哲理思索特质。而《美狄亚》的对话接近口语、十

[①] 恩格斯：《家庭、私有制和国家的起源》，中共中央马恩列斯著作编译局编译：《马克思恩格斯选集》第4卷，北京：人民出版社，2012年，第73页。

分自然，且具有散文化的趋势，明白清楚、通俗易懂，与戏剧贴近现实的整体风格十分吻合。

总之，古希腊悲剧具有高度的整合性和艺术感染力，其作为欧洲戏剧艺术的开端在西方文学史上占据光辉的一页，维吉尔、朗吉努斯、莱辛、歌德等后世著名作家和批评家都曾高度推崇和赞扬过古希腊悲剧的伟大成就。

第二章 中世纪欧洲文学

第一节 中世纪的宗教与世俗文化

自公元476年西罗马帝国灭亡始,至17世纪中叶英国资产阶级革命爆发,是欧洲历史上的中世纪时期。这一时期是欧洲封建制度形成、发展与衰亡的重要历史阶段。封建庄园制和等级制的建立巩固了封建主的统治,欧洲封建社会逐步发展到全盛时期;基督教确立自身的文化统治地位,基督教意识形态对欧洲文学文化的影响力日益强大;随着封建社会的逐步解体和向早期资本主义过渡,欧洲社会发生巨大变革,中世纪文明向近代文明转变。

一、中世纪欧洲的社会问题与社会面貌

从生产力和生产关系角度来看,封建生产方式与奴隶制生产方式相比,是社会生产力和生产关系的巨大进步。公元9—11世纪,历经长达几百年的封建化进程,欧洲庄园制经济和封建等级制最终确立,极大地巩固了封建主的统治。作为欧洲封建社会最基本的经济关系组织,庄园为封建领主所有,生产一切物质必需品。为稳固封建统治,封建主还发展了封建等级制,封建领主拥有自己的堡垒和武装力量。到公元11世纪末12世纪初,西欧在经济、政治、文化、社会生活等方面整体呈现出全新景象,城市勃兴,大学创制,边疆拓荒,中世纪的科学出现,哲学思想涌动。经由拜占庭、西西里、西班牙三个主渠道涌入的古希腊罗马文

化重回欧洲，理性主义和人文精神传统引发欧洲学术界的研究热潮，启迪并开拓了中世纪欧洲人的智识。中世纪晚期，瘟疫、饥荒、战争频仍，基督教会内部争议不绝、走向分裂，封建生产关系趋于瓦解。资本主义工商业得到较大发展，资产阶级不断攫取政治和经济的主导地位，促成科技、文化与文学逐渐向近代转型。

从文化的历史演进角度来看，自公元5世纪始，欧洲从奴隶社会向封建社会过渡，欧洲文明和文化发生了巨大转折，基督教文化取代古希腊罗马文化，逐渐在欧洲占据统治地位。蛮族各部在西罗马帝国灭亡前后已经接受了基督福音的传播，因此，蛮族入侵后，基督教历史性地承担起重建欧洲文化的重任。从公元5—15世纪，长达一千年之久，是封建主和基督教会联合统治时期。随着教皇制的确立、修道主义的盛行、神学论争以及经院哲学的发展，基督教在神学思想、教会组织和崇拜生活等方面都得到了丰富和加强。在与世俗封建统治既联合又斗争的历史进程中，基督教以举足轻重的社会地位和不可替代的精神统治作用，成为欧洲封建社会的精神支柱和占统治地位的意识形态。基督教文化无孔不入地渗透进欧洲的政治、经济、日常生活乃至文艺创作等各个领域。

从社会发展的角度来看，12世纪初，欧洲社会从农业为主的封建社会向工商业为主的市民社会转变，一种特殊的政治结构——近代国家现出雏形，法国、英国、西班牙、葡萄牙等先后结束封建割据局面，为近代资本主义国家诞生打下基础。社会生活的中心也从乡村转移到市镇，欧洲形成了一些具有近代意义的城市。手工业者和商人是城市主要居民，城市发达之后产生了市民阶层，他们也受到封建剥削和压迫，于是市民阶层和农民一起反对封建主的压迫和统治，这使得反封建的斗争持续活跃于整个中世纪。国家和城市的出现使欧洲社会发生了巨大变化，12世纪后，西欧社会在生活的各个方面都经历了一场改造，人们的生活方式和价值观念开始发生转变，重视世俗教育、强调自由竞争、追逐积累财富，逐渐孕育出资本主义的萌芽。

总之，欧洲的中世纪是封建社会的全盛时期，政治环境相对比较稳定，经济全速发展，人口不断增长，国家统一呼声日隆。封建主和武士们以骑士的形象出现，贵妇人要以爱慕者的感情和行动装点生活。城市生活繁华，资产阶级冲击封建势力，逐渐晋升为欧洲大陆的新生力量。这一切都要求文学家要以新的内容和形式来展现这一时期社会文化发展的面貌与需求。

二、基督教文化的主导与渗透

中世纪基督教文化是欧洲文学与文化传统的两大源头之一。在中世纪漫长的历史进程中，基督教作为欧洲唯一的宗教信仰和占统治地位的意识形态，影响着欧洲人的思维习惯、心理行为等各个方面，并铸就了欧洲文化基本特征和精神特质的重要维度。

首先，基督教文化源于"两河流域"的犹太教，并在中世纪的欧洲经历了逐步发展的过程。从宗教的历史发展来看，基督教文化继承并发展了希伯来人的民族宗教——犹太教的文化传统，犹太教文化中唯一神的信仰思想、上帝与以色列人立下圣约的"选民"观念以及历史英雄主义的"弥赛亚"观念，均被基督教承继并赋予了新的内涵。因此可以说，基督教文化是希伯来文化结合了某些希腊罗马文化因子后演变成的一种新的文化载体。中世纪初期，入侵的日耳曼人处于文化上的原始状态，基督教士则继承了希腊罗马古典文化，日耳曼蛮族依赖基督教稳定局面，形成了基督教对中世纪的文化垄断，基督教文化也由此完成了与希腊罗马文化和日耳曼文化的一次重要融合。公元11世纪后，通过主教叙任权之争和八次十字军东征，罗马教会得以强化对欧洲政教的控制权，教会对欧洲文化的影响力也日益增强，新兴的基督教文化进一步占据主导地位，并在此过程中完成了与拜占庭文化和阿拉伯伊斯兰文化的再次融合。

其次，《圣经》是基督教文化的主要思想武器。基督教的全部教义以及后来发展出的神学思想，都是以《圣经》为根据的，因此可以说，《圣经》是基督教文化的根本体现。《圣经》即《新旧约全书》，分为《旧约》和《新约》两部分。《旧约》是犹太教经典，又被称为《希伯来圣经》，是古代希伯来人在生活中积累和创造出来的，包括公元前13世纪到公元前3世纪之间民间流传的神话、历史传说、爱情诗、先知的言行录、律法、宗教教义等，是一部全面展示古代希伯来文化的百科全书式巨著。《旧约》分为三十九卷，包含神话与先祖传说、史诗、历史文学、先知文学、智慧文学、启示文学、诗篇等。《新约》是基督教兴起后的经典，包括有关耶稣言行的福音书、耶稣使徒的传说和书信、早期基督教会情况的事件记录等。《新约》分为二十七卷，其中"四福音书"叙述耶稣的行迹，《使徒行传》展现初期传道者不畏艰险的牺牲精神，《启示录》以异象、幻景和预言式的语句把启示文学推向巅峰。基督教将《旧约》与续写的《新约》合并在一起，共同构成核心经典《圣经》。

再次，"罪"与"救赎"构成基督教文化的核心。根据《旧约·创世记》中"第二创世神话"的描述与记载，基督教认为人类始祖亚当和夏娃偷吃禁果而犯下"原罪"，因此，人应当以忏悔和赎罪拯救自身，基督教的一切宗教活动也由此几乎都衍生为规劝人们涤清"罪恶"，以达成"灵魂救赎"的目标。基督耶稣"道成肉身"降世，目的也是拯救人脱离"罪"的辖制，与上帝重新和好。人也应该将现世生活视作一个不断洗涤自身之罪，为进入与上帝同在的来世而做准备的短暂过程。基督教文化将人之"罪"置于思辨的中心位置，"罪"与"救赎"因此成为基督教思想与神学教义的核心内容。在中世纪基督教文化语境中，人的生存状态就是在"罪"与"救赎"的圈囿中徘徊前行，一切宗教行动也都围绕这一内容展开，中世纪的基督教文化由此形成了一整套思想与行为的规范体系。基督教文化之所以构建如此的一套思想文化符码来约束人的欲望，一方面在于其对当时的人的存在和发展具有一定的价值意义，例如文学家和艺术家能够通过这种思想促使他们不断地探求与反思，从而使他们的创作直抵世道与人的心灵深处；另一方面在于这种思想观念能够将人们引向对来世天国幸福的期待，从而实现基督教贬抑人性中的现实欲望的目的。

最后，基督教文化构成了欧洲中世纪文学艺术的重要源泉，并对后世西方文学艺术的发展产生了深远的影响。基督教文化已然积淀为中世纪欧洲社会一种根深蒂固的文化传统，成为欧洲人心理意识和精神生活的主导，在此意义上可以说，要想了解中世纪的欧洲文学艺术，就必须了解基督教文化传统，因为中世纪的文学艺术处处留有基督教文化的印记，它们或是以基督教思想文化为背景，或是以基督教文化为题材，或是化用基督教文化的表现手法。不仅如此，基督教文化对后世西方文学艺术在选材和主题表现等方面也影响深远，诚如诗人托·斯·艾略特所指出的那样，欧洲的文化以及文学艺术得益于"现代欧洲基督教的共同传统，以及伴随着这个共同的基督教传统而产生的共同文化因素。……西方世界正是在这种传统中、在基督教中以及在古代希腊、罗马和以色列的文明中，才具有了其自身的统一性。……这种经历了若干世纪的文化的共同因素的统一，是联结我们的真正的纽带"。[①]

三、文学对欧洲中世纪社会状况与社会问题的回应

文学对欧洲中世纪社会状况和社会问题的回应，既表现在文学与基督教思想文化的密切联系上，也体现在文学类型的发展演变上。教会文学、骑士文学、英雄史诗和市民文学是中世纪欧洲文学的四种主要类型，前三种类型深受基督教文化观念的影响，最后一种市民文学虽然属于世俗文学的范畴，但在一定程度上也留有基督教神学的印记。

第一，教会文学是欧洲中世纪文学的正统，是占主导地位的中世纪文学类型。作为基督教垄断中世纪文化的表征，教会文学往往以《圣经》为蓝本衍生出一系列通俗易懂的文学形式来宣扬基督教教义，传达虔诚的信仰，播撒天国的福音。

就艺术类型来看，教会文学主要包括基督故事、圣徒传、祷告文、赞美诗、布道文、圣者语录、梦幻故事、神迹故事、宗教剧等，也有书信体散文和篇幅较长的抒情诗歌。就艺术手法来看，教会文学充分借鉴《圣经》的表现手法，多采用梦幻、寓意、象征、暗示、异象等修辞技

[①] T. S. 艾略特：《基督教与文化》，杨民生、陈常锦译，成都：四川人民出版社，1989年，第205—206页。

法。尽管教会文学向来被认为文学价值不高，但其所确立的忏悔、祷告等文学传统对后世圣·奥古斯丁、卢梭、列夫·托尔斯泰等思想家和作家的创作却影响深远。

第二，代表欧洲封建社会主流文化意识形态内涵的骑士文学是封建宗主价值观念和审美趣味与基督教文化相结合的产物，同时也夹杂了民间文化的因素，因此，骑士文学既反映忠君、爱国、护教的社会主流文化意识，又不乏对现世生活乐趣的肯定。

骑士是欧洲中世纪产生的特殊社会阶层，骑士精神的内核是"忠君、护教、行侠"，骑士文学很好地诠释了骑士精神的内涵。中世纪的骑士文学包括骑士抒情诗和骑士传奇两种类型。

骑士抒情诗的中心是法国的普罗旺斯，表现的是骑士与贵妇人的"典雅爱情"，骑士抒情诗的种类众多，主要包括牧歌、怨歌、夜歌、破晓歌等。其中最为著名的破晓歌将骑士与贵妇人黎明分别的缱绻展现殆尽，给禁欲主义观念带来了巨大冲击。

骑士传奇又称骑士叙事诗，其主题是游侠历险、宗教信仰和爱情纠葛，按照题材的划分包括三大系统：古代系统、不列颠系统和拜占庭系统。不列颠系统主要描写亚瑟王及其圆桌骑士的事迹，是故事最丰富、最精彩的系统。不列颠系统的代表是法国诗人克雷蒂安·德·特洛阿（约1135—1183）的《兰斯洛特，或大车骑士》（约1168）、《伊万，或狮子传奇》（约1170）等。集大成者是后世英国人托马斯·马洛礼（1415/1418—1471）的《亚瑟王之死》，该书将亚瑟王系列的各种传奇故事融为一体，集中叙述了亚瑟王的诞生、经历、武功、阵亡和最后的归宿，以及他手下圆桌骑士们奇特的经历和探险，还包括寻获圣杯的故事。

总体来看，无论是骑士抒情诗还是骑士传奇，它们一方面渲染了精神理想的追求与基督教结合的渴望，另一方面也执着于世俗荣誉和男女情爱，文化内涵十分丰富。

第三，歌颂封建社会人民理想的英雄形象、具有强烈的民族意识和国家情怀的英雄史诗纷纷出现。尤其是中世纪后期的英雄史诗，大多超越了前期英雄史诗狭隘的部落意识，其所渲染的是国家统一、抵御外敌的观念，显现出对封主和封臣关系的重视，呈现出浓厚的基督教文化影响色彩。

中世纪前期的英雄史诗主要描述尚处于氏族社会末期的蛮族部落生活，受到基督教文化的影响较小，主要作品包括日耳曼人的《希尔德布兰特之歌》（约公元8世纪）、盎格鲁-撒克逊人的《贝奥武甫》（约公元7—8世纪）、芬兰的《卡列瓦拉》（约公元7—8世纪，19世纪成书）以及冰岛的"埃达"和"萨迦"。后期的英雄史诗则将忠君报国和维护国家统一的战斗与捍卫基督教信仰、驱除异教徒的伟业紧密结合在一起。后期"四大史诗"包括法国的《罗兰之歌》（约1080），史诗刻画出忠君爱国、抗击异教的英雄罗兰的形象，体现出欧洲中世纪高度封建化的典型社会特征；德国的《尼伯龙根之歌》（约1200），史诗反映出封建君臣关系和等级观念；西班牙的《熙德之歌》（约1140），史诗展现了主人公熙德虽遭不公正的放逐，但仍效忠国王、忠于信仰的故事，刻画了符合当时封建社会需求的理想英雄的形象；古罗斯的《伊戈尔远征记》（1185—1187），史诗以12世纪罗斯王公伊戈尔的一次失败的远征经历为史实依据编撰而成，歌颂了浓厚的爱国主义情怀和团结一致的民族精神。

第四，传达新兴市民阶层思想情感和价值观念的市民文学多为民间创作，反映市民生活，提出市民最关切的社会问题，表达出强烈的现实主义和乐观主义精神。

公元12世纪以后，欧洲市民阶层壮大，世俗文化逐渐形成，新的文学形态——市民文学随之出现。市民文学以城市的政治经济发展变化为主要背景，以讽刺、幽默的艺术手法嘲笑封建贵族和教士的愚昧和虚伪，展现市民阶层的机智和狡黠，在内容上具有鲜明的反封建、反教会色彩。

市民文学的主要体裁形式包括韵文故事、讽刺叙事诗、城市戏剧等。韵文故事是一种短小精悍的诗体故事，反映的生活面广，具有尖锐的讽刺性。讽刺叙事诗寓意深刻，形象化、拟人化特色突出。城市戏剧多贴近现实生活，反映市民生存状况。

从国别来看，法国的市民文学最引人瞩目。长篇叙事诗《列那狐传奇》（约公元12—13世纪）围绕列那狐和依桑格兰狼的斗争展开，反映中世纪后期新兴市民阶层的生活和价值观念。让·德·默恩（约1250—约1305）续写的叙事诗《玫瑰传奇》第二部（约1270），批判了教会的腐败，揭露了商人、高利贷者的不义，运用梦幻、寓意手法，反映市民阶层的思想感情。

第二节 但丁的《神曲》

但丁·阿利吉耶里（1265—1321）是意大利的民族诗人和思想家，欧洲中世纪到文艺复兴过渡时期最伟大的作家。恩格斯曾这样评价其在欧洲文学史和文化史上的标志性地位："封建的中世纪的终结和现代资本主义纪元的开端，是以一位大人物为标志的。这位人物就是意大利人但丁，他是中世纪的最后一位诗人，同时又是新时代的最初一位诗人。"[①]

一、但丁的生平与主要作品

但丁于1265年5月出生于佛罗伦萨一个没落的城市小贵族家庭，五岁时母亲贝拉去世，父亲做过法庭文书。但丁少年时代就勤思好学，在学校接触了拉丁文法、修辞学、逻辑学等知识，并师从古典学者和哲学家布鲁内托·拉蒂尼学习修辞学和诗学。不仅如此，但丁还通过自学阅读了大量书籍，包括拉丁诗人的作品，广泛积累了哲学、历史、神学、宗教、法律等方方面面的知识，这为其日后的理论著述与文学创作奠定了重要基础。1295年，但丁成为人民首领特别会议成员，开始其政治生涯。1296年当选为"百人会议"议员。1300年，当选为佛罗伦萨的行政

---

① 恩格斯：《〈共产党宣言〉1893年意大利文版序言》，中共中央马恩列斯著作编译局编译：《马克思恩格斯选集》第1卷，北京：人民出版社，2012年，第397页。

官之一，后因党争于1302年被流放。这段从政经历对但丁的思想和创作产生了重要影响，使得他走出狭隘的个人生活圈子，广泛接触了各种社会现实，对教会的腐败和君主的专横有了切身的体验，从而为其在日后创作中涉猎重大社会现实问题并传达强烈的爱国情怀奠定了基础。

除了从政经历的影响外，爱情在但丁的生活与文学创作中也占据着异常重要的地位。少年但丁在九岁时随父亲做客遇到名为贝阿特丽采的女子，并对她一见钟情。后来贝阿特丽采嫁给一个商人，并于1290年前后染病去世，但丁因此沉浸于哀伤悲痛之中。他开始潜心进行哲学研究以慰藉悲伤之情，广泛阅读古希腊罗马哲学家、阿拉伯哲学家及经院哲学家的著作，尤其崇拜古罗马大诗人维吉尔。但丁将他对贝阿特丽采深厚的情感融入诗歌的创作之中，将31首描绘少女美好形象、抒写爱情、寄托哀思的诗歌用散文连缀起来，写成他的第一部诗作《新生》（1292—1293），并将其奉献给自己的精神恋人贝阿特丽采。在诗作中，但丁将贝阿特丽采描绘为天使一般的理想化形象，把世俗情爱升华为精神之美，颇具神秘色彩。在艺术手法上，由于但丁与"温柔的新体诗"的领袖圭多·卡瓦尔坎蒂友谊甚笃，因此他在诗歌中大量运用意大利民族语言进行写作，使得《新生》呈现出"温柔的新体诗"的鲜明特征，自然清新、情感真挚。

但丁的主要作品除了体现"温柔的新体诗"最高成就的《新生》，还包括《飨宴》（1304—1307）、《论俗语》（1304—1305）、《帝制论》（1309—1313）等。《飨宴》是一部百科全书式的学术著作，但丁在诠释自己诗歌的过程中将各类知识通俗地介绍给读者，为读者提供精神食粮，并强调理性，表达民主意识；《论俗语》号召意大利人使用民族语言，从而促进了意大利民族语言和文学用语的形成和发展；《帝制论》强调政教分离，以经院哲学的推理方式表明了作家的政治观点和立场，明确指出教皇干政是造成意大利分裂割据的原因，从而传达出了新时代的要求。

1321年9月14日，但丁在意大利东北小镇拉文纳因病辞世。作为欧洲中世纪文学的集大成者和文艺复兴文学的先驱，但丁在时代转折时期所起到的承先启后作用至关重要。他的创作反映时代变迁中的重大社会思想，爱与信仰成为其作品的重要主题。艺术上，但丁将抒情、叙事与哲理有机统一于诗歌之中，极大地丰富了诗歌的内容与表现手法，将中世纪欧洲诗歌的创作推向了新的高度。

二、《神曲》的艺术成就

长诗《神曲》（1307—1321）是但丁的代表作品，体现出其创作中新旧时代思想观念兼容的倾向。全诗分为《地狱》《炼狱》《天堂》三部，内容博大精深，寓意广泛繁复。但丁在流亡期间目睹意大利分裂割据的混乱状况，意识到自身肩负揭露现实、召唤人心的使命，由此创作了这部"神圣的喜剧"，中文意译为《神曲》。但丁之所以如此命名，意在通过叙述从地狱到天堂、从苦难到幸福的历程，为意大利人民乃至整个人类寻求脱出现实困境，最终达成至善至美幸福境界的通途，这种圆满的结局在形式上符合中世纪关于喜剧的定义。

《神曲》集中描述了但丁在人生中途时分，于昏暗的森林中迷失前路，寻觅通路之际又遇到豹、狮、狼三只猛兽拦阻，险恶形势之下幸得古罗马大诗人维吉尔现身，并作为向导引领其游历地狱与炼狱，后又由其青年时代爱恋的女子贝阿特丽采引领进入天堂，最后在圣伯纳德的指引下，得以观照"三位一体"的"神"本身而彻悟的经历与故事。整体来看，《神曲》气势磅礴，取得了较高的艺术成就。

首先，梦幻与现实的交融统一。

《神曲》采用梦幻文学的形式，以梦幻般的游历情节，既呈现出中世纪文学神秘主义的特色，又艺术地折射出中世纪向文艺复兴过渡时期的复杂社会现实，印证了《神曲》明显具有新旧两个时代烙印的倾向。

《神曲》整体采用了中世纪幻游文学的形式。诗人在作品中描述，他本人在人生的中途即三十五岁时迷失了正途，走入昏暗的森林，历经一夜的彷徨才走出森林，又在曙光笼罩的山脚之下，被三只野兽——豹、狮、狼阻住去路。正值危难之际，古罗马诗人维吉尔受贝阿特丽采的嘱托，解救并引领他游历地狱和炼狱。随后由贝阿特丽采接引，继续游历天堂并得见"天府"中"三位一体"之神。这一幻游历程及在此过程中的见闻，组织结构为《地狱》《炼狱》《天堂》三部曲。由此可见，《神曲》是以梦幻文学的形式来描述诗人在理性和哲学的引领下历经地狱和炼狱，又经由信仰和神学得以到达至善境界的历程，其中蕴含着较为浓厚的宗教幻想色彩，其整体结构是神秘主义的。

但也必须注意到，尽管《神曲》中诗人幻游"三界"的结构呈现出明显的基督教神学影响，是基督教神学的艺术表征，但在总体倾向上，但丁强化的是幻游历程中"人"和人之行动的主动性和重要价值。幻游历程中的"我"不是基督教教义被动的接受者，而是一个主动探求真理和幸福的追寻者，探索过程本身凸显出个体的独立人格。诗作各部分讨论的方式是思辨的，但意图是指引人的实际行动，这意味着《神曲》的创作目的在于以诗作来引导和影响人的可能行动，从而唤醒生活在现世中的人们，将自己从尴尬和不堪的境地中拯救出来，实现个体乃至人类整体经由灵魂的主动进修历程，达成道德完善和来世永生的幸福终极。但丁意在以此促成意大利统一，实现政治和道德的复兴，启发人们对黑暗的社会现实加以关注，并对自己的思想和行动进行反省，由此以自身的切实行动去改善现实社会状况。但丁为影响人的实际行动而创作《神曲》，这一出发点带有强烈的政治倾向性，《神曲》的架构形式虽然是幻游和神秘主义的，但丁在其中却嵌入了相当多的写实因素，从而在宗教神秘色彩的笼罩下艺术地反映现实。在幻游历程中，作品中的"我"虽身处地狱、炼狱、天堂，但都始终保持清醒的现实感，将对最高真理和至善的探求，与对现实黑暗的批判有机融合在一起，从而达成虚幻之中有现实的至高艺术境界。

但丁幻游的出发点是为探寻如何突破现实困境，进而寻求解决国家和社会现实问题的钥匙，由此可见，诗人的立足点在于现世而非来世，在于为国家和人类寻求幸福的通途，而非狭隘的个体灵魂的拯救。在幻游历程的描述中，但丁始终表现出强烈的现实关注、深切的历史情怀和对理想未来的展望。他把意大利复杂的政治斗争和混乱的党派纷争现状融于幻游历程之中，将教皇卜尼法斯八世倒栽于地狱的石穴之中，而将那些英明的君主安置在天堂之中，可见对于教权与皇权问题，他是站在国家的立场上主张政教分离的，并反对教皇掌握世俗政权。在此意义上，天堂的呈现不是幻景，诗人的真实意图是在现实社会中真正实现真理、爱与至善。此外，但丁所描写的在幻游历程中遇到的著名人物也大多影射意大利的社会现实和社会问题。在但丁看来，闻名于世的人物和事件更有说服力，更可以撼动人心，唤起人们的关切。因此，在诗作中他让教皇尼古拉三世揭发他自己和后继者卜尼法斯八世以及克莱门五世的罪行。同时，诗人还通过在地狱、炼狱、天堂幻游中与相遇的著名人物的对话，对历史、哲学、神学、伦理学、文学、艺术等诸多领域的问题阐发自己的观点和见解，以反映中世纪意大利文化领域的重大问题。如与卢卡诗人波拿君塔的谈话，就反映出了意大利抒情诗发展的状况。

其次，恢宏严整的结构与基督教神秘主义美学意蕴的艺术呈现。

但丁将历史的和现实的、宗教的和世俗的诸因素融入一个恢宏、严整的结构体系中，使《神曲》的布局呈现出宏大、谨严、匀称、和谐的整体特征和美学意蕴，这是具有重大意义和价值的标志性建构方式。

《神曲》结构规模宏大，分为《地狱》《炼狱》《天堂》三部，每部各有三十三篇，连同作为全书序曲的第一篇，共一百篇。诗作长达14233行，各部诗行的篇幅大体相同，《地狱》4720行，《炼狱》4755行，《天堂》4758行，每部诗作均以"群星"一词为韵脚作结，整体结构恢宏而工整。同时，地狱、炼狱、天堂三重境界布局匀称。地狱主体由九个圈层构成，加上地狱外圈共十层；炼狱主体有七层，加上炼狱外围、山脚和山顶地上乐园也是十层；天堂有九重天，加上永恒静止的净火天共十重。这种安排很明显与基督教的神学观念和中世纪的神秘主义相联系。在基督教神学符码中，"三"具有特殊的神学和哲学意味，"三"象征神圣的"三位一体"观念，即圣父、圣子和圣灵的合而为一；中世纪的人们认为"十"是神秘而又吉祥的数字，有"完善"的意味。但丁将具有象征意义的数字巧妙而隐秘地置于《神曲》的结构之中，既显现出他作为中世纪最后一位诗人的时代特征，也使得《神曲》的整体结构具有明显的美学意蕴。

不仅在宏观结构上，《神曲》的格律也别具一格。全诗以三韵句写就，即采用连锁押韵的方式衔接诗行，这是但丁创制的新格律。每段三行，每行由十一个抑扬格音节构成，用连锁押韵法衔接各段，最后用一个单行句子作结尾，即第一段三行，第一行和第三行使用一个韵脚，第二行和第二段第一行、第三行使用一个韵脚，从而形成 ABA、BCB、CDC……YZY、Z 的韵律衔接格式，这种格律形式使《神曲》在结构上既工整统一、又灵活多变。

此外，地狱、炼狱、天堂三境界也被描述得色调有别，但在整体上与全诗的主旨意蕴和谐一致。地狱之境是绝望而痛苦的，色调晦暗不明；炼狱之境是希冀和静谧的，色调柔和悦目；天堂之境是幸福而喜乐的，色调耀目辉煌。诗人借助地狱、炼狱和天堂三重境界，辅以精妙的内部形式，构筑起规模宏大、布局匀称、韵律统一、色调和谐的文学艺术大厦，由此显现《神曲》艺术形式的重要价值，并与其思想性高度契合。

再次，独具匠心的寓意、象征、比喻等艺术表现手法。

但丁在《神曲》中将中世纪文学寓意和象征的艺术手法推向高峰，在描写人物和事物时，还善于运用源于自然界和现实生活的比喻，艺术性地传达出了作品的启示意义和价值。

《神曲》涉及中世纪神学、哲学、文学、政治等多个领域，运用的寓意、象征、比喻等艺术表现手法俯拾皆是。但丁的幻游历程以及三重境界的构想本身就充满寓意和象征。诗人在森林中遭遇的三头野兽也具有各自的象征寓意，"狮"象征强暴，"豹"象征淫邪，"狼"象征贪婪。作为但丁游历地狱和炼狱的引导者，维吉尔象征理性和知识；作为但丁游历天堂的引领者，贝阿特丽采象征爱和信仰；但丁由维吉尔和贝阿特丽采引领幻游地狱、炼狱、天堂的历程，寓意人需要理性、爱、信仰的引导，才能从现实困境中解脱，达到最高真理和至善的幸福境界。此外，但丁在作品中广泛使用的寓意和象征很多都与基督教神学观念紧密相连，如诗人在天堂观照到的三个圆环，寓意神圣的基督教"三位一体"观念等。

但丁在描绘情景和塑造人物形象时，还擅于运用比喻。越奇特的对象就越使用源于自然界和人们现实生活中熟悉的事物去比喻，如将两队灵魂相遇、彼此接吻致意形容为像蚂蚁在路上觅食、彼此相遇时互相碰头探询消息的样子；将基督上升、光芒下射照耀圣者形容为像日光从云缝透出射在繁花似锦的草坪上一般。但丁还将人物的心理状况和精神状态用比喻描绘出来，从而使隐晦的、难以描述的对象变得清晰，如在目前。例如他将自己听了维吉尔的话以后疑虑尽消、精神振奋的状态形容为像受夜间寒气侵袭而低垂闭合的小花，一经阳光照射便朵朵挺起在梗上开放一样；把自己喝了地上乐园里的河水、精神上获得新生的情状形容为像新树长出了新叶、欣欣向荣。但丁在《神曲》中技巧性地运用比喻，使得人物形象和所描写的事物栩栩如生、鲜明生动，艺术效果极其显著。

最后，《神曲》细节描绘细腻生动，展现出诗人丰富的想象力。

《神曲》中的细节描写真实、细腻、生动，极富画面感，使人犹如身临其境；诗人对于地狱、炼狱、天堂三重境界的构思及描述清晰严密，展现出诗人非凡的想象力和创造力。

但丁对地狱、炼狱、天堂三重境界的描述真实而细腻，他不仅将各境界精细划分为不同层级，而且在对各境界情境的描写中力求以细节的真实和细腻吸引读者。在阴晦的地狱中，自然景象只是作为背景附着于对罪恶魂遭受惩处的描绘，但丁却写得十分形象，触及可感，例如描写犯下淫邪之罪的魂灵被飓风刮来刮去；在明净的炼狱中，自然景色则被描述呈现出本来的面貌，并与炼狱的情景相呼应，例如清晨时分的地上乐园，苍翠的圣林、拂面的和风、清脆的鸟声、芬芳的繁花、清澈的溪流，所见之美景令人赏心悦目；在神圣的天堂中，自然界的景物无法描绘纯粹的精神境界，只能利用自然界最空灵的光来描述所见之情景，例如瞻仰上帝的光辉被极力描述为"我的眼力逐渐精一、透入那高光逐渐深刻"。这些细腻生动的描绘使读者如至其境。此外，但丁还利用富于画面感的细节处理来营造置身其中、亲眼看见的效果。例如描述诗人和维吉尔来到炼狱山脚时，一群慢步迎面走来的灵魂，瞥见日光把但丁的影子投射到岩石上，都惊讶得倒退了好几步，这样的细节具体、生动，画面感、现实感极强。

《神曲》中三重境界的构想本身高度体现但丁的创造，是诗人精深的神学、哲学、文学素养以及广博的生活经验和丰富的想象力的结晶。《圣经》中虽多次提及地狱和天堂，但并没有具体详尽的描述；中世纪人们对地狱和炼狱的区别也没有明确的观念；中世纪文学作品中虽有对地狱、炼狱、天堂的描写，但大都模糊不清，几乎没有艺术价值和借鉴价值。但在《神曲》中，但丁对地狱、炼狱、天堂的构想却明确而具体，满载象征和寓意，这是但丁凭借自身丰富的想象力创造的结果。他想象地狱位于北半球的地下；当时的神学家和中世纪传说都认为炼狱在地下，但丁却把炼狱想象为一座位于南半球海洋之中的雄伟孤山，从而和北半球巨型深渊的地狱构成鲜明比对；诗人想象的天堂以托勒密天文体系为依托，九重天环绕地球旋转。这样的想象，不仅在一定程度上体现了当时天文学的认知，更能体现诗人自身对于某些科学问题的看法。

总之，《神曲》既反映出但丁作为中世纪最后一位诗人所存在的世界观的矛盾，也表现出但丁作为文艺复兴先驱反对蒙昧、追求真理的理想。在《神曲》中，但丁把个人遭际与祖国和人类的命运联系起来，明确地传递出在新旧交替的过渡时期，人类通过对理性与信仰的追求，超越迷惘、苦痛的人生困境，最终达至领悟至善至美的人生境界的理想追求。在此意义上，《神曲》是欧洲中世纪向近代转折时期的鸿篇巨制，是继"荷马史诗"之后西方文学的第二座里程碑。

第三章 文艺复兴时期的欧洲文学

第一节 人文主义思想与"人"的解放

文艺复兴是14世纪初至17世纪中叶由欧洲新兴资产阶级发起的一场大规模的反封建、反教会的思想文化解放运动。文艺复兴时期是欧洲历史的重要阶段,是人类历史的伟大变革时期。这一时期,封建社会向资本主义社会过渡,新兴资产阶级开始走向历史舞台;古希腊罗马文化的复兴与宗教改革成为资产阶级反封建、反教会的有力思想武器;科学技术的发展以及地理大发现等人类认知领域的进步,深刻改变了人与世界的关系并深化了人对自身和世界的认知。诚如恩格斯所评价的那样:"这是人类以往从来没有经历过的一次最伟大的、进步的变革,是一个需要巨人并且产生了巨人的时代,那是一些在思维能力、热情和性格方面,在多才多艺和学识渊博方面的巨人。"①

一、文艺复兴时期欧洲的社会问题与社会面貌

从生产力和生产关系角度来看,13世纪末14世纪初,地中海沿岸的城市就出现了资本主义生产关系的萌芽。意大利是资本主义发生最早的地区,这得益于社会生产力的发展和生产技术的进步。14—15世纪意大

---

① 恩格斯:《〈自然辩证法〉导言》,中共中央马恩列斯著作编译局编译:《马克思恩格斯选集》第3卷,北京:人民出版社,2012年,第847页。

利北部某些沿海城市，如威尼斯、热那亚、佛罗伦萨等地工场手工业规模已比较庞大，商业和银行业也较为发达。随着手工业和商业贸易的发展，欧洲诸国的一些城市资本主义因素也有不同程度的增长。伴随资本原始积累的完成，作为当时最先进生产力代表的新兴资产阶级要自由地发展资本主义，必然与封建制度以及维护封建统治的基督教思想文化体系产生不可调和的矛盾。新兴资产阶级要冲破封建和宗教意识形态的束缚，建构与资本主义生产关系发展相适应的新的思想文化体系，这一思想文化体系就是人文主义——从根本上突破禁欲主义的禁锢，注重现世生活，享乐人生。

从文化演进角度来看，古希腊罗马手抄本的重新发现，为人们带来了一个与中世纪截然不同的古代世界。13世纪末14世纪初，但丁、薄伽丘等欧洲作家已经着手对古希腊罗马文化进行研究。1453年土耳其人攻陷东罗马帝国首都拜占庭，许多学者、贵族、巨商带着大量古代手抄本和艺术品避居意大利等国，这些古代文化遗产极大地刺激了人们的好奇心，他们从中发现了与中世纪基督教文化迥然有别的人文精神。古希腊罗马文化中的人本主义、英雄主义、现世精神、乐观精神为文艺复兴时期人们解放思想、丰富想象力、激发创造力提供助力，让文艺复兴时期的人们发现了"人"本身和人的精神力量。新兴资产阶级的知识分子们掀起学习古希腊文、古拉丁文和修辞学的热潮，他们还到修道院、教堂、图书馆和废墟中积极寻找古代文化的遗存，这些知识分子收集、整理、研究古代文化，著书立说，将古希腊罗马文化作为新的思想文化体系建构的向导。诚如恩格斯所言："中世纪的终结是和君士坦丁堡的衰落不可分离地联系着的。新时代是以返回到希腊人而开始的。"[①]

从科技发展角度来看，15世纪末，哥伦布发现新大陆，地理大发现使人们的眼界更为开阔。16世纪上半叶，哥白尼提出"日心说"，颠覆了教会支持的"地心说"；到16世纪下半叶和17世纪初，伽利略采用数

[①] 恩格斯：《〈自然辩证法〉〔札记和片段〕(1873—1886)》，陆梅林辑注：《马克思恩格斯论文学与艺术》上册，北京：人民文学出版社，1982年，第366页。

学与实验相结合的研究方法，通过系统观测和实验得出的定律、原理等，有力支持了哥白尼的学说，对教会权威构成挑战，为近代实验科学奠基。人们开始尝试用实验的手段对自然界进行探索，对人本身和对世界的认知逐渐深化，这一切深刻改变了人与世界的关系，催生出近代科学与文化。科学观念和意识形态的新变，促成了表现世界和人本身的文学艺术的新进展。

从宗教内部状况来看，宗教改革运动是资产阶级反封建、反教会的主要斗争形式之一。文艺复兴时期的人们已经意识到中世纪占统治地位的神学体系和意识形态话语与人的欲望、热情、权利等本性是针锋相对的，曾经被认为是天经地义的真理中包含众多的宗教谎言，"曾欺骗了这个世界的三个人，是摩西、基督和穆罕默德"。[①] 上帝的创世学说此时已无法说明人类的奇迹；上帝的拯救也无法解释人类的能力；天国的快乐最终还是无法取代尘世的幸福生活。人们开始将崇拜的对象由上帝转移到自身上来，人的创造力、认识力和理性思维能力逐步提高，宗教改革势在必行。1517年10月31日，马丁·路德在威登堡大教堂门前张贴《九十五条论纲》，揭开了宗教改革运动的序幕。路德提出"因信称义"，将《圣经》作为信仰的根本，主张废除洗礼和圣餐之外的繁文缛节。德国、英国、法国等国家先后开始了宗教改革，随着运动的不断深入，代表资产阶级利益的基督教新教从旧教罗马天主教中分裂出来。宗教改革运动削弱了罗马教廷的政教权力，世俗君主的权威得到强化，对欧洲国家向近代化发展并建设自身文化具有重大意义。宗教改革运动打破了教会的精神垄断，使人们的思想获得解放，新教神学适应了资本主义生产关系的发展，深刻影响着欧洲人的精神世界，促使人们对自身、社会和世界的认知都发生了根本性的改变。

总之，对文艺复兴时期的知识分子而言，他们自觉地意识到这是一个新的时代。旧的信仰已然衰落，知识和理性获得新生，人的自我价值

[①] 布克哈特：《意大利文艺复兴时期的文化》，何新译，北京：商务印书馆，1979年，第485页。

能够得到确证和实现，他们要用先进的人文主义文化改造和取代中世纪基督教文化。而对于文学创作，文艺复兴时期的作家展现出强烈的使命感和战斗精神。他们在作品中歌颂现世生活，呼唤真正的思想解放和精神解放；表现对人和世界的新认识，不断拓展新的文学形式；注重对人内心世界的探索，发现人的内心世界就像外部宇宙一样广袤深邃。

二、人文主义文学思潮的兴起与艺术主张

纵览文艺复兴全部的历史进程，可以发现以"人"的觉醒为重要标志的"人文主义"是文艺复兴运动最为本质的思想特征。所谓"人文主义"，起源于15世纪的人文科学，原初意义是用以区别与人类道德和想象力无关的数学、自然哲学等学科，直到19世纪初学者们才使用它来概括文艺复兴时期形成的新的资产阶级思想体系。人文主义直接承袭古希腊"人是万物的尺度"的人学价值观念，以"重新发现人性"和"人的潜在能力和创造能力"[1]为核心，具有鲜明的反基督教色彩。中世纪基督教思想的要义是以上帝为核心的禁欲主义思想，上帝处于至高无上的地位，处于社会话语的中心，拥有绝对的权威，而作为上帝创造物的人，则必须依附和臣服于上帝。上帝与人之间的这种统治和被统治的关系以及由此建构的天国与人间的二元对立模式构成了整个中世纪的"大宇宙"关系。在这种关系中，人的理性和情感被压抑，人的地位和作用微乎其微。人文主义思想正是要从根本上扭转这一认知模式，回归人自身及其价值和能力体系，最终"创建一个新的认识人的思维模式"。[2]

人文主义不仅是文艺复兴时期新兴资产阶级的重要政治思想与主张，而且也是新的资产阶级文学的重要指导思想，人们通常称这种文学为人

---

[1] 阿伦·布洛克：《西方人文主义传统》，董乐山译，北京：生活·读书·新知三联书店，1997年，第45页。

[2] 刘建军：《基督教文化与西方文学传统》，北京：北京大学出版社，2005年，第158页。

文主义文学。作为文艺复兴运动的重要组成部分，人文主义文学是欧洲资产阶级文学的开端，它是以表达人文主义思想为核心内容的世俗文学，集中展现了文艺复兴时期新的时代氛围和时代精神。作为欧洲中世纪向近代过渡时期的文学思潮，人文主义文学思潮对人的认识做出艺术的和美学的反应，形成独特的文学品格和文学精神，具有较为明确的价值取向和艺术追求。

首先，肯定人和人的价值是人文主义文学的核心思想和精神。文艺复兴时期的人文主义思想渗透在哲学、科学、艺术、文学等各个领域，对人和人的价值的关注、肯定、赞美是人文主义思想的核心。中世纪教会为维护封建统治，推崇上帝这一至高无上的绝对权威，人相对而言是渺小和微不足道的，只能谦卑地顺从上帝的意志；人文主义者强调以人为本，反对以神为本，肯定人的价值和尊严，视人为宇宙的中心，主张人的意志和独立地位。人文主义者对封建观念和宗教信条进行重新评估，最根本的目的在于对人和人的价值进行重估。人文主义作家在创作中高扬人文主义思想和价值取向，热情讴歌人性和人生的美好，歌颂人的伟大和人的力量，以此向教会宣战。他们还塑造出许多无论在智力上还是体力上都有着"巨人"风采的新形象，艺术化地展现人文主义的核心精髓。

其次，反对禁欲主义，提倡个性解放，成为人文主义文学的重要主题。人文主义将个性的自由与解放放在发展的首位，主张幸福在现世和人间，以此来解构中世纪以禁欲主义为核心的基督教文化思想体系，在当时的历史条件下起到了打破封建枷锁、解放人的天性和推动历史进步的积极作用。基督教神学宣扬人具有"原罪"，主张人的欲望会产生各种罪恶，因此人在此生需要克制欲望、苦修赎罪，以求死后进入天堂并获得来世幸福。人文主义者则认为人的欲望是人的天性，只有按照人的天性自由的生活才能获得现世的快乐与幸福。人文主义文学继承并发展了个性解放、现世幸福等人文主义思想主张，将肯定现世生活的美好和追求现实人生幸福的合理性作为表现和传达的主旨，在创作中将描写现世生活作为主要题材，塑造出一系列个性解放、性格丰满的人物形象，让他们在作品所创设的现世生活中演绎人生的悲欢离合，展现自身的才智和野心，张扬作为人的个性与欲望，展现包括爱欲在内的人的各种本能，从而呈现出人具有追求美好现世生活和人生幸福权利的主题，实现以文学作品为形式载体来对抗教会所宣扬的禁欲主义思想观念。

再次，蓬勃的朝气、冒险与进取精神以及乐观的态度和情绪是人文主义文学所展现出的新的艺术风貌。在主题、思想和精神上的新变，促使人文主义文学展现出全新的艺术风貌。人文主义作家极力抒写人的天性和欲望、展现人的情感和理性并凸显人的力量和精神，与中世纪教会文学对人进行劝善和教化截然不同。教会文学中人的情感被排斥、人的欲望被压抑、人的精神被控制，整体上人的形象苍白无力、几无生气。人文主义文学中人的形象截然不同，他们个性鲜明、欲望张扬、情感丰富、精神饱满，显现出蓬勃的生命力和朝气。同时，这些时代的新人或探索自然与人生，或追求知识与真理，或勇于进取和开拓，这使得人文主义文学整体上呈现出无畏的冒险精神、开拓的进取精神以及昂扬向上的乐观情绪，展现出生机盎然的艺术风貌。

最后，写实与浪漫手法的有机结合是人文主义文学的创作标识。人文主义作家继承与发展了写实和浪漫两种创作手法，并将二者有机融合在一起，使之成为人文主义文学的创作标识。人文主义作家创作的着眼点是人和人的现世生活，在创作方法的运用上基本是写实的。写实的创作方法与中世纪文学普遍采用的寓意、象征的创作方法截然不同，表明人文主义作家对人和世界认识的深化，集中聚焦过渡转型时期社会的新变和人性觉醒的现实。同时，人文主义作家也发展了古希腊文学、中世纪文学中浪漫的创作手法，但抛弃掉了"浪漫"中的神秘主义倾向，使之与写实手法可以更好地结合在一起，共同构筑人文主义文学的艺术大厦。

总体来看，作为西方文学发展历程中第一个具有鲜明标识特征的文学思潮，人文主义文学中塑造、推崇、描绘的人与现世生活，既是人文主义作家思想和精神、创造力和想象力的外化，同时也是那个转型时代新的时代氛围和时代精神的表征，其中蕴含着强大的艺术生命力。

三、文学对文艺复兴时期欧洲社会问题和社会面貌的回应

欧洲文艺复兴时期封建文学、民间文学、人文主义文学三种文学形态并存。封建文学主要包括神秘主义诗歌、骑士文学等类型;民间文学包括诗歌、谣曲、故事、戏剧等体裁;人文主义文学是文艺复兴时期文学的主流,它揭开了欧洲近代文学的序幕,并取得了辉煌的成就。

第一,14世纪初期至15世纪中叶文艺复兴初期的人文主义作家用文学来反映现实,展现广阔的社会生活图景,集中描写人的情感和欲望,赞扬人的自然本性;15世纪下半叶至16世纪上半叶文艺复兴中期的人文主义作家塑造出一系列不朽的"巨人"式艺术形象,富于时代感和历史感;16世纪中期至17世纪中期文艺复兴晚期的人文主义作家着重展现人的矛盾性,探讨理性与情感、灵与肉、自然律令与道德伦理等深层次问题,显现出强烈的理性主义倾向。

意大利是文艺复兴人文主义文学的发源地,其文学表现出热爱现世生活的态度,坚决反对禁欲主义。诗人弗兰切斯科·彼特拉克(1304—1374)被誉为"第一个近代人"和"人文主义之父",其代表作《歌集》(1336—1374)是诗人献给心目中的情人劳拉的瑰美绮丽的抒情诗篇,传达出了诗人深深的爱意。这是文艺复兴时期第一部展现俗世爱情的欢乐与痛苦、并将爱情描述为有血有肉的情感的佳作。乔万尼·薄伽丘(1313—1375)将彼特拉克开创的意大利人文主义文学推向了新的高度,他的代表作《十日谈》(1348—1353)开创了欧洲近代短篇小说的先河。小说的主要情节是十名贵族男女青年为躲避黑死病,在佛罗伦萨郊外庄园避祸,每人每天讲一个故事,十天里共讲述一百个故事。这些故事的主题包括爱情、通奸、仇杀、抢劫等,不仅真实地反映了14世纪意大利的社会现实,而且还鞭挞了中世纪的禁欲主义和宗教蒙昧主义,肯定了尘世的欢乐和人的自然情欲,洋溢着人文主义的思想光辉。托夸多·塔索(1544—1594)是意大利后期人文主义的代表,他的长篇叙事诗《被解放的耶路撒冷》(1575)既有政治上的现实意义,又歌颂了现世幸福生活,展现了人性和爱情的力量。

法国人文主义文学于15世纪末开始逐渐发展起来,以塑造新时代的"巨人"形象和展现独特的人文理想为主要特点。弗朗索瓦·拉伯雷(1494？—1553)是法国具有民主倾向的人文主义作家的杰出代表。他的长篇小说《巨人传》(1532—1564)集中塑造了文艺复兴时期"巨人"的形象,传达出强烈的渴望知识和反教会的思想。"七星诗社"是法国具有贵族倾向的人文主义文学社团的代表,彼埃尔·德·龙沙(1524—1585)和若阿基姆·杜贝莱(1522—1560)等是其中最重要的作家。他们的诗作形式自然、音韵和谐,赞美生活和爱情的美好,具有强烈的民族文学意味。蒙田(1533—1592)是法国后期人文主义文学的代表,也是欧洲近代散文的创始人。他的《随笔集》(1580—1595)一改前期人文主义作家高唱人的赞歌的倾向,转而揭示人与人的陌生与孤独以及人在信仰失落之后的种种状态,展现出强烈的怀疑论倾向的同时,也深化了对人的认知。

西班牙人文主义文学出现较晚,多揭露社会的腐败与黑暗,反映底层人民的现实生活状态。16世纪中叶的"流浪汉小说",主人公大多是无业游民,他们的生活经历展现出了社会百态,代表作是无名氏的《小癞子》(1553)。除了代表西班牙人文主义文学最高成就的塞万提斯(1547—1616)以外,西班牙民族戏剧的奠基人、"西班牙戏剧之父"洛佩·德·维加(1562—1635)也是这一时期人文主义文学的重要代表。他的《羊泉村》(1609)歌颂了下层人民的反抗精神,抨击了贵族恶行,真实地反映了当时的社会现实,在人文主义思想和宗教色彩之间达成了完美的平衡。

英国人文主义文学最能体现时代精神,代表欧洲人文主义文学的高峰。杰弗里·乔叟(约1343—1400)的《坎特伯雷故事》(1387—1400)描绘了英格兰的社会风貌,塑造出英国文学史上第一组人物群像——来自社会各阶层的香客,有骑士、教士、托钵僧、商人、海员、学士、律师、医生、地主、农夫、管家等,由他们口述的二十四个故事反对禁欲主义,肯定俗世爱情,具有强烈的反封建倾向。"大学才子派"是莎士比亚(1564—1616)出现之前英国戏剧最重要的团体,其代表人物包括约翰·李利(1554—1600？)、克里斯托弗·马洛(1564—1593)等,他们的创作将英国戏剧推向了新的艺术高度，为莎士比亚戏剧时代的到来奠定了重要基础。"大学才子派"戏剧的代表当属马洛的《浮士德博士的悲剧》（1592—1593），该剧塑造出了一个真理追求者的形象，肯定了知识是可以实现社会理想的伟大力量。

德国的人文主义文学集中抨击教会的腐败和教士的虚伪，具有鲜明的反封建反教会特征。德西德里乌斯·伊拉斯谟（1466—1536）的讽刺文学《愚人颂》（1509）视"愚人"的自白为嘲弄教士伪善和愚昧的利刃。乌利希·封·胡登（1488—1523）的《蒙昧者书简》第二部（1517）毫不留情地抨击和揭露了天主教会的丑陋。

第二，人文主义作家继承和发展了古希腊罗马文学以来欧洲文学的艺术传统，又创造出一些新的文学形式，如抒情诗中的十四行诗体、具有近代特征的短篇小说、长篇小说、随笔式散文、打破悲喜剧界限的戏剧等，来结构作品并展现思想。

彼特拉克的《歌集》以"十四行诗体"为主，开创了欧洲抒情诗新的诗体形式。蒙田的《随笔集》内容包罗万象，结构较为松散，对欧洲近代散文的体裁创新具有重要价值。

薄伽丘的《十日谈》和乔叟的《坎特伯雷故事》都尝试从主题到结构将各短篇故事集中在一起，凝结为统一的艺术整体。前者在中世纪短篇故事简单叙事的基础上，以"俄罗斯套娃"或"中国套盒"的框架结构安排故事，对欧洲短篇小说集的结构形态有深远影响。后者继承前者的叙事方式，又突出了作为叙事者的香客们的矛盾和冲突，加强了结构故事的艺术构思与努力。

"流浪汉小说"往往采用第一人称叙事，以自传的艺术形式来展现主人公的所见所闻，辅以人物流浪史来结构小说，并配以幽默、简洁的语言来反映当时的社会风貌，其对后世欧洲小说的发展，尤其是长篇小说的叙事模式影响深远。

英国诗人萨利（1516—1547）首创"无韵诗体"，日后成为英语诗剧的主要诗体形式。埃德蒙·斯宾塞（1552—1599）的代表作《仙后》（1596）采用诗人创立的九行诗体，以寓言的形式反映善战胜恶，充满爱国情怀。

第三，人文主义作家运用浪漫的手法进行创作，或强调形象的夸张，或营造抒情的气氛，或展现对乌托邦的向往，富有强烈的浪漫热情和幻想。

意大利作家卢多维科·阿里奥斯托（1474—1533）的长篇传奇叙事诗《疯狂的罗兰》（1516—1532）以骑士罗兰与安杰丽嘉的爱情为主线，集爱情的甜蜜和绝望的疯狂等情感于一体，在歌颂爱情之美的同时，又表达出强烈的爱国主义情怀，具有鲜明的浪漫色彩。

拉伯雷的《巨人传》用夸张的笔墨塑造"巨人"形象的同时，还描绘了乌托邦式的"德廉美修道院"，表达出强烈的对自由平等的理想社会的憧憬。

英国作家托马斯·莫尔（1478—1535）的对话体幻想小说《乌托邦》（1516）为人类构筑了一个实行公有制的理想社会，不仅展现了文艺复兴时期理性思维的最高境界，也开创了空想社会主义思想的先河。

第二节 拉伯雷的《巨人传》

弗朗索瓦·拉伯雷（1494？—1553）是欧洲文艺复兴时期的重要作家之一，代表着法国具有民主倾向的人文主义文学的高峰。俄国文艺理论家巴赫金称赞他"不仅在决定法国文学和法国文学语言的命运上，而且在决定世界文学的命运上都起了重大作用"。[①]

一、拉伯雷的生平与主要作品

约 1494 年 2 月 4 日，拉伯雷出生于法国中部都兰省施农城的律师

---

① 巴赫金：《弗朗索瓦·拉伯雷的创作与中世纪和文艺复兴时期的民间文化》，《巴赫金全集》第 6 卷，李兆林、夏忠宪等译，石家庄：河北教育出版社，1998 年，第 2 页。

家庭，他在家中排行最小。幼年的拉伯雷在家乡的庄园中度过了愉快的童年生活，秀美的乡村风光给他留下了深刻的印象。大约十几岁时，他被送入修道院读书，学习拉丁文和经院哲学。1520年前后，拉伯雷进入圣方济修道院当修士，潜心学习拉丁文、希腊文，涉猎古希腊的文学和哲学著作，并接触到了人文主义思想，与当时著名的人文主义大师吉约姆·布代结识。1523年，作为封建堡垒的巴黎神学院禁止学习希腊文，拉伯雷所在的圣方济修道院也受到波及，开始查抄希腊文书籍，这对已经初具人文主义思想的拉伯雷影响巨大。他愤然离开，转而担任人文主义者、彼埃尔修道院院长德斯狄沙克的私人秘书和他侄子的家庭教师。在此期间，他广泛学习了哲学、天文、数学、音乐、文学、法律等多个学科，并与狄龙等许多知名学者相识。1530年，拉伯雷进入蒙彼利埃大学医学院，很快获得了医学学士学位。1537年，他再次进入蒙彼利埃大学医学院深造，并取得了医学硕士和博士学位。这一系列的宗教、哲学、人文、医学等学习经历，使拉伯雷逐渐成长为博学多才的文化和科学巨人。

1523—1527年，拉伯雷随德斯狄沙克在布瓦杜教会巡视。这次巡视，使他广泛接触社会各个阶层，结识许多知名人物，也目睹了底层人民群众的贫困状况。1527—1529年，拉伯雷周游法国中部城市，遍访高等学府，考察各地法庭，拜访人文主义学者，在游历中广泛接触人民、深入社会生活，增长知识，增加阅历，人文主义思想也由此渐趋成熟。这两次漫游经历，为他日后的创作积累了重要生活素材，使他深切了解到法国所处的愚昧状态。1531年，拉伯雷开始用希腊文讲解古希腊医圣希波克拉底的医理格言，研究并宣传希腊医学家的人体解剖术。从医学角度认识人本身，这也构成了拉伯雷的小说《巨人传》的写作特色。1532年11月，拉伯雷到法国里昂圣母堂医院当医生。里昂是法国的经济、政治、商业、文化中心，拉伯雷在此结交了更多的人文主义者，并与"七星诗社"的领导者之一杜贝莱结为好友。在里昂新文化氛围的熏陶下，拉伯雷受民间传奇故事启发，以化名写成《庞大固埃》一书，该书成为他日后创作的长篇小说《巨人传》的第二部。据拉伯雷本人宣称,《庞大固埃》一书在一个月内比《圣经》九年内的销售量都大,足见当时的影响。但由于该书笔致奇特,且洋溢着人文主义的革新思想,不久便被巴黎大学列为禁书。1534年,拉伯雷又发表了《巨人传》的第一部《庞大固埃之父、巨人卡冈都亚十分骇人听闻的传记》,宣扬注重实践、德智体全面发展的教育方法,抨击教会、修道院、神学院、经院哲学对人性发展的压抑。1535—1536年,拉伯雷离开里昂,先后三次游历罗马,不仅亲身感受到了文艺复兴的时代气息,同时也广泛地涉猎了意大利人文主义的文学艺术成就,这为他成为法国人文主义作家提供了丰富的思想养料。1546年,拉伯雷获得国王的特许发行证,以真实姓名发表了《善良的庞大固埃英勇言行录》,后来成为《巨人传》的第三部。这部作品对社会黑暗的尖锐批判和对教会恶行的无情揭露,激化了拉伯雷与教会上层和神学家之间的矛盾,最终不仅被列为禁书,而且出版商也被烧死,拉伯雷不得不外逃,直到1550年才获赦免回国。回国后,拉伯雷先后担任神职和教师工作,在业余时间陆续完成了《巨人传》的第四部和第五部。

1553年4月9日拉伯雷在巴黎辞世。1564年,在作家去世十余年后,《巨人传》全书最终面世。

二、《巨人传》的艺术成就

拉伯雷的《巨人传》取材于中世纪民间传说,是一部五卷本的长篇小说。这部巨著主要讲述的是卡冈都亚和庞大固埃两代"巨人"国王的神奇事迹。第一卷以庞大固埃的父亲、伟大的卡冈都亚为主人公,叙述了"巨人"国王卡冈都亚出生、成长、学习、游历、抵御外敌侵犯、建立德廉美修道院的故事。第二卷以庞大固埃为主人公,叙述的是"巨人"国王卡冈都亚的儿子庞大固埃出生、成长、巴黎求学、游历、与敌人作战的故事。第三卷主要讲述的是由巴汝奇是否应该结婚这一问题所引发的各种奇想,并借人物之口讥讽教会的虚伪。第四卷和第五卷主要讲述庞大固埃、巴汝奇、约翰修士为探究婚姻问题的答案而漂洋过海去寻找作为智慧之源的神瓶，以及沿途的经历和所见所闻。小说的故事情节看似荒诞不经，语言也略显猥亵、粗俗，但在整体狂欢的氛围下，中世纪一切神圣的事物都被无情地嘲弄，进而达成以粗俗亵渎神圣的终极艺术效果。

首先，小说以夸张和写实相结合的手法抒发了人文主义的理想与情怀，展现了"巨人思想"和"巨人精神"烛照下人类的光辉和时代的精神特质。

《巨人传》中，拉伯雷既以现实的笔触描绘社会生活和人本身，也以激情的方式表现对人和社会的理想愿望，将写实的和夸张的创作手法有机结合，传递文艺复兴人文主义的理念和精神，对后世浪漫主义文学和现实主义文学均产生了深远影响。

拉伯雷采用夸张的手法表现两代巨人的艺术形象，而用写实的手法呈现巴汝奇的艺术形象。卡冈都亚和庞大固埃这两个巨人的名字早见于法国民间文学作品之中，作家将人们熟悉的人物加以改造，赋予理想的光辉，创造出在肉体和精神上同样雄健且富于时代价值的典型巨人形象。小说中的巨人们自信地面对各种艰难险阻，凭借智慧、勇气以及超人的力量和乐观的精神勇往直前，尽管表面看来他们的形象荒诞不经、不可思议。小说讲述，巨人卡冈都亚在母体中十一个月才从母亲的左耳朵里钻出来；婴儿时期的他每天要喝一万七千多头奶牛的奶，要用一万两千多尺布料做一件长衫，长了十八层下巴；要靠一服泻药清除掉头脑中经院哲学教育的有害思想；与敌人作战时，他拔起一棵大树作为武器，毁掉敌人的堡垒、高塔和炮台；他撒的尿变成洪水几乎淹死进犯之敌。而巨人庞大固埃与他的父亲卡冈都亚相似，不仅形体巨大，而且神力惊人。小说讲述，庞大固埃躺在摇篮中时父亲用四根粗铁链都锁不住他，他竟然背着摇篮到处乱跑；率领人马去征服入侵之敌时，突遭暴雨袭击，他只伸出半个舌头，就为部队挡住了雨；在与敌人对战中，他举起巨人首领当武器击败了三百个巨人。小说中的这两代巨人形象是作家按照人的可能性，或者说按照理想中人的形象来创造的。拉伯雷一方面用夸张的想象，抒写着笔下巨人的高大形体、惊人食量、享乐生活；另一方面又热情赞颂和讴歌巨人的力量、自信、学问以及品德。尤其是小说结尾处，当庞大固埃与朋友们历尽千难万险寻找神瓶之际，空中传来一个声音："喝吧!"法国作家法朗士认为这一情节集中展现了文艺复兴时期的时代精神，同时也是对人的知识能力和自信力量最充分的隐喻性赞颂，它象征着这一时期的人对知识、真理和爱情的强烈渴望。总体来看，小说中的巨人形象就是作家本人所追求的人文主义者的美好形象。换言之，在以往中世纪所崇拜的神的面前，人的形象首次以夸张和自信的姿态站立了起来，作家以此昭示文艺复兴需要"巨人思想"和"巨人精神"。

与两代巨人形象的塑造手法相比较，巴汝奇的形象则显得客观、真实，更加具有写实特点。拉伯雷既让巴汝奇成为个性解放的化身，同时也让这一形象表现出鲜明的现实特征：一是足智多谋又近乎狡诈。巴汝奇聪明能干，但却狡猾欺诈，向他人借钱时甜言蜜语、好话说尽，一旦钱财到手，再想让他还钱几无可能。二是务实而又自私。巴汝奇对传统道德的说教和社会礼法的约束不屑一顾，为追求现实幸福不惜损害他人利益，在巴汝奇看来，没有钱就是最大的痛苦，因此他看重的只有利益、金钱、享乐。三是具有冒险精神、进取精神。巴汝奇虽然经常临危而逃，但他崇尚冒险，与庞大固埃、约翰修士一道航海游历，见识奇人异事，体现出冒险和进取的时代精神特征。拉伯雷用写实的笔法描绘这一人物，使巴汝奇成为法国封建社会向资本主义社会过渡时期的类型人物，有着鲜明的资产阶级务实特点，诚如拉伯雷本人所言，巴汝奇是"世界上最好的孩子"。

拉伯雷在塑造人物形象的同时，还在小说中艺术地为读者展示了一个乌托邦式的理想社会——德廉美修道院，以想象性和创造性的设计，来展现人文主义者的社会理想和愿望。小说中卡冈都亚和约翰修士共同创建的德廉美修道院，可以说是人文主义的理想国。修道院位于环境优美、气候怡人的罗亚尔河畔；建筑气势恢宏、设施齐全；图书馆藏有希腊文、拉丁文、希伯来文、意大利文、法文等不同语种书籍可供阅读，这一切都与传统修道院形成鲜明对比。修道院内男女一律平等，没有行动限制；男女修士活动自由、装束自由、交往自由；修道院还鼓励人的才智和意志，鼓励人们发财和享受；修道院中的人们可以光明正大的结婚，可以有自己的生活方式。修道院没有束缚人的清规戒律，唯一的院规就是"随心所欲，各行其是"。通过小说的描述，可以看出德廉美修道院的灵魂就是个性解放，其所培养的也是时代和社会所需求的博学、仁智、优雅、宽容的人才。拉伯雷将德廉美修道院展现为新兴资产阶级以人为本的社会原则和理想追求的艺术外化形态，体现出了文艺复兴时期人文主义的理念和精神表征，同时也传达出人类要求自由、平等、幸福的理想愿望。

其次，小说通过讽刺与笑的艺术的融合来揭露愚昧黑暗的封建社会现实。

拉伯雷承继中世纪法国市民文学的讽刺传统，以辛辣、尖刻的讽刺针砭时弊，揭露和批判经院教育、教会和封建司法等对人的戕害，使《巨人传》展现出强烈的现实主义特征。同时，这些讽刺带来的既有高雅的滑稽，也有粗俗的嘲笑，在此意义上，《巨人传》是讽刺与笑的艺术完美结合的经典名作。

对待要讽刺的对象，拉伯雷时而以冷嘲的形式加以展现，即表面上看似不加褒贬，实则暗含讥讽；时而又以热讽的形式加以控诉，即直接讽刺和贬斥对象。拉伯雷从现实问题出发，讽刺一切阻碍个性解放和社会发展的事物及现象，对封建教会的虚伪和封建国家上层建筑的腐朽大力嘲讽。拉伯雷认为教会妨碍人们掌握真正的知识，讥讽说人们碰了《教会集》以后，会染上各种疾病；经院教育使人愚笨，讥讽女王把"五种元素"作为主食，揭露巴黎大学经院哲学的实质；认为教会妨碍社会向前发展，就以塞色修道院遭受劫掠的故事来讥刺，描写当敌人劫掠时，院长和修士们都束手无策，有的靠唱赞美诗和祷告来抵抗敌人，有的靠美丽的辞藻来祈求和平，只有约翰修士一人拿起长柄十字架反击，从中可以看到迂腐的教规和无能的教士。拉伯雷还直指现实黑暗，讽刺封建司法。他在小说中描绘法学权威们的无知无能，开会讨论四十六个星期竟然毫无结果；司法制度弊端频现，诉讼程序复杂、手续繁多、拖延时日；执法者贪赃枉法，徇私舞弊，只要给钱什么事都肯干；法官是非不分，是"穿皮袍的猫"；法律就像蜘蛛网，专肆捕捉小苍蝇、小蝴蝶，却不敢惹大牛蝇，这些都是直斥司法制度本质的表现。

拉伯雷还借鉴中世纪市民文学故事诗、闹剧的传统，把讽刺与笑融为一体。这些讽刺给读者带来或诙谐、滑稽，或戏谑、嘲笑的艺术效果。拉伯雷认为笑是人的本质，写笑比写哭好。他在创作中有意识地以讽刺来带动笑，将笑隐藏在讽刺的背后，从而使读者在笑中体味讽刺所蕴含的深意。他讽刺经院哲学和经院教育对人的毒害，抓住其空洞无物的特点，让现身的经院哲学家和神学家都是头脑空空、目光短浅的可笑形象；卡冈都亚本来聪明机敏，受到经院教育后即变得无知呆笨，最后竟要靠泻药将经院哲学的毒害从头脑中完全清除，这种尖刻的讽刺描写带来无情的嘲笑效果，艺术地揭示出经院哲学和经院教育反科学、反人性的本质。拉伯雷进一步通过对巨人奇异而不可思议的行为的描写，形成与中世纪禁欲主义的彼岸思想相对立的话语形态，为"肉体恢复文字表现和意义"[①]，巴赫金将这种表现手法命名为"怪诞现实主义"，即"在拉伯雷的作品中，生活的物质-肉体因素，如身体本身、饮食、排泄、性生活的形象占了绝对压倒的地位。而且，这些形象还以极度夸大的、夸张化的方式出现"。[②]这种描写不同于一般意义上的"生理主义"和"生物主义"的粗野描写，其确立的新的美学观念和美学原则与中世纪截然不同，其在文艺复兴时代最典型的意义体现在为人的本能和肉体恢复名誉，这是对中世纪基督教禁欲主义思想的极大反动，而就艺术效果来看，它使整部小说充溢着文学意义上的狂欢式"笑"的精神。这种精神充满节日的气氛，体现深刻的民间诙谐文化的实质。

最后，通俗活泼的独特语言风格与艺术感染力。

语言艺术使《巨人传》成为脍炙人口的佳作。一方面，拉伯雷以中世纪法国市民文学的语言格调为基础，注重语言通俗化的同时也注重语

[①] 巴赫金：《小说的时间形式和时空体形式》，《巴赫金全集》第3卷，白春仁、晓河译，石家庄：河北教育出版社，1998年，第367页。

[②] 巴赫金：《弗朗索瓦·拉伯雷的创作与中世纪和文艺复兴时期的民间文化》，《巴赫金全集》第6卷，李兆林、夏忠宪等译，石家庄：河北教育出版社，1998年，第22页。

言的变化和创造;另一方面,他将许多趣谈逸闻与社会现实生活的描述结合起来,从而使《巨人传》的语言贴近生活、通俗易懂、生动活泼。

拉伯雷小说创作所使用的语言直接得益于人民群众,得益于生活本身,小说以城市手工业者、商人和下层平民百姓常用的语言作为基调,嬉笑怒骂,通俗易懂。由于小说使用的是法国市民大众的通用语言,根植于现实生活的土壤,因此一扫中世纪骑士文学和教会文学矫揉造作的文风。

拉伯雷还注重语言的创造性和感染力,他大量使用俗语、谚语、俚语,对社会下层的行话也很熟悉,而且有时他还能自创新词。这使得小说中人物的对话极具戏剧性、生动活泼、富于变化、感染力强。例如他在《巨人传》前言中就写道:"著名的酒友们,还有你们,尊贵的生大疮的人——因为我的书不是写给别人,而是写给你们的。"这种表述具有鲜明的拉伯雷式语言风格,作家就是以这样独特的语言来传递他的思想和情感的。

法朗士认为拉伯雷的作品是"一座位于人类词汇下面,思想自由的、宽容的大教堂","中世纪雕刻家珍视的檐槽喷口、怪物和古怪离奇的场面应有尽有"。[①] 作为欧洲文艺复兴文学经典之一的《巨人传》明显体现了拉伯雷的这一创作特点。小说通过对巨人的经历和事迹的艺术化描述,多维度、多层面地展现了16世纪法国社会的生活图景,全面而深刻地体现出文艺复兴时期的人文主义精神,具有丰赡的思想性和高超的艺术性,在法国和世界文学史上占据重要地位。

第三节 塞万提斯的《堂吉诃德》

米盖尔·德·塞万提斯·萨阿维德拉(1547—1616)是西班牙文艺

[①] 阿纳托尔·法朗士:《我们为什么忧伤:法朗士论文学》,吴岳添译,桂林:广西师范大学出版社,2020年,第45页。

复兴时期杰出的小说家、剧作家和诗人,西班牙文学"黄金世纪"最具代表性的作家之一,曾被狄更斯、福楼拜、列夫·托尔斯泰等作家尊崇为欧洲现代小说之父,马克思更是称赞他与巴尔扎克是"超群的小说家"。①

一、塞万提斯的生平与主要作品

1547年10月9日,塞万提斯出生于西班牙马德里附近阿尔卡拉·德·埃纳雷斯城一个没落贵族家庭。他的父亲是一位贫穷的外科医生,塞万提斯童年随父亲漂泊奔走,未能接受正规的学校教育。1569年,作为红衣主教的随从,塞万提斯前往意大利,游历罗马、那不勒斯等文艺复兴胜地,并阅读了大量文艺复兴时期的文艺作品,亲身感受到了意大利人文主义的气息。1570年,塞万提斯加入西班牙驻意大利那不勒斯的军队,次年在对抗土耳其的勒班陀海战中英勇作战,身负重伤,左手致残,被称为"勒班陀的独臂人"。1575年,塞万提斯在归国途中遭遇海盗袭击,被掳到阿尔及尔当奴隶,这段经历对塞万提斯一生影响颇深,直到1580年他才被赎回西班牙。回国后,时值西班牙经济衰退时期,塞万提斯的经济生活一直比较拮据。1587年,塞万提斯谋得为"无敌舰队"在安达卢西亚境内当采购员的差使,1594年又谋得在格拉纳达境内当税吏的差使,其间由于各种原因他曾多次获罪入狱。这些生活经历使塞万提斯对当时西班牙社会的黑暗现实认识深刻,对底层人民的疾苦感同身受,为其后来从事文学创作打下了坚实的基础。

1605年,在极度困苦和恶劣的条件下,塞万提斯完成了小说《堂吉诃德》第一卷的创作,但这部小说在不久之后遭遇了冒名续作和肆意篡改,这促使塞万提斯不得不在病中加紧写作思想性和艺术性更加成熟的《堂吉诃德》第二卷,并最终于1615年出版。1616年4月23日,塞万提

---

① 保尔·拉法格:《忆马克思》,陆梅林辑注:《马克思恩格斯论文学与艺术》下册,北京:人民文学出版社,1982年,第328页。

斯因水肿病悄然逝世于马德里家中。

塞万提斯自 1582 年开始创作以来，先后完成多种体裁的作品，除长篇小说《堂吉诃德》外，还包括历史悲剧《努曼西亚》(1584)、牧歌体传奇《伽拉苔亚》(1585)、短篇小说集《训诫小说集》(1613)、长诗《巴尔那斯游记》(1614)、剧本《八出喜剧和八出幕间短剧》(1615) 以及长篇传奇《佩西莱斯和西吉斯蒙达历险记》(1616) 等。

塞万提斯的文学创作深刻反映了 16 世纪末、17 世纪初西班牙由兴盛走向衰落的历史进程和社会现实，揭露了封建社会的黑暗，宣传了人文主义思想。通过一系列作品的创作，塞万提斯还表达出了强烈的现实主义文艺思想和美学主张。他强调文学创作应该模仿自然，符合历史事实；历史真实要与艺术想象力相统一，作品的道德内容要与艺术相统一。而在艺术表现上，他认为描写要完美、和谐而不粗野，情节要完整统一、首尾相顾、前后呼应而不支离破碎，语言要简明、恰当、明白易晓、悦耳动听而不虚饰造作。

二、《堂吉诃德》的艺术成就

小说《堂吉诃德》的全名是《奇情异想的绅士堂吉诃德·德·拉·曼却》，全书共分两部，主要描写的是穷乡绅堂吉诃德和他的侍从桑丘·潘沙两人外出游侠冒险的经历。塞万提斯以其深刻的洞察力，在小说中史诗般地再现了西班牙封建社会晚期的社会生活画卷。小说揭露了封建统治下的社会时弊，封建贵族的奢靡、教会的黑暗、农村的贫困、百姓的悲惨遭际，表达出作家建立宽容平等美好社会的理想愿景，传达出强烈的人文主义情怀。作为欧洲长篇小说发展史上的里程碑，《堂吉诃德》把"庄严的与可笑的、悲剧的与喜剧的、生活的卑微与庸俗同其中所有崇高与美的东西融合为一体"[1]，展现出高度的艺术成就。

---

[1] 别林斯基：《答〈莫斯科人〉》，《别林斯基选集》第六卷，辛未艾译，上海：上海译文出版社，2006 年，第 512 页。

第一，通过戏仿手法对骑士小说进行讽刺与嘲弄。

戏仿是《堂吉诃德》赖以成功的重要基础，《堂吉诃德》和骑士小说之间的关系是建立在戏仿之上的，戏仿作为《堂吉诃德》对骑士小说的扬弃方式，为小说故事架构奠定基石，同时给小说带来悲喜剧的效果和格调。

塞万提斯开宗明义，在小说前言中就明确表示，他创作《堂吉诃德》的目的就是消除世人对骑士小说的痴迷。为此塞万提斯在艺术上采取对骑士小说形式的讽刺性模仿，即通过模仿骑士小说的结构元素，对骑士文学和骑士游侠行为进行揶揄和嘲弄。小说中堂吉诃德头脑中充斥着骑士理想，扮演成游侠骑士，要去恢复旧日的骑士道。塞万提斯把堂吉诃德的思想描绘得越是荒唐可笑，把那些对骑士而言堪称英勇的冒险行为演绎得越是荒诞不经，堂吉诃德身上表现出的反讽意味就越强烈。塞万提斯用滑稽可笑的堂吉诃德对一本正经的骑士小说进行戏谑性模仿，使堂吉诃德这一人物成为一个典型的反英雄形象。

小说中的堂吉诃德依照骑士小说所描绘的基本内容，完成了对骑士封授名号、效忠贵妇人、游侠、决斗等环节的戏仿，颇具反讽意味。骑士封授典礼本应是庄严肃穆的宗教典仪，被封授的骑士应进行宗教忏悔、断绝饮食、看守盔甲等一系列宗教仪式。经塞万提斯的艺术描写，堂吉诃德无法在小礼拜堂看护盔甲，就在旅店的院子里；封授典礼的场所居然是旅店的马房；授予他骑士封号的也不是教会人士，而是曾经的江湖骗子、现在的客店老板；老板手中所持的不是《圣经》，而是一本供给骡夫草料的账簿；替他挂剑和套踢马刺的也非公主或贵妇。并且，堂吉诃德作为骑士要效忠的意中人，即所谓的贵妇杜尔西内娅，也只是一个他未曾谋面、身子粗粗壮壮、胸口还长着毛的村妇。至于堂吉诃德游侠冒险时遇到的所谓敌人，都是他头脑幻想的产物。他将风车当成巨人去冲杀，将羊群幻想成魔法师的军队去搏击。堂吉诃德沉浸在骑士小说的幻想中无法自拔，于是在幻想中冲锋陷阵、锄强扶弱、扫除不平。这样，堂吉诃德的游侠冒险不过是看客眼中脱离现实、荒诞不经的可笑行径，他也因此成为表面上看来既滑稽又疯癫的艺术形象。

第二，现实主义是塞万提斯创作的基本原则和所要展现的主要艺术风格。

塞万提斯以现实主义的笔触，在小说《堂吉诃德》中逼真地再现了16世纪末17世纪初西班牙广阔的社会生活画卷，通过主仆游侠历险的线索串联起一个又一个故事，将人物的行动和宏大的社会历史发展进程联系起来，从而使堂吉诃德和桑丘·潘沙的人物形象更具有典型性。

16世纪末17世纪初，西班牙"黄金世纪"已经基本结束，昔日辉煌的霸业已然凋零，封建制度日益腐朽，封建统治日趋崩坍，封建社会大厦倾颓。与骑士小说装饰性的风景描绘迥然不同，塞万提斯是以现实主义的笔触去描写乡村、古堡、牧场、平原、海岛等各种环境空间，塑造各色人物近七百个，有贵族、地主、僧侣、市民、武士、商人、农民、强盗、牧羊人、妓女等，以此揭示出西班牙封建社会晚期在政治、经济、宗教、文化等领域所面对的复杂矛盾和问题，从而使《堂吉诃德》成为再现西班牙封建社会晚期社会生活面貌的史诗性作品。在一部作品中以如此广阔生动的画面来反映时代、社会和现实，是塞万提斯的首创，其对现代欧洲小说的发展影响巨大。塞万提斯要清除骑士小说对世人的影响，要嘲讽骑士文学的荒唐和谬妄，客观上是在揭示骑士制度和骑士理想不合时宜的现状。他对人物形象的塑造对位互补，让堂吉诃德和桑丘·潘沙成为一对矛盾复杂的艺术典型，通过他们主仆二人游侠冒险过程中荒诞可笑的行为，来证明骑士理想和骑士制度日暮途穷的必然。

堂吉诃德有时清醒、有时疯癫，有时睿智、有时糊涂，这些矛盾都在同一人物形象身上集中展现。堂吉诃德的行动固然是滑稽、可笑、荒唐的，但他的出发点却是现实而又崇高的。他向邪恶发起冲击，动机皆是为匡扶正义、扫除人世间一切不平的光荣事业。他是一个行动派，为这一目的可以舍生忘死、毫不怯懦。如果不涉及骑士道，堂吉诃德是一个富有学识、谈吐有度的人，对社会、道德、法律、文学等都有自己的观点和看法。可以说，堂吉诃德有自己的人格、理想、信念和抱负。然而他却严重脱离实际，生活在幻想中，将恢复旧时的骑士制度当成社会改革的途径，这种不合时宜的方式决定了他只能在现实中四处碰壁、惹人嘲弄。但不得不承认的是,堂吉诃德荒唐行为的背后无疑是闪耀着理想主义的光辉的,而塞万提斯就让堂吉诃德用自己的行动构成对理想主义无情的嘲讽和鞭挞,这使其成为最具现实意义的典型。与堂吉诃德相对应的桑丘·潘沙则是西班牙农民的典型代表,塞万提斯以现实主义手法直接勾勒了这一农民形象。桑丘既头脑清醒、心地善良、勤劳务实,也胆小怕事、自私愚昧、目光短浅。他给堂吉诃德当侍从去冒险,为的是有机会发大财,以摆脱穷困的生活处境。但是,在他当总督的短暂时日中,他却勤于案牍、处事公正,脚踏实地为百姓办了诸多好事,而且用他自己的话说,他是清廉无比的。在此意义上,桑丘现实性地实现了堂吉诃德以游侠历险幻想恢复骑士道来追求达成的理想。桑丘和堂吉诃德性格之间的现实互补艺术化传达出了塞万提斯的现实理想与精神追求,诚如德国作家海涅所言,塞万提斯"用堂吉诃德的形象暗喻我们的精神,用桑丘·潘沙的形象暗喻我们的肉体"[1],只有将这两个人物"合起来才算得这部小说的真正主人公"[2],也才是作家所欲传达的完整的"人"的观念。

第三,冲破真实与虚构的界限。

就文学创作而言,真实与虚构是小说赖以存在的一对概念。塞万提斯以全新的视角重新审视真实与虚构的关系,模糊甚至抹杀了虚构与真实之间的界限,对现代欧洲小说创作产生了重要影响。

塞万提斯另辟蹊径,在《堂吉诃德》中对真实与虚构进行文学和美学意义的观照与探讨,为读者呈现出关于小说真实与虚构的全新认识和思考。他模糊了虚构与真实之间的界限,让读者陷入作家精心设计的迷宫。塞万提斯之前的小说叙述者一般都是全知全能的,而在小说《堂吉诃德》中,叙述者在讲述堂吉诃德游侠冒险故事的来源时却杜撰了一位名叫熙德·阿梅德·贝南赫利的阿拉伯作者。叙述者在托莱多的市场上

---

[1] 海涅:《浪漫派》,薛华译,上海:上海人民出版社,2003年,第143页。
[2] 海涅:《精印本〈堂吉诃德〉引言》,钱锺书译,张玉书编选:《海涅选集》,北京:人民文学出版社,1983年,第423页。

买到手稿,并雇用了一个摩尔人把这个故事译成西班牙文,这位摩尔译者尽管质疑一些章节是假的,但仍翻译完成,还在原著中加入批语。此外,叙述者还引述拉·曼却的民间传说和文献记录,以及在偶遇的老医生那里发现的羊皮纸手稿,手稿是用西班牙文记录的涉及堂吉诃德、桑丘·潘沙、杜尔西内娅等人的故事。这样,作者、叙述者、原书作者、译者之间关系的多层次化带来了小说叙事层次的多样化,从而使真实与虚构之间的界限模糊不清。

不仅是在小说的来源和作者问题上塞万提斯构建了真实与虚构的多层次化,而且在小说文本的叙事革新上他也大胆尝试。一方面,塞万提斯让《堂吉诃德》第二部中的人物谈论小说第一部及其人物,甚至谈论第一部中出现的人物自己。例如,在小说第二部第二章中,堂吉诃德与桑丘·潘沙闲聊时,桑丘对堂吉诃德说起他们两人的经历已经写成了书,第三章中他们两人还与到来的参孙·加尔拉斯果学士共同谈及《堂吉诃德》第一部的出版、翻译、评论情况,以及其中的故事、人物和他们自己,这种叙事方式极为特殊,令人耳目一新,难免产生真实与虚构的恍惚。另一方面,塞万提斯在作品中用生活本身去描述真实与虚构之间的关系。堂吉诃德是对骑士文学营造的幻想世界信以为真,才到真实的生活中去行侠冒险,虚构由此开始向生活真实蔓延。小说第二部中主仆两人遇到的姑娘们、公爵夫妇等,都读过《堂吉诃德》,知道他们主仆二人的故事。公爵夫妇见到他们时,决定让城堡的生活变成堂吉诃德幻想中的虚构状态,由此,真实逐渐和堂吉诃德的幻想趋同,虚构开始进入并替代生活真实。而为了让堂吉诃德恢复正常、回归现实,参孙学士竟扮演成镜子骑士和白月骑士与堂吉诃德决斗,以使堂吉诃德败北后遵从骑士规则归乡。堂吉诃德终于成为吉哈诺,一切似乎回归真实,塞万提斯也最终在小说的结尾消除了真实与虚构之间的界限。之所以如此构建小说的情节和叙事,使小说呈现出虚构与真实相互交错的艺术效果,其中体现的是作家塞万提斯独特的小说创作观,即"描写的时候模仿真实,模仿的愈亲切,作品就愈好"。

第四,对不确定性的艺术揭示。

塞万提斯在作品中有意识地对小说的不确定性艺术地予以揭示,将读者引入充满魔幻意味的反逼真游戏,这是其对现代欧洲小说创作的又一重要贡献。

不确定性既是人类生活中的普遍现象,也是现代文学创作中的重要因素。塞万提斯在《堂吉诃德》中对不确定性加以揭示,使其小说创作通向现代和后现代之路。叙述者在小说开篇就有意识地将读者引入对不确定性的体味之中,先是对村落名称的故意回避,只说有位绅士住在拉·曼却的一个村上,而村名叙述者却刻意不想提及;然后即是对主人公真实姓名似是而非的描述,时而说这位绅士姓吉哈达,时而说他姓吉沙达,随后根据记载推考其大概姓吉哈那;当这位绅士给自己命名为"堂吉诃德"后,小说随即提到大概是根据这一点小说作者断定这位绅士应该姓吉哈达,而不是别人主张的吉沙达,因为吉哈达和吉诃德声音相近;但在小说结尾处,堂吉诃德豁然开朗后,却又对众人明言他不是堂吉诃德·德·拉·曼却了,而是为人善良、号称"善人"的阿隆索·吉哈诺。小说在叙事方面表现出的这一系列不确定性使这位穷乡绅的真实姓名就此彻底湮灭了。此外,小说中主仆两人对迎面走来之人头上戴的到底是头盔还是脸盆的议论也呈现出这种不确定性,堂吉诃德觉得是金头盔,而桑丘·潘沙认为是理发师用的铜盆,两人还就头盔的状貌进行过多次讨论。塞万提斯通过对不确定性的揭示,反复提醒和告诫人们,既要用自己的眼睛去发现世界,也不能轻易相信自己眼睛见到的所谓"事实"。

第五,滑稽与崇高的融合统一。

塞万提斯在《堂吉诃德》中技巧性地将崇高与滑稽在人物身上统一起来,使人物性格丰富复杂,使小说的哲理内蕴更加深刻。

堂吉诃德和桑丘·潘沙这一对主仆身上都蕴含有滑稽和崇高的两面性。堂吉诃德引人瞩目,首先是游侠行动的荒唐可笑,使之充满滑稽意味。但是透过这些荒诞不经的表象,可以逐渐发现堂吉诃德锄强扶弱、维护正义的英雄气概,以及为了追求理想不惜粉身碎骨的自我牺牲精神。堂吉诃德之所以会冲向风车、冲进羊群与之搏击,并不是他真的疯癫，而是他将之视为丑恶势力，要不顾一切地予以铲除，这就显现出人物形象滑稽背后隐藏着的崇高因素。桑丘·潘沙形象身上也能体现出滑稽与崇高的内质，桑丘是为了寻找发财机会才与堂吉诃德外出冒险游侠的，但在他短暂行使海岛总督职权的日子里却清正廉洁。将主仆二人合在一起，更能体现崇高与滑稽的有机并存，桑丘·潘沙的功利和短视，能够凸显堂吉诃德的伟大与崇高；堂吉诃德的谬妄和可笑，能够凸显桑丘·潘沙的善良与质朴。滑稽和崇高在两个人物身上，显现出既相互解构又彼此重构的奇妙关系，堂吉诃德和桑丘·潘沙两个形象共同诠释了崇高与滑稽统一的最高艺术范畴。

总之，无论是思想性还是艺术性，《堂吉诃德》都堪称欧洲近现代长篇小说的经典。它以丰富的人文内涵、无可替代的人物形象以及超越时代的精湛叙事艺术为人类精神文化的发展留下了宝贵的遗产，诚如当代美国学者威廉·埃金顿所评述的那样，《堂吉诃德》的问世"超越了各种文类的极限，包括小说、故事选集、为嘲弄而仿作的史诗，还有那些以文字形式出版，但并未上演的一系列剧本及幕间短剧，以及讽刺既有的文类与亘古不变的样板创作"。[1]

第四节　莎士比亚的《哈姆莱特》

威廉·莎士比亚（1564—1616）是文艺复兴时期英国最伟大的剧作家和诗人，是欧洲人文主义文学最杰出的代表。马克思最为敬爱莎士比亚，"莎士比亚的巨大身影在他的心目中遮没了其他一切作家，成了他全家崇拜的对象"[2]；当代美国学者哈罗德·布鲁姆称赞莎士比亚是西方"经

---

[1] 威廉·埃金顿：《发明小说的人：塞万提斯与他的堂吉诃德》，彭临桂译，新北：台湾商务印书馆，2018年，第324页。

[2] 弗·梅林：《马克思的文学欣赏》，陆梅林辑注：《马克思恩格斯论文学与艺术》下册，北京：人民文学出版社，1982年，第335页。

典的中心",认为"他设立了文学的标准和限度"[1];莎士比亚同时代的作家本·琼生则表示莎士比亚"不属于一个时代而属于所有的世纪"[2]。

一、莎士比亚的生平与主要作品

1564年4月23日,莎士比亚出生在英国中部艾汶河畔的斯特拉福镇。他的父亲约翰·莎士比亚从事皮革生意,成为当地有声望的富商,1568年当选为镇长,后家道中落。莎士比亚七岁时进入当地的文法学校学习,十四岁时辍学谋生。1582年,莎士比亚与安妮·哈瑟维结婚,1585年前后离开家乡奔赴伦敦。莎士比亚到伦敦之初做过剧院的看马人,后成为临时演员。1590年起,莎士比亚开始其戏剧创作生涯,他的戏剧才华很快得到认可,剧作在伦敦剧坛崭露头角。1594年后,莎士比亚进入宫内大臣剧团,1599年加入伦敦环球剧院,并成为该剧院的股东之一,同时也是编剧和演员。1612年,环球剧院在大火中化为灰烬,莎士比亚也于同年返回家乡,并于1616年4月23日逝世。

在莎士比亚幼年时期,斯特拉福镇经常会有一些从伦敦来的著名剧团作巡回演出,这引起了他早期对于戏剧的浓厚兴趣。在文法学校期间,他接触到古罗马的诗歌和戏剧,其中尤以诗人奥维德及其作品《变形记》对他产生了深刻的影响,并在他日后的文学创作中留下了清晰的痕迹。而去往伦敦之后,在剧院打杂、为看戏的绅士们看管马匹以及后来成为雇佣演员等人生经历为莎士比亚进一步提供了接触社会各阶层人士的机会,增加了他的生活阅历和经验,为其日后戏剧创作的丰富性和真实性打下了坚实的基础。后来,莎士比亚成为编剧和剧团的股东之一,又结识了一批青年新贵族和大学生,这使得他进一步接触了古代文化和意大利文艺复兴时期的文学艺术,并由此开始受到人文主义思想的影响。

---

[1] 哈罗德·布鲁姆:《西方正典:伟大作家和不朽作品》,江宁康译,南京:译林出版社,2005年,第33、36页。

[2] 琼生:《题威廉·莎士比亚先生的遗著,纪念吾敬爱的作者》,卞之琳译,杨周翰编选:《莎士比亚评论汇编》上册,北京:中国社会科学出版社,1979年,第13页。

1592至1594年间伦敦爆发瘟疫,莎士比亚在这一时期得到青年贵族南安普顿伯爵的庇护,有机会接触到贵族文化圈,能直接观察和体会上流社会的人情世故,这是他在创作中能够精准把握上层人物的面貌、并将其展现得真实生动的重要原因。此外,莎士比亚对爱情讴歌的同时,也有对青年男女婚前克制的规劝,这可能与其婚姻生活不够和谐愉快有直接联系。

自1590—1612年长达二十余年的创作生涯,莎士比亚共写就戏剧三十七部、叙事长诗两部、十四行诗一百五十四首,其创作大致可以分为三个重要历史时期。

第一时期(1590—1600)为"历史剧、喜剧时期"。这一时期莎士比亚创作有历史剧九部、喜剧十部、悲剧三部,还有叙事长诗两部和十四行诗集一部。此时期正值英国女王伊丽莎白统治的鼎盛时期,莎士比亚作品的总体基调是乐观昂扬的。

这一时期的历史剧主要包括"第一个四部曲",即《亨利六世》上中下三部(1590—1591)、《理查三世》(1592);"第二个四部曲",即《理查二世》(1595)、《亨利四世》上下部(1597—1598)、《亨利五世》(1598—1599)、《约翰王》(1596)。这些历史剧大都取材于英格兰、苏格兰和爱尔兰的编年史,反映了13至16世纪英国三百多年的封建统治历史,表达出了反对封建割据、拥护中央集权的人文政治观念。在艺术上,莎士比亚历史剧注重将战争场面、宫廷生活与市井情境有机融合,场景十分广阔,具有史诗般的宏伟构思。

这一时期的喜剧主要包括《错误的喜剧》(1592)、《驯悍记》(1593)、《爱的徒劳》(1594)、《维洛那二绅士》(1594)、《仲夏夜之梦》(1595)、《威尼斯商人》(1596)、《温莎的风流娘儿们》(1598)、《无事生非》(1598)、《皆大欢喜》(1599)、《第十二夜》(1600)。莎士比亚的喜剧多以爱情和友谊为主题,洋溢着青春和生命的气息。温柔、善良、热情、高雅的女性形象异常突出,通过展现女性优秀的内在品质,莎士比亚传达出文艺复兴时期近代的爱情观,即男女之爱是美好的,更是审美的,这与中世纪宗教伦理禁锢下的两性观念截然不同,从而显示出强烈的反封建、反教会色彩。

这一时期的悲剧包括《泰特斯·安德洛尼克斯》(1593)、《罗密欧与朱丽叶》(1594)、《裘力斯·凯撒》(1599)三部,皆属于早期悲剧。莎士比亚的早期悲剧带有明显的喜剧色彩,女性人物形象鲜明,浪漫色彩浓厚,唯有至结尾处显出突然的转折。

这一时期的叙事长诗则包括《维纳斯与阿都尼斯》(1592)和《鲁克丽丝受辱记》(1593)两部。前者描绘了维纳斯追逐貌美猎手阿都尼斯的故事,展现了爱与美相统一的主题;后者在描写爱的炽烈的同时,也歌颂了妇女的贞洁。《十四行诗集》(1593—1598)共包含十四行诗一百五十四首,分为两部分。第一部分献给一位青年贵族,赞颂贵族的俊美和他们的友情;第二部分献给一位深肤色女子,歌颂爱情。

第二时期(1601—1607)为"悲剧时期"。这一时期是莎士比亚创作的高峰期,有悲剧七部、喜剧三部。这一时期英国社会政治发生变化,伊丽莎白女王统治进入末期,1603年詹姆斯一世即位,封建王权与资产阶级之间的矛盾日益激化突出。严酷的社会现实使莎士比亚这一时期的作品转向揭露社会问题,对人文主义理想的执着与对人文主义的反思两种矛盾的心理交织在作品中。这一时期作品的基调也随之发生变化,以悲愤和沉郁为主。这一时期的主要悲剧作品包括被称为"四大悲剧"的《哈姆莱特》(1601)、《奥赛罗》(1604)、《李尔王》(1605)和《麦克白》(1606);以罗马历史为题材的悲剧《安东尼与克莉奥佩特拉》(1606)、《科利奥兰纳斯》(1607)和《雅典的泰门》(1607)。喜剧则包括《特洛伊罗斯与克瑞西达》(1602)、《终成眷属》(1602)和《一报还一报》(1604)。

第三时期(1608—1612)为"传奇剧时期",这是莎士比亚戏剧创作的晚期。这一时期莎士比亚创作有传奇剧四部和历史剧一部,前者包括《泰尔亲王佩里克里斯》(1608)、《辛白林》(1609)、《冬天的故事》(1610)和《暴风雨》(1612),后者则是《亨利八世》(1612)。进入传奇剧时期的莎士比亚创作风格再次发生变化,莎士比亚一生中对人性善恶的思考以及寻求解决途径的尝试和努力在这一时期的戏剧创作中展现得尤为突出。随着莎士比亚步入晚年，他在戏剧中更多强调的是仁爱、宽恕和忍让，试图以善的力量去抵制人性中的恶，以爱去化解和消弭矛盾，并将希望寄托于乌托邦式的理想未来。

二、《哈姆莱特》的艺术成就

《哈姆莱特》是莎士比亚戏剧创作最高成就的代表，剧作主要讲述的是丹麦王子哈姆莱特为父复仇的故事。哈姆莱特的故事最早见于 1200 年前后丹麦史学家萨克索·格兰玛蒂克斯编写的《丹麦史》，16 世纪末英国已经有以此为题材的小说和剧本。莎士比亚借鉴了同时代作家的创作，将其改编成一部享誉世界的经典悲剧，并取得了卓越的艺术成就。

首先，运用现实主义手法与浪漫主义因素相结合的方式审视历史和社会现实，并进行独特的审美艺术观照。

现实主义手法在《哈姆莱特》中占主导地位，同时辅以丰富的浪漫主义因素，使整部戏剧呈现出现实与浪漫交织融汇的艺术景象。

16 世纪末 17 世纪初的英国正值伊丽莎白女王统治末期，英国资产阶级、新贵族和封建王权之间斗争激烈，社会矛盾激化，莎士比亚在戏剧《哈姆莱特》一开场就以丹麦内忧外患、动荡不安的乱局对当时的英国社会现实进行艺术化展现。挪威敌军兵临城下之际，宫廷内外却混乱不堪、矛盾频现。老王新丧，新王就迎娶寡嫂；大臣们貌合神离、钩心斗角；群情激愤、暴乱闯宫，内外交迫的国家现实正如哈姆莱特的悲呼：丹麦是一所牢狱。莎士比亚勾勒丹麦千疮百孔、矛盾重重的社会现实图景，以及剧作逐渐铺展开的广阔社会场景和这些场景中人物的言语、行动、思想、追求等，无不使人联想到作家生活和面对的现实状况，显现出英国社会的本来面目。剧作中莎士比亚所竭力描述的丹麦景况，就是 17 世纪初英国社会现实状况的折射，在此意义上，《哈姆莱特》是借由丹麦发生的历史事件对英国的社会现实加以观照。莎士比亚真实地勾画出文艺复兴晚期英国社会的面貌，把对人文主义的深度反思和对人类命运与前途的关注联系在一起，在剧作中展示出人文主义理想与社会现实不可避免的尖锐冲突，使读者充分意识到哈姆莱特的悲剧既是人文主义者的悲剧，也是时代、社会和现实的悲剧。

戏剧在强烈的现实主义氛围中，还将想象、情感、夸张、理想等浪漫主义因素糅入其中，从而使整部剧作充满浪漫色彩，进而渲染和深化了悲剧气氛及主题。作家笔下的哈姆莱特，是文艺复兴时期人文主义者的理想形象，寄托着作家对于人的品格、理想追求、崇高境界的所有美好想象，这使得哈姆莱特这一艺术形象本身和他的复仇过程呈现为现实与浪漫的统一；作家对奥菲利娅的死亡加以诗意化呈现，用极富浪漫美感的景象蕴藏深刻的悲剧意味。作家还以幻想、情感、想象创造艺术形象，构成超越现实的离奇现象和奇特虚幻的场景，使剧作情节诡谲曲折，充满浪漫色调，这在鬼魂的场景中表现尤为突出。莎士比亚先让士兵谈论鬼魂夜半出没；继而引发哈姆莱特的强烈驱动，去触碰离奇血腥的"真相"；进而促成哈姆莱特去行动，坚定他复仇的决心。同时，戏剧第一幕中霍拉旭也曾谈及鬼魂出现，并将之与罗马帝国凯撒遇害前的种种异象显现相联系，说明这些异象是国家发生重大变故的预兆，预示丹麦将有重大事件或变故发生。作为幻想的产物，鬼魂在现实生活中是不可能出现的，而作家却让鬼魂的出现来推动剧情向前发展直至高潮，这体现出其独特的艺术处理方式。《哈姆莱特》从情节设置到人物塑造，不时呈现动人心弦的浪漫色调，并自然融汇到整体的悲剧氛围之中，这是作家以自身的忧患意识对混乱颠倒的时代与社会进行独特审美观照的结果。

其次，多线索架构布局深化悲剧内涵，突出悲剧艺术效果。

《哈姆莱特》凸显出莎士比亚对于戏剧情节结构的高超设计和处理能力，剧作整体采用多线索架构布局，三条复仇线索以及四组误杀情节安排得当、交错推进，一方面呈现出了人物关系的复杂、宫廷内外的混乱、社会矛盾的激化，另一方面产生了强烈的戏剧冲突和戏剧效果，深化了剧作复仇主题的悲剧内涵。

莎士比亚使用当时戏剧创作中较为常见的多线索布局，设置三条复仇线索，交错发展、互为映衬，使剧作情节一波三折、跌宕起伏。这三条复仇线索分别是：哈姆莱特的父亲被叔父克劳狄斯谋害，哈姆莱特为父亲向克劳狄斯复仇；挪威王子小福丁布拉斯的父亲向哈姆莱特的父亲挑战被杀，小福丁布拉斯为父亲向哈姆莱特复仇；贵族青年雷欧提斯的父亲波洛涅斯被哈姆莱特误杀，雷欧提斯为父亲向哈姆莱特复仇。这三条复仇线索分别展开的同时又相互交织在一起，互为衬托交错推进，哈姆莱特要为父申冤报仇，导致误杀雷欧提斯之父，激起雷欧提斯的复仇欲望，而小福丁布拉斯为父报仇，又坚定了哈姆莱特为自己父亲复仇的决心。这样所有人物碰撞交锋，使读者在对比人物命运中体悟悲剧的意味。这三条线索交错发展的同时又主次分明，剧作是以哈姆莱特的复仇行动为主线，以小福丁布拉斯和雷欧提斯的复仇行动为副线，两条副线对主线构成映衬和烘托，从而深化了哈姆莱特复仇的深刻内涵。

　　三条线索的相互交织也构成推进剧情向前发展的动力，从而使戏剧场景不断转换，引发激烈的戏剧冲突，直至剧情达到高潮并产生摄人心魄的艺术效果。莎士比亚围绕主副三条线索的有机融合，还设计了四组误杀情节，使之与三条线索相配合。这四组误杀情节分别是英国国王误杀丹麦使者，哈姆莱特误杀波洛涅斯，克劳狄斯误杀王后乔特鲁德，哈姆莱特误杀雷欧提斯，这一系列误杀情节也反映出莎士比亚对人和命运、偶然性与必然性的思考。此外，莎士比亚还在具体情节设计时以"戏中戏"手法安插了《捕鼠机》环节，哈姆莱特要以此试探克劳狄斯是否是弑父真凶。克劳狄斯在"戏中戏"演到弟弟把毒药灌进哥哥耳朵里之时，表现得惊慌失措而露出破绽，哈姆莱特内心的疑惑得以证实。这一情节的安插丰富了悲剧的层次感，使悲剧内蕴拓深，审美效果增强。

　　再次，通过展现人物内心冲突塑造人物形象，揭示人性的复杂与丰赡。

　　莎士比亚洞悉人的内心世界本质和人性的复杂，善于以人物内心冲突为主要手段来塑造艺术形象，揭示人物性格的丰赡、复杂。

　　在戏剧冲突的建构上，莎士比亚将人与社会、人与人的外在冲突内化为人物激烈的内心冲突加以集中展现，善于通过对人物心理的挖掘和细腻生动的描述来展示人物内心冲突，并以此为手段展现人物性格和形象的艺术魅力。《哈姆莱特》的核心情节是王子为父复仇，主人公哈姆莱特的内心冲突是随为父报仇的情节推进得以迅速展开、对峙激化和遽然化解的。莎士比亚描述出哈姆莱特犹豫不定、顾虑权衡、痛苦抉择的心理历程,又将此历程中哈姆莱特既意图重整乾坤又感觉回天乏力、既心怀人文理想追求又对现实与人性悲观失望、既深爱母亲乔特鲁德又对母亲改嫁叔父愤恨不满、既同情和爱恋奥菲利娅又对她的脆弱怨怒不已、既对人生绝望想与生命作别又对不可知的来世极端恐惧等一系列内心冲突展现得淋漓尽致。莎士比亚对人物内心矛盾冲突的揭示,显现出主人公内心世界的广度和深度,以及人物性格的丰富性和复杂性。通过透视人物的心理蕴涵,剧作中的哈姆莱特形象呈现出独特的艺术魅力。

不仅是作为戏剧主人公的哈姆莱特形象,其他的次要人物形象通过莎士比亚的心理挖掘也呈现出超凡的表现力和感染力。克劳狄斯深知自己罪孽深重,但又绝不舍弃权力、野心和欲望;王后乔特鲁德懦弱痛苦,糊涂而又缺乏主见,但她对儿子慈爱牵挂,为哈姆莱特的疯癫而焦虑,为哈姆莱特的误杀而辩护;奥菲利娅不谙世事、天真纯笃,哈姆莱特的疯癫使她无望,父亲被爱人误杀使她疯狂。这些饱满的人物形象都增加了剧作的悲怆和崇高,引发了后世作家对人和人内心世界的关注与探索。

莎士比亚还在剧作中运用内心独白的艺术手段,将人物内心冲突外化,从而揭示出人内心思想、情感、态度、欲望等多层次内容,更好地刻画和塑造了人物形象。剧作中仅哈姆莱特比较重要的内心独白就达六次之多,展示出哈姆莱特忧郁、矛盾、苦痛、恐惧、愤懑、失望等多层次心理内容,涉及对理想与现实、生与死、善与恶、崇高与卑劣等多方面的哲学思考。其中戏剧第三幕第一场关于"生存还是毁灭"的著名独白,凝练准确地传达出哈姆莱特内心的矛盾和挣扎,可以见出其对生命和人生的深度思索,对黑暗现实无情的鞭笞和批判,具有深厚的哲理内蕴,对人物性格刻画起着重要作用,使哈姆莱特的形象"集中在不停思虑的理智上"[1],从而成为世界文学经典中典型的理性人物代表。

最后,戏剧人物语言的个性化和形象化。

---

[1] 弗·史雷格尔:《论哈姆莱特》,杨业治译,杨周翰编选:《莎士比亚评论汇编》上册,北京:中国社会科学出版社,1979年,第312页。

《哈姆莱特》中人物语言设计精彩深刻，莎士比亚依据人物性格、身份、处境等的不同让人物使用不同的语言，还注重比喻、隐喻等修辞技巧的灵活运用，使戏剧人物语言个性化和形象化。

莎士比亚是语言艺术的大师，《哈姆莱特》的戏剧语言极富表现力和感染力。剧作以灵活的无韵诗体写成，根据剧情发展需要间杂使用有韵诗、民间抒情歌谣和散文体等。剧作家精心打磨人物语言，或文雅或粗鄙，或庄重或打诨，或富于哲思或流于空洞，人物语言因人物性格、身份、地位、处境等的差异而各不相同且各具特色，使得人物语言极具个性化，达到新颖的艺术效果。莎士比亚让性格不同、身份不同的人物说不同的话语，克劳狄斯的话语装腔作势、暗藏杀机；大臣波洛涅斯则擅长使用典雅的诗体语言；哈姆莱特时而用文雅的诗体，时而用通俗散文，乐于使用独白，偶尔还夹杂粗野鄙陋的俚语，映衬出人物性格、身份的迥然有别，表明人物思想、情感、态度的变化。莎士比亚还注意让人物随处境的改变而使用不同语言，哈姆莱特正常状态下的语言沉稳庄重，而装疯状态下的语言则隐晦曲折，这种语言的设计服务于个性化艺术形象的塑造，也令人慨叹剧作人物语言散发的无穷魅力。

莎士比亚也善于运用比喻、隐喻、双关等修辞技巧，使人物语言形象、生动、富有韵致与格调，其中比喻尤为生动。例如，哈姆莱特为母亲改嫁仇敌叔父而愤恨怨怒，他将母亲改嫁的行为比喻为从纯洁的恋情的额上取下娇艳的蔷薇，替它盖上一个烙印。

总体来看，《哈姆莱特》以精湛的艺术形式和曲折的故事情节散发出巨大的艺术魅力，彰显出莎士比亚作为伟大的剧作家的艺术才华。诚如评论家所指出的那样，在近代文学的整个领域内，对文艺史研究者来说《哈姆莱特》是"最重要的文献之一"，因为剧作家的"精神面貌在这部戏剧中表现得最为明显"。[①]

[①] 弗·史雷格尔：《论哈姆莱特》，杨业治译，杨周翰编选：《莎士比亚评论汇编》上册，北京：中国社会科学出版社，1979年，第313页。

第四章　18世纪欧洲启蒙文学

第一节　启蒙理性与资产阶级人文理想

18世纪是欧洲跨入现代性世界门槛的一个关键历史转折时期。在这一时期，尽管欧洲各国政治经济发展不平衡，但总趋势是资本主义生产关系迅速发展，资产阶级力量日益壮大，反封建斗争空前激烈。新科学与新思想取得突破进展，启蒙运动成为最具影响的思想文化革新运动，这是欧洲历史上第二次大规模的思想解放运动。在此运动中构建起来的启蒙现代性话语铸就了日后西方社会、文化的新形态，并在世界范围内产生了深远的影响。

一、18世纪西方的社会问题与社会面貌

从经济发展与阶级矛盾角度来看，18世纪欧洲资产阶级力量日渐雄厚，资本主义发展日趋成熟，但资本主义生产方式同封建专制下的教会特权、等级制度和人身依附等却矛盾重重，各国经济发展也并不平衡。1688年英国光荣革命后，确立了资产阶级和新贵族联合执政的君主立宪政体，这使得英国的资本主义经济得以迅猛发展；与此同时，法、德等国的资本主义工商业发展却受到君主专制统治、封建等级制度和教会势力与特权的严重阻滞，资产阶级和底层民众与封建主义和教会势力的矛盾斗争日益尖锐。资产阶级要继续向前发展就亟须掌握政治权力，在意识形态上展开与封建势力的斗争，从理论上指明推翻封建君主专制的必

要性。总体来看,这一时期资本主义经济的发展为启蒙运动的发生提供了经济基础和阶级基础。

从社会变革与历史发展进程角度来看,1789年法国资产阶级革命具有世界意义,其对封建制度的沉重打击代表了整个欧洲的历史趋势。就当时法国的政治情势来看,第三等级同特权阶级的矛盾日益加深,革命一触即发。就当时法国的经济发展来看,资本主义经济得到迅速发展,但封建专制统治却成为资本主义经济发展的严重阻碍;与此同时,法国专制王朝的财政危机也不断加剧,法国政府濒临破产。最终,在启蒙运动提供的自由革命思想的影响下,法国大革命轰烈打响,并迅速波及整个欧洲。法国资产阶级革命的影响力诚如马克思所指出的,它不仅是法国的革命,更是"欧洲的革命";它不是某一阶级对旧制度的胜利,而是"宣告了欧洲新社会的政治制度","反映了当时整个世界的要求"。[1]

从科学技术与思想文化角度来看,科学技术取得突破性进展,新思想得到迅速传播。数学、物理、化学、生物学等自然科学各自形成了独立学科。牛顿发现的万有引力定律成为众多学科新发展的基础。瓦特于18世纪中期改良了蒸汽机并将其投入工业生产,受到广泛欢迎。科技的发展不仅是资产阶级反封建斗争的有力武器,也成为推动启蒙运动兴起的驱动力。在科学技术发展的同时,新思想的产生与传播也是不可忽视的重要方面。17世纪英国资产阶级革命建立了君主立宪制,一些哲学先驱和思想先驱意识到必须从根本上瓦解封建制度。于是,他们以理性作为工具和武器,反抗封建制度和宗教威权对思想文化的钳制。他们提出的思想和倡导的精神对启蒙运动产生了直接而深远的影响,实际上在很大程度拉开了18世纪启蒙运动的序幕。其中,托马斯·霍布斯在《利维坦》一书中明确提出反对君权神授的观点,并认为每个人都有天赋的自然权利,国家是通过契约建立起来的。约翰·洛克在《政府论》中反对君主专制,认为君主和政府的权力来源于人民。这些新思想首先传至

---

[1] 马克思:《资产阶级与反革命》,中共中央马恩列斯著作编译局编译:《马克思恩格斯选集》第1卷,北京:人民出版社,2012年,第442页。

法国，而后在欧洲大陆其他国家广泛传播，直接催生了启蒙思想文化运动。

总之，18世纪资本主义经济发展的客观状况、资产阶级反封建的决心以及新的科学技术的进步和新思想的萌生，这一切因素综合起来共同催生了启蒙运动的发生。"理性崇拜"成为启蒙运动的核心思想，启蒙文学也随之在欧洲文学史上留下了浓墨重彩的一笔。

二、启蒙主义文学思潮的思想艺术特征

启蒙运动是指发生在17至18世纪欧洲的一场资产阶级和人民大众反封建、反教会的思想文化运动，它是欧洲自文艺复兴运动以来的又一次伟大的反封建的思想解放运动。"启蒙"一词的原意为"照亮"，引申到思想文化领域，就是要用理性的智慧去开启和照亮人的心智，实现思想解放和政治意识的觉醒。用德国哲学家康德的话来说，启蒙运动就是"人类脱离自己所加之于自己的不成熟状态"。[①] 在康德看来，所谓的"不成熟状态"究其原因"不在于缺乏理智"，而在于"不经别人的引导就缺乏勇气与决心去加以运用"。[②] 因此，康德提出"要有勇气运用你自己的理智！这就是启蒙运动的口号"。[③] 康德在这里指出了18世纪欧洲启蒙运动的几个关键点。首先，启蒙的主要原因是出于现实中人的愚昧性，这集中反映在人的"不成熟"状态中。在康德看来，人之所以安于这种状态，与人天性中的懒惰和怯懦有着直接的联系："懒惰和怯懦乃是何以有如此大量的人，当大自然早已把他们从外界的引导之下释放出来以后，却仍然愿意终身处于不成熟状态之中，以及别人何以那么轻而易举地就俨然以他们的保护人自居的原因所在。处于不成熟状态是那么安逸。如果我有一部书能替我有理解，有一位牧师能替我有良心，有一位医生能

[①] 康德：《历史理性批判文集》，何兆武译，北京：商务印书馆，1990年，第22页。
[②] 康德：《历史理性批判文集》，何兆武译，北京：商务印书馆，1990年，第22页。
[③] 康德：《历史理性批判文集》，何兆武译，北京：商务印书馆，1990年，第22页。

替我规定食谱，等等；那么我自己就用不着操心了。只要能对我合算，我就无须去思想；自有别人会替我去做这类伤脑筋的事。"①人们习惯于依赖他人和他人的指挥，习惯安于现状而不思改变，所以才会长时期停留在愚昧无知的生存状态之中。启蒙运动由此担负着一项重要任务，即改变人的这种长期懒惰愚昧的生存状态。其次，康德提出了"理性"的启蒙本质问题。康德认为，人们在实际生活中是缺乏理性和自觉运用理性的能力的，所以要在启蒙运动中高扬人的理性和人的主体地位。而要做到这一点，自由而宽松的土壤和环境是必要的前提和基础。康德明确指出，唯有自由，才能成为理性生根发芽的基础，理性与自由密不可分："这一启蒙运动除了自由而外并不需要任何别的东西，而且还确乎是一切可以称之为自由的东西之中最无害的东西，那就是在一切事情上都有公开运用自己理性的自由。"②最后，鉴于当时的欧洲社会现实，康德认为自由的理性的最大障碍来自宗教，因此他鼓励人们打破宗教的禁锢，在实践中自觉传播自由的理性精神，并推己及人，与宗教传统和反对独立思考的力量进行坚决的斗争，主动而有意识地完成启蒙的伟大事业："这种自由精神也要向外扩展，甚至于扩展到必然会和误解了其自身的那种政权这一外部阻碍发生冲突的地步。因为它对这种政权树立了一个范例，即自由并不是一点也不关怀公共的安宁和共同体的团结一致的。只有当人们不再有意地想方设法要把人类保持在野蛮状态的时候，人类才会由于自己的努力而使自己从其中慢慢地走出来。"③

启蒙主义文学思潮是启蒙运动在文学领域的渗透和发展。由于社会历史情况和文学传统的不同，欧洲各国的启蒙文学有各自的发展道路和民族特点，但在思想艺术特征上有以下几个方面的共同点：

第一，"理性崇拜"是启蒙运动的思想核心，同时也是启蒙主义文学的思想基础。启蒙主义学者把理性作为甄别一切真理的标准，"宗教、自

---

① 康德：《历史理性批判文集》，何兆武译，北京：商务印书馆，1990年，第22—23页。
② 康德：《历史理性批判文集》，何兆武译，北京：商务印书馆，1990年，第24页。
③ 康德：《历史理性批判文集》，何兆武译，北京：商务印书馆，1990年，第29页。

然观、社会、国家制度,一切都受到了最无情的批判;一切都必须在理性的法庭面前为自己的存在作辩护或者放弃存在的权利"。[①] 启蒙主义学者对理性的崇拜深受法国哲学家笛卡尔的唯理主义哲学的影响,他们所笃信和提倡的理性,与古典主义时代带有浓厚封建色彩的理性截然不同,启蒙主义的理性是资产阶级的"自然理性",即未经过严格的系统训练,是人自发的、对事物因果关系进行梳理的理性思维。在启蒙学者看来,这里的"自然"指"自由",即不受宗教思想压制和封建等级制度划分的影响。启蒙理性的提出旨在将人们从黑暗和蒙昧中拯救出来,它既顺应广大民众的意愿,也符合历史发展的进程。在启蒙理性的基础上,启蒙作家则更加重视文化教育的作用,他们强调弘扬人的价值和尊严,积极宣传以自由、平等、博爱为基础的人道主义思想,在作品中展现新的世界观和价值观,推动人类思想文化和科学知识的发展,甚至还提出了"理性国家"和"理性社会"的主张。

第二,启蒙主义文学的主体思想内容是集中、尖锐、彻底地对封建专制和教会黑暗进行批判和嘲讽。启蒙作家继承了文艺复兴时期人文主义文学的思想内核,把反封建、反教会的范围由伦理道德层面扩大到政治权力层面,明确提出"天赋人权"等理论主张。他们毫不避讳地批判封建专制统治,号召人们推翻封建王朝,大胆宣扬人的自由,提倡资产阶级的自由民主思想,勾勒出美好的资本主义社会图景。

第三,启蒙文学较以往的文学相比具有强烈的民主性。启蒙文学作品中主人公的身份开始发生变化,不再是皇帝、贵族或宫廷中的大臣,作为主人公甚至英雄人物登场的是资产阶级、困苦的城市平民和农民。启蒙作家们在其作品中塑造了鲁滨逊、维特、浮士德等经典人物形象,这些人物身上均闪耀着带有时代特色的理性之光,揭示了人性的复杂多变。

第四,以"理性崇拜"为思想基础,启蒙文学更具鲜明的哲理性和

---

① 恩格斯:《反杜林论》,中共中央马恩列斯著作编译局编译:《马克思恩格斯选集》第 3 卷,北京:人民出版社,2012 年,第 391 页。

政论性。启蒙作家往往把自己的哲学思想、政治观念、对社会的观察和体验融入作品中去。在最具代表性的哲理小说中,作家们毫不掩饰地表达自己的政治和哲学思想,使得作品在某种程度上成为宣传启蒙思想、传播社会理想的工具,呈现出带有理性精神的"阿波罗风范"。

第五,启蒙文学扬弃了古典主义文学对文体的严格要求,创造了新的文学形式。启蒙文学作品的内容更丰富多彩,新创了哲理小说、书信体小说、对话体小说、抒情小说、正剧等多种文体,艺术表现手法更为复杂多样。这些新的文学形式真实、生动地再现了当时社会各阶层形形色色的人物以及他们的世界观、价值观、人生观和情感变化。

总体来看,作为欧洲启蒙运动重要组成部分的启蒙主义文学在鲜明的政治倾向性中,一方面出色地实现了它的工具性价值功能,另一方面也取得了非凡的艺术成就。

三、文学对 18 世纪西方社会问题与社会面貌的回应

第一,批判专制统治与教会,宣传资产阶级价值观,反映资本主义矛盾,并对社会问题进行深入剖析。

英国启蒙主义文学以现实主义小说成就最高。这些小说作品大都取材于现实生活,选取普通人为主人公,映射当时英国的社会现状,宣扬资产阶级精神与思想。丹尼尔·笛福(1660—1731)是英国现实主义小说的开创者之一,他的长篇小说《鲁滨逊漂流记》(1719)通过青年商人鲁滨逊海上冒险、被迫滞留并改造荒岛的故事,反映了资产阶级的个人奋斗精神和价值取向,塑造了英国早期"真正资产者"的艺术典型。乔纳森·斯威夫特(1667—1745)是著名的讽刺小说家,他的小说《格列佛游记》(1726)通过主人公海上冒险经历和所见所闻的描写,揶揄、讽刺了当时英国的社会现实,反映了资产阶级的社会理想。18 世纪中期,英国现实主义小说创作达到顶峰,塞缪尔·理查逊(1689—1761)、亨利·菲尔丁(1707—1754)等是这一阶段的杰出代表。理查逊的代表作《帕米拉》(1740—1741)以女性视角观察英国社会、家庭、

婚姻、爱情等问题,采用书信体小说的艺术形式揭示了启蒙思想给人们生活带来的改变;菲尔丁的代表作《汤姆·琼斯》(1749)则通过弃儿汤姆·琼斯恋爱和游历社会的经历与见闻,对英国社会的现实黑暗予以揭露。

法国是启蒙主义文学的发源地。这一时期的法国文学对专制统治、教会与社会黑暗现实进行了深刻批判与讽刺,代表作家是查理·路易·孟德斯鸠(1689—1755)和伏尔泰(1694—1778)。孟德斯鸠是法国第一位真正意义上的启蒙作家,他的著作《论法的精神》(1748)将法制提升到国家政治的首要位置,详细论证了三权分立学说;书信体小说《波斯人信札》(1721)作为启蒙文学的奠基之作,深刻批判并讽刺了专制统治和教会压榨下法国社会的黑暗与病态,宣传了启蒙社会的理想。伏尔泰是法国启蒙运动中最具威望和影响力的作家,他宣扬文艺为社会发展和启蒙思想服务,其创作洞见深刻、笔锋锐利、精于讽刺,富于启蒙主义的战斗精神。伏尔泰作品中最具价值的当属哲理小说,包括《老实人》(1759)、《天真汉》(1767)等。代表作《老实人》通过描述老实人甘迪德在旅途中的悲惨遭际和境遇,使之在成长、成熟中抛弃盲目乐观主义,从懵懂无知变得现实客观。

第二,以文学为武器积极宣扬自由、民主、博爱等启蒙理性精神的同时,也流露出启蒙理想与现实的冲突所带来的感伤情绪。

法国中后期的启蒙文学显现出较为激进的态势,哲理性、政治性和论战性更为鲜明强烈,主要作家包括德尼·狄德罗(1713—1784)、让-雅克·卢梭(1712—1778)和加隆·德·博马舍(1732—1799)等。狄德罗是法国启蒙文学的中坚力量之一,"大百科全书派"的重要代表人物,他用十几年的时间编纂《百科全书》,意在改变人们的思维方式,恩格斯称赞他为了"'对真理和正义的热诚'而献出了整个生命"。[①] 狄德罗的文学代表作是对话体哲理小说《拉摩的侄儿》(1762),小说表现了

---

① 恩格斯:《路德维希·费尔巴哈和德国古典哲学的终结》,中共中央马恩列斯著作编译局编译:《马克思恩格斯选集》第4卷,北京:人民出版社,2012年,第239页。

封建制度与资本主义的碰撞，宣传了启蒙思想，马克思和恩格斯称赞这部作品是"辩证法的杰作"。① 狄德罗还冲破悲剧和喜剧的界限，对戏剧的艺术形式进行创新，以正剧来反映启蒙时代资本主义的社会生活，这方面的代表作包括市民剧《私生子》（1757）、《一家之长》（1758）等。卢梭是18世纪法国启蒙主义最杰出的作家之一，他的思想体现了启蒙运动激进民主派的倾向。他的代表作《新爱洛伊丝》（1761）、《爱弥儿》（1762）、《忏悔录》（1782）等主张个性解放、传达自由思想和民主精神。博马舍是法国著名的启蒙作家，其艺术成就当属戏剧最高。他承继狄德罗的戏剧主张，创作出法国戏剧史上最杰出的市民剧《塞维勒的理发师》（1772）、《费加罗的婚礼》（1778）和《有罪的母亲》（1792），这些作品将封建贵族作为嘲讽对象，歌颂了贫民主人公，在法国引起巨大反响。

英国中后期的启蒙主义文学受社会现实与社会矛盾的影响，形成了感伤主义小说。资本主义飞速发展使农耕经济遭到破坏，社会贫富差距不断加大，中下层人民生活困顿，社会矛盾的凸显使作家逐渐认识到启蒙理想与现实的冲突，他们将这种感伤情绪融入创作之中，形成了感伤主义小说。英国感伤主义的主要作家包括劳伦斯·斯特恩（1713—1768）和奥立弗·哥尔德斯密斯（1730—1774），前者的代表作是《感伤的旅行》（1768），小说以约里克牧师的旅行为主线，串联起旅途中的琐碎事件和事件所引发的人的情感波动，呈现出抒发伤感情思的特质，感伤主义由此得名。后者的代表作《威克菲尔德的牧师》（1766）描写了牧师一家被地主欺压的悲惨经历，讽刺了地主的残忍和人性的虚伪。

第三，强调文学的民族性，发扬文学的民族风格，表达反抗封建统治、争取民族统一的强烈愿望和要求。

18世纪德国启蒙文学较之英、法两国独具民族特点。这一时期的德国仍然处于分裂割据的局面，经济衰败、政治涣散，资产阶级力量相对

---

① 恩格斯：《社会主义从空想到科学的发展》，中共中央马恩列斯著作编译局编译：《马克思恩格斯选集》第3卷，北京：人民出版社，2012年，第789页。

比较薄弱，但资产阶级要求发展社会经济、呼唤民族统一的声音在英、法启蒙运动的影响下日益高涨。德国启蒙作家率先垂范，开始以文学为武器，反抗封建专制，传达民族统一的呼声。但因现实的落后，他们只能在精神领域构筑理想王国，从而形成了德国文学辉煌、但社会混乱的现实局面。

德国启蒙主义文学大致经历了孕育期（1700—1770）和高潮期（1770—1785）两个阶段。第一阶段的主要作家包括约翰·克里斯托弗·高特舍特（1700—1766）、弗里德里希·高特里卜·克洛卜施托克（1724—1803）和戈特霍尔德·埃夫莱姆·莱辛（1729—1781）等，他们共同致力于创造德国的民族文学。莱辛是德国启蒙主义文学的伟大代表，也是德国民族文学的真正奠基人，他的美学著作《拉奥孔》（1766）和戏剧评论集《汉堡剧评》（1767—1769）为德国民族戏剧的发展指明了方向。莱辛提出戏剧创作要写作市民悲剧，要反映德国的社会现实，要向莎士比亚学习，反对模仿古典主义戏剧的规范和程式。莱辛还亲自创作了大量戏剧作品，对封建君主和宫廷生活进行严厉抨击，宣传启蒙运动的社会理想和革命精神，代表作包括市民剧《萨拉·萨姆逊小姐》（1755）和悲剧《爱米丽雅·迦洛蒂》（1772）等。德国启蒙主义文学的第二阶段是在七十至八十年代的"狂飙突进"运动时期。"狂飙突进"运动得名于剧作家克林格尔（1752—1831）的戏剧《狂飙突进》（1776），这是一场由德国新兴资产阶级城市青年发起的全国性的文学解放运动。他们受到卢梭思想的影响，崇尚自由和个性解放，提出"返回自然"的口号；在文学方面则强调作家要在创作中表达自身情感并彰显文学的民族风格。"狂飙突进"运动的代表作家除了约翰·沃尔夫冈·冯·歌德（1749—1832）外，还包括赫尔德（1744—1803）、弗里德里希·席勒（1759—1805）等。其中，歌德是"狂飙突进"运动的旗帜；席勒是"狂飙突进"运动的重要中坚作家，其市民悲剧最为杰出，剧作《阴谋与爱情》（1782）、《堂·卡洛斯》（1787）等传达出了反抗暴政、追求自由的思想和精神。

第二节　卢梭的《新爱洛伊丝》

让-雅克·卢梭（1712—1778）是18世纪法国启蒙哲学家、思想家、教育家、文学家，启蒙文学重要的代表人物之一，19世纪浪漫主义文学的先驱和开创者。卢梭个性鲜明，注重开掘人类的情感和精神世界，不懈追求个性解放和人性自由。他才情卓著，在哲学、政治、法学、教育学、文学等诸多领域均有所建树，是一位"大百科全书式"的人物，对后世影响巨大而深远。

一、卢梭的生平与主要作品

1712年6月28日卢梭出生于瑞士日内瓦，父亲是一位钟表匠人，母亲在他幼年时就撒手人寰。尽管家境较为贫困，但卢梭的父亲喜好文学，这使得幼年的卢梭有机会和父亲一道醉心于阅读文学作品。1722年，卢梭因父亲与他人产生纠纷，不得不避祸里昂，从此开始颠沛流离、跌宕起伏的一生。他早年当过学徒和仆役，后来又做过随从和秘书，晚年还做过乐谱抄写员等职业，既得到过君王的青睐，也遭受过教会的迫害，既为同时代人攻讦诬蔑，也为同时代人推崇仰慕。1750年，卢梭因第戎科学院的应征论文《论科学与艺术》获奖而声誉初起，后笔耕不辍。1762年，巴黎大主教、巴黎高等法院先后对卢梭的《爱弥儿》下达禁令，他也遭到法国当局追捕，无奈在瑞士、普鲁士、英国多地辗转逃难。1768年，卢梭与黛莱丝·瓦瑟成婚，1778年7月2日于巴黎附近阿蒙农维拉小镇逝世，1794年迁葬入法国巴黎先贤祠。

1740年，卢梭与哲学家孔狄亚克相交，次年又结识狄德罗和其他一些启蒙思想家，与同时代法国哲学家和思想家的交往使卢梭的启蒙思想日趋成熟，促成其社会政治观、自然人性观的形成和发展。此外，卢梭一生还与诸多女性保持暧昧关系，其中三段感情与他的思想和创作息息相关。一是结识华伦夫人。1728年，卢梭逃离日内瓦，不久就偶遇华伦夫人，此后长期受到华伦夫人的庇护，积累了广博的知识，弥补了学业上的缺陷。卢梭欣赏华伦夫人的德行风度和她的自然宗教信仰，在其写作的《忏悔录》等作品中都可以发现华伦夫人的优美形象和身影。二是与黛莱丝·瓦瑟的成婚。出身洗衣女的瓦瑟是卢梭唯一的妻子，两人相伴生活数十载，瓦瑟不仅长年照顾卢梭的起居，而且陪伴卢梭走完人生的最后一程，这段婚姻生活为卢梭提供了相对较长时间的生活稳定期，也为其创作奠定了重要的家庭基础。三是与乌德托夫人的爱恋。乌德托夫人曾是卢梭恋爱的对象，在《新爱洛伊丝》中可以看到卢梭对这段恋情的诗意描绘，如今这段奇妙的情感经历业已成为研究卢梭作品的重要参考。

卢梭的作品大致可以分为两大类：一类是哲学著述与政论文，另一类是文学作品。前者主要包括《论科学与艺术》(1750)、《论人类不平等的起源和基础》(1755)、《社会契约论》(1762)以及论教育的专著《爱弥儿》(1762)等，它们共同建构起卢梭的思想体系。后者则包括长篇书信体小说《新爱洛伊丝》(1761)、长篇自传《忏悔录》(1782)以及《忏悔录》的续篇《一个孤独的散步者的遐想》(1782)。此外，卢梭还写过一些关于文学的论战文字，著名的有《致达朗贝论戏剧的信》(1758)等。

在《论人类不平等的起源和基础》《社会契约论》等主要的哲学著作与政论文中，卢梭在深入剖析了人性、探讨了人类不平等的根源后，提出"主权在民"的政治主张，勾勒出了自己的政治蓝图——建立以社会契约为基础的民主政体。卢梭的"主权在民"思想是对法国社会旧秩序的全面反动，是现代民主制度得以形成的基石，深刻影响了欧洲的革命运动和美国独立战争。而论教育的《爱弥儿》一书则集中反映了卢梭的自然主义教育原则和思想。卢梭将培育自然状态的人作为教育的目标，提倡依据儿童身心发展的自然规律因材施教，从而培养出具有社会生存和发展能力、但又不被社会的文明状态所腐化的自然"新"人。

与哲学著述和政论文相比，卢梭的文学作品数量并不是很多，但影响却广泛而深远。他在作品中蔑视社会偏见、舆论和习俗，歌颂和推崇自然人性、情感与自我，认为人类情感与道德能够调和。他还主张人与自然融合，从而使文学作品的内蕴更为丰富而深刻。

二、《新爱洛伊丝》的艺术成就

书信体小说《新爱洛伊丝》是卢梭创作的最为重要的小说作品。全书共六部分，情节时间从1732至1745年，由一百六十三封书信组成。小说的主体情节并不复杂，讲述的是平民教师圣普乐和贵族小姐朱丽的爱情纠葛和悲剧结局。书名借自中世纪阿伯拉与爱洛伊丝的故事，但卢梭在前面加了个"新"字，表明小说所要展现的不是中世纪的思想和观念，而是在18世纪启蒙思想下一对年轻恋人反封建包办婚姻的悲剧。《新爱洛伊丝》作为启蒙文学的重要作品，其艺术成就主要表现在如下方面：

首先，故事情节的大胆突破与情景交融的自然描写的衬托。

作为浪漫主义文学的先驱，卢梭在《新爱洛伊丝》中依托大自然的纯真美好热情歌颂了男女主人公之间"真正的爱情"，展现出对小说故事情节的大胆想象，带有强烈的主观色彩和浪漫气质。

小说中平民家庭教师圣普乐和贵族小姐朱丽相爱相许，但却受到看重贵族门第和贵族血统的男爵的反对，虽然"平民教师与贵族小姐相恋并遭到父辈拆散"的情节比较大众化，但之后的故事走向却发生了异乎寻常的变化。朱丽婚后虽与圣普乐再度相遇，但他们始终恪守本分，最后朱丽因救护儿子染疾不治，临终前向圣普乐袒露心声，将自己一家托付于心爱之人。这一故事情节体现出卢梭在创作上的大胆幻想和奇特构思，他摒弃了传统的恋人殉情式悲惨结局，立足于自身对爱情观和价值观的思考，将爱情与婚姻分离，重视人的真实感情，力图证明爱情是一种精神支配的纯洁、清白、高尚的感情，从而传达出了鲜明的时代症候与浪漫精神。

为了衬托小说男女主人公勇于冲破封建桎梏、具有鲜明启蒙新思想特征的爱情故事，卢梭采用情景交融的浪漫主义方式描述了大量自然景物，意在以自然为依托来表现人性的天然本质。在小说中作家用热烈的词句描写了阿尔卑斯山脉、莱蒙湖畔和克拉伦乡的优美景色，通过展现茂密的森林和幽暗的山洞、令人愉悦的草地和土地上的葡萄树等自然美景,将男女相爱的场景融于迷人的日内瓦景区和广阔的大自然之中。例如,"泉水穿过石缝,流到草地上,好像一道道透明的水晶。野生果树枝头下垂,落在我们的头上。湿润的土地透出一股清香,铺满奇花异草"。通过如此细腻的笔触,描绘圣普乐和朱丽重游旧时幽会之地的风景,作家展现出了强烈的浪漫优雅气质。

其次,多角度的象征隐喻与复杂情感的艺术折射。

情感是艺术的生命,《新爱洛伊丝》展现出多角度、丰富而深入的象征隐喻意义,饱含卢梭内心世界的复杂情感。

从人物塑造角度来看,圣普乐和朱丽的人物形象与卢梭自身的情感世界有着象征隐喻的对照关系。男女主人公的爱情被父亲阻挠隐喻封建社会门阀等级制度与纯真爱情之间的尖锐冲突,象征了封建等级制度对青年男女残酷无情的迫害。卢梭笔下的朱丽出身贵族,而圣普乐则是一个既无门第又无财产、身份低微的穷书生,这与作家本人恋上了德·乌德托夫人而陷入无望的爱情极其相似。卢梭出身平民,而德·乌德托夫人是一位贵族妇女,即便卢梭已经成名,阶级地位的悬殊差距也是阻碍他们结合的巨大牵绊。在此意义上,完全可以认为,卢梭在塑造圣普乐这一平民形象时,带有鲜明的自传色彩,映射了自身的情感经历与感悟。

从艺术构思来看,小说男女主人公的悲剧结局包含着卢梭自身与理想对象无法结合的隐喻意义。作家强烈真挚的主观情感,是艺术形象获得不朽生命力和永恒魅力的重要原因之一,《新爱洛伊丝》尤其能说明这一点。卢梭在与德·乌德托夫人爱恋的回忆中写就了《新爱洛伊丝》,多少带有追忆难忘的爱情的意味。卢梭将他的现实体验情感与文学创作情感融为一体,以圣普乐和朱丽的爱情故事象征着他在现实境遇中无法达成的情感理想,进而揭示出纯真的爱情总是成为等级制度的牺牲品的悲剧结局。同时,小说也描写了尽管男女主人公没能结合在一起,但他们的爱情之火并没有因为受到压抑而熄灭,相反他们在往来书信中多处提及"心心相印""心灵结合""完美的结合"以及"一种近乎脱离肉体而独立的交往"等语句,小说的这种处理方式隐喻着卢梭对真爱之"心灵结合"的强烈渴求。

从表现对象来看，强烈的崇尚自然的笔触饱含追求纯洁、返璞归真的隐喻意义。《新爱洛伊丝》用大量的笔触描写了对大自然的赞美，天然的、怦然心动的男女情爱体现了与"自然"相一致的道德情感。卢梭正是为了强调男女主人公情爱的天然属性，强调这种天然之爱的合理性，才把这个爱情故事的地点放置在清新、自然、美丽的自然环境中，远离喧闹城市的风光。当圣普乐离开朱丽以后，他到过没有被"文明"污染的岛屿和山区，随后在写给朱丽的信中赞美那里的自然风光以及接近自然状态的人纯朴的生活和高尚的道德风尚，这对应着卢梭否定现代文明、主张"回归自然"的一贯思想，也暗含了更为炽烈的社会深意。

再次，激愤抑郁而又细腻流畅的语言。

《新爱洛伊丝》是一部艺术感染力极强的作品，它使书信体小说在18世纪下半叶到19世纪初成为一种极为流行的文学样式。事实上，书信体形式是情感表达的最好载体。小说中人物悲喜忧乐之情的增减、强弱、浓淡正是通过相互的通信话语表现出来的，信件的内容能体现出情绪的变化，而情感变动也常常成为小说情节发展的线索。《新爱洛伊丝》通过书信往来的对话模式，在语言表达上呈现出多样化的特征，既流畅又饱含丰富的情感。具体来看，小说的语言特色如下：

其一，激昂而愤慨。《新爱洛伊丝》作为一部具有反封建意义的爱情悲剧，带有强烈的反对以门第观念论婚姻的情绪。在小说中，朱丽痛斥父亲的野蛮残酷，认为他"把女儿当成奴隶，当成商品"，对此，她激愤地喊出："自然，甜蜜的自然，我蔑视一切毁灭你权力的野蛮道德。"卢梭还借爱德华爵士之口彻底否定了代表封建阶级的贵族阶层："贵族，这在一个国家里，只不过是有害而又无用的特权。""你们如此夸耀的贵族头衔有什么可令人尊敬的，你们贵族阶级对祖国的光荣，人类的幸福有什么贡献？你们是法律和自由的死敌。凡是在贵族阶级显赫不可一世的国家，除了专制的暴力和对人们的压迫以外，还有什么？"在小说的结尾，朱丽死后圣普乐愤怒地给她的父亲写了一封信谴责道："残忍的父亲，请想一想，您哪里配得上这个美丽的名字，请您想想看，您干了多少杀害儿女的可怕罪行啊！一位温柔听话的少女因为您的偏见牺牲了幸福啊!"这些激昂又愤慨的语句,正是卢梭借小说人物表达出的内心深处对社会压迫的谴责、对封建等级制度的鄙夷和对自由恋爱的向往。

其二,抑郁而悲痛。《新爱洛伊丝》的故事令人悲愤,男女主人公之间纯真的爱情一开始就遭到封建势力的阻挠和破坏。圣普乐在封建制度的压迫下失去恋人的悲愤和痛苦,使整个作品笼罩在浓厚的感伤色彩之中。爱德华爵士建议朱丽和圣普乐私奔时说:"但是我不晓得是否永远属于我,如果我忘却不了,我已经忍心抛开了我的父母。他们还活着的孩子,只剩我一个;他们所有的快乐,所有的希望,只在我的身上。我难道可以把他们的暮年,一齐抛在羞愧、懊恨和眼泪当中?"这种爱情和亲情的矛盾使朱丽内心极度纠结、悲痛和抑郁。而人物的犹豫、妥协、试图摆脱自我的复杂心理又使小说充满了浓厚的抑郁氛围。

其三,细腻而真挚。《新爱洛伊丝》在抨击封建等级制度的同时,更强调的是男女之间纯真动人的爱情。卢梭描写感情是为了肯定、讴歌它,所以小说采用了细腻而真挚的语言进行表达。例如,小说中写到男女主人公通过书信互相表达爱慕之情:"我那样赞扬你不是由于你容颜的魅力,而是感情的魅力。你对他人不幸的温和同情,你正直的心和纯朴的趣味,这些精神魅力正是我所爱的。"面对圣普乐的告白,朱丽回信写道:"我也只得说出我的隐衷了。我竭力要拒绝你,但是我哪有这能力?一切的事物都像在扩大我对你的爱情;连大自然也像协助你;我几番的努力,终属枉然。现在我已顾不了自己,我只崇拜你。"

其四,流畅而和谐。《新爱洛伊丝》将哲理巧妙地融入小说中,避免了乏味的、抽象的教义。小说中句式的长短错落和语气的强弱变化,产生了一种和谐流畅、极富音乐性的诗意韵律。这与小说的人物情绪相呼应,进而使小说的外在情绪与内在情绪形成对位的形态,映射小说的深层内涵。

最后,多声部叙事的小说世界的构建。

《新爱洛伊丝》全书由一百六十三封书信组成,主要写信者包括朱丽、圣普乐、克莱尔、爱德华、沃尔玛等人物。小说充分利用这些人物发声,从而改变了传统书信体小说以第一人称"我"为主导的叙事方式,将小说的叙事主体推进到"多声部"的世界,这既解决了以"我"单线讲述故事的片面性的问题,又发展出一种新的建构小说的方法。

《新爱洛伊丝》中的信件是有来有往的,话语信息在写信者和阅读者之间往返形成对话。对话内容前后呼应出一种互动的状态,并非单纯的个人独白,这使小说叙事聚焦呈现出多重的对话性。这种多个"叙述者"的模式提供给不同人物发声的机会,弥补了只能站在有限视角进行叙述的不足。多个写信者从不同角度、立场、观点对同一事件进行描述,使叙述内容更加丰富充实,更具戏剧性。最终,不同声音对话和共存又使小说具有了空间立体感,进而充分展现作家发自心灵深处的多重情感,包括对待爱情以及合乎道德的冲动带来的快感、对大自然的热爱和无限遐想所带来的无穷乐趣等。

总体来看,《新爱洛伊丝》不仅是一部爱情小说,还是一部哲理小说。卢梭的政治、文化、宗教等观念以及对当时法国社会的看法都通过艺术化的手段寄予在小说之中,从而极大地丰富了小说的思想内涵,同时扩大了小说的艺术容量。

第三节 歌德的《浮士德》

约翰·沃尔夫冈·冯·歌德(1749—1832)是德国杰出的诗人、剧作家、思想家、科学研究者和政治人物。歌德终其一生都勤于思考、笔耕不辍、努力进取、不断探索,他的文学作品不仅在德语文学中独领风骚,而且在世界文学领域地位尊崇、备受瞩目。歌德将其广博、深邃、睿智的哲思蕴于文学创作之中,形象、深刻地传达出启蒙的真正内涵,成为德国启蒙文学的代表性作家和欧洲文学史上里程碑式的人物。他的思想是德意志民族独特气质和精神的体现,诚如恩格斯所赞誉的那样,歌德是"最伟大的德国人"。[1]

---

[1] 恩格斯:《诗歌和散文中的德国社会主义》,陆梅林辑注:《马克思恩格斯论文学与艺术》上册,北京:人民文学出版社,1982年,第494页。

一、歌德的生平与主要作品

1749年8月28日,歌德出生于德国莱茵河畔的法兰克福,父亲是一位律师,拥有博士学位,曾做过皇室顾问和参议,母亲是法兰克福市长之女,家境富裕优渥。歌德在这样的家庭环境中自幼接受良好而系统的教育,培养了对自然和社会知识广泛的兴趣爱好,并逐渐熟悉了拉丁文、法文、意大利文、希伯来文等多种语言。1765年,歌德到莱比锡大学攻读法律专业,1770年又到斯特拉斯堡大学继续法学学习,并于1771年获得法学博士学位,之后回到家乡成为律师。1775年,歌德赴魏玛公国,开启长达十年的政治生涯。在魏玛公国服务期间,歌德先后担任枢密公使和枢密顾问,他全力施政,力求通过实务改造公国,继而实现自身改良社会的愿望,但理想与现实的差距始终难以弥合。1786年,歌德失望去职转而外出游历前往意大利。1832年3月22日,八十三岁高龄的歌德溘然长逝。

少年时期和青年时期的歌德明显受到过两位女性的影响,一是他的母亲,二是夏绿蒂·布芙。歌德的母亲开朗活泼,擅于讲故事,她乐观的天性和生动形象的表达力深深影响了少年歌德。青年歌德在舞会上邂逅了夏绿蒂·布芙并深深迷恋上了她,可当时的布芙早已与青年凯斯特纳订婚,正陷于苦痛的歌德又听闻朋友失恋自杀的噩耗,他以此为素材创作出了文学成名作《少年维特之烦恼》,一举成为德国家喻户晓的著名作家。歌德在文学创作的道路上还曾与两位作家同行。1770年在斯特拉斯堡学习期间,他与一些文学青年过从甚密,其中最重要的就是"狂飙突进"运动的精神领袖赫尔德。赫尔德对民歌的研究影响了歌德的诗歌创作,他还给歌德推荐荷马和莎士比亚等经典作家的作品,使得歌德逐渐认识到了人类固有的富于生命力的语言的重要性,从而摆脱了宫廷文学和古典主义文风的影响。歌德自此也开拓了精神世界,并逐渐走向"狂飙突进"运动的核心,成为这一运动的主将。他更是将"狂飙突进"的精神寄予在笔下人物的身上,葛兹、少年维特等都是反对封建割据、要求统一德国、争取自由解放的"狂飙突进"精神的典型代表。1794年歌德与席勒开始合作，到1805年席勒与世长辞，十年间两人互相影响、相互成就，在文艺理念和美学观念方面共商互补，并共同致力于德国古典文学的创造，形成了德国古典文学的丰收时期，史称"魏玛古典文学"的黄金时代。

纵观歌德的文学创作，大体可以分为两个阶段，第一阶段自18世纪60年代到1793年；第二阶段从1794年与席勒相交合作到1832年离世。

大学期间歌德就已开始诗歌和戏剧创作，在"狂飙突进"运动的影响下，歌德相继创作出众多凸显"狂飙突进"精神的作品，有剧作《铁手骑士葛兹·封·贝利欣根》（1773）、小说《少年维特之烦恼》（1774）、《浮士德》的初稿、抒情诗作《普罗米修斯》（1774）等。在《铁手骑士葛兹·封·贝利欣根》中，歌德将葛兹这个历史上的背叛者塑造为一个要求德国统一、竭力争取自由的斗士形象，以此彰显"狂飙突进"的时代精神。《少年维特之烦恼》以书信体形式讲述了平民青年维特与法官女儿绿蒂的悲剧爱情。市民阶层出身的维特虽与绿蒂情投意合，但绿蒂早与贵族青年阿尔伯特缔结婚约，维特在失恋绝望中饮弹自尽。维特用死亡与黑暗对令人窒息的现实抗争，表现出对个性解放和自由平等的强烈追求。这两部作品都是"狂飙突进"运动的代表作。魏玛十年，歌德的文学创作几乎陷于停滞，当他结束游历重返魏玛时才重又专注创作，写成剧作《伊菲格涅亚在陶里斯》（1787）、《埃格蒙特》（1788）、《托夸多·塔索》（1790）等作品，并继续创作《浮士德》。

第二阶段的创作以1794年歌德和席勒正式交往并建立友情为标志。与席勒相交期间两人相互扶持，共创德国古典文学，以期探寻和达成自然与人、情感与理性、自由与必然相和谐的人道主义理想，这一时期"狂飙突进"式的激情在歌德心中渐趋消退。晚年的歌德又对中世纪和东方文学产生浓厚兴趣，并提出"世界文学"的概念，持续进行文学创作直至辞世。在此阶段歌德创作了叙事诗《列那狐》（1794）和《赫尔曼与窦绿苔》（1797），诗集《西东合集》（1819），小说《威廉·迈斯特的学习时代》（1796）、《亲和力》（1809）、《威廉·迈斯特的漫游时代》（1829），自传《诗与真》（1811—1833）、《意大利游记》（1816—1829），诗剧《浮士德》第一部（1808）、《浮士德》第二部（1832）等重要作品。《亲和力》以四位主人公之间发生的情感纠葛来探讨和反思情感与理性、爱情与婚姻的关系。《浮士德》则以浮士德博士的形象来影射新的资本主义时代的进取精神，即能够克服人类自身矛盾、永不满足现状、不断超越自我、向绝对真理不懈追求、勇于探索、自强不息。

歌德的一生横跨两个世纪，他的文学创作一方面反映了世纪更迭的时代剧变，表达了他渴望理想和实现人生价值的强烈愿望，另一方面在很大程度上也反映出了他对当时社会现实的无奈与妥协。诚如恩格斯所评价的那样："歌德有时非常伟大，有时极为渺小；有时是叛逆的、爱嘲笑的、鄙视世界的天才，有时则是谨小慎微、事事知足、胸襟狭隘的庸人。"[①]

二、《浮士德》的艺术成就

歌德于1768年开始创作《浮士德》，第一部出版于1808年，第二部出版于1832年，前后历经六十余年的时间。《浮士德》取材于德国民间传说，歌德赋予浮士德这一形象以崭新的时代精神，将其塑造为一个不满社会现状、竭力实现社会理想并探求人生意义的新兴资产阶级知识分子形象。《浮士德》情节的展开由两个赌约起始，一是上帝与魔鬼的赌约；二是魔鬼与浮士德的赌约。诗剧第一部展现的是浮士德的知识追求阶段。诗剧第二部承继第一部的知识悲剧，开始集中展现浮士德的爱情追求、政治追求、古典美的追求和事业追求等人生体验，包括爱情悲剧、政治悲剧、艺术美的悲剧和事业悲剧四部分。《浮士德》是人类精神探索和追求的不朽杰作，正如宗白华先生所评价："歌德与其替身浮士德一生生活的内容就是尽量体验这近代人生特殊的精神意义，了解其悲剧而努力以解决其问题，指出解救之道。所以有人称他的浮士德是近代人的

[①] 恩格斯:《诗歌和散文中的德国社会主义》，陆梅林辑注:《马克思恩格斯论文学与艺术》上册，北京：人民文学出版社，1982年，第494页。

《圣经》。"[1]

《浮士德》作为歌德最为重要的代表性作品,是他毕生艺术探索的典范之作,其艺术成就主要表现在以下几个方面:

第一,深刻的象征蕴含与多维的艺术形象的建构传达。

深刻的象征蕴含是贯穿诗剧的重要特色。歌德通过描写浮士德对人生的追求和探索,象征性地反映自身经历和思想感受。《浮士德》具有一种整体象征性,它超越了历史和时空的界限,是人类的缩影,这或许是《浮士德》具有长盛不衰魅力的深层原因。

浮士德和靡非斯特是贯穿全剧的两个主要艺术形象,有着很深的象征意义。浮士德的形象具有多重含义。首先,他在很大程度上可以视为作家歌德的化身。浮士德与歌德的生活经历十分相似,歌德把自己的生命活力寄寓在人物身上。歌德曾说过,他所有作品仅仅是自白的一个个片段,《浮士德》无疑是诗人最长、最全面、最深刻的"自白"。浮士德理想崇高、感情奔放、自强不息、不断进取,但他又彷徨、苦闷、忧郁悲观、充满矛盾,他的一生可以称作是歌德漫长生涯的一面镜子。其次,浮士德又是西欧近代先进知识分子的象征,尤其是德国知识分子的理想化象征。他敢于对现存社会秩序、对传统思想教条采取大胆的怀疑和严厉的批判态度,有决心有勇气突破生活环境的束缚去独立探索真理。浮士德的精神代表着"狂飙突进"运动中激进资产阶级知识分子反抗旧制度、旧传统的革命风貌,他的形象是当时德国先进资产阶级知识分子的典型。再次,浮士德又是人类杰出个体的代表,他秉持自强不息、锐意进取、勇于探索的真理精神。作为一个"人",他并不是完美无缺的,他的内心时刻充满了矛盾。他有沉溺于爱欲的倾向,但又想远离凡尘,向更高的境界飞驰。最终在带领群众改造自然、兴建海边家园的壮举中他实现了人生价值,找到了人生智慧。浮士德的这种不断进取、为社会做贡献的精神是人类时代进步的需要。

---

[1] 宗白华:《歌德之人生启示》,林同华主编:《宗白华全集》第2卷,合肥:安徽教育出版社,2008年,第2页。

靡非斯特的形象是歌德所理解的至恶的化身。"靡非斯特代表'恶'和对一切正义事业、进步力量的否定；但他同时又是个'作恶造善力之一体'的复杂意志的多面体。"① 浮士德在人生探索道路上五个阶段的追求，始终以靡非斯特作为推动力。但也可以从另一个层面说，靡非斯特是浮士德自身"恶"的一面，是人类迷恋享乐、贪图安逸的性格侧面的外化。他既象征人类前进道路上的外部障碍，也象征人类自身的弱点；他是资产阶级发展过程中出现的一个典型，代表资产阶级极端个人主义者。这个魔鬼形象，既丰富又独特。他身上既充满魔性，又表现出众多人的特点。他既是一个血肉丰满、富于变化的形象，又是某种始终如一的精神原则的象征。他不代表绝对的丑恶和消极，在客观上还起到了批判社会现实的作用。他讽刺封建君主专制，嘲讽中世纪烦琐的哲学和伪科学，揭示资本主义原始积累的残酷，揭露教会的贪婪及宫廷生活的腐败。他指出了社会上落后腐朽的东西，包括人恶劣的一面——贪欲和权势。所以他既是社会罪恶的制造者，也是社会罪恶的揭露者。魔鬼靡非斯特在诗剧中是一个很复杂的人物，没有他就没有不断探索、不断进行精神追求的浮士德，这正是其形象的特殊意义所在。歌德正是基于这种对人类的本质认识，才成功地塑造出了靡非斯特这个艺术典型。

此外，诗剧中的其他人物也具有象征意义。如浮士德的学生瓦格纳是一个书斋知识分子的形象，对知识的狂热追求象征着传统的知识分子精神；平民之女既象征着渴求安逸生活的人们，又象征着安于现状、目光短浅的德国市民等。

第二，现实主义与浪漫主义风格的巧妙融合。

《浮士德》是歌德倾注毕生心血，耗时六十余年写成的鸿篇巨制，其间世界发生的重大事件都反映在这部跨时代的巨著中，如七年战争、美国独立、法国大革命、拿破仑时代等。在这一现实基础上，神魔鬼怪的象征表现又赋予了作品以神秘而丰富的内容，体现出了强烈的浪漫主义

---

① 李先兰、代泳:《〈浮士德〉研究述评》,《外国文学研究》1993年第3期, 第120—126页。

色彩。

歌德一生的创作活动和思想发展与整个欧洲社会剧烈变动的现实基础密切联系在一起，《浮士德》这一集大成之作便是文艺复兴以后欧洲历史发展的全部过程的总括。它反映了文艺复兴以后直到19世纪初这一历史阶段欧洲社会由封建主义向资本主义发展的过程，有着深厚的现实基础。如果说，现实主义构成了《浮士德》情节的时代背景，那么浪漫主义则构成了推进情节发展的重要表现手段。浮士德一生的追求，象征着人类精神由低向高不断发展的渐进历程，这就决定了歌德在《浮士德》中所要表现的不是客观的、具体的物质世界，而是精神世界，是这一世界中某一思想观念的产生和发展的历史，即"灵魂的发展史"。可"精神世界是人们看不见、摸不着的东西，它不像现实世界那样有众多的具体性、可感性和明确性，而是以曲折性、复杂性和抽象性见长"[1]，它无法通过情节语言等形象化地表现出来，所以歌德塑造出了靡非斯特这一魔鬼形象和一系列虚拟的带有浪漫主义色彩的理想世界景象来推动情节发展。

浮士德一出场就被置于书斋，哀叹所学的专业一无用处。他经受着怀疑和苦闷的煎熬，因为他觉得自己虽然把毕生精力都放在钻研学问上，可是读遍各类书籍，始终不能发现人生的真理，他对于自己所生活的世界充溢着排斥与不满。魔鬼靡非斯特趁机与他签订契约：他可以用魔力帮助浮士德去追求他想得到的一切，但只要浮士德一表示满足，生命即结束，灵魂永为魔鬼所有，来生只能做恶魔的仆人。这是通过现实性的批判和浪漫主义形式的巧妙结合，体现了浮士德想改变现状、在人生道路上不断努力追求人生意义的需要。在"天上序幕"的场景中，靡非斯特对天帝表示人类相当狂妄，把神的天光占为己有，称之为理性，一旦使用起来可比野兽更具兽性。这席话也是通过借用魔鬼天神这一浪漫主义形式对文艺复兴至19世纪初人本主义进行嘲讽和批判。诗剧中还有一系列故事情节，如浮士德与魔鬼赌赛而喝下"魔汤"变得年轻、玛甘泪

---

[1] 刘建军：《艺术地把握精神世界的辉煌范例——〈浮士德〉艺术论之一》，《外国文学研究》1990年第4期，第64—68页。

死后成仙、欧福良振翅高飞等,均是浪漫主义与现实人物的高度结合。

在诗剧的最后,浮士德已经失明,魔鬼召来死灵为他挖掘墓穴,然而浮士德听到锄头的声音,误以为是响应他的号召前来填海造田的民众,顿时觉得人民理想的新生活就要到来了,他满心欢喜地喊出"时间你真美呀,请停留一下!",这反映了浮士德对构建人类理想社会的追求和对自由生活的向往,是基于一定现实基础的。接着浮士德倒地死去,当魔鬼要夺取浮士德的灵魂时,众天使到来,救出了浮士德的灵魂,将他领入天堂,并说道:"凡自强不息者,终将获得拯救。"浮士德最终得到了天帝的宽恕,战胜了靡非斯特,取得了最后的胜利。诗剧的这种浪漫式的结局意在艺术化地阐明人类的救赎是可以通过自身不断努力而实现的,这既是诗剧中作为主人公的浮士德自强不息、不断追求精神的必然结果,也是人类不断探索的必然结果。

第三,辩证的、矛盾对比的手法与对位性格、对位人物的艺术呈现。

诗剧《浮士德》在人物塑造和情节展现上充满了辩证的、矛盾对立的观点。例如浮士德自身追求与停滞的对立统一,靡非斯特作恶和行善的对立统一,天帝与魔鬼靡非斯特的对立统一以及代表善的浮士德与代表恶的靡非斯特的对立统一等。这些矛盾和对立既相互斗争又相互依存,诗剧对浮士德性情的塑造、品质与精神的展现离不开这些矛盾对抗的推动。

天帝认为人是不断进取、自强不息的,只要努力追求必然会有所成就。当魔鬼靡非斯特自认为他可以使浮士德走上他所指引的道路时,天帝自信地答应靡非斯特下凡去诱引浮士德,并与之打赌。与天帝相对立的魔鬼靡非斯特则认为人是懒惰的、贪图安逸与情欲的、容易满足的。他否定人类的一切追求和努力,认为那是没有价值、没有意义的。天帝与魔鬼的对立象征着世间永恒的斗争,表明两种根本对立的世界观。

浮士德代表人类自强不息、不断追求人生意义和真理的精神,是善的代表;靡非斯特否定一切进步力量,使人陷于停滞和满足,是恶的化身。两者构成了一组矛盾对立,揭示了人类社会发展中前进与停滞的矛盾斗争。浮士德虽然有着不断探索的精神,但他的前进道路却并不顺畅,除外部的阻力还有自身矛盾的因素，他在不断克服内在的弱点和超越自己的过程中前进，这体现了浮士德自身的矛盾统一。

魔鬼靡非斯特虽代表着否定力量，但又经常起着积极作用。魔鬼靡非斯特与浮士德签订赌约，欲使浮士德陷入堕落、满足的境地，却反而使浮士德走出阴暗的书斋，踏上探索人生真谛和建立人类理想社会的道路。靡非斯特先以酒相引、以色相诱，后又把浮士德带到宫廷，使他在权力上得到满足，最后又希望浮士德能满足于财富和产业的占有，可浮士德却始终有一个最高理想，即看见"自由的人民生活在自由的土地上"。靡非斯特一步步给浮士德设下陷阱，这反而使浮士德理想意志更加坚定。浮士德不停地追求也使靡非斯特不断设下更多的难关，正是在这种彼此相互依存、相辅相成的辩证统一关系中浮士德最终找到了人生的最高理想。诗剧中靡非斯特曾这样表述："我是那种力量的一种，它常常想的是恶，而常常做的是善。"当浮士德享受爱情和事业所带来的快乐时，靡非斯特的恶促使他不能停下追求的脚步，唯有继续探索。浮士德和靡非斯特都不是绝对的善和绝对的恶的代表，歌德通过对这两个人物性格的塑造，表达了他对人类个性发展辩证式的看法，即人类只有在矛盾中才能战胜自己，战胜外部抵抗力量。

第四，风格与语言形式上的多姿多彩。

歌德在创作《浮士德》的六十余年里，先后受到了古典主义、启蒙主义、浪漫主义等多种文学风格的影响，因此，在创作诗剧时他便根据文本建构的需要和表现内容的不同，将多种创作风格和多样的语言形式汇聚于其中，并使它们得到完美的运用与呈现。在此意义上，《浮士德》打破了古典作品的审美范式，突破了传统的狭隘规则，进行了创作形式上的大胆创新。从现代审美的眼光来看，《浮士德》的艺术形式代表了一种多元化的统一风格。

从体裁上看，《浮士德》同时兼容现代戏剧以及古代诗歌、史诗、神话等多种艺术形式。诗剧分幕分场，标志主人公生活的不同阶段，主要通过人物对话推动故事情节、展开戏剧冲突。剧情史诗般地涵盖各种历史和现实，其间的省略和留白需要读者用历史知识与文学知识加以体会，具有现代戏剧的艺术效果。诗剧还运用了欧洲出现过的各种诗体和戏剧形态，既有古希腊无韵自由体颂歌和哀歌、意大利的行会剧和活报剧的形式，又有文艺复兴时期流行的假面剧、德国民歌和浪漫主义短行诗的特征。这些林林总总的体裁几乎涵盖了所有已知的西方格律，如诗剧第一部的双行押韵体、自由体、颂诗体、合唱体，第二部的八行体、三行隔句押韵体、三音格诗体等。尽管有学者认为《浮士德》在体裁和风格上不够统一，影响了作品的审美效果，但不得不承认的是，正是由于多种体裁和诗体交融的效果，才形成了《浮士德》多元化的艺术呈现特色。这种风格的多样性不仅没有破坏诗剧的统一性，反而对于其文本建构起到了积极的作用。

总体来看，歌德的《浮士德》通过生动的人物形象、深邃的主题以及高超的艺术表现技巧展现了一部西方文化的精神发展史。可以毫不夸张地说，不理解《浮士德》的真正内涵和价值，就无法真正理解西方近代文化和社会发展的精髓，这也正是德国历史学家斯宾格勒在《西方的没落》一书中将西方文化称之为"浮士德型文化"的真正原因。

第五章　19世纪浪漫主义文学

第一节　浪漫主义是文学中的自由主义

18世纪末、19世纪初的欧洲在历史上是一个巨大的转变时期。这一时期欧洲由封建社会向资本主义社会急剧过渡，上升的资产阶级与没落的封建贵族之间的矛盾日益尖锐。1789年法国大革命爆发，极大地震撼了几百年来由封建贵族统治的欧洲，引发各国反封建斗争的高潮，民族解放运动也由此蓬勃发展。在思想领域，德国古典哲学以及法国和英国的空想社会主义带来了启发与希望，社会观念开始发生新的转变。浪漫主义文学正是在这样的历史文化环境下萌生，并逐渐成为19世纪初期西方的文学主流，直至1830年前后逐步让位于现实主义文学思潮。

一、19世纪初期西方的社会问题与社会面貌

从社会生产力与历史发展角度来看，19世纪初期欧洲各国的资本主义急速发展。英国在工业革命后资本迅速兴起，但同时劳资矛盾也日益尖锐。1811至1812年间，英国西北部工业重镇曼彻斯特爆发了"捣毁者运动"，愤怒的工人捣毁纺织机器，以抗议工业革命给他们带来的生存危机。法国在大革命后资本主义得到极大发展，工业生产中机器生产逐渐增多；同时，法国大革命深刻影响了德国社会的发展，使德国资产阶级受到鼓舞，资本主义经济有所发展，但由于德国资产阶级在政治和经济上的软弱性，这个国家仍处于分裂和落后状态。

从社会更迭与革命斗争角度来看,1789年爆发的法国资产阶级大革命不但彻底摧毁了法国的封建制度,也震撼了整个欧洲的封建统治,尽管此后数十年间法国经历了罗伯斯庇尔红色恐怖、拿破仑崛起与垮台、波旁王朝复辟等一系列血雨腥风的动荡,大革命的成果在很大程度上被削弱,但其所标榜的个性自由和解放观念却迅速传遍欧洲,深入人心。革命之后自由观念逐渐成为人们普遍追求的人生与社会理想,这预示着法国以及欧洲即将进入一个自由主义盛行的新时代。正是这一自由主义的时代精神催生了浪漫主义文学思潮,在此意义上,浪漫主义文学是自由主义政治和文化精神的产物,"其真正的定义不过是文学上的自由主义而已",是"政治自由的新生女儿"。[1] 除了法国大革命,这一时期拿破仑的对外战争也是值得特别关注的重大事件。虽然拿破仑的对外战争具有扩张和掠夺性质,但它也起到了破坏欧洲封建制度的作用。拿破仑入侵西班牙、德国、俄国等封建落后国家,刺激了这些国家民族意识的觉醒。出于1812年战争所唤醒的民族自觉,俄国在1815至1825年间发生了贵族革命运动;意大利发起了烧炭党运动;希腊爆发了反抗土耳其统治的斗争;被瓜分的波兰掀起了反抗沙俄统治、争取民族独立的起义运动。这些国家的民族解放运动往往又都带有强烈的反封建倾向,因此可以说,在法国大革命与拿破仑对外扩张的影响下,欧洲到处响彻反封建、争取自由独立的呼声。尽管法国大革命及其后续重大历史事件在整体上具有积极的进步意义,但也产生了一些出人意料之外的结果:贫富对立变得更加尖锐,工业发展加剧人民群众的赤贫化,资产阶级的丑恶嘴脸也日益暴露。诚如恩格斯所言:"当法国革命把这个理性的社会和这个理性的国家实现了的时候,新制度就表明,不论它较之旧制度如何合理,却决不是绝对合乎理性的。理性的国家完全破产了。"[2] 法国大革命后的现实宣告了启蒙运动理性的破灭,这引起了人们普遍的失望情绪,浪漫主

---

[1] 维克多·雨果:《雨果论文学艺术》,柳鸣九译,石家庄:河北教育出版社,1999年,第100页。

[2] 恩格斯:《反杜林论》,中共中央马恩列斯著作编译局编译:《马克思恩格斯选集》第3卷,北京:人民出版社,2012年,第643页。

义文学对此也有积极展现和反映。

　　从哲学和社会思想角度来看，德国以康德、费希特、谢林和黑格尔为代表的唯心主义哲学十分盛行，他们夸大主观的作用，强调天才、灵感和人的精神力量，把"自我"提升到高于一切的地位。此外，法国的圣西门和傅立叶、英国的欧文的空想社会主义思想在这一时期也流传甚广。他们从小资产阶级立场出发，不满社会现实，追求理想社会的建构，尖锐批判资本主义制度，幻想消灭阶级对立。空想社会主义实际上反映了当时尚未成熟的无产阶级对现存社会制度的失望和抗议以及希望建立能够使他们真正获得解放的理想社会的愿望，尽管在当时有些不切实际，但其理想化的特殊心态却对浪漫主义文学的形成和发展产生了一定的影响。

　　总之，19世纪初期欧洲社会所展现的一系列新面貌给人们带来自由精神与民族觉醒的同时，也使人们丧失了制度信心，空虚、恐慌以及失望迷茫和不满反抗的情绪在欧洲蔓延。浪漫主义文学在此时的孕育和发展在很大程度上为欧洲社会提供了精神依托。

二、浪漫主义文学思潮的主要特征与理论主张

　　产生于18世纪末的浪漫主义文学，在19世纪前半期达到高峰。由于政治、经济发展的不平衡以及社会状况、文化历史传统的不同，各国的浪漫主义文学发展状况也不尽相同，但在以下几个方面的思想特点和艺术表现具有一致性。

　　首先，浪漫主义文学是典型的"内倾型"文学，注重抒发个人情感，具有强烈的主观性和内在抒情性，强调创作的绝对自由，反对古典主义的清规戒律，要求突破文学描绘现实的范围。浪漫主义是在对古典主义的斗争中发展起来的，浪漫主义者反对古典主义的泥古倾向和理性教条的束缚，强调创作自由。古典主义推崇典雅崇高风格，规定戏剧创作遵循"三一律"原则等，已经成为束缚文学发展的桎梏。浪漫主义文学冲破藩篱，开辟创作的新天地。

其次，夸张和对比手法是浪漫主义最常见的艺术表现方式。浪漫主义作家常常在作品中描述异乎寻常的情节、自然环境和人物，以此形成强烈的艺术效果。在刻画人物性格时，他们注重丑角在作品中对主人公的烘托和对比作用。在艺术展现上，他们高度重视想象的表现力，视想象为各种表现手法之母，借助想象达成瑰丽奇美的艺术境界。

再次，对美好的自然风光的赞颂和对资本主义文明丑恶的揭露是浪漫主义文学最为主要的描写内容。浪漫主义文学标举卢梭"回归自然"的理论主张，视自然为一种神秘力量或某种精神境界的象征，主张人类回归到未受现代工业文明污染的原始澄明状态中去。为此，浪漫主义作家常常寓情于景，以自然风光的美好对照资本主义社会现实的丑恶。他们还乐于描绘异国风光，展现中世纪及之前社会的风貌，如哥特式建筑和古代废墟等。

最后，忧郁感伤是浪漫主义文学最为主要的情感基调。这是浪漫主义作家与当时社会现实不相协调而产生的精神状态，有贵族倾向的作家和资产阶级作家都借助此种情感态度表达对时代潮流的不满，进而流露出典型的"世纪病"特征。

总体来看，浪漫主义文学是西方文学文化史上人类第一次对文化与文明进行自觉疏离与反叛，同时也是人类对精神自由与个性独立的大胆追寻。如果说文艺复兴文学发现了人的价值，那么浪漫主义文学则发现了人类内心深处的自我。浪漫主义作家所关心的不再是这个世界与社会的外部形态，而是如何用自我的内心来反映并照亮这个世界与社会，并在此过程中凸显创作主体的艺术个性。

三、文学对19世纪初期西方社会问题与社会面貌的回应

第一，受法国大革命及其后续一系列重大政治事件的影响，艺术化反映社会政治状况，揭露封建社会的黑暗现实，表达争取民族自由独立的愿望与呼声。

法国的浪漫主义文学受大革命的影响，具有鲜明的政治色彩。弗

朗索瓦-勒内·德·夏多布里昂（1768—1848）和斯塔尔夫人（1766—1817）是法国早期浪漫主义文学的代表。夏多布里昂在短篇小说《勒内》中塑造了欧洲文学史上第一个患"世纪病"的典型人物形象。"世纪病"实际上是一种人物患上忧郁症的表现，主要是指在大革命后一些具有贵族倾向的知识分子感到前途迷茫、在现实生活中失去理想并缺乏行动的能力。浪漫主义崇尚自由，自由意志的极度膨胀势必导致个人形成以孤独忧郁为症候的"世纪病"。斯塔尔夫人的文学创作和理论主张则具有明显的民主倾向，其代表性的论著《论文学》（1800）和《论德国》（1813）论证了浪漫主义文学存在的合理性，为法国浪漫主义文学的发展起到了重要的推动作用。在夏多布里昂和斯塔尔夫人的倡导和推动下，19世纪20年代前后法国文坛出现了阿尔封斯·德·拉马丁（1790—1869）、阿尔弗雷·维尼（1797—1863）、维克多·雨果（1802—1885）、阿尔弗雷·德·缪塞（1810—1857）等一批浪漫主义诗人。拉马丁的《沉思集》（1820）是法国浪漫主义诗歌的重要开篇，其中描写爱情与自然的诗篇情感真挚，充满忧郁的情调和色彩。维尼擅长哲理诗，其诗作《古今诗集》（1826—1837）等不满现实，展现出浪漫的悲天悯人情怀。缪塞的《四夜组诗》（1835—1837）情感真挚，展现失恋的痛苦，艺术手法梦幻而成熟。此外，女性小说家乔治·桑（1804—1876）也是法国浪漫主义文学发展历程中的重要作家。她在《安吉堡的磨工》（1845）、《魔沼》（1846）等小说中批判了资本主义的罪恶，展现了下层人民的生活与命运、欢乐与痛苦。

俄国的浪漫主义文学虽然出现较晚，但受1812年反拿破仑侵略战争以及1825年十二月党人起义的影响，具有强烈的民族性和战斗性，俄罗斯民族特色异常鲜明。茹科夫斯基（1783—1852）是第一位将英国诗歌译介到俄国的抒情诗人，对俄国浪漫主义文学的形成起到了重要作用。他的诗歌创作受感伤主义的影响，善于描写人的内心世界和自然风光，注重抒情的同时也擅长从俄罗斯民间文学中汲取养料，对后世作家影响巨大。莱蒙托夫（1814—1841）被誉为俄罗斯"民族诗人"，其在《童僧》（1839）、《恶魔》（1829—1841）等长篇叙事诗中通过塑造叛逆的英雄形象来反抗俄国暴政，在俄国浪漫主义文学运动中起到了承前启后的关键作用。

东欧的浪漫主义文学与俄国相似，以反对异族的奴役、争取民族的独立为主题，波兰的亚当·密茨凯维奇（1798—1855）和匈牙利的裴多菲（1823—1849）最具代表。前者的长篇叙事诗《塔杜施先生》（1830）以反对沙俄入侵和争取国家独立为主题，被誉为"波兰的民族史诗"。后者的长篇叙事诗《雅诺什勇士》（1844）等通过理想的英雄形象的塑造和革命精神的颂扬，反映了匈牙利人民的迫切要求，发出了争取自由的时代最强音。

第二，将自然风光的美好神秘与资本主义丑恶现实对照，忆古思今，表达对现实社会的不满与批判态度以及对现实的逃避心态，揭示启蒙理想破灭后失望迷茫的社会心理和资产阶级青年知识分子的精神危机。

英国的浪漫主义文学体现了对山水的热爱和对自然的向往。"湖畔派"是英国早期浪漫主义文学运动中最为重要的诗歌派别，其代表性人物包括威廉·华兹华斯（1770—1850）、萨缪尔·柯勒律治（1772—1834）和罗伯特·骚塞（1774—1843）。这一派别寄情山水，歌颂大自然，同情法国大革命，对资本主义工业文明的发展和金钱社会感到不满，表达出对中世纪的强烈缅怀，并因其常年在英格兰坎布里亚郡的湖畔居住而得名。"湖畔派"诗人中成就最大的当属华兹华斯，1789年他和柯勒律治合作出版的《抒情歌谣集》被视为英国浪漫主义文学兴起的标志。除了"湖畔派"诗人，英国早期浪漫主义文学的重要作家还包括罗伯特·彭斯（1759—1796）和威廉·布莱克（1757—1827），他们以苏格兰民歌为蓝本创作诗歌，展现了浪漫主义诗歌的抒情性以及对现实社会的不满与批判。

德国是浪漫主义文学的发源地，由于其当时特定的时代环境，导致德国社会形成了严重的压抑沉闷的氛围。加之德国古典哲学的影响，不少知识分子开始向精神领域寻求寄托，以表达对社会现实的不满并探索实现理想的途径。这样，带有浓厚神秘色彩和悲观情绪的浪漫主义文学逐渐在德国形成。以奥·施莱格尔（1767—1845）和弗·施莱格尔

（1772—1829）两兄弟以及诺瓦利斯（1772—1801）和路德维希·蒂克（1773—1853）等为代表的"耶拿派"成为德国早期重要的浪漫主义文学派别，他们因集居耶拿并创办杂志《雅典娜神殿》而闻名。他们主张浪漫主义才能是无限与自由的，强调文学创作要放纵主观幻想，并与宗教紧密结合。因此，德国早期的浪漫主义文学往往带有强烈的神秘虚幻色彩。诺瓦利斯在《夜的颂歌》（1800）中通过对早逝的未婚妻的悼念，歌颂了死亡与黑夜，在悲观的情绪中展现了对生命的执着与热爱。蒂克则在小说《威廉·洛厄尔》（1795—1796）中描写了一个英国青年的堕落。他把主人公的精神空虚、利己主义和道德沦丧说成是自由思想即启蒙主义思想影响的结果，表现出明显的反启蒙主义倾向。在另一部小说《弗兰茨·斯坦恩巴尔德的漫游》（1798）和其他作品中，他又美化封建骑士制度，以中世纪所谓"牧歌生活"同现代生活相对立，表达出将封建时代理想化的强烈倾向。继"耶拿派"后，德国后期浪漫主义又先后在海德堡和柏林等地形成新的中心，其中具有国际影响的浪漫主义作家包括霍夫曼（1776—1822）等。

第三，颂扬精神自由与个性解放，凸显作家的创作个性，表达爱国热情与民族自豪感，并以文学为载体形式达成民族身份的认同。

继"湖畔派"诗人之后，真正将英国浪漫主义文学推向高峰的是乔治·拜伦（1788—1824）和波西·比希·雪莱（1792—1822），他们的作品在更具战斗意识和政治倾向的同时，也更加凸显诗人的创作个性。雪莱是英国诗歌史上第一位表现出空想社会主义理想的诗人。他的诗歌大都以歌颂大自然、理想、爱情、人生为主题，给读者以积极向上的力量，充分展现个体乃至民族的自豪感，不仅气势磅礴，而且象征性极强。他的诗剧代表作《解放了的普罗米修斯》（1819）在塑造象征"解放"和"大同"的英雄形象普罗米修斯的同时，传达出人类对于无拘无束、自由自在的理想社会的向往。诗剧借助古希腊神话和埃斯库罗斯悲剧的题材内容，表达了当时欧洲社会广大人民群众以及资产阶级希望以暴力的方式推翻封建专制统治的决心与力量，以及对于没有压迫的理想社会的强烈向往，浪漫色彩异常鲜明，人物个性异常突出。

19世纪欧洲大陆的浪漫主义文学发展还波及了大洋彼岸的美国。在获得独立之后，19世纪初期的美国，自由资本主义经济正处于上升时期，其在政治、文化等方面的强烈愿望与此时的欧洲浪漫主义文学精神十分吻合，在此背景下，美国的文学发展汇入了浪漫主义的世界潮流。美国的浪漫主义文学分为前后两个时期，前期的主要作家包括华盛顿·欧文（1783—1859）、詹姆斯·费尼莫·库柏（1789—1851）以及爱伦·坡（1809—1849）等，后期的作家则主要包括纳撒尼尔·霍桑（1804—1864）、沃尔特·惠特曼（1819—1892）和赫尔曼·梅尔维尔（1819—1891）。华盛顿·欧文被誉为"美国文学之父"，他和库柏一起共同成为美国文学的先驱。他们的创作以展现美国的自然风光和风土人情、再现新兴的美国社会面貌为主要题材内容。其中欧文的《见闻札记》（1820）展现了美国生活气息浓厚的社会面貌，是一部浪漫主义色彩浓厚的短篇小说集。库柏通过开创美国边疆传奇的系列小说《皮袜子故事集》（1823—1841）展现了美国西部边疆的生活图景，充满了神秘莫测的浪漫氛围。而爱伦·坡则以凶杀、死亡、复仇等为小说主题，将哥特小说和侦探小说形式有机融合，使读者通过艺术欣赏获得感官刺激，实现灵魂的升华。霍桑是19世纪美国影响力最大的浪漫主义小说家，他在《红字》（1850）中大量运用象征手法，猛烈抨击了清教徒统治时期的黑暗现实，从赞扬女性美好品质的角度实现了美利坚民族的身份认同。作为美国现代文学的鼻祖和最为杰出的浪漫主义诗人，惠特曼在《草叶集》（1855—1892）中通过对"自我"和民主的歌颂，唤醒了美利坚的民族意识，开创了美国诗歌的新方向。而梅尔维尔通过《白鲸》（1851）等作品展现了美国变动时代中的社会思想和情感，堪称美国想象力最为辉煌的艺术表达。

第二节 拜伦的《唐璜》

乔治·戈登·拜伦（1788—1824）是引领英国浪漫主义诗歌的一代

宗师,他艺术创作个性鲜明,生性热爱自由,富于反抗精神,作品充满激情和战斗力。鲁迅在《摩罗诗力说》一文中曾高度赞扬拜伦,称其为"摩罗诗人"和"摩罗精神"的宗主,强调他"既喜拿坡仑之毁世界,亦爱华盛顿之争自由,既心仪海贼之横行,亦孤援希腊之独立,压制反抗,兼以一人矣"。[①]

一、拜伦的生平与主要作品

1788年1月22日,拜伦出生于伦敦的一个落魄的贵族家庭,父亲出身没落的英格兰世家,母亲出身苏格兰豪门。他的父亲将母亲陪嫁的财产挥霍干净后,为避债而逃亡,最后死于异乡。拜伦跟随母亲过着贫困而孤寂的童年生活。十岁时,拜伦继承了家族爵位和产业,成为拜伦家族的第六世勋爵。父母离异、母亲独自养育他的特殊家庭环境、加上他本人先天的生理残疾,这一切都使得拜伦愤怒、痛苦和敏感,给诗人的心灵留下了永远难以抚平的创伤。拜伦后来狂荡不羁的性格与此有着密切的联系,同时这也深刻影响着他日后文学创作的基本主题和艺术格调。

继承爵位之后的拜伦移居到当时英国最大的工业中心之一诺丁汉郡,在这里,他亲眼看见了产业革命给英国社会阶级结构带来的巨大变化。1801年拜伦开始就读于哈罗中学,1805年毕业后在剑桥大学学习文学和历史,获得硕士学位。在学校学习期间拜伦阅读了大量的文学、历史和哲学著作,并热衷于演讲,但他却始终对这两所贵族学校的教育方式颇为不满,周围现实生活的残酷、空虚和伪善引起他深刻的怀疑与悲哀,使得他对生活采取嘲笑和鄙夷的态度。1812年,英国国会制定了"编织机法案",规定凡破坏机器者一律处以死刑,拜伦对此义愤填膺,开始为工人辩护,他的这种政治倾向和反叛的立场招来英国上流社会的忌恨。加之正当此时,拜伦的妻子离家出走,这为攻击者提供了"围剿"拜伦

[①] 鲁迅:《摩罗诗力说》,《鲁迅全集》第一卷,北京:人民文学出版社,1981年,第79页。

的"道德证据",最终拜伦于1816年4月被迫离开英国,来到瑞士。与妻女的分离以及自己被放逐的窘境使拜伦陷入痛苦,同时波旁王朝复辟后欧洲反动势力的加强也使诗人感到悲观。但所幸拜伦很快遇到了诗人雪莱,后者的乐观情绪影响并改变了他。1816年10月,拜伦移居意大利,并在那里一直停留至1823年秋天。在意大利期间,拜伦参加了烧炭党人的革命运动,钻研意大利的历史和文学,创作了大量的反映流亡生活和思绪的诗歌,这在很大程度上缓解了诗人的焦虑心态。1823年秋天以后,拜伦前往希腊。当时的希腊正在为反对土耳其的殖民统治而斗争,拜伦很快投入了新的战斗,并被委任为某支部队的总司令。但因过度劳累而致重病缠身,1824年4月19日拜伦在希腊病逝。

拜伦独特的性格和人生经历决定了他必然是位多产的诗人。他的主要作品包括读书期间创作的诗集《闲暇的时刻》(1807)、早期游历葡萄牙、西班牙、马耳他、希腊、土耳其等国家期间写成的《恰尔德·哈洛尔德游记》(1812),以反叛为主题的东方叙事诗《异教徒》(1813)、《阿比道斯的新娘》(1813)、《海盗》(1814)、《莱拉》(1814)、《柯林斯之围》(1816)、《巴里西纳》(1816),流亡期间写就的悲剧《曼弗雷德》(1816—1817)、诗剧《该隐》(1821)以及浪漫主义长诗《唐璜》(1818—1823)等。这些作品尽管题材类型广泛,但总体上强烈的主观抒情、辛辣的社会讽刺和鲜明的政治倾向性是它们的共同特点。

二、《唐璜》的艺术成就

长篇叙事诗《唐璜》是拜伦所有诗歌作品中最为经典的一部,尽管由于诗人早逝而导致作品未能最终完成,但诗作广博的内容、史诗般的艺术建构还是在很大程度上代表了浪漫主义时代欧洲诗歌艺术的最高成就。

唐璜是西班牙中世纪民间传说中的一个放荡不羁、无恶不作的纨绔子弟,也是"色鬼""恶棍"一类形象的代名词。但在拜伦的笔下他却被塑造成一个善良、勇敢、智慧的冒险家形象。拜伦笔下的唐璜与法国作家莫里哀（1622—1673）以及德国作家霍夫曼等人作品中的主人公截然不同，他出身高贵、相貌英俊、智慧勇敢、乐观向上，具有英雄气概。拜伦的英雄主义情怀和伦理思想，在他创作的《唐璜》中得到了淋漓尽致的展现。诗作深刻揭露了19世纪初期欧洲各国的黑暗腐败、封建专制的残暴、战争的灾难等，其中尤以对英国现实的批判最为鲜明。

长诗原计划写作二十四章，实际完成十六章，共计16000余行。诗作的第一章至第六章主要描写唐璜的身世、唐璜逃离故国在希腊与岛主女儿的恋爱经历，以及唐璜在土耳其奴隶市场上被贩卖等情节。第七章至第九章集中叙述唐璜从苏丹王宫逃脱，参加伊兹迈尔战役，并前往俄国的圣彼得堡。第十章至第十六章展现唐璜在俄国的奇遇以及他作为俄国女皇的使节在英国的活动情况。尽管《唐璜》没有完结不免令人有些遗憾，但就这部诗作已完成的部分来看还是取得了独树一帜的艺术成就。

首先，诗作以丰富的内容和气象万千的宏伟叙事塑造了以唐璜为核心的栩栩如生的人物形象。

在《唐璜》之前的叙事诗中，诗人所塑造的人物形象往往具有明显的"拜伦式英雄"的特征，即高傲而倔强、忧郁而痛苦、神秘而孤独，与社会格格不入进而对其进行彻底反抗。但唐璜这一形象却有所不同，他既没有恰尔德·哈洛尔德的忧郁与彷徨，也没有曼弗雷德的愤世与绝望，更没有该隐的反叛与叱咤风云，相反唐璜倒是多了几分乐天知命的达观、热情温柔的性格暖色、随波逐流的天性以及意志缺乏的软弱。他有时表现得异常勇敢，有时又很怯懦；有时大义凛然，有时又荒唐好色；有时情真意切，有时又逢场作戏；有时成为命运的宠儿，转瞬又被造化和环境所捉弄。诗人没有将唐璜塑造成一个完美的英雄形象，而是将其描绘成既有美好品质又有性格缺陷的普通人，这是《唐璜》较之拜伦以往叙事作品人物最大的不同，这种人物形象的描摹一方面展现了人物形象的复杂性和现实历史的真实感，另一方面也透过人物展现了世界的多样性，并为诗人在诗作中发表议论、抒发主观情感奠定基础、提供便利。

事实上，诗作不仅塑造了唐璜这一具有复杂多面品质的主人公形象，而且还提供了众多丰赡的人物群像，其中包括贵族、海盗、女王、宫女、议员、将军、政客、学者，等等，尤其是朱莉娅、大自然的女儿海黛、苏丹王妃等女性形象，她们不仅是众人倾慕的"美女"，而且往往都内心世界丰富，独具女性风韵，在诗作中显得格外耀眼。

其次，诗作以多维度的讽刺艺术揭露了当时英国社会的黑暗与丑恶现象。

有学者曾评价认为："英国的上流社会耽于享乐，过着奢靡、放荡的生活。他们肆无忌惮地干着见不得人的丑事，却彼此默契，互不披露。"①《唐璜》讽刺的对象主要是为利益而惺惺作态的英国上流社会的贵族们，拜伦运用强有力的讽刺手法把他们的丑恶嘴脸与战争的残酷、王宫中的淫乱以及大臣之间钩心斗角等情节描绘得淋漓尽致，生动地展现了当时欧洲社会虚假的爱情观和资本至上的金钱观。

诗歌以主人公唐璜的感情经历为主线，围绕唐璜的家庭生活和冒险经历进行叙述，对虚伪的爱情和婚姻进行了尖锐的讽刺。在诗作的开篇处，诗人首先描写了唐璜父母的婚姻。唐璜的父亲是一位西班牙贵族，但总是一副无所事事、悠闲自得的样子，而母亲却是一位举止端庄、学识渊博的大家闺秀。两人形象的天差地别，为这段不幸的婚姻生活埋下了伏笔。唐璜父母的感情并不和睦，但在人前却装作恩爱夫妻，最后他们终于在相互折磨中死去。对此诗歌写道："不是离婚就是死，他选择了后者。"诗作以诙谐的语言来讽刺唐璜父母虚伪的爱情和这段貌合神离的婚姻，同时也间接讽刺和批判了当时资本主义社会贵族阶层虚假的婚姻状态。其次，诗人通过描写主人公与众多女性的感情问题来讽刺情感的虚伪与丑恶。朱莉娅诱导唐璜打开情感世界的大门，事情败露后，唐璜的母亲为了遮羞，竟然强迫唐璜登上了逃避现实的船。拜伦刻意把唐璜晕船和阅读朱莉娅书信的场面并置在一起加以对比，讽刺朱莉娅对于唐璜的感情纯属满足自己的私欲。最后，诗人又通过主人公辗转多地的爱

---

① 杨江柱、胡正学主编：《西方浪漫主义文学史》，武汉：武汉出版社，1989年，第262页。

情冒险经历，开启了更深层次的讽刺，其中对封建专制的暴虐和奴隶市场交易内幕的揭露更是鞭辟入里。

拜伦对于婚姻和女性的讽刺与他的亲身经历有着密切关系。从拜伦个人的情感经历来看，母亲、初恋女友、妻子都曾给拜伦带来不同的情感创伤。诗作对唐璜父母的婚姻、唐璜与朱莉娅之间的感情进行挖苦与讽刺，披露他们虚伪的面目，批判他们内心的自私与阴险，一方面带有诗人强烈的自传色彩，另一方面则意在通过对婚姻、女性的讽刺，深刻揭示出上层贵族社会对待感情的虚伪和唯利是图的利益心，进而艺术化展现当时英国社会的各种丑恶现象以及人性的自私、虚伪。

再次，诗作以多样化的叙事手法呈现出精彩绝伦的艺术风格与艺术效果。

作为长篇叙事诗的代表作，《唐璜》的叙事时间虚实交错，语言简洁精练。故事的叙述者既包含"局外人"视角，也包含"局中人"的独特观察，还包括诗人插入的议论，这样的叙事安排使诗歌内容丰富多彩，艺术效果引人入胜。

《唐璜》在叙事时间问题上呈现出虚实结合的鲜明特征。从表面上看，诗作是随着时间推移的顺序将唐璜的冒险历程——叙述，并没有什么特别之处。但仔细考量与审视后，可以发现诗作中的时间与传统叙事作品的时间呈现有所不同，既有明确的物理时间顺序，也有对时间的模糊处理，二者交替呈现，虚实互补。例如诗作第二章关于海难的描写，诗人便连续使用清晰的时间记述，"那么第二天还能吃什么呢""到了第四天，水上不见一缕风""第七天依然没有风"，这种对现实时间的详细记述能够充分让读者自动产生画面感，了解人物被困海上的日期及在海上食不果腹的艰苦生活，从而产生使读者身临其境的艺术效果。同时诗作中也有类似"有那么一天，是夏季的某一天""我乐意在日期上力求说的精准，某个世纪，某年，某月，某日自不必说"这样模糊的时间表述，与具体的时间表达形成了一种直接的对比，使得诗歌中后半部的叙述没有了清晰的时间线，而是以地点和场景的转换取代时间流变，继续叙述主人公的旅程。诗作这种富于变化的结构使读者在"清晰"与"模糊"的时间交错的整体艺术氛围中感受变换与惊喜,可谓匠心独具、曲尽其妙。

《唐璜》中的"局外人"和"局中人"的双重叙事视角加上诗人本人的插叙,也显得独具特色。作为主要叙事者的"局外人"把人物刻画得栩栩如生,并构建起了故事的大框架。同时,诗作中还有一个"局中人",即主人公唐璜,他以角色的话语进行故事情节的叙述,推进内容的展开。与"局外人"客观的态度相比,作为"局中人"的唐璜的叙述充满了冲动和天真的气息。此外,诗作中还有占据一半篇幅的诗人的议论,这些段落带有他强烈的个人情感,对于展现诗人心理与精神世界起到了不可忽视的作用。

《唐璜》还运用了抒情与写实相结合的叙事风格。诗作赞扬美丽的大自然,歌颂远古遗迹以及异国风情,具有浪漫主义因素。与此同时,诗作还有对欧洲上层贵族社会的虚伪封建思想、封建专制暴虐进行大胆揭露的写实叙事。浪漫主义因素和写实主义手法交替出现,此起彼伏,再加上错落的叙事构造,充分引起读者的兴趣,从而在张弛有度的推进中令读者忘却阅读的审美疲劳。

最后,简洁有力的语言和别出心裁的诗体形式构成了诗作卓尔不群的新亮点。

《唐璜》语言简洁,设计独到,采用了英语的口语体,又不局限于平常的句子章法,不咬文嚼字,更加通俗易懂,使诗歌更具活力。诗人还采用了意大利史诗中的"八行三韵体",这使诗作佳句频出,讽刺与批判的效果也随之得到加强。此外,诗作的节奏也灵活多变,加上优美、铿锵的斯宾塞九行体,整体上显得风趣隽永,洒脱晓畅。

总体来看,《唐璜》是拜伦一生创作中带有总结性质的诗作。诗人以罕见的天赋对欧洲民间文学传统中旧有的人物形象加以创新性改造,同时将叙事和抒情巧妙融合,并使两者保持微妙的平衡,从而达成了故事讲述、叙事推进和整体风格三者的完美统一,堪称浪漫主义长诗的典范。

第三节　雨果的《巴黎圣母院》

维克多·雨果（1802—1885）是 19 世纪法国浪漫主义文学运动的领袖，在诗歌、小说、戏剧等诸多领域都有很高的造诣，享有崇高的威望和地位，被誉为"法兰西的莎士比亚"。

一、雨果的生平与主要作品

1802 年 2 月 26 日，雨果出生于法国的贝尚松，他的父亲是拿破仑麾下的军官，母亲是坚定的保皇党人。幼年时期的雨果曾跟随父亲行军去过意大利、西班牙等地，随后跟随母亲移居至法国巴黎。幼年时期的雨果便显现出了对文学的特别爱好，尤其对法国浪漫主义文学的先驱夏多布里昂推崇备至。在雨果幼小的理念和志向中他早已下定决心，"要么成为夏多布里昂，要么一事无成"。[1]

青年时期的雨果开始进行诗歌创作，但思想上较为保守。19 世纪 20 年代，他的第一部诗集《颂歌和民谣集》问世，随后他和缪塞等浪漫主义诗人组织了第二文社。这一时期的雨果受到自由主义思潮的影响，政治立场逐渐由保皇主义转向了自由主义。1827 年，雨果发表了《〈克伦威尔〉序言》，这被认为是浪漫主义文学的宣言书，从此他一跃成为法国浪漫派的领袖。雨果在这篇洋洋洒洒的雄文中提出了著名的"美丑对照"原则："丑就在美的旁边，畸形靠近着优美，丑怪藏在崇高的背后，美与恶并存，光明与黑暗相共。"[2] 这条原则自此一直指导着雨果的文学创作，在其日后的诗歌和小说作品中都有明显的表现。1830 年，雨果的戏剧《欧那尼》上演，标志着浪漫主义彻底战胜了古典主义，他也随之成为法国文坛上耀眼的新星。

---

[1] 闻家驷：《雨果的诗歌》，《国外文学》1985 年第 3 期，第 1—24 页。
[2] 维克多·雨果：《雨果论文学艺术》，柳鸣九译，石家庄：河北教育出版社，1999 年，第 35 页。

19世纪30年代前后，雨果主要集中精力进行文学创作，尤其是在诗歌领域取得了较大的成就。进入40年代，雨果的整个文学创作进入了相对低潮期，于是他力图在政治和社会领域有所作为。1841年，雨果进入了法兰西学士院；1845年，雨果被册封为贵族院议员。1848年革命改变了雨果的政治态度，他为人民鸣不平，为受压迫者疾呼，成了一个坚定的共和主义者。1851年，路易·波拿巴发动政变，雨果因参与抵制活动而在希望破灭后被迫流亡国外长达近二十年。1852年雨果避居英国泽西岛，1855年又迁移至盖纳西岛。流亡期间，雨果心念祖国，始终没有放弃写作，用文学继续进行斗争，从而成就了其文学创作最为丰盛的时期。

1885年5月22日，雨果因肺充血在巴黎逝世；6月1日，法国为其举行国葬，遗体被安葬在先贤祠。

雨果作为一个涉猎广泛的文学大师，在戏剧、小说、诗歌等各领域都留下了颇丰的作品。在戏剧方面，主要包括《国王取乐》（1832）、《吕克莱斯·波基亚》（1833）、《玛丽·都铎》（1833）、《安日洛》（1835）、《吕依·布拉斯》（1838）等；在小说方面，主要有《冰岛恶魔》（1823）、《布格－雅加尔》（1826）、《巴黎圣母院》（1831）、《悲惨世界》（1862）、《海上劳工》（1866）、《笑面人》（1869）、《九三年》（1874）等；在诗歌方面则包括《东方集》（1829）、《秋叶集》（1831）、《晨夕集》（1835）、《心声集》（1837）、《光与影集》（1840）、《惩罚集》（1853）、《静观集》（1856）、《林园集》（1865）、《凶年集》（1872）、《祖父乐》（1877）、《精神四风集》（1881）等。

作为伟大的诗人，雨果开拓了浪漫主义诗歌题材的新领域，在他的笔下，什么都可以入诗，讽刺、抒情、写景、咏史应有尽有。同时，雨果擅长将美丑对照原则应用于诗歌创作，通过意象等的强烈对比起到意想不到的艺术效果。同时，在艺术方面，雨果的诗歌想象力异常卓绝，不仅气势恢宏，而且风格阔达，注重同位语隐喻的使用而产生的非凡艺术张力。

不仅在诗歌领域，雨果在小说领域同样也是浪漫主义的集大成者。

他的小说善于塑造下层人物的形象，展现他们朴实善良、富有正义感的美好品质。在细致刻画下层人物心理、行为的同时，雨果还通过小说史诗般地再现法国的社会和历史，展现人与自然、人与社会乃至人与自我的搏斗。而在艺术方面，雨果同样将美丑对照原则运用于小说创作之中，在人物形象塑造方面通过外貌与内心的对比来展现人性的善恶，既为后世小说创作开辟了一条表现人物精神世界的新路径，又使得小说情节的发展具有了美学上的意义和价值。

二、《巴黎圣母院》的艺术成就

雨果在创作长篇历史小说《巴黎圣母院》时，正值七月革命爆发，受此影响，这部小说可以说是一曲反封建的悲歌。故事发生在15世纪的巴黎，巴黎圣母院副主教克洛德·弗罗洛追逐吉卜赛女子爱斯梅拉达，他的爱是在虚伪的外表下掩盖的罪恶的情欲；而驼背的撞钟人卡西莫多虽然外形丑陋，但他的爱却真心实意。雨果在这里宣扬了爱情和仁慈可以创造奇迹、改变人的精神面貌的人道主义思想，同时对中古教会的黑暗与罪恶进行了无情的揭露。总的来说，小说展现出了卓越的艺术成就。

首先，通过人物性格的刻画与情节设计的展现，小说呈现出浓重的悲剧氛围。

作为一部彻头彻尾的悲剧性小说，《巴黎圣母院》从开篇到结尾无不充斥着悲情色彩。雨果采用独具匠心的艺术构思，通过刻画个性鲜明的爱斯梅拉达与其他主要人物之间的关系，将他们的爱情与命运悲剧生动地展现出来。

从刻画人物的角度来看，女主人公爱斯梅拉达是一位天性善良、能歌善舞、富有同情心的吉卜赛少女，无论是从内心还是从外形上来看她都是美的化身。但小说却为她安排了阴差阳错的人物命运，从而导致了她的爱情悲剧。小说中围绕爱斯梅拉达的人物命运集中安排了几个重要的人生场景，包括偶遇副主教克洛德·弗罗洛、被别有用心之人劫持、军官费比斯"英雄救美"、爱斯梅拉达对费比斯一见钟情，等等。在这些人生场景中，克洛德·弗罗洛因为贪恋爱斯梅拉达的美貌而起邪念，费比斯对爱斯梅拉达始乱终弃。与这两个人物相比，爱斯梅拉达心地善良、对爱情充满期望，犹如飞蛾扑火般义无反顾陷入爱情之中。对比之下，读者可以深切感受到本该拥有美好爱情的少女被无情地泯灭在自己的爱情世界里的悲痛。

与外表光鲜的克洛德·弗罗洛和费比斯相比，虽然卡西莫多在小说中是一个外貌丑陋、身体残缺的敲钟人，但内心却无比善良、正直。小说中的卡西莫多一出场就是悲剧性的，他是一个弃婴，在复活节之后的第一个星期日在巴黎圣母院门口被人发现，继而被虚伪、奸诈、好色的克洛德·弗罗洛收养。小说中交代，身世悲惨的卡西莫多在弗罗洛的指使下挟持了爱斯梅拉达，并为此在广场上接受鞭笞。但在他口渴难耐之际，爱斯梅拉达不计前嫌，主动给他水喝。爱斯梅拉达的这一举动深深触动了卡西莫多，使他为了爱斯梅拉达可以牺牲一切，这也就注定了卡西莫多的悲剧。故事的结尾，当卡西莫多看到爱斯梅拉达被绞死，他毫不犹豫地将克洛德·弗罗洛从塔顶推下，这也意味着他同时将自己推向了无尽的深渊。

小说中还有一个悲剧性人物也值得关注，即副主教弗罗洛。小说中交代，弗罗洛从小接受良好的宗教教育，是一个勤奋好学、学识渊博的青年，他还收养了当时丑陋、残缺的弃婴，并为他取名卡西莫多。但当他遇到美丽的爱斯梅拉达后，逐渐暴露出了人性黑暗的一面，他想占有爱斯梅拉达，这种极端的占有欲造成了他的人生悲剧。小说中弗罗洛的形象在青年时期和中年时期有着巨大反差。青年时期的他刻苦好学，沉浸在辞典和弥撒书的影响之中。辞典给了他知识，弥撒书却蒙蔽了他的心灵，这直接导致中年时期的他阴险卑鄙、为达目的不择手段。在此意义上，是社会环境逐步改变了弗罗洛，使得他最终成了教会体制的牺牲品和巴黎圣母院悲剧的罪魁祸首。

而就情节构思和设计角度来看，小说主要围绕一个"悬念"和两次不公正的审判来呈现悲剧意蕴。关于女修士的悬念贯串小说始终，她究竟是谁，为何仇视爱斯梅拉达，直到小说结尾真相才被揭开。小说中交代，原来女修士的女儿被埃及人所偷，因此她开始憎恨埃及人，这成为她从一开始就讨厌并诅咒爱斯梅拉达的原因。可随着小说情节的展开，女修士发现她一直诅咒的爱斯梅拉达竟然是自己的女儿，这个"发现"使母女相认，也使小说情节发生了"突转"。失散多年的母女在"荷兰塔"意外重逢，但是生离旋即变成死别，这巨大的情节反差凸显了小说的悲剧色彩。

小说中的两次不公正的审判主要指向卡西莫多和爱斯梅拉达。卡西莫多在副主教弗罗洛的指使下绑架爱斯梅拉达未遂而被送上法庭，从而导致了一场荒唐的审判。这场审判的主审法官缺席，由耳聋的助理主持，卡西莫多因此被直接定罪。随后，卡西莫多在广场被公开鞭笞并受尽凌辱，却因爱斯梅拉达的帮助而感受到了人间大爱，这为卡西莫多后来的人生悲剧埋下了伏笔。而爱斯梅拉达与费比斯约会时，嫉妒成恨的副主教弗罗洛用刀将费比斯刺伤并嫁祸给爱斯梅拉达，由此爱斯梅拉达被送上法庭并屈打成招，导致最终的人生悲剧结局。小说中的这两场审判充分反映了教会体制下司法的腐败与不公，作家暗示出这是造成人物悲剧命运的重要原因之一。

其次，通过完美的对照手法的运用，小说展现出栩栩如生的人物形象及其内在品质特征。

雨果在《〈克伦威尔〉序言》中提出的"美丑对照"原则在小说《巴黎圣母院》中被运用到了极致，这突出表现在人物形象对照和爱情观对照两个方面。

在人物形象对照方面，爱斯梅拉达与卡西莫多、卡西莫多与费比斯、卡西莫多与弗罗洛之间都形成了鲜明的比较。面容姣好的爱斯梅拉达十分善良且富有同情心，在她身上体现的是外表与内心的一致性。而卡西莫多则是"外丑内美"的形象，在四面体鼻子、马蹄形嘴巴、独眼、驼背、耳聋、跛脚的外在形象下有一颗被爱斯梅拉达唤醒的温暖善良的心。相比于卡西莫多，浪荡军官费比斯则是"外美内丑"的形象，他外表虽然英俊潇洒，但内里却是一位无情无义、冷酷虚伪、风流成性的伪君子。此外，小说在卡西莫多与弗罗洛、爱斯梅拉达与弗罗洛之间也形成了对照关系。与知恩图报、甘愿奉献的卡西莫多相比，弗罗洛简直就是一个不折不扣的魔鬼和迫害狂。他不仅卑鄙无耻地利用卡西莫多来达成占有爱斯梅拉达的目的，而且还嫁祸给爱斯梅拉达，最终在偏执的欲望中将爱斯梅拉达与他自己都燃烧殆尽。而爱斯梅拉达与弗罗洛之间的对照更是鲜明，分明就是善与恶、纯洁与虚伪、光明与黑暗的极端显现。

小说通过人物内在品质的对照，也凸显了他们不同的爱情观。在爱斯梅拉达心中，爱情是纯洁而神圣的，所以她会全身心地去爱费比斯，无怨无悔、甘愿奉献，甚至在听到费比斯死去的消息时想要随他一起而去。相较于爱斯梅拉达飞蛾扑火般的纯洁爱情理念而言，费比斯、弗罗洛和卡西莫多的爱情观显得有些世俗和复杂。费比斯只是贪恋爱斯梅拉达的美貌，一时兴起才去追求她，并没有想和爱斯梅拉达这个一无所有的女人一直走下去。费比斯可以为了表妹的丰厚嫁妆和贵族地位同意结婚，说明他仍是一个将金钱和地位摆在爱情前面的人。弗罗洛对爱斯梅拉达的爱既疯狂又变态而极端。他对爱斯梅拉达并不是真正的爱情，而是一种病态的、极端自私的占有欲。而卡西莫多则是被爱斯梅拉达的善良所感动，知恩图报的他对爱斯梅拉达更多的是一种父亲般的呵护之爱，进而这种特殊的爱又转化为自我牺牲、悲天悯人的精神。

再次，人道主义思想贯穿整部小说，成为最重要的思想主线。

小说《巴黎圣母院》创作阶段，雨果的人道主义思想尚未完全形成，作家仅仅以人性、自然等作为反封建斗争的武器，因此，雨果这一时期的人道主义思想"以否定旧的社会制度的形式而出现，呈现着一种单纯的美"。[1] 具体来说，作家的人道主义思想在小说中主要体现为对真善美的弘扬以及对博爱精神的推崇与讴歌。

小说对真善美的弘扬既集中展现在人物身上，也细致入微地体现于

---

[1] 邱运华：《雨果的人物形象对立面转化系列》，《外国文学研究》1987年第1期，第31—34页。

情节和结局之中。小说中的爱斯梅拉达就是真善美的化身，而通过其与恶和丑的其他人物的对照，小说歌颂了底层劳动人民的善良与牺牲精神。可以说，包括爱斯梅拉达、卡西莫多在内的社会底层人民是作家人道主义思想的代言人。而小说的故事情节与最终结局则展现了真善美斗争假恶丑的历程，体现出善恶有报的因果循环论及人道思想。

对博爱精神的推崇和讴歌是小说人道主义思想展现的又一重要维度。爱斯梅拉达对费比斯的爱情，爱斯梅拉达对卡西莫多的同情，卡西莫多对爱斯梅拉达的呵护，弗罗洛对卡西莫多的抚育以及卡西莫多对弗罗洛的感激，整部小说中的人物和情节都被博爱的精神所环绕，这使得小说处处充盈着人道主义的博爱思想。

最后，浓郁的浪漫主义色彩是小说的又一鲜明特色。

《巴黎圣母院》故事情节大胆奇特、扑朔迷离。小说中关于爱斯梅拉达身世的描写可谓充满反转，具有强烈的戏剧性。小说中交代，爱斯梅拉达并不是埃及人，而是法兰西人的私生女，出生后不久被埃及人偷换带走，留下来的恰巧是容貌丑陋、身体残疾的卡西莫多。富有戏剧性的是，长大后的卡西莫多竟然与爱斯梅拉达相遇，两人之间还发生了很多人生交集和故事。小说还讲述，爱斯梅拉达的母亲在寻觅女儿多年后通过一双绣花鞋认出了女儿，可这时作为女儿的爱斯梅拉达却对她充满了厌恶。小说中的这一系列离奇的故事情节都展现了作家浪漫主义的情节构造与叙事安排。

《巴黎圣母院》还集中设计了悲中有喜、喜中有悲的人物和故事场景来展现浪漫风格。在人物方面，副主教弗罗洛的弟弟约翰让读者印象深刻，作家使用口语化的短句、感叹句等来描写他的幽默与戏谑，从而使这一仅仅出场五次的人物却为小说增添了不少浪漫喜剧的氛围。而在故事场景方面，尤其是小说的结局，悲壮之中极尽浪漫。小说写道，当爱斯梅拉达被绞死后，卡西莫多也从巴黎圣母院消失了。后来人们在尸体堆里发现一具脊柱畸形的骷髅紧紧拥抱着一具女尸。当人们想把骷髅与女尸分开时，骷髅霎时化作了尘土。这样的结局，在充满夸张的同时，艺术化展现了作家独特的浪漫主义思想。

总体来看，雨果的《巴黎圣母院》打破了以往古典主义的桎梏，以高超独特的艺术表达和深厚的人道主义思想，成为浪漫主义文学的一座不朽丰碑，在震撼人的心灵的同时，社会意义影响深远。

第六章 19 世纪现实主义文学

第一节 按照生活的本来面貌再现生活

19 世纪 30 年代以来，西方社会发生了剧烈的变化。这一时期，西方资产阶级取得了广泛胜利，各国资本主义有了进一步的发展，资产阶级统治地位得到巩固和加强，随之社会阶级矛盾也日益尖锐。在资本主义经济影响下，金钱成为衡量价值的唯一尺度，人与人之间的关系趋于恶化，社会矛盾重重。与此同时，自然科学和哲学也取得了长足的进步，其思想观念开拓了人们的视野，并为文学创作提供了新思路，冷静务实也成为社会的主要心理。作为 19 世纪欧美文学主流的现实主义文学正是在这一时期逐渐孕育、发展起来的。

现实主义文学首先出现在西欧的法国和英国，随后波及俄国、美国等地。它以语言符号为工具，以社会现实为指称，按照生活的本来面貌再现生活，准确、真实地展现人们所处的社会环境和时代，强调塑造典型环境中的典型性格，具有强烈的社会批判性，代表着欧美近代文学的高峰。

一、19 世纪 30 年代以来的西方社会问题与社会面貌

从政治斗争与社会形态来看，1830 年法国七月革命和 1832 年英国议会改革这两个标志性事件，使得西欧资本主义制度得以全面确立，西欧各国相继从封建制度过渡到资本主义制度。虽然资产阶级进一步加强了

统治地位，但与封建贵族的斗争并未完全结束。同时，资本主义残酷的经济剥削与政治压迫，暴露出其固有的社会矛盾，这直接导致无产阶级奋起反抗，先后爆发法国里昂工人起义、英国宪章运动、德国西里西亚工人起义三大运动。诚如恩格斯所说，从1830年起，"工人阶级即无产阶级，已被承认是为争夺统治而斗争的第三个战士"。[①] 在工人运动和斗争实践的基础上，马克思和恩格斯于1848年发表《共产党宣言》，科学地揭示了资本主义社会发展的客观规律，并预言了资本主义社会必将被社会主义社会所取代的历史趋势，这一宣言成为无产阶级革命的指路明灯。19世纪40年代末，德国柏林革命、意大利米兰起义、奥地利维也纳人民起义等一系列民族解放运动的发生，无不彰显出西欧民族民主解放热情的空前高涨。在革命民主主义思想鼓舞下，俄国也发起了反抗农奴制度与沙皇专制的斗争。而至50年代、60年代，随着西欧资本主义飞速发展，部分国家开始出现帝国主义特征，工人饱受剥削与压迫。在1857年波及全欧的资本主义经济危机过后，工人运动再次高涨。1864年9月，马克思和恩格斯建立了第一国际，这是科学社会主义同工人运动相结合的重要标志性产物。1871年巴黎公社诞生，无产阶级政权第一次建立，国际工人运动开启了历史新篇章。

　　从社会心理与文化价值观念来看，随着工业革命的展开，资本主义经济迅猛发展，人们的物质利益观念逐渐加强，道德观念渐趋淡薄，整个社会成为人们竞相追逐金钱与利益的角力场。人们的心灵在挣脱了封建束缚后，又陷入了金钱的桎梏。在激烈的竞争与互相倾轧的恶劣生存环境中，友情、爱情乃至亲情等道德伦理被人们漠视并亲手摧毁。诚如马克思和恩格斯在《共产党宣言》中所说："资产阶级在它已经取得了统治的地方把一切封建的、宗法的和田园诗般的关系都破坏了。它无情地斩断了把人们束缚于天然尊长的形形色色的封建羁绊，它使人和人之间除了赤裸裸的利害关系，除了冷酷无情的'现金交易'，就再也没有任何

[①] 恩格斯：《路德维希·费尔巴哈和德国古典哲学的终结》，中共中央马恩列斯著作编译局编译：《马克思恩格斯选集》第4卷，北京：人民出版社，2012年，第256页。

别的联系了。"① 这样的社会现实，使人们不得不以冷静的眼光重新审视自身的处境与人类的命运。

就社会科学与自然科学的发展来看，社会学作为一门独立学科产生于19世纪30年代，这使得人们可以对生产力发展所带来的急剧变化做出更为清晰的认知和更为有效的阐释。与此同时，自然科学也取得了重大成果，特别是物理学的发展给社会思想家与文学家以深刻的启示，即用自然科学的方法来研究社会问题与社会运行规律。此外，细胞学说、能量转化学说等理论创新进一步打开了人们的视野，转变了人们的思维方式，从而增强了人类征服自然和改良社会的信心。

总之，19世纪30年代以来，欧美主要国家所经历的一系列社会和历史变化促使现实主义文学发展日趋成熟，并逐步成为具有鲜明辨识度的重要文学思潮。

二、现实主义文学思潮与典型的塑造

19世纪上半叶逐步兴起的现实主义文学思潮是特定历史时期阶级斗争与社会困境的产物。冷峻的社会现实使得曾经的浪漫主义文学理想成为泡影，"人们终于不得不用冷静的眼光来看他们的生活地位、他们的相互关系"。② 现实主义文学要求真实地表现现实生活，典型地再现社会风貌，深入揭示与剖析社会矛盾与社会黑暗，由于它所具有的强烈的批判性与揭露性，这一思潮又被称为批判现实主义。尽管欧美各国的现实主义文学发展在时间上有先后，在具体的创作倾向上也各有侧重，但就整体来看，现实主义具有客观真实性、典型性和历史整体性三大明显特征。

首先，强调客观真实地反映生活，追求事物本来面貌的展现，是现实主义文学最本质的特征之一。

---

① 马克思、恩格斯：《共产党宣言》，中共中央马恩列斯著作编译局编译：《马克思恩格斯选集》第1卷，北京：人民出版社，2012年，第402页。

② 马克思、恩格斯：《共产党宣言》，中共中央马恩列斯著作编译局编译：《马克思恩格斯选集》第1卷，北京：人民出版社，2012年，第403页。

现实主义作家强调"按照生活本来的样子去反映生活",使文学具有了科学的精准性。与追求主观想象和抒发个人情感的浪漫主义不同,现实主义主张在作品中隐退"自我"但又不丧失"自我",个人的思想和感情要在具体情节描写与人物刻画中自然地流露出来。现实主义作家十分注重细节的真实,他们常常大量收集精准的事实材料,认为唯有真实的细节、具体的人物和事件以及历史的事实才能充分反映客观的社会生活,使读者产生身临其境的时间和空间效果。为达到这一效果,作家们往往要进行耐心而细致的观察,从大量的事实材料中择取最有意义的事件,将其归纳塑造成有机整体并艺术化展现出来。诚如匈牙利理论家卢卡契所认为的,现实主义要忠实地反映社会历史的总体性,掌控社会生活的各个方面,追求描写的广度和刻画的深度,发现事物内在的整体关系。美国理论家韦勒克则从对抗浪漫主义的角度来诠释现实主义的真实客观性成规,强调现实主义要排斥"虚无缥缈的幻想""神话故事""寓意与象征""高度的风格化"以及"纯粹的抽象与雕饰"。[1]

其次,重视人与社会环境的关系描写,塑造典型环境中的典型性格,这是现实主义文学又一重要特征。

恩格斯将现实主义文学的典型性表述为"除细节的真实外,还要真实地再现典型环境中的典型人物"。[2] 现实主义作家受自然科学与唯物主义哲学的影响,认为人是社会环境的产物,因此,在具体创作中就要从社会历史环境中塑造和刻画人物性格,反映时代风貌。以典型社会环境为背景,批判现实主义作家塑造了一系列封建贵族、地主和资产阶级的典型形象,以及一大批与社会格格不入、具有不同程度的叛逆精神的中小资产者形象。这些典型形象都十分贴近现实生活,在他们身上有着深刻的阶级与时代烙印。这些形象大多呈现为共性与个性的有机结合,他们的性格特征在各种矛盾冲突中随环境的变化而变化,具有动态的性质。

---

[1] 韦勒克:《批评的诸种概念》,丁泓等译,成都:四川文艺出版社,1988年,第230页。

[2] 恩格斯:《恩格斯致玛格丽特·哈克奈斯》(1888年4月),中共中央马恩列斯著作编译局编译:《马克思恩格斯选集》第4卷,北京:人民出版社,2012年,第590页。

典型环境决定着典型人物的发展,但典型人物在典型环境面前也并不是完全无能为力,在一定条件下,典型人物可以对典型环境发生反作用。典型环境与典型人物两者相互依存,在相互作用的张力中真实而深刻地再现社会现实及置身其中的人的形象。现实主义文学的典型性特征体现了特殊性和普遍性的辩证统一,并在很大程度上突出了环境决定人物的观念。

最后,提供特定时代的社会历史画面,展现社会生活的历史性与完整性,同时深刻揭露与批判社会现实,这构成了现实主义文学的第三个特征。

"伟大的现实主义作家的作品的内在真实性,在于这些作品是从生活本身中产生的,而它们的艺术特点是艺术家本人生活于其中的社会结构的反映。"[①] 在卢卡契看来,历史维度决定了现实主义文学的真实性,现实主义的"现实"既应该是具体的,又应该是有机统一的整体,即人物应该处于一个政治、经济和文化的总体现实中,将人与社会作为一个运动的有机整体加以描述,反映既普遍又丰富、联系的整体,唯有这样才能达到最充分的现实主义高度,进而获得全局性的整体真实张力。在高度关注社会生活历史性与完整性的同时,现实主义作家普遍痛心于被物化的社会,对现存社会制度的合理性产生怀疑,大胆且深刻地揭露社会问题与社会黑暗,怀着人道主义思想对下层人民表达深切的同情。虽然一部分作家对现实的批判陷入悲观与宿命的思想情绪之中,但他们作品的深远警世意义仍不可小觑。

三、文学对19世纪30年代以来社会问题与社会面貌的回应

第一,广泛反映社会现实风貌,真实再现阶级关系与阶级斗争的复杂

[①] 乔治·卢卡契:《托尔斯泰和现实主义的发展》,中国社会科学院外国文学研究所《外国文学研究资料丛刊》编辑委员会编译:《卢卡契文学论文集》二,北京:中国社会科学出版社,1981年,第334页。

形势，揭露与批判资本主义的罪恶，表达追求自由与民主的要求和愿望。

法国是欧洲现实主义文学的发源地。19世纪30年代、40年代的法国文学以揭露阶级矛盾和政权腐败为主，着力展现封建贵族与新兴资产阶级的矛盾以及资产阶级自身的内部矛盾。

司汤达（1783—1842）于1823至1825年间陆续发表了一系列现实主义的文学评论，后结集为作为现实主义宣言的《拉辛与莎士比亚》一书。1830年，他的长篇小说《红与黑》问世，这标志着现实主义文学的正式形成，这部作品成为欧洲现实主义文学的重要代表作品。小说通过描写主人公于连野心勃勃却又陷入挣扎矛盾的遭遇，揭露复辟王朝时期的腐败黑暗以及贵族和平民之间的尖锐矛盾，真实再现了当时激烈的党派斗争，对贵族政权企图依靠外国势力干预政局的行为进行了猛烈抨击。小说的标题具有强烈的象征意义和深刻的社会内涵。表面来看，"红"与"黑"代表着主人公于连两种不同的人生选择，实则"红"代表着拿破仑时代法国资产阶级革命的热情与丰功伟绩，"黑"意味着封建复辟时期教会和王朝的黑暗统治。而小说所描写的维利叶尔小城、贝尚松神学院和德拉穆尔侯爵府等空间地点，则揭示了作品主题、展现了典型人物的典型环境，具有浓郁的时代气息。总体来看，小说在全面展示19世纪法国贵族、资产阶级、教会等各阶级精神面貌和心理状态的同时，深刻揭露并抨击了政治斗争的残酷性，其政治倾向性异常突出。

19世纪中后期出现的巴黎公社文学是一种新颖的现实主义文学，它真实反映了无产阶级和广大劳动人民的斗争生活和革命激情，表达了对自由和民主的强烈渴望。欧仁·鲍狄埃（1816—1887）的《国际歌》（1871）是一首无产阶级的战歌，它奏响了争取自由和解放的激昂旋律，是巴黎公社革命的艺术总结，同时也是马克思主义学说的精辟艺术化阐释。路易丝·米雪尔（1830—1905）有"红色圣女"之称，她的《红石竹花》（1871）是为就义前的烈士而作，作品以石竹花象征不屈的革命意志和美好的革命前景。巴黎公社文学为20世纪无产阶级文学的发展奠定了重要基础，成为这一时期法国最具特色的文学之一。

19世纪英国现实主义文学较早地触及劳资矛盾问题，表达了对底层人物的关注与同情。自19世纪30年代开始，英国资本主义经济形态发展逐渐成熟，随之而来贫富悬殊也成为社会的主要问题。作家们敏锐地捕捉到这一社会现实，在展现底层"小人物"悲惨世界的同时，传达出强烈的人道主义思想倾向。

狄更斯（1812—1870）是19世纪英国现实主义文学最为杰出的作家，他与萨克雷（1811—1863）、夏洛蒂·勃朗特（1816—1855）以及盖斯凯尔夫人（1810—1865）等作家一起被马克思称为"一批出色的小说家"。[1]狄更斯小说的思想内涵复杂深刻，在批判维多利亚时期的资本主义制度的同时，广泛探索伦理道德与人性问题，展现深厚的人道主义思想观念。他的小说代表作《双城记》（1859）虽然是一部以法国大革命为背景的历史小说，但反映的却是现实问题，深刻揭露了当时英国社会尖锐的社会矛盾和贫富悬殊问题，传达出下层群众普遍存在的不满情绪，堪称现实主义杰作。小说中的梅尼特医生是人道主义的典型，是仁爱与宽恕的化身；卡尔登是极端利他主义的集中体现者，闪耀着奇异的人性光辉；厄弗里蒙地侯爵是反动贵族的典型，作家对其进行了猛烈的抨击；得伐石太太虽是革命群众的代表，但作家从人道主义思想出发对其给予了否定。小说从整体上虽然肯定了革命的正义性与必然性，但同时又极力宣扬人道主义的道德感化观念，在思想上表现出一定的矛盾性。除《双城记》，狄更斯的小说《荒凉山庄》（1853）批判了当时英国的法律机器与法律制度，《艰难时世》（1854）通过资本家庞得贝与罢工工人的冲突与对立，正面展现了当时社会日益尖锐的劳资矛盾问题。

19世纪30—40年代出现的宪章派诗歌在当时的英国文坛令人瞩目。宪章派诗歌是宪章运动高涨时形成的一种群众性文艺现象，其以高昂的格调、明快的节奏以及通俗的语言歌颂并肯定了反抗资产阶级的斗争，反映并鼓舞了工人的革命斗志和激情。琼斯（1819—1869）的《未来之歌》（1852）、林顿（1812—1897）的《人民集会》（1851）和梅西

---

[1] 马克思：《英国资产阶级》，中共中央马恩列斯著作编译局译：《马克思恩格斯全集》第10卷，北京：人民出版社，1982年，第686页。

(1828—1907)的《红色共和党人抒情诗》(1850)等作品具有强烈的政治倾向性,战斗风格异常突出。宪章派诗歌以文艺的形式鼓舞了工人的斗志,在很大程度上配合了当时工人运动的发展,为后来无产阶级文学的发展做出了贡献。

19世纪德国现实主义文学同样展现出强烈的政治倾向性,批判封建割据与君主专制,揭露资本主义发展过程中的种种弊端。

革命民主主义诗人海涅(1797—1856)和剧作家毕希纳(1813—1837)的作品既否定封建专制制度,又批判资本主义的剥削与压迫。19世纪40年代,在马克思和恩格斯思想的影响下,德国涌现出一批革命作家,格奥尔特·维尔特(1822—1856)是其中的佼佼者,恩格斯称赞他是"德国无产阶级第一个和最重要的诗人"。[①]维尔特的诗作《刚十八岁》(1845—1846)、《铸炮者》(1845)和《我愿做一名警察总监》(1848)等传达了劳动人民的心声,饱含着对无产阶级所受苦难的同情。他的小说《著名骑士施纳普汉斯基的生平事迹》(1848—1849)则传达出对地主阶级尖刻的讽刺。

19世纪美国现实主义文学则呈现出明显的民主倾向和人民性特质。虽然美国的资本主义发展较晚,但随着南北战争的结束和经济的恢复,美国社会固有的矛盾逐渐显露出来。于是作家们开始从民主主义立场出发表达对自由与平等的渴望,批判资本主义的罪恶。

19世纪50年代孕育的废奴文学,已包含现实主义的因素。理查·希尔德列斯(1807—1896)的《白奴》(1836)和斯托夫人(1811—1896)的《汤姆叔叔的小屋》(1852)作为废奴文学的杰出代表有力地揭露了南方蓄奴制度的罪恶。杰克·伦敦(1876—1916)是19世纪后期美国重要的现实主义作家。他的《荒野的呼唤》(1903)和《白牙》(1906)表现了"弱肉强食,适者生存"的思想;《铁蹄》(1908)以艾薇丝和埃弗哈德的爱情为线索,描写了工人阶级的斗争;《马丁·伊登》(1909)则通

---

① 恩格斯:《格奥尔特·维尔特》,中共中央马恩列斯著作编译局译:《马克思恩格斯全集》第21卷,北京:人民出版社,1982年,第6页。

过主人公马丁·伊登的人生悲剧谴责了虚伪的拜金主义社会。

19世纪俄国现实主义文学在从封建农奴制到早期资本主义萌芽过渡的社会裂变中逐步形成、发展，前期主要将矛头指向封建农奴制度，后期逐渐开始批判资本主义，随之俄国现实主义文学的革命性和战斗性得到加强。

米哈伊尔·尤里耶维奇·莱蒙托夫（1814—1841）是俄国现实主义文学的早期代表作家之一，他的诗歌赞美自由，谴责封建农奴制，表达出了强烈的民主思想。其长篇小说代表作《当代英雄》(1840)通过对俄罗斯文学发展史上第二位"多余人"形象毕巧林的塑造，展现了当时俄国社会的否定性图景，传达出作家对社会与人生的看法。19世纪40年代，果戈理（1809—1852）继承并发展了普希金和莱蒙托夫开创的现实主义传统，形成独具俄国特色的"自然派"。他的剧本《钦差大臣》（1836）和小说《死魂灵》（1842）等作品以讽刺手法揭露了农奴制度下官僚统治的腐朽与罪恶。19世纪50—60年代，俄国出现了一大批卓有成就的作家。亚历山大罗维奇·冈察洛夫（1812—1891）的《奥勃洛摩夫》（1859）塑造了俄罗斯文学发展史上最后一个"多余人"形象，反映了19世纪俄国社会的停滞与腐朽。尼古拉·加夫里洛维奇·车尔尼雪夫斯基（1828—1889）的《怎么办？》（1863）塑造了"新人"形象，表达了革命民主主义者反对农奴制的政治主张。屠格涅夫（1818—1883）是50年代、60年代俄国最为重要的现实主义作家，他在长篇小说《前夜》（1860）和《父与子》（1862）中将笔触由贵族知识分子转向平民知识分子，作品展现了俄国社会的发展趋向，传达出时代的新要求。就标题来看，《前夜》的题名本身就富有强烈的象征意义，表明俄国的封建农奴制改革正处于"前夜"时期，反映出作家对民主革命历史进程的敏锐把握。而《父与子》则通过"父"与"子"之间的矛盾冲突展示了革命民主主义与自由主义两种社会力量的不可调和性。亚历山大·尼古拉耶维奇·奥斯特洛夫斯基（1823—1886）被誉为"俄罗斯民族戏剧之父"，他的戏剧代表作《大雷雨》（1860）塑造了热爱自由、富于反抗精神的女性卡杰琳娜的形象，表达了作家本人对于"黑暗王国"的控诉。尼古拉·阿列克塞耶维奇·涅克拉索夫（1821—1878）是19世纪中期俄国著名的民主诗人，他的长诗《在俄罗斯谁能过好日子》（1866—1867）以童话的艺术形式深刻揭露了俄国农奴制改革的欺骗性，以召唤人民的革命斗志。

第二，捕捉并真实描摹恶劣生存环境下的社会心理和内部心灵世界，如实反映社会文化价值观念的剧变，表达对人类处境与命运的深切担忧。

萨克雷（1811—1863）是英国现实主义文学发展中最为重要的讽刺作家，他善于细腻地刻画人物的情绪状态与内心世界。他的代表作《名利场》（1848）塑造了迎合上流社会、为达到目的不择手段的女冒险家蓓基·夏泼的形象，展现出资本主义金钱社会的冷酷自私、尔虞我诈以及上层人物伪善、卑劣的精神世界。小说的副标题是"没有主人公的小说"，说明正面人物在名利场中的迷失，人已经失去作为故事主人公的内在心灵世界，金钱才是所有故事的主人公。英国女作家艾米莉·勃朗特（1818—1848）的《呼啸山庄》（1847）通过讲述吉卜赛弃儿希斯克利夫在遭受各种凌辱后，对与其女友凯瑟琳结婚的地主林惇及其子女进行报复的故事，深刻揭示了社会矛盾冲突中一系列人物悲剧性的病态心理，具有一定的现实意义。小说以凯瑟琳和希斯克利夫之间的爱恨情仇，展现了资本主义社会下人性的扭曲。希斯克利夫的恶魔形象深入人心，他残忍、冷酷、不择手段地复仇，这个悲剧人物的身上有着明显的社会和时代烙印，是畸形社会的牺牲品。而艾米莉·勃朗特的姐姐夏洛蒂·勃朗特（1816—1855）写作的小说《简·爱》（1847）则塑造了简·爱这个追求心灵自由和人格独立的知识女性形象，展现了主人公成长过程中的真实心理，其对孤儿遭受摧残的心理状态的刻画细腻动人。

第三，借用科学理性的思维方式，以研究者的姿态和眼光对社会现实进行客观冷静的剖析，突出文学创作的写实性和客观性。

作为时代风尚的科学主义自19世纪50年代起，在法国文学中表现得十分突出。法国现实主义文学强调科学精神，展现出客观冷峻的风格。欧洲早期现实主义文学的社会批判精神在法国代之以冷静务实的写作态度，其代表性作家当属居斯塔夫·福楼拜（1821—1880）。福楼拜天生是一个浪漫主义者，然而在现实的重压下，他不得不直面现实社会状况，用文学创作客观细致地将其表现出来，以宣泄自己悲观的情感。《包法利夫人》（1857）是一部现实主义杰作，在创作过程中，福楼拜强迫自己置身于情节之外，以冷静真实的态度进行描摹，而不加入个人色彩，真实再现了当时法国的社会风俗。福楼拜在以巴尔扎克为代表的现实主义文学传统与自然主义文学之间起到了承上启下的重要作用。19世纪后期的法国作家阿尔封斯·都德（1840—1897）继承了法国现实主义文学的科学写实传统，在作品中忠实描写人物内心世界和物质现象，力除主观情绪，努力做到真实还原与客观刻画。他的长篇小说代表作《小东西》（1868）冷静叙述了孤独少年爱赛特在冷酷自私的环境中饱受欺凌的不幸遭遇，是一部带有强烈自传性的杰出作品。《最后一课》（1873）则通过一个无知小学生的自述，客观而生动地再现了法国人民遭受异国统治的痛苦和对祖国的热爱。

第二节　巴尔扎克的《高老头》

奥诺雷·德·巴尔扎克（1799—1850）是19世纪法国现实主义文学的代表作家之一，被尊为"法国现实主义文学之父"。恩格斯称赞他是"比过去、现在和未来的一切左拉都要伟大得多的现实主义大师"[1]，作家雨果评价他是"最伟大作家中名列前茅的人"，"最优秀作家中高大魁伟的人"。[2]

一、巴尔扎克的生平与主要作品

1799年5月20日，巴尔扎克出生于法国西部图尔市的一个中产阶级

---

[1] 恩格斯：《恩格斯致玛格丽特·哈克奈斯》（1888年4月），中共中央马恩列斯著作编译局编译：《马克思恩格斯选集》第4卷，北京：人民出版社，2012年，第590页。

[2] 雨果：《在巴尔扎克先生葬礼上发表的演说》，程曾厚主编：《雨果文集》第十一卷，程曾厚译，北京：人民文学出版社，第287页。

家庭,他的父亲本是农民,在法国大革命后暴富,他的母亲是巴黎银行家的女儿。1812 至 1814 年间,巴尔扎克全家迁往巴黎居住。巴尔扎克从小便在寄宿学校读书,这培养了他独立思考的习惯。1816 年,他遵从父母的意愿进入巴黎大学攻读法律,课余时间在法律事务所当文书。就学期间,巴尔扎克对文学产生浓厚兴趣,尤其热衷于文学创作。而在法律事务所实习期间,他又见证了许多家庭悲剧和未得到惩罚的罪行,这成为他日后创作的重要素材来源。1819 年大学毕业后,巴尔扎克违抗父母之命,立志专事文学创作,但随后几年并未获得成功。尽管如此,他仍然在书房的壁炉上放了一尊偶像拿破仑的雕像,并刻上名言:彼以剑未竟之业,吾以笔完成之。

1829 年,巴尔扎克发表小说《朱安党人》,这是后来被命名为《人间喜剧》的庞大作品的第一部。自此开始,巴尔扎克开始了长达二十余年的艰苦创作期。由于长期的勤奋写作,他自 1847 年起开始感到身心交瘁。1850 年初,巴尔扎克赴乌克兰与通信交往二十余年的韩斯卡夫人结婚,后由于病重于同年 8 月 18 日在巴黎与世长辞。

巴尔扎克有着复杂的经历和矛盾的思想,这直接决定了他作品内容的丰赡庞大。1825 年,巴尔扎克曾尝试经商、开办印刷厂等,最终都以失败告终并因此债台高筑。但在接触出版界与新闻界的过程中,他对处于困境的商人的痛苦有了深入了解,并亲身领略了资本主义社会中金钱的罪恶以及人与人之间的冷漠关系,这在某种程度上拓展了他对现实的认知,并成为他创作《人间喜剧》的重要生活基础。巴尔扎克的思想受到当时各种社会思潮的影响,包括启蒙主义、空想社会主义、唯物主义、神秘主义等,同时他又对拿破仑充满了热情的崇拜,这一切构成了巴尔扎克复杂矛盾的世界观。虽然巴尔扎克是一位典型的现实主义作家,但他的创作理论更多地沿袭了浪漫主义的批评传统:一方面极力夸大艺术的社会作用,另一方面对天才、直觉、创作中的非理性因素大为推崇。巴尔扎克还时常论及创作的典型化问题,在他看来,典型化的过程始终是创作主体对现实生活加以改造和理想化的过程。因此,他笔下的主人公不仅具有强烈的现实色彩,而且是发自灵魂深处情感人格化的产物。

巴尔扎克的创作成就主要集中于《人间喜剧》(1829—1848)，这是一部由九十多部小说构成的作品总集，它从多角度、多侧面对19世纪上半叶法国现实社会生活进行了描绘，"提供了一部法国'社会'，特别是巴黎上流社会的无比精彩的现实主义历史"。[①]"人间喜剧"的命名受到了但丁《神曲》的影响，但丁的作品包含众多的宗教内容，因此命名为《神曲》，即"神的喜剧"。巴尔扎克要写作的是真实的现实生活，因此对应为"人的喜剧"，即《人间喜剧》。《人间喜剧》共分为三大部分：《风俗研究》《哲理研究》和《分析研究》，三大部分有机组合在一起，通过精细的分类整理，呈现了法国当时各个领域和社会阶层的风貌与人物形象。《风俗研究》是《人间喜剧》的核心组成部分，其内涵最为丰富，小说数量也最多。《风俗研究》具体分为六个场景："私人生活场景"主要包括《妇女研究》(1830)、《夏倍上校》(1832)、《高老头》(1834)、《邦斯舅舅》(1847)等作品；"外省生活场景"主要包括《欧也妮·葛朗台》(1833)、《幻灭》(1837—1843)等作品，其中，《欧也妮·葛朗台》是巴尔扎克的代表作品之一，小说塑造出了老葛朗台这一"欧洲四大吝啬鬼"之一的典型形象；"巴黎生活场景"主要包括《塞沙·皮罗多兴衰记》(1837)、《纽沁根银行》(1838)等作品；"政治生活场景"主要有《一桩无头公案》(1841)、《阿尔西的议员》(1847)等作品；"军事生活场景"主要有《朱安党人》(1829)等作品；"乡村生活场景"主要有《乡村医生》(1833)、《幽谷百合》(1835)、《农民》(1844)等作品。而《哲理研究》主要包括《驴皮记》(1831)、《改邪归正的梅莫特》(1835)等作品，《分析研究》主要包括《婚姻生理学》(1829)等作品。

作为一部包罗万象的"百科全书"式作品，《人间喜剧》在法国文学史上是空前的思想和艺术杰作，其思想的丰赡和艺术的精巧达到了前所未有的高度。在思想性方面，《人间喜剧》主要体现在以下三个主要方

[①] 恩格斯：《恩格斯致玛格丽特·哈克奈斯》(1888年4月)，中共中央马恩列斯著作编译局编译：《马克思恩格斯选集》第4卷，北京：人民出版社，2012年，第590页。

面：一是再现了封建贵族阶级的没落衰亡史，二是再现了资产阶级的罪恶发家史，三是揭示了人被金钱异化的悲剧现实。尤其是在金钱主题和经济细节方面其所展现的内容"要比从当时所有职业的史学家、经济学家和统计学家那里学到的全部东西还要多"。[①] 而在艺术性方面，《人间喜剧》除了由外到内、广阔地展现法国历史现实并塑造了"典型环境中的典型人物"[②]外，还使用了"人物再现手法"来统摄全部作品，让同一人物出现在不同的小说作品中，展现他们的不同人生阶段，进而生动呈现了人物的蜕变过程与成长经历。在整个《人间喜剧》中，巴尔扎克共塑造了两千四百多个人物，再现的人物多达四百六十多个，分布于七十五部小说作品之中，有些重要的人物再现多达二三十次，足以见得其在人物形象塑造方面的精心设计与安排。

二、《高老头》的艺术成就

《高老头》在《人间喜剧》中占据十分重要的地位。从人物形象谱系来看，《人间喜剧》中的许多重要角色在其中已经出现；就思想内容来看，《人间喜剧》以金钱为核心的中心图画已经在其中绘就。因此可以说，《高老头》是《人间喜剧》的序幕性作品，它标志着巴尔扎克现实主义小说艺术风格的成熟。小说讲述了高老头悲惨的人生境遇以及法国复辟王朝时期一个青年大学生在巴黎上流社会的影响下逐步走向腐化堕落的过程，揭示了资本主义社会人与人之间金钱关系的严峻现实，形象反映了资产阶级取代封建贵族阶级的历史进程，取得了杰出的艺术成就。

首先，通过典型人物的塑造揭示并批判资本主义社会的现实与金钱罪恶。

巴尔扎克注重人物形象的典型化，通过典型形象去反映社会现实，

[①] 恩格斯：《恩格斯致玛格丽特·哈克奈斯》(1888年4月)，中共中央马恩列斯著作编译局编译：《马克思恩格斯选集》第4卷，北京：人民出版社，2012年，第591页。

[②] 恩格斯：《恩格斯致玛格丽特·哈克奈斯》(1888年4月)，中共中央马恩列斯著作编译局编译：《马克思恩格斯选集》第4卷，北京：人民出版社，2012年，第590页。

在塑造典型人物时既强调人物的共性，又赋予人物鲜明的个性特征。在《高老头》中，拉斯蒂涅、高老头、伏脱冷等都是典型环境中的典型人物，作家将他们定位为法国19世纪前期特定时代氛围和社会现实的产物，并通过他们的形象对资产阶级取代贵族阶级、金钱成为人与人之间关系主导的现实景况予以生动再现。

拉斯蒂涅是《高老头》这部小说真正的主人公。小说中交代他是来自于外省没落贵族之家的穷学生，想到巴黎苦修法律并以自己的聪明才智出人头地，然而他很快迷失在巴黎上流社会的灯红酒绿中。依靠和鲍赛昂子爵夫人的一点亲戚关系，他挤进巴黎贵族社交圈子，又在鲍赛昂子爵夫人的帮助下，让纽沁根银行家的太太、高老头的二女儿成了自己的情人。但是他发现现实和他所希冀的上流社会生活仍然相距甚远，伏盖公寓的寒酸和贵族世界的奢华深深地刺激了他的内心。拉斯蒂涅残存的一点良心、一丝善意、一抹温情、一点愧意都在高老头悲愤凄惨的现身说法、鲍赛昂子爵夫人辛酸无奈的失败退场、伏脱冷残忍冷酷的阴谋指导中消耗殆尽。巴尔扎克塑造出向利己主义钻营者、野心家转变的拉斯蒂涅的典型形象，通过他揭示资本主义社会中金钱对人性的侵蚀和损毁。

高老头是个面条商人，在革命期间牟取暴利而成为暴发户，他把自己的情感寄托在两个女儿身上，给她们以自己的全部父爱。为满足两个女儿的不同愿望，他靠巨额陪嫁，将大女儿嫁给雷斯多伯爵，二女儿嫁给银行家纽沁根男爵。他貌似对两个女儿给以"父爱"，实际上却不过是通过堆砌金钱满足她们的各种欲望，女儿的高嫁也是依靠金钱打通贵族阶层的通道。这种建立在金钱关系上的父爱很快暴露了它致命的缺陷，当高老头的钱财被榨干耗尽后，他的女儿离他远去，弥留之际的高老头才意识到自己犯下的错误，他的"父爱"是那个社会和时代庸俗的产物。高老头伤心离世，他的两个女儿竟然对父亲的死漠然无视。高老头无疑是个悲剧形象，作家通过高老头这个典型，一方面呈现出了19世纪初期法国社会人与人之间赤裸裸的以金钱关系为轴心的冷酷现实，另一方面也强调了正是这一人物的悲惨人生境遇深深触动并教育了小说的主人公拉斯蒂涅，使他彻底认清了巴黎上流社会的现实本质，并激发了他与其

"拼一拼"的欲望和野心。

伏脱冷是法国上流社会残酷的冷眼旁观者，也是这个社会最无情的揭露者和批判者，同时还是积极投身这个社会的谋划者和参与者，其在小说中是一个丰富复杂的艺术形象典型，巴尔扎克赋予这个人物以强大的艺术生命力和感染力。伏脱冷阅历丰富、经验老到、心狠手辣、不择手段。他一边教导拉斯蒂涅，极言法国上流社会的龌龊，鼓励其秉持"不像大炮一样轰进去，就要像瘟疫一样扩散进去"的人生观和处世态度；一边给自己设计未来，弄到钱财后买黑奴并过上流社会的日子。他看穿拉斯蒂涅和他是同路人，都是要与社会搏斗的向上爬的野心家，于是就想到如何利用拉斯蒂涅来达成自己的人生目标。正是通过伏脱冷这一典型形象，巴尔扎克生动演绎了资产阶级攫取钱财的不择手段，揭示了资产阶级利己主义的虚伪道德说教。

其次，多线索交叉网状结构展现社会生活的深度与广度。

巴尔扎克以多线索交叉构筑的网状结构作为长篇小说《高老头》的结构形式，并且用拉斯蒂涅这一单线作为沟通整个文本的核心线索，使小说情节安排条理清晰、故事叙述详略得宜、结构建筑宏大和谐，并与其所反映的社会生活的深度与广度相适应。

巴尔扎克在《高老头》中设计了拉斯蒂涅、高老头、鲍赛昂子爵夫人、伏脱冷四条线索，并以拉斯蒂涅和他的堕落作为小说的主人公及核心线索，交叉起其他三条线索来安排小说情节、组织小说结构，建构小说各部分的有机联系，使小说的故事叙述和情节构成有序而和谐。小说虽以《高老头》为名，然而作品的主人公却非高老头，而是一心要出人头地、混迹巴黎贵族社交圈、向上流社会发起进攻的拉斯蒂涅。小说以青年大学生拉斯蒂涅逐渐堕落，最后成为野心家的过程作为核心主线，在这条线索的发展中勾连牵扯出另外三条线索，即高老头被女儿女婿榨干钱财抛弃而死，鲍赛昂子爵夫人因情人背弃不得不避离巴黎贵族圈，伏脱冷为过上奴隶主的生活而引诱拉斯蒂涅成为同谋、并意图谋夺泰伊番父亲的财产。这四条线索的发展逻辑清晰，安排主次分明。鲍赛昂子爵夫人和伏脱冷两条线索的情节安排较为简洁，而拉斯蒂涅和高老头两条线索的情节安排较为丰满。巴尔扎克以顺叙交代拉斯蒂涅的不断堕落，却以倒叙回溯高老头的悲惨遭际，使小说多故事的情节安排带有明显的戏剧性效果，即由这四条线索交织构成网状结构，以伏盖公寓作为空间辐射中心，触及当时社会生活的各个侧面，深刻解剖社会现实的本质。

最后，为刻画人物性格服务的环境描写凸显现实的真实性与精确性。

巴尔扎克尤为强调小说的环境描写，通过对环境描写的细节化处理，凸显人物的生存环境和活动背景，为人物性格刻画服务，反映现实的真实性与精确性。

在小说的开篇，巴尔扎克就利用大量篇幅对伏盖公寓周遭的环境进行细致描绘。伏盖公寓坐落于圣·日内维新街下段的低地，被医院和先贤祠两座大建筑所笼罩，穹隆阴沉严肃，暗淡无光。死气沉沉的屋子和带有几分牢狱气息的墙垣，这样糟糕的生存环境，即使最没心事的人到这个地方也会"无端端的不快活"。这和稍后描绘的圣·日耳曼区鲍赛昂子爵府第的环境构成鲜明对比。鲍赛昂子爵府的院落中有华丽的马车，门口站立身着制服的门丁，楼梯两侧摆满鲜花，无疑彰显出贵族生活的气派和典雅。通过两处细节化处理的环境描写，作家提供了两种截然不同的生存环境。拉斯蒂涅在伏盖公寓和鲍赛昂子爵府之间穿梭活动，生存环境的反差刺激着他内心的不甘，促使他在堕落钻营的道路上越走越远，巴尔扎克以此暗示环境促成人物性格的转变。

《高老头》展现了巴尔扎克对现实关系的深刻了解，小说在人物性格塑造、批判性主题的揭示、细节化环境的描写等方面都达到了极高的成就，它代表了巴尔扎克艺术创作道路的高峰，同时也铸就了19世纪法国现实主义文学中的不朽丰碑。

第三节　福楼拜的《包法利夫人》

居斯塔夫·福楼拜（1821—1880）是19世纪中期法国最重要的现实

主义作家，其对自然主义、现代主义、后现代主义作家的创作都产生了深远影响。李健吾先生在《福楼拜评传》一书中将他置于19世纪整个欧洲的现实主义文学序列中加以考察，多处论及其文学史地位和创作的独特性："司汤达深刻，巴尔扎克伟大，但是福楼拜，完美。巴尔扎克创造了一个世界，司汤达剖开了一个人的脏腑，而福楼拜告诉我们，一切由于相对的关联。"[1]"犹如司汤达与巴尔扎克，福氏没有派别。……司汤达生早了好些年，巴尔扎克多亏了他的毅力，唯有福楼拜，是天之骄子。"[2]

一、福楼拜的生平与主要作品

1821年12月12日，福楼拜出生于法国鲁昂的一个医生家庭，父亲是鲁昂市立医院的外科主任，母亲的家庭亦是从事医学。在医院长大的福楼拜养成了重观察和分析的科学精神，而母亲的悉心培养又使他形成了执着和独立的品格。1841年福楼拜赴巴黎学习法律，1844年因神经性疾病反复发作而返回鲁昂，自此在鲁昂市郊塞纳河畔的克鲁瓦塞别墅定居。1857年福楼拜因写作小说《包法利夫人》而被法院控告，经过律师的努力最终被判无罪。晚年的福楼拜作为老师指导莫泊桑的文学创作。1880年5月8日，福楼拜因突发脑溢血而离世。

中学时代，福楼拜广泛阅读了歌德、雨果、拜伦等欧洲作家的著作，深受浪漫主义文学的影响，这使他的早期作品显现出明显的浪漫派特色。福楼拜还与青年哲学家普瓦特万结下深厚的友谊，后者的悲观主义思想和唯美主义观点对他产生了重要影响。此外，福楼拜的思想中也显现出斯宾诺莎无神论的影子。1846年，福楼拜在巴黎与女诗人路易丝·高莱相识，此后两人往来密切，十年间留下了大量的信札，这成为了解福楼拜众多作品创作动因和创作经历的第一手重要资料。1849至1851年间，福楼拜听从医生的建议去近东游历，足迹踏遍埃及、叙利亚、土耳其、

---

[1] 李健吾：《福楼拜评传》，桂林：广西师范大学出版社，2007年，"序"第2—3页。
[2] 李健吾：《福楼拜评传》，桂林：广西师范大学出版社，2007年，"序"第6页。

希腊、意大利等地，旅行的见闻不仅为其累积了大量的创作素材，同时所见的种种丑恶现象也加深了他的悲观倾向，这在其作品中有着或多或少的反映。

福楼拜的早期作品大都显现出浪漫主义的气质和倾向，主要包括短篇小说《地狱之梦》(1837)、《狂人回忆录》(1838)以及中篇小说《十一月》(1842)、《圣安东的诱惑》(1849)等。由于《圣安东的诱惑》受到朋友的质疑和批评，福楼拜开始转向现实主义创作道路，陆续写就长篇小说《包法利夫人》(1857)、《萨朗波》(1862)和《情感教育》(1869)等，至此走上了创作的成熟之路。《萨朗波》共十五章，主要描写了公元前3世纪迦太基雇佣军哗变起义的历史故事，是一部典型的现实主义历史题材小说。《情感教育》的副标题是"一个青年的故事"，是福楼拜写作的第二部以现实生活为题材的重要作品，小说成功地塑造了一个走向精神幻灭的人物——弗雷德里克·莫罗的形象。晚年的福楼拜曾与作家乔治·桑有过文学论争，主要作品包括改自旧作的《圣安东的诱惑》(1874)、短篇小说集《三故事》(1877)以及未完成的遗作《布瓦尔与佩居榭》(1881)等。

福楼拜在小说创作过程中表现出科学家般地对艺术的苛刻追求。他提出在艺术创作上"要有狂热才能得艺术之精微"[1]，小说应该像诗歌一样有节奏，其语言表达也应该像科学语言一样精准。他还提出了小说写作倾向的客观中立态度，强调作家应如上帝一般居高临下看待自身："当世人对人类的灵魂能不偏不倚，如同物理学研究物质一样客观，那就前进了一大步！这是人类能够超越自身的唯一方法。做到这一点，自己的作品像一面镜子，能清楚地看到纯粹的自我。人就像上帝一样，须从高处来评判自己。"[2]

---

[1] 福楼拜：《福楼拜文学书简》，丁世中译，沈志明主编，北京：北京燕山出版社，2012年，第14页。

[2] 福楼拜：《福楼拜文学书简》，丁世中译，沈志明主编，北京：北京燕山出版社，2012年，第27页。

二、《包法利夫人》的艺术成就

长篇小说《包法利夫人》是福楼拜的代表作,也是19世纪法国现实主义文学的力作。小说以七月王朝统治时期的法国社会生活为背景展开,讲述了女主人公爱玛在嫁给乡村医生包法利成为包法利夫人后,很快意识到丈夫的平凡与庸俗,感到爱情的破灭和生活的无味,开始追逐浪漫爱情和贵族生活,终日想入非非,并最终走向毁灭的悲剧故事。福楼拜在小说中以极其冷静、客观和不动声色的笔调描述了爱玛一次次出轨、背叛的人生经历,直至最终服砒霜而死。在福楼拜看来,正是强烈的科学精神和冷静客观的叙事造就了《包法利夫人》的艺术风格。对此,他在谈及这部小说的创作时说道:"《包法利夫人》……没有掺入我的感情和境况。如有如真的感觉,那恰恰来自作品的客观性。我的原则,是不写自己。艺术家在作品中,犹如上帝在创世中,看不见摸不着却强大无比。其存在处处能感到,却无处能看到。"[①] 福楼拜的这种精益求精的写作态度很显然和巴尔扎克粗犷的写作风格大相径庭,这也是小说《包法利夫人》历时六年才得以最终完成并成为典范的原因:"《包法利夫人》一出现,就形成了整个一种文学进展。近代小说的公式,散乱在巴尔扎克的巨著中,似乎经过收缩,清清楚楚表达在一本四百页的书里。新的艺术法典写出来了。《包法利夫人》的清澈与完美,让这部小说变成同类的标准、确而无疑的典范。"[②]

首先,就人物形象塑造来看,小说对法国文学传统婚外恋题材进行了大胆突破。

就小说情节发展和人物关系来看,小说整体上遵循了婚外恋风流韵事的传统故事模式,这一题材在《包法利夫人》之前的法国小说中已不乏先例,例如卢梭的《新爱洛伊丝》和普莱沃的《曼侬·莱斯戈》等。

[①] 福楼拜:《福楼拜文学书简》,丁世中译,沈志明主编,北京:北京燕山出版社,2012年,第33—34页。

[②] 左拉:《自然主义小说家》,引自李健吾:《〈包法利夫人〉中译本序》,汪介之、杨莉馨主编:《欧美文学评论选(19世纪)》,北京:北京大学出版社,2011年,第208页。

但福楼拜没有将其写成传统的才子佳人的模式，而是将其展现为现实的庸人和浪漫的怨妇之间的情感错位。在小说中，很显然包法利医生并不是爱玛理想中的丈夫形象。包法利医生夏尔外形笨拙、性格软弱且毫无理想可言。在结婚前，夏尔唯母命是从，听母亲的话选择了医生的职业、行医的地点，甚至是婚姻配偶。而在与寡妇结婚后，又开始了唯妻命是从的生活。当寡妇死后，他想向爱玛求婚，但又不敢开口，还是岳父做主才最终有了新的婚姻。而与爱玛再婚后，他的性格依然如故。爱玛要和他保持距离，他便听从，不敢越雷池半步，并且对此既不感到难堪也不觉得痛苦。总体来看，包法利医生夏尔就是一个现实生活中胆小怕事、软弱无能的庸人。而与夏尔性格截然不同的是爱玛。爱玛虽然出生在农村，却不甘心居于人下，修道院中浪漫主义的爱情书籍激发了她少女般的情怀，在她的潜意识中幻想着过上贵族夫人的浪漫爱情生活。然而现实与理想的差距实在太远，她偏偏嫁给了才貌平庸的包法利医生夏尔，因此，对符合理想的婚姻生活的向往和对"未知丈夫"的期待便成为爱玛一次次婚外恋的重要动力来源。

小说《包法利夫人》之所以能够对法国文学传统的婚外恋题材模式进行突破，与小说人物性格中的悲剧性因素渗入有着密切联系。婚配不当在法国文学中是常见的题材，以往这种题材常常通过喜剧性人物来展现。但福楼拜并没有把夏尔和爱玛写成喜剧性人物，而是在他们的性格中都渗入了悲剧性因素。小说中写道，夏尔虽然平庸，但却正直、善良、忠厚，他对爱玛爱屋及乌，甚至在爱玛服砒霜自杀后宁可负债累累也不肯出卖她房间里的东西。而面对爱玛的婚外情，夏尔不但没有责怪，反而怨恨自己不是爱玛婚外恋的对象，直到死前，他的手里都拿着爱玛的一绺头发。福楼拜明显把夏尔塑造成一个情痴和可怜的好人形象，这正是他的人生悲剧所在，因为爱玛从本质上来看并不是一个值得痴情的妻子。爱玛的性格悲剧也是如此。现实与理想之间的巨大差距使她永远期待未来，期待如子爵般的"未知丈夫"走进她的生活，去完成她的人生理想和爱情婚姻幻象。但现实"由命不由人"，爱玛的人生境遇始终是遇人不淑，这直接导致了她的悲剧命运，也决定了她的精神本质，即一个人幻想过上一种与现实完全两样的生活，幻想去改变生活强加给人的命运，迷恋于另一种完全不同的命运，这正是法国评论家勒·德·戈尔蒂埃所说的被称之为"包法利主义"的一种心病。

其次，小说展现出强烈的写实态度和客观的叙述风格。

福楼拜在小说《包法利夫人》中，特别注重文学创作的真实性和客观性，呈现出现实主义手法的传统特色，同时，福楼拜也强调非个人化的创作原则，反对作家在作品中公然评论人物和事件，公开表露个人情感思想和宣讲政治学说。在此意义上，福楼拜把司汤达、巴尔扎克等人开创的现实主义文学创作引向了客观、理性、真实的写作之途。

在创作《包法利夫人》时，福楼拜在观察和体验生活中不断累积经验，在阅读中收集资料，以使笔下人物和发生在人物身上的事件具体、真实、合理，即使是人物的情感、情绪、感受、体验等也要务求真实。小说中的主要人物在现实生活中都有原型，而且小说的主体情节也与生活原型在现实中的故事、遭遇和结局几近相同。小说中包法利的原型是福楼拜父亲所在医院的外科医生德拉马尔，德拉马尔丧偶后，于1839年迎娶风流性感的农场主女儿德尔菲娜。德尔菲娜与德拉马尔婚后，又与他人通奸并负债累累，最后服砒霜自尽。小说基本沿袭这一现实生活中真实发生的故事原型路径展开，在此意义上，包法利夫人爱玛就是以德尔菲娜为原型塑造的，而小说中的包法利医生夏尔则对应现实中的德拉马尔。

除了故事情节的真实性外，福楼拜还力图客观记录、描绘并表述出当时真实的法国景况，其对19世纪法国社会风俗人情的真实细致记录和描述可谓登峰造极。《包法利夫人》的副标题是"外省风俗"，小说记述的不仅是包法利夫人爱玛的人生悲剧，而且也包含人物生活本身，19世纪中期法国外省沉闷、单调、闭塞、狭隘的生活空间在福楼拜笔下得到了形象而深刻的描画。福楼拜认为，作家要细致观察现实生活中的人和事物，并在作品中力求还原其本来面目。他特别反对现实主义文学创作中的主观化倾向，并认为作家对作品中的任何人和事都无权评判，也不应在作品中明显显露出作为创作主体的思想情感、价值取向，更不能借小说作品宣传政治社会学说。他的这种非个人化创作原则最突出地表现在《包法利夫人》的结尾处,当爱玛因偷情和享受而负债自尽时,福楼拜并没有对她和她的行为进行褒贬或道德评判,只是客观真实地将其表述出来。

再次,小说从叙事手法上进行了现代化的革新与开拓,显现出艰辛的艺术追求。

在《包法利夫人》中,叙述者的逐渐隐退、叙述视角的巧妙变换、自由间接引语的运用都是福楼拜对小说叙事手法做出的现代探索和创新。

现代主义文学作家们普遍推崇福楼拜,将福楼拜视作现代主义小说的先驱,因为他们注意到正是福楼拜对小说叙事手法进行了大胆的变革和创新。在《包法利夫人》中,福楼拜首先致力于把作者和叙述者切割开来,并让叙述者在小说情节推进中逐渐退隐。作者与叙述者不同,小说作者是写作叙事作品的人,而叙述者则是作品中具体故事的讲述者。小说在情节的发展中连缀起各种各样的故事,但各个故事的讲述无法自动完成,这就需要一个中间人向读者讲述故事,这个中间人就是叙述者。在《包法利夫人》中,作者没有显露形迹,而叙述者在文本开篇以第一人称复数"我们"的形式闪现一次,以引起叙事和交代时间状态:"我们正在上自习,忽然校长进来了,后面跟着一个没有穿学生装的新学生,还有一个小校工,却端着一张大书桌。"此后在小说情节的推进中,叙述者就基本处于退隐的状态,转而使用变换叙述视角的手段使叙述者模糊不清。

所谓叙述视角主要是指叙述者或人物是从何种角度观察并进行故事讲述的,叙事视角的巧妙变换构成《包法利夫人》这部小说对叙事艺术的主要贡献。从叙述学角度来说,叙述视角的一种是非聚焦型,这种类型是较为传统的叙述视角类型,即全知视角。叙述者像上帝一样全知全能,可以从各种角度叙述故事,描述各个人物的感受,福楼拜之前的作家们往往采用这种全知全能视角进行叙事。另一种叙述视角是内聚焦型,即每件事情是按照某个或几个人物的视角来写。福楼拜在《包法利夫人》的叙事进程中,除偶尔使用全知全能视角外,大多以不断变换的内聚焦型视角进行叙事,即叙述者是由小说中人物充当的,而这些人物又不断变换,这就使得叙事从多角度、多层面进行,使对人物的描绘尤为具体客观。例如，小说通过包法利医生、莱昂、罗道尔弗等多视角去描绘爱玛，又通过爱玛的视角和感受去写包法利医生、莱昂和罗道尔弗等人物，这种根据文本叙事需求调整和变换叙述方式的内聚焦型视角与全知全能视角不同，尽管在一定程度上受限，但却能使叙事更为客观冷静，以此来规避作家在创作中自觉不自觉地以自己的意志对人物和事件进行过滤，并将自己的思想和意识加诸人物和他们的行动之上，甚至对人物和事件发表见解。小说在塑造爱玛的形象时，福楼拜就是通过其追求者的视角进行刻画与描写的。包法利医生给卢欧老爹治疗摔断的腿时，邂逅了老头的女儿、具有浪漫气质的爱玛，小说从包法利医生的视角去观察和描绘爱玛，写到爱玛的指甲白得透明，比品质上等的象牙还要澄澈明净，明显是精心修剪过，剪成那种杏仁般形状的椭圆形。当包法利医生治病结束要离开时，小说又写他看到爱玛性感的嘴唇和梳理得异常漂亮的发式；在后续情节发展中，小说又采取类似的叙事视角，通过莱昂的眼睛来描写爱玛的形貌和行动。通过内聚焦叙述视角的不断变换，福楼拜在小说中实现了对人物、事物等进行多视点描绘，使得对人物形象、事物等的描绘不断得以强化，这样读者所看到的就愈加真实而全面。

除了叙事者和叙事视角的现代化革新，小说《包法利夫人》在叙事话语建构方面也极具特色。根据叙述者和小说人物之间的关系，可以将叙事话语类型分为四种：直接引语、自由直接引语、间接引语、自由间接引语。自由间接引语是将叙述者话语与小说人物话语加以混淆的话语类型，福楼拜在《包法利夫人》中大量使用自由间接引语，话语是以客观叙述的形式呈现的，也即叙述者的叙事，但读者阅读时体验和感受到的却是小说中人物的声音、思想、心理等，这样就使得话语主体在叙述者与小说人物之间游移不定、含混不明，从而把叙述者背后作家的思想感情巧妙地遮蔽起来，增强了文本叙事的客观性。

整体来看，通过隐退、视角转换、大量自由间接引语的运用等现代化叙事策略和手法，小说《包法利夫人》如实且精妙地展现出了现实的万花筒图景，深入揭示了处于其中的人物心理和精神状态，也使得读者从叙事角度深刻体会小说的中心之一，即何为"包法利主义"，其又是如何通过人物幻想的命运形成和运作的。

最后,准确生动的语言和对现实的细致观察也是小说《包法利夫人》的重要特色。

福楼拜是语言艺术的大师,他在《包法利夫人》中对人物、事物、现象等的描写极为准确生动,只用一个词就能对所描写的对象加以概括,达成强烈的艺术表现力和感染力,可谓字斟句酌。如小说中描写包法利医生第一任妻子的形象:"柴一样干,像春季发芽一样一脸疙瘩","骨头一把,套上袍子,就像剑入了鞘一样"。"柴""剑"等词精准、干练地把包法利医生第一任妻子的外貌和身材描绘得具体可感、形象生动。福楼拜之所以在小说中用词如此精准,入木三分,与他长时期对现实生活的精细观察和一贯的科学主义态度密不可分。正是出于对现实生活细节的极大关注和精微把握,小说《包法利夫人》才显得与众不同,独树一帜。

总体来看,福楼拜的《包法利夫人》是一部承前启后的重要作品,它既延续了19世纪法国现实主义文学的基本风格,又为现代主义和后现代主义文学确立了先驱和典范的效应,尤其是在艺术美的追求和探索中小说达到了相当高的水准和境界。

第四节 哈代的《德伯家的苔丝》

托马斯·哈代(1840—1928)是英国最为杰出的现实主义作家之一,是享誉世界的小说家和诗人,他的一生跨越两个世纪,融英国地域文学传统和普遍精神于一体,创造出独具英国民族特色的艺术风格。

一、哈代的生平与主要作品

1840年6月2日,哈代出生于英国西南部多赛特郡的上博克汉普顿村,他八岁时入学接受教育,体验了建立于19世纪的、主要以下层社会儿童为主体的教育体系。后来他转入多赛特郡一所较大的学校继续接受教育，并额外学习了拉丁语言与文学。和大多数维多利亚时期的人一样，哈代重视传统教育，自己用英语和拉丁语阅读，其中包括如卡塞尔的《大众教育家》等在内的自我提升类书籍，以及母亲为他准备的廉价出版的、由德莱顿翻译的维吉尔的诗歌等。①

1856 年，哈代辍学跟随一名建筑师开始学徒生涯，在此期间他结识了诗人兼语言学家巴恩斯，受其影响开始接触并研究文学、哲学、宗教等相关著作，并自学了希腊语。这一时期他还结识了剑桥大学的古典学者莫尔，在其指导下阅读大量的古希腊罗马文学作品，并尝试写作诗歌。1862 年，哈代前往伦敦，一边继续他的建筑学徒生活，一边继续钻研文学与哲学。在伦敦的五年时间，是哈代思想形成时期最为重要的阶段，他不仅进修了欧洲近代语言，而且还广泛受到达尔文进化论、叔本华"唯意志论"以及赫胥黎不可知论等思想的影响，这些思想对其日后文学创作的不同阶段都曾产生过影响。同时，伦敦的大城市生活也使哈代充分感知了城市与乡村生活的迥异，尤其是在道德、风俗等方面的巨大差别，这为其在日后的"威塞克斯小说"创作中展开反思奠定了重要的实践基础。

1867 年，哈代因身体无法适应伦敦的气候而返回家乡，开始了正式的文学创作。哈代的文学创作分为小说创作和诗歌创作两个时期，前者主要集中在 19 世纪，后者主要是在 20 世纪完成。哈代把自己的小说分成三类，分别是"罗曼史和幻想小说""机敏和经验小说"以及"性格和环境小说"，其中第三类小说最具价值。"性格和环境小说"又称"威塞克斯小说"，主要包括《绿荫下》（1872）、《远离尘嚣》（1874）、《还乡》（1878）、《卡斯特桥市长》（1886）、《林地居民》（1887）、《德伯家的苔丝》（1891）、《无名的裘德》（1895）等七部作品，这些作品大都是哈代以自己的家乡为背景创作的。在早期"威塞克斯小说"中，哈代集中歌

---

① 玛丽·芮默:《哈代，维多利亚时代文化及地方色彩》，郭雯译，聂珍钊、马弦编选:《哈代研究文集》，南京：译林出版社，2014 年，第 23 页。

颂未受资本主义工业文明污染的威塞克斯农村广大地区充满诗情画意的田园生活，展现宗法制农村生活的传统风习。到了中期的"威塞克斯小说"，哈代的风格有了一定的转变，他开始运用古希腊的命运观念展现资本主义经济入侵下威塞克斯农村社会逐步解体的过程，突出不可知论对人的悲剧命运形成的作用。而到了晚期的"威塞克斯小说"，哈代则将希腊的命运悲剧观念拓展成为社会悲剧观念，强调人与环境、社会制度等方面的对立与冲突，进而揭示威塞克斯传统宗法制社会必然解体的历史趋势。除了小说，哈代还创作了一系列诗歌作品，包括《威塞克斯诗集》（1898）、《过去与现在诗集》（1902）、《时光的笑柄及其他》（1909）、《即事讽刺诗集》（1914）、《幻象的瞬间》（1917）、《晚期和早期抒情诗集》（1922）、《人生小景》（1925）、《冬天的话》（1928）等在内的八部诗集以及《列王》（1904—1908）和《康沃尔皇后的悲剧》（1923）两部史诗剧。

自1927年底，哈代的身体日渐衰弱。1928年1月11日，哈代病逝于自己设计的麦克斯门寓所中，他的遗体被安放于威斯敏斯特教堂的"诗人之角"。

二、《德伯家的苔丝》的艺术成就

《德伯家的苔丝》是哈代最受欢迎的小说作品之一，也是最具个性化的现实主义文学杰作，具有动人心魄的力量。小说集中叙述了农家姑娘苔丝为了缓解家庭经济困难外出做工而遭遇不幸的悲惨故事，在塑造了苔丝、亚雷、安玑·克莱等一系列人物形象的同时，充分展现了英国维多利亚晚期社会转型的种种思想变化。具体深入小说文本，可以归纳出以下主要艺术成就：

首先，中心人物的塑造与社会现实映射的有机融合与统一。

《德伯家的苔丝》与哈代其他小说的不同之处在于"不是因为出色的风景描写，世外桃源似的环境，抑或曲折动人的情节，浪漫温馨的结局",而是由于"中心人物的魅力"。[1] 这个中心人物正是小说标题所指向的苔丝。哈代曾经想用"太晚了,心爱的!"作为小说的标题,但觉得不够直接明了,后改用"德伯家的苔丝"这一标题,以突出女主人公的重要性。在小说的正文前,哈代还特意引用了英国戏剧家莎士比亚《维洛那二绅士》中的诗句"可怜的受了伤的名字!我的胸膛是一张床,让你得以将养"来充分表达对苔丝的伦理态度,以此再次突出小说女主人公的特殊地位。

苔丝与哈代其他小说的女主人公最大的不同就在于,她是一个开始独立思考的人物形象。小说采用全知全能、第三者和主人公第一视角变换融合的方式为读者展现了苔丝是如何从一个纯真的农村女性转变为思想成熟的妇人的复杂心路历程,在此过程中,性别、阶级、社会道德、家庭传统、宗教、社会经济转型、偶发机遇等各种因素一一融入苔丝的成长经历中,使得苔丝的形象逐渐丰满起来,最终哈代将其塑造成既敢于诘问社会宗法制固有传统和男性权威,同时又展现维多利亚时期英国社会转型面貌的重要女性角色。苔丝兼具情感与力量、信心与意志、个体与社会,成为"人类文明最伟大的胜利之一:一个自然的女子"。[2] 在此意义上,小说通过苔丝这一人物形象传达出了更深层次的意蕴,即小说以苔丝的命运沉浮为核心,勾勒出了英国维多利亚时代所经历的社会变迁和思想转换。

《德伯家的苔丝》的故事情节所展现的历史阶段正是英国19世纪资本主义经济入侵农村小农经济、导致个体农民破产的转型时期。在小说中,传统的宗法制的威塞克斯社会大体已被资本主义经济形态侵蚀与替代,"小土地所有者和自耕农生活"经历了"阴森惨淡的解体过程"[3],社会秩序发生了根本的转变。农民丧失了土地等基本生活的来源保障,不得不为谋生而寻找新的道路。同时,小说中也大量描写了资本主义新式

---

[1] 何宁:《哈代研究史》,南京:译林出版社,2011年,第130页。
[2] Irving Howe, *Thomas Hardy*, London: Macmillan, 1966, p.183.
[3] 卢那察尔斯基:《论文学》,蒋路译,北京:人民文学出版社,1983年,第466页。

大机器生产的广泛运用,工人被迫与机器竞争,妇女和儿童的生活更加困苦。苔丝在此历史背景下的行为和人生选择无不高度体现着时代特征。苔丝家名为"王子"的老马被邮车撞死后,全家人的生活陷入了窘境,以致苔丝不得不外出工作,这是其人生悲剧的重要开端,可以说,苔丝的悲剧从一开始就渗透着社会经济的因素。小说中还写道,苔丝在心爱之人安玑·克莱离家出走后,不得不主动委身于恶魔亚雷,其中最为主要的原因还是出于生存的考虑。这些小说情节都暗示出,在社会转型的动荡中苔丝无法控制自己的命运走向,从根本上来说是社会洪流不断推动的结果,诚如学者道格拉斯·布朗所评述的那样,苔丝是"纯洁的女性,民谣的女主角,乡村姑娘:她就是正在崩溃的农村群体的代表"。[1]

其次,新的历史条件下悲剧意识的拓展与深入挖掘。

小说通过舞会、围场失身、结识克莱、新婚远别、痴情等待、忍辱复仇直至以身殉情等主要场景和故事情节来逐步展现苔丝悲剧的人生。但与哈代其他小说女主人公的悲剧相比,《德伯家的苔丝》在充分展现悲剧的性格因素、宿命论神秘因素之外,更加突出悲剧的社会性因素。

《德伯家的苔丝》的副标题是"一个纯洁的女人",意在表明女主人公苔丝的高贵、美好以及她的无辜,进而暗示出她的人生悲剧更多的是源于社会和时代。小说中与苔丝有着密切联系的两个男人亚雷和安玑·克莱分别代表不同性质的社会势力。前者是新兴资产阶级的代表,是苔丝悲剧命运的元凶,象征着社会的权力、财富与罪恶,他是典型的纨绔子弟,借助金钱和权势满足自己的淫欲;后者则是资产阶级自由思想家的典型,表面上温文尔雅、彬彬有礼,蔑视社会习俗,然而骨子里充满着旧道德遗留的痕迹,导致其受到旧习俗的束缚,无法理解苔丝作为受害者的悲苦,反而恪守维多利亚时代女性的贞操观念。如果说亚雷带给苔丝的伤害更多的是肉体性的,那么安玑·克莱带给苔丝的则更多的是精神上的,甚至可以说由于后者的冷酷、无情和不肯忍让,不仅使苔丝不得不再次被迫选择回到恶魔亚雷的怀抱,而且从根本上将苔丝最

---

[1] Douglas Brown, *Thomas Hardy*, London: Longman, 1961, pp. 90-91.

终推向人生无法挽回的深渊。正是亚雷和安玑·克莱所代表的社会力量的裹挟和不断推动使苔丝走上了人生的毁灭之路，因此，苔丝的悲剧主要是社会悲剧。

再次，圣经意象与神秘象征手法的运用。

哈代对《圣经》和古希腊神话十分熟悉，在小说《德伯家的苔丝》中广泛使用相关典故和意象来深化小说主题，刻画人物性格与命运。

就《圣经》意象来看，与红色相关的意象被使用得最为频繁。在《圣经》文本中，"红色"象征着罪恶、淫欲与凶险，小说中每当苔丝的命运即将出现转折时便会出现一系列与红色相关的事物：苔丝离家途中老马死亡时的鲜红血液；苔丝第一次到亚雷家看到的是一座深红色的府邸，如同一只猛兽张着血盆大口，等待苔丝自投罗网；苔丝被诱奸后回家途中，遇见一人手提红色颜料，往墙上刷《圣经》经文，而那赫然的红色大字仿佛正在指责苔丝失身的罪过。小说通过这些偶然的与红色相关事物的描绘，预示了苔丝必然的悲剧人生。

用希腊神话人物的命运来映射小说人物的命运是《德伯家的苔丝》的特色之一。在小说中，安玑·克莱为了表达对苔丝的爱意将其比喻成古希腊神话中的谷物女神和月亮女神，暗示苔丝在拥有这两位女神优秀品质的同时也与她们的命运惊人相似。苔丝因为亚雷的侵害注定当时的社会抛弃而走向灭亡，两位女神也分别因为不同的原因被奸污而最终死去。哈代借安玑·克莱之口将苔丝与两位女神联系在一起，十分巧妙地把神话中人物的命运移植到苔丝身上，真实而又深刻，不仅深化了小说的悲剧主题，而且也使得读者加深了对小说女主人公的怜悯与同情之情。除了人物的对应关系，哈代在小说中还穿插了大量神秘事物，通过强化古希腊神话的悲剧氛围来突出苔丝生命中不可抗拒的神秘力量。在小说的结尾处，哈代这样写道："'死刑'执行了，用埃斯库罗斯的话说，那个众神之王对苔丝的戏弄也就结束了。"这里的"死刑"（justice）具有"双关"和"隐喻"之义，在制造古希腊式命运悲剧氛围的同时，也表达了对资产阶级法律之不公与非正义的讽刺和强烈谴责。

最后，浓郁的地域文化色彩与精妙严谨的叙事结构。

哈代的创作灵感主要来源于他的家乡英国西南部的多塞特郡，因而其小说具有浓厚的地域色彩。

细节叙事是哈代再现英国西南部自然风光、风土人情、社会风俗以及时代氛围的重要手段，主要表现在自然景物的细致描摹和心理刻画的逼真生动两个方面。在自然景物的描摹上，"那些著名的威塞克斯乡村'描写'片段；那些令人无法忽略的景色优美的时刻，如小说开篇的马洛特村五月节游行跳舞，还有小说结尾处悬石坛上的日出，都让人们相信，哈代未经雕琢的电影表现手法已经超越了简单的景色描写"。[1] 哈代还将苔丝的家乡布蕾谷塑造成风景如画的地方：绿油油的草原、傍晚的夕阳、袅袅升起的炊烟以及悠然的黄牛，这一如画般的乡村风景图既是作家心目中家乡的样貌，也使读者对苔丝的生活环境有身临其境之感。在心理刻画方面，哈代表现出对人物心理精湛的艺术掌控力。小说中细致刻画了苔丝与安玑·克莱朝夕相处后的心理变化过程。面对安玑·克莱的表白，苔丝激动、兴奋、充满爱慕之情，但失贞的心理阴影又无时无刻不在压制着她。当拒绝安玑·克莱求婚时，苔丝心中充满忧伤、痛苦。转而答应与安玑·克莱成婚后，她又陷入因自己曾经遭受的耻辱而产生的惶恐之中。小说逼真再现了苔丝内心时常处在"绝对的快乐"和"绝对的痛苦"的挣扎之中，这种人物的矛盾情感旋涡，既真实而又丰满、可信。

色彩、线条和光线等视觉语言的运用是哈代再现英国西南部地域特色的又一重要手段。哈代通过景物色彩的明暗、色调的变化来反映苔丝命运的变化，使自然景色的描绘与人物的内心产生强烈的共鸣。例如，在小说的开头，秀美的风景与节日气氛衬托着苔丝纯洁、天真、美丽的品质。但随着季节的变化，自然景物发生了变化，苔丝的命运也发生了逆转。秋天来临的时候，苔丝被迫到亚雷的庄园去做工，继而被奸污，她的人生因此跌落谷底。此时，哈代用另一种与小说开头完全不同的视觉语言来描摹周围景物的变化，不仅苔丝周围的一切都显得空虚寂寥，

---

[1] 彼得·威多森：《视觉的瞬间：〈德伯家的苔丝〉的后现代解读》，邹晶译，聂珍钊、马弦编选：《哈代研究文集》，南京：译林出版社，2014年，第225页。

而且空气中还弥漫着阴森的氛围,以往欢乐的笑声不见了,转而呈现出凄凉之感。

与浓郁的地域特色和人物起伏的命运相呼应的是小说精巧而严谨的叙事结构设计。《德伯家的苔丝》宛如一首精巧别致的诗,严密紧凑、环环相扣。哈代将小说设置为几个不同的章节,从"白璧无瑕""陷淖沾泥"到"痴心女子""功成愿满",这些章节标题的命名是以苔丝命运的变化为依据的。而在苔丝悲惨的一生中,亚雷对她的奸污与玩弄,安玑·克莱对她的爱慕与遗弃,以及苔丝本人的忍辱负重直到复仇、逃亡和最终被"明正典刑",整个故事前后几个阶段的叙述与安排井然有序,层层推进。

总体来看,《德伯家的苔丝》是 19 世纪英国文学的一颗明珠,奠定了哈代在英国乃至世界文学史上的重要地位。哈代借苔丝悲剧的一生有力地抨击了英国维多利亚时代虚假的乐观主义,揭穿了当时社会在宗教与道德风尚方面臻于完善的谎言。诚如俄国评论家卢那察尔斯基所评论的那样:"托马斯先生本人在社会研究中是大胆的。看到命运向他所亲近的那类人抡起了胳膊,他也不求饶。他反而做了极其广泛的论断。他根据熟悉的材料,给极其广泛的现象、给全人类的命运做出结论。"[1]

第五节　普希金的《叶甫盖尼·奥涅金》

亚历山大·谢尔盖耶维奇·普希金(1799—1837)是俄罗斯伟大的诗人、小说家,现代俄罗斯文学的奠基人,被誉为"俄罗斯诗歌的太阳"。

一、普希金的生平及主要作品

1799 年 6 月 6 日,普希金出生于莫斯科一个贵族世家,自幼受到家

---

[1] 卢那察尔斯基:《论文学》,蒋路译,北京:人民文学出版社,1983 年,第 466 页。

庭文化氛围的濡染，童年时代的普希金就开始接受贵族式家庭教育。他的家庭教师是法国人，18世纪法国文学与文化对其影响较大。他农奴出身的奶妈阿琳娜·罗季昂诺芙娜又常给他讲述俄罗斯民间传说和故事，这使得普希金在接受法国文化氛围的同时也深受俄罗斯民间文学滋养。1811年，普希金进入贵族子弟聚集的皇村学校学习，并在此期间开始致力于诗歌创作。1814年，普希金首次在杂志上发表诗作《致诗友》，初步形成自己的文学风格和政治观念。同一时期，他还与另一位贵族知识分子恰尔达耶夫成为好友，并与一些后来成为十二月党人的青年结识，逐步构筑了热爱和追求自由的思想。1817年于皇村学校毕业后，普希金成为外交部的一名文官，但这一工作有名无实，所以他从未上班。他住在圣彼得堡，与最激进、最杰出的同时代人交往，无节制地享受爱欲与生活的欢愉。

1820年末至1823年，普希金被派遣到俄国南部任职，实则是被流放。这段时期他与十二月党人的联系日趋紧密，追求自由的思想也更为强烈，他创作出大量的优美铿锵的诗作，展现出浪漫主义的倾向和风格。1824至1825年，普希金因与南俄总督发生冲突，被送往在普斯科夫省父母的领地米哈伊洛夫斯克村进行幽禁，两年的乡村生活使普希金的思想进一步成熟，他广泛收集俄罗斯民间故事和童话，深入接触民间文化，逐渐转向现实主义创作风格。十二月党人起义失败后，1826年，沙皇尼古拉一世允许普希金返回莫斯科。普希金曾短暂地对沙皇统治抱有一丝幻想，但很快意识到现实的残酷，转而以创作表达自己对革命者的态度。1830年，普希金向纳塔利娅·尼古拉耶芙娜·冈察洛娃求婚成功。同年秋，他在父亲的领地波尔金诺驻留三个多月，这期间是他现实主义创作的高潮期，也是他一生中最为丰产的时期，俄罗斯文学史称之为"波尔金诺之秋"。

1836年，法国流亡贵族丹特士公然向普希金的妻子献殷勤，引起流言蜚语。1837年2月8日，普希金在与丹特士的决斗中受重伤，于10日逝世，诗人的灵柩被送至他亲自所选的长眠地——米哈伊洛夫斯克附近的修道院。

普希金一生的创作主要以诗歌为主,他的早期诗歌以歌唱青春和爱情为主,除了受到俄国诗人茹科夫斯基和巴拉丁斯基等人的影响外,法国古典主义诗人对他的影响相当可观。伏尔泰曾是普希金长期以来的最爱,此外还受到帕尔尼和安德烈·谢尼耶的影响,他们在很大程度上奠定了普希金诗作严肃激情的音调,并在一定程度上影响到了普希金诗歌的主题选择和结构方式,因此有评论家认为普希金的诗歌作品就是"成熟的法国诗歌天赋之独特产物之一"。[①] 到了创作的第二时期,即1820至1823年间,对普希金影响巨大的当属英国诗人拜伦,此时的普希金由"缪斯的女神歌手"转为一个激进的政治诗人,书写出一系列抨击暴政、渴望自由的诗篇。尽管有观点认为普希金的创作与拜伦之间并无实质性亲缘关系,甚至二者之间的诗风也存在巨大差异,但不得不承认的是,拜伦诗歌主题的选择和素材的处理确实对普希金的叙事诗产生了重要影响。[②]

普希金一生虽然短暂,但却留下了众多名篇佳作,主要包括:政治抒情诗《自由颂》(1817)、《致恰尔达耶夫》(1818)、《乡村》(1819);叙事长诗《鲁斯兰与柳德米拉》(1820)、《太阳沉没了》(1820)、《囚徒》(1821)、《致大海》(1824)、《青铜骑士》(1833);叙事诗《高加索的俘虏》(1822)、《茨冈》(1824);历史剧《鲍里斯·戈都诺夫》(1825);诗体长篇小说《叶甫盖尼·奥涅金》(1823—1831);童话诗《渔夫和金鱼的故事》(1833);短篇小说《黑桃皇后》(1833);中篇小说《上尉的女儿》(1836)等。

二、《叶甫盖尼·奥涅金》的艺术成就

诗体长篇小说《叶甫盖尼·奥涅金》是普希金篇幅最大、最为著名、

[①] 德·斯·米尔斯基:《俄国文学史》,刘文飞译,北京:商务印书馆,2020年,第121页。

[②] 德·斯·米尔斯基:《俄国文学史》,刘文飞译,北京:商务印书馆,2020年,第121页。

最有影响的代表作品，在某种程度上也是普希金最为典型的作品。《叶甫盖尼·奥涅金》之所以被称为"诗体长篇"，主要是因为这部作品由八首被称为"章"的"诗篇"构成。普希金受到拜伦的长诗《唐璜》的启发，产生了一个想法，即以固定的诗体、严肃混杂戏谑的手法写作一部取材于当代生活的长篇叙事诗，这成了《叶甫盖尼·奥涅金》的主要创作动因。就小说内容来看，主要讲述了贵族青年叶甫盖尼·奥涅金因对社交生活感到无聊来到乡间，他拒绝外省地主女儿达吉雅娜的爱情，并在决斗中杀死了好友连斯基。当他因愧疚烦闷漫游全国归来后，对再次相遇的达吉雅娜动心，但此时已婚的达吉雅娜选择了拒绝。小说通过塑造奥涅金这一典型人物形象，表达出特定历史时期俄国青年一代的苦闷和彷徨、探求和追索、痛苦和忧郁。作为俄国最为重要的现实主义文学奠基作，《叶甫盖尼·奥涅金》取得了杰出的艺术成就，它代表了普希金成熟时期的"最高荣光"，也是普希金"主观"手法的最充分体现，显示出了普希金艺术上的"分寸感"和"精准的技艺"。[1]

首先，第一个"多余人"形象的塑造与"时代忧郁症"。

普希金塑造的贵族青年叶甫盖尼·奥涅金，是俄罗斯文学史上"多余人"形象的首创，也是19世纪俄罗斯文学独特成就的表征。

"多余人"是19世纪俄罗斯文学中一类人物形象的统称，这类人物形象都有着几近相同的特征，这些特征在奥涅金身上得到基本确认，并在莱蒙托夫笔下的毕巧林、赫尔岑笔下的别尔托夫、屠格涅夫笔下的罗亭、冈察洛夫笔下的奥勃洛摩夫等后续人物形象身上反复显现。"多余人"形象的特征主要包括：出身贵族，远离人民生活，虽然不满现状却又无力改变现实的不合理，只能在愤世嫉俗中虚耗才华。"多余人"是19世纪俄罗斯作家塑造的贵族知识分子的典型形象，他们是特定历史时期典型环境中的典型人物系列。他们自身是贵族权势的代表，尽管不屑与统治阶层同流合污，但也无法与底层人民真正站在一起，彻底反对封建

---

[1] 德·斯·米尔斯基：《俄国文学史》，刘文飞译，北京：商务印书馆，2020年，第124页。

专制和农奴制度。他们追求民主自由，对俄国现实不公愤懑不满，但却无法变革现实，只能成为思想上的巨人、行动上的矮子。

19世纪前中期的俄国贵族，生活优裕，向往自由，文化教育良好、具有高尚理想，厌恶封建专制统治却又无力抗争。特定的社会环境和氛围成为"多余人"形象赖以生存的典型土壤。在西欧诸国都已走上资本主义发展道路之际，19世纪初期的俄国依然是较为落后的封建农奴制国家。农奴制的存在和封建地主的盘剥，严重阻碍了商品经济的发展，当时的俄国远远落后于其他西欧国家，社会矛盾不断激化。1812年抵御拿破仑的卫国战争取得胜利，这促使俄罗斯民族意识觉醒，当时一部分贵族青年受到法国启蒙主义思想的影响，崇尚自由民主。在1825年借沙皇亚历山大一世病逝之机，人们掀起了反对沙皇专制统治和反对农奴制的十二月党人起义，但以失败告终。此外还有另一部分贵族青年，他们虽然也能够意识到时代的风暴必然将封建统治和贵族阶级一同埋葬，但他们无法洞见社会的发展方向，没有能力也没有勇气去进行革命斗争，只能或终日慨叹，或焦虑苦闷，或放浪形骸，患上了时代的忧郁症。这部分贵族青年正是文学中"多余人"形象的原型，从第一个"多余人"奥涅金到最后一个"多余人"奥勃洛摩夫，可以说都是俄国那个特定时代的产物。

小说《叶甫盖尼·奥涅金》中的贵族青年奥涅金是"多余人"形象系列的鼻祖。他从小接受良好的贵族式教育，天资聪颖、博览群书、谈吐有致、风度翩翩，又和当时大多数上流社会青年一样，好卖弄学问、机巧应变、调情打诨、轻浮俏皮，很快就在贵族社交圈和情场上如鱼得水。难能可贵的是，他除了浮躁放浪外，还有一点自我反省意识，并受到民主自由思想的影响和时代精神的鼓舞，对现实有较为清醒的认识。然而，就是这样一个既有思想又有能力的贵族青年，却始终无法真正行动起来，也无法找到自己在社会中的位置和生活的出路。他只是思考俄国社会现实、批判专制农奴制度、厌恶贵族阶层的虚伪，但却没有理想和追求，导致他不能做出任何有意义的行动，对任何事都是漠然处之。他既不想仕途发达，也不想建功立业，只是想摆脱枯燥乏味的生活，厌倦一切的四处游荡，因此成为"聪明的废物"。小说对奥涅金这一"多余人"形象的描绘和塑造，深刻揭示出了19世纪俄国上流社会部分贵族青年的局限性。

其次，女性形象的塑造与俄罗斯式优雅的艺术展现。

《叶甫盖尼·奥涅金》在人物形象塑造方面除了开创俄罗斯文学"多余人"的先河外，女性形象的优雅展现也是不容忽视的特色之一，这集中体现在小说的女主人公达吉雅娜的身上。别林斯基在谈及达吉雅娜这一人物时认为她是"一个特殊的造物，有着深刻的、善于爱的、热情的天性。爱情在她会是一生中最大的幸福，也会是最大的灾难，毫无任何调和的折衷可言"。[①] 小说中的达吉雅娜是地主的女儿，在纯朴的乡村长大，杜绝了一般贵族阶级的恶习和偏见。带着少女般爱情的渴望，她把自己全部的梦想都托付给了奥涅金。然而现实却令她绝望，"多余人"的性格特点决定了奥涅金无法带给她幸福和她所向往的家庭生活。她选择嫁给"胖胖的将军"，虽然成为上流社会的名媛，但内心中却始终保持高贵的品质和对纯真爱情的向往。

达吉雅娜是普希金精心塑造的俄罗斯文学中最为优美的女性形象之一，她在爱情和婚姻中权衡，展现出俄罗斯女性为爱而生、为情所苦，最终又在现实生活中获得生命超越的美好品质。诚如评论家所说，普希金塑造达吉雅娜这一人物形象的伟大之处就在于"他回避了那种几乎难以回避的做法"，即"塑造一位道德高尚的妻子，她无动于衷地拒绝她深爱的男人，像个老学究或是清教徒"。[②] 相反，达吉雅娜被塑造成美德和优雅的化身，她的力量和美德源自"她永难舒缓的忧伤"和"宁静恭顺的决定"，即"永远不再步入她那唯一可能的天堂，终生不再指望幸福的降临"。[③] 正是在这种优雅的悲剧人生中，达吉雅娜代表了俄罗斯的灵魂，

[①] 别林斯基：《论〈叶甫盖尼·奥涅金〉》，智量编选：《外国文学名家论名家》，上海：华东师范大学出版社，1985年，第193页。

[②] 德·斯·米尔斯基：《俄国文学史》，刘文飞译，北京：商务印书馆，2020年，第125—126页。

[③] 德·斯·米尔斯基：《俄国文学史》，刘文飞译，北京：商务印书馆，2020年，第126页。

并在俄罗斯众多的女性人物形象中占据重要的位置。

再次,诗与散文有机结合的艺术形式探索和"抒情插笔"手法的灵活运用。

普希金在《叶甫盖尼·奥涅金》中,将诗的激情干练和散文的清新朴实有机融入对人物性格塑造和事件具体叙述中去,赋予诗体长篇小说独特的艺术魅力。普希金之前的俄罗斯文学中,几乎没有作家在作品中尝试以诗和散文的形式刻画人物性格、完成事件叙述。普希金独创性地新创出诗体长篇小说这种自由的形式,首次在文学创作中将诗的抒情与散文的叙述有机融合,很好运用和利用两种体裁的优长,使之为人物的性格塑造和具体的事件叙述服务,形成全新的艺术形式,使作品既有优美的抒情,又有无华的质朴,共同致力于人物性格和形象的细腻描绘与刻画,这既是普希金在艺术形式方面的探索,也是他对现实主义文学形式的开创性发展。

普希金还将自己的思想、情感、态度、体验、理想等凝练为大量的"抒情插笔",或用于说理、庄重严谨,或用于评论、激烈尖锐,灵活地间杂在《叶甫盖尼·奥涅金》的情节行进中。这些"抒情插笔",有的用以回忆和追思逝去的恋情、有的传达对生活的种种思考和看法,有些与人物和事件联系直接紧密,有些看似即兴,甚至与人物和情节发展联系不大,但本质上却与人物、事件具有内在的逻辑关联和统一性,从而起到展现作品内在品质的作用。"抒情插笔"手法的灵活运用表面看来未能显示出普希金艺术上的节俭风格,但实则却起到了"依赖氛围创造效果"[1]的醒目功能,它一方面增强了作品的抒情性和感染力,另一方面拓展了作品的容量,使作品的内涵在不同程度上得以深化。

最后,独特的"奥涅金诗节"与规范严整的诗体风貌。

诗体长篇小说《叶甫盖尼·奥涅金》以诗人独创的"奥涅金诗节"组成,风格统一、韵律独特,对俄罗斯诗歌语言的发展有着深刻影响。

---

[1] 德·斯·米尔斯基:《俄国文学史》,刘文飞译,北京:商务印书馆,2020年,第124页。

在诗歌的形式和韵律方面，普希金极富创造性。作品中除男女主人公的两封信以外，各章节均以诗人新创的"奥涅金诗节"组成，即用四步抑扬格写成的十四行诗组成的诗节，这样就使得整部作品风格整齐划一。每节十四行诗分为四组，前三组分别为四行，最后一组为两行，其基本韵律格式为：第一组四行诗用交叉韵，即 abab；第二组四行诗用双韵，即 ccdd；第三组四行诗用环韵，即 effe；第四组两行诗用连韵，即 gg。这种"奥涅金诗节"的使用，使作品在诵读时不仅具有节奏感和力量，而且余味绵长、富有韵味，同时，通篇由这种整齐划一的诗节构建而成，也使得作品的形式规范严整，独具艺术魅力。

总之，《叶甫盖尼·奥涅金》艺术地展现了19世纪上半叶俄国社会生活的广阔画卷，塑造出俄罗斯文学中第一个"多余人"形象和体现俄罗斯灵魂优雅的女性形象的典型，无论从人物性格塑造风格、叙事结构，还是现实主义类型发展角度，均可视其为后世俄罗斯长篇小说的源泉和典范。

第六节　陀思妥耶夫斯基的《罪与罚》

费奥多尔·米哈伊洛维奇·陀思妥耶夫斯基（1821—1881）是俄罗斯19世纪现实主义文学的杰出代表，被誉为现代主义文学的鼻祖之一，鲁迅评价他是"人的灵魂的伟大的审问者"[1]，俄国文学研究专家德·斯·米尔斯基称赞他是"整个人类思想史中最有影响、最为不祥的人物之一，是终极思想求索领域最为大胆、最具破坏性的探险活动之一"，"就其精神体验之深刻、复杂和丰富"[2]而言，是整个俄罗斯文学史中鲜有对手的重要作家之一。

---

[1] 鲁迅：《〈穷人〉小引》，《鲁迅全集》第七卷，北京：人民文学出版社，1981年，第104页。

[2] 德·斯·米尔斯基：《俄国文学史》，刘文飞译，北京：商务印书馆，2020年，第359页。

一、陀思妥耶夫斯基的生平与主要作品

1821年11月11日,陀思妥耶夫斯基出生于莫斯科一个并不富裕的医生家庭,其父本是平民出身,后来获得贵族称号,其母是莫斯科一名商贾的女儿。这种家庭出身使得陀思妥耶夫斯基成为俄国19世纪前半期所有伟大作家中的一个"例外",因为几乎所有这一时期的俄国伟大作家,包括普希金、莱蒙托夫、果戈理、屠格涅夫、列夫·托尔斯泰,等等,都是贵族出身,唯有陀思妥耶夫斯基不是出身拥有土地的贵族乡绅家庭。这一非常重要的事实对陀思妥耶夫斯基后来作为作家产生了重要的影响,他始终认为自己的作品是"与混乱的现实进行搏斗的一种尝试"。[①]

陀思妥耶夫斯基的父亲酗酒成性、性格暴躁,在位于贫民区的玛利亚济贫医院工作,这一方面使童年的陀思妥耶夫斯基形成了敏感的性格,另一方面也使他对疾病和贫困印象深刻,为其日后创作积累了最初的素材。九岁的时候,在没有任何预先征兆的情况下,陀思妥耶夫斯基的癫痫病首次发作,并在日后终生伴随他的成长,这使得陀思妥耶夫斯基在肉体和精神双重层面长期遭受巨大创伤和痛苦。

1834年,陀思妥耶夫斯基进入莫斯科契尔马克寄宿中学学习,在这里他初步感受到了时代潮流的激荡。1837年,陀思妥耶夫斯基前往彼得堡,进入军事工程学校。他学习了四年,感觉对工程学兴趣不大,反而更热衷于文学。自工程学校毕业后,陀思妥耶夫斯基到彼得堡军事工程局从事绘图工作,次年退役,之后他决心献身文学,正式开启职业创作生涯。

1847年,陀思妥耶夫斯基开始参加彼得拉舍夫斯基小组的革命活动,1849年被抓捕,很快被判处死刑,最终在临刑的前一刻被赦免,改判为流放西伯利亚服苦役。这一事件令陀思妥耶夫斯基终生难忘,他在小说《白痴》和随笔《作家日记》中两次明确提及此事,小说《群魔》

[①] 约瑟夫·弗兰克:《陀思妥耶夫斯基:反叛的种子(1821—1849)》,戴大洪译,桂林:广西师范大学出版社,2014年,第6—7页。

中展现的政治倾向多少也能看出这一事件的深远影响。1850年，陀思妥耶夫斯基被押送到西伯利亚服苦役，1854年又开始在西伯利亚服兵役，1858年升任为少尉，直至1860年才返回圣彼得堡。流放西伯利亚时期是陀思妥耶夫斯基人生的转折点，通过与各式底层人民的直接接触，他的思想发生了重大变化。在切身感受到社会最底层痛苦生活的同时，底层人民对政治犯的敌视态度也使他动摇了革命的信念，形成了极端的"土壤派"理论思想，即作为土壤的人民没有革命的要求，即使有文化的上层也已经与他们脱离，因此俄国不具备接受革命宣传的土壤，这种思想在他的小说《死屋手记》中获得集中体现。

进入19世纪60年代，陀思妥耶夫斯基又先后经历了亲人离世、债务缠身、疾病加重等一系列人生悲剧。1862年，陀思妥耶夫斯基首次出国旅行，到了英国、法国和德国，并在《冬天记的夏天印象》中记录下了他对西方的重要印象。1862至1863年间，他与阿波利纳里娅·苏斯洛娃相爱，开启了他人生中最为重大的罗曼史，但由于这一"地狱般"的女人的高傲和残酷，这段恋情很快终结，留给陀思妥耶夫斯基的唯有首次轮盘赌的开始与对生活黑暗面以及人性邪恶的进一步窥视。1866年，为了偿还大笔赌债，陀思妥耶夫斯基开始写作中篇小说《赌徒》，以此为契机，他与打字员安娜·格里高利耶夫娜·斯尼特金娜相识、相爱并最终结合在一起。仰仗这位出众的妻子的献身精神和精明持家，陀思妥耶夫斯基最终摆脱了赌债，得以在相对宽松的家庭环境中度过其人生的最后十余年时光，并迎来创作的丰收时期。

1881年，陀思妥耶夫斯基因血管破裂逝世，安葬于圣彼得堡。

陀思妥耶夫斯基自幼年便对文学产生了强烈的兴趣，他的父母会在每天晚上拿出专门的阅读时间对孩子们进行文学和历史的教育。英国哥特女作家安·拉德克利夫的小说、俄国学者卡拉姆津的《俄罗斯国家史》和《一名俄国旅行者的书简》等众多通俗和严肃著作对于成长中的陀思妥耶夫斯基都曾产生过重要影响。此外，罗蒙索诺夫、茹科夫斯基、杰尔查文等俄国诗人的诗歌以及德国作家席勒的剧作《强盗》等也是阅读教育的常备素材。尤其令年少的陀思妥耶夫斯基着迷的是英国作家沃尔特·司各特的小说，他的《昆丁·达沃德》和《威弗利》等作品经常让陀思妥耶夫斯基爱不释手。进入军事工程学校学习之后，陀思妥耶夫斯基更是广泛涉猎了莎士比亚、维克多·雨果、狄更斯等作家的作品，这为其日后创作提供了丰富的精神养料。但与上述作家、诗人相比，普希金的影响力更大。普希金的《黑桃皇后》《吝啬的骑士》《青铜骑士》《埃及之夜》等重要作品都发表于陀思妥耶夫斯基青春期那几年，少年的陀思妥耶夫斯基如饥似渴般地沉醉其中，其专注和推崇程度具有决定性意义，这可以从1880年陀思妥耶夫斯基在普希金纪念碑揭幕仪式上的著名演说中看出端倪。陀思妥耶夫斯基在演说中高度赞扬普希金对于俄罗斯文学的重大意义，认为普希金的作品深刻地表述了俄罗斯的国家道德价值观念。可以说，普希金的作品在整个陀思妥耶夫斯基的生命中一直处于持续的对话之中，并为陀思妥耶夫斯基的创作体系"打下了基础，划定了视野"[1]，也正因为此，十六岁时，作为文学偶像的普希金的最终悲惨结局才如此触动了陀思妥耶夫斯基"最深层的内在感情"。[2]

陀思妥耶夫斯基一生著述丰富，主要包括：处女作书信体短篇小说《穷人》（1846）；中篇小说《双重人格》（1846）、《女房东》（1847）、《白夜》（1848）、《赌徒》（1866）等；长篇小说《被侮辱与被损害的》（1861）、《死屋手记》（1862）、《地下室手记》（1864）、《罪与罚》（1866）、《白痴》（1869）、《群魔》（1871）、《少年》（1875）、《卡拉马佐夫兄弟》（1879—1880）等。其中，《穷人》代表了19世纪40年代陀思妥耶夫斯基"仁慈"和小人物文学的巅峰，是著名的"果戈理"主题和风格的延续，是作家日后"那些伟大小说之醒目特征的悲悯态度之先声"[3]；《死屋手记》是陀思妥耶夫斯基"最为著名、最被认可的一部书"，也是其后期"思想小

---

[1] 约瑟夫·弗兰克：《陀思妥耶夫斯基：反叛的种子（1821—1849）》，戴大洪译，桂林：广西师范大学出版社，2014年，第82页。

[2] 约瑟夫·弗兰克：《陀思妥耶夫斯基：反叛的种子（1821—1849）》，戴大洪译，桂林：广西师范大学出版社，2014年，第84页。

[3] 德·斯·米尔斯基：《俄国文学史》，刘文飞译，北京：商务印书馆，2020年，第236页。

说"的重要一部,集中展现了作家"人道的、乐观的同情"思想[1];《地下室手记》是一部"哲学大于文学"的作品,是陀思妥耶夫斯基最早的具有独创性的"成熟"之作,在作家的创作中占据核心位置,作家"深刻的悲剧直觉得到最纯粹、最残酷的表达"[2];《罪与罚》《白痴》《群魔》和《卡拉马佐夫兄弟》四部作品均拥有"戏剧化的结构、悲剧感的观念和哲理性的内涵"[3],它们共同构成一个相互关联的系列,尤其是作为陀思妥耶夫斯基小说艺术总结性作品的《卡拉马佐夫兄弟》,不仅艺术化展现了小人物、人性之恶、"偶合家庭"、宗教救赎等作家小说创作的全部主题,而且反映了作家本人后期的思想矛盾特点,具有划时代的里程碑意义与价值。

陀思妥耶夫斯基的小说作品,一方面反映了俄国由农奴制社会向资本主义社会转变时期的社会矛盾与精神危机,具有鲜明的人文关怀气息和传统的现实主义批判倾向;另一方面深入探究了人性和人的灵魂问题,并达到了前所未有的深度和广度。就其小说的思想特征来看,陀思妥耶夫斯基对具体的现实主义细节的把握和对人物语言的精细提炼,使得他成为典型的现实主义文学流派的代表。但仔细审视之后,又会发现陀思妥耶夫斯基在本质上是诉诸精神实质的。他将自身的精神体验和精神实质"披上一件当代生活的现实主义外衣,将它们与俄国生活的当代事实联系在一起"[4],进而实现二者之间的有机融合。他还视小说作品为新基督教的一种启示,"善与恶的终极问题得到讨论,并获得非常明晰的答案"[5]。总而言之,作为杰出小说家的陀思妥耶夫斯基的心智是预言性的,

---

[1] 德·斯·米尔斯基:《俄国文学史》,刘文飞译,北京:商务印书馆,2020年,第362—363页。

[2] 德·斯·米尔斯基:《俄国文学史》,刘文飞译,北京:商务印书馆,2020年,第367页。

[3] 德·斯·米尔斯基:《俄国文学史》,刘文飞译,北京:商务印书馆,2020年,第368页。

[4] 德·斯·米尔斯基:《俄国文学史》,刘文飞译,北京:商务印书馆,2020年,第371页。

[5] 德·斯·米尔斯基:《俄国文学史》,刘文飞译,北京:商务印书馆,2020年,第369页。

他通过对人物形象的细致描摹、心灵状态的逼真再现和思想的艺术化传达，成为在最高层面上"瓦解俄罗斯灵魂之精神的第一个、也是最伟大的征兆"①。

二、《罪与罚》的艺术成就

长篇小说《罪与罚》是陀思妥耶夫斯基的"第一部伟大作品"②，是作家创作后期为其带来世界性声誉和地位的重要"思想小说"之一。小说讲述了大学生拉斯科尔尼科夫因"超人"理论犯下罪行，在内心长期处于挣扎矛盾的煎熬后，受妓女索尼娅的宗教感召而自首，最终在西伯利亚与索尼娅相聚，并在苦役生活中得到精神重生的故事。陀思妥耶夫斯基通过主人公的遭遇，指出其"超人"理论的极端个人主义实质，并真实展现了19世纪中叶俄国城市贫民的悲惨境遇。这是一部深刻探讨"罪"与"罚"的杰出社会哲理著作，在小说中陀思妥耶夫斯基以"巨大的艺术力量和思想深度阐明了与资本主义对人的命运和心理所产生的影响有关的、广泛综合各个方面的种种问题"③，显示出了高度的思想内涵和艺术成就。

首先，主人公"双重人格"的艺术刻画与极端个人主义的反思。

拉斯科尔尼科夫是典型的寓"双重人格"于一身的人物形象，他的明显标识就是内心分裂，其创造的"超人"理论的实质就是极端个人主义。

主人公拉斯科尔尼科夫是大学法律系的一名学生，他挚爱自己的母亲与妹妹，也在自身贫困潦倒时接济和帮助他人，是一个正直良善的青

---

① 德·斯·米尔斯基:《俄国文学史》，刘文飞译，北京：商务印书馆，2020年，第372页。

② 约翰·米德尔顿·默里:《〈罪与罚〉》，戴大洪译，费奥多尔·陀思妥耶夫斯基:《罪与罚：学术评论版》，曹国维译，桂林：广西师范大学出版社，2019年，第609页。

③ 弗里德连杰尔:《陀思妥耶夫斯基的现实主义》，陆人豪译，合肥：安徽文艺出版社，1994年，第141页。

年。小说中交代，拉斯科尔尼科夫以社会不公正为理由，创造出一种理论：人分为"不平凡的人"和"平凡的人"，前者能推动世界，为此可以不择手段。为了证实自己的"理论"和自身的不平凡，也为了替索尼娅一家摆脱高利贷的困境，他残忍地杀害了放高利贷的老太婆阿廖沙及其异母妹妹。杀人后他无法抑制内心涌起的恐惧与良心的谴责，同时还不停地在心理层面以各种方式为自己的行为辩解开脱。善与恶、道德与非道德等矛盾在人物灵魂深处纠缠争斗所造成的尖锐冲突，构成拉斯科尔尼科夫这一人物形象的内在心理特征。陀思妥耶夫斯基充分展示出主人公极度矛盾、分裂的内心和精神世界，拉斯科尔尼科夫行凶得手后，时而对自己的杀人行为得意自豪，但又异常不安和恐惧；时而疯狂试探、意图主动暴露自己犯下的罪行，但又拼命遮掩、试图逃脱法律的制裁。道德的罪恶感与杀人的快感激烈碰撞交锋，展现出陀思妥耶夫斯基笔下这一人物的双重人格和极度扭曲的心理。

为了塑造这一典型的内心分裂式的人物形象，陀思妥耶夫斯基还在小说中展现出不平凡与平庸、善与恶等思想在人物内心对抗的复杂阶段性变化。以犯罪为分界线，犯罪前拉斯科尔尼科夫的双重人格从相互抗衡的姿态转变为不平凡与恶的思想占据绝对优势，这在他杀人的瞬间达到顶点；犯罪后他的罪恶感和道德感一步步压制不平凡与恶的思想，以使他从精神疯狂的困境中解脱，这在他与索尼娅忏悔的一刻达到巅峰。这种变化的内心历程的展现，使小说《罪与罚》的布局整体上呈现为复杂的心理对位结构。

陀思妥耶夫斯基通过对主人公双重分裂人格的艺术化展现与悲剧描写，指出其理论内核是对无政府主义的抗议。在作家看来，拉斯科尔尼科夫的极端做法不仅不能推动世界前进，而且也不能使穷人获得生存的权利，反而肯定了少数人奴役和掠夺他人的权利和极端行为。

其次，多元对话的复调型艺术与现代倾向。

《罪与罚》展现出陀思妥耶夫斯基新创的复调型艺术思维，主人公与自我的对话、主人公与他人的对话等在作品中多声部呈现，使小说突破传统一元化独白形式，显现出复调小说的现代倾向。

陀思妥耶夫斯基之前的现实主义作家们在小说创作中，采用的是以作家意志支配人物和事件，将人物和事件作为客体对象统一加以表现的传统独白型模式。人物的思想和意识都是作家意志的产物，是受作家意志统摄、主宰和控制的，人物不能在作品中自主发声，使作品呈现出单声部状态。俄国文艺理论家巴赫金移用音乐术语"复调"，即音乐中所有声音按各自的声部行进、相互叠加构成突破单一主旋律的多声部现象，认为陀思妥耶夫斯基开创了"复调小说"的新形式。在巴赫金看来，陀思妥耶夫斯基的小说中存在多个声音，每个声音都是不同意识形态主体性的显现，各自独立不相互融合，也不受限于作家意志，各个主人公以独立的姿态参与到对话中去。这样，小说便成了以多元对话为特征的多声部复调形式，即在多声部对话关系中生成的复调小说："陀思妥耶夫斯基擅长的，却正是描绘他人的思想，但又能保持其作为思想的全部价值；同时自己也保持一定的距离，不肯定他人的思想，更不把他人思想同已经表现出来的自己的思想观点融为一体。"[①]

在《罪与罚》中，陀思妥耶夫斯基将复调型艺术思维的对话性、矛盾性等特征鲜明地展现出来，艺术地组织主人公与自我、主人公与他人等进行多元对话。主人公与自我的对话富于艺术魅力，这一对话形式在主人公内心激烈的矛盾冲突中，展示了人物思想和意识的不同侧面，不仅使读者易于窥视到主人公的深层心理，更重要的是让主人公脱离作家的支配，使主人公的思想获得突破作家意志限制的独立价值。主人公与他人的对话更能展示出由人物各自的人生观、道德观等建构起的个体世界，拉斯科尔尼科夫与索尼娅之间就是这种独立自主声音平等交流的体现。拉斯科尔尼科夫表述的核心是他偏执的哲学思想，而索尼娅对等的交流核心是她虔诚的宗教观念。《罪与罚》以多元对话为特征，显示出人和生活的多种可能性，从而使小说整体呈现和保持一种开放的姿态。

再次，重视开掘以人物潜意识为特征的心理描写，并由此探寻人物

---

① 巴赫金：《陀思妥耶夫斯基的诗学问题》，白春仁、顾亚玲译，北京：生活·读书·新知三联书店，1988年，第128页。

内心的本质真实。

陀思妥耶夫斯基是一位出色的心理小说家，他擅长从人自身去观察和探索人，深入探究和开掘人物的潜意识，揭开人物隐蔽的内心冲动，使之成为显在的意识活动，并以细腻的心理描写加以表现。诚如梅列日可夫斯基所指出的那样："所谓的陀思妥耶夫斯基的'心理学'，像是一间巨大的实验室，实验室装配有最精密、最准确的仪器、机器，用以测量、研究、实验人的灵魂。"[1]

在《罪与罚》中，陀思妥耶夫斯基精湛地展示出了深入探索和挖掘人物心理变化及人物内心世界的功力。作家探求的触角深入人物内心深处，把主人公拉斯科尔尼科夫心理层面复杂的思想斗争形象地描绘出来，而且以情节推进中的人物自觉不自觉的行动来描述潜意识中心理冲动的转化，用细腻深刻的心理描写去揭示和反映人物心理与精神的复杂动向。在拉斯科尔尼科夫杀人之前，要杀人的意念不断在他的心里涌动，时隐时现地刺激他，使心理层面的矛盾时常相互冲击。做与不做在他心中抗衡，时而坚定、时而动摇，呈现出人物心理的复杂局面和态势。拉斯科尔尼科夫杀人后精神和心理处于半崩溃的状态，一方面他试图拼命掩饰自己潜意识中的恐惧，另一方面又自觉不自觉地将这种心理以各种形式体现出来。陀思妥耶夫斯基对人物潜意识的深度开掘艺术地揭示了人内心的深度，使小说具有强烈的艺术感染力。小说中还描写道，杀人后次日拉斯科尔尼科夫接收到警局传票，他把唯一的袜子穿了脱、脱了穿，总是担心那双袜子上留有血迹，会成为无意中暴露自己的罪证；当得悉警局传唤只是让他缴还欠债，他的内心稍显松弛，开始在街头四处游荡，却在漫无目的四处观望时差点儿被马踩死。这些细腻的描写都呈现出拉斯科尔尼科夫潜意识中不安紧张、恐惧异常的深层心理，外界随时出现的一点变化都可以成为击溃主人公脆弱精神状态的重负。陀思妥耶夫斯基将拉斯科尔尼科夫表面沉着、但在深层意识中几近崩溃的心理刻画得

---

[1] 梅列日可夫斯基：《托尔斯泰与陀思妥耶夫斯基》，杨德友译，沈阳：辽宁教育出版社，2000年，第266页。

形象细致，使读者感同身受，显示出强有力的人物心理构建能力。

最后，艺术化的时空处理构成小说叙事艺术的重要特征。

陀思妥耶夫斯基有意识地运用时间压缩、空间重叠等艺术手段，将人物的心理活动置于特殊时空背景之中，以求更深层次、更大限度地揭示人物心理，《罪与罚》在这方面尤其凸显特色。作家有意识地将时间和空间进行限定和叠加，在有限的时空中对小说的人物和事件进行戏剧性安排。

《罪与罚》篇幅容量巨大，但陀思妥耶夫斯基在小说叙事中却让人物活动和故事情节发展在短短几天内得以完成，这得益于他高超的时间处理方式。陀思妥耶夫斯基以压缩客观物理时间作为叙事时间、同时又无限拓展主观心理时间的方法，戏剧性地淡化物理时间和心理时间的临界点，模糊小说时序，使读者沉浸其中去体验主人公迷乱的心理和精神状态。小说主体情节的行进在物理时间上主要包括：第一天拉斯科尔尼科夫去窥探老太婆并结识马尔美拉多夫，第二天他确证老太婆次日独自在家的信息，第三天他付诸行动杀死老太婆和她的异母妹妹。其后小说的叙事时间就随主人公进入昏迷之中，主要以主人公所体验到的时间为主，只在偶尔清醒时会意识到物理时间的存在，而这一时间又具有不确定性。为了克服心理时间营造的虚幻状态，作家让另一些人物和事件按物理时间时序行进，这就能使具体社会生活的描述正常进行，又使读者回到现实中去。

在《罪与罚》中，陀思妥耶夫斯基对空间的设计则采取将人物的外在活动空间与人物的内在思维空间重叠的方式。他有意识地把绘画表现技巧融入小说艺术创造中，把人物行动的空间营造成一个富有特殊意味的艺术世界，进而促使读者迅速从视觉艺术形态建构的外部空间跳跃到人物的思维空间。例如，陀思妥耶夫斯基让拉斯科尔尼科夫走进老太婆阿廖沙的房间，在不大的房间角落里，一幅不大的圣像前点着一盏小油灯，这就将主人公引导进一个局促、压抑的空间，拉斯科尔尼科夫又看到墙上糊着的黄色壁纸和陈旧的黄木制造的家具，作家在此对"黄"色加以强调，使这一色彩的文化意味得以凸显，这使得读者容易从主人公进入的空间转向人物的心理和思维空间,去感受人物的心理变化,这种描写方式极富艺术感染力。

长篇小说《罪与罚》的发表标志着陀思妥耶夫斯基文学创作和艺术风格的全面成熟。小说将19世纪俄国现实生活图景与犯罪心理、伦理道德选择等内容有机结合,深刻反映出资本主义冲击下俄国社会的动荡变化与社会心理的矛盾冲突,其对人性的深度开掘与复调型艺术的运用为现代主义文学的创作提供了养分,并对世界文学的发展做出了重要贡献。

第七节 列夫·托尔斯泰的《安娜·卡列尼娜》

列夫·尼古拉耶维奇·托尔斯泰(1828—1910)是俄罗斯伟大的文学家、思想家、哲学家,他的创作将19世纪俄罗斯现实主义文学推向巅峰。列宁评价托尔斯泰"是一个天才的艺术家","不仅创作了无与伦比的俄国生活的图画,而且创作了世界文学中第一流的作品"。[1] 俄国文学研究学者德·斯·米尔斯基认为,在1900年前后,托尔斯泰堪称是最具国际声望的俄罗斯作家,因为"在歌德之后还从未有一位作家能在全世界注目下如此牢固地主宰一个民族的文学"[2];更有学者认为,如果说陀思妥耶夫斯基代表了俄罗斯文学的深度,那么毫无疑问,列夫·托尔斯泰则代表了俄罗斯文学的广度。

一、列夫·托尔斯泰的生平与主要作品

1828年9月9日,托尔斯泰出生于俄国亚斯纳亚·波利亚纳的一个古老贵族世家。他的父亲是贵族庄园主,他的母亲出嫁前是沃尔康斯基公

---

[1] 列宁:《列夫·托尔斯泰是俄国革命的镜子》,中共中央马恩列斯著作编译局编译:《列宁选集》第二卷,北京:人民出版社,2012年,第242页。

[2] 德·斯·米尔斯基:《俄国文学史》,刘文飞译,北京:商务印书馆,2020年,第335页。

爵家的小姐，他们都属于最优秀的俄国贵族，是上层统治阶级中的一员，这种出身使托尔斯泰骨子里始终保持着明显的阶级意识。

托尔斯泰童年和少年时期是在莫斯科和波利亚纳两地间轮流度过的。他两岁丧母，九岁丧父，随后生活和教育由其姑妈负责，自幼缺失家庭关爱与陪伴，使托尔斯泰逐渐养成了沉思默想的习惯。托尔斯泰较早地接受了系统的贵族式教育，1844年他进入喀山大学东方语言系，次年转到法律系。1847年，由于对学校教育的不满，托尔斯泰选择退学回到波利亚纳庄园，开始尝试改善和农民的关系。1851年，托尔斯泰又随兄长奔赴高加索地区从军，并在塞瓦斯托波尔等地参加战斗，1856年退役结束军旅生涯。这期间托尔斯泰开始从事文学创作，相继发表了一系列作品，战争的洗礼也为托尔斯泰日后写作战争题材的作品奠定了基石。

1857至1861年间的时光，托尔斯泰是在彼得堡、莫斯科、波利亚纳和国外度过的。1857年和1860年的两次出国旅行使托尔斯泰对欧洲资本主义文明的自私自利和物质主义倾向产生了强烈的不满。1860年，哥哥尼古拉之死使托尔斯泰不可避免地同死亡的现实第一次相遇。1862年，经过长久的考虑后，托尔斯泰与索菲亚·安德烈耶夫娜·贝尔斯结婚，这次婚姻在很大程度上构成了托尔斯泰一生中的重要路标。一方面是婚后相当长的一段时期内托尔斯泰快乐地生活，享受着家庭的美好，索菲亚不仅为托尔斯泰生儿育女，而且还成为他文学事业上的得力助手，单就长篇小说《战争与和平》的手稿，索菲亚就曾从头到尾誊抄七次；另一方面是随着时间的推移，尤其是晚年的托尔斯泰发觉与妻子之间在思想观念上存在巨大鸿沟。托尔斯泰不断转变的对物质富裕的蔑视态度和索菲亚坚持的贵族式生活方式之间的激烈矛盾与冲突，直接导致晚年的托尔斯泰不得不多次选择悲凉出走。1910年深冬，托尔斯泰再次离家出走，因途中染病，于11月20日在梁赞省的阿斯塔波沃火车站离世。

托尔斯泰的一生中影响其文学创作的因素众多，主要包括以下三大方面：一是就读大学法律系期间的广泛的文学阅读。这一时期托尔斯泰对文学和道德哲学的兴趣远大于法律，他广泛涉猎各种文学与哲学著作，尤其推崇法国作家、思想家卢梭的学说，这对其日后的文学和哲学思想都产生了深刻的影响。二是托尔斯泰自青年时期便显露出的"对生活之理性和道德合理性的强烈渴求",这构成了他终其一生的"思想的主宰力量"。[1] 这种渴求使得托尔斯泰始终无法心安理得地接受富裕的现实生活,也使得他不断反思自我、革新自我,甚至晚年倡导的平民化思想也与此有着紧密的联系。尤其是1869年9月,在俄国社会处于急剧变化的紧要关头,托尔斯泰因事途经阿尔扎马斯,在肮脏的旅馆中他首次感受到了忧虑和恐怖,这彻底打破了他宁静的内心,也带给了他巨大的精神危机。自此,他的内心矛盾日益尖锐,为下层民众寻找出路的思想也随之日益坚定。这一切思想的转变在其不同阶段的文学创作中都有或隐或显的艺术表现。三是20世纪70年代末80年代初,尤其是以1880年为分界线,社会变革巨浪的进一步冲击促使托尔斯泰进行痛苦的精神探索,他阅读大量有关宗教、道德、哲学方面的书籍,并接触到叔本华的哲学。经过激烈的思想斗争后,托尔斯泰的世界观发生了根本性的转变,从此彻底转向宗法制农民的立场。这一时期的托尔斯泰最终认定,"借助良心发挥作用的道德法则是一种具有严格科学意义的法则,与万有引力或其他任何一种自然法则一样"。[2] 基于此,他的以"道德的自我完善"和"博爱"思想为核心的"托尔斯泰主义"也发展到了顶峰,"勿以暴力抗恶"随之成为重要的道德训诫原则。

以托尔斯泰世界观的转变为分界线,可以将他的创作分为前后两个阶段。其前期作品主要包括:自传体小说三部曲《童年》(1852)、《少年》(1854)、《青年》(1857),还有《袭击》(1852)、《塞瓦斯托波尔故事》(1855—1856)、《一个地主的早晨》(1856)、《哥萨克》(1863)等中短篇小说,以及长篇小说《战争与和平》(1863—1869)、《安娜·卡列尼娜》(1873—1877)等。其中,《战争与和平》是托尔斯泰所有小说中最具史诗性质的一部,小说围绕安德烈·包尔康斯基、皮埃尔·别祖

---

[1] 德·斯·米尔斯基:《俄国文学史》,刘文飞译,北京:商务印书馆,2020年,第337页。

[2] 德·斯·米尔斯基:《俄国文学史》,刘文飞译,北京:商务印书馆,2020年,第402页。

霍夫、娜塔莎·罗斯托娃三个中心人物展开，集中描写并回答了俄国贵族的命运与前途问题，肯定了人民在战争中的伟大历史作用，高度赞扬了人民的爱国热情和乐观主义精神。小说以其宏伟的构思、卓越的艺术表现被公认为世界长篇小说的杰作之一，"整个19世纪欧洲小说中即便有堪与其并列者，亦绝无能出其右者"。它极大地拓展了小说的疆界和领域，"创新特性比《包法利夫人》和《红与黑》更为醒目"。[1] 其后期作品则包括：政论《忏悔录》(1879—1880)、《我的信仰是什么？》(1882—1884)、《那么我们应该怎么办？》(1882—1886)、《论生命》(1886—1887)、《当代的奴隶制》(1899—1900) 等；剧本《黑暗的势力》(1886)、《活尸》(1900) 等；小说《伊凡·伊里奇之死》(1886)、《克莱采奏鸣曲》(1889—1891)、《恶魔》(1889—1891)、《复活》(1889—1899)、《哈吉·穆拉特》(1896—1904)、《谢尔盖神父》(1898)、《舞会之后》(1903) 等。其中，《忏悔录》具有明显的布道新学说的意味，是"人类灵魂在面对生与死的永恒秘密时所做出的最伟大、最恒久表达之一"，其与"《约伯记》《传道书》和圣奥古斯丁的《忏悔录》处于同一级别"。[2] 长篇小说《复活》是托尔斯泰晚年思想、精神和美学探求的艺术结晶，小说通过对男女主人公聂赫留朵夫和玛丝洛娃各自精神复活历程的描写，分别展现了"忏悔的贵族"和俄国社会底层受侮辱、受损害的妇女形象，进而表达出强烈的社会批判精神和自传色彩。

二、《安娜·卡列尼娜》的艺术成就

《安娜·卡列尼娜》是托尔斯泰的杰作之一，在艺术表现方面达到了高度的完美与和谐。小说主要围绕两条主线来讲述故事：一条线索是安娜与渥伦斯基之间的情感纠葛，集中展现安娜追求爱情幸福却落得自杀

---

[1] 德·斯·米尔斯基:《俄国文学史》，刘文飞译，北京：商务印书馆，2020年，第350页。

[2] 德·斯·米尔斯基:《俄国文学史》，刘文飞译，北京：商务印书馆，2020年，第404页。

的悲剧结局；另一条线索是地主列文面对内外危机而进行的改革和探索，以及他与吉提的爱情婚姻生活。小说将家庭冲突与时代矛盾、社会激流相结合，是其所处时代焦虑气氛的艺术展现，同时也是托尔斯泰自身精神状态的外化，取得了高度的艺术成就。

首先，小说以史诗性叙事再现了俄国社会状况，探寻了人类精神的未来归宿。

托尔斯泰在《安娜·卡列尼娜》中，以历史进程和社会发展的宏大视角，气势恢宏地展示了人的现实生活和精神世界，从广度和深度两个方面探寻了人类社会生活和精神的理想归宿，建构起文本史诗性的叙事艺术。

托尔斯泰以自己的小说创作对历史、社会、现实、精神等一切价值观念进行重估。他用史诗性的笔调、宏阔的叙事广度和对人心灵与精神的深度开掘，呈现出资本主义冲击下新旧时代交替的俄国社会现实生活和人内心世界的焦灼状态，并进一步将农奴制改革后俄国社会一切都是混乱的、一切又都在建立的现实图景展现得淋漓尽致。《安娜·卡列尼娜》着力展现人们的现实社会生活，从城市到外省乡村、从贵族到农民、从政府到军界、从婚姻到爱情、从政治经济到道德宗教、从家庭生活到精神生活，描绘出社会现实的一切因素，让读者看到现实生活的真实性和宏阔性。作家还深入人物内心和精神深处，对人物的思想、心理、情感、精神等进行艺术描绘和审美开掘，以此表现心灵世界与精神世界的丰富性和深刻性。作家更是将人物置于历史发展进程之中，注重揭示人的心灵和精神激变与时代发展和社会激变之间的关系，生动地向读者演绎出历史和社会发展运动中人类对生活理想和精神追求的艰难探索，使小说整体上表现出宏伟磅礴的史诗性叙事特点。

其次，独具匠心的拱门形结构与现实延展。

《安娜·卡列尼娜》的拱门形结构精巧别致，两条主线貌似并行发展、并无交集，实际上这两条主线由内在逻辑和外在线索勾连衔接，并通过各自的现实延展增加文本的厚重感。

小说故事叙述的一条主线以主人公安娜的爱情追求展开，讲述了安娜与卡列宁平淡无味的婚姻生活、安娜与渥伦斯基的相遇和相爱、卡列宁对安娜的惩罚和"饶恕"、安娜和渥伦斯基的旧情复燃和避居乡野、渥伦斯基的厌倦和安娜的绝望自杀等主要内容；另一条主线以主人公列文的精神探索展开，讲述的是列文对吉提的追求、列文和吉提的婚姻与家庭生活、列文对农事经营的改革和改革的失败、列文精神危机的产生以及列文的精神探索和真谛的获得等内容。两条主线看似各自独立发展，就如同两根立柱般相互间缺乏必然的联系，然而托尔斯泰通过内在逻辑勾连和外在线索衔接，将两条主线联系在一起。外在结构上，作家以奥勃朗斯基和陶丽这条线索搭建起自然衔接两根立柱的拱门形结构；内在逻辑上，作家通过贯穿文本的两种不同追求的共同指向来揭示作品的深刻主题，由此，托尔斯泰创造出小说的拱门形结构。在这一结构中，通过两条主线的延展，作家还安排了许多俄国社会生活中的重要事件，展现出俄国不同阶层人物的形貌，以此增加文本反映社会生活的容量和重量，这种设计极大地丰富了小说的结构艺术。

最后，精湛的心理描写艺术与人物形象的衬托。

心理描写是小说《安娜·卡列尼娜》独特艺术魅力的突出表现，托尔斯泰擅长通过描写人物心理的矛盾斗争和人物瞬间的心理变化揭示人物心理的丰富性和复杂性、变化性和多层次性，以此塑造人物形象，展现"心灵辩证法"的技巧和特点。

托尔斯泰以其心理描写的高超技巧和艺术功力，拓展了人物心灵和精神世界的艺术空间。在《安娜·卡列尼娜》中，他通过对人物内心深处矛盾和斗争的细致描绘与深刻剖析，将人物心理变化的过程真实自然地袒露给读者，把人物心理的复杂性和丰富性展示出来，以此突显人物的鲜明性格特征。主人公安娜的内心深处，既渴望追求与渥伦斯基的爱情，又时时恐惧失去爱情；既对丈夫厌倦憎恶，又时常自责和内疚。卡列宁内心的矛盾斗争也同样激烈，他在得知妻子怀有他人孩子后痛苦不堪，却在安娜产后濒死之时原谅和宽恕了她；他想向渥伦斯基提出决斗，却因害怕而不得不找虚伪的借口加以掩饰。例如小说中写道，卡列宁试图像俄罗斯的名人那样，以决斗来挽回名誉，但他根本不敢让自己面对枪口，他马上给自己搜罗合适的借口：如果他提出决斗，别人肯定会劝他以国家利益为重，不要视生命为儿戏，那他就无法决斗；他又觉得自己明知别人会来劝说，如果现在提出决斗，那自己就成了沽名钓誉之徒，所以自己不能向渥伦斯基提出决斗。托尔斯泰就是以这样近乎独白式的心理描写来细致刻画人物心理的矛盾和斗争，继而剖析人物内心和灵魂的隐秘，从而让人物形象栩栩如生。

托尔斯泰的心理描写技巧还表现在他对人物瞬间心理变化和转折的细节化处理上，他构建人物瞬间心理的多层次、立体化体系，使作品具有摄人心魄的艺术表现力和感染力。托尔斯泰既能发现人物内部瞬间心灵运动的过程，也能洞见这一心灵运动过程的多层次性，在对人物的心理描写中，可以清晰地看到人物瞬间心理运动的空间景深，这正是车尔尼雪夫斯基所说的"心灵辩证法"。例如小说曾详细叙述列文第一次向吉提求婚时，吉提在一瞬间的心理运动变化过程：在心理感性层面，吉提能够感受到列文对她的爱，此时她的内心快乐、喜悦、幸福，因此受她心理支配的动作尚能保持"从容优雅"；当听到仆人通报列文到来的瞬间，吉提突然意识到自己就要残忍地对待一个爱恋着自己、而自己也喜欢的男子，因此她为自己将要付诸的行动深感不安和恐惧，受此心理支配的第一反应是"我要跑开"；当吉提听到列文的脚步声，想到与列文说真话不会不安，她的内心镇定下来开始直面列文。而在心理理性层面，表层上吉提觉得渥伦斯基比列文更有魅力，她甚至能想象与渥伦斯基婚后的幸福远景，而很难想象与列文结婚的前景；但是在深层上，吉提又能从列文爱的确定性中获得自信而使得对他的回忆充满愉悦的诗性魅力，而对渥伦斯基的爱，她在心底却始终感到一丝隐秘的不安，当然那时她无法意识到这种隐秘的不安来自于她根本无法确证两人爱的确定性。小说中人物的内心挣扎与矛盾虽然看似源于爱情婚姻的狭小现实，但实际上反映的恰恰是人们对动荡不安的社会环境的担忧。也正是基于此，人物的心理和性格形象与俄国的社会症结紧密联系在了一起。

整体来看，《安娜·卡列尼娜》在某种程度上可以视为《战争与和平》的续篇，不仅是因为两部小说在艺术手法上具有承接关系，而且二者在思想展现上也有着巨大的相似性：它们都将家庭冲突置于广阔的社会生活之中，从而实现了情感世界细腻描摹与现实世界深刻把握的完美结合，且随着小说情节的推动，二者所展现出来的悲剧氛围也惊人相似。

第八节　易卜生的《玩偶之家》

亨利克·易卜生（1828—1906）是挪威著名的戏剧家，欧洲现代"社会问题剧"的开创者，被尊为"现代戏剧之父"。

一、易卜生的生平与主要作品

1828年3月20日，易卜生出生于挪威南部小镇基恩的一个商人家庭，但在他幼年时父亲因经商失败而破产，之后举家搬迁至城镇附近的乡村居住。1850年，易卜生赴首都克里斯蒂安尼亚报考医科大学，但没能通过入学考试。他结交了一些有进步思想倾向的朋友，并正式开启戏剧创作生涯。1851年，易卜生得到卑尔根剧院创办人、挪威著名小提琴家欧勒·布尔的青睐，受聘到卑尔根剧院任剧作家和编导。1857年，易卜生回到克里斯蒂安尼亚，1858年与苏姗娜·托雷森结婚。1864年，易卜生离开挪威开始侨居欧洲，除短暂回国外，他常住罗马、慕尼黑、德累斯顿等地，并笔耕不辍，他的戏剧作品为其赢得了世界性声誉。1891年，易卜生回到挪威，受到国人的欢迎和尊敬。1906年5月23日，易卜生在克里斯蒂安尼亚离世，挪威各界为他举行了隆重的国葬。

少年时代的易卜生，曾经由于家庭经济原因而辍学，到格里姆斯塔小镇的一间药材铺做学徒。在此期间，他利用工作之余广泛阅读了莎士比亚、歌德、拜伦等欧洲大作家的文学作品，这为其日后从事文学创作奠定了重要的基础。古挪威的民间传说和中世纪历史故事为易卜生的初期创作提供了充足的养分，他将现实斗争与民族历史联系起来，激发人们的爱国主义精神，使得这一时期的作品呈现出浓郁的浪漫主义色调和风格。1864年，易卜生对挪威统治阶级感到失望，离国出走。自此以后，他认为真正的自由在于个性解放，并提出"精神反叛"的口号。巴黎公社运动失败后，欧洲社会矛盾尖锐化，挪威也不例外，这使得易卜生加深了对资本主义制度的认识，并加强了对资产阶级的批判。19世纪60年代末，北欧的现实主义文学以强劲的社会批判姿态崛起，受这股浪潮的影响，易卜生将戏剧创作视角转向现实生活，用散文剧取代诗剧，试图从家庭关系中透视社会疾病与人的心灵，创作出了一系列的"社会问题剧"。

易卜生初期的主要作品包括《海尔格伦的海盗》（1858）、《恋爱的喜剧》（1862）、《觊觎王位的人》（1863）、《布朗德》（1866）、《培尔·金特》（1867）等，这些剧作呈现出爱国主义和英雄主义的倾向。《布朗德》是其中的重要作品，作品刻画了牧师布朗德这个理想主义者形象。《培尔·金特》中同名主人公是个极端利己主义者，甚至还幻想当上国王。晚年穷困潦倒之时，终在爱情的感召下认识了自我。戏剧将丑恶的现实与美好的幻想融为一体，并寄寓了深刻的人生哲理，在欧洲文坛引起巨大轰动，为易卜生带来了极大的声誉。易卜生的中期作品主要包括《青年同盟》（1869）、《皇帝与加利利人》（1873）、《社会支柱》（1877）、《玩偶之家》（1879）、《群鬼》（1881）、《人民公敌》（1882）等，这些戏剧作品以集中展现现实生活中人们所关心的社会问题而著称，因此被称为"社会问题剧"。它们广泛涉及政治、宗教、法律、家庭、婚姻、妇女等一系列社会问题，展现出强烈的问题意识和社会批判精神，对社会历史的发展起到了一定推动作用。而进入创作的后期，易卜生的剧作则转向了对人的心理和精神层面的探索与分析，表现出浓重的悲观情绪，具有象征主义色彩和神秘感。这一时期的主要作品包括《野鸭》（1884）、《海达·高布乐》（1890）、《建筑师》（1892）、《小艾友夫》（1894）、《约翰·盖勃吕尔·博克曼》（1896）、《当我们死人醒来的时候》（1899）等。《当我们死人醒来的时候》是易卜生创作的最后一部剧作，被剧作家们称为"戏剧收场白"。

易卜生以戏剧作为主要表现形式,传达出了对于人生和社会问题的积极思考,形成了所谓的"易卜生主义"。其"社会问题剧"也打破了当时欧洲剧坛的格局,将娱乐化为主导的戏剧引向了对社会生活中广泛涉猎的道德、法律、婚姻、自由等一系列问题的拷问,使得戏剧具有了更为深层的社会意义和价值。不仅在戏剧的思想内容上进行革新,易卜生也创造了"回溯法"等众多崭新的戏剧艺术表现手法,从而使得欧洲戏剧艺术继莎士比亚和莫里哀之后迎来了第三阶段的高峰。

二、《玩偶之家》的艺术成就

《玩偶之家》是易卜生的代表作,是"开创了戏剧史上的新纪元"[①]的重要作品。这是一部三幕戏剧,剧情发生于圣诞节前后连续三天之内,剧作通过女主人公娜拉与丈夫海尔茂之间由夫妻恩爱转向关系决裂过程的展示,揭示出了这对夫妻八年婚姻生活的真相和本质。戏剧的结尾,娜拉彻底认清了自己"玩偶"的生存境遇,对男女不平等的社会现实有了深刻认知,对资产阶级道德、法律提出质疑,选择毅然决然地离开"玩偶之家"。

《玩偶之家》属于典型的"社会问题剧",其围绕娜拉的觉醒展开,以娜拉的最终离家出走而结束。戏剧注重人物性格的塑造,展现了妇女角色的变化以及从受挫的爱情和破裂的家庭关系中产生的心理冲突。易卜生在创作札记中曾这样记述他创作这部戏剧的目的:

> 世上有两种精神法则,两种道德良知;一种是男性的,一种是女性的,两者完全不同。男人和女人互不理解,但在现实生活中,女人总是被人以男性的法则进行评判,好像她不是一个女人而是一个男人似的。

[①] 乔伊斯:《易卜生的新戏剧》,埃尔斯沃思·梅森、理查德·艾尔曼编:《乔伊斯文论政论集》,姚君伟、郝素玲译,上海:上海译文出版社,2013年,第39页。

在当今这个男权社会中，法则由男性确立，女性的行为往往被人们从男性的视角来加以评判。这样，女性是很难成为她自己的。

精神的冲突。由于被男权社会的主导信念所压抑并弄得困惑不已，她对自己的道德权利与抚养孩子的能力丧失了信心。痛苦不已。在现代社会中，一位母亲就像某种昆虫一样，当她完成了繁衍后代的职责之后，她就出走，死去了。爱生命，爱家庭，爱丈夫，爱孩子。偶尔温顺地放弃她自己的想法。突然又感到焦虑、恐惧。她必须独自承担那一切。灾难最后无可避免、冷酷无情地来临了。内心绝望，冲突，终至毁灭。①

很明显，在易卜生心中，他力图通过戏剧展现男女性别的差异所带来的一系列社会和家庭问题，并试图鼓励传统女性自我解放，冲破"男权中心话语"的社会机制。为了达成这一创作目的，易卜生在戏剧中展现出高超的艺术创造能力。

首先，通过对比手法揭示人物性格本质。

在《玩偶之家》中，易卜生运用对比的艺术手法塑造人物性格、刻画人物形象，将情势危急下娜拉的勇敢和海尔茂的怯懦展现得淋漓尽致，深刻揭示了人物各自的本质。

一方面，海尔茂对娜拉前后的态度形成鲜明的对比。娜拉为给海尔茂疗病筹措资金，在不得已的情形下伪造父亲的签名，向克罗斯达德借钱。伪造签名一旦被公开会严重损害海尔茂的名誉和地位，因此，当升职后的海尔茂要解聘克罗斯达德时，后者马上用这件事威胁娜拉，并写信给海尔茂让他改变想法。海尔茂担心自己的声誉和前途受到影响，立刻对娜拉翻脸无情，用侮辱性的词汇斥责和谩骂娜拉，认为娜拉会毁掉他的毕生幸福。然而，当克罗斯达德听从琳达的劝说，决定退还借据不再威胁娜拉一家后，海尔茂认定自己得救了，对娜拉的态度马上转变，

---

① 易卜生：《〈玩偶之家〉创作札记》，《易卜生书信演讲集》，汪余礼、戴丹妮译，北京：人民文学出版社，2012年，第411—412页。

要宽恕娜拉,并像从前那样保护娜拉。在面临家庭危机时,海尔茂对妻子前后态度的变化,剧作以对比手法明确凸显出来。而娜拉对海尔茂的态度变化也同样通过对比展现出来,从矛盾爆发前她一直试图维护丈夫的名誉,到矛盾化解后彻底看清丈夫的冷漠虚伪而与之决裂,这一对比贯穿了戏剧始终。另一方面,海尔茂和娜拉的动作也形成明显的对比。在危机发生之际,海尔茂因恐惧害怕继而斥责辱骂娜拉,娜拉却先是愧悔不已想要自尽到后来异常冷静,两人一动一静动作的对比鲜明展现出人物不同的心理和性格特点,即海尔茂的懦弱自私和娜拉的勇敢镇定,从而使作品富于戏剧化效果。

戏剧通过上述对比手法形象化地展现出精神叛逆的娜拉和冷酷无情的男权主义者海尔茂的形象。娜拉无疑是"易卜生主义"精神反叛的典型,是一个觉醒中的资产阶级妇女形象,是争取女性平等的精神象征。她美丽善良,热情活泼,向往自由的爱情和家庭生活,并且乐观知足。当这一切发生改变时,她又表现出爱憎分明、勇于承担责任、鄙视世俗所谓的高尚道德情操等美好品质。当与丈夫彻底决裂时,她又选择决然出走,以女性的实际行动向以男权为中心的社会和家庭表达抗议。这一切,反映了她从幼稚的耽于幻想到冷静的认知现实的转变过程,也是女性由麻木到觉醒的苦难历程。而与娜拉美好品质相对应的则是海尔茂呈现出的唯吾独尊的家庭暴君形象。他手握家庭权力,视妻子为自己的私有财产。他伪善至极,平时总是称呼娜拉为"迷人的小东西""迷人的小妖精"和"歌唱的小鸟",当家庭和自己的声誉可能陷入危机之时,他则暴跳如雷,斥责娜拉,转变成了凶神恶煞的人物。这一切都暴露出了他所谓的"正人君子"的丑恶嘴脸。

其次,"回溯法"叙事与戏剧矛盾冲突的显现。

在《玩偶之家》中,易卜生除了以时间顺序为基础的线性叙事外,还新创了基于时间顺序的倒叙,即以"回溯法"安排和叙述事件。

所谓"回溯法",就是在戏剧的叙事上把某个事件的"结果"作为开端,然后再以戏剧冲突为主线,叙述事件起因及发生、发展过程。在《玩偶之家》的第一幕中,克罗斯达德拿出借据要挟娜拉,从而引发整部剧作的矛盾冲突，即揭露与隐瞒伪造签名的矛盾。"回溯法"叙事的运用，具有多重意义，一是承前启后的剧情需要，既对八年前的前因事件加以详叙，又能引发和推动后续剧情的发展；二是对人物出身、性格等的交代和铺垫，使人物态度的转变合乎情理。线性叙事中海尔茂先是以一个正人君子和模范丈夫的形象出场，然而随着剧情推进和矛盾展开，他的假面被逐渐剥离，其自私、虚伪、冷酷的性格和形象显露出来。"回溯法"让读者和观众了解到娜拉出身于中产阶级家庭，虽婚前为父亲所左右，婚后又为丈夫所左右，但她爱生活和家人，为了自己所爱的人可以牺牲自己，这就为她在危机时勇于承担责任以及最终选择离家出走给予了合理说明。

再次，"讨论式"技巧的运用与传统戏剧手法的突破。

易卜生在《玩偶之家》中创造性地运用"讨论式"技巧，安排剧作中人物讨论自身的问题和处境，使读者和观众的兴趣点聚焦于剧作的思想和内涵方面，这是对现代戏剧创作手法的拓展。

在传统戏剧创作中，剧作家设置人物、安排情节、结构剧作，都要以展现人物之间的矛盾冲突为核心，以此来凸显人物性格，进而完成对戏剧人物形象的塑造。易卜生赋予戏剧创作以新的气象，他有意识地把"讨论"融入剧作，让人物对自身处境和自己面对的问题加以讨论，并注重以所讨论的内容为核心来设计剧情。《玩偶之家》的结尾处就特别安排了"讨论"，即娜拉和海尔茂之间在思想、意志、心灵等层面的激烈论辩、对抗、交锋。"讨论式"技巧的运用引发读者和观众对剧中人物境遇和面临问题的特别关注，并就所提出的问题和人物命运的可能性进行思考和探索，进而会使读者对剧作的思想、内涵、意义等有更加深刻的体会，从而进一步深化对剧作的理解和认知。

最后，"开放式"结局安排与戏剧意蕴的丰赡呈现。

易卜生在《玩偶之家》的结尾处安排娜拉离家出走，这一结局的设计在客观上为读者和观众创造了丰富的想象空间，达成戏剧内涵的深化，造成强烈的舞台艺术效果。

在《玩偶之家》的结尾处，娜拉觉醒后选择离家出走，那"呼"的关门声,具有振聋发聩的强大力量,不仅使所有男性的心灵震颤,也震撼到所有女性的灵魂。易卜生为剧作设计这一"开放式"的结局,给读者和观众创造出思考和想象的空间,使人们不禁反思:这个看起来幸福美满的家庭究竟为何破裂?这样一对夫妻为何最终会走向决裂?这个"泥娃娃"式的女人为何会决然离家出走?娜拉到底将去向何处?她的明天会怎样?这一结局的特殊设计带来一系列的问题和疑惑,同时也给主人公带去更多的可能性,其意义和价值远远超出这个结尾本身。这一结尾促使读者和观众把目光投向社会、时代、人的生存、人格、人权等多个问题层面,使整部戏剧的内涵愈加丰富、深刻。

作为易卜生"社会问题剧"典范之作的《玩偶之家》,使19世纪末的欧洲戏剧从形式主义的泥潭转向现实主义的道路,在此影响下,欧美戏剧呈现繁荣景象。而该剧对社会现实的深刻思索和富于现代性的艺术技巧也为现代中国戏剧大家和思想家们提供了积极有益的借鉴,通过"五四"新文化运动期间"易卜生文化景观"的形成足以窥见其深远影响。

第九节 马克·吐温的《哈克贝利·费恩历险记》

马克·吐温(1835—1910)是19世纪后期美国杰出的现实主义作家,被美国作家威廉·福克纳誉为"美国文学之父"。

一、马克·吐温的生平与主要作品

马克·吐温原名塞缪尔·朗荷恩·克莱门斯,1835年11月出生于美国中西部的密苏里州。1839年,马克·吐温全家迁移到密西西比河旁的小镇汉尼拔居住,河上每日都有来来往往、运货载人的汽船与木筏,这给少年马克·吐温留下了最美好的记忆。"对河水的眷恋和想象伴随了他的一生，也成为他最好的作品的灵感来源"①，其小说代表作《汤姆·索亚历险记》和《哈克贝利·费恩历险记》的创作即是如此。1847年，马克·吐温的父亲去世，年纪尚幼的他迫于经济压力只好辍学打工维持生计，先后做过水手、领航员和轮船驾驶员，"马克·吐温"（Mark Twain）这一笔名就是水手使用的、表示在航道上测水深度的术语，意为"水深十二英尺船可以顺利通过"。由于职业的特殊性，马克·吐温广泛接触了黑奴、赌棍、江湖术士、骗子、奴隶主和种植园主等各色人物，亲眼看见了在种族不平等的美国社会中黑人奴隶的悲惨生活境遇和他们所经受的非人待遇，这让他更加深刻地认识到奴隶制度的不合理性，这些目睹耳闻的亲身经历为他日后的文学创作提供了源源不断的素材，继而促使他写下众多控诉奴隶制度和种族歧视的小说。1910年4月21日，马克·吐温因狭心症辞世。

马克·吐温一生发表了大量作品，涉及多种文学体裁，主要包括《卡拉韦拉斯县驰名的跳蛙》（1865）、《百万英镑》（1893）、《竞选州长》（1870）等短篇小说；《败坏了的哈德莱堡人》（1900）等中篇小说；《汤姆·索亚历险记》（1876）、《王子与贫儿》（1881）、《哈克贝利·费恩历险记》（1884）、《傻瓜威尔逊》（1893）等长篇小说，以及《赤道环游记》（1897）等政论杂文和《密西西比河上》（1883）等回顾自身早年生活经历的作品。

马克·吐温所生活的19世纪中后期的美国正在经历一个复杂而多变的历史阶段，废奴运动、工业革命、移民大潮以及南北战争的影响深刻塑造着美国社会的面貌。面对尚未形成稳定价值观的美国社会，马克·吐温以幽默而讽刺的风格和开拓冒险的精神来再现无法控制的社会进程，饶有情趣地展现当时美国人的复杂内心世界，契合当时美国人普遍的情感与心理期待。其对美国西部和南方本土生活的生动描绘，集中展现了当时美国现实主义文学的深度与广度，诚如学者威廉·豪威尔斯

---

① 豪尔赫·路易斯·博尔赫斯、艾斯特尔·森博莱茵、德托雷斯·都甘：《美国文学入门》，于施洋译，上海：上海译文出版社，2020年，第42页。

所评价的那样:"他是我们文学中的林肯。"①

二、《哈克贝利·费恩历险记》的艺术成就

《哈克贝利·费恩历险记》主要描写了一位白人男孩哈克因为无法忍受亲生父亲的毒打而离家出走,在途中偶遇出逃的黑奴吉姆并运用聪明才智帮助他奔向没有剥削的"自由州"的故事。小说集中展现了哈克与吉姆在流浪艰险中如何结下深厚的友谊以及克服种族主义偏见的过程,在思想性和艺术性方面取得了卓越的成就。

首先,儿童视角下的人物形象塑造与寻求自由的美国精神的展现。

哈克是小说的中心人物,作家以儿童的口吻和认知程度讲述了哈克与吉姆出逃过程中一连串的冒险经历,展现了孩童判断善恶是非的价值观念,表达了对美国精神的寻求。

在小说中,沃森小姐、莎莉姨妈等成人都认定黑人理所应当为白人服务,虽然他们并不是十恶不赦的坏人,但是种族歧视的观念与偏见却早已深深植根于他们心中。可在哈克眼中,吉姆总是把自己称为"小宝贝";当他走失后,吉姆也会积极寻找、担心流泪;而看到他平安归来后,吉姆又是那么的高兴。这些稀松平常的小事中所展现的情感流露在哈克看来异常宝贵。哈克认定吉姆是一个有血有肉、珍视朋友、忠厚善良的好人,这样的人不应该成为任何人的奴隶。在此,作家安排哈克以单纯的儿童眼光观察成人世界,以直白的思维方式思考成人的行为。通过儿童视角下哈克这一人物形象的塑造,作家揭露出了成人世界中未曾被感知以及被忽略的众多显著事实。同时,小说中描述哈克作为蓄奴州土生土长的、从小被灌输白人优越论的小男孩能主动带领黑奴逃跑并给予吉姆以保护,这在当时的社会是具有非凡意义的,因为吉姆在非法出逃的过程中一旦被人发现,不仅他自己将面临严峻的惩罚,也会给哈克

---

① 威廉·豪威尔斯:《我的马克·吐温》,董衡巽编选:《马克·吐温画像》,上海:上海文艺出版社,1991年,第66页。

带来不小的麻烦。虽然面对帮助黑人出逃肯定会堕入火刑地狱的可怕观念，但是哈克还是下定决心"弃恶从善"，这也正是他人性深处无比可贵之处，即在深知种种弊端危害与自己需要承受的重大代价之后，他依旧选择了友谊第一，拼尽全力去帮助吉姆逃跑。哈克勇于摆脱思想偏见、舍身救人的品质，不仅展现了儿童世界的纯真美好，也展现了他逐步摆脱黑人劣等论思想的束缚、寻求自由的美国精神的潜在愿望。哈克这一人物形象身上所展现的品质恰恰是当时的美国人所需要的，因为其身上处处体现着早期美国移民精神中的顽强与热情，正是基于这一角度，哈克成为美国民族精神的缩影。小说的故事主线是逃离与逃亡，其终极目的是追求自由，在此过程中，"冒险是逃亡通向自由必须经过的挑战与考验"①，而克服种族主义的偏见则成了隐藏其间的重要思想观念，作家由此展现了独特儿童视角下的"南方经验"，即"对于人类社会、人类文明具备正面意义的'南方价值'"。②

其次，第一人称叙事与写实主义手法的有机结合。

从叙事角度来看，《哈克贝利·费恩历险记》采用的是第一人称叙事。与《汤姆·索亚历险记》经过作家视角的转述有所不同，《哈克贝利·费恩历险记》是哈克自己讲述的故事，"这里牵涉的不只是叙述观点的改变，更重要的是写实性的基础"③，即这是典型的哈克第一视角下的亲身经历者故事，是一种"更真实、最真实的记录"④，读者能够感觉到种族歧视的故事就发生在自己身上，好像自己就是小说中的人物，亲身随着哈克参与了这场冒险之旅。而以这种亲临视角来展现蓄奴制度，能够更好地呈现南方种族主义的偏见以及由此带来的社会暴力。

---

① 杨照：《矛盾的美国人：马克·吐温与〈汤姆历险记〉、〈哈克历险记〉》，台北：麦田出版社，2019年，第128页。
② 杨照：《矛盾的美国人：马克·吐温与〈汤姆历险记〉、〈哈克历险记〉》，台北：麦田出版社，2019年，第126页。
③ 杨照：《矛盾的美国人：马克·吐温与〈汤姆历险记〉、〈哈克历险记〉》，台北：麦田出版社，2019年，第131页。
④ 杨照：《矛盾的美国人：马克·吐温与〈汤姆历险记〉、〈哈克历险记〉》，台北：麦田出版社，2019年，第131页。

小说开头第一句话写道:"你要是没有看过《汤姆·索亚历险记》那本书,就不知道我是什么人;不过那也不要紧。那本书是马克·吐温先生作的,他基本上说的都是真事。"小说的这一开头,明确了两个重要方面,一是读者现在读到的这本书是由"我"亲身经历的,二是这本书与马克·吐温先生以第三者叙事身份所写的《汤姆·索亚历险记》有所不同,尽管都是真事。小说开头关于叙事角度和视点差异的交代可谓清晰明了,直接将读者引入身临其境的处境,从而使读者能够在后面的故事叙事中更好地体会人物心情,唤起内心世界的情感。再由此展现吉姆的命运和哈克的焦虑、惧怕、担忧等情绪,则更加逼真生动,也更能反映出当时美国南方的社会现实。再比如小说的第八章,哈克在离家出走后与出逃的吉姆重逢,吉姆向哈克坦白了自己逃跑的原因:沃森小姐时常挑刺找茬,强横粗暴,更要命的是她违背诺言要以八百美元的价格把吉姆卖给黑奴贩子。在这里,小说第一人称视角的呈现与写实主义手法的结合,更好地表现了当时美国南方蓄奴州黑奴交易盛行的真实情景,表达了作家对种族压迫和种族歧视制度予以否定的情感倾向,从而使哈克选择帮助吉姆出逃"自由州"这一小说叙事主线进一步确立。

再次,喜剧效果的营造与幽默讽刺风格的展示。

马克·吐温写作风格的最大特点是作品中充满喜剧色彩,且幽默与讽刺并行其间,这一点在小说《哈克贝利·费恩历险记》中也有突出展现。作家使用大量对比修辞手法与身份转换的描写,奠定了小说既风趣诙谐又辛辣戏谑的语言基调。

对比的运用是马克·吐温对美国社会现实进行映射的一个维度。一方面,作家把成人社会里的阴险和孩童世界中的真诚相对比,把蓄奴州猖獗的种族歧视和"自由州"的宁静美好相对比,把河岸上的压迫剥削与小船上的平等友爱相对比,尖锐地讽刺了美国社会普遍存在的仇恨、暴力、伪善和压迫;另一方面,作家采用一种滑稽性的戏拟手法,通过小说中人物的转换身份来达成一种讥讽俳谐性的喜剧效果。既有的人物形象被打破,取而代之的是夸张的模仿,特别是小说对"国王"与"公爵"两个恶棍身上发生的插曲的描写,流露出了作家对于美国社会现实与道德问题的深思，为作品注入了积极的意义。小说第十九章讲到，哈克与吉姆在漂流的过程中，看到了两个被村民放狗追赶的家伙，他们衣衫褴褛、面色萎靡。因为在村子里招摇撞骗，他们被村民识破后，要以涂柏油、插羽毛的私刑严惩，二人仓皇逃窜，幸亏哈克与吉姆将他们救下，才躲过一劫。可这两个无赖非但不反省检讨，还冒充元首与贵族，颐指气使地让哈克和吉姆毕恭毕敬地伺候侍奉他们，无条件地听从他们的盼咐。小说中的人物不断地进行身份扮演，种种荒诞情节接连展开，让读者在忍俊不禁之余，体察到作家对扭曲丑恶的人性所做出的深刻揭露与犀利批判。

最后，语言风格的开创性与独特性。

小说的语言通俗而生动，日常化而又精当得体，大量使用了美国南方方言、口语化语言与黑人俚语，符合人物生长环境与语言环境的设定，为烘托小说人物的真实性、客观性起到了举足轻重的作用。诚如作家本人在小说正文前的"说明"中所坦言："这些方言色彩并不是随意拼凑，或是凭臆测写成，而是煞费苦心，以作家对这几种语言的直接熟悉，作为可靠的指南和支柱而写成的。"

总之，作为马克·吐温的代表作的《哈克贝利·费恩历险记》如今已成为公认的美国文学史上最伟大的作品之一。海明威曾高度评价它："一切当代的美国文学都来自马克·吐温的一本书，即《哈克贝利·费恩历险记》……它是所有书中最好的书。它是所有美国作品的源头。它之前没有作品可以和它相比，它之后也没有作品能和它媲美。"[①]

[①] Ernest Hemingway, *Green Hills of Africa*, New York: Scriber's, 1935, p.22.

第七章 19世纪自然主义、前期象征主义和唯美主义文学

第一节 为本能而艺术还是为艺术而艺术

19世纪后期的西方社会呈现出危机与发展并存的特征。欧洲资本主义进一步发展，开始向垄断资本主义过渡；帝国主义国家争夺市场和原料地，酝酿瓜分战争，社会矛盾加剧；自然科学取得新进展，深刻影响了文学创作思想；多种哲学思潮广泛流行，文学流派繁多共存，在艺术主张和艺术表现方面存在着不同程度偏离传统的倾向，预示着20世纪现代主义文学思潮的萌芽。

一、19世纪后期西方社会问题与社会面貌

从社会发展角度来看，欧洲资本垄断化进一步加强，开始由自由资本主义向垄断资本主义过渡。19世纪70年代的第二次工业革命为资本转型提供了条件，加剧了资本积聚和集中的过程，带来了世界经济结构的变化和社会生产关系的变化。19世纪的最后三十年，资本主义世界发生多次经济危机，刺激了垄断资本主义的产生。由于经济危机爆发，资本家被迫进行资产阶级内部生产关系的改革，采用更高级、更隐蔽的剥削手段。一些大企业相互之间开始形成一系列的联合，以瓜分某一部分的生产和市场，这种为瓜分生产和市场而形成的联合就是垄断。垄断资本主义的发展给欧美国家经济以极大的刺激，使资本主义从自由时期的无

序竞争发展为垄断时期的有序竞争。但与此同时，各资本主义国家为了追求更高的利润，纷纷对外输出资本和占领殖民地，加大了对广大发展中国家的掠夺和压榨，加剧了国际紧张局势。

从政治形势与阶级斗争角度来看，各国反封建斗争仍占据重要地位，同时，马克思主义的广泛传播和国际无产阶级革命运动的发展，在很大程度上打击了资产阶级政权。19世纪后期，北欧各国仍处于自由资本主义上升时期，反抗封建残余势力的斗争持续；在中欧和东南欧，民族解放运动和反封建斗争方兴未艾；自1861年俄国农奴制改革后，封建势力仍然是阻碍俄国资本主义发展的主要因素。19世纪50—70年代，法国第二帝国败北，加深了民族矛盾。巴黎公社革命后，第一国际第一次代表会议于伦敦召开，总结革命经验，马克思和恩格斯出席，从此马克思主义在工人群众中广泛传播。

从自然科学发展与社会哲学思潮角度来看，自然科学迅速发展，社会哲学思潮纷繁各异，深刻影响了文学创作。第二次工业革命使物理、化学、生物学等诸多自然科学门类全面发展，一些突破性成果相继出现，科学主义蔚然成风，并全面渗入精神文化版图。进化论和遗传学是这一时期最具突破性的科学理论之一，其代表性的人物是达尔文和孟德尔。1859年达尔文出版《物种起源》一书，从自然选择角度阐述了遗传、变异、适者生存等自然物种进化发展的规律，揭示了自然界的多样性和统一性的辩证关系，强烈冲击并震撼了人们的传统观念。继达尔文之后，有"现代遗传学之父"之称的孟德尔又发现了著名的遗传定律，即分离规律和基因自由组合规律。该学说认为，遗传可分为先天和后天两种，也可表现为在外部或内部相似。遗传理论虽只处于初级阶段，但深刻影响了自然主义文学的产生和发展。此外，孔德的实证主义、叔本华的唯意志论哲学、尼采的权力意志学说以及柏格森的直觉主义等各种科学理性和非理性思潮也广泛流行，并被西方各国作家所充分借鉴。

总之，19世纪后期的西方经历了纷繁复杂的嬗变，新的社会背景和时代环境为文学家提供了现实条件，自然科学与社会哲学思潮的发展为文学创作带来了启发，这一切决定了这一时期的文学思潮必然是纷涌互渗的。

二、自然主义、唯美主义与前期象征主义文学思潮的并存互渗

19世纪后期，西方文学出现了前所未有的复杂景况，涌现了自然主义、唯美主义以及前期象征主义等众多文学思潮流派，它们彼此相互影响、并存发展。

自然主义是实证主义、遗传学说和决定论影响下的产物，其艺术特点表现在以下几个方面：首先，凸显人的生物属性，展现人的生物性本能。在遗传学最新理论主张的影响下，自然主义主张以"生物的人"来替代形而上学的人，努力发掘和认知人的生理本能层面。虽然自然主义的理论主张未免有偏颇之处，但从人的整体认知角度来看，这也在某种程度上增添了人的观念认知的新维度。其次，力图事无巨细地描摹现实，主张实录生活与照相式描写。法国自然主义小说家左拉（1840—1902）指出，小说家最高的品格是真实感，而"真实感就是如实地感受自然，如实地表现自然"。[①] 再次，按生活的本来面目反映现实的同时开始淡化情节。左拉主张小说情节要像生活一样平淡无奇，要简洁而不复杂，尽量日常化和生活化。最后，将压迫扭曲人的社会现象拟人化。自然主义作家察觉出资本主义社会科学技术的发展对人的压迫，其结果是物的欲望急剧膨胀，最终导致物对人的统治，因此，他们主张对人的异化进行生动描写，及时关注这一新的社会现象。

唯美主义以康德的美感学说为理论基础，提出"为艺术而艺术"的口号。首先，唯美主义认为艺术超脱一切利害关系，艺术具有独立的生命。因此，唯美主义注重对形式的探索，注重文学与音乐、绘画等无功利活动的关系，以增强文学作品的表现力。其次，唯美主义提出艺术是

[①] 左拉：《论小说》，柳鸣九译，柳鸣九编：《自然主义》，北京：中国社会科学出版社，1988年，第501页。

心灵的故乡的主张。唯美主义认为，艺术高于生命，高于一切，艺术是至高无上的。心灵可以在艺术那里寻求永恒的庇护与抚慰，心灵只有在观照艺术的时候才是完整和自由的。最后，唯美主义主张艺术超然于现世，生活应该追随和模仿艺术。因此唯美派往往有意逃避社会，躲进象牙塔中，苦心经营美的事业。总体来看，唯美主义凸显艺术的纯粹性，强调艺术的形式美和自给自足，反映出一部分文学家和艺术家对19世纪后期社会现实的失望和厌倦情绪。

前期象征主义直接受惠于唯美主义，也是社会现实幻灭的产物和结果。首先，前期象征主义擅长描写城市丑恶的一面，化丑为美。除了外界事物的丑，他们还把精神状态的忧郁等也视为一种丑，认为其具有独特的美学价值。其次，前期象征主义善于运用通感和象征手法。他们注意到不同语言组合所产生的巨大艺术效果，重视意象与意象之间的深层关联，用具体的意象表现抽象的情感。最后，前期象征主义还注重追求诗歌的音乐效果，发掘诗歌的内在节奏美，同时也重视诗歌语言的革新，对日常语言进行出乎意料的组合和安排，使之产生新的意义。

三、文学对19世纪后期西方社会问题与社会面貌的回应

第一，适应资本主义逐步向垄断阶段过渡，颂扬沙文主义和军国主义，为帝国主义侵略和殖民扩张作辩护。

英国作为老牌帝国主义国家，颂扬帝国主义的文学最为发达。约瑟夫·鲁德亚德·吉卜林（1865—1936）的绝大部分作品都渗透着帝国主义和殖民主义意识。他的第一部长篇小说《消失的光芒》（1891）描写了一个为开拓殖民地而负伤阵亡的艺术家的故事，对殖民开拓进行了美化；代表作《营房的短篇故事诗》（1892）赞扬殖民军，将他们塑造为可歌可泣的英雄人物；动物故事《林莽之书》（1894—1895）描写一个在林莽中长大的印度"狼孩"的传奇经历，其中林莽野兽的"法律"影射人类社会生活的准则；晚期作品《基姆》（1901）塑造了一个为帝国主义赴汤蹈火、排除万难的所谓东方人的理想形象；诗集《教训》（1899—1902）、

《新生》(1914—1918)等也流露出沙文主义情绪,意在号召英国人民为帝国主义侵略扩张做出牺牲。

这一时期的法国文学与英国文学相似,也不乏歌颂帝国主义思想的作品,代表作家包括莫里斯·巴雷斯(1862—1923)和皮埃尔·洛蒂(1850—1923)等。前者总题名为"民族精力的小说"包括《离开本根的人》(1897)、《向军人发出号召》(1900)和《他们的嘴脸》(1903)三部曲,隐含性地颂扬了沙文主义和狭隘的民族主义思想。后者以欧洲"文明人"的优越姿态描写东方国家的"原始"与"野蛮",从而达到美化殖民扩张的目的。其创作的长篇小说《菊子夫人》(1887)以法国军官的视角展现了岛国日本的秀丽山川和各种奇特的生活风俗,流露出作为欧洲人的优越心理与姿态;随笔集《北京的末日》(1902)虽然暴露了八国联军的罪行与残忍,但对义和团的反帝斗争运动做了大量歪曲描写,严重偏离事实。

第二,受自然科学发展和社会哲学思潮的深刻影响,自然主义、唯美主义、前期象征主义等文学思潮流派对文学创作进行了多维度的深入探索,并由此表明了对社会现实的不同态度。

19世纪后期的法国文学异常繁荣活跃,是自然主义、唯美主义和前期象征主义等主要文学思潮流派的发源地。爱德蒙·德·龚古尔(1822—1896)和茹尔·德·龚古尔(1830—1870)是自然主义文学的创立者,他们乐于描写下层阶级的生活,展现法国第二帝国时期的社会风俗,并偏爱研究病理学的特殊病例。《费洛梅娜修女》(1861)描写了一个见习医生因化脓性感染而死;《热曼妮·拉赛特》(1865)中的女主人公被龚古尔兄弟当作"神经紊乱"的病例来分析。龚古尔兄弟的小说创作深刻影响了左拉(1840—1902)的文学品格。左拉被誉为自然主义文学的领袖,同时也是自然主义文学理论的建构者。他的系列小说《卢贡-马卡尔家族》是法国文学史上继巴尔扎克的《人间喜剧》之后最为著名的系列小说,为其赢得了世界性声誉。他的《论小说》(1880)、《戏剧中的自然主义》(1881)、《自然主义小说家》(1881)等文论,奠定了自然主义文学的美学体系,提出了自然主义文学创作的基本原则和理论主张，具有重要的价值意义。在左拉的影响下，以莫泊桑（1850—1893）为重要代表的作家群聚集起来，形成了真正的自然主义文学流派，时称"梅塘集团"，1880年他们共同出版了以普法战争为主要题材的《梅塘夜话》一书。除了自然主义文学，唯美主义文学和前期象征主义文学在这一时期的法国也占据重要地位。法国唯美主义文学的首倡者是诗人泰奥菲尔·戈蒂耶（1811—1872），他大力提倡"为艺术而艺术"，并追求纯粹的艺术形式美。戈蒂耶的诗集《珐琅和雕玉》（1852）以画家的眼光处理诗歌，赋予诗歌色、光、线条、浮雕等绘画效果，他为小说《莫班小姐》（1835）所写的序言堪称唯美主义文学的纲领，着重突出了艺术外在形式的雕塑美和视觉美的重要性。继戈蒂耶之后，法国唯美主义最为重要的代表是"帕尔纳斯派"诗人，主要包括邦维尔（1823—1891）、普吕多姆（1839—1907）等人，其名称来自他们的抒情诗歌合集《当代帕尔纳斯》（1866），他们的共同特点是强调艺术外在形态的再造，认为艺术独立于真理、道德和功利。前期象征主义文学在19世纪60年代的法国诗歌领域蓬勃发展，出现了以保罗·魏尔伦（1844—1896）、斯特芳·马拉美（1842—1898）和让·尼古拉·阿尔蒂尔·兰波（1854—1891）为代表的"诗歌三王"。魏尔伦以抒情诗见长，他的《忧郁诗章》（1866）、《华宴集》（1869）、《美好的歌》（1870）、《无言的情歌》（1874）等抒写了自己的忧思与恋情，富有音乐性与绘画性。马拉美是前期象征主义文学的领袖，他的长诗《希罗狄亚德》（1875）中的少女象征着不可企及的美，《牧神的午后》（1876）描绘诗人从沉迷于幻想和冲动到复归沉默的过程。兰波的诗歌融真实和幻觉于一体，迷离朦胧，并以"通灵者"开创了一种求索于潜意识和幻想力量的自由诗风，长诗《醉舟》（1871）即是这方面的杰作。

19世纪后期的英国文学也获得了充分发展，各种文学思潮均得到了积极响应。唯美主义在文艺理论家瓦尔特·佩特（1839—1894）那里得到系统发展。他认为艺术美是脱离社会现实的，艺术孤立又独特。他的《文艺复兴：艺术和诗的研究》（1873）的结论部分是唯美主义的宣言，哲理小说《享乐主义者马里乌斯》（1885）和自传性作品《家里的孩子》

（1894）等表达了唯美的思想与倾向。奥斯卡·王尔德（1854—1900）是英国唯美主义文学的集大成者，他的创作将英国唯美主义文学推向顶峰。长篇小说《道林·格雷的画像》（1891）是作家唯美主义思想的艺术化传达之作，小说通过美与道德的冲突表达了作家矛盾的思想，一方面是贯穿小说始终的以感官享受为主的唯美倾向，另一方面是小说的结局对以享乐为目标的人生结局的否定。独幕剧《莎乐美》以《圣经》故事为原型，传达出了主人公莎乐美如宗教般神圣的激情之爱，唯美色彩浓重。自然主义文学在英国虽然没有形成流派，但出现了所谓的"贫民窟"文学，这种文学赤裸裸地描绘了伦敦东区工人们生活中最龌龊和最可怕的方面，阿瑟·莫里逊（1863—1945）的《陋巷故事》（1894）和《查戈之子》（1896）是其中最为直接的代表。

19世纪后期的美国文学也受到自然主义和唯美主义等思潮的影响。斯蒂芬·克莱恩（1871—1900）的《街头女郎梅季》（1893）被认为是最早的一部自然主义小说作品。弗兰克·诺里斯（1870—1902）的小说创作深受法国作家左拉的影响，他在小说作品中擅长展现动物性与人的堕落之间的关系，将人物的悲剧归咎于人的生理缺陷。爱伦·坡（1809—1849）的诗歌理论和创作则展现出鲜明的唯美主义倾向。他的"纯诗论"主张诗歌与真理、道德无关，只与美的韵律与形式有关，强调音乐性、朦胧性和整体性的统一。而他的"为诗而写诗"的主张实质上就是"为艺术而艺术"的翻版，唯美主义倾向显而易见。他的诗歌代表作《乌鸦》（1845）以舒缓的旋律、奇特的意象传达了沉郁的悼亡情绪，在突出了唯美主义形式论的同时，也与爱情和死亡主题达到了高度统一。

第二节　波德莱尔的《恶之花》

夏尔·皮埃尔·波德莱尔（1821—1867）是法国19世纪后期最著名的诗人，被称为现代派诗歌的鼻祖，象征主义文学的先驱。他的"应和""通感""象征"等诗歌理论与创作实践对后世文学创作产生了深远影响。

一、波德莱尔的生平与主要作品

　　1821年4月9日，波德莱尔出生于浪漫之都巴黎。他的父亲是一位启蒙主义信仰者，受过高等教育，常为他讲述各种神奇逸事，带他到处参观、欣赏艺术作品，这为波德莱尔的童年种下了艺术的种子。波德莱尔六岁时父亲去世，母亲改嫁给一个名叫奥皮克的军官。继父的专制与高压与波德莱尔身上的诗人特征格格不入，与继父的矛盾和斗争始终贯穿在诗人的成长过程中。波德莱尔曾这样说道："我孤独的感情，从儿童时代开始。尽管有家，——又是在同志们当中——永远孤独的命运之感情。"[①]可见波德莱尔内心的极度忧郁与苦闷。1832年，波德莱尔入里昂皇家中学，1836年入巴黎路易大帝中学，后被除名。1848年，波德莱尔参加法国二月革命，因起义失败陷入悲观抑郁，并将这种心绪带入到了诗歌创作中。1867年8月31日，波德莱尔因神经系统疾病恶化，瘫痪失语，病逝于医院，年仅46岁。

　　在波德莱尔短暂的生命中，1839年他通过了毕业会考并试图成为一名作家这一想法占据重要的地位。为了从事写作，他博览群书，大量涉猎古罗马末期作家的作品，沉迷于他们颓废沮丧的情绪之中。他还与一些青年画家、文学家往来，包括巴尔扎克、雨果、戈蒂耶等，开始被浪漫主义文学所吸引。同时他开始进行文学创作并撰写文学评论。约于1852年，波德莱尔开始翻译美国作家爱伦·坡的作品，在认同并接受其文学思想的基础上，他对其进行了重要的补充和修正。波德莱尔没有断然否定创作灵感，而是提出了"以丑为美、化丑为美"的理论主张。在这一核心理论主张的形成过程中，浪漫主义作家雨果在《〈克伦威尔〉序言》中提出的"美丑对照原则"为他提供了养分；德国作家霍夫曼、法国哲学家傅立叶与瑞典神学家斯威登堡等人的思想对其产生了重要影响。

[①] 波德莱尔：《私密日记》，张晓玲译，湖南：湖南文艺出版社，2007年，第24—25页。

波德莱尔著述颇丰,画评《1845年的沙龙》(1845)和《1846年的沙龙》(1846)以新颖的观点震动了当时评论界;散文诗集《人造天堂》(1860)和《巴黎的忧郁》(1869)深刻影响马拉美、魏尔伦等后世象征主义诗人;美学评论集《美学珍奇集》(1868)和《浪漫派的艺术》(1868)尽显其深邃的艺术洞察力;诗集《恶之花》(1857)展现了诗人冷静坦白与自我解剖复杂内心世界的勇气,代表了其创作的最高水平。

二、《恶之花》的艺术成就

《恶之花》是波德莱尔的代表作,于1857年首次出版,后经过作家及其朋友的选定和编辑,至1868年第三版时,共收录了一百五十七首诗。这些诗歌大部分写于1840至1861年间,其中一部分曾在刊物上发表,大部分是结集出版时才公开发表的。全诗除了代序《致读者》一诗和二十五首增补诗外,共分为六个主要部分。第一部分《忧郁与理想》最长,并且也是整个诗集的核心部分。这一部分主要讲述人在忧郁的精神压迫和对理想的追求中产生的迷茫情绪,最后忧郁取得了胜利;第二部分《巴黎风光》则是展示了巴黎各种不堪入目的城市景观,表达了诗人在巴黎找不到可以使痛苦得到解脱的地方,只能用酒买醉的愁闷心境;第三部分《酒》表述了他在醉酒中所思考的关于人生的意义;第四部分《恶之花》讲述了诗人选择深入到罪恶之中体验生活,但是仍然摆脱不了忧郁的精神压抑;在第五部分《叛逆》中,诗人试图对万能的天主进行反抗,但天主丝毫不予理睬,由此诗人只剩一条路:死亡。而《死亡》便是第六部分,诗人要到另一个世界中去"游行",死亡成为"生命的目的"和"唯一的希望"。

《恶之花》因其内容和形式上的创新,震动了当时的评论界,同时也奠定了波德莱尔在法国文学史上的重要地位。这是一朵从丑恶和病态的土壤中绽放出的艺术之花,具有独特的艺术成就。

首先,就语言风格来看,诗歌以犀利的话语和怪诞的笔触揭露了大都市阴暗丑陋的现实。

波德莱尔第一次将现实生活中的丑陋事物带入了神圣的诗歌王国中。在波德莱尔的笔下，巴黎不再是浪漫之都，充斥着阳光与温暖，相反，它变得阴暗可怕。在《腐尸》一诗中，诗人这样描写道：

> 苍蝇嗡嗡地聚在腐烂的肚子上，
> 黑压压的一大群蛆虫
> 从肚子里钻出来，沿着臭皮囊，
> 像黏稠的脓一样流动。

这一不堪入目的腐尸场面便是阴暗丑陋的巴黎缩影。在波德莱尔看来，巴黎也是梦幻神秘的，她是：

> 万头攒动之城，充满梦幻之都，
> 幽灵光天化日拉住行人衣衫，
> 神秘像树液一样流淌到各处，
> 进入强大的巨人狭小的脉管。

在这神秘阴暗的魔都中，人们自沉在欲海中，犹如蛆虫爬伏在腐尸上。这就是波德莱尔透过大都市巴黎对所处时代本质的洞察，可谓振聋发聩。波德莱尔通过象征手法表达了对巴黎这座城市以及世界本体的厌恶。此外，诗人笔下的主人公不再是贵族人士，而是巴黎城巷中随处可见的孤儿、乞丐、老妓女、穷艺术家等被社会抛弃的底层人民，正是这些人的生活状态构成了巴黎城内最基础的现实。比如诗人描写坐在赌桌周围的老妓女，她们"面孔不见嘴唇，嘴唇不见血色，颌部没有牙齿"。再比如他描写贫穷的老太婆：

> 碎步疾走，全像木偶一样；
> 仿佛受伤野兽，拖着步子行走。

诗人还特别关注了盲人：

> 他们的眼睛失去神圣的光辉，
> 总是仰面朝天，仿佛遥望远方。

在世俗眼中，贵族华丽的衣裳与精致的装扮是美，街头乞丐衣衫褴褛、蓬头垢面是丑、是恶，但波德莱尔偏偏反其道而行之，将诗歌惯常描写美的笔触放在"丑恶"上。他明确提出了以"丑恶"为美，美就在"丑恶"之中，用"丑恶"来否定和批判现实的同时也就肯定了"丑恶"在现代美学中的独特地位。波德莱尔认为"丑恶"具有双重性，丑陋邪恶的土壤也可以滋养出美丽的花朵，在《恶之花》中可以明显看到他的这种对忧郁之美、怪诞之美和撒旦之美的偏爱。他对于美的理解绝不是孤立的，这种双重性具有启发意义，在他看来只有敢于真实地表达社会的"恶"才能够更深刻地体会到"美"的内涵和意义。

其次，诗歌通过象征手法和丰富的想象展现忧郁与孤独的核心主题。在《恶之花》的出版说明中写道，诗歌"在于表现现代青年的激动和忧愁"，这是对波德莱尔心境最准确的概括。童年丧父的伤痛、继父的专制与压抑以及时代的颓靡之风，使波德莱尔始终处于对世界本体深沉的忧郁与绝望中。关于忧郁带来的巨大的精神压抑贯穿整部诗集，诗人在诗歌中将自己的精神状态形容为破钟，嘶哑的声音活像要咽气的伤兵。他将这种心境比作阴雨连绵的冬天，由寒冷、亡魂、墓地气息和浓雾笼罩着。最有代表性的是《忧郁之四》，诗人使用各种意象来表达忧郁孤独的心态。例如他将天空写成是锅盖扣在地平线上，这就与沉闷、压抑的概念相通；把大地形容为牢狱，揭示了生存的困境；一群无声卑污的蜘蛛在脑壳深处结网，加强了封闭杂乱之感。这些象征的运用往往具有丰富深邃的内涵和哲理性，且诗人往往采取颠倒意象、隐喻次序的方法，即将自然意象比作人工意象，使读者阅读之时产生局促窒息的感觉，从而显现出诗歌独特的美学效果。除了忧郁以外，烦恼、无聊、悔恨等相似的精神状态也不断出现在诗歌中。波德莱尔认为他受到了时代的遗弃,这实际上是小资产阶级青年因无法认同其所处的时代而产生的一种通有的"世纪病",也是所有浪漫诗人的通病,这种"世纪病"患者始终在渴望与厌弃的冲突之间挣扎反抗,在反抗中又充满着无可奈何的绝望。

《恶之花》中各种独特意象的运用完美展现了诗人非凡奇崛的艺术想象力。波德莱尔采用其他诗人视而不见或嗤之以鼻的意象入诗,描绘出一幅极度腐烂又极度震撼的"人间地狱"图景,恰恰显示出他在艺术上的别出心裁与非凡造诣。事实上,想象理论在他的诗学理论体系中占据主导地位,他认为"整个可见的宇宙不过是个形象和符号的仓库,想象力给予它们位置和相应的价值"。[1] 诗人还将想象力尊为艺术家"各种能力的皇后",由此可见他对想象力的重视与推崇。而这种想象理论也是诗人对自斯塔尔夫人以来占主导地位的法国情感主义诗论的有力反驳。

最后,通感的运用与诗歌思想的变相传达。

通感是波德莱尔提出的重要理论。他认为诗人是自然界和人之间的媒介者,诗人天生能够理解自然,且诗歌同别的艺术方式都是相通的。波德莱尔强调,色彩、香气、数量无论在自然界还是在精神界,都是富有含义和相互作用的,可以相互转换,因此在诗歌中也可以使用色彩和声音去表达诗人的情感。在《应和》(也译作《通感》)一诗中,波德莱尔写道:

> 自然是座庙宇,那里活的柱子
> 有时说出了模模糊糊的话音;
> 人从那里过,穿越象征的森林,
> 森林用熟识的目光将他注视。
> 如同悠长的回声遥遥地汇合
> 在一个混沌深邃的统一体中

---

[1] 波德莱尔:《波德莱尔美学论文选》,郭宏安译,北京:人民文学出版社,1987年,第411页。

广大浩漫好像黑夜连着光明——
芳香、颜色和声音在互相应和。

有的芳香新鲜若儿童的肌肤,
柔和如双簧管,青翠如绿草场,
——别的则朽腐、浓郁,涵盖了万物。

像无极无限的东西四散飞扬,
如同龙涎香、麝香、安息香、乳香
那样歌唱精神与感觉的激昂。

诗人先将香味同触感联系起来,"若儿童的肌肤";同时香味又可以从声音得到解读,"柔和如双簧管";最后,香味同视觉合二为一,"青翠如绿草场"。无论是哪一种象征表达方式,它们全都趋同于同一个道德概念:纯粹。在波德莱尔的笔下,各种艺术手段通过联想和通感的方式融合成为一种新的状态面对读者。在《灯塔》一诗中,鲁本斯、达·芬奇、米开朗琪罗、戈雅、德拉克罗瓦等大画家的作品在诗人眼中呈现出光怪陆离的意象,它们与物质世界是相通的,通过这些意象,诗人写出了各位大画家的作品特点。例如在形容鲁本斯的油画时,波德莱尔这样描述:"懒散的花园,新鲜的肉枕。"看起来毫无关系的事物却神奇地表达了同一种艺术家想要传达出来的思想,这正是《恶之花》最吸引读者之处。

总之,波德莱尔的《恶之花》是纯真的坦率与邪恶的堕落的结合,它戳穿了文艺复兴以来鼓吹的人类尊严的谎言,使颓靡的世人受到心灵的战栗与震撼。它像一把锋利的解剖刀,打开了一个在黑暗的重压下和丑恶的事物包围中,渴望光明、理想和美但又终未能摆脱颓废与沉沦的人的复杂内心世界。其象征、通感、丑恶之美的艺术展现极具现代性,对后世的象征主义思潮产生了深远影响,并架起了一座通往20世纪文学创作与批评的桥梁,对法国及世界文学发展起到了独特而又巨大的推动作用。

第八章　20世纪现代主义文学

第一节　异化的世界与人的存在价值的新探索

20世纪前半期是西方社会动荡多变的重要历史时期，科学技术的飞速发展刷新了西方文明的面貌；两次世界大战的爆发给人类生存带来了前所未有的浩劫，加剧了西方传统理性主义的终结与毁灭；文化上的非理性主义倾向和反传统观念逐步蔓延，渐成主流。在此复杂、多样化趋势日益明显的社会文化语境之下，现代主义文学孕育而生。它既是西方现代工业社会的产物，也是20世纪前半期西方世界社会图景与时代精神的艺术表征。

一、现代主义文学孕育时期西方的社会问题与社会面貌

从社会生产力角度来看，西方现代工业文明在20世纪前半期得到了迅猛的发展，科学技术对人及其存在状态的影响比以往任何时代都更为强烈，它直接改变了人的生活方式和价值判断标准。随着社会经济的进一步发展，强大的经济联合体形成，人们的精神异化和物质异化程度随之加深。"资本主义社会在工业技术、经济及社会结构方面发生了剧烈的变化"，而其重要的结果则是"人的性格所发生的变化同样剧烈和深入"。[①] 人日益感觉到自己是一个陌生人，"人不再感到他是自己的力量和

[①] 艾里希·弗洛姆：《健全的社会》，孙恺祥译，上海：上海译文出版社，2011年，第83页。

丰富品质的主动拥有者,他感到自己是一个贫乏的'物',依赖于自身之外的力量,他把他的生存状况投射到这些外在于他的力量上"。[1]而更为可怖的是这种异化的经验方式存在于世界图景的每一个角落:"在现代社会中,异化几乎无所不在,它弥漫在人与他的工作、人与消费品、人与国家、人与他的同胞、人与他自己的关系中。人创造出一个前所未有的人造世界。他构筑了一部复杂的社会机器来管理他造的技术机器。但是,他所创造的一切却高踞于他之上。他没有感到自己是创造者,是中心,而觉得自己是他的双手创造出来的机器人的奴仆。人释放出的力量越大,人越感到,作为一个人,他是多么无能为力。他面对着自己的力量,这些力量体现在他所创造的物中,已从他身上独立出来。他被他所造之物控制着,失掉了对自己的所有权。"[2]

从历史发展进程角度来看,两次世界大战的爆发无疑是20世纪前半期最为重要的历史事件。19世纪末20世纪初,主要资本主义国家相继进入垄断时期,随着殖民地瓜分狂潮的兴起和资本主义扩张的加剧,各国之间的矛盾逐步升级,第一次世界大战爆发。20世纪30年代,德意法西斯主义政权相继上台,西班牙爆发法西斯叛乱,时局的变化最终演绎为第二次世界大战。一方面,两次世界大战中曾经为人类的进步发展做出重要贡献的科学技术转化为人类自相残杀的工具,人类恶的本性得到了广泛而持久的释放;另一方面,两次世界大战带来的生灵涂炭和财富毁灭,使得人类自文艺复兴以来所建立的理性主义和人道主义思想观念在现实中第一次面临巨大的毁坏和崩塌。面对如此浩劫,人类经历了前所未有的苦难状态,心灵遭受巨大打击,知识分子开始对人类自身的优越性和人自身的存在状态展开全新的思索。

从文化发展方面来看,世纪之交西方的非理性哲学和现代心理学的最新发展,促使非理性主义倾向和悲观主义情绪滋生蔓延。德国哲学家

---

[1] 艾里希·弗洛姆:《健全的社会》,孙恺祥译,上海:上海译文出版社,2011年,第100页。

[2] 艾里希·弗洛姆:《健全的社会》,孙恺祥译,上海:上海译文出版社,2011年,第101页。

叔本华虽然生前默默无闻,但其唯意志论哲学理论在世纪之交的特定历史语境下不胫而走。在叔本华看来,世界的本质是非理性意志,人生受盲目的意识驱使而追逐无法满足的欲望,因此,人生注定痛苦与挣扎且毫无意义。近乎同一时期,德国另一位哲学家尼采则提出了"上帝死了"和"重估一切价值"的口号,从而为非理性主义倾向进一步提供了理论依据。法国哲学家柏格森提出了"意识绵延"和直觉理论,强调认识世界本体不能凭借理性,而是依靠直觉,因为直觉能够打破时空界限,进而抓住智力所无法提供的东西。而奥地利心理学家弗洛伊德的潜意识理论更是改变了"人是理性动物"的西方传统观念,从而将人的本质引向了生命力和本能冲动的生物学领域。所有这一切思想和理论都在加剧西方传统理性主义基石的崩塌。

总之,20世纪前半期一系列的社会变化和社会问题使西方基于理性主义和基督教文化的传统思想体系遭受到巨大的挑战,反传统逐渐成为社会意识形态和思想的主流。而就文学创作来看,20世纪前半期的社会变化和思想危机为文学家提供了新的创作源泉,他们对特定社会时代中人的存在状态的思索和呈现,正是这一历史时期所亟须解决的问题的艺术化映射。

二、现代主义文学思潮的多元化发展

现代主义文学思潮是20世纪前半期西方诸多反传统文学流派的总称,主要包括后期象征主义、表现主义、未来主义、达达主义、超现实主义以及意识流小说等。作为一个由众多文学流派组成的复合体,尽管现代主义文学内部各个派别在价值取向和审美标准方面存在很大的差异,但也葆有一致性的基本观念和共同特征。

首先,异化是现代主义文学最为突出的主题。现代主义文学的异化集中表现在以下四个方面:物质世界对人的异化、社会对个体的异化、他人对自我的异化以及人的个性消失的异化。现代主义文学基于对人的本质和人的存在状态的思考来展现人力图摆脱异化的过程。物质世界对人的异化反映出人的物质与精神之间的对立，社会对个体的异化表现了作为整体的人与作为个体的人之间的对立，他人对自我的异化表现了人与人之间的复杂关系，而人的个性与主体的消失则显现出了人对自身稳定性和可靠性的怀疑。

其次，文化批判是现代主义文学的主导性倾向。面对社会与文化的转型以及理性王国的崩塌，现代主义文学站在存在本体的角度对人类文明的发展进行积极反思，强调既有的西方文明与人类欲求之间的相悖性，从而显现出强烈的"重估一切价值"的文化批判倾向。

再次，以丑为美的"反向诗学"是现代主义文学最为鲜明的艺术风格。价值的崩塌与毁坏、信仰的失落以及残酷的社会历史现实使现代主义文学家们逐渐意识到人性恶和丑陋的一面，因此，他们希望以艺术化的方式来展现人性丑恶的一面，借此来反抗现实。现代主义文学对死亡、犯罪、堕落、变态、疯狂等内容的艺术化展现大大超越西方传统文学，其在否定中肯定自我价值、提倡美的"反向诗学"倾向十分明显。

最后，神话隐喻模式和形式主义创新构成现代主义文学的显著标志。现代主义文学不注重对社会现实进行直观的再现，而是构筑一个象征的神话艺术世界来揭示生活与存在之间内在意蕴的丰富性和深刻性。现代主义文学往往还伴随着艺术形式和技巧上的大胆创新，通过"自由联想""时空倒错""内心独白"等手法来创作"有意味的形式"，其标新立异的反传统特征清晰可见。

三、现代主义文学对西方社会问题与社会面貌的回应

中心的离散与支离破碎，理性与信仰的丧失，总体性的难以捉摸和把握，20 世纪前半期总体社会图景的独特性要求与之自觉同构的文学经典必须以全新的艺术形式来再现并描绘它。对此，诗人托·斯·艾略特明确表示："我们的文化体系包含极大的多样性和复杂性，这种多样性和复杂性在诗人精细的情感上起了作用，必然产生多样的和复杂的结果。诗人必须变得愈来愈无所不包，愈来愈隐晦，愈来愈间接，以便迫使语

言就范，必要时甚至打乱语言的正常秩序来表达意义。"[①]

首先，以怀疑的态度对待世界观和价值观，否定现实存在，强调通过具有神秘性和暗示性的象征来实现灵魂与灵魂、已知世界和未知世界的沟通，复活与重构神话模式，进而努力展现社会与时代的总体精神，修复或重建破碎的世界秩序，这成为以后期象征主义为代表的现代主义文学流派回应20世纪西方社会问题与社会面貌的重要方式。

后期象征主义在继承前期象征主义先知意识和原始主义倾向传统的基础上，更富现代主义特征。它坚持以象征暗示的方法来展现内心的最高真实，强调跳出个人情感的圈子去努力展现现实社会生活，通过复活远古神话或建构现代神话来修复残破的世界图景，最终达成主观与客观、有限与无限、情与理的统一，从而形成自身独特的艺术价值。后期象征主义的主要成就体现在诗歌领域，代表性的诗人包括威廉·巴特勒·叶芝（1865—1939）、托·斯·艾略特（1888—1965）、保尔·瓦莱里（1871—1945）等。

威廉·巴特勒·叶芝作为爱尔兰著名的后期象征主义诗人，将民族性和现实性引入了象征主义诗歌领域，形成了现实性、象征性与哲理性三种因素有机结合的诗风，堪称这一时期英语诗歌的重要代表作家之一。他的诗歌代表作《驶向拜占庭》（1928）以游历拜占庭来象征精神探索，表达了对西方现代物质文明的厌恶和对西方古代精神复归的企盼。

保尔·瓦莱里被誉为20世纪法国最伟大的诗人之一，他的诗歌擅长以象征的意境来艺术化表达灵与肉、生与死、变换与永恒等主题，进而展现生命的意义与价值在于把握现在并面向未来。《海滨墓园》（1922）作为诗人的代表作，通过巧妙运用大海、太阳、白帆、风、墓园等中心意象来探寻生命的本质，展现了存在与虚无、肯定与否定、变化与静止等二元对立关系，成为后期象征主义诗歌的里程碑之作。

莱纳·玛利亚·里尔克（1875—1926）是德国象征主义诗人的代表，也是西方工业社会和机械主义的批判者。里尔克深感现代文明发展对人

[①] T. S. 艾略特：《玄学派诗人》，李赋宁译，陆建德主编：《现代教育和古典文学：艾略特文集·论文》，李赋宁、王恩衷等译，上海：上海译文出版社，2012年，第14页。

性的破坏作用，认为过去的祖辈思想和曾经活着的事物正在衰微，因此诗人的价值就在于保留对逝去的事物和思想的记忆，展现它们曾经焕发的人性价值。他在晚期诗歌代表作《杜伊诺哀歌》(1922)中将各种主题汇聚于自己的内宇宙，通过向内的艺术审视传送出无穷的赞美，交织着诗人失望、恐惧、忏悔等多种内心感受，进而展现出生与死的融合转化以及此岸与彼岸的依存辩证关系。

此外，美国的埃兹拉·庞德(1885—1972)、俄国的勃洛克(1880—1921)等人也是后期象征主义的重要代表，他们的诗歌各有特色，同样取得了不俗的艺术成就。

其次，以高扬的反叛精神为前提和基础，主张突破人的外在行为来展现灵魂世界、突破外在表象而呈现内在实质、突破短暂感受而表达永恒真理，关注现实的同时反叛病态的时代与社会，这成为以表现主义为代表的现代主义流派回应20世纪西方社会问题与社会面貌的重要方式。

表现主义反对印象主义和自然主义，主张描写内心活动、直觉和梦幻来展现人物的思想感情，通过内在情感等的外化作用批判社会现实，呈现时代症候与畸形存在状态。表现主义从绘画艺术开始，随后波及戏剧、诗歌、小说等诸多领域。第一次世界大战后，德国成为表现主义的中心。表现主义的代表作家包括瑞典戏剧家奥古斯特·斯特林堡(1849—1912)、美国戏剧家尤金·奥尼尔(1888—1953)以及奥地利小说家弗兰茨·卡夫卡(1883—1924)等。

斯特林堡是欧洲表现主义戏剧的代表人物。他的戏剧三部曲《到大马士革去》(1898—1904)是最早的表现主义戏剧作品，该剧通过内心独白、梦幻等艺术手法展现了人物内在精神历程的发展。而《鬼魂奏鸣曲》(1907)则通过荒诞的情节和离奇的舞台形象揭示了西方社会人与人的隔膜和欺骗。

奥尼尔是美国表现主义戏剧的代表人物，也是美国现代民族戏剧的重要奠基人。他注重展现人物与生存环境的斗争，擅长使用思想外化的方式揭示人物复杂的心理和精神状态，并希冀在物质繁荣与精神荒原的对比中唤醒人类的心灵，引发理性的思索。他的戏剧创作在继承古希腊悲剧精神的同时，通过运用大量的意识流手法，呈现出隐藏在人物内心深处的变态潜意识，《琼斯皇》（1920）、《毛猿》（1921）等剧作是其代表作。1936年，奥尼尔获得诺贝尔文学奖，标志其戏剧走向世界。

再次，以艺术的使命精神探索未知世界，面向未来展现人意识到的冲动，反映新的社会现实和价值观念，歌颂现代性事物与观念，这成为以未来主义为代表的现代主义流派回应20世纪西方社会问题与社会面貌的重要方式。

未来主义否定传统，主张摒弃过往的文学艺术遗产；歌颂现代机械文明，倡导都市化、工业化和高速化的现代新美学，认为一切新的都是好的，而一切旧的都是坏的，希冀通过文学艺术的手段将现代生活转变为"速度"与"力量"的美学。未来主义有明显的文化虚无主义倾向，同时在反传统、反现代文明的现代主义文学思潮中多少有些异类。

意大利的菲利波·马里奈蒂（1876—1944）是未来主义的创始人，同时也是现代科学与技术的歌颂者，且他认为战争、暴力和科学技术一样是摧毁旧有传统、建立新未来的最有效手段。法国的阿波利奈尔（1880—1918）尝试将诗歌与绘画等艺术门类融合，创立了"立体未来主义"。俄国诗人马雅可夫斯基（1893—1930）和赫列勃尼科夫（1885—1922）等也是未来主义的重要作家。

最后，对内在心理世界进行探索和艺术化传达，推崇"心理至上"主义，直接描绘人的心理体验和内在的生命冲动，展现人的反抗与叛逆性格以及非理性的内心活动，从而实现更高、更真实的内心"现实"，这成为以意识流小说、达达主义、超现实主义为代表的现代主义文学回应20世纪西方社会问题与社会面貌的重要方式。

意识流小说是流行于20世纪20年代和30年代英、法、美等国的重要现代主义文学流派，这一派别主张描摹人的意识流程，打破传统的小说叙事方式和结构方式，采取心理逻辑重新组织故事情节。意识流小说注重人物的内在心理体验，大量运用内心独白和自由联想等手法进行语言和文体方面的创新。爱尔兰作家詹姆斯·乔伊斯（1882—1941）、英国作家弗吉尼亚·伍尔夫（1882—1941）、美国作家威廉·福克纳

(1897—1962)、法国作家马塞尔·普鲁斯特（1871—1922）等是意识流小说的代表作家。

当乔伊斯、普鲁斯特等小说家尝试在小说领域触及人类潜意识心理的同时，一些诗人也开始了这方面的努力，达达主义和超现实主义由此诞生。这两个现代主义文学流派的共同特点是试图将文艺从理性的藩篱中解放出来，使之成为一种自发性的心理活动过程。在此意义上可以说，达达主义和超现实主义本质上就是诗歌领域的意识流，而"自动写作"和"梦幻记录"随之成为它们最为广泛使用的创作方式。

1916年，罗马尼亚诗人德里斯坦·查拉（1896—1963）在瑞士苏黎世宣布"达达主义"诞生。1919年，法国诗人安德烈·布勒东（1896—1966）等人创办《文学》杂志，正式开始超现实主义文学实验。此外，法国的路易·阿拉贡（1897—1982）和绿尔·艾吕雅（1895—1952）等也是超现实主义的重要作家。

第二节　托·斯·艾略特的《荒原》

托·斯·艾略特（1888—1965）是20世纪西方最有影响力的诗人之一，其在诗歌领域的成就和贡献举世公认，甚至有文学史著作将20世纪称作"艾略特时代"。

一、艾略特的生平与主要作品

1888年9月26日，艾略特出生于美国密苏里州圣路易斯的一个商人家庭。艾略特家族祖籍英国，后移居美国，一直保持着传统的新英格兰加尔文教传统，这种家庭环境对艾略特的影响深远。

1906年，艾略特入哈佛大学攻读哲学和文学，师从新人文主义的代表人物欧文·白璧德和哲学家乔治·桑塔亚纳。白璧德对以卢梭为代表的张扬个性和自我的浪漫主义的批判，桑塔亚纳对卢克莱修、但丁以及歌德三位哲学诗人的深入研究，都成为艾略特精神成长过程中最为重要的营养要素。1908年，艾略特从阿瑟·西蒙斯的《文学中的象征主义运动》中接触到象征主义文学思想观念，进而走上象征主义诗歌创作道路。1910年获哈佛大学硕士学位后，艾略特又赴巴黎大学从事柏格森哲学的研究，并广泛接触了马拉美、波德莱尔等其他象征主义诗人的作品。1922年，艾略特出任文学评论季刊《标准》的主编，并逐渐成为英美新批评流派的代表性理论家之一。1948年，艾略特由于"在现代诗歌中作为一个先驱所取得的杰出成就"[1]获得诺贝尔文学奖。

1965年1月4日，艾略特在伦敦逝世，葬于西敏斯特教堂的"诗人之角"。

艾略特的诗歌作品主要包括诗集《普罗弗洛克》（1917）、长诗《荒原》（1922）以及组诗《四个四重奏》（1935—1943）等，此外，他还写作了《大教堂谋杀案》（1935）、《家庭聚会》（1939）等诗剧作品以及若干文艺批评文章。

二、《荒原》的艺术成就

《荒原》全诗分为"死者的葬礼""弈棋""火诫""死于水"和"雷霆的话"五章，以神话故事为框架，穿插大量对现代生活的描写，通过对"荒原"景象以及荒原人的描绘，映现出整整一代人的幻灭感，是战后人们普遍存在的精神状态最为凝练的艺术概括。

《荒原》的诗歌实验性质远远大于思想主题，它之所以能够成为20世纪西方文学的里程碑，关键在于以新的诗歌技巧和艺术表现手法完美地呈现出了现代人的精神荒芜状态。

第一，巧用神话故事框架。

《荒原》中主要隐伏着两个重要的神话故事框架。一个是亚瑟王寻求

---

[1] 宋兆霖主编：《诺贝尔文学奖全集》上册，北京：北京燕山出版社，2006年，第527页。

圣杯的神话故事结构,另一个是耶稣基督死而复生的神话框架。诗人将其改头换面地运用于诗歌中,使它们成为诗歌的重要有机组成部分,既显得自然贴切,又使读者接受起来有源可据。

亚瑟王寻求圣杯的故事取材于学者魏士登的《从祭仪到神话》一书。传说中的"圣杯"是指耶稣在受难前与十二门徒共进最后的晚餐时所用的杯子。亚瑟王的故事讲述的是渔王(国王)因患病丧失了性机能,致使原来肥沃的土地变成了荒原,需要一位骑士带着利剑(代表男性生殖力)历尽艰险寻求圣杯(代表女性繁殖力),以医治渔王,使大地复苏。远古的渔王神话为纷繁复杂的现代生活提供了总的象征性构架。诗歌通过泰瑞西士这个集两性于一身而又无所不在的旁观者的所见,暗示出荒原中"所有的女人只是一个女人",所有的男子都化入一个男子之中。男人和女人只剩下性的差别,他们只为性、性欲、情欲而生存,这就表明正是不洁的两性关系使骑士失去了找到圣杯的可能,渔王无法得到医治,荒原难以复苏。而将古代传说中的渔王故事和现代西方世界对应起来,意在暗示现代人同样无法得救,现代的荒原同样无法复苏。耶稣死而复生的神话取材于《圣经》,集中出现在诗歌第五章开头的叙述场景之中。耶稣在客西玛尼园中被捕,被钉上十字架,复活后在门徒间行走,这表明《荒原》中的死亡是以复活为前提的。诗歌第一章"死者的葬礼"展示了荒原干涸及濒临死亡的人们的景象;第二章"弈棋"描述各阶层女性走向死亡的过程;第三章"火诫"和第四章"死于水"以"火"和"水"暗示再生的源泉;第五章"雷霆的话"则是如《启示录》般的复活宣言。诗人以此暗示宗教是拯救"荒原"的最后希望,以宗教为指引的古代文明是解决现代西方文明的重要文化良药。

第二,一语双关的运用。

《荒原》中虽有不少哀叹世界荒凉、人类堕落之笔,但也有诗人借此喻彼、暗示"重生"的希望和靠振兴宗教来复苏"荒原"之意。

第二章"弈棋"最后屡次重复的"请快点儿,时间到了"一句,表面上是饭馆准备关门,催促顾客赶快离开的吆喝声,但实则却表现出诗人对死亡的渴求,与诗歌开头部分希腊文引言中女先知西比尔所说的

"我想死"一句前后呼应，催促"荒原"上的人们快些死去，以求解脱，获得重生。这种暗示"重生"主题的双关语在《荒原》中比比皆是，"死者的葬礼"最后几行便是一例：

去年你栽在你花园里的那具尸体，
开始发芽了没有？今年会开花吗？
要不就是突然来临的霜冻惊扰了它的苗床？

把"尸体"掩埋起来，让它"发芽""开花"，意味着衰竭的生命还会死后再生。诗人希求"荒原"复活，唯恐料峭严寒冻死了新生的嫩芽。诗人所信仰的周而复始、循环往复观念再一次得到显现。

第三，拼贴法的运用和抽象的具体化效果。

在个体意象的处理上，诗人采用了拼贴法，包含了时空的错位和意象的交叠。这种巧妙的拼贴设计，使诗歌的形式变成诗歌内容的自然延伸，外在凌乱与内在精神的统一赋予整首诗以立体主义绘画的色彩。诗人还把抽象的思想幻化成形象的视觉意象，拓宽遐想空间与思想内涵。

诗中既描写上流社会，也描写下层社会；既有神话，也包含现实。如此布局，使诗歌在内容上显得扑朔迷离。通过运用拼贴法来组织意象，艾略特一反传统诗歌的和谐与明晰，着力于一种凌乱破碎的结构技巧，也表明诗人对荒原世界的感知，即在现代荒原上，统一的秩序和明晰的理性已不复存在。抽象的具体化效果集中表现在"水"和"火"意象的运用上。"水"既是灾难死亡之水、情欲之祸水，又是生命之水，也是荒原万物复苏的生命甘露；"火"既是情欲之火、炼狱的圣火，亦是涅槃之火。"水"和"火"都具有双重性，既可造福人类，又可毁灭人类。借用"水"和"火"的这两重性，诗人表现出生命与死亡的复合性，让诗歌产生了强烈的联想性和暗示力，极大地丰富了诗歌的内涵。

第四，整体象征以揭示主题方法的运用。

《荒原》以亚瑟王追寻圣杯的神话故事作为象征主体，暗示诗的主要主题之一：第一次世界大战浩劫后的欧洲也是一片荒原，迫切需要圣杯，而现实中的"圣杯"就是宗教。

诗歌起首几句便流露出诗人深深的痛苦和无尽的失望与悲哀。春天原本该万物复苏、生意盎然，而在诗人笔下，现代文明的象征——伦敦却是一片枯萎的荒原。在这没有生气的栖息之所，人不生不死，虽生犹死，心中唯有幻灭和绝望，眼前的世界只泛滥着海一样的情欲。在这令人窒息的现实中充斥着庸俗卑下的人欲，死亡的阴云浓浓地笼罩在西方世界的上空，人们在浑浑噩噩中走向死亡。诗人把现实社会比作地狱，视现代人为没有灵魂的幽灵。第三章"火诫"的开头也是如此，诗人集中展现了泰晤士河的衰败景象，"河上的帐篷破了：最后残留的枯叶犹恋恋不去"、树叶"沉落"了、"河上的娇娃美女已经离去"、"夏天夜晚的证据"——游人丢弃的丝手绢、硬纸盒、香烟头——也没有了。这一切似乎都是第一次世界大战后社会生活的反映。诗人采用"写果示因"的象征手法，表明正是第一次世界大战让西方社会深遭劫难，这是诗人对战争的谴责，其言外之意在于：要以这次浩劫为戒，焚毁战争祸根，在战火的燃烧中涅槃重生。

第五，意识流手法的高超运用。

意识流手法意在打破传统小说较为单一的叙事模式，采用人的精神联想打造故事情节，形成不受时间和空间限制的艺术形式。艾略特创造性地将小说创作中的意识流手法运用到诗歌创作中，从而形成独具个性的艺术风格。

具体来说，诗人主要通过人物的心理活动来展现人物心灵状况并由此来把握非理性的思维活动。诗人用比较破碎的语言来组织结构，再用凌乱的结构来连贯全篇，这样使得读者很难分辨诗歌之间的相互关系。运用意识流手法的关键在于营造一种诗歌氛围，使有意识的读者了解到更加充分的语言信息和更为深刻的文化内涵。在此意义上，《荒原》在整体上可以被看作一篇内心独白，独白的人凭着自己的精神世界和思想流动漫步在荒漠之中，敏感、孤寂地观察着周围的一切，独白者不停地寻找，找回失去的人生价值来拯救自己的灵魂，而诗人则运用这一手法来表现真实的社会状态。

第六,时空错位的穿插和大规模的独特征引。

《荒原》不同于其他作品按照时空顺序进行描写,而是采用跳跃性的描写方法。而为了展现这种跳跃和混乱感,诗人旁征博引,极大地丰富了作品艺术与思想内涵。

作品从一个没有关联的场景迅速转移到另外一个场景,从现代回到古代,又从伦敦的场景来到了地狱的门口。既有河水轻轻流淌,也有污水泛滥,在看似混乱和模糊不堪的描写中,消除了时间的固定向度,过去、现在、将来跳跃穿插,既统一又相互依存。全诗共涉及六种语言,三十五个作家和五十六部作品,被征引的包括回忆录、论著、语录及经文等,其中有神话故事、民间歌谣、戏剧、诗歌、小说等多种文体,其蕴含的丰富知识量可谓博大精深。这些征引配合其他艺术手法的综合运用,使诗歌显现出丰沛内涵和高超技巧的完美融合。

艾略特曾提出"客观对应物"的文学观念,即"用一系列实物、场景,一连串事件来表现某种特定的感情,要做到最终形式必然是感觉经验的外部事实一旦出现,便能立刻唤起那种情感"。[1]"客观对应物"的提法被艾略特用来形容一种象征世界。在艾略特看来,象征世界和诗人的情感与感受不断地同时产生,这使得感受客体化和模式化。《荒原》可谓是诗人这一文学观念最佳的艺术化展现,集中体现了其诗歌艺术的最高成就。

第三节 卡夫卡的《城堡》

弗兰茨·卡夫卡(1883—1924)是20世纪奥地利德语文学的重要作家之一,西方现代主义文学的奠基者之一。英国诗人奥登曾这样评价:"卡夫卡与我们时代的关系最最近似但丁、莎士比亚、歌德与他们时代的

---

[1] T. S. 艾略特:《哈姆雷特》,王恩衷译,陆建德主编:《传统与个人才能:艾略特文集·论文》,卞之琳、李赋宁等译,上海:上海译文出版社,2012年,第180页。

关系","卡夫卡对我们至关重要,因为他的困境就是现代人的困境"。[1]卡夫卡的好友、著名的卡夫卡研究专家马克斯·布罗德称赞他是"最出色的倾听者""最出色的提问者"和"最出色的读者和批评者"。[2]俄裔美国小说家纳博科夫称赞他是"我们时代最伟大的德语作家","与他相比,像里尔克一类的诗人,或者像托马斯·曼一类的小说家不过是侏儒或者泥菩萨"。[3]

一、卡夫卡的生平与主要作品

1883年7月3日,卡夫卡出生于布拉格,父母均为犹太血统。卡夫卡自幼受到父亲的严厉管教,这对于他日后的心理产生了巨大的影响。1901年,卡夫卡读完高中后进入布拉格德语大学开始攻读法律,1906年取得法学博士学位。后入布拉格一家劳工事故保险公司供职,直至病退为止。1924年6月3日,卡夫卡逝世于维也纳附近的基尔疗养院。

卡夫卡短暂的一生充满了矛盾、痛苦与纠结,这直接影响了他的文学创作。

首先,他是犹太人,却接受德语教育,生活在奥匈帝国统治下的捷克,"这种境遇加剧了他的孤独和背井离乡之感",也使得他"处于任何精神的社团性之外,是个异乡人"。在此意义上,"卡夫卡是个地地道道的犹太人,但同时也是一个与犹太人社会决裂的犹太人"。[4]对身份问题和自我意义的追寻由此成为卡夫卡文学的一个重要主题。

其次,如何处理与父亲的关系是困扰卡夫卡的又一难题。卡夫卡的

---

[1] 袁可嘉:《欧美现代派文学概论》,桂林:广西师范大学出版社,2003年,第242页。

[2] 马克斯·布罗德:《灰色的寒鸦——卡夫卡传》,张荣昌译,北京:北京十月文艺出版社,2010年,第49页。

[3] 弗拉基米尔·纳博科夫:《文学讲稿》,申慧辉等译,上海:上海三联书店,2005年,第221页。

[4] 罗杰·加洛蒂:《论无边的现实主义》,吴岳添译,天津:百花文艺出版社,2008年,第108—109页。

父亲是个商人,性格粗暴,在家中是绝对的权威,卡夫卡自幼便感受到来自父亲的压力,并一生都生活在父亲的阴影下。对此,法国评论家罗杰·加洛蒂评论说:"从极为夸张的角度来看,他的父亲对他来说是一个压迫人的、异化的、扼杀个人特性的社会形象。"[①] 卡夫卡一方面敬畏父亲,另一方面又极其厌恶并努力试图摆脱父亲的专制,这种心态集中反映在他的《致父亲的信》中,并艺术化呈现于短篇小说《变形记》中。

最后,职业与写作事业之间的矛盾是卡夫卡人生中的又一艰难选择。职业在使他更深刻地进入社会生活的同时,加剧了他的异化,加深了他的两重性。作为保险公司的职员,卡夫卡的职业经验与他内心中的真正愿望相去甚远。在卡夫卡的内心世界中,唯有文学和写作事业是他真正的向往。

卡夫卡一生热爱文学事业,视写作为人生最大的幸福。自中学起,他便广泛阅读了欧洲的一些文学家和哲学家的著作,包括尼采、达尔文、斯宾诺莎、易卜生、福楼拜、歌德、狄更斯等。其中卡夫卡对尼采的思想尤其感兴趣,在其小说作品中可以清晰地见到尼采"永恒循环"论、"权力意志"论、"价值重估"等思想的影子。福楼拜对卡夫卡的影响也很大。福楼拜曾将自己比喻为一只隐藏于洞穴中的熊:"我是一只熊,我要坚持做一只熊,守在我的洞穴里,藏在我的窝巢里,裹着我的毛皮,裹着我的老熊的毛皮;我要静静地生活,远离资产阶级分子和资产阶级。""我独自生活,像只熊。"[②] 卡夫卡也有类似比喻,只不过不是将自己比喻成熊,而是鼹鼠:"我们像一只鼹鼠打地洞,满身黑茸茸的毛,从我们打的沙洞里钻出来,伸出可怜的小红脚,怪可怜的。"[③] "穴居的熊"和"打地洞的鼹鼠"形象说明了福楼拜与卡夫卡文艺观的共同点,即将艺术

[①] 罗杰·加洛蒂:《论无边的现实主义》,吴岳添译,天津:百花文艺出版社,2008年,第112页。

[②] 朱利安·巴恩斯:《福楼拜的鹦鹉》,汤永宽译,南京:译林出版社,2005年,第52页。

[③] 卡夫卡:《书信(1900—1921)》,叶廷芳等译,叶廷芳主编:《卡夫卡全集》插图本第6卷,北京:中央编译出版社,2015年,第23页。

视为生命并坚持孤独写作的境界。在写给情人菲利斯·鲍威尔的书信中,卡夫卡将自己奉为福楼拜的"精神之子"①,高度赞扬福楼拜作品语言的优美,甚至宣称福楼拜是他心理上感觉"至亲"的四位作家之一。②上大学后,他又对德国戏剧家赫贝尔、克莱斯特以及奥地利诗人霍夫曼斯塔尔产生浓厚兴趣。

卡夫卡终身未婚,但却先后与菲利斯·鲍威尔、密伦娜·耶申斯卡等几个女人发生情感纠葛,并为后人留下了与她们之间往来的书信,这些书信成为了解卡夫卡人生经历、心理感受及文学创作情况的重要资料。

卡夫卡生前发表的作品并不多,大多数作品是在其去世后经由好友布罗德整理得以面世的。卡夫卡的作品主要包括未完成的三部长篇小说《失踪者》(1912—1914,布罗德改名为《美国》)、《诉讼》(1914—1918,又译为《审判》)和《城堡》(1922),以及《变形记》(1912)、《在流放地》(1914)、《致某科学院的报告》(1917)、《乡村医生》(1917)、《饥饿艺术家》(1922)、《地洞》(1923)等若干中短篇小说。

卡夫卡的小说总体上充满了德国哲学家瓦尔特·本雅明所说的"寓言性质"。在本雅明看来,碎片化或断片既是寓言对外在世界的描述,也是现代主体的最为直观的体验。它直接对应卡夫卡作品的符号化和未完成性,它是现代人感受到的中心离散和自我分裂的症候。"寓言精神具有极度的断续性,充满了分裂和异质,带有与梦幻一样的多种解释,而不是对符号的单一的表述"③,寓言的这种精神特质决定了它能产生多种组合方式,拒绝单一的认知模式,这使得卡夫卡的小说在本质上无法获得总

---

① 卡夫卡:《致菲利斯情书Ⅰ》,卢永华等译,叶廷芳主编:《卡夫卡全集》插图本第8卷,北京:中央编译出版社,2015年,第49页。
② 卡夫卡:《致菲利斯情书Ⅰ》,卢永华等译,叶廷芳主编:《卡夫卡全集》插图本第8卷,北京:中央编译出版社,2015年,第364页。
③ 詹明信:《处于跨国资本主义时代中的第三世界文学》,张京媛译,张旭东编:《晚期资本主义的文化逻辑:詹明信批评理论文选》,北京:生活·读书·新知三联书店,1997年,第528页。

体意义的图景和相对的统一性。换言之，卡夫卡作品的本质在于提出问题，而不是获得答案。

二、《城堡》的艺术成就

《城堡》写于1922年，于卡夫卡去世后的1926年第一次出版，是卡夫卡写作的最重要的一部长篇小说。

小说的故事情节相对比较简单，具有典型的现代小说弱化情节的倾向。小说的主人公K在半夜踏雪来到城堡管辖下的村庄，准备第二天进入城堡。K自称是城堡聘请的土地丈量员，但城堡不承认，因此根据城堡的规定他不能在村里过夜。K受到严厉盘查后才侥幸住到客店里。越来越奇怪的事情接踵而来，城堡不承认K却给他派了两名助手，只是始终不让他进入城堡；城堡就在附近的山冈上，但K却永远走不到；城堡的主人西西伯爵人人皆知，却从未有人见过；城堡办公厅主任克拉姆也不露面，他的信使巴纳巴斯与K联系，但巴纳巴斯也从未见过克拉姆本人。为了达到进入城堡的目的，K勾引了克拉姆的情妇弗丽达。K并未因此见到克拉姆，反而得罪了客店老板娘，被赶出客店。K被派去学校当看门人，不久又差点被解雇。K想通过信使与城堡沟通，也未获成功。很快，弗丽达发现了K与她同居的真正动机，加上助手的存心破坏，决定与K分手。克拉姆命令K把弗丽达送回贵宾饭店，至此，K与城堡失去了一切联系的可能性。小说有限的情节设计似乎暗示读者，K有可能进入城堡，但一切有利于K达成目的情节最终都转化为与K为敌和对抗，阻止K进入城堡。K的行为表面看来是有目的的，也是有途径的，但似乎一切又是无目的、无途径的，最终归于徒劳。不确定的、模糊的因素充斥着整个小说。在卡夫卡写到的小说结尾处，K无论如何都没能进入城堡。但据《城堡》的编辑者马克斯·布罗德在小说第一版后记中的提示，《城堡》的可能结尾卡夫卡曾告诉过他："结尾一章卡夫卡没有写。但是有一次我问他小说将如何收尾时他曾讲给我听。所谓的土地测量员至少得到部分满足。他并没有放松斗争，但却因疲惫不堪而死去。在他弥留之际，村民们聚集在他周围，这时下达了城堡的决定：虽然 K 无权要求在村中居住，但是考虑到某些次要情况，准许他在村里生活和工作。"①

《城堡》作为最能体现卡夫卡寓言小说多义性和复数性质的经典之作，其艺术成就主要表现在以下几个方面：

首先，复杂而浓厚的象征隐喻意义。

作为一部迷宫似的小说，《城堡》体现了强烈的象征隐喻意味，较好地呈现了客观世界在人的内心中所呈现的复杂反映。小说采用现实主义与象征主义相结合的艺术手法，构筑出一种独特的叙述真实。

《城堡》第一章讲到主人公 K 进入村子时，看不到城堡的影子，它被浓雾和黑暗笼罩着，似乎有一种神秘的力量存在。城堡给人一种不能接近的感觉，K 遇到很多阻力，村里的人们对他的到来感到奇怪，而且处处找他的麻烦，每一次 K 认为自己快要进入城堡的时候，结果都是一场空。K 的一切努力，最终都归于徒劳。他越想接近城堡，反而离城堡越远。K 的这种心态象征着人们在残酷的现实面前渴望幸福的欲求，这是战争后政治腐败的阴影留下的心理创伤。第一次世界大战给人民的心灵和正常生活带来巨大的伤害，加之政府的腐败，人民看不到未来的希望。在此意义上，小说中始终未肯露面的城堡统治者象征着国家权力和国家统治机器，他们高高在上，人民可望而不可即。卡夫卡将现实中的统治者们塑造成一群冷酷的隐形人，从而揭示他们才是造成人民不幸的根源。卡夫卡将文字变成一种力量来关照、批判现实，艺术化地表现出了人民的现实生活状况，其所描述的种种荒诞情节，正是对扭曲的人生和社会做出的深刻揭示和强有力的针砭。

对社会现实的映射仅是《城堡》象征隐喻体系的一个维度，其复杂多样性还可以从以下维度进行多层次诠释。

从宗教角度来看，城堡是对神和神的恩典的象征隐喻。K 进入城堡

---

① 马克斯·布罗德：《城堡·第一版后记》，卡夫卡：《城堡》，高年生译，上海：上海译文出版社，2002 年，第 276 页。

之路是求得灵魂获得拯救之路,但其努力最终归于徒劳,表明神的恩典是不能强求的。因此,《城堡》具有复杂的宗教寓意。

从形而上角度来看,城堡是生命的终极意义的象征。K所努力追寻和探索的,是深层次的不可知的秘密或人生的真理,这里既有正义、自由,也有法律、平等,但荒诞的世界为这种追寻设置了种种障碍,最终以失败而告终。诚如马克斯·布罗德所言,《城堡》是"卡夫卡的《浮士德》"。①

从存在主义角度来看,城堡是荒诞的外在世界的象征和隐喻。现代人面临一系列危机,K被随意摆布而不能自主的存在状态代表了人类的生存现状,K的恐惧和无奈反映了个人与外在世界物化之间的矛盾和冲突,卡夫卡在《城堡》中将个人存在困境上升至历史和人类的普遍存在困境,体现出深邃的理性思索能力。

从传记实证角度来看,城堡的象征隐喻与卡夫卡的生平经历具有一定程度的对等性。它可能与卡夫卡的犹太身份有关,反映了卡夫卡生活时代欧洲排犹主义盛行的现实;也可能暗示卡夫卡与父亲之间的紧张关系,是父子矛盾和对立冲突的隐喻。

其次,创新性的荒诞艺术手法的运用。

"荒诞派戏剧"、法国"新小说"等文学流派视卡夫卡为现代派文学的鼻祖,其主要原因在于卡夫卡在小说中擅于揭示一种荒诞的、非理性色彩的景象,个人式忧郁而孤独的情绪弥漫其中。这一点在《城堡》中表现得尤为突出。卡夫卡在《城堡》中精心构筑了一个荒诞世界的体系,在这里一切都是那么无理性可言:环境是荒诞的,人物是荒诞的,情节和语言同样如此。

《城堡》中荒诞的环境在小说第一章中便明确显现出来。K试图进入城堡,而村子的主要街道并不直通城堡,它只是通到城堡附近。接着道路转变了方向,虽然并没有离城堡越来越远,但也没有向城堡靠近。这

---

① 马克斯·布罗德:《城堡·第一版后记》,卡夫卡:《城堡》,高年生译,上海:上海译文出版社,2002年,第276页。

使得 K 总是抱着希望，希望有一条路是转向城堡的。而所谓的城堡却是在雾气和黑暗的包围中，什么也看不见，甚至没有一丝灯光显示出它那巨大的存在。城堡以一个巨大的实体存在于 K 的面前，可 K 却看不清它，K 站在桥上仰视城堡这虚无缥缈的空间，感觉到它既是实体的存在，又是虚无的幻想，犹如迷宫般营造着近乎梦幻的氛围。

《城堡》中荒诞的人物也有明显表现。小说最荒诞和滑稽的人物当属 K 的两个助手。小说描述 K 在酒店中见到他们，可他们却很奇怪，他们自称是 K 的老助手，却没有拿着 K 的工具箱，最离谱的是他们竟然不懂土地测量。在之后的相处中，他们竟然还监视 K，并处处与 K 为敌，阻止 K 的行动。小说中的城堡主人西西伯爵人人皆知，却从未有人见过。城堡办公厅主任克拉姆也不露面，他的信使巴纳巴斯与 K 联系，但巴纳巴斯也从未见过克拉姆本人。甚至作为小说主人公的 K 也是荒诞难以确定的。小说并未交代 K 的来龙去脉，这意味着 K 没有历史，由此便很难确定他的现在和未来。

《城堡》中荒诞的故事情节更是比比皆是。K 作为土地测量员来城堡入职，但村里的人竟然不知此事。城堡里的大人物更是没有露面，只在电话里便将 K 拒之门外。所有人都怀疑 K 并想尽一切办法来阻止他进入城堡。小说中的所有情节似乎都在暗示 K 在想尽办法后一定能进入城堡，但又似乎都在表明无论 K 如何努力最终都归于徒劳。K 被放置在一个无奈的故事情节线索中，盲目徒然地奋斗着。

再次，精湛的细节叙事之美和整体延缓的叙事结构。

细节叙事是卡夫卡塑造人物形象和传达故事思想的最重要手段之一，这一点在《城堡》中获得了突出的展现。与细节叙事之美紧密相连的是小说在整体上呈现出来的不断延缓的叙事结构。

具体来看，《城堡》的细节叙事之美主要表现在自然景物刻画、人物形象描摹和人物心理分析三个层面。在自然景物刻画方面，如小说第一章详细描述了城堡下的村庄、通往城堡的道路以及城堡的轮廓等细部特征，尤其是以现实化的笔触对城堡的外在轮廓进行描写时，卡夫卡生动地揭示出了城堡的神秘感和不确定性，从而很好地为小说的总主题埋下了坚实的伏笔。而在人物形象和心理分析的细节描摹方面，卡夫卡同样表现出了精湛的艺术掌控能力，尤其对主人公 K 的心理变化的描写更是惟妙惟肖，突出了其由希望到无奈再到最终绝望的心理发展全过程。卡夫卡在《城堡》中显现的细部叙事之美从本质上来看是完美而彻底的现实主义，而这种现实在很大程度上又是为荒诞服务的，细部的现实和情节的荒诞就这样合二为一、融为一体了。

《城堡》中充斥的细部描述和各种各样的可以独立成篇的小故事，使读者产生一种故事被不断延缓和推迟的审美感受，读者流连于作家的艺术叙事世界之中而不能自拔，并被情节吸引而产生艺术共鸣。诚如本雅明所言，"延缓就是卡夫卡作品中奇怪而且往往最令人惊异的细致描写的本意"。[1]

最后，独具特色的语言风格和艺术掌控力。

小说的语言具有独特性，体现了卡夫卡艺术的创新与成熟，是深受读者喜爱的重要原因之一。

《城堡》的语言简朴而生动，日常化而又不通俗，严密而精准，并在很大程度上体现出巴赫金所说的众声喧哗的"复调性"，这为烘托小说的整体艺术氛围起到了不可估量的巨大作用。

总之，《城堡》采用全新的审美视角和独特的艺术风格构筑了一座现代艺术的迷宫，是卡夫卡创作风格成熟与定型的标志，具有高超的艺术性和美学上的震撼力。

第四节　弗吉尼亚·伍尔夫的《达洛维夫人》

弗吉尼亚·伍尔夫（1882—1941）是 20 世纪英国现代主义文学最杰出的女作家之一。

---

[1] 瓦尔特·本雅明：《评弗兰茨·卡夫卡的〈建造中国长城时〉》，瓦尔特·本雅明：《经验与贫乏》，王炳均、杨劲译，天津：百花文艺出版社，1999 年，第 341 页。

一、弗吉尼亚·伍尔夫的生平与主要作品

1882年1月25日,伍尔夫出生于伦敦肯辛顿区的一个文学世家,父亲莱斯利·斯蒂芬是著名的评论家和传记作家。伍尔夫虽然没有和兄弟们一起进入剑桥大学就读,但是受益于父亲的潜心教诲和家中丰富的藏书,在浓厚的家庭文化氛围熏陶下,她自少女时期便开始了文学创作。1895年母亲茱莉亚去世,生性敏感的伍尔夫经历了第一次精神失常,此后家人接连离世,她的精神衰弱症数度发作。1941年3月28日,伍尔夫不堪精神疾病的困扰,在萨塞克斯郡的罗德梅尔乡间寓所附近的乌斯河自溺。

伍尔夫的父亲经常在家中招待文艺界的名流,在这样的文化氛围中,伍尔夫自幼耳濡目染,广泛阅读莎士比亚以来的经典作家作品,并对柏拉图、斯宾诺莎、休谟的哲学著作也有所涉猎。1897年,她的父亲去世,伍尔夫与兄弟姐妹迁往布卢姆斯伯里地区的新居。伍尔夫的哥哥索比将剑桥大学活泼自由的学术气氛带到家中,一大批青年学生和艺术家经常聚会讨论当时的社会问题。这个被称为"布卢姆斯伯里"的小组思想活跃,几乎囊括了当时英国知识界上层最具有创造力的思想家、艺术家、作家和学者,其中包括传记作家利顿·斯特雷奇、经济学家凯恩斯、艺术评论家罗杰·弗莱及爱·摩·福斯特等。当时的英国社会不鼓励女子上学,但幸运的是伍尔夫从这个圈子中汲取了充足的文化养分。伍尔夫对小说理论的探索、对写作形式的创新都深受"布卢姆斯伯里"小组美学观的影响,这使得她的小说作品吸收了戏剧、音乐、诗歌、绘画中的某些因素,显现出一种特殊的、综合性的艺术形态。

弗吉尼亚·伍尔夫的主要作品包括长篇小说《远航》(1915)、《夜与日》(1919)、《雅各的房间》(1922)、《达洛维夫人》(1925)、《到灯塔去》(1927)、《奥兰多》(1928)、《海浪》(1931)、《阿弗小传》(1933)、《岁月》(1937)、《幕间》(1941)等以及短篇小说集《鬼屋》(1943)。伍尔夫不仅是小说家,还是著名的文学评论家,在文论集《普通读者》(1925)和《一间自己的房间》(1929)中,她提出了独特的文学观点。

伍尔夫主张现实是客观世界与主观心灵的结合，提出"雌雄同体"理论，强调在叙述中变换叙述视角，创新意识流小说理论。在伍尔夫去世后，她的丈夫伦纳德陆续整理出版了《弗吉尼亚·伍尔夫日记》和《弗吉尼亚·伍尔夫书信集》，这些资料成为了解伍尔夫内心感受和文学思想的重要资料。

二、《达洛维夫人》的艺术成就

《达洛维夫人》以第一次世界大战刚刚结束为背景，记载了保守党议员理查德·达洛维的夫人克拉丽莎在一天十二小时之内的现实生活和内心感受。与此同时，退伍士兵赛普蒂默斯从世界大战的战场上归来，无法忍受战争带来的心理创伤，跳窗自杀。虽然以一天十二小时所发生的事情为故事的基本框架，但小说贯穿了人物的过去和将来，本来毫不相干的两个人因为共同的困惑——对生命和死亡的思考而联结在一起，在琐碎的生活中表现出战争对个体生命的掠夺和心理的冲击。

首先，多角度、多层次的人物塑造方法。

《达洛维夫人》这部长篇小说标志着伍尔夫的个人风格趋于成熟，不重视复杂曲折的情节，侧重于从多角度、多层次塑造人物形象，将主观真实感受与客观理性评价相结合，从多方面展现主人公的性格特征和形象特点，呈现出立体完整的人物形象。

小说开篇讲述达洛维夫人正在为当天晚上的盛大宴会做准备，清晨扑面而来的新鲜空气将她的思绪带回到十八岁时在布尔顿的乡村生活，由此她想起初恋男友彼得，开始回忆过去。小说不停地转换视角，切入不同角色的内心生活，从达洛维夫人的内在意识流动转向对其他人物的心理描写。邻居波维斯先生认为克拉丽莎是一位美丽的夫人，像一只轻快活泼的樫鸟，却带有病后的苍白。花店老板皮姆小姐则从商业角度来看待达洛维夫人这位老顾客，认为她一如既往的慷慨大方，只是看起来稍显衰老。回到家中，克拉丽莎知道了丈夫受邀与布鲁顿女士共进午餐，而自己没有受到邀请，这令她觉得心中不快，于是开始感叹岁月流逝，人生无常。晚间,初恋情人彼得与老友萨丽·塞顿、休·惠特布雷德和穷亲戚艾丽·汉德森都如约赴宴,还有英国首相和布鲁顿女士等大人物也陆续到场。克拉丽莎在席间与宾客畅谈周旋,直至宴会圆满结束。伍尔夫描写了宴会上不同人物对克拉丽莎的内心想法。女仆露西认为克拉丽莎值得崇拜;布鲁顿女士注意到克拉丽莎有着敏锐的直觉,有一种把人物分解开来的特殊能力;作为丈夫的理查德认为克拉丽莎是他需要帮助和支持的娇妻;女儿伊丽莎白观察到母亲喜爱与有权势的人往来,为母亲的虚荣而感到厌烦;穷亲戚艾丽猜到克拉丽莎本来并不想邀请自己前来赴宴,觉得她很势利。伍尔夫笔下不同人物视角中的达洛维夫人的形象和性格,让读者看到了克拉丽莎这一人物不同的侧面,她风度优雅又苍白衰老,心地善良却虚荣势利。

在小说的叙述中,通过他人对克拉丽莎的外表印象来塑造主人公的形象仅是作家伍尔夫人物刻画的一种方式,多层面的立体式呈现则更显作家的艺术才能,进而使一个更为完整而全面的丰赡人物形象呈现于读者面前。具体结合小说文本,伍尔夫暗示出还可以从以下方面来认识小说主人公的形象与性格:

从克拉丽莎和其他人物之间的关系来看,她情感细腻又冷静理智。彼得不理解克拉丽莎为何拒绝他,而选择与理查德先生结婚,责怪她冷漠无情。克拉丽莎认为她和彼得性格爱好迥异,无法一起生活,但当彼得与其他女人结了婚,克拉丽莎又不可避免地感受到痛苦异常。

从克拉丽莎自我评价来看,她充满矛盾、复杂多变。克拉丽莎觉得自己依旧年轻,同时又无法遏制对衰老的恐惧。她知识匮乏,却能出于本能地了解人。她希望人们因为她的到来而感到高兴,希望得到大家的重视,但是又为自己的虚荣心而感到心虚。

从克拉丽莎思考生死问题的内心独白来看,她热爱生命,多愁善感,对生命有哲学思考。她意识到个人的生命是短暂的,万物的生命是永恒的,死亡不可避免,生命是一种互相依赖的生存。由此她想到通过晚宴的形式将亲朋好友聚集起来,去联合、去创造。而当她在宴会上得知了赛普蒂默斯自杀的消息时,她顿悟了人终将孤独地面对人生真谛,死亡中包含着拥抱，死亡亦是一种挑战和解脱。

其次，跨越时间界限，揭示人物瞬息万变的意识活动。

伍尔夫在最初起草这部小说时曾将其定名为《时光》，可见其对小说中时间问题的高度关注。《达洛维夫人》遵循一定的时间顺序，主客观时间相互交错，钟表时间与心理时间交织一体，将不同人物的意识流动交错重叠，充分地发挥了时间的艺术性功能来反映现代意识。

贯穿小说始终的伦敦大本钟代表钟表时间，作家在钟表时间一天的范围内展现了人物心理时间的一生。伦敦大本钟精准的报时具有深刻的象征意义，并成为小说的重要时间背景。小说开篇克拉丽莎对往昔追忆时的意识流动，从一个人物的意识转入另一个人物的意识。达洛维夫人由户外的新鲜空气引发了一系列的联想，从当下清晨空气的客观真实回忆联想到十八岁时的男友，从当年乡下的时光转场到近日来信中彼得说即将从印度回到伦敦。上午十一点，彼得前来拜访，克拉丽莎看着彼得手里把玩折纸刀，由这一动作习惯回忆到过去的时光。在意识飘忽与自我反思中，克拉丽莎逐渐看清了自己的内心，意识到自己当年拒绝了彼得，而选择达洛维先生的真正原因：彼得热衷于帝国事业，控制欲较强，而达洛维先生给予了克拉丽莎更多的宽容和独立空间。晚宴开始后，克拉丽莎意识到大家都在虚度年华，产生对死亡问题的新思考。跨越了钟表时间的界限，意识在过去、现在和将来之间交替出现，展示主人公在心理时间上纷繁复杂的意识流动。

在小说的另一并置故事情节中，赛普蒂默斯是一个刚从战场退伍归来的士兵，战争与死亡让他的精神开始错乱，战友伊万在他面前死去的画面经常出现在脑海中，甚至令他产生幻觉。在钟表时间里战争已经成为过去式，伦敦呈现出一片欣欣向荣的局面，但是赛普蒂默斯的心理时间仍然停留在战场上。医生断定赛普蒂默斯精神出了问题，需要隔离治疗，赛普蒂默斯最终精神崩溃，在医生到来之前跳窗自杀。伍尔夫如实地反映了人物对客观世界的内心感受，强调主观真实。"为了赋予这种'阴影-生命'以艺术的明确形态，她让人物反复地停留在往昔的某一点上,同时追踪他们的思想"[1],伍尔夫通过描写赛普蒂默斯拒绝钟表时间而停留在自己的心理时间中,无法正常生活直至放弃生命,暗示出战后伦敦繁华兴盛的表面之下是无尽的空虚和令人难以忍受的恐惧。

最后,人物并置与独特的网状立体结构。

小说设置了两个并列在一起的世界,将正常人眼中所看到的世界和精神疯狂的人所感受到的世界并置在一起。克拉丽莎作为议员妻子,感受到战争的结束给大家所带来的欢乐,她享受着伦敦的繁华和上流阶层的晚宴,这是一个充满花香、幸福、生命的世界。赛普蒂默斯和他周围的人们则构成了另一个世界,战争带来的灾难尚未结束,虽然身处伦敦公园的长椅上,却恍若在人性泯灭的战场,脑海中闪过的都是痛苦无助的画面,欣欣向荣的世界在他眼里充满喧嚣和惶恐,这是一个黑暗、疯狂、死亡的世界。这两个并列的世界形成了鲜明的对比,从中可以看出,幸福世界的光亮与快乐建立在黑暗世界的痛苦之上,而黑暗世界的阴影也笼罩着幸福世界,没有人可以在这场战争的浩劫中全身而退,即使优美高雅的达洛维夫人,也不免感到人生仿佛黑暗的地牢,在庆祝晚宴这样的场合中仍然会为时间的流逝和生命的空白而感到无助。达洛维夫人期冀通过大家联合到一起,传播情谊与温暖,却始终无法摆脱笼罩在心头的"死亡的阴影"。

作家把迥然对立的两组人物、两个世界联结在一起,首先将两者放置在同一天和同一个地点,威廉爵士作为赛普蒂默斯的医生,又是克拉丽莎晚宴的宾客,席间是他传达了赛普蒂默斯自杀身亡的消息,使克拉丽莎的心里产生了涟漪。其次,莎士比亚的作品也成了连接两个世界的精神纽带,赛普蒂默斯是莎士比亚的忠实粉丝,他抱着保卫莎士比亚家乡的决心去参加战争。达洛维夫人和赛普蒂默斯这两个毫不相干的人不约而同地想到了莎士比亚剧本《辛白林》中的诗句"再不怕太阳的炎热,也不怕寒冬的风暴",从而暗示出两人的生死观,即把死亡视为一

---

[1] 林德尔·戈登:《弗吉尼亚·伍尔夫:一个作家的生命历程》,伍厚恺译,成都:四川人民出版社,2000年,第268页。

种解脱。主观意识和客观存在把所有的人物联系起来，使两个世界产生交点，组成了一个立体的网状结构，表达了丰富而复杂的人物意识和社会意义。

总体来看，《达洛维夫人》是一部充满实验精神的现代主义小说，国内伍尔夫研究学者瞿世镜先生这样评价《达洛维夫人》："作者充分发挥了多角度叙述方法的优越性，把达洛维夫人性格的各个方面、各个层次淋漓尽致地表现出来。"[①]作家不注重曲折复杂的情节，通过不可胜计的印象式回忆，使读者仿佛身临其境地经历了主人公的感受，从而突破了英国小说传统的现实主义写作手法，进一步拓宽了英国小说艺术的发展空间。

第五节　乔伊斯的《尤利西斯》

詹姆斯·乔伊斯（1882—1941）是现代爱尔兰文学和西方意识流小说的重要作家之一，在现代主义文学中占据着无可撼动的地位。爱尔兰诗人叶芝评价他是"非常出色的人"，"已超出我们这个时代的任何一位小说家"。[②]法国诗人兼评论家瓦莱里·拉尔博则认为他是"最伟大的英语作家，可与斯威夫特、斯特恩、菲尔丁齐名"。[③]埃德蒙·威尔逊则称赞乔伊斯是"迈向人类意识新阶段的一位伟大的诗人"，并强调"像普鲁斯特、怀特海或爱因斯坦的世界一样，乔伊斯的世界永远随着不同的观测点与时间而变化"。[④]

[①] 瞿世镜：《伍尔夫研究》，上海：上海文艺出版社，1988年，第6页。
[②] 叶芝：《叶芝致约翰·奎因的一封信》，周汶译，王逢振编：《乔伊斯评论集——名家论乔伊斯》，周汶等译，上海：上海译文出版社，2015年，第22页。
[③] 瓦莱里·拉尔博：《瓦莱里·拉尔博论乔伊斯》，朱荣杰译，王逢振编：《乔伊斯评论集——名家论乔伊斯》，上海：上海译文出版社，2015年，第59页。
[④] 埃德蒙·威尔逊：《阿克瑟尔的城堡：1870年至1930年的想象文学研究》，黄念欣译，南京：江苏教育出版社，2006年，第157页。

一、乔伊斯的生平与主要作品

1882年2月2日,乔伊斯出生于都柏林一个比较富裕的中产阶级家庭。乔伊斯家庭传统中有热爱政治的倾向,这对日后乔伊斯有一定的影响。1902年,乔伊斯获学士学位后进入圣塞西莉亚医学院,年底去巴黎学医,次年开始写短篇小说。1941年1月10日,乔伊斯因腹部痉挛住院,病情危重,13日病逝于瑞士苏黎世。

乔伊斯自幼酷爱古典文学,早在十一岁时就阅读了英国散文家查尔斯·兰姆的《尤利西斯冒险记》,对于故事中所描写的主人公海上漂泊的非凡经历产生了浓厚的兴趣,这为其后来写作《尤利西斯》奠定了重要的叙事框架基础。乔伊斯对但丁的《神曲》也十分崇敬,将其视作《圣经》一样的精神食粮去阅读,并将《神曲》描写幽暗的地狱氛围和风格灌注于后来写作的《尤利西斯》之中。他还崇拜歌德,评论家在《尤利西斯》第十五章中便找到了歌德不朽名篇《浮士德》的影子。

1898年,乔伊斯进入都柏林大学学院学习,开始广泛阅读包括邓南遮在内的意大利文学和欧洲其他国家的现代文学,旁及宗教、哲学著作。在众多阅读中,他尤其关注挪威戏剧家易卜生和法国作家福楼拜,深受他们思想观念和写作风格的影响。

乔伊斯对易卜生的关注主要集中在两个重要方面,一是易卜生的群氓思想,即民众是随波逐流的乌合之众,艺术家必须反抗社会,卓尔不群;二是易卜生戏剧的真实原则,再现生活的本来面目,并将这一原则置于传统美之中。乔伊斯认同易卜生的思想,更赞许易卜生特立独行的品格,"对于他,和对于易卜生一样,真理与其说是一种启示,还不如说是揭开假面具"。[①]

除易卜生外,福楼拜是乔伊斯又一集中关注的作家。乔伊斯曾宣称阅读过福楼拜的全部作品,甚至还可以记住福楼拜小说中的具体字句。

---

① 理查德·艾尔曼:《乔伊斯传》,金隄、李汉林、王振平译,北京:北京十月文艺出版社,2016年,第78页。

乔伊斯接受福楼拜的影响也主要集中在两大方面：一是福楼拜的现实主义传统和写实主义风格，二是福楼拜的非人格化美学观念，或纯客观化叙事方式。

1920年，乔伊斯移居巴黎，进一步接触并研究了大量古典和现代作品，这对其文学创作产生了深刻的影响。

乔伊斯一生共写作六部主要作品，包括诗集《室内乐》(1907)，短篇小说集《都柏林人》(1914)，戏剧《流亡者》(1918)，中篇小说《青年艺术家画像》(1916)以及两部长篇小说《尤利西斯》(1922)和《芬尼根的守灵夜》(1939)。

乔伊斯生活和创作的时代正值爱尔兰社会发生重大变革的历史关键时期，当时的爱尔兰受19世纪中期大饥荒的影响和拖累，长期处于经济凋敝、人民贫困、灾难不断、社会动荡之中。乔伊斯对爱尔兰抱有复杂的情感，一方面他对爱尔兰怀有强烈的眷恋之情，一生所写的主要作品，无不是以都柏林作为背景的；另一方面他对爱尔兰当时所面对的社会情况感到失望，这使得他下定决心必须离开爱尔兰。在乔伊斯看来，爱尔兰当时的社会环境，尤其是宗教环境严重窒息人的发展，将使人们一事无成。他的流亡出走，正是为了摆脱精神上的桎梏，去寻找新的生活，也能实现自由创作的目的。对于乔伊斯来说，文学创作在生命中具有重要意义，它既可以充实自身的物质世界和精神世界，同时也能在道德上和精神上疗救自己的祖国。乔伊斯公开表明他对社会现实的憎恶之情，并希冀通过文学的形式去寻找拯救爱尔兰民族的可能性。乔伊斯是这么想的，也是这么以实际行动去做的，他在文学和生活道路上的选择与探索，既是自我放逐的旅行，也是创造经典的不朽过程。

二、《尤利西斯》的艺术成就

《尤利西斯》是公认的乔伊斯小说的代表作，是欧洲现代文学中最为重要的经典作品，同时也被认为是最难读懂的作品之一。乔伊斯在小说中摒弃传统叙事模式，采用意识流、心理现实主义等多种手法描写了布卢姆、斯蒂芬、莫莉三个人物从1904年6月16日周四早八点至次日凌晨两点之间十八个小时在都柏林的活动和精神历程，集中展示了爱尔兰广阔的社会生活画面和人性的复杂多样。对此，评论家埃德蒙·威尔逊评述道："《尤利西斯》的世界由一个复杂而永不终止的生命所构成并赋予活力：像重游一个城市一样重读它，我们会认出更多的面孔，读懂更多的人物，掌握更多的关系、趋势与兴趣。……《尤利西斯》比其他任何一部小说——或者说除了《人间喜剧》以外——都更能创造出一个生动的社会有机体的幻象。我们只深入其中的二十小时，但已经了解到这个社会的过去与现在。我们拥有都柏林，看得见、听得到、嗅得到、感觉得到，也不断对之反复低回沉思、想象与回忆。"[1] 评论家约瑟夫·柯林斯也持类似看法："《尤利西斯》是20世纪人类对虚构文学的最重大的贡献。就像《巨人传》令拉伯雷流芳百世、《卡拉马佐夫兄弟》令陀思妥耶夫斯基名垂青史一样，《尤利西斯》肯定会使它的作者千古留名。"[2] 他还认为"《尤利西斯》比现存任何一本书都更接近于完美展示人格"，"卢梭的《忏悔录》，艾米尔的《私人日记》，巴什基尔特赛夫的《忧郁症》，以及卡萨诺瓦的《回忆录》，与它相比只能算是初级读物"。[3]

作为典型的文学表现方式试验高潮时期的代表作，乔伊斯在《尤利西斯》中进行了广泛、新颖的艺术探索，主要表现在以下几个方面：

首先，小说与荷马史诗第二部《奥德赛》具有明显的平行对比关系。《尤利西斯》被称为现代版的《奥德赛》，主要在于小说的情节结构、人物形象等方面与史诗具有鲜明的对应平行关系。乔伊斯在写给意大利作家卡罗·利纳蒂的信中明确表示，他从少年时代起便对尤利西斯这个人物着迷，他写《尤利西斯》是将其视作"两个民族（以色列-爱尔兰）

---

[1] 埃德蒙·威尔逊:《阿克瑟尔的城堡：1870年至1930年的想象文学研究》，黄念欣译，南京：江苏教育出版社，2006年，第150—151页。

[2] 约瑟夫·柯林斯:《约瑟夫·柯林斯论乔伊斯》，周汶译，王逢振编:《乔伊斯评论集——名家论乔伊斯》，上海：上海译文出版社，2015年，第50页。

[3] 约瑟夫·柯林斯:《约瑟夫·柯林斯论乔伊斯》，周汶译，王逢振编:《乔伊斯评论集——名家论乔伊斯》，上海：上海译文出版社，2015年，第51页。

的史诗,也是人体的循环,同时还是一天(一生)中的一个小故事"。乔伊斯进一步阐述他的意图,"不止是讲述以我们的时代为依据的神话,还要让每一次冒险(即整个身体系统里相互关联、相互连接的每一个小时、每一个器官以及每一门艺术)都以其自身的技巧为前提,甚至是创造自身的技巧"。①

在人物关系方面,乔伊斯的尤利西斯是个都柏林的犹太人,广告推销员布卢姆;乔伊斯的忒勒玛科斯就是斯蒂芬·代达勒斯,亦即乔伊斯自己;乔伊斯的珀涅罗珀则是莫莉,布卢姆的妻子。小说中的布卢姆意志薄弱、庸俗猥琐;斯蒂芬精神空虚、自甘堕落;莫莉则纵欲无度、不知廉耻,他们标志着现代社会人性的堕落,生命力的下降。

在主题方面,《奥德赛》中儿子寻找父亲的主题对应现代社会父子认同主题。《奥德赛》中忒勒玛科斯勇往直前寻找在外漂泊的父亲,《尤利西斯》中的斯蒂芬则苦苦寻找精神上的父亲。这种精神的缺失实质上象征着现代社会的迷茫,斯蒂芬才是真正的漂泊者。最终斯蒂芬与布卢姆的相互救赎实现了父子认同。

在情节方面,小说比较严格地遵循《奥德赛》的叙述进程,且在诸多细节方面一一对应,如布卢姆被食莲者引诱、被莱斯初哥尼人恐吓、巧妙摆脱娜西卡少女的魅惑与歌声等。布卢姆等现代西方人的表现与心态,在古代史诗英雄业绩的对照下显得平庸、卑微和渺小。

在结构方面,《奥德赛》的象征结构有效控制着小说的情节及对人物的评价。小说以尤利西斯从战场返回家园,途中漂泊、历尽艰险、九死一生,并最终与妻子幸福团聚的故事作为基本框架,但却反向描写了三位主要人物大量无聊、卑琐甚至荒诞的生活经历,由此产生一种强烈的反衬效果。

其次,人物形象的古今异变显现出的鲜明反讽意味。

从小说人物形象塑造来看,乔伊斯显然意在通过三个主要人物形象

---

① 詹姆斯·乔伊斯:《尤利西斯自述:詹姆斯·乔伊斯书信辑》,李宏伟译,重庆:重庆大学出版社,2011年,第273页。

与荷马史诗之间形成的"英雄"与"反英雄"的对比关系,凸显反讽意义,深刻揭示现代社会的荒诞、扭曲及庸俗卑琐的习气。

作为现代尤利西斯的布卢姆已不再是高大智慧的英雄形象了,古代神性的英雄已悄然转化为飘荡在都柏林城市中道德败坏的混混儿。作为广告推销员的布卢姆生意不好,整天碰壁受气,经济没有保障。他的妻子莫莉是个女歌手,活力四射、精力旺盛,由于他对儿子的夭折悲伤过度造成性机能障碍,莫莉与经纪人出轨。布卢姆既要忍受失去儿子的悲痛,又要承受妻子出轨的内心折磨,从而成为一个没有尊严、苟延残喘地活着的懦弱者。小说描写布卢姆有特殊的食癖,尤其爱吃牲口的下水,表明他已陷入生理乐趣和感官刺激的咀嚼的非正常生活之中。他明明知道妻子与其他男人媾和却无动于衷,表明他已丧失了对家庭的期望。他凝视格蒂·麦克道维尔而陷入手淫,表明他的潜意识中流露出窥淫癖、恋物癖以及对人体排泄物的喜好。而他的宗教信仰也不够坚定虔诚,常常在行为上表现出强烈的违背教规的意愿。种种迹象表明,布卢姆不仅谈不上趣味高雅,相反在生活态度和行为方式上表现得麻木而低俗,甚至是猥亵与恶心。布卢姆身上体现出强烈的反英雄色彩,他成为一个懦弱的庸人。乔伊斯意在通过布卢姆这个人物表明新的时代已不是古典的英雄辈出的时代,古代的英雄随着时代的变迁进入到20世纪的西方社会中已沦落到琐碎、平凡、庸俗,古典时代可歌可泣的英雄业绩也已变成现代都市中芸芸众生单调、乏味、枯燥、忙忙碌碌的生活。现代社会是非英雄、反英雄的时代,是低俗而无奈的时代。

与布卢姆的庸俗、懦弱对应的则是斯蒂芬的迷茫。斯蒂芬这个人物在《青年艺术家画像》中曾经出现,在《尤利西斯》的开头他因母亲病危的消息已返回都柏林一年,小说前三章集中围绕他的活动来展开。斯蒂芬为艺术理想而感到困惑和迷茫,渴望得到一位精神之父的抚慰。他的出现对应《奥德赛》中忒勒玛科斯寻父情节。显然,英勇的奥德修斯的儿子忒勒玛科斯在《尤利西斯》中已变成了迷茫的斯蒂芬,虽有艺术理想,但因拒绝接受父辈的宗教传统而将其构建在宗教迷失之上。斯蒂芬的迷茫实际上是现代社会的迷茫,乔伊斯通过这一人物反讽性地揭示出了现代社会精神世界的瘫痪。当然，斯蒂芬与布卢姆之间实际上构成了一对精神上的父子关系，他们共同经历了现代社会的精神流浪，并互相从对方身上获取了精神的救赎，最终实现了现代意义上的"父子团圆"。而斯蒂芬寻找精神之父的行为也暗含了文化革故鼎新的时代要求。在宗教压迫和爱尔兰民族复兴运动的大背景下，如何恢复爱尔兰文化艺术的纯洁性成为乔伊斯借助人物思考的首当其冲的重大问题。

布卢姆的妻子莫莉则是与贞洁的珀涅罗珀大相径庭的人物。史诗中的珀涅罗珀可谓是荷马时代女性的模范和榜样，而莫莉显然不以这种传统道德伦理作为行为准则，她追求感官的刺激，以寻欢作乐为人生的主要目标。相比于珀涅罗珀的忠贞不渝，她在肉体和精神上都背叛过自己的丈夫。她显然是乔伊斯心中道德败坏的淫娃荡妇形象。小说第十八章中对她半睡半醒状态充满性遐想的意识流动描写被视为"淫乱"的顶峰，连乔伊斯本人都觉得这一章比之前面各章都显得更加猥亵。

乔伊斯的创作深深根植于爱尔兰民族肥沃的土壤之中，面对现代社会中爱尔兰人精神的迷失、瘫痪与麻木以及现代人被传统所压抑和窒息的生存状态，他深恶痛绝，唯有以文学来反思历史和人生，并观照社会现实。

最后，意识流手法与文体的巧妙运用。

《尤利西斯》被认为是意识流小说的典范，通过内心独白、自由联想、对过去的回忆、幻觉或梦境等展现意识流动的过程，小说极其真实地还原了人物的内心世界，表现出现代人颓废堕落的病态心理。小说也充分发挥了文体的潜在功能，服务于表达的需要，隐喻所描绘的社会现实。

小说意识流手法的运用突出表现在对性遐想的描写上。小说第十三章"诺西卡"中，布卢姆夜晚到海滩乘凉，看到少女格蒂独自坐在岩石上抖动双腿，格蒂也注意到有人盯着自己看，两个人的内心深处都出现了一大段冗长的意识流动。格蒂幻想扑倒在他怀里，接受他的拥抱，哪怕他犯过罪也没关系，这表现了格蒂轻佻的一面。而布卢姆贪婪盯视少女，少女离开时，他发现她是个瘸子，便开始了一段长意识流遐想：对跛足少女的性幻想、以往和妓女的交往、和莫莉早期的情缘回忆等，这些遐想突出了布卢姆的庸俗猥琐。小说最后一章则采用了一种人类语言史上前所未有的意识流动方式来表现莫莉睡眼蒙眬的模糊意识,其中,大多是对恋爱场景与性爱画面的回忆与想象,暗示出莫莉对性的强烈渴求。最后一章长达近五十页,共两万余字,行文完全不见标点,造成毫无停顿的恍惚迷离之感,这是一种真正接近人类意识活动实质的描写方式。

　　小说中各类文体的运用与意图表达也相得益彰。例如,在第七章中,作家有意模拟报纸标题,把叙述进行分割,各部分又常有省略和突如其来的段落,来隐喻报社里的气氛;第十二章模拟荷马史诗的文体,描写爱尔兰中下层社会的粗鄙和狭隘,取得与字面意义相反的效果,具有讽刺意味。

　　自《尤利西斯》面世以来,毁誉参半,但随着时间的流逝,小说的价值与成就逐渐为评论界所认同。这是一部用独特的艺术形式和表现手法展现现代社会特征的文学杰作,是"一部旷世奇书",具有永恒的艺术魅力,诚如威尔逊所感叹的那样:"我们一直读下去,就会发现《尤利西斯》的心理真实越有说服力,我们就越惊叹于乔伊斯的才智与表达技巧。那不是通过分析或普遍介绍而造成的效果,而是由整个人生的再创造达到的——有关人与人之间的关系,人与环境的关系,他们对自己以及身边事物的看法,以及他们的知性、肉体、事业与精神生活的联系。要写下这一切的关系,展示出彼此的价值,也不能忽略道德的制约与个别人生处境的普遍性,同时又要展示普通人性,既不讽刺又不煽情——能做到这些已经很了不起了;但还要把这一切融入完整、有秩序的艺术整体之中,这实在是我们当今文学史上无人出其右的壮举。"[1]

第六节　普鲁斯特的《追忆似水年华》

　　马塞尔·普鲁斯特(1871—1922)是20世纪法国最著名的小说家和

---

[1] 埃德蒙·威尔逊:《阿克瑟尔的城堡:1870年至1930年的想象文学研究》,黄念欣译,南京:江苏教育出版社,2006年,第156页。

大文豪。他以优美的法国古典语言对回忆机制的建构和记忆的呈现而在 20 世纪西方文学经典的序列中占据独特地位。

一、普鲁斯特的生平与主要作品

1871 年 7 月 10 日，普鲁斯特出生于法国巴黎西南郊，父亲阿德里安·普鲁斯特曾在巴黎深造医学，先后担任住院实习医生、主任医生，母亲让·韦伊出身家境殷实的犹太家庭，文学艺术素养深厚。普鲁斯特从良好的家庭环境中受益很多，一方面继承了作为医生的父亲的认真态度和科学精神，另一方面传承了母亲的文学艺术爱好及细腻幽默的特点，可以说，普鲁斯特自幼基本上是在文明环境中成长起来的。

九岁时，对普鲁斯特的童年生活发生至关重要影响的事件——过敏性哮喘首次发作，从此改变了普鲁斯特对人生和世界的认知。疾病是精神机制中的一个齿轮，它能增强一个人的分析能力和创造能力，这种关于疾病与天才关系的论断在普鲁斯特身上完美地得到了应验。疾病及其所带来的神经官能症，不仅促使普鲁斯特成为比司汤达更为细腻的爱情分析家，同时也带给了他独特的体悟和观察世界运作与生命极限的方式，并使得他有更多的时间全身心奉献给文学和写作事业。对此，法国传记作家安德烈·莫洛亚评论道："疾病迫使普鲁斯特在一生的很大一部分时间里闭门不出，后来只能在夜里会见自己的朋友，甚至完全不能会客，使他只能透过房间或汽车中关闭的玻璃窗来欣赏鲜花盛开的苹果树。这一方面使他摆脱了社会生活的种种束缚，能自由自在地进行思考、阅读、耐心地寻找词语；另一方面又使他对幸福的童年时代所熟悉的大自然的妩媚多姿更加珍惜。"[①]

尽管哮喘病时常发作，但普鲁斯特自 1882 年在孔塞多中学的学习生活照常进行。他加入了文学社团"孔塞多小团体"，开始了广泛而深入的阅读。在阅读名单中，既有同时代的现代作家，如法朗士、梅特林克等，

---

① 莫洛亚：《追寻普鲁斯特》，徐和瑾译，上海：上海译文出版社，2014 年，第 20 页。

也有大量的古典主义作家，包括圣西蒙、波德莱尔、缪塞、乔治·桑等。他也经常阅读狄更斯、托马斯·哈代、罗伯特·斯蒂文斯以及乔治·艾略特等作家的法文译本。

1890 年，普鲁斯特在服完兵役退役后回到巴黎，进入巴黎大学法学院和政治科学学院学习。大学期间，哲学家柏格森的直觉主义等思想对他影响颇深，成为他日后创作的重要理论源泉。1893 年，普鲁斯特结识了贵族罗贝尔·德·蒙泰斯鸠伯爵，后者引介他进入巴黎上层社交界，由此普鲁斯特得以见识上流社会的人情百态，这成为他后来小说创作的主要原型素材之一。1899 年对普鲁斯特来说尤为重要，他开始研究和翻译英国作家和批评家罗斯金的作品《亚眠的圣经》和《芝麻与百合》，并试图从中吸收有用的精神实质，使其成为自己可利用的题材。莫洛亚认为罗斯金对普鲁斯特来说是贯穿一生的"中间人物"①，他教会了普鲁斯特观察和描写的方式，尤其是在风格和结构美方面，罗斯金对普鲁斯特的影响是绝对性的。

1903 年和 1905 年，普鲁斯特的父母先后离世，他本人的过敏性哮喘病也日益加重，开始在公寓过着幽闭的隐士般生活，并由此构思《追忆似水年华》。1913 至 1920 年间该书的第一至四卷相继出版。1922 年 10 月，普鲁斯特在一次外出中受凉，感染支气管炎，并引发为肺炎。当年 11 月 18 日，普鲁斯特在公寓去世。《追忆似水年华》余下的三卷分别于普鲁斯特去世后的 1923 年、1925 年和 1927 年出版。

除了多卷本长篇小说巨著《追忆似水年华》外，普鲁斯特的其他主要作品还包括随笔评论集《欢乐与时日》（1896）、美学论文《驳圣伯夫》（1908）以及自 1895 年开始创作但最终未能完成的自传体小说《让·桑特伊》等。

普鲁斯特擅长描写对日常生活事物的感受，擅长描写各种内在感觉，听觉、视觉、触觉、嗅觉、悟觉，无所不包。他强调印象与内在感觉的密不可分，大量描写想象的印象，通过一种无意识的回忆来把握内在心

---

① 莫洛亚：《追寻普鲁斯特》，徐和瑾译，上海：上海译文出版社，2014 年，第 101 页。

理的复杂活动。在普鲁斯特心中，艺术不是玩笑，而是生命攸关的事情，甚至比他的生命还重要，"艺术作品是复得失去的时间的惟一手段"[①]，"真正的生活，终于真相大白的生活，惟一完全体验得到的生活，那就是文学"[②]。为了这种美好的生活体验，普鲁斯特倾其一生只为写作和作品而活着。在此意义上，创作之于普鲁斯特来说就是感受人生、感受自我的无比美好的过程。普鲁斯特最终把他的全部人生和自我感受都凝结于他的伟大作品之中，从而创造了辉煌无比的伟大艺术成就。

二、《追忆似水年华》的艺术成就

《追忆似水年华》共分七卷，以第一人称"我"的叙事视角依次讲述了主人公从少年到青年再到老年的生活经历和情感发展，再现了19世纪末20世纪初巴黎上流社会生活的全景图，堪称一部具有空前广度和力度的巨著。

小说第一卷名为"在斯万家这边"，共分三部分。第一部分"贡布雷"，主要讲述叙述者的家乡贡布雷的一些事情，介绍叙述者家庭的主要人物以及他们与周围的联系，一是斯万之路，二是盖尔芒特之路；第二部分"斯万之恋"，这段故事发生在叙述者出生以前，写斯万与奥黛特的恋爱过程；第三部分"地名：名称"，这部分内容发生在巴黎，地名的魅力使"我"浮想联翩，但由于身体原因只能在近郊散步，并认识了斯万与奥黛特的女儿吉尔伯特。

小说第二卷名为"在少女们身旁"，分为两部分。第一部分"斯万夫人周围"，这部分故事通过斯万夫人展开，斯万终于娶奥黛特为妻，描写她周围的各种人物，写少年时期的"我"的苦恼：对吉尔伯特的初恋失败，有意从事文学创作的雄心受挫；第二部分"地名：地方"，主要写

[①] 普鲁斯特：《普鲁斯特美文选》，沈志明译，北京：人民文学出版社，2006年，第292页。

[②] 普鲁斯特：《普鲁斯特美文选》，沈志明译，北京：人民文学出版社，2006年，第288页。

两年以后"我"陪同祖母去避暑胜地养病时青少年的"我"的种种发现，尤其是"我"对一群少女中的阿尔伯蒂十分钟情。

小说第三卷名为"盖尔芒特家那边"，主要讲述"我"家新居紧靠盖尔芒特家的房子，在他人引见下，"我"认识了盖尔芒特公爵。公爵家的一次晚宴扑灭了长期以来"我"对贵族的幻想，"我"意识到过去对"我"并不是真实的世界。之后祖母病故，阿尔伯蒂再次出现。

小说第四卷名为"索多姆和戈摩尔"，主要讲述"我"在盖尔芒特家院子中无意间看到了一场同性恋的丑剧，后来在俱乐部看到阿尔伯蒂与人跳舞的动作，经在场医生指点，意识到阿尔伯蒂有同性恋的变态心理，决心娶她为妻以帮助她改正。

小说第五卷名为"女囚"，主要讲述"我"趁母亲离开巴黎的机会，与阿尔伯蒂在家中共同生活了一段时间，从中体验到"爱情就是互相折磨"，于是决定离开巴黎并摆脱阿尔伯蒂，不料她先出走了。

小说第六卷名为"女逃亡者或消失了的阿尔伯蒂"，主要讲述"我"在全面分析了自己的思想感情之后，又回到了现实世界：昔日的斯万夫人已再嫁；吉尔伯特也已结婚。世界上的一切像木偶一样在活动，而支配者是时间。

小说的最后一卷名为"重现的时光"，这是小说的点睛之卷，也是最具艺术气息的一卷。主要讲述"我"住在一所疗养院里思考时间和生命，靠阅读龚古尔的日记打发时间。"我"去了三次巴黎，斯万家和盖尔芒特家发生了巨大变化。"我"终于悟到，一切物质的东西都会烟消云散，只有心灵感受到的东西，会永远存在记忆深处。这些东西虽然可能暂时被其他意识所覆盖，但在某种外在事物的刺激下仍会从心灵深处上升和浮现，因此往昔的时光得以重现，生命的意义得以彰显。而唯有文艺创作可以逃脱时间法则，"我"一生的经历及悲欢苦乐正是文学创作的材料，为此"我"在聚会结束时决定创作一部关于重现的时光的书。

《追忆似水年华》复杂庞大的情节决定了其囊括的内容信息量之大已远远超出读者甚至是批评家的想象。对此，安德烈·莫洛亚赞叹道："对于1900年到1950年这一历史时期而言，没有比《追忆似水年华》更值得纪念的长篇小说杰作了。"[①]瓦尔特·本雅明则认为《追忆似水年华》是一个时代的"断后之作",是"一种不可思议的综合",标志着过去几十年里法国文学的"最高成就"。[②]

《追忆似水年华》之所以广受评论家的好评,与小说自身"百科全书式"的内容和极高的艺术成就密不可分。

第一,回忆机制的建构与叙事基调的确立。

主人公"我"的回忆既构成小说内在叙事的一种机制,也构成小说叙述的主要内容,整部《追忆似水年华》就是有关记忆与回忆的史诗。

小说的回忆机制集中体现在开头的描写中,它奠定了小说整体的叙事基调与风格:"有很长一段时间,我早早就上床了。有时,刚吹灭蜡烛,眼皮就合上了,甚至没来得及转一下念头:'我要睡着了。'但过了半小时,我突然想起这是该睡觉的时候呀,于是就醒了。"小说家纳博科夫认为这句开首语"对于我们理解那个以一个敏感的男孩的卧室为中心展开的主题,是一个关键"。[③]

小说的第一句话揭示了叙述者"我"生命中恒常的一种生活状态,也是"我"的一种重要生活方式,即夜晚无法入睡,依靠回忆来度过漫长的时光。既往的人生经历涌上心头,全部的回忆和记忆也由此开始。这既是主人公"我"的虚构生活,也是现实生活中普鲁斯特的真实状态。哮喘病严重阻碍了普鲁斯特的睡眠,使他在漫漫长夜中唯有与回忆相伴,但普鲁斯特认为这提供给了他最清晰地观察世界的方式。在回忆中写作,在写作中回忆,静下心来细细思考现在、过去和将来的一切,普鲁斯特和叙述者"我"在此形成了"共谋"。

[①] 安德烈·莫洛亚:《〈追忆似水年华〉序》,施康强译,M. 普鲁斯特:《追忆似水年华》第一卷《在斯万家这边》,徐和瑾译,南京:译林出版社,2005年,"序一"第1页。

[②] 本雅明:《普鲁斯特的形象》,张旭东译,汉娜·阿伦特编:《启迪:本雅明文选》,张旭东、王斑译,北京:生活·读书·新知三联书店,2008年,第215页。

[③] 弗拉基米尔·纳博科夫:《文学讲稿》,申慧辉等译,上海:上海三联书店,2005年,第185页。

小说的开端从叙事功能上确立了作为回忆机制的叙述起点,同时也暗含了一个自我参照的叙事系统。"有很长一段时间",从时间的性质来说,这是一个不确定的时间段,到底有多长无法知道,读者能确认的只是小说的回忆由那个失眠的夜晚开始。它以失眠叙述者"我"的回忆为起点和基本立足点,既向前回溯,又不断返回这个起点,时而还超越这一起点,从而形成一种复杂而广阔的往复运动的态势,这就使得《追忆似水年华》的叙事由单一走向多元。事实上,《追忆似水年华》叙事的特殊性在于开端隐含了一个潜在的叙事者,即"现在的我"。这个"现在的我"较之小说开端回忆的"我"是一个参照系统,可能更加成熟,可能是一种比较而言的"客观真理"的代表,这就使得小说开端的叙事者"我"被纳入到一个相对广阔的叙事框架之中,也使小说本身获得了双重阐释系统,从而为小说的再度诠释预留了空间和可能性。

第二,心理时间特征与意识流表现手法。

回忆和记忆无疑离不开时间,因为它们必须在时间中进行,以时间为线索的"我"的人生经历就是回忆的主要内容,在此意义上,时间是《追忆似水年华》最为显性而永恒的主题。对此,瓦尔特·比梅尔评述道:"普鲁斯特作品最出色的地方,也是奠定他在本世纪文坛上无与伦比的地位的东西,乃是这部小说的主角。因为这部小说真正的主角不是进行回忆的'我'或者是被回忆的'我',而是时间。"[①]

首先,就叙事特征来看,《追忆似水年华》在很大程度上就是一种意识流的呈现,这构成了小说时间性的首要特征:"普鲁斯特对小说体裁及其创作艺术的一个重要贡献,就是将流逝的绵延的感觉引进小说叙述,并且称之为'时间中的心理'。叙事者明白,时间的观念位于作品的中心。"[②]普鲁斯特不仅将时间的哲学之思与人的生命冲动有机地联系在一起,而且还将流逝的绵延的感觉引进小说叙述,这在小说第一卷的"玛

[①] 瓦尔特·比梅尔:《当代艺术的哲学分析》,孙周兴、李媛译,北京:商务印书馆,2012年,第216页。

[②] 张新木:《普鲁斯特的美学》,南京:南京大学出版社,2015年,第172页。

德莱娜点心"段落中体现得最为鲜明。叙事者通过喝茶时一块点心所造成的快感引起回忆的机制联结,打开了潜藏的无意识的记忆闸门,过去时光中孔布雷德的生活场景随之如潮水般涌来。现实的事物和感受通过感官和知觉引发回忆,使得过去的时间和生活得以重现,而凭借写作的艺术,这种往昔的时光被永远保存了下来,无意识的心理潜移默化地发挥着作用,引领着叙事者的思绪和情感。类似的片段在《追忆似水年华》中比比皆是,第一卷中儿时母亲夜晚吻别的情节是另一个典型。通过有意识地思念过去的童年生活,恋母的强烈情感细致入微地呈现出来,其中穿插的斯万来访、祖母性格等内容也跃然纸上,生动逼真。

其次,《追忆似水年华》中多次出现以"有一天"作为某个回忆片段的开端,这种叙事方式也能够充分说明小说的意识流特征。普鲁斯特在分析波德莱尔的《恶之花》时曾评论:"波德莱尔的世界有着奇怪的时间分隔,其中只有重要的时间才能出现,这就解释了为什么有那么多的'如果某个夜晚'。"[1] 在普鲁斯特看来,波德莱尔的"如果某个夜晚"的叙述方式是为了重申某个重要的时间点。而这种叙事的开始同时也能产生一种特殊的叙事效果,即可获得某种时间性上的绵延。因为这种时间叙事方式既是某种情感体验的传达,也是对某种回忆和记忆的可还原的时间节点的揭示。而普鲁斯特通常使用的"有一天",很可能受此启发,并与波德莱尔的"如果某个夜晚"有着异曲同工之妙。

最后,意识流固然是在展示时间中的记忆,但普鲁斯特所追求的并非仅是意识流中的绵延记忆,而是由一个个瞬间记忆组成的更为持久的永恒。在这种永恒时间的体验中,有限与无限、须臾和无穷的界限被打破了,人超越了自身生理的局限,向精神的恒久转化并升华。在"玛德莱娜点心"的情境中,普鲁斯特先后使用了"美妙的愉悦感""坠入了情网""强烈的快感"等词语来形容瞬间的感受和陶醉的时刻。他还将品尝到玛德莱娜点心的体验与美好的爱情相比,以此说明这种难以言传的超越感。在普鲁斯特看来,作为主人公的"我"的体验虽然诞生于感官与

---

[1] Marcel Proust, *Essais et articles*, Gallimard: Bibliothèque de la pléiade, 1971, p.628.

客观世界的接触,但它起到的作用却是复活往昔的记忆时光,并使主人公"我"感受到人生的真谛,即超越简单追忆的更深层次的内在价值。这种价值必须求助于心智和心智的创造,而提到"创造",自然离不开想象和文字。换言之,小说由个人生活情感体验和对永恒时光的向往引出无论在思想上还是艺术上更为广阔的主题,也是普鲁斯特在第七卷《重现的时光》中反复描述的终极归宿——艺术。普鲁斯特视艺术为第一生命,认为艺术最能显现人的本质状态和生活的本真,也最能发现心灵深处的奥秘,实现人的灵魂救赎。在普鲁斯特看来,艺术是"最为真实的东西,最严肃的生活学派",也是"真正的最后审判"[1],唯有艺术可以发现生活中最为珍贵的东西,而这也就是我们所感受到的生活现实。它与我们通常认为的现实截然不同,所以当回忆来临时,我们才感受到与众不同的心绪。

第三,丰富而和谐的语言风格。

小说的语言表达独具特色,取得了和谐平衡的艺术效果,并与小说细腻曲折的感情宣泄和意识流动特征相适应。

普鲁斯特在小说中将繁复重叠的长句与和谐多彩的句型相结合,多方面完整展现了人物意识的流动与潜意识,还原人物真实复杂的内心世界。繁复重叠的长句构成小说语言表达的主要基调,和谐多彩的句型与小说柔和、自然、机智的表达合拍,起着平衡的辅助作用。长句被用作对人物内宇宙的描绘,展现人思想的复杂和心理活动的完整过程,而短句则穿插其中体现变化和瞬间的感悟,二者有机融合、兼收并蓄,取得了超凡的语言艺术效果。普鲁斯特的这种语言风格反映了文学挖掘人的复杂思维方式与精神世界的可能性,具有深刻的文化内涵。

总体来看,普鲁斯特在小说《追忆似水年华》中以诗性回忆的方式为读者讲述了主人公"我"独特的心灵世界,体现出对个体生命意识的追寻和对世界真理奥义的探索,具有独特的文学地位和价值。尽管如纳

---

[1] 普鲁斯特:《普鲁斯特美文选》,沈志明译,北京:人民文学出版社,2006年,第276页。

博科夫所言,对于粗浅的读者来说,小说的描述可能显得过于冗长和无聊,甚至"写一次晚餐就用去了一百五十页的篇幅,写一次晚会就占去了半卷书的长度"①,但正是在这些冗长的人生见闻中,"我"的成长经历和精神世界变化才得以凸显,相应地,作家普鲁斯特的世界观、人生观和艺术观也随之显现。

第七节 福克纳的《喧哗与骚动》

威廉·福克纳(1897—1962)是美国最重要的现代小说家之一,也是20世纪西方意识流小说的代表作家之一。他以卓越的"约克纳帕塔法"世系小说的建构和现代主义实验性的小说技法,奠定了其在美国南方文艺复兴文学和现代美国小说史上无可替代的地位。美国评论家弗莱德里克·R.卡尔认为,福克纳是除多斯·帕索斯以外"美国小说界的第一个现代派",其在现代主义小说创作方法上"是可以与乔伊斯、康拉德、沃尔夫、普鲁斯特和托马斯·曼相提并论的惟一一位美国小说家"②;福克纳同时代的美国南方作家艾伦·塔特评价福克纳是继"亨利·詹姆斯之后美国最伟大的小说家",并认为"他的创造性和力量是他的同代人海明威和菲茨杰拉德所无法匹敌的"。③ 美国当代学者哈罗德·布鲁姆则从美国文学传统角度切入,评价福克纳是20世纪"最强有力的美国小说家,明显地超越海明威和菲茨杰拉德,而且在包括霍桑、梅尔维尔、马克·吐温与亨利·詹姆斯——有些评论家也许会把德莱塞也算进去——

---

① 弗拉基米尔·纳博科夫:《文学讲稿》,申慧辉等译,上海:上海三联书店,2005年,第182页。

② Frederick R. Karl, *William Faulkner: American Writer*, New York: Ballantine Books, 1989, p.5.

③ 艾伦·塔特:《威廉·福克纳,一八九七至一九六二》,启温译,李文俊编:《福克纳的神话》,上海:上海译文出版社,2008年,第262页。

在内的名家序列中占据一个与他们不相上下的位置"。[1]

一、福克纳的生平与主要作品

1897年9月25日，福克纳出生于美国密西西比州北部一个庄园主后代的家庭。1902年，福克纳迁居奥克斯福镇，这一区域成为他后来写作的基本参照。福克纳的母亲受过良好的文化教育，福克纳自幼在她的指导下开始接触文学作品。1918年，福克纳参加加拿大皇家空军，战后以"特殊学员"身份入密西西比大学学习一年。1949年，由于其"在现代英美小说中占据了一个独特的位置"[2]，福克纳获得诺贝尔文学奖。1962年7月6日，福克纳因急性肺水肿引发心脏病逝世于家乡。

福克纳自幼对文学有强烈兴趣，其曾祖父丰富的藏书为他广泛接触西方古典文学作品提供了最佳的条件。《旧约》、狄更斯、约瑟夫·康拉德、塞万提斯、福楼拜、巴尔扎克、陀思妥耶夫斯基、列夫·托尔斯泰、莎士比亚、爱伦·坡、梅尔维尔等作家作品都是福克纳阅读的最爱。后来，他又在好友菲尔·斯通的影响下阅读了乔伊斯等同时代作家的优秀作品，从中汲取了丰富的文学素养。1914年，受象征主义文学思潮的影响，福克纳开始在刊物上发表诗歌。1925年，福克纳迁居到当时美国南方文化中心新奥尔良，接触到了弗洛伊德的精神分析学、弗雷泽的文化人类学等前沿理论，并结识了对他早期创作产生至关重要影响的美国作家舍伍德·安德森。在安德森的帮助下，1926年，福克纳出版了第一部长篇小说。1925年7月，他赴欧洲游历，遇到许多"自我流放"的美国作家、艺术家。1929年6月，与少年时的女友艾斯德尔结合，福克纳最早的诗作都是为她而写。

福克纳一生可谓著述颇丰，共创作十九部长篇小说（包括系列小

---

[1] Harold Bloom, "Introduction," See Harold Bloom ed, *Bloom's Modern Critical Views: William Faulkner* (New Edition), New York: Infobase Publishing, 2008, pp.1-2.

[2] 宋兆霖主编：《诺贝尔文学奖全集》上册，北京：北京燕山出版社，2006年，第538页。

说)、七十余篇中短篇小说、两部诗集、一部戏剧和若干电影剧本以及为数不多的散文随笔,其中尤以小说最为著名。其前期主要作品包括《士兵的报酬》(1926)、《蚊群》(1927)、《沙多里斯》(1929)、《喧哗与骚动》(1929)、《我弥留之际》(1930)、《圣殿》(1931)、《八月之光》(1932)、《标塔》(1935)、《押沙龙,押沙龙!》(1936)、《没有被征服的》(1938)、《野棕榈》(1939)、《村子》(1940)、《去吧,摩西》(1942)等长篇小说(包括系列小说)以及若干短篇小说,后期主要作品则包括《修女安魂曲》(1951)、《寓言》(1954)、《小镇》(1957)、《大宅》(1959)等。

《沙多里斯》的出版标志着福克纳一生精心建构的"约克纳帕塔法"世系小说的正式开始,从此福克纳迎来了小说创作的高峰时期。

《我弥留之际》是"约克纳帕塔法"世系小说早期的重要作品之一,小说由五十九段内心独白组成,分别借十五个人之口讲述了本德仑一家荒唐而艰辛的送葬之旅。美国当代评论家哈罗德·布鲁姆称赞小说是"二十世纪美国长篇小说最出色的开篇""一部深思熟虑的精心杰作"。[1]米尔盖特称赞小说在某种意义上"是关于人类忍受能力的一个原始寓言,是整个人类经验的一幅悲喜剧式的图景"。[2]福克纳本人在1956年接受《巴黎评论》记者琼·斯坦因采访时,将这部小说称为"神品妙构"[3]之作。

《八月之光》是"约克纳帕塔法"世系小说中第一部深入触及种族问题的小说。小说甫一发表便受到评论界的推崇和好评,被认为是一部"具有异乎寻常力度和洞察力的小说","不论从什么标准来衡量都是一

---

[1] 哈罗德·布鲁姆:《如何读,为什么读》,黄灿然译,南京:译林出版社,2011年,第265、267页。

[2] Michael Millgate, *The Achievement of William Faulkner*, Lincoln: University of Nebraska Press, 1978, p.110.

[3] 琼·斯坦因:《福克纳访问记》,王义国、蔡慧译,李文俊编:《福克纳的神话》,上海:上海译文出版社,2008年,第315页。

部杰作"。① 小说主要采用"闪回"的艺术手法追溯了主人公乔·克里斯默斯的童年和成长记忆,并由此引出乔对自我身份的认知、迷茫、探索,直至最后抗争的过程,深刻地揭示了美国南方宗教过失与种族罪恶之间的内在肌理联系,表达了作家对种族主义制度的控诉。

《押沙龙,押沙龙!》是福克纳小说中具有史诗结构和古典悲剧氛围的长篇力作。弗莱德里克·R. 卡尔认为《押沙龙,押沙龙!》达到了福克纳"小说创作的巅峰",是 20 世纪美国文学继"亨利·詹姆斯的《大使》《鸽翼》和《金碗》后最伟大的小说"。② 小说主要通过几个关键性人物的分别叙事与分析来表现主人公托马斯·萨德本的兴衰史,既详细展示了他建立萨德本"百里地"的曲折过程,也深入探讨了萨德本家族最终衰落和覆灭的根本原因。小说将南方种族问题融入宏大的历史叙事之中,出色地隐喻了种族问题与南方社会衰败之间的必然联系,并从中检视了人类行为的界限以及人与社会现实的复杂关系,为读者塑造出了一个白手起家而又雄心勃勃的现代南方种植园主形象。

除《士兵的报酬》《蚊群》《寓言》等少数小说外,福克纳绝大多数的长篇小说和中短篇小说故事都发生在以自己家乡为地理原型虚构出来的约克纳帕塔法县。福克纳以细腻而传神的手法描述了居住在这个县城中的康普生家族、斯诺普斯家族等几个大家族若干代人的生活境遇,时间从 19 世纪初一直延续至二战后,有名有姓的人物共计六百余个,主题广泛涉及家族矛盾、种族问题、美国内战对南方社会的影响等方面。这些小说每一部都有相对独立的故事,同时又是整个"世系"的一个组成部分。从虚构地理环境角度来看,福克纳的小说建构类似 19 世纪英国小说家托马斯·哈代笔下的"威塞克斯小说";从宏大建构角度来看,又堪与 19 世纪法国作家巴尔扎克的鸿篇巨制《人间喜剧》和左拉的"卢贡-

---

① Alwyn Berland, *Light in August: A Study in Black and White*, New York: Twayne Publishers, 1992, p. 17.

② Frederick R. Karl, *William Faulkner: American Writer*, New York: Ballantine Books, 1989, p. 582.

马卡尔家族"相媲美。通过"约克纳帕塔法"这一精心建构的微观世界，福克纳历史地展现了一个多世纪以来美国南方的社会变迁和各阶层人物命运的沉浮，艺术化地实现了南方区域性与人类普遍性的完美融合。

二、《喧哗与骚动》的艺术成就

《喧哗与骚动》是福克纳最重要的长篇小说代表作之一，是公认的20世纪美国文学经典，也是作家本人花费心血最多、最为心爱的一部作品。小说的名字取自莎士比亚四大悲剧之一《麦克白》第五幕第五场中的一段著名台词："人生不过是一个行走的影子，一个在舞台上指手画脚的拙劣的伶人，登场片刻，就在无声无息中悄然退下；它是一个愚人所讲的故事，充满着喧哗与骚动，却找不到一点意义。"

小说集中叙述一个世家的没落以及家庭中每个成员的精神状态，属于典型的以"南方家庭罗曼司"为基础的小说。故事发生的地点在杰弗逊镇康普生家，这曾经是一个声名显赫的家族，如今昔日的辉煌早已烟消云散。作为一家之长的康普生先生整日借酒消愁，沉迷于过去家族的辉煌历史和不切实际的幻想之中。与康普生先生的精神状态相似，康普生太太精神抑郁，长期无病呻吟，且冷酷自私，家庭中每一个成员实际上都没有得到过她的温暖与爱。在这样的家庭环境之中，他们的女儿凯蒂以及三个儿子班吉、昆丁和杰生逐渐成长起来。

小说共分四个部分：第一部分是"班吉的部分"，时间是1928年4月7日；第二部分是"昆丁的部分"，时间回溯至1910年6月2日；第三部分是"杰生的部分"，叙事时间是1928年4月6日；第四部分是黑人女仆"迪尔西的部分"，时间是1928年4月8日。而这四部分叙事的中心则是康普生家唯一的女儿凯蒂，尽管她带有明显的"影子人物"特征，但关于她的故事还是在叙事上形成了一条明显的贯穿小说始终的清晰线索，这一点也得到了作家本人的证实。福克纳在谈到《喧哗与骚动》的创作时曾明确表示，小说是关于两个堕落的女人——凯蒂和她的女儿的一出悲剧，是"一个美丽而悲惨的小姑娘"[①]的故事。

《喧哗与骚动》的艺术成就集中体现在多角度叙事、时间哲学的艺术化呈现以及类型情境化空间的艺术塑造等几个方面。

第一，多角度叙述方式。

小说分为四个部分进行多角度叙述，塑造了真实饱满的人物形象，描摹出了一幅南方传统家庭没落的图景，隐喻和暗示作家本人对美国南方传统矛盾而复杂的情感，以及对整个西方世界逐步走向衰落的幻灭感，强烈地传达了作家对人性复活和人的精神世界重建的殷切期望。

小说第一部分集中通过康普生家的小儿子班吉的意识流活动来展示凯蒂的童年生活以及 1928 年康普生家的衰败景象。班吉当时已经三十三岁，却只有三岁小孩的智力，他无法分辨时间和次序，过去与现在混合在一起涌入他的脑海。在班吉模糊的意识中读者可以大致了解故事的基本脉络：随着时间的推移和凯蒂的成长，班吉逐渐失去了姐姐的关怀与呵护，感到焦虑与不安。作家在这一部分竭力通过叙事节奏来传达一个白痴眼中的家庭、世界以及人与人之间的关系，极其生动逼真。

小说第二部分主要是康普生家的大学生昆丁的现实、回忆与思考，集中叙述他对凯蒂带有乱伦性质的特殊情感，以及对家族过去荣光挥之不去的困惑与迷茫，这一切最终促使他选择以自杀的方式实现对自我的超越。表面看，昆丁是因为与妹妹凯蒂的情感纠葛而死，但实则他是衰败的家庭与逐渐走向堕落的美国南方的牺牲品与替罪羊。

小说第三部分采用杰生的有限视角来叙述他对凯蒂的恨，以及将这种恨转移至凯蒂的私生女小昆丁身上，最终导致小昆丁离家出走的故事。杰生与昆丁不同，他是一个典型的实利主义者，因为凯蒂破坏了他去银行工作的机会，他便疯狂地展开对凯蒂及其女儿的诋毁与报复，其自私自利、阴险卑琐的形象和本质被表现得淋漓尽致。

[①] William Faulkner, "Introduction to *The Sound and the Fury, 1946*," See William Faulkner, *Essays, Speeches & Public Letters*, Ed. by James B. Meriwether, New York: The Modern Library, 2004, p. 300.

小说第四部分则采用逆转的手法,以全知的角度描写了迪尔西和班吉在复活节当天的活动。迪尔西是康普生家的女仆,虽然没有文化,但她却是这个家族由盛转衰的亲历者和重要见证人。她熟知这个家庭的全部,并在很大程度上成为这个家庭实际的精神支柱,正是她的忠心、忍耐、毅力以及仁爱等美好品质才使康普生家维持至今,因此她才是这个家真正的贡献者。福克纳选择复活节这一特殊的基督教日子来展示迪尔西这一人物形象,意在说明她才是作家心目中真正的以"人性复活"为基础的基督教人道主义思想的体现者。

第二,对时间问题的艺术化处理与时间哲学特征。

小说具有复杂的时间哲学观念,呈现出外在"向后看"或"固恋过去"的时间特征,而在深层次又蕴含着宗教维度的参与和建构。通过对时间问题的艺术化展现,小说显示出人与世界构成的有机联系与结构关系。

从存在主义角度看,萨特对《喧哗与骚动》时间哲学的阐释最具有代表性。

萨特以《喧哗与骚动》中展现时间意识最为突出的"昆丁的部分"为例加以分析和论证。他指出,在"昆丁的部分"的开头福克纳不仅明确提到了时间主题,而且还以"表"为象征点出了《喧哗与骚动》"真正的主题"即是人的存在与时间性之间的悖论关系。福克纳在小说中以昆丁的口吻这样描述:

> 窗框的影子显现在窗帘上,时间是七点到八点之间,我又回到时间里来了,听见表在嘀嗒嘀嗒地响。这表是爷爷留下来的,父亲给我的时候,他说,昆丁,这只表是一切希望与欲望的陵墓,我现在把它交给你;你靠了它,很容易掌握证明所有人类经验都是谬误的 reducto absurdum,这些人类的所有经验对你祖父和曾祖父不见得有用,对你个人也未必有用。我把表给你,不是要让你记住时间,而是让你可以偶尔忘掉时间,不把心力全部用在征服时间上面。因为时间反正是征服不了的,他说。甚至根本没有人跟时间较量过。

这个战场不过是向人显示了他自己的愚蠢与失望，而胜利，也仅仅是哲人与傻子的一种幻想而已。

在昆丁转述他父亲的这段富于哲理的话语中，福克纳暗示时间的残酷，它可以把一切都消解掉。一切的希望与奋斗，最终在时间中都将化为尘土，因此昆丁的父亲康普生先生才告诫儿子与时间较量在本质上是徒劳的，人在时间中的存在充满归谬，而作为物理时间重要象征物的手表自然就成了"陵墓"。

尽管萨特注意到《喧哗与骚动》中时间观念和时间哲学的外在基本形态，并相应地进行了针对性的分析，但在揭示这种外在"向后看"或"固恋过去"的时间特征的形成机制和深层次原因方面仍有待进一步发掘。事实上，在《喧哗与骚动》的时间哲学这一问题上，无论从观念来源角度还是文本表现角度，不朽的信仰性宗教时间必然要参与其中的建构与融合，这是福克纳时间观念中深层次的内容，也是福克纳时间观被长期忽视与遮蔽的重要组成部分。从信仰性宗教角度来看，小说通过对时间问题的艺术化处理，使人物超越存在，实现救赎，最终走向永恒的终极归宿。

以加尔文教和广义基督教特有的时间观念来观照《喧哗与骚动》，可以发现腰斩时间是福克纳达成永恒性的重要手段之一。表在小说中象征着康普生家族昔日的辉煌与荣耀，昆丁希望以毁坏手表的方式逃避并阻止时间，希望在时间的中止和断裂中永驻家族和美国南方的往昔。而小说中昆丁最后的死亡同样具有基督教时间维度意义，在基督教中，死亡是时间的超越，自身的救赎。要想摆脱时间的折磨与煎熬，在昆丁看来，唯一的方式就只能是从现实的时间中永远消失，只有死亡才能彻底摆脱时间，恢复自身于原初的永恒之中，实现对凡俗世界的解脱。

福克纳无论在观念上还是在人物形象塑造上反复强调和刻画"过去"的重要和未曾改变，意在造成一种时间恒久和静止的假象，以此来暗示永恒性与超越时间的可能。《喧哗与骚动》中的昆丁是典型的沉溺于过去的人物形象，作为南方传统的继承人，他对南方传统文化有着堂吉诃德之于骑士小说般的病态迷恋。他将凯蒂的贞操看成是时间永恒的过去时代的重要象征物，也是他能够存活在过去之中并占有过去、葆有永恒的一个重要标志。他对凯蒂贞操的保护本质上就是维护自我的骑士英雄形象和静止与永恒性的时间体验。在此意义上，昆丁是一个在永恒的岁月与不变的时间中珍藏自我与世界的典型。

第三，类型情境化空间的艺术构筑。

类型情境化空间主要是指小说故事发生在一个相对单一和固定的情境空间之中，《喧哗与骚动》中最典型的情境空间就是伊甸园，小说的所有主题都围绕这一特定情境空间展开。

首先，《喧哗与骚动》以伊甸园空间为核心构建了小说人物及其性格特征。康普生家的女儿凯蒂就是伊甸园中夏娃的对应人物。她敢于追求属于自我的个性气质，她像伊甸园中的夏娃一样敢于冲破传统的束缚，她正是康普生家叛逆而大胆的尝试禁果的人。康普生家的三个儿子自然对应于伊甸园中的亚当。他们是凯蒂的跟随者，他们在与凯蒂的不同情感关系中成长和生活，他们承受着凯蒂追求个性和新生活所带给他们的不同程度的心灵创伤，这一切使得他们无形中成为追随凯蒂生活轨迹的"有限生活"人物，就像伊甸园中亚当的"有限"一样，他们未能实现生活对于人的全方位展开。

其次，福克纳在小说中充分展现了伊甸园空间的辩证文化指涉意义：天真与堕落。在基督教文化传统中，伊甸园象征人类由于堕落而失去天真的生存状态。而凯蒂的堕落预示着康普生家族的衰败，家族的衰败又是整个美国南方社会现实的征兆，这样福克纳就以伊甸园空间为核心文化要素，构筑起人物—家族—南方—美国的层层主题递进关系，并隐喻它们由天真到堕落的过去和现实景象。

最后，福克纳突出了伊甸园空间场景的永恒回归指向，与他在时间中对永恒的追求共同组成时空统一体。在《喧哗与骚动》中，福克纳一方面强调包含着过去传统的现在就是永恒，另一方面强调必须为这种无法企及和衡量的时间形态寻找一个最佳的形式载体，因为任何时间形态最终都要通过现象的空间化方式得以显现和感受。而美国南方的文化传统决定了与永恒性的时间观念最为符合的空间化形式自然莫过于伊甸园，因为它既符合美国文化的民族象征建构，也符合南方一贯的文化心理特征。

总之，《喧哗与骚动》以精妙的叙事手法和复杂深刻的时空观念描写了美国南方大家庭和南方旧秩序的衰落，并把浓郁的美国南方乡土人情与宏大的基督教文化背景有机结合在一起，无论是就小说内容还是就艺术表现形式，都堪称是现代美国文学经典序列中的杰作。

第九章　20世纪后现代主义文学

第一节　碎片的拼接与人的本质的再审视

20世纪后半期是人类社会政治、经济、文化发生剧变的重要历史阶段。随着经济全球化时代的到来和国际合作程度的日益加深，世界各民族之间的交往更加频繁，文化间的交流、碰撞和融合、渗透的趋势随之明显。科技的发展和人类对于自然规律和社会规律的认知也达到了前所未有的深度和广度，这促使人类对于社会物质财富的积累大大超越了以往的任何一个时代。全新的社会图景对西方文学的发展也产生了深刻的变革性影响，作家们开始在碎片拼接的后现代文学世界中重新审视人的存在与本质。

一、后现代主义文学发展时期西方的社会问题与社会面貌

第二次世界大战无疑是影响整个20世纪世界格局和历史的最重要的事件。第二次世界大战结束前夕，随着曼哈顿计划的成功实施，原子弹这种具有巨大杀伤力的武器被发明并运用于战争，这一方面有效地结束了太平洋战争，但另一方面也预示着人类与其所生存的星球共同毁灭的可能性危机。原子弹爆炸的巨大威力和二战中法西斯主义骇人听闻的暴行遗迹不断地震撼着人们的心灵，更动摇了人们心目中道德的标准和价值观的地位。战后，随着社会生产力与生产关系矛盾的加剧，西方资本主义国家社会内部矛盾日益激化。人们不再坚守自己的信仰和绝对的社

会目标，形成了多元的、无中心的生活态度。这种价值观的变化和自由主义的无限扩张，加上各种解放运动的兴衰起伏以及虚无主义和无政府主义思想的盛行，构成了20世纪后半期没有权威、失去中心、分崩离析的世界图景。

从社会生产力角度看，20世纪后半期西方世界进入了生产力快速发展时期。科学技术的进步极大地提高了生产力，促进了社会经济结构和生活结构的变化。尤其是从20世纪50年代后期开始，西方社会经济明显由工业社会向后工业社会转变。如果说工业社会是基于技术、资本和劳动为主的社会，那么后工业社会则是以科技智能技术、信息知识为主要特征的社会。作为强大生产力因素的科技促使西方形成更为强大而稳固的经济联盟。随着经济发展的全球化和商业化，以及计算机、电影、电视和电话的广泛普及，知识已成为一种信息符号。只要人们掌握了这些技术，就可以在周围复杂的世界里自由遨游。这一现象在后现代主义哲学中表现为"文本以外无内容""一切皆话语""存在即语言"。整个世界成为一个完全商业化和高度发达的信息社会。资本、技术、劳动力、资源在全球范围内流动，各国经济相互依存度明显增强，个体对时间和空间的感知悄然发生着本质的改变。法国思想家利奥塔在《后现代状态：关于知识的报告》一书中明确指出，"现代"以元话语来证明自己的合法性，而元话语又明确地援引某种宏大叙事的科学，诸如精神辩证法、意义阐释学、劳动整体解放理论。在这类宏大叙事中，人类的发展总是朝着理性设计的伦理、政治、宇宙的最终和谐迈进。而"后现代"就是针对"现代"这一切现象的怀疑态度。此时，科学技术和理性成为一部分人掠夺他人的工具，人类从人道主义服务的理性主体和中心客体沦落为理性和机器的奴隶。在这种新的经济结构下，人们感到越来越不受约束，对所熟悉的世界越来越陌生，人与人之间越来越疏离。尤其是进入20世纪80年代末期，随着西方后工业社会的深入发展，互联网科技在全球范围内兴起，各国依存度进一步提升，人们的价值观念随着新兴科技再一次受到剧烈冲击，人们感到精神世界无比空虚无序，对现实世界的怀疑和否定情绪也随之与日俱增，加之经济全球化带来的诸如气候和环境等问题，世界面临着世纪转折时期的种种考验和一系列有待解决的新问题。

从历史发展角度看，第二次世界大战结束后，以美国为首的西方资本主义国家和以苏联为首的社会主义阵营迅速进入冷战和对峙状态，整个欧洲随之也出现了西欧资本主义与东欧社会主义两种意识形态的对垒。20世纪60年代，美国出兵越南，法国爆发左翼学生运动；80年代，苏联与东欧国家的社会矛盾加剧，最终导致90年代苏联解体和东欧社会主义国家剧变。之后海湾战争、科索沃战争爆发，中东冲突加剧，世界格局瞬息万变。20世纪末，随着《马斯特里赫特条约》的正式生效，欧洲开始了艰难的一体化历史进程。每一重大历史事件的发生，在深刻影响20世纪后半期人类发展与历史走向的同时，也深刻影响着人们的精神世界建构与现实存在方式。知识分子在许多国家失去了政治改革的热情，变得被动和冷漠。传统的忠诚的社会关系开始松动，西方的精神信仰进一步丧失，玩世不恭往往成为他们基本的生活态度和行为方式。全球性的国际恐怖主义、宗教极端主义和地区冲突成为人类的新威胁。

从社会政治与意识形态角度看，美苏争霸、世界各国民族解放运动的兴起、社会主义运动在世界各地的蓬勃发展，都给国际政治格局带来了新的变化。美苏争霸及其所带来的军备竞赛，成为20世纪后半期国际政治局势动荡不安的主要因素。民族解放运动与社会主义事业的不断发展，在某种程度上宣告了战后西方殖民体系的瓦解。而世纪末"冷战"的结束意味着美苏两大阵营及其平行的市场分野不复存在，世界从此进入到真正意义上的以全球化为时代特征的新阶段。世界各国的利益和命运日益紧密地联系在一起，你中有我、我中有你的命运共同体情势逐渐形成。

总之，20世纪后半期一系列的社会、经济、政治变革进一步摧毁了西方传统的理性主义，直接导致非理性哲学思想的盛行。但影响20世纪后半期的非理性主义与20世纪前半期现代主义思潮中的非理性又在很大程度上存在着本质的区别。现代主义思潮中的非理性主要源于叔本华的悲观主义哲学、尼采的信仰危机论以及弗洛伊德的心理学说等，而第二次世界大战后流行的非理性主义则与存在主义、解构主义、现象学密不可分，其在根本精神上追求多元、差异和不确定性。

二、后现代主义文学思潮的异军突起

后现代主义文学思潮是 20 世纪后半期盛行于西方的各种激进的反传统文学思潮的总称。后现代主义作为一种文化思潮，主要是在后工业化社会中应运而生的。美国评论家弗莱德里克·詹明信在《晚期资本主义的文化逻辑》一文中经过历史性考查认为，后现代主义的兴起是晚近资本主义文化的产物，尤其是在 20 世纪 50 年代末、60 年代初西方文化发生断裂之后，后现代主义成为文化的主导。后现代主义的主要精神实质是解构中心、提倡并追求多元性、差异化以及不确定性，其在文学上的主要表现则是切断语言与现实的指涉关系，突出文本的游戏性和建构性。

后现代主义文学思潮既是对现代主义文学思潮的延续和超越，也是一种背离。现代主义文学追求表现心理现实的真实性，批判传统的现实主义文学未能真正再现现实生活，而后现代主义文学对真实这一观念本身提出质疑，转而追求一种真实之外的、无中心的多元文化；现代主义文学突出创作的主体性和确定性，而后现代主义文学则消解主体性和确定性，转而以模糊性和开放性取而代之。后现代主义文学包容不同的标准，倡导不断发展的各种差异，并努力维护差异的声誉和价值。具体来看，后现代主义文学主要包括以下几个特征：

首先，彻底的反传统是后现代文学思潮最突出的特征。后现代主义文学思潮的反传统主要表现在三个方面：对传统理性文化价值规范的彻底反叛；对现代主义文学所确立的新的文学规范的反叛；对小说、戏剧体裁和叙事行为本身的解构，产生"反小说""反戏剧"等作品类型。后现代主义文学思潮将反传统推向了极端，既违背了现实主义的旧传统，又违背了现代主义的新规则。它否定作品的整体性、确定性、规范性和目的性，主张无限的开放性、多样性和相对性，反对任何规范、模式和中心对文学创作的制约。

其次，对人性的重新审视是后现代主义文学思潮的主导趋势。后现代主义文学认为，世界是荒谬无序的，存在是不可辨认的，其对社会、客体和人只是表达，不做评价。后现代主义文学不仅不相信外在的物质世界或历史世界，也不再相信人类的智慧或想象的内心世界。从认识论到本体论，它怀疑一切，否定一切。

再次，支离破碎的"拼接"是后现代主义文学思潮最具特色的艺术风格。价值的崩塌与毁灭、信仰的失落以及残酷的社会历史现实，使后现代主义作家对传统文学元素的符号进行了彻底的碎片化。他们否认中心意义的存在和为中心意义服务的结构，刻意分解和颠倒作品的各个组成部分，进而展现出一个零散的、荒诞的社会。

最后，虚构性和荒诞性成为后现代主义文学的主要内容。以纯粹的虚构和特定的情境取代了传统文学对人物的命运关系以及人物之间的种种冲突的关注。当人物与无意义和不可容忍的现实分开时，一个充满噩梦和幻想的野蛮世界被展现出来，停滞和重复取代了动态和变化。作为一种虚构的"体验场"，后现代文学场景取代了现实生活和社会环境，它甚至怀疑、否定了文学的价值和本体，主张"零度写作"，即内容消失，走向中立，把世界视为一个毫无价值的"碎片"，中心和结构荡然无存。

总体来看，后现代主义文学削平深度，走向平面，以微观叙事取代宏大叙事，以非人格叙事消解主体叙事。它还主张一种创造与毁灭共存的叙事方法，着意对叙事形式本身进行颠覆，力图打破文学对现实和生活的真实反映，从而将文学界定为对世界的虚构性想象，而作家的主要任务则是对杂乱无章的素材进行编织和缝合。

三、文学对西方后现代主义时期社会问题与社会面貌的回应

从文学创作的角度看，20世纪后半期战后社会政治、经济、文化等诸多领域的重大事件为作家创作提供了新的源泉和表现主题。这一时期的文学作品大都从社会历史进程之中汲取灵感，直接或间接反映了社会

现实与社会变化。存在的荒诞、无意义和绝望之中的嚎叫、期盼成为这一时期文学最为鲜明的两大主题。

第一，文学作品以极其夸张扭曲的艺术形式表现了战后西方社会的混乱和人类现实存在的荒谬，展现了人在荒诞绝望的处境中的选择自由和精神企盼。

存在主义文学是战后集中艺术化思索人与世界关系的重要法国文学派别，它伴随着存在主义哲学的产生而产生，其基本主题是揭露人与世界存在的荒谬性，主张人在绝望和荒诞的人生境遇下进行精神的自由选择。存在主义文学在艺术形式上追求哲理与艺术表现的统一，其在小说和戏剧领域都取得了较大的成绩，代表作家包括让-保罗·萨特（1905—1980）、阿贝尔·加缪（1913—1960）和西蒙娜·波伏娃（1908—1986）等。萨特是存在主义文学的重要作家之一，他将存在主义哲学与存在主义文学有机地结合起来，其哲学思想与文学创作实践深刻影响了二战后西方世界整整一代人。由《理性的年代》（1945）、《延缓》（1945）和《心灵之死》（1949）三部曲组成的多卷长篇小说《自由之路》是萨特最具代表性的存在主义小说。小说以作家本人的人生经历为原型，以第二次世界大战前夕和初期为主要故事背景，艺术化全面描写了主人公马蒂厄如何在人生中感受荒诞、确定荒诞并最终反抗荒诞的过程，肯定了知识分子面对战争、爱情等人生荒诞情境时的自由选择之路和觉醒精神。除了小说，萨特还创作了大量的"处境剧"，即通过特定戏剧情境的刻画，置戏剧人物于艰难的人生情境乃至绝境之中，展现他们如何通过自由选择来决定人生与命运，从而艺术化地传达出存在主义哲学思想观念。在萨特看来，"处境是一种召唤；它包围我们；它向我们提出一些解决方式，由我们去决定"，因此，作家"必须找到一些人所共有的普遍处境"并展现人在这些处境中如何进行自由选择，毕竟"每个时代都通过特殊的处境把握人的状况以及人的自由面临的难题"。[①]《苍蝇》（1943）、《禁

[①] 萨特：《提倡一种处境剧》，沈志明、夏玟主编：《萨特文集》第8卷，施康强译，北京：人民文学出版社，2020年，第463页。

闭》(1944)、《死无葬身之地》(1947)等作品是萨特存在主义"处境剧"的代表。《苍蝇》是萨特的第一部剧本,取材于古希腊神话故事,集中展示主人公俄瑞斯忒斯是否要替父报仇的人生处境。戏剧中俄瑞斯忒斯感觉到自己拥有自由意志并且能够决定自身的行为方式:"我是人,一个自由人,我要选择我自己的道路。"很显然,该剧一方面以艺术化的方式演绎存在主义理论,另一方面鲜明地体现出萨特的思想主张:对行动的积极介入。《禁闭》是萨特最为著名的"处境剧"之一,展现了作家"他人就是地狱"的思想。《死无葬身之地》以二战胜利前夕为背景,讲述主人公面对极限处境考验时如何进行生死抉择的问题。该剧凭借积极介入现实生活的姿态和富于个性的人物形象成为萨特最受欢迎的剧目之一。

荒诞派戏剧萌生于20世纪50年代,在60年代名声大噪,成为从内容到戏剧形式都进行大胆革新的重要文学流派。荒诞派戏剧以存在主义哲学为思想基础,试图重建战后价值体系,集中展现人与人之间的极度不信任以及对现存世界意义的怀疑。其表现手法完全是后现代主义的,这与存在主义文学形成了鲜明的反差。荒诞派戏剧往往情节杂乱无章,幻影和梦魇充斥其中,呈现为无头无尾、无始无终的特点;其舞台形象更是以支离破碎、稀奇古怪、荒诞不经而著称。总体来看,荒诞派戏剧把戏剧荒诞化,把荒诞戏剧化,从而形成一种新的戏剧风格,别具一格地传达人的"迷失"与"一切行为都变得无意义、荒诞、没有用处"[1]的思想。尤金·尤奈斯库(1912—1994)被视为法国第一位荒诞派戏剧家,其主要作品包括《秃头歌女》(1950)、《犀牛》(1958)等。《秃头歌女》是一部完全由荒诞无稽的人物和事件构成的戏剧,其人物形象支离破碎,戏剧情节缺少完整性,表现重心转向戏剧象征,通过佯谬的手法精妙地展现出了现代人生活的荒谬。而《犀牛》则通过略带魔幻色彩的表现形式来展现人变成犀牛这一无稽之谈,揭示出人性的异化与现实的荒诞,其作为现代社会寓言的多层哲理性获得了充分的显现。除了尤奈斯库,爱尔兰作家塞缪尔·贝克特(1906—1989)以及英国作家哈罗德·品特

---

[1] 马丁·艾斯林:《荒诞派戏剧》,华明译,石家庄:河北教育出版社,2003年,第8页。

（1930—2008）也是荒诞派戏剧著名的代表作家。

在荒诞派戏剧崛起之时，新小说也登上了法国文坛。新小说颠覆传统的现实主义理念，强调小说的任务既不是塑造人物形象，也不是表达作家的立场与思想情感，而是展现一个更为直观的世界。阿兰·罗伯-格里耶（1922—2008）是新小说的领袖，作品《橡皮》（1953）以荒谬悖常的结局成为新小说的开路之作。克洛德·西蒙（1913—2004）是另一位重要的新小说代表作家，他的《弗兰德公路》（1960）以回忆、想象、梦境、幻觉的拼接等共时性效果元素，绘画般地展现了弗兰德地区溃败的景象，显示出独特的艺术张力。

20世纪后期的美国文学已经成为具有强大生命力的民族文学，深刻揭示与批判了当时美国"有组织的混乱"和"制度化的疯狂"的社会现实。"黑色幽默小说"是20世纪60年代崛起于美国的文学流派，其思想渊源与存在主义有着密切联系。黑色幽默小说吸收了存在主义关于世界荒诞和人生孤独的主题，将其有机融入美国幽默的文学传统之中，从而形成了以喜剧性的事件表达对于社会和人生的悲剧性看法的文学风格。约瑟夫·海勒（1923—1999）的《第二十二条军规》（1961）通过小说主人公尤索林荒诞可笑的遭遇揭示了战争的残酷和资本主义官僚体系的虚伪，堪称第二次世界大战的文学寓言，开黑色幽默小说先河。小说成功地将人类对于战争的恐惧和焦虑转化为了人类生存本身的玩世不恭，既充满讽刺意味，同时也兼具强烈的批判精神，从而在喜剧化的叙事中传达出悲剧化的、以死亡为核心的严肃命题。库特·冯尼古特（1922—2007）是这一时期又一位重要的以幽默著称的作家，他先后创作出版了《猫的摇篮》（1963）、《冠军的早餐》（1973）等作品，采用夸张的手法和奇特的想象来批判现实的荒唐和愚蠢。其代表作《五号屠场》（1969）更是以严峻的风格揭露了现实社会的混乱与荒谬，反映战争中人们道德的沦丧和理智的昏聩，充满人道主义色彩。而在叙事上，小说通过写实与幻想、控诉与祈祷、恐怖与爱情的奇妙有机结合，更是在看似凌乱和松散的结构中组织起一幅超现实主义的、富有价值意义的画面。作为后现代主义文学后起之秀的托马斯·品钦（1937—　）先后创作了《V》

(1963)、《拍卖第四十九批》(1966)、《万有引力之虹》(1973)等作品，这些小说大都充满荒诞的故事情节和五花八门、古怪凌乱的叙述以及大量的科学、喜剧语言，颇具尖酸刻薄的讽刺性质和现代梦魇的滑稽氛围与风格。

第二，战后世界政治格局的急剧变化使这一时期的文学作品从信仰的缺失、生态的破坏、人性的毁灭乃至命运的不可预知等方面提出尖锐的问题，表现出强烈的忧患意识，反映了高度发达的物质文明与人类精神空虚之间的矛盾。

第二次世界大战后的英国百废待兴，尽管在大选中获胜的工党政府试图努力建设福利国家，但事实是资本主义深层矛盾依然存在，国民对社会的失望和愤怒情绪很快到来。以约翰·奥斯本（1929—1994）为代表的"愤怒的青年"一派，通过戏剧展现人们沮丧、焦虑和无可奈何的社会情绪，浓缩了一代人的真实生活状态，具有明显的后现代特征。

在美国的后现代文学中，除了黑色幽默小说外，诗歌也占据重要的地位。1956年，艾伦·金斯堡（1926—1997）发表了诗歌代表作《嚎叫及其他诗歌》，向社会发出了愤怒而又声嘶力竭的抗议。以艾伦·金斯堡为代表的"垮掉派"诗歌冲破伦理道德的壁垒，大胆呈现一般人难以启齿的、只有向医生或牧师才会诉说的个人隐私，令读者万分震惊、瞠目结舌。1959年，罗伯特·洛威尔（1917—1977）发表诗集《人生研究》，将心灵深处的隐私、创伤和性的欲望公之于众，开启了20世纪60年代中期兴盛一时的自白派诗歌运动。自白派诗人通过描述家庭生活和个人体验，剖析个人内心深处的绝望和痛苦，进而展现被灾难和异化撕裂的生命意象，具有一定的社会批判性。

美国戏剧受战争影响一度陷入低谷，战后逐步改变了不景气的状况。阿瑟·米勒（1915—2005）是这一时期极具社会责任感的戏剧家，他的戏剧《推销员之死》(1949)批判了"美国梦"的虚幻和商业文化的负面影响，展现了现代人的悲剧。爱德华·阿尔比（1928—2016）受欧洲荒诞派戏剧创作的影响，在《动物园故事》(1958)等戏剧中同样以荒诞的形式来展现美国社会问题以及隐喻人类现实生存之困境。

此外，这一时期的美国小说家塞林格（1919—2010）和俄裔美国小说家纳博科夫（1899—1977）也值得特别关注。前者在小说《麦田里的守望者》（1951）中艺术化描述了中产阶级子弟的苦闷彷徨，十分符合后现代青年的生活和心理；后者创作的小说《洛丽塔》（1955）和《微暗的火》（1962）具有鲜明的后现代小说特点，堪称后现代小说的典范。

第二节　加缪的《鼠疫》

阿尔贝·加缪（1913—1960），法国存在主义文学代表作家，著名的存在主义哲学家，"荒诞哲学"的代表人物，1957年诺贝尔文学奖获得者。法国作家萨特评价他"在本世纪顶住历史潮流，独自继承了源远流长的警世文学"[1]；美国作家威廉·福克纳认为他拥有"一颗不停地探求与思索的灵魂"[2]，而诺贝尔评奖委员会则称赞他以明澈的认真态度"全身心地投入人生的重大基本问题"。[3]

一、加缪的生平与主要作品

1913年11月7日，加缪出生于阿尔及利亚的蒙多维，他的父亲在1914年第一次世界大战中阵亡后，加缪随母亲移居阿尔及尔贫民区的外祖母家。贫穷一直是加缪童年生活的基本状态。他曾表示，家里人人都得干活挣钱，甚至连做作业的桌子都没有。但靠着家人的大力支持，加缪一直未辍学。应该说，严苛的现实生活条件使得加缪获得了充

---

[1] 李玉民编译：《加缪生平与创作年表》，柳鸣九主编：《加缪全集·散文卷Ⅱ》，上海：上海译文出版社，2010年，第527页。

[2] William Faulkner, *Essays, Speeches & Public Letters*, New York: The Modern Library, 2004, p.113.

[3] 宋兆霖主编：《诺贝尔文学奖全集》下册，北京：北京燕山出版社，2006年，第642页。

分的人生磨炼，而现代化的教育又造就了加缪的文化水平和精神世界。1930年，加缪通过中学会考，进入文科哲学班学习。当时的哲学老师是让·格勒尼埃，一位非常年轻的哲学家和作家。在其指导下，加缪广泛阅读了包括尼采和安德烈·德·里休等在内的一批欧洲作家和哲学家的著作，这对其哲学思想的生成产生了深远的影响。1933年，加缪进入阿尔及尔大学攻读哲学和古典文学两个学位，进一步夯实了其文化和思想的基础。

1942年，加缪前往巴黎，秘密活跃于抵抗运动中，主编地下刊物《战斗报》。在报社工作，既是加缪的兴趣爱好，也是他重要的谋生手段。也是从这一时期开始，加缪逐渐显露出了左倾的政治倾向，这与其后来接受马克思主义思想并投身民族解放运动有着紧密的联系。

加缪是一位注重思想性的作家，了解他的思想是进入其文学世界的重要路径。加缪认为，人与世界之间是一种荒诞的存在关系，荒诞存在于理性之外，甚至是理性的某种特殊的存在方式，人、世界和荒诞构成了一出悲剧的三个人物，荒诞不在人，也不在世界，而在两者之间的共存："一个哪怕是能用邪理解释的世界也不失为一个亲切的世界。但相反，在被突然剥夺了幻想和光明的世界中，人感到自己是局外人。这种放逐是无可挽回的，因为对失去故土的怀念和对天国乐土的期望被剥夺了。这种人与其生活的离异、演员与其背景的离异，正是荒诞感。"[①] 面对荒诞，人生的伟大之处在于反抗，在于与自己的阴暗面保持一种永恒的对立关系。加缪还进一步阐释认为，反抗分为形而上的反抗和历史的反抗两种，前者是一种对于人的生存条件的反抗，针对的是人受制于苦难和死亡的生存状态，而后者则是拒绝历史的绝对化，拒绝杀戮、谎言、暴力和战争等。在反抗中，还存在一种特殊的纯粹状态，即艺术。在加缪看来，正是艺术把我们"带向反抗的根源，因为它将其形式赋予在永恒变化中消逝的价值，艺术家已认识到这种价值，并想把它从历史中摄

[①] 加缪：《西西弗神话》，沈志明译，柳鸣九主编：《加缪全集·散文卷Ⅰ》，上海：上海译文出版社，2010年，第79页。

取下来"。① 加缪的这一系列哲学思想和观念使其强调文学应该积极介入现实生活,反映革命斗争的需要。加缪曾明确表示,现代作家不再讲故事,他们意在创造自己的宇宙。

1960年1月4日,加缪搭朋友的顺风车从普罗旺斯去巴黎,途中发生车祸当场死亡,年仅四十七岁。

加缪的主要作品包括:散文集《反与正》(1937)、《婚礼集》(1939)、《西西弗神话》(1942)、《时政评论一集》(1950)、《反抗者》(1951)、《时政评论二集》(1953)、《时政评论三集》(1958)等;小说《局外人》(1942)、《鼠疫》(1947)、《堕落》(1956)、《流亡与独立王国》(1957)、《第一个人》(未完成,1960)等;剧本《卡列古拉》(1944)、《误会》(1944)、《戒严》(1948)、《正义者》(1950)等;以及大量的戏剧评论、演讲等文章。其中,《局外人》是加缪存在主义小说的重要代表作之一,是其荒谬哲学主题最为经典的文学表达。小说以颇具独特性的小职员莫尔索的真切感受和荒谬生活经历,揭示出了现代司法过程的悖谬及其所罗列的罪状的邪恶性,艺术化地展现了加缪的存在主义哲学观念。

二、《鼠疫》的艺术成就

小说《鼠疫》虽然出版于第二次世界大战之后的1947年,但加缪对其构思却是在第二次世界大战期间。早在1941年,加缪便已经开始关注并研究瘟疫流行病的问题,一方面是因为1941至1942年间,阿尔及利亚确实发生了一场影响广泛的瘟疫;而另一方面,由于第二次世界大战的爆发,德国法西斯势力席卷整个欧洲,法国军队溃败,加缪被迫离开巴黎开始颠沛流离的生活,这种状态一直持续到1942年夏天才告一段落。两方面的因素结合在一起,顺应时代环境,加缪依循原有的荒诞哲

---

① 加缪:《反抗者》,吕永真译,柳鸣九主编:《加缪全集·散文卷Ⅰ》,上海:上海译文出版社,2010年,第369页。

学思想,将战争和恶势力的猖獗与可怕的鼠疫联系在了一起。

作为小说的《鼠疫》主要讲述了可怕的鼠疫突然降临到一个平凡甚至有些丑陋的城市奥兰。起初,只是老鼠成批死亡,人们觉得奇怪,但并不惊慌。他们继续过着忙碌的生活,想着如何赚钱。但后来,鼠疫在市民中蔓延,不断夺去人们的生命。从此,以里厄医生为代表的一大批人面对瘟疫开始奋力抗争,保卫他们的城市和家园。最终鼠疫平息了,虽然喧闹的锣鼓声冲淡了人们对疾病的恐惧,但奥兰人永远也不会忘记鼠疫给他们带来的梦魇。小说通过战胜鼠疫的核心故事情节淋漓尽致地表现出那些敢于直面惨淡的人生、拥有"知其不可为而为之"的大无畏精神的真正勇者不绝望、不颓丧的非凡勇气,以及他们在荒诞中奋起反抗、在绝望中坚持真理和正义的伟大人道主义精神。

首先,小说以多维复杂的象征隐喻建构,生动地展现了第二次世界大战之际,德国法西斯势力逞凶肆虐之时的严酷社会现实,以及人类面对荒诞世界的现实生存态度。

作为一部只有两百多页的小说,《鼠疫》以非常简单的故事情节呈现出了复杂而强烈的象征隐喻意味。

小说《鼠疫》的创作明显受到了美国作家梅尔维尔《白鲸》的影响和启发。加缪认为《白鲸》是关于"人与恶搏斗""促使人先是反抗造物及造物主,继而反抗同类和自己的那个不可抗拒的逻辑"[1]的神话。他赞扬梅尔维尔"根据具体事物创造象征物,而不是全凭幻想来进行创造"的特殊才能,于是决定按照梅尔维尔"以现实的厚度为依据"的原则来创作《鼠疫》。[2] 在具体谈及《鼠疫》的创作目的时,加缪明确表示:"我想要透过鼠疫来表达那种我们每个人都为之所苦的窒息感,以及大家都曾经感受过的威胁和流亡的气氛。同时我还想将此一诠释扩大到普遍性

---

[1] 加缪:《赫尔曼·梅尔维尔》,转引自郭宏安:《从蒙田到加缪:重建法国文学的阅读空间》,北京:生活·读书·新知三联书店,2007年,第242页。

[2] 柳鸣九主编:《加缪全集·小说卷》,上海:上海译文出版社,2010年,"总序"第24—25页。

的存在观念上。"① 换言之，小说《鼠疫》至少包含以下三个层面的象征与"现实"。

第一个层面是小说以逼真的细节描绘了一个鼠疫流行并即将毁灭全城的象征故事，并以此歌颂小说中人物善良、坚定、热情的品质和奋起抗争的使命感，从而表达了他们对自由和幸福的渴望与追求，以及作家对人类命运的热切关注和真诚渴望，这是小说的故事真实层。

第二个层面是对德国法西斯势力占领巴黎社会状况的真实影射。小说从头至尾贯穿的是一场可怕的瘟疫和一座恐怖之城，作家以寓言的形式展现了法西斯主义像鼠疫细菌一样吞噬了成千上万条生命的"可怕时代"。鼠疫来袭，死亡如影随形，这是纳粹阴影下法国和欧洲社会现实的真实写照。而奥兰城的人们面临毁灭的危机而奋起反抗，并最终战胜了瘟疫，昭示着作家希冀反法西斯斗争的最终胜利。在此意义上，《鼠疫》完全可以看作是人类20世纪命运攸关的历史斗争的缩影，是人性战胜邪恶力量的伟大史诗，这构成了小说的历史真实层。

第三个层面则是人类如何面对荒诞的世界和现实生存境遇的问题。从存在主义角度来看，鼠疫蔓延是荒诞的外部世界的象征和隐喻。现代人面临一系列危机，人们面对鼠疫的无能为力和冷漠的存在状态代表着人类生存的现状，而面对鼠疫的恐惧和无奈又折射出个体与外在世界之间的矛盾与冲突。在小说中，加缪突出了人类象征性的三种境况，即分离、没有女性和死亡，它们分别隐喻隔绝、没有希望与未来以及彻底的、完全的痛苦和毁灭，这是作家呈现出来的荒诞世界的图景，与理想主义的人类世界截然相反。而这一切都是鼠疫所造成的，诚如小说中的人物所言："每个人身上都带有鼠疫，世界上没有人是清白的。""鼠疫杆菌永远不死不灭，它能沉睡在家具和衣服中历时几十年，它能在房间、地窖、皮箱、手帕和废纸堆中耐心地潜伏守候，也许有朝一日，人们又遭厄运，或是再来上一次教训，瘟神会再度发动它的鼠群，驱使它们选中某一座

---

① 卡缪:《卡缪札记》第二卷，黄馨慧译，台北：麦田出版社，2013年，第103页。港台地区将"加缪"译为"卡缪"，特此说明。

幸福的城市作为它们的葬身之地。"在此意义上，加缪通过小说把奥兰城的人们在鼠疫中表现出的生存困境上升为历史和人类普遍存在的共同困境，反映了加缪对人类生存状态形而上的深刻思考，这构成了小说的终极价值层。

其次，小说通过人物形象的塑造来艺术化呈现作家的反抗哲学思想。

在小说《鼠疫》中，人类应该如何面对荒诞的世界图景被呈现得更为明晰而有力度。

荒诞而无理性的色彩是小说《鼠疫》的一大特色。小说的故事发生地奥兰城是荒诞封闭的。这是一座没有鸽子、树木、花园、鸟和树叶的城市，既看不到飞鸟展翅，也听不到树叶的沙沙声。而生活在这座荒诞城市里的人也是慌乱的。鼠疫被证实后，当局敷衍了事，有人选择逃避，有人趁机赚钱，也有人贪生怕死，迷茫和沮丧、陌生感和异己感充斥整个城市和人们的心中。但仅仅展示荒诞并不是加缪创作的核心，加缪不是通过艺术化的展示来确认荒诞的事实，而是着重于考察人类在荒诞环境下的选择与取向。换言之，发现荒诞不是目的，而是强调抵制荒诞，付诸行动，并最终超越荒诞，这才是加缪荒诞哲学的真谛。在加缪看来，面对荒诞的环境，反抗是唯一的出路，因此他将反抗提升至人的存在本质的高度："我反抗，故我存在。"[1]

在《鼠疫》中始终与荒诞做斗争的、最能体现加缪思想的当属里厄医生。加缪在谈及这一人物时曾表示："一批又一批的新道德家不断出来，而且他们的结论总是千篇一律：要把膝盖屈起来。但里厄说的却是：要用这个或那个方法来抵抗。"[2] 在里厄医生看来，习惯了绝望比绝望本身更糟糕。面对别人无能为力的鼠疫，他选择默默与鼠疫做斗争。里厄医生没有拒绝战斗，而是用行动进行反抗。在小说的开端，加缪将叙事界定为"编年的记事"，这决定了《鼠疫》的人物塑造特征，即真实而不求

---

[1] 加缪：《反抗者》，吕永真译，柳鸣九主编：《加缪全集·散文卷Ⅰ》，上海：上海译文出版社，2010年，第250页。

[2] 卡缪：《卡缪札记》第二卷，黄馨慧译，台北：麦田出版社，2013年，第145—146页。为了正文译名的统一，将此处原译文中的"李厄"更改为"里厄"，特此说明。

细腻，鲜明而不求独特。虽然如里厄医生一样，小说中的众多人物在不同程度上充当了作家某种观念的载体，他们的人物形象并不丰满，甚至音容笑貌的刻画也略显不足，但加缪却没有忽视人物精神活动曲线的起伏，这使得人物身上体现出一种深重的历史感和强烈的现实感。加缪意在强调，正是如里厄医生这样的人的清醒的头脑和果断行动的毅力才是最终战胜鼠疫的决定力量。在小说中，里厄医生绝没有任何不切实际的幻想，也不自诩"为了人类的得救而工作"，他反复强调自己只是在履行作为医生的职责而做好"本分的工作"。在此意义上，加缪并没有把里厄医生塑造为通常意义上的"英雄"的角色，而是展现了他作为普通人的勇气和为了生命与正义的反抗精神。这正体现出加缪的思想主张：每一个人面对荒诞的世界和人生处境都应该拥有坚定的意志和抗争的力量。

小说中除了里厄医生，加缪还塑造了塔鲁、格朗、朗贝尔、帕纳卢神甫等人物，他们在某些方面或多或少与里厄医生的精神形成对应关系。塔鲁为了追求内心的宁静而来到奥兰，他目标高远，要做一个"不信上帝的圣人"来显示他精神上的卓越，尽管加缪对他怀有敬意，但塔鲁与格朗相比，加缪更倾向于后者。当格朗"一本正经地再不去想他的女骑士，专心致志地做他应该做的事情"的时候，在加缪看来他成为真正的榜样或模范。而朗贝尔对待鼠疫态度的转变似乎与格朗异曲同工，因为他终于意识到了"要是只顾一个人自己的幸福，那就会感到羞耻"。而帕纳卢神甫也在无辜的儿童之死中获得了震撼，不得不重新思考鼠疫是否真的仅是上帝对人类的"集体惩罚"的问题。这些人物都有一个共性，他们都经历了不同程度的重新审视自我的过程，通过他们，加缪意在呈现面对荒谬的人生困境和邪恶的瘟疫威胁人类可能选择的种种表现，从而使小说的反抗主题焕发出新的生机与活力，这也正是小说中一直反复强调的可以想象出来的最真实的生活。

最后，多重声音的铺展与朴素明快的语言风格显示出小说叙事艺术的成熟。

《鼠疫》充满矛盾张力的叙事使得小说呈现出立体多层次的艺术效果，这为展现荒诞和反抗的小说主题提供了充分的保障。加缪突破了以往小说只描述一个叙述者观点的局限性，他描写了三十三个人物面对同一生存状态时所发出的不同声音，从而使小说的叙事呈现出多重复调与狂欢兼具的突出风格。小说的语言也在朴素中显现出从容不迫的特点，这样平淡而冷静的叙事口吻与重大危机事件之间形成了强烈的反差。加缪没有采用耸人听闻的夸张手法，也没有过多地为故事本身制造悬念，唯有的只是老实的见证与平常的哲理思索，然而深刻的人生哲理正蕴藏于其中。加缪以此叙事方式意在告诉读者，真理就在人们日常的生活状态之中。

总之，通过象征与现实的种种关联性描写与艺术再现，加缪在小说《鼠疫》中展现了纳粹法西斯主义、人生的苦难、死亡、邪恶等多重主题，构筑了一个古老与现代交织的"神话"，展现了人类面对疾病和困苦力所能及的行动与反抗精神，诚如小说题词引述英国作家丹尼尔·笛福的话所言："用别样的监禁生活来再现某种监禁生活，与用不存在的事表现真事同等合理。"

第三节　贝克特的《等待戈多》

塞缪尔·贝克特（1906—1989），荒诞派戏剧的代表作家和新小说的重要作家，1969年因以一种新的小说与戏剧的形式展现了"悲观主义的生命力量"[1]而获得诺贝尔文学奖。

一、贝克特的生平与主要作品

1906年4月13日，贝克特出生于爱尔兰都柏林的一个犹太家庭，他的父亲是建筑估价师，母亲是法国人。贝克特从小在一所法国学校接受

---

[1] 宋兆霖主编：《诺贝尔文学奖全集》下册，北京：北京燕山出版社，2006年，第813页。

了良好的基础教育,这为其日后从事写作奠定了坚实的基础。1920年,贝克特进入恩米斯基伦的波尔托拉皇家学校后,开始对法文产生浓厚兴趣。1927年,贝克特从都柏林三一学院毕业,获得法语文学学士学位。由于语言能力强,第二年他被巴黎高等师范学校聘用,并结识了影响他一生的爱尔兰作家詹姆斯·乔伊斯。随后,贝克特成为乔伊斯的助手,负责整理《芬尼根的守灵夜》的手稿。1930年贝克特发表《但丁、布鲁诺、维柯、乔伊斯》一文,随后开始与人合译乔伊斯的作品。同年9月他成为三一学院的法语教师,开始研究法国哲学家笛卡尔的哲学著作,并最终获得硕士学位。1931年,贝克特发表《普鲁斯特》一文,显现出对意识流小说的兴趣。自1938年起,由于敌视爱尔兰的神权政治和书籍检查制度,贝克特开始定居法国巴黎。第二次世界大战期间,贝克特参加了反抗纳粹的地下抵抗运动。战争结束后,他又短暂地在爱尔兰红十字会工作,还曾当过翻译。1989年12月22日贝克特在法国巴黎去世。

贝克特自20世纪20年代末期开始发表诗歌、小说和评论文章。在小说创作上,他深受乔伊斯和普鲁斯特等意识流作家主观叙事的影响,采用断裂的叙事结构阐释荒诞的人生和虚无主义的现实。他的《穆尔菲》(1938)、《瓦特》(1942)、《莫鲁瓦》(1951)、《马洛纳之死》(1951)、《无名无姓的人》(1953)、《怎会如此》(1961)等一系列小说作品或是描写人生周而复始的漫游,或是描写主人公盲目乐观、自我欺骗,或是让无名无姓的人物进行单独的自我对白,展现出强烈的先锋性质,并在一定程度上预示了其戏剧创作的基本主题和风格。

1952年问世、1953年首演的戏剧《等待戈多》震动了欧洲文坛,由此贝克特开启了戏剧创作的全盛阶段。在接下来的十年时间里,他先后写下了《最后一局》(1957)、《倒下的人们》(1957)、《哑剧Ⅰ》(1957)、《最后一盘录音带》(1958)、《灰烬》(1959)、《啊!美好的日子》(1961)、《歌词和乐谱》(1962)、《哑剧Ⅱ》(1963)、《喜剧》(1964)等戏剧作品,侧重展现人们现实处境的紧迫感和精神危机,其中既有对苦闷彷徨、心神不宁的小资产阶级形象的刻画,也有对日常生活荒谬和当代西方知识分子形象的艺术化展示,还有对经历战争浩劫、面临重重精神危机的西方社会的反思。总体来看，贝克特的戏剧创作以虚无和绝望为核心主题，充满荒诞感，既是现实人生荒诞的真实写照，也是特定时代西方社会的艺术缩影。

二、《等待戈多》的艺术成就

《等待戈多》是贝克特戏剧的代表作，也是荒诞派戏剧的经典。全剧由两幕几乎完全重叠的剧本构成：在第一幕中，日落时分，两个身份不明的流浪汉弗拉基米尔和爱斯特拉冈（又叫狄狄和戈戈）在小路旁的枯树下等待着戈多的到来。但他们不知道戈多是谁，也不知道戈多是否真的会来。于是为了消磨时间，他们语无伦次，试图讲故事、找话题，做各种无聊、荒诞的动作。随后可能是主仆或主奴关系的波卓和幸运儿登场，波卓随意辱骂并殴打幸运儿，两个流浪汉对此表现出不满。在经历了幸运儿跳舞和一段晦涩难懂的长篇大论之后，一个小男孩跑来告诉他们戈多今天不来了，明天一定会来，第一幕结束。在戏剧的第二幕中，第二天的同一时间和同一地点，流浪汉弗拉基米尔和爱斯特拉冈再次会合，像昨天一样等待戈多的到来。与昨天不同的是，他们发现枯树长出了四五片叶子。爱斯特拉冈几乎忘记了昨天的事情，他们为了打发时间，开始模仿波卓和幸运儿做体操。随后，波卓和幸运儿再次到来，但波卓瞎了，幸运儿成了哑巴。波卓摔了一跤，弗拉基米尔和爱斯特拉冈前去帮扶，结果也纷纷摔倒。天黑了，那个小男孩又跑来了，说戈多今天又不来了，明天准来。弗拉基米尔和爱斯特拉冈在绝望中想离开，却一动不动，全剧到此结束。

《等待戈多》无论从故事情节到表演形式都与传统戏剧大相径庭，展现出了与众不同的新形式与新内容，代表着荒诞派戏剧实验的新方向。

首先，戏剧采用取消情节等纯艺术形式来展现人生的虚无和荒诞主题。

贝克特本人曾明确表示，没有情节和没有动作的艺术才算得上是真正的纯粹的艺术，《等待戈多》正是剧作家这种理念和艺术主张的体现。

剧中的两个流浪汉弗拉基米尔和爱斯特拉冈只是知道他们要等一个名为戈多的人到来，而他们并不清楚的是为什么要等待戈多的到来，也不知道戈多什么时候到来，甚至不知道究竟谁是戈多。因此戏剧中的他们没完没了地说废话、讲故事，无数遍地把靴子脱了又穿，把帽子摘了又戴上，其间波卓和幸运儿来了又走，小男孩重复着戈多今天不来、明天准来的口信。比较戏剧的第一幕和第二幕，不仅人物大体相同，而且能够提供人物身份的有效信息也大体相同，近乎没有情节的剧情更是高度相同。人物在其中如木偶般重复着简单的动作、语言，且这些动作、语言又总是很快终止，观众无法通过它们构成戏剧故事的完整图景，甚至人物没有心理刻画，没有性格生成，人物与人物间的角色也可以互换。所有人物都在徒劳地等待，剧情从开始到结尾没有明显的高潮与发展，结尾也没有任何意义。似乎一切都在重复，都是周而复始的，时间在整个戏剧中没有向前推进，时间由线性变为了循环，一切现象似乎都要永远持续下去。

《等待戈多》中之所以出现取消情节等一系列反传统戏剧的安排，意在让观众直观感受到人生的悖论、虚无与荒诞，这是一种典型的体验人的处境和精神空虚、人生无意义的方式。正是在这种不知戈多是谁且仍需无尽等待的荒诞氛围中，人才能意识到自身信仰的丧失和对拯救的渴望。在此意义上，人企图重新找回信仰，但又意识到没有办法找回信仰的状态正是戏剧通过纯艺术形式所要传达的内容，用英国学者马丁·艾斯林的评价来说，戏剧的情节在本质上就是两次什么也没有发生，"没有人来，没有人去，真是糟糕透了"。[①]

其次，戏剧通过象征和隐喻展现出深邃的寓言性质与深广的哲理意义。

就戏剧的标题来看，无论是"戈多"还是"等待"无疑都具有象征和寓言性质。

[①] 马丁·艾斯林：《荒诞派戏剧》，华明译，石家庄：河北教育出版社，2003年，第24页。

关于"戈多"究竟是谁，他象征和隐喻什么，剧作家本人曾表示他也不知道："要是我知道，我就会在剧中说出来了。"[①] 尽管剧作家回避这一关键问题，但据戏剧人物语言的暗示，"戈多"是掌握命运的人，只要"戈多"来了，他们就得救了。因此，"戈多"最有可能象征救星，也有评论家认为"戈多"暗指上帝。而就戏剧的结尾来看，象征救星或上帝的"戈多"始终没有出现，在此意义上，"戈多"在戏剧中实质上更多地充当着一种具有无穷值的象征符号意义，或者说他只不过是一个徘徊于人们焦灼心灵深处的幽灵，其并非戏剧展现的中心，也不是戏剧寓言书写的内核。

如果说全剧的中心不在"戈多"这一人物的象征隐喻意义上，那么诚如马丁·艾斯林所说，"等待"无疑就构成了戏剧的"戏眼"，代表着作为人的存在的一种本质特征。尽管等待戈多在戏剧中呈现为一种煎熬和不确定性，但人们仍然没有放弃，坚持不懈地期待下去，在此意义上，"等待"在剧中具有多重含义：就戏剧的人物和情节来看，等待意味着人摆脱孤独的一种方式，它能够给荒诞、沉闷、无聊的生活带来些微的变化，无结果的等待在象征着人的悲惨生活境遇的同时，也隐喻虚无缥缈的希望，代表不可捉摸的希望之光，是人在荒诞的人生处境中承受痛苦的精神支柱。就戏剧创作所处的历史文化语境来看，等待包含着一种对社会罪恶与灾难、对人性沉沦的愤恨与反思，它象征着"精神贫困"时代人类对于具有救赎意味的基督重临世界的企盼与呼唤，体现着特定时代人类强烈的价值重建愿望。而就人的存在本质和价值来看，等待具有绝对的形而上的意义，它诠释了人类的终极价值，意味着人生的茫然无措和每一个人如何面对人生的如此境遇。在这一层次上，等待既包含对过去的解构，也包含对未来的建构。

再次，戏剧在行动、语言、悬念、突转以及循环往复的叙事结构等五大方面展现出丰富的剧场性。

[①] 马丁·艾斯林:《荒诞派戏剧》，华明译，石家庄：河北教育出版社，2003年，第23页。

荒诞派戏剧虽然在整体上缺乏所谓的戏剧性，但它却充满了丰富的剧场性。戏剧借助变化的剧场性手法，使观众感受到生活的本质和世界的荒诞，这在《等待戈多》中表现得尤为突出。

《等待戈多》中反复出现大量的重复行动，如弗拉基米尔和爱斯特拉冈反复重复地穿脱靴子、摘戴帽子等；戏剧中人物反复出现连篇累牍的废话；戏剧中的悬念众多，直到结局也没有揭开谜底和答案，如戈多究竟是谁，戈多明天到底会不会来，弗拉基米尔和爱斯特拉冈为什么一定要等待戈多的到来，戈多到来之后他们真的会得救吗，等等；戏剧中的突转也十分明显，当所有人都在等待戈多的时候，小男孩突然出现并预告戈多不会来了；而循环往复的叙事结构则尤为突出，不仅戏剧的两幕是循环往复、大同小异的，而且两幕戏剧的内部结构和模式也是基本重复的，即弗拉基米尔和爱斯特拉冈在路边相遇等待戈多，波卓和幸运儿出现，小男孩来通知戈多今天不来、明天会准时到达。戏剧通过这一系列丰富的剧场手法，使得看似无聊重复的生活转变为了富有哲学意蕴的、引人思考的故事情节，也预示了戏剧重要的主题，即无尽的等待和生命的痛苦、无助。

最后，喜剧性与悲剧性的有机融合构成了《等待戈多》的重要特色。

西方传统戏剧呈现为喜剧与悲剧的明显差异和尖锐对立，但荒诞派戏剧则不同，喜剧与悲剧有机结合在一起，产生出更为强大的戏剧张力，即喜剧性呈现为荒诞的直观形式，而悲剧性展现出绝望的情绪与境遇，《等待戈多》在这方面展现得十分真切到位。

戏剧中弗拉基米尔和爱斯特拉冈无端的谩骂和荒唐无聊的对话让读者真切感受到了荒诞的直观艺术形式，而结局中两人想上吊自杀，但上吊用的裤带却断了，爱斯特拉冈的裤子也掉了下来。这是一种无奈的人生境遇与感受，其中的喜剧元素反衬出了悲剧的主题：世界是荒诞的，人的努力是徒劳而无意义的，人如牵线木偶一般，行为可笑，命运可悲。正是通过这种喜剧性与悲剧性的结合和反衬，《等待戈多》在强化了外在喜剧性的同时，也深化了其悲剧性的内在意蕴。

总体来看，《等待戈多》以荒诞的人物行为、重复的情节结构和永恒的"等待"主题,艺术化地揭示了人类对现状和未来茫然无措乃至绝望的存在境地,勾勒出一幅耐人寻味的、形而上的西方世界图景。这不仅是西方戏剧主题史上的一次真正创新,也是荒诞派戏剧最为成功的舞台展现。

第四节　凯鲁亚克的《在路上》

杰克·凯鲁亚克(1922—1969)是美国"垮掉的一代"的代表作家,当代学者罗纳·约翰逊称其为"垮掉之父"、"前-后现代主义者(pre-postmodernist)"[①],由现代主义向后现代主义过渡的重要人物。

一、凯鲁亚克的生平与主要作品

1922年3月12日,凯鲁亚克出生于马萨诸塞州洛厄尔,父母均为法裔美国人,他是家中幼子。他曾在当地天主教和公立学校就读,以橄榄球奖学金入读纽约哥伦比亚大学,但因在二年级时与同球队教练吵架而退学。据凯鲁亚克后来回忆,当时他就断定自己无法完成大学学业,因为他拥有独立的思想,想成为冒险家和孤独的旅行人,或者成为像杰克·伦敦或托马斯·沃尔夫一样的美国小说家。

第二次世界大战期间,凯鲁亚克曾短暂辗转于美国海军和商用航运公司等处。1944年夏天,凯鲁亚克通过哥伦比亚大学艺术系女生伊迪·帕克的关系,结识了当时仍在哥伦比亚大学求学的卢西恩·卡尔和爱伦·金斯堡,以及从纽约大学毕业的威廉·巴勒斯。在这些人的影响下,他进一步坚定了从事文学创作的决心。

1946年12月,凯鲁亚克结识了来自丹佛的尼尔·卡萨迪,二人建立了友谊。在与卡萨迪通信之后,凯鲁亚克决定进行他的第一次横越美国

---

① Ronna C. Johnson, "'You're Putting Me on': Jack Kerouac and Postmodern Emergence," *College Literature* 27.1 (Winter 2000), p.22.

的旅行。他开始搭免费便车,并向丹佛进发,这成为他此次旅行的第一站。这次旅行为凯鲁亚克后来创作以旅行和探险为主题的小说提供了直接经验。

1948年,凯鲁亚克同作家霍尔姆斯相识,提出了"垮掉的一代"这一名称。

1949年2月前后,凯鲁亚克返回母亲家中,并开始了在新学院的美国小说课程,完成了有关托马斯·沃尔夫的论文。为了找到属于自己的文学声音,凯鲁亚克先后摆脱了西奥多·德莱塞、托马斯·沃尔夫、菲茨杰拉德等众多令他羡慕的作家的影响和吸引,经历了艰难的"影响的焦虑"的过程。

因多年酗酒并过量使用迷幻药导致疾病缠身,1969年10月21日凯鲁亚克在佛罗里达州的圣·彼德斯堡去世。

凯鲁亚克在短暂的一生中创作了包括十余部长篇小说在内的大量作品,主要包括《乡镇与城市》(1950)、《萨克斯博士》(1952)、《梦之书》(1952—1960)、《玛吉·卡西迪》(1953)、《地下人》(1953)、《墨西哥城蓝调》(1955)、《特丽丝苔莎》(1956)、《吉拉德的幻想》(1956)、《金色永恒的经书》(1956)、《在路上》(1957)、《达摩流浪者》(1958)、《大瑟尔》(1960)、《孤独的旅人》(1960)、《沙托里在巴黎》(1965)、《杜洛兹的虚荣》(1968)等。

凯鲁亚克的小说大多数如实地描写小人物的生活和精神风貌,突出"个人"及"个性",流露出深沉的忏悔与救赎意识,体现出特定时代的人们对国家和社会的不安与悲观情绪,唯有用吸毒等异样的挣扎方式加以反抗。而在艺术上,凯鲁亚克深受超现实主义影响,推崇非理性和潜意识,擅长描写梦魇、幻觉和错觉,强调"自发性写作"技巧的运用。

二、《在路上》的艺术成就

《在路上》是凯鲁亚克长篇小说的代表作,具有明显的自传性质,被赞誉为"垮掉的一代"的"信仰声明"和"最清晰、最重要的表述"。[1]凯鲁亚克在写作之初，计划就将其定位为类似塞万提斯的《堂吉诃德》或者约翰·班扬的《天路历程》一类的探索小说。小说主要讲述了主人公萨尔为了追求个性，一路上与迪安、马里罗等年轻男女搭车或开车，多次穿越美国大陆，从纽约流浪到旧金山，一路喝酒玩乐，最后各自散开的故事，其间穿插东方禅宗、美国梦等主题，展现了一群年轻人荒诞的人生经历，反映了战后美国青年精神空虚的人生状态。小说展现的内容在20世纪50年代的美国具有代表性和广泛性，体现了美国社会的新潮流，取得了非凡的艺术成就。

首先，小说展现了多重的主题意蕴。

小说的标题"在路上"极具象征意味，一群人逃离大都市的喧嚣而来到远离文明的美国西部，这并不是他们的真实人生目标，他们真正追求的是保持一种"在路上"的人生状态。因此，随着他们在途中所见所闻的展开，小说也呈现出了多重的主题意蕴。

"垮掉"与反叛的主题。反叛社会主流文化是"垮掉的一代"的核心思想之一，凯鲁亚克在小说《在路上》中也有明显的艺术展现。小说的主人公萨尔处在个人主义和享乐主义泛滥的畸形社会之中，高压束缚和个人主义的双重影响使得反叛和逃避成为他无奈的人生选择。小说描写萨尔向西进发的旅途实际上是一次叛逆自我的过程，一方面他想逃离城市，但另一方面他又无法割舍长期的城市生活所形成的种种习惯，于是内心的挣扎构成了萨尔性格特征的主导方面之一。但无论如何最终萨尔还是在朋友们的帮助下踏上了征途，这预示着主人公吹响了反叛社会主流文化的号角。小说通过主人公萨尔的矛盾心理刻画和行为展现，一方面以自传的方式展现了作家本人的人生经历和矛盾思想，另一方面突出了"垮掉的一代"的精神特质，也映射了20世纪50年代前后美国社会和美国人的精神面貌。

---

[1] 安·查特斯：《在路上·引言》，凯鲁亚克：《在路上》，王永年译，上海：上海译文出版社，2006年，第Ⅱ页。

对美国社会"亚文化"的认同主题。在复杂的社会环境中寻求属于自己的独特价值观和生活方式构成"垮掉的一代"的精神特质之一,小说《在路上》对这方面也有所展现。如果说逃离喧嚣的城市是主人公萨尔等人对主流文化的反叛,那么正式踏上西行征程的实质就是对美国当时流行的"亚文化"的认同。小说中所描写的诸如吸毒、酗酒、滥交、侮辱国旗、偷车等疯狂行为无不显示出主人公萨尔、迪安等人对美国"亚文化"生活状态的迷恋,这既反映出他们勇于反抗社会不公平的独立品质,也展现出他们对自我和自由进行不懈追求的决心。尽管从表面看来这些追求独立价值和特定生活方式的手段和方法让人难以理解,但这并不妨碍其中精神实质的外在流露与直接显现。

精神寻求与"美国梦"主题。"垮掉的一代"在表面看似"垮掉"的行为背后隐含着强烈的精神诉求欲望,这种诉求既包含灵魂深处的信仰层面,也包含美国社会现实的层面。前者主要体现在小说主人公们对精神世界的向往方面,后者主要展现为小说主人公对现实的"美国梦"的失望方面。小说《在路上》的主人公们一直在穿越全国、沿途寻找刺激的过程中葆有着对精神领域的寻求,他们似乎逾越了大部分的道德和法律界限,但他们的出发点绝不是现实生活的享乐与颓废,相反却是真正意义上的精神旅途的追寻,即希望在现实的另一侧寻找到信仰和灵魂的慰藉,或者如作家凯鲁亚克本人所说"寻找未找到的东西,在路上就迷失了自己,但回家却希望得到别的东西"。[1] 事实上,主人公们这种强烈的精神与信仰渴求与现实中"美国梦"的破灭有着直接的联系。凯鲁亚克可能受到他所崇拜的美国小说家西奥多·德莱塞的小说主题的影响,在小说的结尾展现了一幅现实的"美国梦"的失落与绝望图景。当主人公萨尔真正来到西部之时,他并没有看到他所希望的远离喧嚣城市的蛮荒景象,相反他看到的却是西部的人们也开始模仿城市人的生活和穿着,而且工厂也在这里相继建立起来,这意味着随着工业文明伴生的人性罪

---

[1] Dan Napelee, "*On the Road*: The Original Scroll; Or, We're Not Queer, We're Just Beats," *The Esssxplicator* 69.2 (2011), p.72.

恶很快也会到来。这种现实的失望使萨尔再次失去了精神寄托，从而开始转向东方禅宗，这既是一种无奈、怀疑和不确定的表征，也是其在灵魂深处对何为"美国梦"的拷问。

其次，自发狂野的散文叙事的艺术呈现。

在阐述《在路上》的创作时，凯鲁亚克强调"狂野的形式"是容纳他想表达的内容的唯一形式。这种"狂野的形式"被作家称为"自发式散文"的一种自由联想技巧，即在小说中将旅途事件串成无情节的系列，"企图在纸上尽可能直接和即时地记录大脑的表面和美国的表面"。[1] 通过这种"自发式"的写作风格，凯鲁亚克艺术化地呈现出了"垮掉式的反叛"，并实现了与"宏大叙事的分裂"。[2]

就小说的外在形式而言，虽然《在路上》没有一个完整统一的故事情节，但却呈现出由四段在路上的经历和一些反思组成的五部曲。从表面上看各部分都是独立的章节，但实质上它们并不是个人感情和经历的简单重复，而是密不可分地联系在一起的整体，并遵循渐进式的情感逻辑最终汇聚。正是因为第一次丹佛之行，萨尔才逐渐摆脱了以纽约人为代表的安分守己、道德悲凉的文明生活，从而开启了对人格和自我的永恒追求，于是他进行了第二次跨越美国的追寻之旅。正是因为第二次旅行中思想的转变，萨尔不再满足于自己活得腻味、理想破灭的白人身份，才决心再次前往旧金山与迪安见面，从而开启了第三部分的旧金山之行。正是在旧金山之行中，迪安饱受各种"不信任"和误解，并看到各式各样的黑人生活，他才和萨尔决定放弃去意大利的念头，转而奔向墨西哥。而最后正是沉浸在前四次不同旅行中的感受以及迪安的再次造访，萨尔才对自己的梦想和追求有了新的想法和方向。随着五部曲的循序渐进，萨尔和迪安等人的"永恒追逐者"形象跃然纸上，小说突出种族身份习俗并挑战美国现存社会秩序的精神也随之一并自发地呈现了出来。

---

[1] Robert Holton, "Kerouac Among the Fellahin: On the Road to the Postmodern," *Modern Fiction Studies* 41.2 (1995), p.272.

[2] Ronna C. Johnson, "'You're Putting Me on': Jack Kerouac and Postmodern Emergence," *College Literature* 27.1 (Winter 2000), p.24.

不仅是外在的故事情节形式，小说中所描述的具体内容也呈现为"自发式"理性思索的鲜明特点。《在路上》反复提到主人公搭便车和被搭车的经历，表面上看似烦冗之笔，实则通过这些经历显示了美国"垮掉的一代"的普遍特质。虽然小说中搭便车的人来自美国各地，身份和经历也各不相同，但他们无一不是随遇而安、并为某种理想不断奔波在路上的精神追寻者。在此意义上，叙述这些如数家珍、事无巨细的搭车和被搭车经历就并非是作家的累赘话语，反而是呈现具有内在联系的叙事流程。搭车者的身份、经历和见闻构成了"在路上"的有力证据，由此搭车事件随之具有了理性思索的价值，二者的有机融合与构成关系堪称作家"自发式"写作的典型范例。

再次，象征手法和启示意义的丰赡呈现。

小说《在路上》不仅是标题和结尾富有丰富的象征意味和启示意义，而且小说中呈现出的各种事物和意象也别具内涵。

小说中的"汽车"意象占据重要的地位。各种关于汽车品牌的描述，如凯迪拉克、克莱斯勒、哈德逊、雪佛兰、普利茅斯等，象征着不同的社会地位和身份，反映出了小说人物对待金钱的态度。同时汽车还构成"在路上"的重要交通工具，没有汽车就没有"在路上"的一切。更为重要的是，汽车还是主人公们理想和精神的承载工具，它既为主人公们反叛现实和追求理想提供了可能性的空间，同时也是主人公们梦想和期待的现实载体和精神寄托。

"笑"是小说着意描写和刻画的另一重要意象，无论是萨尔沿途所见到的真诚的笑，还是迪安时不时展现出的各种傻笑，都具有特别的意义。它既象征着主人公们在愤世嫉俗的外表下追求简单、温暖、美丽和幸福的生活状态，也象征着他们纯洁、朴素的人性与灵魂，展现出他们在冷漠麻木的社会外衣下的生命之美和对生命状态的渴望与追逐。

最后，语言文字的原生态与意识流特点。

小说"自发性写作"的特殊方式决定了必须通过自白的叙事语言与读者进行真诚的交流，从而使主题可以自由地改变而不受限制。为此，作家采用大段的意识流与自发性的原生态语言相结合的方式进行叙述，语言毫无修饰和雕琢，呈现出一种喷涌而迸发的自动状态，既自然真实，又展现出了对于人物实时意识和生命力的自由情绪的尽情挥洒。

总体来看，尽管学界对《在路上》之于其所处时代的价值与意义的认知并未完全统一，但这并不妨碍小说以富有象征意味的多重主题以及独特的"自发性写作"方式而成为堪与马克·吐温的《哈克贝利·费恩历险记》和菲茨杰拉德的《了不起的盖茨比》并列的美国经典作品。[1]

---

[1] 安·查特斯：《在路上·引言》，凯鲁亚克：《在路上》，王永年译，上海：上海译文出版社，2006年，第XXVIII页。

第十章　20世纪现实主义文学

第一节　复杂多元的现实镜像的艺术呈现

资本主义经济发展所带来的人性崩塌和道德堕落、两次世界大战与俄国十月革命所呈现出的新的国家间关系和社会现实面貌、拉美第三世界国家的民族觉醒与民族斗争等一系列因素构成了影响并形塑20世纪现实主义文学发展的重要因素。现实主义文学随着社会政治、经济、文化的新变化而被推上新的艺术境界，成为与现代主义、后现代主义并列的20世纪三大文学思潮之一。

一、20世纪现实主义文学发展时期西方的社会问题与社会面貌

从社会生产力和经济发展角度来看，西方社会普遍的工业化进程将资本主义推进到垄断和帝国阶段，随着经济的发展与社会生产力的持续进步，资本主义国家内部和国家间的各种压迫与暴行现象层出不穷，社会道德水平下降和人性丑恶等种种社会弊端也逐渐暴露出来，这在加剧人性异化的同时，也使得人们不得不反思各种社会现象，并高度关注人的现实存在状态。

从历史发展总体进程角度来看，20世纪所发生的一系列重大历史事件使人类在现实发展过程中真实感受到了前所未有的剧烈动荡和深刻矛盾。两次世界大战带来了前所未有的生灵涂炭和财富毁灭，世界政局也

动荡不安并剧烈变化。俄国十月革命建立了世界上第一个社会主义国家，使得马克思和恩格斯关于社会主义和共产主义的理论构想第一次在现实中展露在世界人民的面前，世界旧有的社会制度和社会格局从此发生了变化，一种全新的社会制度逐步发展完善，并为20世纪诸多亚非拉国家争取民族独立、摆脱帝国主义殖民统治树立了重要典范。同时，它也深刻影响并塑造着20世纪后半期的世界格局——美苏争霸。世界范围内因社会制度的不同而形成了长时期的冷战局面，直到苏联解体世界格局才向多极化方向发展。

从世界政治格局特定历史阶段来看，20世纪50至70年代拉丁美洲的民族觉醒和文化重建无疑具有特殊的意义。早在西班牙和葡萄牙殖民者登上南美大陆之前，印第安原住民就曾创造过包括印加文明、玛雅文明在内的辉煌成就。然而在西方殖民者持续的掠夺、屠杀以及来自欧洲大陆的一次次瘟疫疾病的摧残与袭击下，南美印第安土著居民几乎完全灭绝，大量文化遗存也在战争和瘟疫中消失殆尽。于是，西班牙和葡萄牙殖民者反客为主，将拉丁文化强加给南美大陆，从而形成了被称作拉丁美洲的文化和社会体系。1790年，海地率先爆发革命，拉开了拉美民族独立的序幕。第二次世界大战后，随着欧洲殖民体系的衰弱与垮台，拉美各国家民族意识空前觉醒，但另一方面美国却出于全球霸权的考量，开始不断介入拉美的政治和经济发展，对其展开持续不断的渗透与控制，扶持亲美独裁政权，从而使拉美社会政治经济的发展受到新的阻碍，再一次陷入孤立与隔绝的状态。在此背景下，拉丁美洲何去何从成了新的艰难抉择。

总体来看，动荡多变的20世纪社会政治、经济和文化的发展为现实主义文学提供了坚实而持续的土壤，文学家们对现实世界的观察与反思通过艺术的方式转化为对新时代人文主义精神的召唤，以及对个体和群体生存体验的纪实书写与感悟，这构成了20世纪现实主义文学复杂而多样的内在根本动因。

二、20 世纪现实主义文学思潮推进与演变的总体特征

20 世纪现实主义文学是对 19 世纪现实主义文学及其传统的继续和发展,作家们在继承前辈作家洞察社会生活画面、塑造典型环境中的典型性格等基本创作原则的同时,积极融入新世纪思想文化和社会发展的各种构成要素,从而使现实主义文学站在新的起点上焕发出了崭新的艺术生命力。

纵览 20 世纪现实主义文学的发展历程,大致经过三个重要阶段:第一阶段是 20 世纪初,即由 19 世纪传统的现实主义文学向 20 世纪新的现实主义文学过渡的阶段。这一阶段的作家在各自的文学经典中传承现实主义文学传统,在展现社会现实和人性开掘等方面起到了较好的示范作用,从而使新一代现实主义作家从中受到影响。第二阶段是 20 世纪 30 年代以后,尤其是社会主义苏联的建立,使得立足下层人民苦难、展现新社会建设与革命精神的"社会主义现实主义"文学成为主流。第三阶段是 20 世纪 70 年代以后,随着拉美民族觉醒运动的推动,"魔幻现实主义"文学逐步发展起来,而在欧洲和美国则出现了"新现实主义"文学,在经历了现代主义和后现代主义的抽象、否定、解构之后,重新召唤理想主义和乌托邦精神,主张回归人性的深层价值意义探索。

尽管 20 世纪现实主义文学发展经历了不同的历史阶段,但作为一个有着明确传承关系的文学思潮,它不像现代主义和后现代主义文学思潮那样以各种纷繁复杂、主张各异的流派汇总的形式而呈现发展,总体来看,20 世纪现实主义文学还是具备相对比较一致的共同特征的,具体表现在以下几个方面:

第一,坚守 19 世纪现实主义文学传统的批判精神,展现人性与人道主义精神,传承人类精神理想使命,以善恶、美丑作为基本标准来衡量并评价现实社会;同时反思人类自身固有的缺陷,揭示人性之恶,探寻现实世界的本质与呈现方式,关注人类的现实生活境遇与生存感悟,表现人类在战争中的心灵与肉体创伤,谴责战争的罪恶与非正义性,呼唤社会良知,赞美人性中各种美好坚韧的品质。

第二，承袭 19 世纪现实主义文学"外倾性"的同时，发展出了"内倾性"的新倾向。与 19 世纪现实主义相比较，20 世纪现实主义文学在典型人物的刻画与典型环境的细节展示等方面有所继承，但与 19 世纪现实主义文学注重展现社会外在形态有所不同的是，20 世纪现实主义文学在现代心理学发展的影响下，又开拓出了表现人物内心世界的新境界。20 世纪现实主义作家普遍认为，人物的内心世界更为深邃宽广，通过艺术化展现人物内在心灵的发展历程和复杂的情感变化，可以在外在客观世界维度之外，增加内在宇宙的视角，从而可以更为全面立体地呈现人物性格与世界面貌。

第三，继承 19 世纪法国作家巴尔扎克和左拉擅长使用系列小说展现一段历史时期的社会风貌的方式，接连不断出现大篇幅、多卷本的"长河小说"。这些"长河小说"往往采用细腻的人物性格刻画手法，通过对人物内心世界的开掘，来展现历史转折时期的重大事件或重要历史阶段的嬗变过程，具有鲜明的庄严恢宏的气势和史诗般的风格，这是 20 世纪现实主义文学发展的重大贡献之一。

第四，充分借鉴、吸收现代主义和后现代主义表现手法，呈现出交叉性特征与超越传统之处。现代主义和后现代主义文学在技巧等方面的创新和实验在很大程度上影响了 20 世纪现实主义作家，象征、隐喻、内心独白、时空倒置、自由联想等艺术手法在 20 世纪现实主义文学经典中被广泛使用，这极大地刷新了现实主义文学的面貌，使之具有了鲜明的现代性症候。

三、20 世纪现实主义文学对西方社会问题与社会面貌的回应

第一，世纪之交的过渡时期，现实主义文学承袭社会批判和人性关怀的传统，对社会转折时期的各种问题展开积极思索和艺术化再现，构筑全新的世界图景，正视社会变化、矛盾与人的精神危机，积极揭露社会的黑暗腐朽和道德的腐化堕落，广泛反映人的现实存在面貌与内在精神世界。

20世纪初期的英国现实主义文学加强了对社会虚伪性和保守性的批判。约翰·高尔斯华绥(1867—1933)被认为是英国现实主义文学传统的优秀继承者,他善于通过细腻的心理描写和细节再现形象地展现20世纪初期的西方社会价值观变化,描绘金钱与个人自由之间的重重矛盾。他的长篇小说代表作《福尔赛世家》(1906—1921)通过对福尔赛家族兴衰史的描述艺术化地展现了英国社会的广阔生活画面,揭露并批判了资产阶级的财产观念,并因此获得了1932年的诺贝尔文学奖。威廉·萨默塞特·毛姆(1874—1965)的自传性小说《人性的枷锁》(1915)无情地揭露了宗教、贫困、教育和社会风尚对人性发展的禁锢,展现了资本主义社会的残酷生活画面,并提出了具有批判价值的社会命题:社会对人性的压抑与奴役。戴·赫·劳伦斯(1885—1930)是20世纪初期英国最有个性也最受争议的作家之一,他的长篇小说《查泰莱夫人的情人》(1928)谴责了资本主义工业化和大机器文明对人性和自然欲望的摧残,并由此探讨身心统一的两性和谐关系的可能,展现出了对理想人性的强烈渴求。萧伯纳(1856—1950)是世纪之交英国最为杰出的现实主义剧作家,他在戏剧创作上深受易卜生的影响,积极介入、讨论社会问题,揭露资产阶级的丑恶面具和获得财富的肮脏图景,并寄希望于社会改革,展现出强烈的理想主义和人道主义精神,并因戏剧创作的批判性和讽刺性而获得1925年诺贝尔文学奖。此外,约瑟夫·康拉德(1857—1924)以《黑暗的心》(1902)为代表的探索人类经验中的道德意义的小说,以及爱·摩·福斯特(1879—1970)的以《霍华德庄园》(1910)为代表的展现英国中产阶级内心细致的精神生活的小说,都堪称20世纪初期现实主义文学的经典之作。

20世纪初期的法国现实主义文学通常选择家庭题材等内容作为切入点来折射社会变化。罗曼·罗兰(1866—1944)的《约翰·克利斯朵夫》(1904—1912)通过描述主人公的成长与生活经历反映了世纪之交风云变幻的时代和社会现象,展现了资产阶级文化与精神的堕落,堪称"现代心灵的道德史诗"。安德烈·纪德(1869—1951)的日记体小说《窄门》(1909)展现了宗教对爱情的毁灭以及道德、宗教等领域中人性的探索与人生意义的执着,长篇小说《伪币制造者》(1926)真切地反映了时代环境中青年对社会现实的怀疑。马丁·杜加尔(1881—1958)写就了长达百万字的小说《蒂博一家》(1922—1940),通过对两代三个主人公悲剧命运的描述,以及细致的个体心理刻画和富有诗意的故事情节冲突,表达了对社会的深刻认知与反思。弗朗索瓦·莫里亚克(1885—1970)是公认的心理现实主义大师,自成名作中篇小说《给麻风病人的吻》(1922)开始,他接连写下了一系列反映中产阶级家庭悲剧的小说作品,集中展示了现代社会中人与人之间的情感隔膜,进而呈现普遍的人类现实生活场景与真实心理感受。

20世纪初期的德国、奥地利和瑞士现实主义文学兼具批判性与哲理性。德国作家托马斯·曼(1875—1955)通过《布登勃洛克一家》(1901)、《魔山》(1924)等长篇小说作品艺术化地传达了悲观主义色彩以及对人生与生命意义的思索,尤其是被誉为资产阶级"灵魂史"的《布登勃洛克一家》,通过对家庭四代人生活的描写,真实地反映了资本主义商业竞争的残酷,以及整个家族在兴衰过程中意志退化与消沉的过程,其中的人生反思耐人寻味。奥地利犹太小说家斯蒂芬·茨威格(1881—1942)在《一个女人一生中的二十四小时》(1927)等中短篇小说作品中,通过细腻的心理分析刻画了中产阶级妇女等人物形象的思想感情变化,由此折射出一系列关于爱情、人性、人生等问题的理性思考。瑞士籍德国作家赫尔曼·黑塞(1877—1962)在《荒原狼》(1927)等一系列小说中思考了人性与人的存在问题,表达了对于人生意义的探寻与追问。

20世纪初期的美国文学显现出了清醒的现实主义态度,成就十分显著。世纪之初,美国掀起了"黑幕揭发运动",以厄普顿·辛克莱(1878—1968)等为代表的一批作家,通过小说作品展现了美国现实社会生活的黑暗与不堪。而以西奥多·德莱塞(1871—1945)和辛克莱·刘易斯(1885—1951)为代表的"战前自然主义"文学,在继承马克·吐温等前辈作家的基础上,将批判的矛头指向了金钱和商业文化对人性的腐蚀。德莱塞的《嘉莉妹妹》(1900)、《珍妮姑娘》(1911)、《美国的悲剧》(1925)等作品堪称美国20世纪20至30年代社会的镜子,无情地揭示了美国社会虚伪的假面具以及腐朽的资产阶级生活方式对人性的扭曲与泯灭。刘易斯是美国第一位诺贝尔文学奖获得者,他的小说作品《巴比特》(1922)等通过细致地描写中产阶级生活的现实状态,揭露了强大的社会压力和商业文化的熏染对人性的异化。第一次世界大战之后,美国再一次迎来了现实主义文学的高峰。"迷惘的一代"展现了美国年轻一代对社会现实的悲观与失望情绪,"爵士乐时代"的代表作家司各特·菲茨杰拉德(1896—1940)通过《了不起的盖茨比》(1925)等作品真实地反映了美国社会纸醉金迷的生活以及"美国梦"的破灭过程。20世纪30年代,约翰·斯坦贝克(1902—1968)等左翼作家通过《愤怒的葡萄》(1939)等小说作品反映了美国经济大萧条的真实景象,以及农民失去土地被迫西迁而寻求生存空间的悲惨人生经历,展现了现实主义文学深广的人道主义精神。

20世纪初期的俄罗斯文学以强烈的使命感和社会责任感再现了历史巨变中诸多的重大事件与主题,其社会广阔性和人性深度达到了前所未有的新高度,充分展现了俄国文学"白银时代"的艺术成就。马克西姆·高尔基(1868—1936)的《母亲》(1906)、《克里姆·萨姆金的一生》(1925—1936)等作品艺术化地描述了俄国社会历史的变迁。蒲宁(1870—1953)、库普林(1870—1938)、安德列耶夫(1871—1919)等作家在现实主义文学形式上不断创新,通过关注人物内心活动展现社会状貌,从而丰富了传统的批判现实主义文学风格。

第二,现实主义文学通过对20世纪战争主题的广泛关注与描绘,展现了战争的残酷性及其对人性和人的心理的戕害,表达了对正义和自由的向往,歌颂了人性的美好和对未来的精神希冀。

以第一次世界大战和第二次世界大战为背景和题材的作品成为20世纪现实主义文学的重要组成部分,这类作品既包括反战题材作品,也包括歌颂战争中人类不屈不挠、勇往直前精神的作品。尤其值得一提的是苏联卫国战争文学,充分展现了人民群众坚强的意志和反法西斯战争的正义性,是最优秀的二战题材作品。除了反映两次世界大战的文学作品外，反映俄国"十月革命"和国内革命战争题材的作品同样表现突出，令人难以忘怀。

法国的反战小说产生于一战期间，代表性的作家是巴比塞（1873—1935）。他的反战小说代表作《火线》（1916）通过一个步兵班的战争经历记录，揭露了帝国主义战争的罪恶本质和可耻行径。

德国作家埃里希·玛利亚·雷马克（1898—1970）以写作战争小说而闻名。他展现战争题材的小说《西线无战事》（1929）、《凯旋门》（1946）等深刻控诉了战争给人们带来的严重身心伤害与巨大灾难，其中对参战士兵心理的真实刻画和对战争场面的残酷描述尤其令人难忘。

苏维埃社会主义政权建立之后，出现了一批反映苏联国内革命战争的现实主义作品，这些作品充满革命激情，在艺术化地再现国内战争壮烈画面的同时，也热烈歌颂了苏联人民为夺取和保卫革命政权而展现出的英雄主义精神气概，绥拉菲莫维奇（1863—1949）的《铁流》（1924）和法捷耶夫（1901—1956）的《毁灭》（1927）是其中的佼佼者。20世纪30年代，随着苏联作家协会的成立和"社会主义现实主义"创作原则被确立为苏联文学创作的基本方法和准则，一批歌颂革命意志和社会主义建设的"红色经典"应运而生。奥斯特洛夫斯基（1904—1936）的长篇小说《钢铁是怎样炼成的》（1933）歌颂了主人公保尔的革命经历和顽强意志，其为共产主义奋斗终生的革命理想感染了无数青年一代。阿·托尔斯泰（1882—1945）的史诗小说《苦难的历程》（1921—1941），通过描写四位不同性格的知识分子的人生命运，生动地展现了1914至1920年间俄国社会的革命变化与社会变迁。20世纪40年代，随着苏德战争的爆发，卫国战争题材的现实主义作品层出不穷。西蒙诺夫（1915—1979）的《日日夜夜》（1944）、波列伏依（1908—1981）的《真正的人》（1946）等作品歌颂了苏联人民反法西斯的斗争与献身精神。法捷耶夫的长篇小说《青年近卫军》（1945），通过描写一群年轻人对敌斗争的事迹，赞颂了他们保卫祖国的强大意志与英勇精神，唱响了一曲爱国主义的赞歌。

第三，第二次世界大战后，尤其是20世纪50年代随着后现代主义的发展，新的世界图景汇入现实主义文学思潮，作家们开始对人性与道德进行重新定位，也开始关注人存在维度中的心理真实，"新现实主义"文学由此产生。

英国的新现实主义文学集中在威廉·戈尔丁（1911—1993）、多丽丝·莱辛（1919—2013）等作家的创作中。戈尔丁被誉为"寓言编撰家"，他采用现实主义手法构建现代社会的神话和寓言，在《蝇王》（1954）等作品中集中展现了对人类本性和社会存在危机的担忧与理性思考，艺术化地再现了当今人类存在的现实状况。多丽丝·莱辛被誉为是继弗吉尼亚·伍尔夫之后英国最优秀的女性作家，她成为二战后英国女性现实主义文学创作的中坚力量。她的小说整体性上关注当代社会政治与思潮，从不同角度反映人与社会的现实状况。成名作《野草在歌唱》（1950）展现出在不合理的种族制度下自我的迷茫和人性的丧失，代表作之一的《金色笔记》（1962）广泛涉及种族歧视、阶级冲突、性别对立等社会议题，对女性生存与两性关系问题进行了深层次的探讨，进而揭示出了妇女在现代社会的尴尬地位与处境，具有相当的思想深度和艺术广度。

美国的现实主义文学在二战后出现了明显的回归态势，道德意识的复兴和现代知识分子的苦闷成为重要的关注主题。索尔·贝娄（1915—2005）成为这一时期美国最为重要的现实主义作家。他的长篇小说《雨王汉德森》（1959）、《赫索格》（1964）、《洪堡的礼物》（1975）等集中展现了中产阶级现代知识分子的精神苦闷和价值追求，体现出作家强烈的自我意识观念。同时，作为犹太大屠杀的幸存者，贝娄的现实主义文学也展现出了对于冷漠世界中人类精神的高度关注，基于此，他获得了1976年的诺贝尔文学奖。除了索尔·贝娄，约翰·厄普代克（1932—2009）的"兔子三部曲"（《兔子跑了》《兔子回家》《兔子富了》，1960—1981）等作品也是这一时期重要的现实主义文学经典。

与英美新现实主义文学的发展相比，尽管法国和德国二战后的现实主义文学不那么光彩夺目，但也名家辈出，其中比较为读者所熟识的包括玛格丽特·杜拉斯（1914—1996）、君特·格拉斯（1927—2015）等。

而苏联由于社会政治等特殊原因,二战后的现实主义文学相继经历了"解冻文学"以及反思苏联社会历史、审视当代俄罗斯现实的"后现实主义"文学等几个重要阶段,在很大程度上也取得了一定的成就。

第四,由于拉美特殊的文化传统和现实形势,生活在这片土地上的作家将"魔幻"与"现实"看似相悖的两种方式有机融合在一起,在现实与超现实的双重视角下展现出一种独特的、值得关注的社会图景,艺术化地展现了拉丁美洲过去和现在百年来停滞的真实历史,诚如拉美"魔幻现实主义"的代表作家加西亚·马尔克斯所言:"加勒比的现实,拉丁美洲的现实,一切现实,实际上都比我们想象的神奇得多。"[1]

拉美"魔幻现实主义"文学的发展与20世纪50至70年代的拉美文学"大爆炸"有着密切的关系。这次文学"大爆炸"是20世纪拉美小说创作的第三次高潮,阿斯图里亚斯(1899—1974)、卡彭铁尔(1904—1980)、科塔萨尔(1914—1984)、卡洛斯·富恩特斯(1928—2012)、马里奥·巴尔加斯·略萨(1936—)等一大批作家轰动世界文坛。他们创作的基本特点是紧贴拉美社会现实,对拉美历史和文化传统进行追溯与融合,在展现拉美独特而神秘的民族文化传统、地理风俗的同时,抨击当时的社会政治,以文学寓言等方式警醒拉美民众,从而为拉美寻求摆脱现状的方式。阿根廷作家科塔萨尔通过《跳房子》(1963)等小说作品展现了阿根廷社会底层人民的不幸遭遇,具有强烈的现实批判性。墨西哥作家卡洛斯·富恩特斯通过《最明净的地区》(1959)等小说作品描写了墨西哥人民推翻独裁者之后贫穷的社会生存现状,展现出了明显的民族传记书写倾向。而秘鲁作家略萨在《城市与狗》(1963)、《绿房子》(1965)、《潘达雷昂上尉与劳军女郎》(1973)等小说作品中,对拉美独裁统治、底层人民生存境遇等诸多社会重大现实问题进行了广泛的艺术呈现,抵抗精神和批判倾向都十分突出。

---

[1] 加西亚·马尔克斯:《两百年的孤独——加西亚·马尔克斯谈创作》,朱景冬等译,昆明:云南人民出版社,1997年,第309页。

第二节 肖洛霍夫的《静静的顿河》

米哈依尔·亚历山大罗维奇·肖洛霍夫（1905—1984）是苏联杰出作家，20世纪苏联文学的主要代表之一、"最有声望的非知识分子小说家"[1]，1965年因"在描写俄罗斯人民生活中一个历史阶段的顿河史诗中所表现的艺术力量和正直"[2]而获得诺贝尔文学奖。

一、肖洛霍夫的生平与主要作品

1905年5月24日，肖洛霍夫出生于顿河地区维约申斯克省的顿斯科伊军屯的克鲁日林村。他的童年几乎都在其出生的这个小小的哥萨克村庄度过，当地人民的生活方式和风俗习惯以及顿河流域哥萨克地区特有的自然风光、哥萨克人古老的习俗和淳朴的生活都给年幼的肖洛霍夫留下了深刻的印象，并成为他日后创作的最为原始、最为重要的素材。

肖洛霍夫的生父是哥萨克人，继父是从俄罗斯内地迁居至顿河地区的"外乡人"，职业经常变更，无稳定收入，虽然只受过小学教育，但却热爱读书、收藏书籍，正是在继父的影响下肖洛霍夫产生了最初的对文学的兴趣。自七岁开始，肖洛霍夫先后在村小学以及镇上和莫斯科等地上过学，但因战争爆发而最终辍学。1919年，规模最大、历时最久的哥萨克暴动在顿河地区爆发，年少的肖洛霍夫亲眼看见了红白双方的残酷斗争和哥萨克内部的纷争，作为直接的目击者和亲身参与者，哥萨克地区急风暴雨般的斗争经历成为肖洛霍夫最好的"教育"，不仅"磨炼了他的革命者的意志，同时也砥砺了他的艺术家的天赋才能"。[3]

1920年，顿河地区建立了苏维埃政权，受到革命浪潮的影响，肖洛

---

[1] 谢·伊·科尔米洛夫主编：《二十世纪俄罗斯文学史：20—90年代主要作家》，赵丹、段丽君、胡学星译，南京：南京大学出版社，2017年，第461页。

[2] 宋兆霖主编：《诺贝尔文学奖全集》下册，北京：北京燕山出版社，2006年，第750页。

[3] 孙美玲编选：《肖洛霍夫研究》，北京：外语教学与研究出版社，1982年，第28页。

霍夫积极参与红色政权的组建工作，先后担任过办事员、扫盲教师等职务，长时期参加当地的征粮、人口调查以及文艺宣传等工作，这期间艰苦卓绝的斗争经历为他日后的创作进一步积累了丰富的素材。1922年，肖洛霍夫前往莫斯科，加入了文学团体"青年近卫军"，成为年轻的无产阶级作家组织的一员，并结识了老作家绥拉菲莫维奇，开始从事文学创作活动。1924年，肖洛霍夫又加入俄罗斯无产阶级作家协会，成为正式的职业作家。

革命和战争过程中耳濡目染的生活经历、历史的巨大变迁以及普通人在特殊历史时期的命运始终是肖洛霍夫最为关注的题材内容，也是其作品主要的表现内容。一方面，肖洛霍夫在每一个重要的历史时期都站在主流意识形态一边，其创作深受革命政治形势和国内现实情况的影响，始终紧跟革命的最新动向；另一方面，他的作品充分继承了19世纪俄罗斯伟大的现实主义传统，强调求真求善，展现人性的复杂多变。因此，在肖洛霍夫的作品中，既能看到一个主流意识形态的拥护者和支持者形象，也能看到他对苏联社会主义模式建立过程中的失误与不足的反思。肖洛霍夫正是通过作品展现他对理想世界的追寻以及对人的价值维度的考量。

由于其卓越的文学成就，肖洛霍夫在20世纪30年代先后当选苏联科学院院士和最高苏维埃代表，60年代又长期担任苏共中央委员和苏联作家协会理事会书记等职务，还被评为苏联社会主义劳动英雄，并五次获得列宁勋章。1984年2月21日，肖洛霍夫逝世于自己的家乡。

肖洛霍夫的主要作品有短篇小说集《顿河故事》（1926）和《浅蓝的原野》（1926）；长篇小说《被开垦的处女地》（1960）和《静静的顿河》（1928—1940）；短篇小说《学会仇恨》（1942）、《一个人的遭遇》（1957）以及未竟之作《他们为祖国而战》。此外，卫国战争期间，作为《真理报》和《红星报》的记者，肖洛霍夫还写作了大量的战地报道、特写和随笔，包括《在顿河》（1941）、《在维约申斯克镇》（1941）、《在哥萨克农庄》（1941）和《在南方》（1942）等。

肖洛霍夫是一个很有艺术个性的伟大的现实主义作家，是苏联历史进程的见证人和书写者,他的创作生涯几乎贯穿了整个苏联的历史发展过程。他以"严峻的现实主义"史诗风格艺术化展现了苏联从十月革命到当代社会的历史进程,充分审视了飞驰向前的苏维埃社会现实,致力于在人性和阶级性的激烈冲突中展现人的魅力,悲剧性地观照了处于历史转折时期普通人的命运,极大地深化并丰富了俄罗斯悠久的现实主义文学传统。在此意义上,肖洛霍夫的文学创作堪称苏联社会生活的"艺术编年史"。

二、《静静的顿河》的艺术成就

《静静的顿河》是肖洛霍夫"长河小说"的代表作,全书共分四部八卷,分别于1928年、1929年、1933年和1940年出版。小说通过讲述主人公葛利高里的革命经历展现了哥萨克人走向社会主义的艰苦过程,还原了战争时期俄国社会的现实状况以及哥萨克社会的风土人情,展现了作为个人生活的爱情主题以及革命、战争、叛乱等重大历史事件,人物的悲剧命运与历史时代的变迁尽显其中,不仅具有深刻的思想性,同时也体现出高度的艺术性。小说充分继承了列夫·托尔斯泰《战争与和平》的写作传统,将人与历史、历史与现实、战争与和平、民族与国家等主题内容有机融合在一起,于个人悲剧中艺术化折射历史的发展和时代的变迁,于复杂的社会变革中艺术化地再现人性和生命的复杂丰富,其对历史的再现和描摹、对人物形象的塑造以及对重大事件的刻画都达到了前所未有的高度,堪称是一部气势磅礴、格调悲壮同时又兼具鲜明的地方色彩和浓厚的乡土气息的文学经典。

首先,小说以史诗般恢宏的气势描述了顿河区域哥萨克民族与社会的历史变迁,艺术化地展现了俄国社会的特殊群体——哥萨克的历史特征和精神风貌,具有鲜明的民族性。

小说开头通过卷首的哥萨克古歌将读者引进顿河区域哥萨克从古至今的历史长河之中:

> 我们光荣的土地不是用犁来翻耕……
> 我们的土地用马蹄来翻耕,
> 光荣的土地上种的是哥萨克的头颅,
> 静静的顿河到处装点着年轻的寡妇,
> 我们的父亲,静静的顿河上到处是孤儿,
> 静静的顿河的滚滚的波涛是爹娘的眼泪。

在肖洛霍夫的笔下,顿河不仅有宽阔的波浪、翻滚的鱼儿、葱绿的河水,还有恬静的田园风光与农家院落,更有绿油油的一望无际的草原。然而顿河区域优美的田园景色却一次次被战争打破,小说的主题与古歌隽永深沉的基调共同昭示了悲剧性的整体氛围。

小说从始至终的基本主题内容就是展现顿河地区五百万哥萨克人在十月革命前后的十年间所经历的悲剧性发展道路,表现哥萨克这个俄国社会的特殊群体在第一次世界大战、二月革命、十月革命以及国内战争等重大历史转折中的沧桑巨变,以及其所经历的一场前所未有的急风暴雨般的革命。小说为了展现这一严酷的现实,着重将中农哥萨克作为叙事的中心。小说的开头就表明了哥萨克内部已经日趋呈现出阶级分化的态势,富农家里雇工成群,而贫农家却一贫如洗;富商家里门把手镀金,而普通工人们却无法维持基本的生计。这种潜藏的内部矛盾最终在战争中爆发,革命的哥萨克决心与传统决裂,走向十月革命后的苏维埃,经历血与火的考验。在此过程中,哥萨克一度幻想"自治",竟然在白军的煽动下发动了三次暴动,不仅对红军构成威胁,而且也给自身留下累累创伤。革命与战争洪流中的哥萨克民族风貌展现出了传统与现代的对立冲突,小说真实地反映了这一特殊群体在特定历史阶段中的沉浮以及浴火重生的悲剧历程,这既是对俄国重大历史事件的反映,也是作家本人对生活中重大现实问题的思考。小说不仅深刻探讨了哥萨克暴动的历史和社会根源,而且从政治和革命人道主义双重角度艺术地审视了顿河区域哥萨克民族社会主义革命的历史经验和教训,具有沉重的历史感和强烈的政治倾向性,堪称以艺术形式展现的活生生的历史文献。作家笔下

的哥萨克不再是沙皇专制下的军警，而是"一个完整的世界"，"有着独特习惯、行为规范和心理模式的世界，一个由引人入胜的个性和极其复杂的人类关系构成的世界"。①

其次，小说以强烈的悲剧意识观照哥萨克民族及其历史变迁中的重大事件的同时，也从人生遭际和社会心理等角度展现了人的命运和魅力，尤其是对主人公葛利高里这一非凡人物形象的塑造，呈现出巨大的艺术感染力。

肖洛霍夫作为伟大艺术家的主要贡献之一就在于，在小说《静静的顿河》中"将一种创作目标提升至艺术的最高级"，"这种创作目标是屠格涅夫在《猎人笔记》中首次设定的，即揭示最普通的人所具有的个性，有时甚至是杰出的个性特点，把这个人变成一个令人难忘的、容易理解的、坚定的、真正鲜活的形象，连他最微小的特点人们都会记得"。② 肖洛霍夫的这种塑造人物的方式在小说的主人公葛利高里身上表现得尤为突出。葛利高里是一个生长在顿河岸边的复杂的哥萨克形象，他既是一个悲剧人物，又是一个极具个人魅力的人物。对此，作家本人曾明确表示："我在葛利高里·麦列霍夫的身上就想表现出人的这种魅力。"③

在肖洛霍夫的心目中，葛利高里集中体现了他的美学理想。勇敢、正直、不畏强暴、淳朴的人性以及作为男性的力量的美等哥萨克的一切美好品质都体现在葛利高里的身上。这是一个个性异常鲜明的人物，他不仅有着丰富的内心世界，而且还不受羁绊，勇于反抗，热烈追求属于自己的爱情。他骁勇剽悍的同时，勤于思考，敢于探索，热爱并尊重生命，且疾恶如仇。这一切都清晰表明，葛利高里是拥有巨大魅力的人物。

但就是这样一个有个性和魅力的人物，在肖洛霍夫看来也会囿于种种客观的历史原因而表现出动摇和摇摆的性格特征。葛利高里动摇于妻

---

① 谢·伊·科尔米洛夫主编：《二十世纪俄罗斯文学史：20—90年代主要作家》，赵丹、段丽君、胡学星译，南京：南京大学出版社，2017年，第474页。

② 谢·伊·科尔米洛夫主编：《二十世纪俄罗斯文学史：20—90年代主要作家》，赵丹、段丽君、胡学星译，南京：南京大学出版社，2017年，第462页。

③ 孙美玲编选：《肖洛霍夫研究》，北京：外语教学与研究出版社，1982年，第470页。

子娜塔莉亚与情人阿克西妮娅之间，徘徊于革命与反革命之间，摇摆于红军和白军之间，他既是英雄，又是受难者。葛利高里身上带有的哥萨克的种种偏见和局限，使得他在历史遽变的紧要关头始终处于生活的十字路口，无法做出抉择，只能进行一次次的精神探索。在爱情生活上，葛利高里与阿克西妮娅和娜塔莉亚之间的情感纠葛贯穿了他的一生，最终以悲剧收场。他与阿克西妮娅的关系以戏谑开场，其中裹挟着肉欲、乱伦和癫狂，这是导致妻子娜塔莉亚身亡的主要原因。而面对娜塔莉亚，他又先后经历了婚后失望、肩负责任、重归于好、再次背叛等一系列反复的心理过程，表现出无法克制的强大矛盾冲突。不仅是在爱情问题上，面对革命问题葛利高里同样经历了反复斗争的历程。在小说中，葛利高里一直在思考自己应该走哪一条道路。第一次世界大战爆发后，葛利高里应征入伍，在沙皇军队里，他看不惯军官的飞扬跋扈，看不惯兵痞的奸淫掳掠。他在作战中第一次砍死奥地利士兵的时候，内心十分痛苦。然而，从前线回到家乡养伤以后，葛利高里作为鞑靼村"第一个得到十字勋章的人"，受到人们的诏媚和尊敬。于是，他又以"一个出色的哥萨克的身份重新回到前线"。十月革命的时候，葛利高里先是受资产阶级的影响，拥护哥萨克脱离俄国而独立。后又结识了顿河地区革命军事委员会主席波得捷尔珂夫，经过短短的动摇之后，葛利高里参加红军，英勇地同白军作战。不过，葛利高里不是一个坚定的无产阶级革命战士，只是苏维埃政权短暂的同路人。随着反革命叛乱席卷顿河流域，葛利高里又在父亲和哥哥的影响下加入了叛军队伍，从此踏上反革命的道路。葛利高里反复在革命与反革命的情感认同上做斗争，既不是强硬的反革命分子，也不是坚定的革命派，而是动摇于革命与反革命之间的复杂人物。

这种动摇和反复的性格正是葛利高里悲剧的内在原因，同时也是其历史因袭重负的高度体现。哥萨克作为俄国民族特殊群体的历史沿革，使得这一社会阶层保留了相当多的旧有生活特点和风俗习惯，其中盲目的优越感就是最明显的表现之一，这在葛利高里的身上也十分突出。正是盲目崇拜军人荣誉才导致葛利高里将哥萨克人的生存权和自治权看得高于一切,这直接造成他在认清现实和接受革命过程中的艰难,也直接导致他总是试图寻找一条中间道路。在此意义上,葛利高里性格中的矛盾、徘徊、动摇等特质是与其所属的特定群体密不可分的。小说结尾处葛利高里凄凉地返回家乡,预示了像他这样的曾经迷失道路的普通哥萨克人的必然归宿和注定的悲剧性命运。

再次,细微而深刻的心理描写传统与宏阔细腻的写景手法构成小说最为鲜明的两大特色。

肖洛霍夫在小说《静静的顿河》中继承列夫·托尔斯泰等俄罗斯古典作家的心理描写与分析传统,在展现人物的成长历程和内心世界的变化过程中起到了至关重要的作用。小说在宏观层面集中展现了主人公葛利高里五个阶段的心理变化过程,即作为热血青年的葛利高里徘徊于妻子和情人之间的感情世界的心理过程;第一次世界大战中,首次杀人激起的善与恶的心理矛盾冲突;十月革命初始,革命意识与哥萨克精神之间的矛盾心理;国内战争时期,生活和革命道路选择的矛盾心理;意识到前途黯淡渺茫时的痛苦心理。这五个阶段的心理分析与详尽描摹,揭示出了主人公葛利高里在不同历史时期成长的心路历程,系统反映了作为典型的哥萨克的精神发展理路,是小说心灵发展史主题的重要组成部分。

不仅在宏观层面,肖洛霍夫还在微观层面通过人物的音容笑貌、眼睛神态等细节来展示人物的内心世界。小说中多次描写葛利高里的情人阿克西妮娅眼神的变化,以此来展现她丰富的情感世界。当葛利高里向她表明爱情后,阿克西妮娅大胆投入了葛利高里的怀抱,不顾一切疯狂爱着他。但当其丈夫回来后,阿克西妮娅眼睛中的光芒就变得很微弱了。当阿克西妮娅得知葛利高里要定亲时,她眼睛中关于爱情的光芒就彻底熄灭了。然而在葛利高里婚后两人再次相遇时,阿克西妮娅眼睛里又重新燃起了"撒娇而又失望的火焰"。阿克西妮娅眼神的变化,正是她内心情感最真实的反应,她对葛利高里至死不渝的情感都是通过这点点眸光展现出来的。

除了心理描写,小说的写景手法也别具一格。小说不仅以时间为轴线,周而复始地描写了顿河地区春、夏、秋、冬四季绚丽多彩的自然风光，而且还充分运用写景入情、情景交融等手法，展现人物内在心理，预示人物命运发展。小说中经常出现以写景为主的"通感"效应，如"黑色的天空""耀眼的黑色的太阳""干燥的闪光"等，一方面追求自然意象的张力，另一方面刻画人物、推进情节发展，反映出作家通过景物描摹对基于宇宙意识和对战争与和平、黑暗与光明、毁灭与重生等人生哲理问题的深入思考。

最后，小说整体结构宏大磅礴，格调悲壮，具有明显的现代史诗风格。就小说所展现的内容来看，作家不仅仅局限于人物命运，而是将笔触拓展至更为广阔的社会和历史空间，展现决定俄罗斯民族和国家命运的一系列重大事件，从而使小说完成了"对大规模社会历史事件的最宏大和深刻的再现"[1]，并"和谐而自然地融合了史诗和社会心理小说的特点"[2]。就人物形象塑造来看，小说人物众多且个性鲜明，丰满且有深度，八百多个人物中的许多典型通过一两个片段的塑造就让读者过目不忘。如此大规模的人物展现，与之相似的最近一部作品就是列夫·托尔斯泰的《战争与和平》了。而就叙事方式来看，小说也对俄罗斯文学传统的悲剧模式进行了大胆的突破，在人物命运的自然展现中让读者体会其中的悲剧意识，从而将读者引向了更为开阔的艺术回味境界。

总而言之，《静静的顿河》以宏大的视野和细腻的笔触展现了顿河流域哥萨克群体的命运和决定俄罗斯民族国家走向的重大历史事件，其广度和深度"在长篇史诗艺术上达到的完善在苏联文学中是史无前例、独占鳌头的"[3]。其对真实人性和社会生活的精准把握更使其成为不朽名作，在时间的考验中历久弥新，焕发永恒的艺术光彩。

---

[1] 谢·伊·科尔米洛夫主编：《二十世纪俄罗斯文学史：20—90 年代主要作家》，赵丹、段丽君、胡学星译，南京：南京大学出版社，2017 年，第 462 页。

[2] 谢·伊·科尔米洛夫主编：《二十世纪俄罗斯文学史：20—90 年代主要作家》，赵丹、段丽君、胡学星译，南京：南京大学出版社，2017 年，第 486 页。

[3] 谢·伊·科尔米洛夫主编：《二十世纪俄罗斯文学史：20—90 年代主要作家》，赵丹、段丽君、胡学星译，南京：南京大学出版社，2017 年，第 486 页。

第三节 海明威的《老人与海》

厄内斯特·海明威（1899—1961）是 20 世纪美国最为重要的作家之一，他以简约的文风和独特的"硬汉"人物形象塑造被赞许为"开一代之风气"。

一、海明威的生平与主要作品

1899 年 7 月 21 日，海明威出生在美国芝加哥郊外奥克伯镇的一个知识分子家庭。他的母亲出身名门，是虔诚的基督教徒，具有良好的艺术修养，从小便培养海明威对音乐与绘画的兴趣。他的父亲是一位医生，也是钓鱼和打猎的能手，不仅经常带儿子一起出诊，让他从小熟悉社会，还教他钓鱼、打猎、搜集标本，带他参加各种户外活动。少年时期的这些经历，影响了海明威此后的生活方式，而斗牛、打猎、捕鱼、拳击等爱好又为海明威的文学创作提供了广泛的素材。1917 年 10 月，海明威中学毕业后，到《堪萨斯城明星报》当见习记者。该报"写短句""叙述要有趣味"等要求培养了海明威运用简洁文字的能力，并在一定程度上影响了他日后独特的写作文风。对此，海明威曾表示："新闻工作对年轻作家没害处，如果能及时跳出，还有好处。"[①] 半年后，第一次世界大战爆发，海明威成为一名美国红十字会救护车队的司机参与到救援工作中，并身负重伤，成为闻名一时的英雄。这次战争经历给海明威带来身体伤害的同时，也使他的心理受到严重创伤，这些都成为他日后小说创作的宝贵素材。

1921—1922 年间，海明威到芝加哥和巴黎等地，结识了舍伍德·安德森和格特鲁德·斯泰因等作家。前者指导并鼓励海明威广泛阅读马克·吐温、惠特曼等美国作家作品以及新潮杂志和俄罗斯文学经典，后者以自身的创作经验对海明威的写作风格提出中肯建议，他们与美国作

[①] 《巴黎评论》编辑部编：《巴黎评论：作家访谈Ⅰ》，黄昱宁等译，北京：人民文学出版社，2012 年，第 23 页。

家埃兹拉·庞德一起成为这一时期影响海明威创作的主要作家。

1927年,海明威从欧洲返回美国,居住在佛罗里达的基维特岛,开始了广泛的游历生活:去西班牙看斗牛、到非洲打猎、前往古巴钓鱼等,这些生活经历在其小说创作中也有明显的艺术化反映。

1936年7月,西班牙内战爆发,海明威以战地记者身份前往,后直接加入"国际纵队",积极支持西班牙人民反抗法西斯的斗争。第二次世界大战期间,海明威又以军事记者身份积极活跃于欧洲和亚洲战场,直接参加了美国空军对德轰炸以及解放巴黎等军事战斗任务,这些人生阅历对其在小说中展现战争题材并塑造"硬汉"式人物形象产生了重要影响。1961年7月2日,海明威因不堪疾病痛苦而开枪自杀。

海明威一生在文学领域辛勤耕耘,共创作十余部长篇小说、一百多篇短篇小说以及为数可观的诗歌、剧本、札记等。其主要作品包括短篇小说集《在我们的时代里》(1925)、《没有女人的男人》(1927)、《胜利者一无所获》(1933)等;短篇小说《乞力马扎罗的雪》(1936)、《弗朗西斯·麦康伯短暂的幸福生活》(1936)等;长篇小说《太阳照常升起》(1926)、《永别了,武器》(1929)、《有钱人和没钱人》(1937)、《丧钟为谁而鸣》(1940)、《过河入林》(1950)等;斗牛专著《午后之死》(1932)、狩猎札记《非洲的青山》(1935)、剧本《第五纵队》以及中篇小说《老人与海》(1952)。海明威去世后,一批遗作陆续出版,包括回忆录《不固定的圣节》(1964)、长篇小说《岛在湾流中》(1964)、《伊甸园》(1986)以及《曙光示真》(1999)等。

二、《老人与海》的艺术成就

《老人与海》是海明威于1952年出版的一部中篇小说。虽然小说全文只有两万多字,但其艺术含量极高。1953年,海明威凭借《老人与海》获普利策奖,1954年又因在该作品中展示出"富有活力的细节"和"震撼人心的力量"[1]而获得诺贝尔文学奖。同时代美国作家威廉·福克纳

---

[1] 宋兆霖主编:《诺贝尔文学奖全集》上册,北京:北京燕山出版社,2006年,第597页。

也盛赞《老人与海》是海明威写就的"最优秀的单篇作品"。[①]

小说《老人与海》集中讲述了古巴老渔民桑地亚哥在连续八十四天没有捕到鱼的情况下，独自一人经过艰苦的努力钓到了一条大马林鱼，不料却在返航途中遭遇鲨鱼袭击，不得不再次与鲨鱼搏斗，最终大鱼只剩下鱼头、鱼尾和一副骨架被拖上岸的故事。海明威自认为这部作品是他"一直以来写得最好的一部作品"，"其他优秀作品和它相比大为逊色"。[②]

小说集中描写了老渔夫两次搏斗的过程，使用老渔夫内心独白、自言自语、与大鱼对话以及回忆等方式展开故事情节，丰富人物形象。就整体风格来看，小说取得了非凡的艺术成就。

首先，高超精湛的叙事语言艺术。

海明威文笔精练，对语言把控能力高超，叙事风格别具特色，诚如诺贝尔文学奖评奖委员会所评价的那样，他是"精通现代叙事艺术"的文学大师。

在《老人与海》中，作家放弃了冗言缀词及花哨的修饰，用简洁精练的语言和句式，让作品充满视觉冲击力和心灵震撼力，展现了语言运用干净直白的显著特点。海明威选用普通的日常用语作为叙述基调，句子结构简单，经常是短句或者并列句，并以最常见的连接词连接。在作家看来，冗杂的笔墨是艺术的天敌，简约的语言才是成功的奥秘。这种独特的文风通常被称为"电报体"。

大量直接引语的运用最能体现小说干净直白的语言特征。作家在进行对话描写时，去掉了前后修饰语，只保留对话的内容。这样的纯客观叙述，简单干净，不带任何主观感情色彩。例如，小说的开头部分主要通过老人与小孩的对话来交代老人的生活背景及他们之间的情谊，缩短了读者与文本距离，读者可以零距离感受到人物情绪。再比如，小说中大量的心理独白也大都采用直接引语的方式，直接将老人的内心感受袒

[①] William Faulkner, *Essays, Speeches & Public Letters*, ed. by James B. Meriwether, New York: The Modern Library, 2004, p.193.

[②] 海明威：《海明威书信集（1943—1961）》下册，杨旭光、袁文星译，郑州：河南文艺出版社，2012年，第308页。

露在读者面前。

其次,"冰山风格"的艺术化显现。

"冰山理论"最早是海明威在一部关于斗牛的小说《午后之死》中提出的。他把自己的写作比作海上漂浮的冰山,用文字表达出来的部分只是海面上的八分之一,而八分之七是在海面以下。海明威认为,作家如果懂得自己的写作内容,可能会把他懂得的内容略去,"他要是十分真实地写作的话,读者依然能够强烈地感觉到那些东西,就好像作家已经写出来了一样。一座移动着的冰山显得高贵,是由它那浮出水面的八分之一决定的"。[1]1958 年接受《巴黎评论》记者采访时,他进一步解释说明道:"我总是用冰山原则去写作;冰山露在水面之上的是八分之一,水下是八分之七,你删去你所了解的那些东西,这会加厚你的冰山,那是不露出水面的部分。如果作家略去什么东西是因为他并不了解那东西,那他的故事里就会有个漏洞。"[2]

海明威曾表示,《老人与海》本来可以写成一千多页那么长,"把村子里每个人都写进去,包括他们怎么谋生、出生、受教育、生孩子,等等"。[3]但他删去了没必要向读者交代的内容,包括老人的家乡、当地人的划船比赛、非法酿酒卖酒活动等,把这些作为冰山下的八分之七,让读者自己去发掘。诚如作家本人的表述:"我试着把向读者传递经验之外的一切不必要的东西删去,这样他或她读了一些之后,故事就成为他或她的一部分经验,好像确实发生过。"[4]

再次,"硬汉"人物形象的概括与升华。

海明威自从 20 世纪 20 年代开始创作以来,其人物形象一直以"硬

---

[1] 海明威:《午后之死》,殷德悦译,郑州:河南文艺出版社,2012 年,第 227 页。

[2] 《巴黎评论》编辑部编:《巴黎评论:作家访谈Ⅰ》,黄昱宁等译,北京:人民文学出版社,2012 年,第 33 页。

[3] 《巴黎评论》编辑部编:《巴黎评论:作家访谈Ⅰ》,黄昱宁等译,北京:人民文学出版社,2012 年,第 33 页。

[4] 《巴黎评论》编辑部编:《巴黎评论:作家访谈Ⅰ》,黄昱宁等译,北京:人民文学出版社,2012 年,第 33 页。

汉"著称，而小说《老人与海》中的桑地亚哥形象可以说是其一系列"硬汉"人物形象的集中概括与升华。他在小说中通过对桑地亚哥出海捕鱼这一看似简单事件的描写，塑造了一个不畏艰难、不甘失败、勇于接受任何挑战、有着崇高信念而又具有柔情一面的真实人物形象。在面对失败甚至死亡时，老人不是屈服与放弃，而是选择坦然接受，正视并奋起与之反抗，直至获得精神上的最后胜利，从而保持了重压下的优雅。桑地亚哥从畏惧死亡到直面死亡，与死亡积极斗争并最终超越死亡的过程，展现出了一种打不败的精神特质，诚如小说中所言："人不是为失败而生的，一个人可以被毁灭，但不能给打败。"在此意义上，桑地亚哥是典型的"海明威式"英雄，他与马林鱼和鲨鱼搏斗的过程揭示出人生的意义和价值不在于是否成功，而在于不断奋斗与抗争的不屈不挠精神的展现。

《老人与海》中的桑地亚哥形象在很大程度上也是作家海明威自身性格的真实写照。海明威一生爱好广泛、经历丰富，斗牛、拳击、狩猎、冒险都是他的最爱，战争创伤以及飞机失事都曾经历过。这些人生体验一方面给海明威造成了难以抚慰的心理恐惧、使得他在小说中不断展现死亡等文学主题，另一方面也培养了他如桑地亚哥般勇于正视和挑战生活的态度。海明威要时刻证明他是生活的强者，这一心理体现在他笔下几乎所有的"硬汉"形象性格之中。而到创作《老人与海》时，海明威对于生活和人的思索已经进入哲理玄思的新阶段。老人桑地亚哥以一己之力面对险境决不退缩的姿态，正是海明威心目中人类永不气馁、追求极致精神的象征。也正是在此意义上，桑地亚哥的行为显示出一种深沉的人类悲剧意识，即孤独的人在与外界力量斗争的过程中总摆脱不了失败的命运，但人仍要敢于正视它。

最后，象征与隐喻体系的构建。

海明威曾表示他同意艺术史家伯·贝瑞孙的看法，即真正的艺术家既不象征化、也不寓言化。在接受《巴黎评论》采访时，他也表达了同样的观点："既然批评家不断找到了象征，那我就说有吧。要是你不介意，我不喜欢谈论象征，也不喜欢被问到象征。写了书和故事又能不被别人要求去解释它们可真够难的。"① 很明显，海明威对批评家们不断阐释小说中的象征既不同意也很无奈。尽管如此，批评家们还是认为像《老人与海》这样短小精悍的杰作不可能毫无象征与隐喻含义。

关于《老人与海》的象征隐喻含义，评论界有着多种解释。他们普遍认为小说中的老渔夫桑地亚哥以及大海、鲨鱼、狮子等都具有特殊的象征和隐喻意义。

威廉·福克纳在评价《老人与海》时认为，海明威"发现了上帝，发现了一个造物主"，他强调海明威在小说中"写到了怜悯，写到了存在于某处的某种力量，是这种力量创造出了他们全体"。② 很明显，在福克纳看来，《老人与海》充满宗教的神秘力量，老人桑地亚哥可能隐喻多灾多难的耶稣，或者是全能全善的上帝。当然，也有评论家将桑地亚哥的形象与古希腊文化相联系，认为其象征的是无法抗拒厄运的古希腊悲剧英雄。甚至有评论家联系海明威对待批评家的态度，认为桑地亚哥暗示被批评家批评得体无完肤的作家。

而与老人相对立的大海则汹涌澎湃、神秘莫测，表现出强大的力量。批评家认为这正是海明威现实生活的真实写照。人在这个世界上就像在大海中航行，会经历坎坷与磨难，也会遇见美好与希望。面对困难与挑战，是逃避屈服还是像强者一样迎难而上，都值得思考。

小说中的鲨鱼强壮、凶猛、残忍，预示了一切阻止人类实现梦想的破坏性力量。在桑地亚哥返航途中，遇到了成群的鲨鱼，老人面临严峻的考验。老人拼尽全力与鲨鱼斗争，最后带着一副被鲨鱼吃剩的鱼头、鱼尾、和一副鱼骨架回家。作家表面写鱼，实则写人，鲨鱼的疯狂、凶悍更能映衬出人的强大。

而狮子则与鲨鱼不同，是力量和强者的象征，代表勇气和坚韧。小说四次写到老人梦见狮子这一情节，分别是在老人出海前、出海过程中

---

① 《巴黎评论》编辑部编：《巴黎评论：作家访谈Ⅰ》，黄昱宁等译，北京：人民文学出版社，2012年，第27页。

② William Faulkner, *Essays, Speeches & Public Letters*, ed. by James B. Meriwether, New York: The Modern Library, 2004, p.193.

以及小说的结尾,可以说,狮子的形象贯穿小说始终,深刻体现了老人桑地亚哥矢志不渝的永恒奋斗精神。

总体来看,《老人与海》以最简练的语言传达出最深刻的道理,即人的外在肉体可以受尽折磨,但内在意志却神圣不可侵犯。对此,英国当代小说家、评论家伯吉斯评价道:"这个朴素的故事里充满了并非故意卖弄的寓意……作为一篇干净利落的'陈述性'散文,它在海明威的全部作品中都是无与伦比的。每一个词都有它的作用,没有一个词是多余的。"[1]

第四节　帕斯捷尔纳克的《日瓦戈医生》

鲍里斯·列昂尼多维奇·帕斯捷尔纳克(1890—1960)是苏联"解冻文学"时期最为重要的现实主义作家、诗人。英国思想家以赛亚·伯林评价他是"俄罗斯文学史上所谓'白银时代'的最后一位也是其中最伟大的一位代表","在世界上任何地方都很难再想出一位在天赋、活力、无可动摇的正直品性、道德勇气和坚定不移方面可与之相比的人"。[2]

一、帕斯捷尔纳克的生平与主要作品

1890年2月10日,帕斯捷尔纳克出生于莫斯科的一个艺术家庭,父亲是著名画家,母亲是杰出的钢琴家鲁宾斯坦的学生。幼年、童年和少年时期的帕斯捷尔纳克成长在这样的家庭环境中,不可避免地直接或间接接触到了当时俄国乃至欧洲闻名的音乐家、画家和文学家。帕斯捷尔纳克的父亲曾为大文豪列夫·托尔斯泰的小说《复活》绘制过插图,能够经常到托尔斯泰家做客,这使得托尔斯泰的文学精神渗透到帕斯捷尔

---

[1] 安·伯吉斯:《现代小说:九十九本佳作》,殷枚祖译,《世界文学》1985年第3期,第277—300页。

[2] 以赛亚·伯林:《苏联的心灵:共产主义时代的俄国文化》,潘永强、刘北成译,南京:译林出版社,2010年,第87页。

纳克的整个家庭氛围之中。帕斯捷尔纳克曾回忆说，托尔斯泰几个字极有分量，在他们家起着潜在的、不容忽视的，甚至是不能取代的作用。在帕斯捷尔纳克的自传中，他还提到斯克里亚宾、瓦格纳、梵·高、肖邦、柴可夫斯基、里尔克等名字，很显然，他们对帕斯捷尔纳克后来从事文学创作产生了巨大影响，其中尤以斯克里亚宾和里尔克的影响最为深远。

帕斯捷尔纳克自幼学习音乐，经常得到莫斯科甚至俄罗斯著名音乐家的指导，加之母亲直接的音乐启蒙，这使得他对音乐的理想一直持续到大学阶段。1909年，步入莫斯科大学学习法律之时，帕斯捷尔纳克曾带着自己的作曲成果请作曲家、钢琴家斯克里亚宾指导。斯克里亚宾在这次会见中虽然对这位视自己为偶像的青年音乐爱好者十分友善，但委婉地从音乐的角度规劝帕斯捷尔纳克放弃音乐这条路。

帕斯捷尔纳克在结束音乐之旅后，转而投入文学，这时他的偶像转为德国诗人里尔克。他加入了一个名为"谢尔达尔达"的艺术家团体，这个团体由诗人、画家和音乐家组成，团体的聚会自然离不开朗诵诗歌与饮酒，以至于帕斯捷尔纳克将同伴称为"酒鬼"。有一次，帕斯捷尔纳克在聚会中要向众人介绍里尔克的诗集《贫穷与死亡》，他借着这个话题将关注的目光转向诗人这一职业。帕斯捷尔纳克一方面充分表达了个人对里尔克的崇敬之情，另一方面也表明了他对于作为艺术家的诗人的气质的独特认识。在帕斯捷尔纳克看来，优秀诗人的影响力是深入到读者内在精神世界并且会引起强烈共鸣的，而这多少也暗示着诗人的精神世界应该具有普适的价值追求，唯有这样，才能称之为真正的诗人。

帕斯捷尔纳克在莫斯科大学期间由法律转向哲学，主要研究黑格尔与康德，这两位西方古典哲学的集大成者对帕斯捷尔纳克的人生观与世界观产生了重要影响，特别是对于美的哲学认识，常常成为帕斯捷尔纳克同友人闲聊、讨论的主题，这也使得帕斯捷尔纳克的诗歌创作具有深刻的哲理性与形式上的晦涩感。除了哲学，大学时期俄罗斯文坛的一些成名作家也开始走进帕斯捷尔纳克的生活与写作，最为重要的当属安德烈·别雷和勃洛克。前者是俄罗斯久负盛名的诗人与小说家，以象征主义和狂欢化书写著称；后者是俄罗斯著名诗人，象征主义诗歌的代表人物，擅长以象征主义手法歌颂革命。他们比帕斯捷尔纳克稍长，在诗歌的象征主义方面有着丰富的创作经验，也取得了极大的成就。可以说，大学时代对帕斯捷尔纳克至关重要，它促使帕斯捷尔纳克领略到了生活与艺术之间的冲突与碰撞，并基本形成了他诗人般的心灵与品格。

帕斯捷尔纳克不只从艺术和书本上获得教益，他在母亲的资助下于1912年夏天赴德国游学更是给他提供了实践的机会，并带来了精神上的升华。德国的游历使帕斯捷尔纳克开阔了视野，进入到传统与历史文化的深层，亦加深了他对民间的认识。同时，游学也深化了帕斯捷尔纳克对哲学的认知，他不仅成功地进行过几次报告，而且还坚定了他以科学的态度进行研究的决心。这一时期大量的哲学阅读与笔记使他日后更加接近学者型的文学家。当然，他的德语水平也达到了精深的程度，加之早年学习英语、希腊语的机会，这一切为他后来在失去创作权利之时转而从事翻译工作打下了坚实的语言基础。

自1909年开始，帕斯捷尔纳克陆续结交了一批象征主义和未来主义诗人，开始了诗歌创作。1914年春天他又加入了名为"离心机"的革新派小组，开始了追随和崇拜马雅可夫斯基的心路历程。"离心机"小组实际上是一个青年诗歌论坛，年轻的诗人们在这里不断进行诗歌创作，争论诗歌的主题与艺术技巧。起初，帕斯捷尔纳克并非马雅可夫斯基的同路人，甚至在诗歌观点上与马雅可夫斯基相对立。后来在交往过程中，马雅可夫斯基的创造性才华与激情吸引了帕斯捷尔纳克，使帕斯捷尔纳克意识到在诗歌领域找寻到了同时代的重要参照。马雅可夫斯基的性格、仪态以及诗歌才华都深刻影响了帕斯捷尔纳克，帕斯捷尔纳克则对马雅可夫斯基给予了最高的评价，认为他在俄罗斯诗坛的地位是举世公认的。在以马雅可夫斯基为代表的前辈诗人的影响下，帕斯捷尔纳克对诗歌形式与技巧的理解与日俱增，其诗歌创作也日臻成熟。

1922至1932年间，帕斯捷尔纳克迎来了诗歌创作的高峰。但20世纪20年代后期，由于受到"拉普"（俄罗斯无产阶级作家联合会）的攻击，他的作品发表艰难，转而翻译了许多西欧古典文学名著，诸如莎士比亚的悲剧和十四行诗以及歌德的《浮士德》等。帕斯捷尔纳克的译文极为优美，别具文采，被认为是最好的俄文译本，在译界享有盛名。

苏联卫国战争期间，帕斯捷尔纳克奔赴奥勒尔战场采访和报道战事，写有战地特写和报告文学等作品。

1947年，受到苏联莎士比亚研究学者斯米尔诺夫的横加挑剔，帕斯捷尔纳克已经排版的两卷本莎翁译文无法正常出版。同年3月，作协书记苏尔科夫在《文化与生活》杂志发表《论帕斯捷尔纳克的诗》，指责他视野狭窄、内心空虚、孤芳自赏，未能反映国民经济恢复时期的主旋律。自此，帕斯捷尔纳克开始潜心创作长篇小说《日瓦戈医生》。

1958年10月23日，瑞典文学院宣布将当年的诺贝尔文学奖授予帕斯捷尔纳克，以表彰他"在俄国的伟大叙事文学传统方面"[1]所取得的令人瞩目的成就。但帕斯捷尔纳克的获奖作品《日瓦戈医生》在苏联国内遭到了特别的意识形态解读，这致使作家本人最终不得不放弃领奖，成为特定时期冷战的牺牲品和替罪羊。

1960年5月30日，帕斯捷尔纳克由于癌症和精神抑郁，在莫斯科郊外佩列杰尔金诺寓所中病逝。

帕斯捷尔纳克主要以诗歌和小说创作为主，作品主要包括诗集《在云雾中的双子星座》(1914)、《超越街垒》(1916)、《生活——我的姐妹》(1922)、《主题与变调》(1923)、《第二次诞生》(1932)、《早班火车上》(1945)、《到天晴时》(1959)等，叙事长诗《1905年》(1926)、《施密特中尉》(1927)，自传体散文《安全保护证》(1932)以及长篇小说《日瓦戈医生》(1956)。

作为"一位伟大的抒情诗人"[2]，帕斯捷尔纳克的诗歌既有古典主义的影响，也有浪漫主义的映照，还有象征主义和未来主义的元素。作家关注大自然与人的一致性，注重哲理思考，喜欢用形象化的语言符号以及

---

[1] 宋兆霖主编：《诺贝尔文学奖全集》下册，北京：北京燕山出版社，2006年，第664页。

[2] 德·斯·米尔斯基：《俄国文学史》，刘文飞译，北京：商务印书馆，2020年，第668页。

创新的带有音乐性的语句凝聚诗情，突出诗歌的音乐美感，强调用新鲜的词语表达内心思索，反对平庸与媚俗，倾向在人与自然的和谐中揭示生活的真理。

二、《日瓦戈医生》的艺术成就

长篇小说《日瓦戈医生》是帕斯捷尔纳克晚期创作的代表作，全书以日瓦戈的人生际遇为线索，以第一次世界大战、1905年革命、1917年二月革命与十月革命、三年国内革命战争、新经济政策时期等苏联成立前后的重大历史事件为背景，塑造了日瓦戈医生、拉拉、安季波夫、加利乌林、科马罗夫斯基等众多人物形象，真实再现了一个时代人们的命运遭际和一个生命持续四十年的知识分子的心灵轨迹。小说开始于1903年，小男孩尤拉，即日后的日瓦戈医生在母亲的葬礼上被舅舅带走。小说结束于1929年，日瓦戈医生在莫斯科身染重病，孤独地死在路上。中间穿插着讲述了各个主要人物的经历和命运，尤其叙述了日瓦戈医生与拉拉之间的爱情，以及在历史洪流中日瓦戈医生对待革命与自我内心的态度及复杂情感。小说的主题大致遵循几个关键词：战争、知识分子、爱情、政治及人性，并在这些主题的统摄下呈现给读者一系列深入思考的人生问题。

有学者用小说主人公日瓦戈的职业——医生作为衡量标准，试图将其定型为俄国知识分子遭际的典型。这种对小说人物形象的分析和定位尽管不是明显的误读，但却或多或少地忽略了俄国文化的深层动因。事实上，帕斯捷尔纳克在创作《日瓦戈医生》时于内心潜意识中捕捉到了俄国"圣愚"文化的原型，从而实现了小说对"圣愚"文化传统的继承及在"圣愚"的名义下对世俗化的历史的超越。

俄国东正教在发展过程中逐渐承袭了基督新教"因信称义"的基本教义，这使得普通人获得救赎的机会及合法性渐渐得到了承认，加之俄国民间多神教、神秘主义传统的特殊结合，诞生了俄国独特的文化现象——"圣愚"崇拜。"圣愚"在俄语中的本义是"为了基督而癫狂"，其根本表现在于"忘我"——疯癫状态下的忘我。从整体来看，俄国传统中"圣愚"的外在表现大致呈现为"正常"与"超常"两种。前者主要是一些主动苦修的教士,精神上往往没有特异之处,仅仅表现出对上帝的虔敬,他们救助贫弱,给民众以精神和行为上的榜样力量,是教义的形象化体现。后者则往往表现出拥有某种神秘能力,诸如可以预知未来、禳灾去祸,甚至医治病痛,他们能力的显现非同常人,具有掌握或沟通神秘力量的特质,这一类"圣愚"通常会得到人们的敬畏和长期崇拜。而无论是"正常"的还是"超常"的"圣愚",他们所形成的文化力量与精神传统最终都融合、积淀于俄国的民族性格之中了,并对文学产生了重要的影响。对此,美国学者埃娃·汤普逊评述道:"圣愚对俄国文学的影响巨大,不可低估。圣愚向俄国文学提供了一种行为模式和关于个人、社会的一整套观念。圣愚作为人物或人物的原型出现在文学中。完美的人的形象一直令俄国作家搜索枯肠,但这种形象在很大程度上却来源于圣愚。俄国小说家表现出了他们对圣愚思维方式的迷醉,创造了许多不喜欢事事讲究理性的'资产阶级'生活方式、选择精神和肉体都漂泊不定的人物。"[①]

"圣愚"精神和生存标准的第一个原则是对自由的永恒追求。"圣愚"是无以为家的,他们不愿儿女情长,追求一种超越世俗的绝对的自由。小说中的日瓦戈医生四处漂泊,尽管他有妻儿,但并没有如普通人一般表现出对家的眷恋,在每次"意外"离别之后,即使在有机会的情形下,他也没有将回归家庭作为第一选择,尽管小说对日瓦戈性格的这种描述是模糊而朦胧的,但在他身上还是表现出了隐含的追求独立与自由的"圣愚"特性。"圣愚"的最高价值不在于通过某种方法解决具体困难,而是在危急时刻给人以精神上的安慰,而这种精神上的安慰之爱是一种大爱,一种无私的爱,一种纯粹的、自由的精神世界的召唤,它在很大程度上是不同于世俗观念的。在小说中,日瓦戈在瓦雷金诺乡下的札记中写道:"我放弃了行医,对我是医生这件事讳莫如深,因为不想限制自己的自由。"此时的日瓦戈生活困窘,可他却不想为人所烦扰;他渴

---

① 埃娃·汤普逊:《理解俄国——俄国文化中的圣愚》,杨德友译,南京:译林出版社,2015年,第143页。

望从艺术和诗中寻找自由,却带来一种神秘效果。人们听说他是医生依然来向他求助,并用土产向他表示感谢。他毫无例外地无法拒绝,也不想收取报酬,事实上这为他的生计带来了益处。春天,东妮娅怀孕了,容貌变丑了,尽管东妮娅同日瓦戈的关系从未疏远,而且她的辛劳也让日瓦戈感动,但日瓦戈"总觉得,每次受孕都是贞洁的,在这条与圣母有关的教义中,表达出母性的共同观念"。日瓦戈还认为女人生产会孤独,因为她们自己繁殖后代。在小说的这一刻读者看不到激情,似乎日瓦戈与东妮娅之间只剩下了责任和义务。随后在城里的图书馆,日瓦戈遇到了拉拉,这让他激动并感受到了爱情的临近。同传统观念相悖,恰恰是"圣愚"的表现。日瓦戈习惯放弃,包括放弃职业和对婚姻的忠诚,这不是特殊的社会现实使然,而是他自身的主动选择。没有激烈情绪的表达就不算"圣愚",放弃"小我"是为了实现"大我",进而实现对个体和世俗的超越。

"圣愚"精神和生存标准的第二个原则是对世俗伦理的弃绝。这种弃绝既包括在内心疯癫状态中对自我的舍弃,也包括对家庭和私人情感关系的舍弃。小说中,日瓦戈一开始便失去了家庭关系,隔断了世俗的伦理纽带。小说的开头便是日瓦戈母亲去世的场景,这标志着他在由来性问题上与世俗之根彻底断绝。而他的父亲更是早早抛弃了他,不知所踪。亲情和家庭关系的消逝也就意味着日瓦戈失去了"儿子"的身份。这样,他成为一个完全意义上的漂泊者和孤独者,无所牵挂,由此对尘世间的一切也就无所畏惧。在家庭关系中,日瓦戈符合"圣愚"精神和生存标准,在爱情生活中亦是如此。在形式上,"圣愚"是可能存在七情六欲的,但这种欲望与普通人有着很大的区别。他们不会为了俗世中的爱情而大悲大喜,也不会把自己生命的意义维系于与异性之间的关系,他们在爱情或婚姻生活中会自觉地保持相对独立的品格。日瓦戈与情人拉拉之间的关系表明了这一点。小说中交代,日瓦戈与拉拉走到一起不是因为他们相互以对方为情感归宿,而是源于他们在趣味上相投。后来,日瓦戈轻易地把拉拉交给曾经蹂躏过她的恶徒科马罗夫斯基,则再一次证明了他并未将拉拉看作是生死相依的爱人,事实上,拉拉最有可能仅是日瓦戈疯癫世界中的同道而已。小说在结尾处安排日瓦戈以无意义、无关联的生与死的形式走到生命的尽头，也再一次证明了人生的最高意义恰恰在于弃绝一切的无牵无挂。

"圣愚"精神和生存标准的第三个原则是观照世界和人生的超越视角。这种超越在小说中集中体现为日瓦戈作为批判知识分子的身份，即他能用"另一种眼光"去看待战争和历史。在战争还没有到来的时候，人们对它满怀希望，因为美好的生活必定是以通过战争的方式击垮整个旧有的上层建筑和国家机器为代价的。而这通向人类美好的战争一环，在日瓦戈眼中却给人类带来了无法挽回的记忆的丧失。这集中体现出日瓦戈作为清醒的知识分子的批判意识。大多数人对现实中的混乱是习以为常的，唯有日瓦戈超越现实，站在生命存在的本体论角度重新思索了历史的前进与个体的命运之间的关系。换言之，日瓦戈是在用信仰的最高理性来抗衡人类的普通历史理性，从而窥见精神的永恒及个体在历史中无可取代的价值。小说中日瓦戈的认知和感受方式与现实中作为作家的帕斯捷尔纳克高度一致。作为小说，帕斯捷尔纳克在《日瓦戈医生》中并未专注于给人物作传，而是深入到精神层面来思考人生及历史的重大问题。针对小说中的重大历史事件，作家也并未采取一味地歌功颂德的方式，而是以冷静客观的态度书写着个体在历史风云中的命运沉浮与转变。在1946年10月13日写给亲属的信中，帕斯捷尔纳克曾透露过写作《日瓦戈医生》的目的以及小说所要展现的基本主题："现在我要在工作方面尽力掌握自己。我跟你说过，我已着手写一部长篇小说。老实说，这是我第一部真正的作品。我要在这部作品中勾画出俄罗斯近四十五年的历史面貌，同时这部作品将通过沉痛的、忧伤的和经过细致分析过的主题的各个方面，如同狄更斯和陀思妥耶夫斯基这样榜样作家的作品一样——成为表现我对艺术、对圣经、对历史中的人的生命以及对其他等等事物的观点的作品。这部长篇小说暂时定名为《男孩子与女孩子》……"[1]

---

[1] 鲍·列·帕斯捷尔纳克：《致奥·弗雷登别格》，乌兰汗译，帕斯捷尔纳克：《人与事》，乌兰汗、桴鸣译，北京：生活·读书·新知三联书店，1991年，第288页。

虽然不能主观认为帕斯捷尔纳克是刻意按照"圣愚"的观念和模式来描写并塑造日瓦戈医生这一形象的,但毫无疑问的是,具备诸多"圣愚"精神和特质的日瓦戈形象令人印象深刻。小说中日瓦戈既顺从于时代,又隔离于时代,对社会状态、职业、合法妻儿没有足够的责任感和倾心关注,或许都是他内心深处俄国文化"圣愚"精神之集体无意识的反映。汤普逊认为《日瓦戈医生》在很大程度上由于"存在一个依照圣愚模式塑造的人物"[①]而导致结构上的"混乱",但这恰恰是这部小说作为现代经典最为重要的特征。表面上情节发展的不严整,正是叙事与人物独白交织的必然结果,如此更能从主观上透视人物的精神世界,形成艺术上的间离效果。

第五节 马尔克斯的《百年孤独》

加夫列尔·加西亚·马尔克斯(1927—2014)是拉美魔幻现实主义文学最重要的代表作家,是拉美文学"爆炸"时期的干将之一,1982年诺贝尔文学奖获得者。他的小说以丰富的想象编织了现实与幻想相辉映的世界,集中反映了拉美大陆的生命与矛盾世界,具有"生动的艺术真实性和对现实的高度凝聚力"。[②]

一、马尔克斯的生平与主要作品

1927年3月6日,马尔克斯出生在哥伦比亚玛格达莱纳省的阿拉卡塔卡小镇。幼年时期,马尔克斯长期生活在外祖父家。他的外祖母很会讲故事,熟识许多印第安神话与民间传说,这使得幼年的马尔克斯

[①] 埃娃·汤普逊:《理解俄国——俄国文化中的圣愚》,杨德友译,南京:译林出版社,2015年,第179页。

[②] 宋兆霖主编:《诺贝尔文学奖全集》下册,北京:北京燕山出版社,2006年,第991页。

对文学产生了初步的兴趣。在外祖母的影响下，马尔克斯阅读了包括《一千零一夜》在内的大量的传奇故事书籍，为其日后的文学创作打下了早期的坚实基础。迁居首都波哥大后，马尔克斯进入教会学校读书，广泛接触了世界文学名著，尤其是欧洲和美国的现当代优秀作品，这对其后来从事文学创作产生了不可估量的影响。卡夫卡、乔伊斯、海明威、福克纳、弗吉尼亚·伍尔夫等作家都曾是马尔克斯热衷于阅读和学习的作家，他们在小说技巧、题材、风格等多方面帮助马尔克斯在文学道路上逐步成长起来。加之对拉美社会现实与文学传统的独特感悟以及哥伦比亚现代主义文学创始人爱德华多·萨拉梅亚·博尔干的引导，马尔克斯逐渐形成了独特的艺术思维方式和审美心理品格，开创了新的文学表现之路。

马尔克斯一生著述颇丰，涉猎广泛，其中包括长篇小说《枯枝败叶》(1955)、《恶时辰》(1964)、《百年孤独》(1967)、《族长的没落》(1975)、《霍乱时期的爱情》(1985)、《迷宫中的将军》(1989)和《爱情和其他魔鬼》(1994)等；中篇小说《没有人给他写信的上校》(1961)和《一桩事先张扬的谋杀案》(1981)等；短篇小说集《蓝狗的眼睛》(1972)、《纯真的埃伦蒂拉与残忍的祖母——一个令人难以置信的悲惨故事》(1972)、《十二个异乡故事》(1992)等；以及大量的报告文学、随笔、剧本、访谈等。

马尔克斯的小说以"魔幻"的方式反映现实生活，把神奇的事物作为日常生活的一部分加以描写，其中充斥着夸张的想象，营造人鬼混杂、虚实结合、时空交错的神奇世界，进而在扑朔迷离的色彩中展现哥伦比亚和拉美的社会历史现实与人民生活，展现拉美人民不屈不挠的斗争精神和希冀摆脱孤立的强烈政治愿望，同时也表达了作家对人类现实处境和未来命运的关注与思考。

二、《百年孤独》的艺术成就

《百年孤独》是马尔克斯小说的代表作，是拉美魔幻现实主义文学的扛鼎之作，是艺术化再现拉丁美洲历史社会图景的鸿篇巨制。小说以马孔多小镇为主要背景，描写了布恩迪亚家族七代人充满传奇色彩的坎坷经历以及加勒比海沿岸小镇马孔多由兴起到发展再到鼎盛和衰亡的历史演变进程，展现了一个令人迷惘又困惑的神话世界。

小说讲述了布恩迪亚家族第一代何塞·阿尔卡蒂奥·布恩迪亚和表妹乌尔苏拉结婚后，乌尔苏拉担心他们两个人的后代会像姨妈与姨夫那样因近亲结婚而生出长着猪尾巴的孩子，所以拒绝同布恩迪亚同房。一次，布恩迪亚与邻居发生口角并杀死了邻居，从此死者的鬼魂便日夜出没在布恩迪亚家，让布恩迪亚寝食难安。为了躲避鬼魂，布恩迪亚和乌尔苏拉决定搬到一个梦中曾见过的、被称为"镜子城"的小镇马孔多。不久后，陆续又有许多人迁居到马孔多，这时布恩迪亚家族也人丁兴旺、子孙满堂。在保守党和自由党于小镇马孔多发动的内战中，布恩迪亚的次子奥雷里亚诺上校率领着土著村民举行了三十二次起义，但均告失败。内战后，马孔多小镇越来越繁荣，外国的种植园主和冒险家蜂拥而至。然而随着小镇的繁荣，布恩迪亚家族却由盛转衰，一代不如一代。到了第六代子孙奥雷里亚诺·布恩迪亚时，他和他的姑妈阿玛兰妲·乌尔苏拉乱伦而生出了这个家族的第七代——一个长着猪尾巴的孩子。此时，奥雷里亚诺上校正好破译出了一百年前吉卜赛人梅尔基亚德斯用梵语写就的手稿，卷首的题词是："家族中的第一个人将被绑在树上，家族中的最后一个人正被蚂蚁吃掉。"家族中的第一个人何塞·阿尔卡蒂奥·布恩迪亚正是被绑在树上死去，而家族中的最后一个人长着猪尾巴的孩子的确已被蚂蚁吃掉。原来这段手稿记载的正是布恩迪亚家族的历史。在奥雷里亚诺上校译完最后一章的瞬间，一场突如其来的飓风将整个马孔多从地球上刮走，从此马孔多小镇就永远消失了。

就《百年孤独》的艺术成就来看，主要包括以下几个方面：

首先，就叙事结构与叙事层次来看，小说以史诗般的宏伟结构和现实主义的基本叙事基调展现了丰富繁杂的现实与历史画卷。

小说的第一个叙事层次是布恩迪亚家族百年的家族兴衰史。布恩迪亚家族的每一代成员都有着富于魔幻和传奇色彩的人生故事，整个家族封闭、愚昧，所以最终难以善终。

小说的第二个叙事层次是马孔多小镇的百年沧桑史。布恩迪亚家族的第一代人在一片荒原上建造了马孔多小镇这一闭塞的山村，随后马孔多在疑虑和好奇中迎来了磁铁、火车、电灯等现代文明，并遭受了外来资本的剥削与入侵，然而村民们封闭落后的意识观念致使他们面对现代文明的冲击毫无心理准备，最终小镇被大风吹走，化为乌有。

小说的第三个叙事层次是映射了哥伦比亚乃至整个拉丁美洲的发展历史和社会变迁。从1830年至19世纪末的七十年间，哥伦比亚爆发过几十次内战，导致数十万人丧生。马尔克斯以大量的篇幅描述了这方面的史实，并且通过书中主人公带有传奇色彩的生涯集中表现出来。小说中的战争是美洲反殖民战争的缩影。诸如政府把大批罢工者杀害后，将尸体装上火车运到海里扔掉，火车竟有二百节车厢，前、中、后共有三个车头牵引；主人公奥雷里亚诺上校发动了三十二次武装起义，都遭到了失败；他跟十六个女人生了十七个儿子，这些儿子在一个晚上接二连三被杀死，其中最大的还不满三十五岁；奥雷里亚诺上校自己也遭到过十四次暗杀、七十二次埋伏和一次枪决，但都幸免于难。最终在革命与无休止的战争中，上校杀死了自己的亲密战友，将革命推向了停滞和反动。小说的这一系列情节完全复刻了以哥伦比亚为代表的拉丁美洲的革命历程与历史印迹。除去历史的描述，小说还原了拉丁美洲浓厚的人文环境。小说的开头讲述，被布恩迪亚家族第一个人何塞杀死的邻居——阿吉拉尔的鬼魂不断出现在布恩迪亚夫妇的家中，迫使他们离家出走。而同布恩迪亚家族一同来到马孔多的吉卜赛人梅尔基亚德斯则上知天文、下知地理，能够了解过去和未来，他留下来的羊皮书记载了马孔多的历史，也记载着布恩迪亚家族的命运。小说中所描写的这些奇幻情节和随之而来的对于生死的看法正是拉丁美洲印第安人的观点。这绝不是马尔克斯的想象，而是童年阶段作家亲眼所见。在拉丁美洲的印第安人看来，死亡并非生命的终极，而是带有双重目的，它更像是一面镜子，反射出生命所展现的各种徒劳的姿态。马尔克斯通过对拉丁美洲的这种人文环境的描写，与拉丁美洲的社会图景相映衬，形成更为广阔的全景式历史画卷，进而从更深层次上展现拉美大陆的民族特征与民族性格。

小说的第四个叙事层次则是以马孔多小镇为喻，展现整个人类的发展历程和现实处境。就人类发展的历史来看，犹如马孔多小镇一般，经历了从蛮荒时代到现代文明的历程，其中也反复出现从抗争、奋斗到失败、停滞这一历史循环怪圈。作为一位具有强烈现代意识的作家，马尔克斯站在整个人类历史循环的高度来审视人类发展的未来，希冀人类能够走出封闭与孤独的落后状态，走向美好的未来，而不是重蹈马孔多小镇的悲剧结局。

其次，以象征和荒诞的手法展现孤独的核心主题与精神内核。

在谈及《百年孤独》的创作主题时，马尔克斯曾指出，"孤独是团结的反面的那种观念"[1]就是这部小说的精髓。他还进一步分析："这就是布恩迪亚家族成员逐一挫败的原因，他们那种环境的挫败，马孔多的挫败。我相信，这儿存在着一个政治概念：孤独作为团结的对立面是一个政治概念。一个重要的概念。""布恩迪亚家族成员的挫败是源于他们的孤独，换句话说，是源于他们缺少团结。马孔多的挫败，一切、一切、一切的挫败，即源于此。"[2]

为了突出孤独和缺少团结这一核心主题和精神内核，马尔克斯在小说中大量使用象征和荒诞的手法来突出小说的隐喻性。例如，小说讲述马孔多的居民都患上了健忘症，连日常生活用品的名字都忘了，于是只好在每件物品上贴上标签，注明名称、用途等。这个情节的象征寓意耐人寻味，它在告诫拉丁美洲人民，民族的历史和文化正在被人遗忘，这对一个民族的未来而言是何等危险的信号。再比如，小说还讲述何塞·阿尔卡蒂奥被人枪杀在家中时，他的鲜血流淌成河，穿过了大街小巷，最后流到了布恩迪亚家族的老宅，给他的母亲乌尔苏拉报信；他的血液为了不搞脏家中的地毯，还贴墙而行、懂得拐弯。这从另一个侧面反映和揭露了拉丁美洲何等黑暗如磐的现实。这一切富有象征和荒诞的艺术展现无不突出着"文明与野蛮"这一二元对立的拉美命运现状，它

---

[1] 吉恩·贝尔-维亚达编：《加西亚·马尔克斯访谈录》，许志强译，南京：南京大学出版社，2019年，第20页。

[2] 吉恩·贝尔-维亚达编：《加西亚·马尔克斯访谈录》，许志强译，南京：南京大学出版社，2019年，第20—21页。

们使读者充分意识到，拉美人民的孤独命运既是地理和文化意义的，更是政治和现代意义的，即三百年的殖民时期加上一个世纪的军阀混战，使得无可团结的孤独成为拉美人民审视自身现状的集体心态，犹如小说中布恩迪亚家族人与人之间的情感隔绝一般。

最后，循环往复式的轮回时间结构的巧妙运用与小说主题的凸显。

在谈及小说的时间处理时，马尔克斯曾明确表示："年月日的时间顺序对我来说一点儿都不重要。"[①] 在小说《百年孤独》中，作家就把这种打破物理时间界限的方式运用到极致，很好地配合和凸显了小说的历史意识与孤独主题。

小说以"许多年之后，面对行刑队，奥雷里亚诺·布恩迪亚上校将会回想起他父亲带他去见识冰块的那个遥远的下午"为开端，简短的一句话容纳了未来、过去和现在三个时间层面，而作家隐匿于"现在"的叙事角度之中，从而奠定了小说整体上的时间格局。紧接着，作家笔锋一转，把读者引回到马孔多的初创时期。这样的时间结构，在小说中一再重复出现，一环接一环，环环相扣，不断地给读者造成新的悬念。整部小说讲述的是马孔多由衰及盛、又由盛转衰的历史，这个历史持续了一百年，最后又回到了原地，成为一个循环的怪圈。小说中的"百年"是个时间概念，表明所处的时间单元；"孤独"在小说中代表的是时间的永恒和停滞，时间的停滞就是死亡。马孔多刚建立时，是一片穷乡僻壤。百年之内，它经过内战的洗礼、美国香蕉公司的开发和撤离、铁路火车的出现与废弃，最后与初建时一样，贫穷、落后、与世隔绝。在这一百年内汇集了不可思议的奇迹和现实生活，转了一个圈后又回到初始。这样的前后时间呼应，寓意哥伦比亚乃至整个拉美大陆百年的荒废与轮回。

小说的这种时间轮回与重复不仅反映在整体情节的构建上，也展现于小说人物的命运之中。布恩迪亚家族中的第一个人何塞·阿尔卡蒂奥·布恩迪亚后半生在小屋里制作小金鱼，这个过程日复一日、年复一

[①] 吉恩·贝尔-维亚达编：《加西亚·马尔克斯访谈录》，许志强译，南京：南京大学出版社，2019年，第33页。

年;第四代奥雷里亚诺反复的修理门窗,美人儿蕾梅黛丝每天都要花许多时间洗澡等,这些人物的行为和命运都隐含着过去、现在与未来的轮回往复。小说中还写了活的最长的人物是乌尔苏拉,在她眼里时间永远在打圈圈,因而她永远沉湎于对过去的回忆之中。小说中的人物姓名也是循环往复的,布恩迪亚家族中的男性始终是以阿尔卡蒂奥和奥雷里亚诺两个名字中的一个重复或叠加,这表明尽管时间在推移,但马孔多人的价值观念和思维方式却一百年都没有改变过。作家通过人物的行为、命运乃至姓名的往复循环营造出首尾相连、环环相扣的封闭时间结构,展现独特的艺术构思与叙事技巧。

总体来看,马尔克斯通过小说《百年孤独》展现了拉丁美洲现实生活的真实面貌和人类全部文明的历程,希冀拉美人民和全人类正视真实的生活处境,因为唯有这样才能建立文明、团结、友爱的新社会,诚如他在诺贝尔文学奖授奖仪式上所说:"那将是一个新型的、锦绣般的、充满活力的乌托邦。……在那里,命中注定处于一百年孤独的世家终将并永远享有存在于世的第二次机会。"[1]

---

[1] 加西亚·马尔克斯:《两百年的孤独》,朱景冬等译,昆明:云南人民出版社,1997年,第216页。

第十一章　新世纪以来西方文学的发展

第一节　多元共生的西方文学发展新趋势

21世纪头二十年是人类社会飞速变化发展、冲突与和谐并存的重要历史时期：世界政治格局多极化趋势愈加明显，恐怖主义与反恐战争成为重要景观；全球化进程不断加快，促进经济一体化的同时，也加剧了人们认同的焦虑感，并引起了广泛的文化反思；网络技术迅猛发展，消费文化图像时代来临。这一切都深刻影响着西方文学的发展与历史进程。

一、新世纪以来西方社会发展与社会问题

从政治形势新变化来看，美国因遭受经济危机和恐怖袭击相对衰落，但超级大国的地位依然稳固，西方多极力量崛起，在一定程度上制约了美国霸权，同时也陷入局部紧张关系中。核威胁依然存在，军备竞赛激烈，一些地区大国走向军事大国，引起邻国不安。热点问题突出，民族分裂主义、宗教极端主义、国际恐怖主义活动猖獗。"911"事件使美国遭受重大损失，但综合国力依然处于绝对优势。这次骇人听闻的事件冲击了整个西方世界，大多数国家达成反恐共识，暂时缓解了大国间矛盾，但美国单边主义的继续推行为国际秩序与大国间关系带来了诸多的不稳定因素。惨痛的美国"911"恐怖袭击事件催生了全球反恐和后冷战思维，并使西方作家从专注于局部叙事与虚构的语言游戏中走出，站在新的历史关口重新审视现实。

从经济发展格局来看，新世纪生产要素的国际化和生产组织的全球化推动世界经济一体化进程，但西方发达国家依然是经济发展的主导，特别是欧美等经济发达体的经济发展趋势对整个世界经济增长格局具有决定性意义。在新科技革命浪潮和高技术产业发展推动下，西方国家加大对外投资和跨国公司的建立，成为经济全球化进程的重要推动力量，同时也加剧了世界经济发展不平衡。金融市场的开放和全球化给西方各国融资发展经济带来极大便利，美国逐渐发展成为最大金融霸权国家。产业结构的日趋全球整合，使得发达国家失业率居高不下，国家内部贫富差距悬殊，形成顽固社会问题。经济的迅猛发展也造成一系列生态问题，致使西方作家通过创作反思自身发展，对人类未来走向表示担忧。

从科技创新与网络发展来看，新世纪信息技术突飞猛进，生物技术取得重大突破，但科技的滥用也使得西方作家开始审视科技文明，关注科技带来的生态危机与精神危机，体现出强烈的反思意识和鲜明的"人类世"时代特征。科技的迅猛发展，信息的飞速传递，各种媒介的层出不穷，改变了人们阅读与创作的习惯，文化进一步形成产业化和商业化模式，衍生出网络文学等新的文学样式。

总体来看，21世纪头二十年是人类经历的一个前所未有的复杂多变的历史时期，西方世界机遇与挑战并存，全球化与区域化矛盾冲突日益加剧。在这激荡多变的新时代，西方与东方不断通过对话等形式发展交融，整个世界呈现出"人类命运共同体"的新趋势。在这一时代背景下，西方作家走出语言游戏园地，以更深广的目光重新审视纷繁复杂的现实社会和人类生存境况。

二、现实主义文学思潮与后现代主义文学思潮深入融合发展

新世纪以来的西方文学发展，后现代实验性风潮逐渐回落，与之相对的现实主义传统重新得到重视。作家们更注意面向现实，面向历史，揭露社会的不公正现象，反思人类自身。但此时的现实主义文学经过后现代思潮的冲击已经发生了很大变化，显现出不同于传统现实主义的一

些融合性新特征。

首先，不稳定的"真实"构成其本质观念。"这是一类不宣称掌握了真实，但仍要承认真实无论如何还以不定型的、不断变化的形式而存在的现实主义。"[1] 这一"真实"，不再是传统意义上如实反映与再现社会现实甚至是达到细节真实的真实，而是纷繁流动的现实和与之对应的复杂变化的形式结合而成的一种表现形态，是具有丰富可能性的活的真实。由此，可以看到现实主义强大的生命力和常新精神。

其次，多样化形式是其区别于传统的重要特征。"这种现实主义向我们指出了这样一种文化情境：其复杂性与多样性不再能被一种单一的文本或单一的书写模式所再现，而只能去寻求在一套多样化的文化风格与书写模式的关系中得到再现。"[2] 现实主义多样化形式体现了其积极借鉴和吸收后现代创作手段的包容与鲜活，是对传统的重大创新与变革。

最后，多维度主题展现是其对时代反映的全新探索。面对交融与冲突并存、秩序与混乱同在的社会现实，深陷后现代创作实验和文本狂欢的作家们猛然醒悟，回顾现实、反思历史、发掘问题，对历史与现实、记忆与遗忘、创伤和抚慰等主题进行书写与呈现。如果说，传统的现实主义文学从人道主义出发批判与反映现实，是作家从现实中抽离，以全知视角俯瞰世界，发出呐喊和叹息，那么新世纪的现实主义则是通过多维度的主题书写走进世界、拥抱世界，以平静却有震慑力量的口吻对整个人类群体提出问题、发起呼吁，体现出对人类命运共同体的积极关注。

尽管后现代主义文学思潮式微，但其诸如拼贴、戏仿、蒙太奇等多样的叙事手段被现实主义文学吸收，在描写当下生活的荒诞性、不确定性和意义的缺失，表达新时代背景下个体的焦虑与困惑等方面依然具有

---

[1] Winfried Fluck, "Surface Knowledge and 'Deep' Knowledge: The New Realism in American Fiction," See Kristiaan Versluys ed. *Neo-Realism in Contemporary American Fiction*, Amsterdam: Rodopi, 1992, p.85.

[2] Winfried Fluck, "Surface Knowledge and 'Deep' Knowledge: The New Realism in American Fiction," See Kristiaan Versluys ed. *Neo-Realism in Contemporary American Fiction*, Amsterdam: Rodopi, 1992, p.85.

重要作用。

三、文学对新世纪以来社会发展与社会问题的回应

第一，以"911"事件为起点，正视错综复杂的社会现实，回顾历史并加以反思，捕捉新时代背景下集体与个体的心理流变，书写民族创伤记忆与精神创痛，反映人类普遍生存境遇。

新世纪的美国文学对民族创伤事件做出迅速反应。乔纳森·萨弗兰·福厄（1977—　）是美国文坛的晚辈，他的《特别响，非常近》（2005）被公认为迄今为止最好的"911"小说。小说通过两条线索齐头并进的方式展开叙述：主人公奥斯卡寻找父亲留下的钥匙背后的秘密，与神秘"房客"艰难回归家庭面对儿孙，堪称是一部关于非理性杀戮之后人类思考存在与死亡意义的想象性经典文本。约翰·厄普代克（1932—2009）的《恐怖分子》（2006）在叙述声音上推陈出新，通过讲述美国青年艾哈迈德由单纯幼稚的青年走向恐怖自杀战士的成长历程，完成了伊斯兰教视角下的对美国的批判。唐·德里罗（1936—　）的《下坠的人》（2007）以惨烈的细节再现了美国的灾难时刻，小说通过描写不断表演"下坠之人"的行为艺术家，在"悼歌"的意义上构成了一种对"911"创伤文化的反叙事。托马斯·品钦（1937—　）的《放血尖端》（2013）提供一种阴谋论视角，暗示"911"背后可能存在美国政府的卷入，在同类题材的严肃文学作品中实属罕见。

新世纪的法国文学通过战争书写揭示人类普遍境遇。菲利普·克洛代尔（1962—　）的小说《灰色的灵魂》（2003）虽然没有正面描写战争，但以第一次世界大战为背景，通过讲述一桩离奇的命案来刻画小镇的众生相，其矛头直指时代和社会，折射出人类孤独灵魂的宿命和世界的荒诞。帕特里克·莫迪亚诺（1945—　）是2014年诺贝尔文学奖获得者，他曾明确表示占领时期的巴黎是他印象中不可磨灭的时代印记。进入新世纪，莫迪亚诺小说的战争主题没有太大变化，遗忘与寻找依然是其小说的重要关键词。《家谱》（2005）在莫迪亚诺新近出版的小说中占据独特

地位。这部带有明显自传色彩的小说不仅回顾了作家童年和青年时期的成长和生活经历,而且还讲述了他的父母在二战期间相识的经过以及后来的家庭关系与变故等,很明显,身份的追寻与不可捉摸的人类命运记忆构成了小说的全部。阿提克·拉希米(1962—)记叙阿富汗战争的《耐心之石》(2008)用法文写成,揭露了无数被遮蔽且失语的阿富汗伊斯兰教女性面临的困境。亚历克西斯·热尼(1963—)的处女作《法兰西兵法》(2011)从叙事者"我"遇见有过二十年戎马生涯的维克多里安·萨拉农开始,后者让做公务员的"我"帮他记录一生的沧桑经历。两代人在回顾战争的同时,也思考今天所处的时代。这部小说是对战争的反思,同时也借由小说的形式,探究了战争的暴力对语言产生的种种影响。

新世纪澳大利亚文学的创伤叙事是对大屠杀历史的反思,其杰出代表当属雅各布·G. 罗森博格(1922—2008)。他的自传《时间的东边》(2005)记述了作家从童年到青年的成长时期,即20世纪30年代到二战结束时期,见证了犹太族群从被强制监禁到最终被送往奥斯维辛的惨痛历史。《太阳从西边升起》(2007)是《时间的东边》的续篇,其标题有着深刻的寓意:正如太阳永远不可能从西边升起,大屠杀的幸存者也永远不可能真正从往事中解脱而获得自由。这部小说记述了作家从奥斯维辛走出,辗转南欧,最终移民澳大利亚,定居墨尔本的经历。这两部小说都采用碎片化、较为松散的叙事方式,打破了时间连续性的限制,聚焦生活的细节和片段,富有艺术感染力。

新世纪爱尔兰文学中的饥荒书写是对历史回视后的精神解脱。约瑟夫·奥康纳(1963—)的《海之星》(2002)在市场和学界都广受好评。小说讲述的是饥荒最严重时期,一艘名为"海之星"的船上多名人物的故事以及这艘"棺材船"的逃亡之旅。通过这部作品,奥康纳传达了这样一种观念:在毁灭性的人道灾难面前,文学的悲悯比文学的政治姿态更有安抚人心的力量。由此可见《海之星》的超政治性与跨国界性。

第二,反映全球化时代发展新特征,关注跨国题材,探索与全球化语境相关议题,不断交融与交锋,呈现多元杂糅的新形态。

新世纪的英国文学表达在多元化背景下的认同焦虑与价值失重。出生于20世纪60年代的女作家莫妮卡·阿里（1967—　）的处女作《砖巷》（2003）选择伦敦为故事发生地，讲述了孟加拉姑娘纳兹耐恩婚后随夫来到英国后，由最开始的惊奇与迷茫，到最终在女儿的帮助下走向成熟与独立的心路历程。出生于20世纪70年代的扎迪·史密斯（1975—　）是文坛新秀，双重文化的成长环境使她比同龄作家更多关注当代多元文化背景下各种族裔社群的交往与生存状态。她的作品往往以小见大，通过描写现代大都市中移民或混血家庭的矛盾冲突，反映多元文化社会背景下的认同问题。英国早在资本主义萌芽初期就参与了全球化进程，新世纪活跃于文坛的族裔作家大多是这段历史的现代结果，他们的创作对展现全球化浪潮中流动的身份与族群，思考富于时代感和人类普遍意义的生存问题等具有不可或缺的重要意义。

新世纪的德国文学表现移民前后的心理历程与文明冲突。梅琳达·纳吉·阿波尼（1968—　）的《鸽子飞了》（2010）被认为是一部关于移民与融合的优秀作品。小说讲述了来自塞尔维亚-匈牙利的柯奇士一家于20世纪70年代移民瑞士后，在餐饮业艰难谋生的故事。作家以理性诙谐的笔调将小人物的命运与历史政治转折时期的时代大背景相联系，传达对现代移民者生存和心理状态的积极关注与深刻思考。为求真实，阿波尼曾前往塞尔维亚伏伊伏丁那自治省的小城泽恩坦走访调查，力求最大程度还原处于战乱阴影下的国家状况。

新世纪的拉美文学展现出全球化视野。在全球化浪潮下，拉美作家已不再局限于本土创作，而是尝试世界性的题材。秘鲁作家马里奥·巴尔加斯·略萨（1936—　）的《天堂在另外那个街角》（2003）讲述了两个故事：法国画家保罗·高更离开欧洲去往南太平洋小岛寻找世外桃源，高更的外祖母辗转欧洲和美洲争取社会正义活动。作家通过高更不断追求人间天堂的理想，表达了构建美好世界的愿望；而高更的外祖母超越狭隘的民族主义，为全人类的解放而不懈斗争，则符合全球化趋势下不断增强的女权主义与社会主义斗争形势。乌拉圭作家爱德华多·加莱亚诺（1940—2015）的《镜子》（2008）以重写世界历史的方式实现了对全球化的批判，肯定了世界不同文化的同等价值，表达了以多元文化的全球化取代殖民主义、以欧美文化为主流的全球化的强烈愿望。

第三，适应和借助网络新科技，产生网络文学新样式；在消费主义时代背景下，通俗文学实现后现代主义之后的再次勃兴，成为新世纪文学的重要组成部分；生态文学反映科技发展带来的一系列问题，对人类未来走向提出警告、表达担忧。

新世纪的加拿大文学实现经典作家与网络文学的结合。随着电子产品的不断开发和互联网的飞速发展，一些经典作家也开始进军网络文学这一新兴领域，女作家玛格丽特·阿特伍德（1939— ）便是其中最有代表性的一位。她的"正电子"系列第一部《我渴望你》（2012）和压轴篇《最后死亡的是心脏》（2013）广受好评，使她收获亿万粉丝。阿特伍德的网络小说打破传统的讲故事模式，以丰富的想象力和精妙的场景刻画描写了一个如同人间炼狱的未来世界，反映了通俗文学与严肃文学界限逐渐模糊的重要文化现象。

新世纪俄罗斯文学的女性讽刺侦探小说令人耳目一新，著名畅销书作家达里娅·东佐娃（1952— ）是其中的杰出代表。她的"讽刺侦探小说"的核心人物往往是家庭主妇，她们长相普通、生活不幸，但却充满爱心。她们往往无意中卷入案件，凭借运气和女性的"第六感"成功破案，从而找到自己的生活之路。东佐娃的家庭小说《目光来自永恒》分为《好意》（2009）、《路》（2009）和《地狱》（2010）三部，该三部曲讲述了罗曼诺夫一家三代人的生活，在婚姻、情感、家庭外融入了凶手、阴谋等元素。2015年，该三部曲被拍成电视剧，并一度热播。

新世纪整个西方文学呈现出科技文明反思与生态文学进一步发展的新走向。面对科技与经济发展带来的一系列生态问题，西方作家普遍立足于新的社会文化语境，为"人类世"生态批评话语的建构进行了有益探索。如加拿大女作家玛格丽特·阿特伍德在小说《羚羊与秧鸡》（2003）中对全球气候变暖与极端干旱的描写；澳大利亚环保主义者蒂姆·弗兰纳里（1956— ）在《气候制造者：气候变化的历史和未来影响》（2005）中对全球气候变暖的原因及后果的探究；美国作家萨拉·格鲁恩（1969— ）在《大象的眼泪》（2005）和《黑猩猩之屋》（2010）

中对动物生存困境的反映；芬兰作家艾米·伊塔伦塔（1976— ）在处女作《水的记忆：茶师之经》（2014）中对一个水争夺战此起彼伏的未来社会的描绘，以及加拿大原住民作家托马斯·金（1943— ）在小说《龟背》（2014）中的毒物书写，等等。除了科技与生态，人工智能技术与人类的未来也是西方作家异常关注的话题。日裔英国小说家石黑一雄（1954— ）的小说《别让我走》（2005）以基因技术为主要背景，从克隆人的视角讲述了一个人类培育克隆人来获取替换器官的反乌托邦故事，表达出了对克隆技术所产生的伦理问题的担忧，同时也反思了科技与道德之间的关系问题。其新近出版的《克拉拉与太阳》（2021）在很大程度上再一次沿袭了这一主题。加拿大女作家玛格丽特·阿特伍德在其小说《最后死亡的是心脏》中同样也将批判的锋芒对准了人工智能。小说中所描写的康西里恩斯城有一个专门生产性爱机器人的车间，其组装过程令人毛骨悚然。小说相关情节虽然不是主体，但给读者留下了强烈的印象，机器人是否真的能在两性关系中发挥作用以及由此所造成的伦理问题值得深入思考。21世纪基因技术和人工智能一次次刷新了人类对于科技可能性的认知，其为人类带来疾病治疗等福音的同时，也在某种程度上抛弃了人类作为人的本义。西方作家们对这一领域与问题的高度关注，旨在追问科技之于人类未来的影响，反思人类本性这一根本问题。

第二节 玛格丽特·阿特伍德的《盲刺客》

玛格丽特·阿特伍德（1939— ）是享有国际声誉的加拿大当代女性作家，被誉为"加拿大文学女王"，是"20世纪最有影响力的百位加拿大人"之一。

一、阿特伍德的生平与主要作品

1939年11月18日，阿特伍德出生于加拿大安大略省的渥太华。由于父亲对森林昆虫学研究的需要，阿特伍德童年的大部分时间都是在魁北克省北部偏远地区度过的，直到十二岁才正式接受全日制的学校教育。1957年，阿特伍德开始在多伦多大学维多利亚学院学习，并于1961年取得英语文学学士学位。此后，她开始在哈佛大学进修，于1962年获得硕士学位，后继续攻读了两年博士学位。至今，阿特伍德仍凭借其持久的创作力活跃在世界文坛。

加拿大北部丛林经历和往返于丛林与城市之间的奔波生活，为阿特伍德日后的文学创作提供了广阔的背景和丰富的文学素材。早慧的阿特伍德自幼年起就开始广泛接触大量的文学经典，从格林童话到威廉·福克纳、从梅尔维尔到简·奥斯汀都是她的最爱。其中，英国小说家乔治·奥威尔的文学观念对阿特伍德影响颇深，这在日后使得她的作品经常从女性视角窥探两性关系、社会平等、政治权力、社会生存等问题，独具现实意义。高中时期，她受美国小说家埃德加·爱伦·坡的影响，开始了诗歌创作；大学期间，加拿大知名女诗人杰·麦克弗森担任她所在的多伦多大学维多利亚学院的讲师兼住校导师，其迷人的文学课深深吸引了阿特伍德，两人之间深厚的师生情谊对阿特伍德日后走上文学道路产生过深远影响。她还得到学院的另一位明星教授——神话原型批评理论家诺斯洛普·弗莱的点拨，因此，她的诗歌创作中存在突出的神话重述和借用的特点。此外，在哈佛大学攻读研究生学位期间，她又亲身经历了加拿大"在夹缝中求生存"的境况，由此，"加拿大""民族""生存"成为其小说创作的主题。

阿特伍德在诗歌和小说创作领域都颇具成就。她共出版过十九部诗集，包括《圆圈游戏》（1964）、《强权政治》（1971）、《你是快乐的》（1974）、《真实故事》（1981）、《无月期间》（1984）以及《门》（2007）等。与诗歌相比，她的小说更广为人知，如长篇小说《可以吃的女人》（1969）、《浮现》（1972）、《神谕女士》（1976）、《猫眼》（1988）、《使女的故事》（1985）、《盲刺客》（2000）、《圣约》（2019）等，以及短篇小说集《跳舞女郎》（1977）、《蓝胡子的蛋》（1983）等。其中《使女的故事》既承袭了赫胥黎和乔治·奥威尔小说中的反乌托邦传统，又融入了特有的女性主题，因此被称为"女性主义的《1984》"。除了诗歌和小说，阿特伍德还创作了《在树上》(1978)和《安娜的宠物》(1980)两部童书，还出版过加拿大文学研究专著《幸存：加拿大文学研究指南》(1972)，并编辑过剑桥加拿大诗歌选、短篇小说选以及1989年度《美国最佳短篇小说》(与香农·拉夫纳尔合作)。

女性身份问题是阿特伍德作品的一个显著主题，她的作品经常被看作是女权主义影响的产物。政治、哲学和人权议题也是阿特伍德作品的主要关注点，反映了她自觉的加拿大民族-国家认同心理。近年来，阿特伍德的作品又聚焦于生态环保意识，显示出了强烈的与时俱进精神。

二、《盲刺客》的艺术成就

《盲刺客》是阿特伍德的第十部长篇小说，也是英语文学最高奖"布克奖"获奖作品。

小说的主人公是姐妹两人——艾丽丝和劳拉。在小说的开端，妹妹劳拉因车祸身亡，姐姐艾丽丝出于对妹妹劳拉死亡的愧疚展开回忆，再现尘封已久的往事。与艾丽丝的回忆相交织并行的小说线索是劳拉的遗作"盲刺客"，随着故事情节的展开，读者意识到这部遗作实为艾丽丝所写。名为"盲刺客"的遗作中又包含两个层次，表层是富家小姐与穷小子的危险恋情，里层则是这对恋人编造的带有哥特式色彩的、发生于塞克隆星球上的盲刺客与无舌少女之间的科幻故事。小说整体上在现实与虚幻中展现了爱、背叛、牺牲等诸多主题，是一部艺术构思精湛、思想内涵丰富的作品。

首先，小说以复杂奇巧的叙事结构展现了20世纪广阔的加拿大社会历史。

小说《盲刺客》是一部经过精心布局、包含三重空间叙事的仿自传体历史小说，"俄罗斯套娃"式的复杂叙事结构是小说最突出特点，大故事套中故事，中故事套小故事，三个故事在三重空间内层次分明又彼此映照。

小说由女主人公之一的艾丽丝的回忆及两个小故事镶嵌构成。艾丽丝的回忆录是小说的第一主要叙事层，年迈的艾丽丝怀揣对妹妹劳拉之死的愧疚记录下家族兴衰史、与妹妹的微妙关系以及遭受丈夫理查德虐待的不幸婚姻。20世纪30年代富家小姐与穷小子亚历克斯的爱情故事，即被公认为劳拉遗作的文本"盲刺客"为小说的第二主要叙事层，这对恋人的浪漫史实际上却是艾丽丝的一段婚外恋情。塞克隆星球上发生的盲刺客与无舌少女的故事则为小说的第三主要叙事层，这一带有科幻色彩的虚幻故事在很大程度上可以看作是现实故事的映射与补充。

小说所呈现的三层叙事隐含着一个广阔的社会背景，作家通过讲述艾丽丝个人经历和家族历史再现了20世纪加拿大的社会变迁。小说发生之地加拿大小镇就是整个加拿大的空间缩影，艾丽丝祖父母身上勤劳诚实的创业精神就是加拿大早期创业者的独特风范。战争带给家人的伤害和战后家族的逐渐没落就是市场经济和资本主义竞争的残酷写照。小说中的穷小子亚历克斯用幻想和模仿创造了阶级分化的塞克隆星球，专横的塞克隆国王与偏执狂理查德一样，用口罩来掩饰自己的情绪，而奴隶成为壮大塞克隆星球的主要方式，恰如工人阶级与资本家理查德之间的矛盾，"血汗工厂"在虚幻的世界与历史真实的模糊中逐渐清晰，这正是20世纪30年代加拿大社会与经济的真实写照。阿特伍德通过这些现实与虚幻情节的交替式艺术化呈现，讴歌了人性中正直善良的品格以及社会现实的复杂，隐含了早期加拿大民族的开拓与进取精神，呈现了一幅形象化的早期加拿大发展历史。

其次，小说以创新性的后现代多元表现手法展现了细腻的女性心理和女性情怀，揭示了男权和父权社会中女性的地位问题。

后现代主义女性作家是阿特伍德最为鲜明的标签。阿特伍德的创作没有完全剥离现实主义的主题，而是将交错的时空、潜意识的挖掘等多元化的后现代写作技巧与现实主题巧妙融合，既使读者对元小说的创作理念保有新鲜感，又使读者对文本产生共鸣。

《盲刺客》中交错的时空设置贯穿整篇文本，艾丽丝当下的生活、回忆中的阿维隆庄园、艾丽丝与亚历克斯的婚外恋、塞克隆星球上科幻故事造成了现实空间与虚幻空间在文本中的反复穿梭。艾丽丝在无爱婚姻中遭受丈夫理查德虐待，在与亚历克斯偷情的过程中又要承受情人的颐指气使，这正如塞克隆星球上被用来献祭的无舌少女。无论是在现实或是虚幻中，三重空间内的女性始终处于无法逃脱的男权社会和父权社会之中，对艾丽丝身份的重构使女性遭受暴力的事实在现实与虚幻中反复呈现，成为不变的脚本。

在资本主义社会中，女性往往依赖男性，完全没有独立的社会地位可言，艾丽丝的形象正体现了那个时代大多数加拿大妇女乃至整个西方社会妇女的命运。在以男权为核心的社会里，女性往往出于政治、经济等目的而不得不做出某种牺牲，在此意义上，艾丽丝就是男权社会的牺牲品。为了挽救家族生意，艾丽丝不得不听从父亲的安排而嫁给自己并不爱的企业家理查德。婚后，艾丽丝对理查德逆来顺受，完全没有社会地位，她甚至还劝告自己的妹妹劳拉接受女性的这种现实地位。可以说，婚姻使艾丽丝进入多伦多上层社会的同时，也使她同时桎梏于无爱的婚姻之中。作为丈夫的理查德虽然表面上对艾丽丝关心体贴，但实际上却把她当作孩子和附属品。艾丽丝在私生活中处处委曲求全、忍气吞声，甚至由于她的麻木在某种程度上助长了理查德对妹妹劳拉的身心伤害。小说中作家竭力挖掘艾丽丝的潜意识心理，从而使得艾丽丝的回忆成了自我洞见、自我反思的过程，成了从"盲"到觉醒的关于女性地位和自身意识的变迁历程。艾丽丝从一开始对父亲利用自己的婚姻来拯救工厂选择顺从，到对理查德的虐待选择承受，直至对妹妹劳拉受到侵犯选择无视，小说暗示正是由于她的"盲"导致了妹妹劳拉的最终死亡。而妹妹劳拉的死亡又成为唤醒艾丽丝的契机，最终艾丽丝选择以劳拉的名义出版遗作"盲刺客"作为揭露理查德一系列丑闻的证据，从而断送了理查德的政治前程并造成他的突然死亡。艾丽丝通过自我回忆撕开了记忆深处的创伤，审视自我的同时也在揭示现实社会对女性屈服于男权的盲视。作家通过展示艾丽丝这一人物细腻的内心世界表明，唯有女性自我意识觉醒并不再沉默，才能引起全社会对女性备受压迫这一现实状况的聚焦与关切。

再次，小说以诗意而又克制的语言风格生动展现了现实生活的细节。《盲刺客》以诗意化的笔触勾勒现实生活，采取独特的叙述方式，使语言既生动细腻，又冷静克制。

《盲刺客》运用诗意化的笔触描写生活细节。阿特伍德用生动的语言描绘了女主人公艾丽丝在阿维隆庄园的生活场景，也展示了加拿大人的市井生活。阿特伍德将云彩在天空留下的痕迹比作"冰淇淋抹在了蓝色的金属上"，把俯身写作描绘成"在月光下缝衣"，通俗而又富有诗意。而对于塞克隆星球的描述则极富想象力，充满奇幻色彩。

《盲刺客》的语言富有女诗人独有的柔情与细腻。小说中出现了大量的诗歌片段，对于生活场景和人物心理的描写极富细节，但却没有女性小说中天然的煽情，反而冷静而自省。小说还运用男性化的叙述方式描写男权社会。艾丽丝用"湿黏土"来形容被丈夫虐待下的自己，为自己准备了"想要的形状"；身上的瘀伤是"沙子"，是"白雪"，可以被"覆盖""重写""抹平"。阿特伍德笔下的艾丽丝身处不幸的婚姻中却置身哀怨之外，仿佛是冷静、淡然的旁观者，女性笔触下的男权社会毫无传统女性小说的脆弱。

最后，小说丰富的文类混杂彰显了戏剧性的艺术张力。

《盲刺客》混杂了多种传统文类，它将回忆录、新闻简报、浪漫小说、科幻故事、神话、寓言、哥特式小说等体裁融为一体，这使得小说独具戏剧性张力。

小说以劳拉的死亡为开端，如侦探小说般为故事蒙上了一层悬念。紧接着，艾丽丝的女儿艾梅、丈夫理查德、小姑子威妮弗蕾德的接连死亡使小说笼罩在哥特式的恐怖氛围中。新闻简报的穿插出现既为小说的发展提供了官方的背景时间，也造成了官方时间与艾丽丝回忆中个人重要事件发生时间的错乱，而正是这种错乱模糊了偷情的证据，让读者误以为与亚历克斯约会的是劳拉，而文本"盲刺客"的真正作者也正是艾丽丝而非劳拉，这个悬念直到小说结尾才被揭晓。悬念在整个文本中得以延续，读者一直处于作者精心设置好的陷阱中，回忆录中的艾丽丝与偷情的艾丽丝在不同的文本中得以重合。新闻简报上的报道在公众眼中是不可辩驳的事实，是权威的代表，在公众眼中满口仁义道德的商业巨头理查德却是满腹的男盗女娼，乐善好施的威妮弗蕾德却虚荣又控制欲极强。同一人物形象在不同的文本中得以呈现并重合，使小说极具戏剧性。

总体来看，小说《盲刺客》以第一人称与第三人称叙述交替呈现的方式记述了女主人公艾丽丝的一生，同时也将百年间加拿大社会对女性遭遇的盲视铺陈在读者面前。精巧的结构、创新性的叙事手法使《盲刺客》成为阿特伍德颇具代表性的现实主题与后现代主义风格相结合的完美巨作。诚如评论家们所言，《盲刺客》是阿特伍德迄今为止所有小说中结构最复杂、手法最多样、内容层次最丰赡的小说。

第三节 菲利普·罗斯的《垂死的肉身》

菲利普·罗斯（1933—2018）是美国当代最负盛名的犹太裔作家之一，新现实主义文学的代表，其作品曾获得美国国家图书奖、普利策文学奖、卡夫卡文学奖以及布克国际文学奖等重要奖项。

一、菲利普·罗斯的生平与主要作品

1933年3月19日，菲利普·罗斯出生于美国新泽西州纽瓦克市的一个中产阶级犹太家庭。1954年，罗斯毕业于巴克内尔大学，随后获得芝加哥大学文学硕士学位并留校任教。因为攻读博士学位期间主动放弃，最终罗斯选择专门从事写作。而后，罗斯任教于宾夕法尼亚大学直至1992年退休。自1959年出版处女作后，五十多年间菲利普·罗斯笔耕不辍，直到2012年封笔。2018年5月22日，罗斯于纽约曼哈顿病逝。

罗斯自幼生活于犹太人聚居区，深受犹太文化的滋养与压抑，因此，他的早期作品多为对美国犹太人传统生活和观念的关注。1968年，罗斯的第一任妻子死于车祸，这使他的写作转向富有喜剧性和讽刺性的自我

剖析，并将自我投射到时代和美国社会之中去。卡夫卡的荒诞艺术手法对罗斯的创作影响颇深，在他的作品中不乏对美国人自我放纵、内心空虚的异化状态的描写。在罗斯的后期创作中，他把目光聚焦到新一代犹太移民的品格与特性上，对美国社会现实的讽刺和批判使他的作品既具犹太性又具美国性，体现出鲜明的新现实主义特征，这也使得他的创作区别于同时代的辛格、马拉默德、索尔·贝娄等其他美国犹太作家。

旺盛的精力使罗斯展现出超常的创作欲望，自 1959 年处女作小说集《再见，哥伦布》一举成名后著作不断。罗斯的主要作品包括"祖克曼系列"长篇小说《鬼作家》(1979)、《被释放的祖克曼》(1981)、《解剖课》(1983)、《布拉格狂欢》(1985)、《反生活》(1986)、《美国牧歌》(1997)、《背叛》(1998)、《人性的污秽》(2000)、《退场的鬼魂》(2007)，"凯普什系列"长篇小说《乳房》(1972)、《欲望教授》(1977)、《垂死的肉身》(2001)，"罗斯系列"长篇小说《事实：一个小说家的自传》(1988)、《欺骗》(1990)、《遗产：一个真实的故事》(1991)、《夏洛克在行动》(1993)、《反美阴谋》(2004)，"报应系列"中篇小说《凡人》(2006)、《怒吼》(2008)、《贱人》(2009)、《复仇》(2010)以及评论集《阅读自我及他人》(1975)、《行话》(2001)等。

菲利普·罗斯的小说创作有着严肃的道德伦理指向，其突破传统的种族和环境局限，在刻画现代人的受难和自我困境的同时，艺术化诠释了整个社会的伦理环境和人类的当下生存困境。性爱主题、反叛意识以及对历史、灵魂、人性的拷问在罗斯笔下都获得了栩栩如生地呈现，并由此引发深刻的哲学反思，进而反映了其对后现代社会中"真实"的全新理解。尤其是进入 21 世纪以来，罗斯更是继承了美国新现实主义文学的传统，在《反美阴谋》等具有历史意义的小说中，通过讲述"想象的历史事件"、呈现"另类的过去"[①]以营造历史逼真的幻象，进而重新诠释想象中的历史真实事件，传达独特的人类历史观念和对社会意识形态建

---

① Philip Roth, "The Story Behind *The Plot Against America*," *New York Times*, 19 Sep. 2004.

构的参与。

二、《垂死的肉身》的艺术成就

　　《垂死的肉身》是菲利普·罗斯"凯普什系列"长篇小说的最后一部。小说讲述的是年过六旬的教授凯普什与二十四岁女学生康秀拉之间一段不寻常的爱欲关系。凯普什沉迷于康秀拉的身体，康秀拉因凯普什的年龄与地位而屈服，但年龄的差距和对青春的嫉妒使凯普什极度自卑并完结了这段关系。八年后，康秀拉打来电话告知凯普什自己患上乳腺癌，并请求他为自己因切去乳房而不再完整的身体拍照。凯普什对于欲望、衰老、疾病、死亡的思考与探究由此展开。

　　首先，小说以自传式的典型化叙述风格展现了性解放运动影响下的美国现实特性。

　　在小说《垂死的肉身》中，罗斯采用第一人称叙述策略，通过自我对话方式，让凯普什陈说自己与康秀拉之间的不伦关系，并将自身对欲望、衰老、疾病、死亡的思考与对美国社会现实问题和矛盾的沉思结合在一起，使作品呈现出自传式的典型化叙述风格。

　　小说以第一人称叙述性解放运动给"我"带来的影响，给整个美国社会带来的影响。主人公凯普什是以自我对话的方式开启自传式的心理探究并讲述与康秀拉的不伦之恋的。凯普什沉迷于康秀拉的身体，但衰老的肉体和对青春的嫉妒抽走了凯普什的自信，他寄希望于欲望，用欲望掩饰对衰老的恐惧，好友乔治在临死前也企图用欲望来驱散死亡——"性是对死亡的报复"。但当凯普什得知康秀拉因患乳腺癌而不得不切去乳房并面对死亡时，他不得不再次思考欲望、衰老与死亡的关系，对衰老的逃避与对死亡的恐惧是凯普什和每个人都要面对的问题。

　　与前期创作相比，罗斯在后期的小说中已不再局限于对美国犹太人、美国犹太文化的挖掘、审视与批判，而是把视野转向更为宏大的美国现实特性及社会矛盾。作为"凯普什系列"的收尾之作，《垂死的肉身》没有延续该系列前两部作品中荒诞、离奇的风格。罗斯转向新现实主义，将凯普什教授这一典型人物置于 20 世纪 60 年代美国性解放运动后的典型社会环境之中,以典型人物展现典型社会环境下的矛盾。已婚的凯普什最终被性解放运动卷入洪流:他因追求性爱自由而抛弃家庭;他的儿子肯尼对凯普什的行为嗤之以鼻,但婚后的他也不顾家庭责任与人通奸,陷入痛苦的矛盾挣扎之中;凯普什的好友乔治也有不少外遇对象。三个男人相似的经历正是性解放运动后美国社会的真实写照,是压抑天性、受道德与责任的制约,还是追求性爱自由,这一切构成了美国社会现实特性与矛盾的真实展现。

其次,小说以碎片化的叙事结构展现了美国社会男性与女性地位的矛盾关系。

《垂死的肉身》区别于罗斯以往小说的重要特征就在于作家开始关注美国普遍的社会现实,回归现实主义,但又并未完全脱离后现代主义的创作手法。小说中,凯普什以平实的自白方式讲述自己与康秀拉的不伦之恋,但关于他们之间爱欲关系的描写只占整篇小说的三分之一,在这段爱欲关系的框架内穿插有历史故事、诗歌、回忆等,其间各色人物依次登场,碎片化的叙事结构使小说在新现实主义的框架内显现了后现代主义的特征。

小说中关于莫顿的历史故事揭示了美国性解放运动的历史必然。历史上追求性自由的莫顿在梅里蒙的清教徒中间所造成的混乱映射到现实中,珍妮在美国 20 世纪 60 年代的性解放运动中就是当下的莫顿式人物。珍妮的快乐宫不单单在校园里存在,它们遍及全国,说明性解放运动在全国范围内的广泛影响,不同时代对性自由的压抑与追求通过莫顿与珍妮这两个人得以联通。性压抑与性解放、有序与无序,这一切使凯普什陷入矛盾之中。作家罗斯既批判清教徒对性自由的镇压,也反对性解放运动后的性混乱,并由此思考了性关系中的男性与女性的地位问题。小说中曾经叙述在结束与康秀拉的关系后,凯普什有了另一位情人卡罗琳。事实上,卡罗琳的存在一方面填补了康秀拉缺失时的空白,另一方面也说明了凯普什单单迷恋康秀拉的原因。小说中的卡罗琳是一位成熟的成功人士,这种评价带有一种强烈的男性特征,凯普什与卡罗琳的性伴侣关系是依靠距离来维持一种多年的平衡。与之形成对比的是,康秀拉构成传统男性视角下的原始女性角色形象,她的存在宛如是艺术品和消费品。康秀拉听凯普什弹琴,看凯普什读的书,相对易于掌控,这暗示出是凯普什的男性权威地位使得康秀拉心甘情愿地臣服。可一旦康秀拉脱离了掌控,凯普什便立刻感觉到了男性权威地位的消失,因衰老和对青春的嫉妒而产生的恐惧也随之而来,这鲜明地体现出美国社会男性与女性地位的矛盾与冲突。

再次,小说以喜剧性的修辞手法来刻画人物并呈现主题。

罗斯善于使用戏谑描写、反语、讽刺、黑色幽默等喜剧性的修辞来刻画人物并呈现矛盾,这在小说《垂死的肉身》中展现得尤其突出。充满严肃的戏谑与尖刻的讽刺使得人物个性鲜明突出,美国社会的矛盾现实也得以艺术化揭示。

小说使用严肃的戏谑描写呈现戏剧性的矛盾冲突。在小说中,男主人公凯普什使用大量的词汇毫不吝啬地赞美女性的美,特别是对于康秀拉身体的赞美。对凯普什来说,康秀拉是"艺术品",是"阿芙洛狄忒",是普拉多画中的女公爵。他甚至用极其直白的表达赞美康秀拉的乳房,称赞其是"从未见过的最美的乳房",是"世界上最好看的乳房"。这些直白的描述使"漂亮的乳房"成为康秀拉的符号标记,令读者对康秀拉产生难以磨灭的印象。而当康秀拉在小说后半部分告知凯普什她患了乳腺癌并要切掉乳房时,矛盾开始出现。作家使用戏谑的黑色幽默使情节急转直下,打破了读者的幻想,即世界上最好看的乳房不仅要被切掉,而且还会带来死亡。戏谑的叙事使小说的矛盾冲突更具戏剧性和艺术性。

讽刺是《垂死的肉身》这部小说使用最频繁的又一修辞手段,对突出人物性格和矛盾起着重要作用。小说中,凯普什用"像一位有良好教养的古巴女儿"来形容做出色情行为的康秀拉,说明康秀拉看似传统,实则对性自由无限向往。康秀拉曾经唾弃自己的邻居和一个已婚男人亲吻,但却对与大自己三十八岁的男人产生爱欲关系不以为然,康秀拉的双重标准正是现实美国社会中对男女风化问题评判标准不一的体现。小说中还写道,凯普什的儿子肯尼成年后仍然受凯普什抛妻弃子行为的精神折磨,他无法原谅父亲,但在自己陷入婚姻与通奸、妻子与情人的泥淖中时,却"像进行球类活动"一样反复登门寻求父亲给予的精神慰藉。肯尼坚持不离婚,认为这"跟那个八岁时就离开自己的父亲相比,他的情操要高尚得多"。作家用这种尖刻的讽刺传递出肯尼矛盾的性格,说明他徘徊在性爱自由与家庭责任之间。这不仅是小说中的人物肯尼所要面对的问题,更是美国社会在性解放运动后所面对的社会性问题。作家正是通过小说人物的行动与言行,以严肃的戏谑与尖刻的讽刺揭露了美国社会的矛盾状态,意在提醒美国人思考性自由与家庭责任之间的关系与意义。

最后,具有艺术化审美特征的语言书写构成了小说的又一显著特征。

《垂死的肉身》的语言书写既具有严肃的文学性又具有艺术化的审美特征,其集中体现在对音乐与绘画描写的运用上。

在小说《垂死的肉身》的叙事中,音乐往往是宣泄欲望的伴奏。罗斯笔下的性解放运动不能缺少音乐的存在,爵士乐和摇滚乐以其强烈的节奏感成为青年男女们发泄情绪、宣泄欲望的通道。在小说中,大篇幅钢琴演奏描写架起了"我"与康秀拉之间的桥梁。康秀拉喜欢凯普什弹钢琴,开始时这能创造浪漫的气氛。于是凯普什迎难而上,练习舒曼、肖邦的曲子。凯普什因康秀拉的喜爱而练习钢琴,而这也成为凯普什的乐趣并使之从中获得自信。除了弹奏钢琴外,小说中描写凯普什和康秀拉在公寓见面时还会播放古典音乐,康秀拉会像孩子一样假装挥舞着无形的指挥棒,而凯普什则以肆无忌惮的目光透露出爱的欲望。当凯普什与康秀拉的不伦之恋宣告结束之后,小说又写道唯有弹奏钢琴才能排解凯普什心中的压抑与痛苦,他借助每个音符将康秀拉从脑海中驱逐,但在弹奏的过程中又幻想康秀拉就在身边。从小说的上述情节安排中,读者可以清晰地感觉出,钢琴曲既是凯普什宣泄欲望的艺术化工具,也是其寄托情感、感受并回忆往事的现实桥梁。

绘画是展现小说《垂死的肉身》语言艺术化审美特征的又一手段。小说中出现多个以绘画展现女性优美的情节:凯普什眼中的米兰达仿佛法国画家巴尔蒂斯画作中的处女;康秀拉寄给凯普什的明信片上是意大利画家莫迪里阿尼的一幅现代派风格裸体画,画中的女郎仿佛就是以康秀拉自己为模特画成的;凯普什在与康秀拉欣赏委拉斯贵兹的画作时感受到了怦然心动等。此外,席勒、毕加索等画家的反复提及也使小说的语言更具艺术气质。除了引用绘画艺术和画家的名字来展现女性优美,事实上,小说的其他语言描述也传达出绘画般的审美感知力。小说描写凯普什在班级第一次见到康秀拉时的情形:"她穿一件米色丝质衬衫……一条稍具弹性的灰色针织裙,极尽微妙地显露她身体的曲线。"很明显,凯普什对康秀拉的赞美是保持距离的欣赏,他把自己比作观看金鱼的猫,而康秀拉则是长有牙齿的金鱼,来说明艺术品与观赏者的关系,由此,康秀拉被描绘得极具诱惑力却又保持着一定的审美距离。

总体来看,《垂死的肉身》是菲利普·罗斯将现实主义与后现代主义融合并转向新现实主义创作的代表作,也是作家晚年创作转型的标志性作品之一。小说通过描写男女主人公的不伦之恋,广泛沉思了美国性解放运动中的社会现实和人类所共有的欲望、衰老、疾病、死亡等形而上学的人生问题。在早年接受《巴黎评论》编辑部采访时,罗斯曾明确表示:"现在难以启齿的私密已经不是性了,而变成了憎恶和愤怒。现在激烈的斥责已经成了禁忌。我们已经拥有陀思妥耶夫斯基一百年(弗洛伊德五十年),奇怪的是现在体面的人都不愿意承认自己有这些情绪了。"[①] 在此意义上,可以说,《垂死的肉身》是具有犀利的讽刺和批判力量的,它敢于直面人的内心隐秘和本能力量,并由此展开更为深广的对现实和人性诸多问题的反思。

第四节 托妮·莫里森的《恩惠》

托妮·莫里森(1931—2019)是当代极具影响力的美国黑人女作家,

[①] 美国《巴黎评论》编辑部编:《巴黎评论·作家访谈3》,杨向荣等译,北京:人民文学出版社,2018年,第178页。

被誉为"诗性作家"、"黑人精神的 D. H. 劳伦斯",1993 年因在作品中以"音乐般的语言将严肃与幽默天衣无缝地编织在一起"向人们"揭示人间之正道、生活之真谛"①而获得诺贝尔文学奖,成为赛珍珠之后美国第二位获此殊荣的女性作家。

一、托妮·莫里森的生平与主要作品

1931 年 2 月 18 日,莫里森出生于美国俄亥俄州钢铁小城雷恩镇的一个黑人家庭,受父母影响,她从小就以黑人文化为傲。1949 年,莫里森考入华盛顿市专为黑人开设的霍华德大学攻读英语和古典文学,后于康奈尔大学取得硕士学位,并先后任教于南德克萨斯大学和霍华德大学。在大学期间,莫里森阅读了大量的文学作品,受到弗吉尼亚·伍尔夫和威廉·福克纳等作家的深刻影响。同时,正规的语言和文学训练以及对黑人文化的深入理解为其日后的文学创作生涯奠定了坚实的基础。1965 年开始,莫里森受聘纽约兰登书屋担任教科书编辑,后担任高级编辑。在此期间,她为推广黑人文学和使黑人文学获得美国主流文化认同发挥了重要作用。她所编辑的《黑人之书》被誉为"美国黑人历史的百科全书",系统记载了美国三百多年黑人的历史与发展。同一时期,美国黑人民权运动的发展再一次为莫里森深入理解黑人的历史、文化和当下处境并展开相应地思考提供了进一步的契机。自 20 世纪 70 年代起,莫里森又先后执教纽约州立大学、耶鲁大学和巴尔德学院,主讲黑人文学与文化。1988 年莫里森成为普林斯顿大学教授,2019 年 8 月 5 日夜,莫里森于纽约逝世。

莫里森自 1969 年开始小说创作,并于 1970 年出版处女作《最蓝的眼睛》。此后佳作频出,主要包括《秀拉》(1973)、《所罗门之歌》(1977)、《柏油娃娃》(1981)、《宠儿》(1987)、《爵士乐》(1992)、《天

---

① 宋兆霖主编:《诺贝尔文学奖全集》下册,北京:北京燕山出版社,2006 年,第 1127 页。

堂》(1999)、《爱》(2003)、《恩惠》(2008)、《家园》(2012)、《上帝，救救孩子！》(2015)等。其中《所罗门之歌》获得"美国国家图书评论奖"，《宠儿》获"普利策文学奖"。

莫里森从小就在父母的熏陶下熟知无数的黑人歌曲和民间传说，遍读与黑人文化有关的书籍，非洲神话传说也常出现于她的作品之中，这使得她的作品具有独特的表现主题。长期以来，美国社会一直存在根深蒂固的种族歧视问题，黑人被视为劣等公民，黑人文化则是弱势文化。莫里森对黑人同胞怀有强烈的民族认同情感，在她看来，黑人争取与白人平等权利的重要途径之一就在于保留并继承黑人的历史和传统，因为这是黑人文化的精髓。因此莫里森绝大多数作品贯穿始终的重要主题即是对黑人精神世界的探索与展现以及对黑人文化的传承与发展。在小说中，莫里森以独特的艺术形式展现了黑人的命运和当下的人生遭际，从心理、社会等多个层面探索黑人与白人文化冲突的根源，并试图修复和重建黑人文化，探索黑人的自我求索与认同之路。可以说，从深层次的黑人历史与文化到自我的认同、探寻与内省，再到女性视角下如何治愈黑人女性心灵创伤并寻求自我，这一切都是莫里森小说要艺术化展现并深入探讨的问题，这使得莫里森的小说展现出了强烈地基于两性视角和黑人文化双重视阈的社会意义与价值倾向。

莫里森在汲取黑人文化传统的同时，在艺术上也进行了坚持不懈的探索。一方面受到拉美魔幻现实主义的影响，莫里森小说呈现出神奇怪诞与现实的批判相融合的双重艺术效果；另一方面在伍尔夫和福克纳等现代主义文学大师的影响下，莫里森小说在时空叙事、碎片叙事、意识流独白以及多重视角叙事等方面进行积极探索，展现出明显的后现代艺术特征。

二、《恩惠》的艺术成就

《恩惠》是作家莫里森在七十八岁高龄之际推出的第九部小说，小说一经推出便入选《纽约时报书评》"年度十大图书"目录。小说通过不同的叙述者讲述了一个"卖女为奴"的悲惨故事：黑人女孩佛罗伦斯自小被母亲"抛弃"，被贩卖的她与来自印第安部落的莉娜、跨种族混血女性"悲哀"共同在白人老爷雅各布的农场做女奴。深陷痛苦被弃创伤的佛罗伦斯渴望被深爱的铁匠拯救，却终遭爱情背叛，漫长的追爱之旅后，佛罗伦斯最终自省并完成自我救赎。小说在沿袭莫里森一贯的黑人命运主题的同时，在思想与艺术上显现出新的特征。

首先，多角度、立体化叙事与黑人女性被歧视命运的多方位展现。

《恩惠》的叙事结构是多角度、立体式的。小说全篇各章均无标题，同一个故事在不同部分由不同叙述者讲述，个人、作家以及群体三种角度的叙事声音使故事逐渐丰富，人物形象更加丰满。小说采用倒时序，同一故事情节在不同叙述者口中闪回、穿插，看似凌乱，但故事的发展脉络却随着情节的展开逐渐清晰。

在小说的开篇，主人公佛罗伦斯以第一人称的口吻讲述了自己的母亲为了留下弟弟而乞求农场主雅各布买走自己的悲惨经历以及自己为了医治女主人、更为追求爱情而寻找铁匠，这是典型的个人叙事视角。接下来，从部落覆灭中幸存、被长老会收留又被抛弃的莉娜，父母双亡、惨遭多次侵犯而精神分裂的"悲哀"，以及为了节省船票和养育费用而被父亲远嫁的丽贝卡，这三位女性的故事都是以作家的口吻进行讲述。小说的最后一部分，从佛罗伦斯母亲的口中可知黑人女性群体被贩卖、被侵犯、被抽打，无一例外。第一人称的个人叙事、第三人称的作家叙事与女性群体叙事共同构成了小说多角度、立体式叙事结构，女性的地位，特别是黑人女性被歧视、被奴役的命运被多方位呈现出来。

小说的立体化叙事还体现于同一情节在不同内心世界穿插，在不同叙述者口中呈现不同面貌，从而丰满了人物形象的塑造。在佛罗伦斯眼中，母亲是残忍的——为了还在吃奶的弟弟而把她当作主人进行交易的筹码，以至于她害怕任何贪婪的婴儿，更害怕任何哺育贪婪婴儿的母亲；但母亲最后的陈述却并非如此，母亲害怕把女性特征日渐明显的佛罗伦斯留在自己身边，那必将会使女儿遭受自己所遭受的一切苦痛，而把佛罗伦斯看作孩子的雅各布是女儿的救星，是女儿唯一的出路，母亲的残忍恰恰出自对女儿的爱。佛罗伦斯在看到铁匠的第一眼时就已沦陷,她的手、眼睛、嘴唇无不透露出对爱情的渴求,铁匠对于她来说就是救世主一般的存在;而在莉娜的眼中,铁匠是危险的,是不敬的,是威胁,而最终铁匠确实抛弃了佛罗伦斯。不同叙述者给予同一人物不同的印象,使人物塑造更加鲜活。

其次,女性视角下的新奴隶叙述风格。

作为女性作家,莫里森颠覆了小说中的叙述主体,女性代替男性成为叙述者,而男性则成为"被观察者"和"被叙述者"。同时,对黑人被奴役命运的揭示不再是以往的团圆结局,而是对肮脏细节的揭露,是对黑人生活现状的赤裸裸呈现,是对历史回忆的修正,更是对心灵、自我的寻回。

《恩惠》中三重视角的叙述均以女性角度出发。佛罗伦斯是黑人女性,莉娜来自印第安部落,"悲哀"是跨种族混血,丽贝卡是白人女性,四名女性虽来自不同种族,但被歧视、被压迫是她们的共同命运。丽贝卡虽为白人,但她依然处于"父权""男权"的重压之下,仅仅一张船票的价值就使她只能嫁给素未谋面的男人;白人老爷雅各布死后,丽贝卡患病,原本协助老爷修建小屋的浸信会成员再也不出现了,就连同为奴隶的威拉德和斯卡利都不露面了,说明女性仅仅是男性的附庸。黑人女性的命运则更为悲惨,她们要面对种族、父权、男权的三重压迫,处于社会的最底层。病愈后的丽贝卡性情大变,她让佛罗伦斯、"悲哀"和"悲哀"的女儿睡在牛棚里,因为她们都是野蛮人,让莉娜一个人耕种,甚至要把佛罗伦斯卖掉——即使同为女性,白人对黑人的歧视依然存在;面对沉迷爱情的佛罗伦斯,莉娜告诫"你是他树上的一片叶子",而不是他的树;莉娜感叹"我们从来没有造就这个世界,这个世界造就了我们";铁匠离开庄园时,面对身心皆被占有的佛罗伦斯甚至连"再见"都不愿施舍。黑人女性极端恶劣的境遇被赤裸扒开,即使佛罗伦斯被庄园主雅各布赐予了恩惠,但为了这种恩惠却付出了远离亲情与家庭的代价。

莫里森从不对黑人的悲惨遭遇进行遮掩,而是更敢于揭露,《恩惠》当中依然如此。佛罗伦斯的母亲讲述黑人女性在晾烟棚里被侵犯,完全没有保护,以至于不知道佛罗伦斯的父亲是谁;做黑人女奴"就是做一个永远长不上的裸露伤口";她们宁愿要鲨鱼的牙齿也不要那些绕在脖子、脚踝上的铁链。但这种对细节的揭露不是为了引起种族对立,而是为了能够正确的面对历史,更正回忆,寻求整个族群对自我和文化的认可。孩童时期的佛罗伦斯总是在乞求一双鞋,在她的眼中那是美的象征,更可以保护她稚嫩的脚底板。在寻找铁匠时她穿着一双老爷的靴子,对她来说,鞋子的获得也是坚强外壳的获得。她爱铁匠,希望爱情可以把她从被母亲"抛弃"的创伤中解脱,更视铁匠为救星。直到老爷的靴子被小男孩偷走,直到她遭到铁匠的背叛,直到她光着脚艰难地走回庄园,佛罗伦斯才明白莉娜所说的她需要"一双比皮鞋还要结实的脚底板",明白母亲说的"对鞋子的那般渴望也不是什么好事"——鞋子、爱人并不能保护她,"内在的枯萎使人受奴役",只有心灵回归,寻找到自我才能拥有像柏树一样坚硬的脚底板,正如母亲所说"把自我的支配权交给他人是一件邪恶的事"。精神分裂的"悲哀"想象另外一个自己"双胞"的存在,当她孕育了自己的小生命之后,母爱唤醒自我意识,"双胞消失",她赐予自己崭新的名字——"完整"。在莫里森的笔下,黑人群体只有依靠自我才能获得新生。这既是莫里森创作《恩惠》这部小说的主要目的,也是她长久以来对黑人群体的期望,既要争取身体的解放,也要争取思想意识的解放。

再次,黑人文化与魔幻现实主义的融合。

莫里森对黑人文化的热爱和崇敬始终在她的文学作品中有所呈现,她曾明确表示她的创作首先是适合于"非裔美国传统",其次才是适合于被称为"文学的整体的东西"。① 在小说《恩惠》中,她更是将黑人文化与魔幻现实主义手法完美融合在一起,从而使小说整体上更具神秘色彩。

《恩惠》中充斥着多样的黑人文化:崇敬鬼神、自然崇拜、巫术信仰等,这些族群文化使整个故事充满神迷色彩。黑人奴隶斯卡利和威拉德

---

① 美国《巴黎评论》编辑部编:《巴黎评论·作家访谈 3》,杨向荣等译,北京:人民文学出版社,2018 年,第 284 页。

看到已故的老爷雅各布从坟墓中爬了出来，俩人没有丝毫惊慌，几经确定之后决定不去烦扰复活的死者，而是任老爷去视察他的那座漂亮宅邸，希望他来生可以在里面度过；莉娜一方面认为老爷是好人，但另一方面也认为正是对自然的冒犯才使老爷招致了祸患，因为他未经树的同意而砍掉了五十棵树，以至于直到病亡都未能住进新宅子；老爷倾力建造的新宅子有着两扇不吉利的大门——两条铜蛇在大门顶端相会，蛇预示着老爷的贪婪及欲望，大门打开，被诅咒的世界开启，老爷得病去世，原本"伊甸园"般的庄园瞬间倾塌，病愈的太太丽贝卡也加入到了欺凌黑人女奴的行列；太太丽贝卡患病后，莉娜把有魔力的石子放在太太的枕头下，企图用巫术驱除恶魔；莉娜还害怕太太照镜子，认为镜子会吸走人的灵魂。这些关于灵魂回归、对自然与巫术的敬仰等具有魔幻色彩的情节描写都为故事披上了迷幻的外衣。

最后，想象丰富而又充满诗意的语言风格。

充满想象力且富有诗意的语言是莫里森小说的突出特点。在小说《恩惠》中，作家丰富的想象力使小说色彩独具画面感，同时，看似口头的语言仿佛爵士乐一般极富音乐性和节奏感，诗意且流畅的语言风格立现。

莫里森细腻的笔触与想象力使故事充满诗意。佛罗伦斯寻找铁匠一路艰难，但爱情让她无所畏惧。即使天气寒冷，在佛罗伦斯的眼中落下的雪花也是女人睫毛上的"糖霜"，是男人胡须上的"面粉"，就连"天空都是葡萄干的颜色"；而当佛罗伦斯遭到铁匠背叛后，将一切写在新宅子的地板上，小说描写这些字句终会像"灰烬"一样落到报春花和锦葵上，预示爱情化作了灰烬。一个深陷爱情又遭受打击进而绝望的少女形象通过诗意的语言跃然纸上。小说中还描写了佛罗伦斯激发莉娜母性情怀这一情节：当佛罗伦斯因寻铁匠而迟迟未归时，莉娜看到十年前她为佛罗伦斯做的鞋子——"孤零零、空荡荡的，像两口耐心等候的棺材"，这样的语言描述使读者感受到了莉娜的担心与不安，说明此时的莉娜已然将佛罗伦斯看作自己的孩子了。

总体来看，《恩惠》以多角度的叙事结构和创新的女性叙述淋漓尽致地描绘了黑人女性在三重压迫下的悲惨遭遇与命运,揭示了霸权文化对少数族裔的迫害,并通过文学话语呼唤黑人族群的自我认同,将黑人女性的自我寻求与民族意识觉醒紧紧联系在一起,是一部继承莫里森总体风格又有所创新和突破的新世纪文学经典。同时,"审视种族与性别之间的关系以及文明与自然之间的斗争,同时又将神话和幻想与一种深刻的政治敏感性结合起来"[①]的"社会小说大师"的莫里森特质也在小说中得到了充分的显现与印证。

第五节　米兰·昆德拉的《庆祝无意义》

米兰·昆德拉(1929—　)是当今最伟大的捷克裔法语作家,先锋小说的杰出实践者,美国国家文学奖(1981)、欧洲文学奖(1982)、以色列耶路撒冷文学奖(1985)、捷克国家文学奖(1995)以及卡夫卡文学奖(2020)等诸多重要奖项的获得者。

一、米兰·昆德拉的生平与主要作品

1929年4月1日,昆德拉出生于捷克斯洛伐克摩拉维亚省的首府布尔诺市,这里曾经是奥匈帝国的重要组成部分。故乡带给昆德拉最大的文化馈赠是音乐,这既与捷克的民族性有着紧密的联系,也与昆德拉的家庭密不可分。昆德拉的父亲卢德维克·昆德拉是钢琴家,这意味着年幼的昆德拉将注定随着父亲接受深入的音乐教育。对此,传记作家让-多米尼克·布里埃写道:"自幼年时起,米兰·昆德拉就目睹他的父亲演奏钢琴。透过房门,他听见父亲一遍又一遍地练习,尤其是现代音乐家的乐曲:斯特拉文斯基、巴托克、勋伯格、雅纳切克。……在昆德拉家中,

---

[①] 美国《巴黎评论》编辑部编:《巴黎评论·作家访谈3》,杨向荣等译,北京:人民文学出版社,2018年,第256页。

音乐是一种存在的需要。对于卢德维克来说，音乐远远不是社会风俗，而是一种生活方式，一种与世界的联系。因此，自然而然，当其他孩子还在结结巴巴地背字母表时，他很早就开始把这种高级语言交给他的儿子。"① 正是父亲的早期音乐教育和文化氛围浓厚的家庭环境，使得昆德拉对文学和各种艺术形式产生了极大的兴趣。他不仅喜欢阅读世界各国的文学名著，而且还在日后成为作家时将音乐的结构和旋律带入了小说的世界。他的小说无论是结构还是叙述的语调，总是有着强烈的音乐性。可以说，这构成了其小说最为显著的特征之一。

1947年，十八岁的昆德拉受时代氛围的影响而加入捷克共产党，并于次年考入布拉格查理大学学习哲学，同时又在布拉格高等电影音乐戏剧学院进修音乐和电影。这一时期的昆德拉兴趣极为广泛，他曾有过不少音乐习作问世，也曾努力学过电影导演，讲授过电影编剧，在捷克新潮电影的探索中发挥过重要作用。他还热爱诗歌和剧本创作，一度成为当时捷克最有才华的青年诗人。

随着1968年"布拉格之春"运动的失败，昆德拉被开除党籍。此后，他流亡并长时期定居法国，于1981年加入法国国籍。直到2019年，昆德拉才重获捷克共和国公民身份。

除了早期创作的诗歌和剧本被昆德拉自认为"不成熟之作"外，昆德拉的主要成就都集中在小说的创作上。自幼的音乐熏陶使昆德拉的小说创作近似于为古典音乐谱曲，其小说的内容与主题如旋律配合，不同要素间平衡又不可分割；同时，昆德拉又被法国文学所吸引，钦佩法国超现实主义。因此，他的创作在陀思妥耶夫斯基式的"复调小说"的基础上形成了独特的"新复调"和"新虚构"特征，不同时代与不同类型的人物、真实与虚构掺杂的"多声部"叙事成为昆德拉极其迷恋的叙事技巧。存在与死亡、轮回与永恒的哲学探讨成为昆德拉小说最为常见的主题，这种以哲学为导向的创作深受德国哲学家弗里德里希·尼采和海

---

① 让-多米尼克·布里埃：《米兰·昆德拉：一种作家人生》，刘云虹、许钧译，南京：南京大学出版社，2021年，第8页。

德格尔的影响,而亲历的流亡生活又使他顺其自然地将自己置身于小说之中,进而转变为创作的灵感,使得他的作品主题独具深度。昆德拉也深受卡夫卡、乔伊斯以及普鲁斯特等小说大师的影响,这使其小说创作中的存在主义色彩充满了一种朦胧的美学意境,这与昆德拉所主张的"小说审视的不是现实,而是存在""小说家画出存在地图,从而发现这样或那样一种人类可能性"[1]等理论相呼应。

昆德拉到目前为止出版了多部小说、剧本和大量随笔,大都使用捷克文和法文进行创作。其中主要包括长篇小说《玩笑》(1967)、《生活在别处》(1973)、《告别圆舞曲》(1976)、《笑忘录》(1979)、《不能承受的生命之轻》(1984)、《不朽》(1990)、《慢》(1995)、《无知》(2000)、《庆祝无意义》(2014)等;短篇小说集《可笑的爱》(1968)和中篇小说《身份》(1997)等;剧本《雅克和他的主人》(1971);随笔集《小说的艺术》(1986)、《被背叛的遗嘱》(1993)、《帷幕》(2005)和《相遇》(2009)。

二、《庆祝无意义》的艺术成就

《庆祝无意义》以卢森堡公园为舞台,阿兰、拉蒙、夏尔、凯列班四个好朋友依次登场。每个人怀着纷繁的思绪,伴着说笑闲谈,巴黎街头的少女、夏加尔的画展、斯大林二十四只鹧鸪的"玩笑"、自杀未遂而又杀人的母亲——他们的生活故事随之展开;生与死、严肃与荒诞、历史与当下、真实与幻想,关于"无意义"的哲学思考随之上演。

首先,通过丰筵化的复调式叙事结构来铺陈小说的主线和支线情节。

《庆祝无意义》是一部结构丰富的复调小说,历史与现在于短短七章的篇幅内跳跃呈现,主线与支线频繁交替,两个故事彼此独立又可融合为一。结构以外,小说更是在文类上实现了哲学、叙事、梦幻三者的统一,是对复调叙事的丰富与发展。

从结构的角度来看,小说从两个维度进行了呈现:第一个维度讲述拉

---

[1] 米兰·昆德拉:《小说的艺术》,董强译,上海:上海译文出版社,2004年,第54页。

蒙在卢森堡公园遇见了达德洛,达德洛谎称自己患了癌症并请拉蒙的朋友为自己操办一个生日酒会,随后阿兰、拉蒙、夏尔、凯列班四个好朋友的现实生活随之展开,酒会也如期举办,此主线情节作为第一个维度在小说的第一、三、四章娓娓道来;第二个维度则是第二、五、六、七章的支线情节,以赫鲁晓夫的《回忆录》中斯大林所讲的"二十四只鹧鸪"的历史故事为开端,夏尔凭借这个荒诞的故事想象创作木偶剧。现实与历史,主线与支线,看似独立的故事却在木偶剧的创作中得以交织。

小说中有多处同一场景在不同时空的交叠呈现。支线中,斯大林脱下官服化装成了打鹧鸪的猎人,在走廊消失,加里宁憋着尿急跑到了马路上;主线中,当拉蒙和阿兰再次来到卢森堡公园时看到了手持猎枪的蓄胡猎人追逐在公园内撒尿的山羊胡子老人。斯大林与猎人、加里宁与山羊胡老人,一一重叠,而这恰好就是夏尔木偶剧的最后一幕。

从文类的角度来看,《庆祝无意义》实现了哲学、叙事、梦幻三者的统一。开篇阿兰在巴黎街头观察少女们露出的肚脐,这使他想起母亲在最后离开他时用手碰了碰他的肚脐,进而他又臆想出了母亲怀孕时自杀未遂又杀人的情景,幻想到母亲对他解释肚脐与天使、夏娃和生死之间的困惑;接着,在现实中他又与拉蒙讨论肚脐的重复性,认为这个肚皮中央的小圆孔才是一切情色欲念的唯一意义和未来。哲学性的思考、叙事与幻想彼此交替,贯穿文本始终,最终融合为一。

其次,通过诗思对话式的叙述手法来揭示"无意义"深刻的形而上内涵。

叙事与哲思并存是昆德拉小说的鲜明特点。昆德拉在采用第一人称和第三人称叙述的同时,以叙述者"我"的角度直接介入故事,发表自己的见解,展开哲学性的沉思。故事的发展,"我"与读者同步进行,"现场直播"式的真实感由此而生,叙述节奏的变化使小说独具诗意的朦胧之美,诗与思之间的对话悄然展开。

《庆祝无意义》中叙述者"我"不断穿插在第一人称与第三人称叙述之间,犹如电影旁白般的叙述,使读者产生身临其境的逼真感。拉蒙与老同事达德洛在公园相遇,后者欺骗拉蒙说自己得了癌症。对于达德洛说谎的原因,叙述者"我"直接介入提出疑问。随后,叙述者"我"亲自发声赞扬阿兰、拉蒙、夏尔和凯列班之间的友谊,认为友谊是最神圣的。阿兰在街头观察少女裸露的肚脐并产生关于少女诱惑力的思考这个片段在小说的第三部分开端又一次出现,对此,作为叙述者的"我"直接与读者展开交流,承认在第三部分开端出现的描述与小说开头用的词一模一样,并解释这种重复就像读者们也会在几个月、几年的时间内关注同一些问题一样,不在乎重复。对于在达德洛酒会上"神不守舍的,眼睛朝着上面什么地方看"的夏尔的描写又分别出现在相邻两章的结尾与开端,对此,叙述者"我"直接介入告诉读者——"这几句话我写在前一章的最后一个段落里",毫不避讳。与读者对话式的叙述仿佛故事就发生在读者身边,章节的氛围、语境也随之变幻,朦胧的诗性之美由此而生。

在《庆祝无意义》中,类似哲学家式的思索比比皆是,存在与遗忘、意义与无意义、表象与意志的哲学深思无处不在。斯大林"二十四只鹧鸪"的故事使夏尔萌生了编写木偶剧的念头,引发出对死亡与遗忘的思考——死的人死了很久之后就变成了木偶,由于失去了见证人和真实的回忆,没有人再记得,直到在虚无中消失,人始终要在历史中被遗忘,没有人能摆脱无意义;拉蒙的好朋友卡格里克是个花心的男人,但他面对女人时却一声不出保持沉默,达德洛满嘴俏皮话,却也未能俘获人心,由此引发关于无意义的哲思——沉默是无意义的,却可让人摆脱提防之心而更容易俘获人心,而语言看似高明,实则高明却是无用的,达德洛恰恰不明白无意义的价值。小说末尾,拉蒙直接告知达德洛无意义的价值:无意义是生存的本质,它与我们形影不离,我们不但要把它认出来还应该热爱它,呼吸我们周围的无意义,它是好心情的钥匙。对于"无意义"的哲理化议论正是昆德拉夹叙夹议叙说手法的鲜明特征。

再次,通过符号化的隐喻意义强化小说的哲思性。

昆德拉的小说创作中总会用身体部位作为隐喻的符号,《庆祝无意义》中的"肚脐"便是如此,此外"玩笑"也成为小说的叙事符号。"无意义"作为小说的主题贯穿关于"肚脐"的主线叙述和支线的"玩笑"叙事,叙事因"无意义"而极富哲理意味,暗含丰富的隐喻意义。

阿兰在幻想与梦境中与母亲就"肚脐"展开对话。阿兰看到少女的肚脐就不禁想起自己在童年时被母亲抛弃，因为母亲离开阿兰时最后的动作就是碰了碰阿兰的肚脐。对于阿兰来说，无肚脐女子的典型是天使，但是对于阿兰的母亲来说，肚脐隐喻的是夏娃。对于女人来说，肚脐不同于其他的性器官，肚脐不是女人的代表，而是代表胎儿——人类的诞生给夏娃带来了太多痛苦。肚脐是无差别的、可重复的，传宗接代亦是如此，这种重复性使爱情丧失唯一性与神圣性，只剩下无休止的生育与繁衍。但因为"无意义"，最终阿兰在意识中与母亲握手言和。

在《庆祝无意义》中，"玩笑"仍然是昆德拉热衷的话题。斯大林"二十四只鹧鸪"的故事引出了"玩笑"，夏尔幻想的木偶剧、赫鲁晓夫等人在盥洗室里的大吼大叫、加里宁一次次被斯大林逼得尿急等情节都在"玩笑"之上徐徐展开。"二十四只鹧鸪"的故事本是个玩笑，它也确实惹得凯列班发笑，但是根据赫鲁晓夫的回忆，彼时的斯大林讲出这个笑话时却无人发笑。凯列班与夏尔由此揭示出"玩笑"的隐喻意义：当一个时代已经没有人知道什么是玩笑，没有人能听懂笑话了，那么社会和人性也必然是异化的。"玩笑"这个话题一直延续到达德洛的生日酒会，夏尔和凯列班在达德洛的酒会上开起了玩笑——凯列班假装自己是巴基斯坦人，只会巴基斯坦语。两人起初觉得这个玩笑很好玩，但达德洛太太对此态度冷淡，客人们对此也毫无兴趣，他辛辛苦苦编造的语言毫无意义。他的巴基斯坦语也没能让好朋友拉蒙开心起来，反倒是忧愁更深了，拉蒙甚至认为这只不过是闹剧，是强迫自己寻开心，不能改变任何存在——玩笑并不能让人发笑，只有好心情才可以。

最后，讥诮的随笔式语言风格也独具特色。

《庆祝无意义》全篇通过漫不经心的随笔式语言道出深沉的哲理，语言看似轻松诙谐却充满夸大的反讽意味，捷克文学特有的嘲讽与调侃流淌于字里行间。

在《庆祝无意义》中，昆德拉通过最朴素的语言描绘深奥的哲理。阿兰在幻想中与母亲对话，母亲平静地告诉阿兰"你看到的人中没一个是出于自己的意愿来这里的"，甚至"性别、眼睛的颜色、所处的世纪和国家这些重要的一切都不是自己选择的","所有真理中最平凡的真理"呼之欲出,那么,所谓的斗争也就失去了理由和意义。

昆德拉在《庆祝无意义》中用简洁、轻巧的语言表现出强烈的讽刺效果。达德洛在对拉蒙讲述拉弗朗克死亡时"奇怪地拔高了声音","高高兴兴地叙述一个人的死亡",赞扬起拉弗朗克的情人,却对拉蒙轻描淡写的语调感到不满;拉蒙用友爱的动作安慰得了癌症的达德洛,却不知道这是达德洛一时兴起的谎言,而更为讽刺的是,连达德洛自己都不知道为什么要编造这样一个得不到任何好处的谎言,但是却也因此而收获了好心情,极具讽刺意味。

《庆祝无意义》是米兰·昆德拉进入新世纪出版的最为重要的一部小说作品。昆德拉通过小说中音乐化的复调形式和幽默讽刺的语言风格将其一以贯之的哲思特质提高到了梦幻抒情的新境界。小说的情节看似不够连贯,语言似乎也肆意流露,但实则哲理性沉思内蕴其中,结构无比精巧。昆德拉通过小说《庆祝无意义》再次证明了他作为当今伟大的在世作家的才能。

第六节 石黑一雄的《被掩埋的巨人》

石黑一雄(1954—)是当代英国最为重要的移民作家之一,诺贝尔文学奖获得者,其与拉什迪、奈保尔并称"英国文坛移民三雄"。石黑一雄秉持"国际化写作"的文学理念构建了复杂多样的文本世界,集中反映了二战后以日本和英国为代表的东西方国家的社会形势与文化环境。

一、石黑一雄的生平与主要作品

1954年11月8日,石黑一雄出生于日本长崎。在其幼年阶段,因为父亲工作调动的原因而移民英国,从此,石黑一雄在英国的文化环境中长大。1974年,石黑一雄高中毕业后进入英国肯特大学学习英语和哲学，其后从事过几年社会工作。在此期间，石黑一雄广泛接触到社会各个阶层的人，并开始关注社会问题，这为其日后的小说创作奠定了坚实的社会现实基础。对此，石黑一雄在接受访谈时曾表示："当时，我从未想到过这些经历会与我之后写小说有所关联。但是，这些经历给了我一种洞察力，让我看出人是多么脆弱。"① 社工工作结束后，石黑一雄开始在英国东安格利亚大学学习创意写作的研究生课程。1982 年，石黑一雄获得英国国籍。2017 年，石黑一雄因"巨大的情感力量，发掘了隐藏在我们与世界联系的幻觉之下的深渊"荣膺诺贝尔文学奖，这是对其文学创作和在当代世界文坛地位的高度肯定。

石黑一雄酷爱俄罗斯文学，特别是契诃夫、列夫·托尔斯泰、陀思妥耶夫斯基等 19 世纪经典作家的作品。而当代作家中，他最感兴趣的则是日本作家村上春树，主要原因在于村上春树小说"超越国界"的特点与石黑一雄的写作观念不谋而合。对此，石黑一雄评述道："虽然他是日本人，但全世界读者不应将他当日本人看，他是个超越国界的作家。在当下这个节点上，村上春树成为当代文学中能引起读者关注的某种象征。哪怕你对日本文化没有兴趣，你也可以感受到与村上春树的相通之处。"② 在石黑一雄看来，写作小说的目的是为了向全世界的读者倾诉，所以为了不让小说存在文化壁垒，作家要在小说中剔除掉所有可能成为文化障碍的因素，唯有这样，作家才可以"向全世界的读者倾诉"。③

石黑一雄至今仍保持旺盛的创作力，活跃在世界文坛。其主要作品包括长篇小说《远山淡影》(1982)、《浮世画家》(1986)、《长日留痕》(1989)、《无可慰藉》(1995)、《我辈孤雏》(2000)、《别让我走》(2005)、《被掩埋的巨人》(2015)以及《克拉拉与太阳》(2021)等八

---

① 石黑一雄：《如何直面"被掩埋的巨人"——石黑一雄访谈录》，陈婷婷译，《外国文学动态研究》2017 年第 1 期，第 105—112 页。
② 石黑一雄：《石黑一雄谈"村上春树·故乡·日本"》，应杰译，《世界文学》2018 年第 2 期，第 57—78 页。
③ 石黑一雄：《石黑一雄谈"村上春树·故乡·日本"》，应杰译，《世界文学》2018 年第 2 期，第 57—78 页。

部,另有剧本《伯爵夫人》(2005)、短篇小说集《小夜曲:音乐与黄昏五故事集》(2009)以及部分随笔和访谈。

小说《浮世画家》是石黑一雄早期日本题材小说的代表。小说通过一位日本画家回忆自己为战时军国主义效力的经历,探讨了日本国民对二战的态度,揭示了日本人战败心理反应中所蕴含的特殊文化肌理。

小说《长日留痕》是英语文学最高奖"布克奖"的获奖作品。小说以二战后的英国为主要背景,围绕男管家史蒂文斯的六天驾车旅行展开故事情节,通过人物记忆再现的方式展现了英国贵族乡绅对大英帝国往昔辉煌的留恋以及对当下帝国没落的无奈之情。

记忆是石黑一雄小说呈现的重要叙述主题之一。作家往往以小说主人公的回忆串联起小说的关键情节,艺术化地还原了当时历史文化语境下东西方人们的精神状态。而国际化的写作方式又使得石黑一雄的作品不仅仅关注特定民族和国家的灾难,而是试图探讨在历史变革中人们内心普遍真实的感受,进而实现对人类未来命运的艺术审视与理性反思,展示具有普遍性或者国际性的人类经验。

二、《被掩埋的巨人》的艺术成就

《被掩埋的巨人》是石黑一雄于2015年出版的一部历史题材的小说作品。小说以英国后亚瑟王时代的奇幻史诗作为伪托,讲述了不列颠人埃克索与比特丽丝夫妇二人在遗失全部记忆前出门寻子的故事。埃克索夫妇所生活的山谷常年弥漫"遗忘之雾",这使得当地居民的记忆经常出现偏差甚至失去记忆。埃克索夫妇寻子的路途中遇到了两位屠龙骑士:不列颠骑士高文和撒克逊人维斯坦,他们通过这二人得知是母龙魁瑞格喷吐迷雾致人失忆。而母龙是为了证明亚瑟王试图掩盖杀戮撒克逊人进而取得统治权的血腥事实而存在。至此,两个民族要为这场政治性的遗忘做出自己的选择。屠龙后,埃克索夫妇恢复记忆,在接下来的旅途中遇到一位摆渡人,其职责是送乘客到彼岸的一个神秘岛——只要爱侣们能够证明他们真心相爱。在小说的结尾,埃克索夫妇来到渡船前,却发现在彼此的记忆中竟然没有多少相爱的证据。最终摆渡人只带走了比特丽丝，留下埃克索一人孤守此岸。

就小说的整体艺术成就来看，主要包括以下几个方面：

首先，小说以多重指涉的艺术手法隐喻了第二次世界大战后日本如何看待战争的态度问题。

《被掩埋的巨人》的创作动机最早可以追溯至20世纪90年代，当时石黑一雄在接受采访时曾提及他要创作一部"社会和国家忘记了什么，记住了什么"[1]的作品。激发了石黑一雄这一想法的契机是南斯拉夫的解体。随着南斯拉夫瓦解，组成南斯拉夫各个民族间的尖锐斗争逐渐显现出来："居住在波斯尼亚-黑塞哥维那地区的塞尔维亚人，由于上一辈人在第二次世界大战中的遭遇而被教导不可忘记对波斯尼亚族伊斯兰教徒的仇恨。"[2] 然而真正动笔开始写作小说《被掩埋的巨人》，石黑一雄却没有选择南斯拉夫作为故事的叙事背景，也没有将小说的内容选定为南斯拉夫的民族矛盾，而是转向了欧洲中世纪的英国，借古喻今来传达思想观念。

就故事叙述层面来看，《被掩埋的巨人》的主要情节取材于欧洲中世纪英国著名的骑士传奇——亚瑟王的传说。石黑一雄将战争的发生地选在圣不列颠岛，在这片土地上亚瑟王曾带领着不列颠民族与其他民族发生过多次战争。石黑一雄对不列颠人与撒克逊人的战争史实进行改编，以寻子和屠龙两条故事线索突出了民族间的矛盾。而就小说深层叙事来看，石黑一雄之所以选择这一史实进行创作是有其特定意义的。作为二战后的移民作家，石黑一雄拥有在两个国家生活的经验。故乡日本是二战中的战败国，冷战打响后，作为资本主义的重要同盟国家，日本需要尽快投入到国力发展中，当务之急就是重拾国际自信。为此，日本鼓励并引导国民对二战中的某些历史进行遗忘。石黑一雄移民至英国后发现，作为战胜国的英国不仅不会选择遗忘历史，而且还将对法西斯国家的反

---

[1] 石黑一雄：《如何直面"被掩埋的巨人"——石黑一雄访谈录》，陈婷婷译，《外国文学动态研究》2017年第1期，第105—112页。

[2] 石黑一雄：《如何直面"被掩埋的巨人"——石黑一雄访谈录》，陈婷婷译，《外国文学动态研究》2017年第1期，第105—112页。

抗斗争视作荣耀，以此证明自身的强大。虽然石黑一雄成长的大部分时间都在英国，但他没有一刻忘记回望自己的家乡，这种在遗忘与记忆间徘徊与矛盾的复杂心理让作家无法释怀。在此意义上，尽管《被掩埋的巨人》这部小说的历史取材与故事内容都来自英国，但事实上这个"屠龙"故事的背后却着实隐喻着日本的影子。小说中不列颠人用龙的气息隐瞒了记忆，现实中的日本选择将自己在战争中的身份由侵略者转变为受害者，以达到记忆置换的目的，尤其是美军向广岛和长崎投下原子弹造成无辜平民的伤亡，更是为日本的这种身份置换提供了最直接的借口。

石黑一雄并没有明确站在法西斯或反法西斯的任何一方，而是跳出国别的藩篱对历史做出自己的解读。石黑一雄通过小说不仅重建了不列颠与撒克逊两个民族的战争历史，同时也引导读者通过多重指涉的隐喻参与到文本的历史重构之中。在此，隐喻不仅仅只是石黑一雄的一种修辞手法，更体现为一种思维方式，其直接赋予小说以深刻的精神内涵：尽管世界的联系日益紧密，但民族问题和紧张的地区局势依然存在，无论是在中世纪的英国，还是在解体后的南斯拉夫，以致在以日本和英国为代表的东西方国家之间。

其次，小说以沉郁平淡的叙事口吻和高度的叙事自觉展现了对记忆与遗忘主题的深刻审视。

《被掩埋的巨人》沿用石黑一雄小说一贯的记忆主题的同时又有所创新，作家不再通过回忆的手段叙述小说情节，而是反其道而行之，通过沉郁平淡的叙事口吻从记忆的找寻这一全新角度展开。通过此种小说叙事方式，作家为读者呈现出一个值得深思的问题：在杀戮面前，是选择真相还是遗忘？

小说一开始，展现在读者眼前的是公元 6 世纪左右的一个小村庄，主人公埃克索夫妇就居住在这里，他们和其他村民一样，为了躲避未知的危险而生活在地下的房屋中，不和外界产生任何联系。离奇之处在于，村庄里的所有村民都患有失忆症，他们记不住刚刚发生的任何事情，时间在这个村庄中近乎凝固状态。小说这一部分文本叙事进行得异常缓慢。读者只能感受到某种模糊不明的直觉，似乎在缓慢的时间进程中隐瞒着某个巨大的秘密或危险,却苦于眼前仿佛笼罩着一团迷雾而无法接近真相,只能随着缓慢的叙事节奏逐渐走进小说的基本轮廓。

在读者大致接受埃克索夫妇的生活方式和失忆症之际,小说开始有了进一步的进展。埃克索夫妇决定在遗忘所有过去前离开村庄并寻找多年不见的儿子。埃克索夫妇在路上相继遇到了撒克逊武士维斯坦和高文骑士,并与他们同行。随着距离村庄越来越远,各种意外和冲突纷纷到来,而众人的记忆也得到了不同程度的复苏。小说行文至此,叙事节奏明显加快。结合小说中众人的记忆,读者可以大致推断出"失忆症"背后隐藏的真相。亚瑟王同撒克逊人的战争最终以前者的胜利而结束,圣不列颠岛迎来了很长一段时间的和平,但为了防止撒克逊人东山再起,亚瑟王对圣不列颠岛的异族村庄进行了种族清洗。母龙魁瑞格的气息可以弥漫成为"遗忘之雾",这也是埃克索夫妇以及其他村民失忆的原因。为了防止战争再一次出现在这片土地上,无论是不列颠人还是撒克逊人都被迫进行了对历史的遗忘。高文骑士的任务就是守护这个秘密,保证母龙的存在与安全。而维斯坦的任务则是杀死母龙,为无辜受到杀戮的撒克逊同胞复仇。故事发展到此处,叙事节奏最快、情节发展也达到了高潮,两个民族要为这场带有政治色彩的遗忘做出自己的选择。记忆本身就像是一个看待事物的透镜,不同民族的立场决定了通过这个透镜看到的内容及其侧重点的差异。小说中高文和维斯坦二人在回忆中为过去的历史提供了不同的视角和证词,使得再现的历史拥有了多元的阐释角度。

小说叙事口吻和叙事进程推进的紧密结合,始终与小说记忆和遗忘主题的呈现同步。面对过去的恩怨,新一代人应该如何选择?事实上,无论选择记忆与遗忘的任何一方,在某种程度上都是对另一方的背叛。面对这样一个永恒的悖论性选择,石黑一雄展开了对种族以及国家等群体概念的重新思考,这在一定程度上为人类思考应该如何面对战争记忆等重大问题提供了具有启发意义的价值引导。

最后,小说在现实与奇幻的对比中展现了作家对人类未来命运的深切关怀。

随着神话"回流"、奇幻文学的兴起,石黑一雄赶在这一浪潮正盛之际将读者带回了传说中的亚瑟王时代，在小说《被掩埋的巨人》中充分展现了骑士、武士、巨龙、巫师等诸多奇幻元素。小说描写撒克逊武士维斯坦杀死巨龙后曾对埃克索夫妇说："巨人，以前埋在地下，现在动起来啦。他肯定很快就会起来，到那时候，我们之间的友好纽带，就会像小女孩用细细的花茎打的结一样，脆弱不堪。人们会在夜间烧掉邻居的房子。清晨将孩子们吊死在树上。河水发臭，河上漂着泡了很多天的肿胀尸体。我们的军队一面前进，一面会因为愤怒和复仇的渴望而继续壮大。"维斯坦所描述的场景是石黑一雄对世界各地大大小小、林林总总的战争与冲突的暗示，这不仅发生在小说中的圣不列颠岛，更是对现实世界的真实映射。

帝国主义、殖民主义以及冷战带来了战争与冲突，人类某一历史时期似乎自愿成为大国间政治抗衡的棋子，彼此之间进行侵略与复仇的无休止循环。面对战争和冲突中被破坏的家园和流离失所的难民，人类究竟应该遗忘过去的仇恨、维持和平，还是举起武器、向历史讨还公平正义呢？这是石黑一雄通过《被掩埋的巨人》传达出的现实关怀问题。人类只有一个地球，各国共处一个世界，全世界已经日益成为你中有我、我中有你的"命运共同体"，这种情势决定了面对战争、霸权主义等问题，任何一个国家都不可能独善其身。《被掩埋的巨人》借用奇幻因素展现出对人类当下生存境遇以及未来发展的理性思索，体现出巨大的宏观意义和价值。小说中巨龙的存在可以被视作世界霸权主义的缩影，而巨龙死亡的必然结局则表达了石黑一雄对霸权主义的看法——任何阻碍人类命运共同体建设的绊脚石都必将灭亡。

总体而言，石黑一雄在小说《被掩埋的巨人》中以历史题材影射了当下国际社会中的民族矛盾与冲突问题，反思了日本在第二次世界大战中的角色，并由此试图告诉读者有些历史应该被铭记而不是被遗忘。正如他本人所表述的那样："我想，只有正确理解二战，我们才能了解自己周围人的想法，以及他们之间的关系。"①

---

① 石黑一雄：《如何直面"被掩埋的巨人"——石黑一雄访谈录》，陈婷婷译，《外国文学动态研究》2017 年第 1 期，第 105—112 页。

主要参考书目

阿尼克斯特：《英国文学史纲》，戴镏龄等译，北京：人民文学出版社，1980年。

埃默里·埃利奥特主编：《哥伦比亚美国文学史》，朱通伯译，成都：四川辞书出版社，1994年。

安德鲁·桑德斯：《牛津简明英国文学史》，谷启楠等译，北京：人民文学出版社，2000年。

《巴黎评论》编辑部编：《巴黎评论·作家访谈Ⅰ》，黄昱宁等译，北京：人民文学出版社，2012年。

《巴黎评论》编辑部编：《巴黎评论·作家访谈3》，杨向荣等译，北京：人民文学出版社，2018年。

勃兰兑斯：《十九世纪文学主流》6卷本，张道真译，北京：人民文学出版社，1997年。

常耀信：《精编美国文学史》中文版，天津：南开大学出版社，2016年。

陈惇主编：《西方文学史》3卷本，成都：四川人民出版社，2003年。

陈建华主编：《插图本外国文学史》，北京：高等教育出版社，2002年。

戴从容：《人类真的是耶胡吗？——欧洲文学十四讲》，上海：上海三联书店，2019年。

《当代西方文学思潮评析》编写组编：《当代西方文学思潮评析》第二版，北京：高等教育出版社，2018年。

德·斯·米尔斯基：《俄国文学史》，刘文飞译，北京：商务印书馆，2020年。

董衡巽等：《美国文学简史》修订本，北京：人民文学出版社，2003年。
范存忠：《英国文学论集》，南京：译林出版社，2015年。
弗拉基米尔·纳博科夫：《俄罗斯文学讲稿》，丁骏、王建开译，上海：上海三联书店，2015年。
弗拉基米尔·纳博科夫：《文学讲稿》，申慧辉等译，上海：上海三联书店，2005年。
高尔基世界文学研究所编撰：《世界文学史》8卷16册，刘魁立、吴元迈总主编，陈雪莲等译，上海：上海文艺出版社，2013年。
郭宏安：《从蒙田到加缪：重建法国文学的阅读空间》，北京：生活·读书·新知三联书店，2007年。
哈罗德·布鲁姆：《西方正典：伟大作家和不朽作品》，江宁康译，南京：译林出版社，2005年。
豪尔赫·路易斯·博尔赫斯、艾斯特尔·森博莱茵·德托雷斯·都甘：《美国文学入门》，于施洋译，上海：上海译文出版社，2020年。
何成洲主编：《战后世界进程与外国文学进程研究.第3卷：全球化视域下的当代外国文学研究》，南京：译林出版社，2019年。
何仲生、项晓敏主编：《欧美现代文学史》，上海：复旦大学出版社，2002年。
胡全生、印芝虹主编：《战后世界进程与外国文学进程研究.第2卷：后现代主义文学研究》，南京：译林出版社，2019年。
蒋承勇主编：《外国文学教程》第二版，北京：高等教育出版社，2016年。
蒋承勇：《西方文学"人"的母题研究》，北京：人民出版社，2005年。
李赋宁主编：《欧洲文学史》3卷本，北京：商务印书馆，2001年。
李辉凡、张捷：《20世纪俄罗斯文学史》，青岛：青岛出版社，1998年。
李维屏：《英国小说艺术史》，上海：上海外语教育出版社，2003年。
梁坤主编：《外国文学名著批评教程》，北京：北京大学出版社，2010年。
刘海平、王守仁主编：《新编美国文学史》4卷本，上海：上海外语教育出版社，2019年。
柳鸣九：《法兰西文学大师十论》，上海：复旦大学出版社，2004年。

陆建德、余中先、戴从容等：《12 堂小说大师课：遇见文学的黄金时代》，北京：生活·读书·新知三联书店，2021 年。

陆梅林辑注：《马克思恩格斯论文学与艺术》上下册，北京：人民文学出版社，1982 年。

毛信德、吴笛、蒋承勇主编：《外国文学教程》，杭州：浙江大学出版社，2007 年。

邱华栋：《作家中的作家》，桂林：广西师范大学出版社，2018 年。

阮炜、徐文博、曹亚军：《20 世纪英国文学史》，青岛：青岛出版社，1998 年。

萨克文·伯科维奇主编：《剑桥美国文学史》第 1 卷，蔡坚主译，北京：中央编译出版社，2008 年。

萨克文·伯科维奇主编：《剑桥美国文学史》第 2 卷，史志康等译，北京：中央编译出版社，2008 年。

萨克文·伯科维奇主编：《剑桥美国文学史》第 3 卷，蔡坚、张占军、鲁勤译，北京：中央编译出版社，2010 年。

萨克文·伯科维奇主编：《剑桥美国文学史》第 4 卷，李增主译，北京：中央编译出版社，2010 年。

萨克文·伯科维奇主编：《剑桥美国文学史》第 5 卷，马睿、陈贻彦、刘莉译，北京：中央编译出版社，2009 年。

萨克文·伯科维奇主编：《剑桥美国文学史》第 6 卷，张宏杰、赵聪敏译，北京：中央编译出版社，2009 年。

萨克文·伯科维奇主编：《剑桥美国文学史》第 7 卷修订版，孙宏主译，北京：中央编译出版社，2012 年。

萨克文·伯科维奇主编：《剑桥美国文学史》第 8 卷，杨仁敬等译，北京：中央编译出版社，2008 年。

宋兆霖主编：《诺贝尔文学奖全集》上下册，北京：北京燕山出版社，2006 年。

《外国文学史》编写组编：《外国文学史》第二版上下册，北京：高等教育出版社，2018 年。

王钢：《百年来欧美文学"中国化"进程研究．第三卷，1919—1949》，北京：北京大学出版社，2020年。

王钢：《20世纪西方文学经典研究》，沈阳：辽海出版社，2016年。

汪介之、杨莉馨主编：《欧美文学评论选》3卷本，北京：北京大学出版社，2011年。

王钦峰主编：《当代外国文学专题教程》，北京：中国人民大学出版社，2011年。

王佐良：《英国文学史》，北京：商务印书馆，2017年。

王佐良等主编：《英国文学史》5卷本，北京：外语教学与研究出版社，2006年。

吴晓东：《从卡夫卡到昆德拉——20世纪的小说和小说家》，北京：生活·读书·新知三联书店，2003年。

谢·伊·科尔米洛夫主编：《二十世纪俄罗斯文学史：20—90年代主要作家》，赵丹、段丽君、胡学星译，南京：南京大学出版社，2017年。

徐葆耕：《西方文学十五讲》，北京：北京大学出版社，2003年。

杨慧林、黄晋凯：《欧洲中世纪文学史》，南京：译林出版社，2001年。

杨金才、王守仁主编：《战后世界进程与外国文学进程研究．第4卷：新世纪外国文学发展趋势研究》，南京：译林出版社，2019年。

杨周翰、吴达元、赵萝蕤主编：《欧洲文学史》上下卷，北京：人民文学出版社，1979年。

伊塔洛·卡尔维诺：《为什么读经典》，黄灿然、李桂蜜译，南京：译林出版社，2006年。

袁可嘉：《欧美现代派文学概论》，桂林：广西师范大学出版社，2003年。

袁筱一：《文字传奇：十一堂法国现代经典文学课》，上海：华东师范大学出版社，2019年。

张德明：《世界文学史》，杭州：浙江大学出版社，2006年。

张新木、叶琳、王守仁主编：《战后世界进程与外国文学进程研究．第1卷：战后现实主义文学研究》，南京：译林出版社，2019年。

张玉书、李明滨主编：《20世纪欧美文学史》4卷本，北京：北京大学出版社，1995—1999年。

张泽乾、周家树、车槿山：《20世纪法国文学史》，青岛：青岛出版社，1998年。

郑克鲁、蒋承勇主编：《外国文学史》第三版上下册，北京：高等教育出版社，2015年。

郑振铎编：《文学大纲》上下册，桂林：广西师范大学出版社，2003年。

中共中央马恩列斯著作编译局编译：《列宁选集》4卷本，北京：人民出版社，2012年。

中共中央马恩列斯著作编译局编译：《马克思恩格斯选集》4卷本，北京：人民出版社，2012年。

后 记

习近平总书记在哲学社会科学工作座谈会上的讲话中明确指出："要抓好教材体系建设，形成适应中国特色社会主义发展要求、立足国际学术前沿、门类齐全的哲学社会科学教材体系。"本教材正是在这一最新思想的指引下历时一年多的时间精心编撰而成的。

关于西方文学经典的相关学术著作和教材国内已经出版了不少，在充分借鉴、吸收前辈学者成果的基础上，本教材立足在以下几个方面有所完善与突破：首先，在编写体例上，本教材以西方文学经典的艺术成就为核心旨归，注重思想性与艺术性的兼容，力图在"有意味的形式"中呈现西方文学经典的价值意义。其次，在编写观念上，本教材以"文学文化史"的观念为指导，力图全方位、多层次、立体化地呈现西方文学经典生成的历史文化语境，努力在更为广泛而深入的文化诗学层面去阐释经典的丰赡内涵与伟大艺术价值。再次，在资料搜集上，本教材尽可能使用最新、最权威的研究成果，在做到征引材料广泛性的同时，兼及学术传统与现代意识的有机结合与统一。最后，在编写范围上，本教材按照学术惯例自古希腊始，一直延续到当代，尤其是对21世纪新近二十年文学发展的审视凸显了当代视角和价值观念，力图做到古今兼容，既不"厚古而薄今"，亦不"厚今而薄古"。

本教材的编写者大都是吉林师范大学文学院和外国语学院长期从事外国文学课程一线教学的教师和研究者，他们克服新冠疫情的阻力，辛勤付出，这是本教材得以最终出版的根本保障。此外，本教材特别得到了吉林师范大学精品教材出版基金的资助，在此一并感谢。

学术没有终点，尽管全体编撰人员精益求精，力图使本教材尽可能地完善，但我深知不足之处在所难免，热忱欢迎国内外同行给予批评指正，我们一定虚心接受，及时改正。

王钢
2021年10月于吉林师范大学